国家社会科学规划基金项目成果
教育部新世纪优秀人才支持计划成果

评价文体学

APPRAISAL STYLISTICS

彭宣维 著

北京大学出版社
PEKING UNIVERSITY PRESS

图书在版编目(CIP)数据

评价文体学/彭宣维著.—北京:北京大学出版社,2015.1
ISBN 978-7-301-24779-2

Ⅰ.①评… Ⅱ.①彭… Ⅲ.①文学评论—文体论 Ⅳ.①I06

中国版本图书馆 CIP 数据核字(2014)第 209361 号

书　　　名:	评价文体学
著作责任者:	彭宣维　著
责 任 编 辑:	黄瑞明
标 准 书 号:	ISBN 978-7-301-24779-2/H・3573
出 版 发 行:	北京大学出版社
地　　　址:	北京市海淀区成府路 205 号　100871
网　　　址:	http://www.pup.cn　新浪官方微博:@北京大学出版社
电 子 信 箱:	zpup@pup.cn
电　　　话:	邮购部 62752015　发行部 62750672　编辑部 62754382
	出版部 62754962
印 刷 者:	北京中科印刷有限公司
经 销 者:	新华书店
	650 毫米×980 毫米　16 开本　32 印张　550 千字
	2015 年 1 月第 1 版　2015 年 1 月第 1 次印刷
定　　　价:	72.00 元

未经许可,不得以任何方式复制或抄袭本书之部分或全部内容。
版权所有,侵权必究
举报电话: 010-62752024　电子信箱: fd@pup.pku.edu.cn

前　　言

　　本书主体部分是笔者2007—2012年在四年多时间里负责承担的国家社会科学基金项目的子课题成果；该部分的实际着手时间始于2006年夏；加上2012—2013年又一年时间的打磨加工，跨度近七年。而想法是2002年秋系统研读评价范畴时就有的。前后十年之久，还真应了那句张口即来的老话。

　　一日好友碰面，劈头就问：干吗呢，杂志上文章少见了……是啊，这些年来都在干些什么？做课题？想问题？竟一时语塞。

　　本科毕业之初，经一位学友指点，开始研读西方现当代文艺著作，还涉及中西方思想史和一些专论，尤其是20世纪哲学，每到周末便相聚热议，谈诗、谈诗人、说文坛——现在想来似乎不可思议，但我们那时的业余时间就是这样度过的，而且总是盼周末！一时间，仿佛觉得四年的本科白读了，自己的真正兴趣在求知和思辨方面，而不是英语专业那些听说读写之类的"花哨玩意儿"。后来考研，选英美文学；但在关键时刻，招收单位有四位文学导师调离了，无奈之下转到了语言学。入学后第一年，跟着课程整天陶醉于文艺理论、英美文学作品（按要求，第一年语言学和文学课程同修），还有认知心理学概论和池田大作的佛学著作，没日没夜地兴奋；第二年专业学习任务重了，才不得不放手。长期以来，文学对我来说是一种奢侈的生活方式，一旦拿起作品，便会耽误"正事"，遂把诗歌、小说统统放到书架顶格，非梯子够不着；闲情时分也抒点情。由于主攻方向是语言学，早年系统读到的那些文论思想，年复一年慢慢地还给当年点拨我的那位学友了。所幸，在我2001—2008年系统研读（包括重读）有关经典文献时逐渐恢复并提升了对有关思想体系的认识，本书第5章有关认识论就是在这一阶段完成初稿的。

　　回首往事，竟想起流沙河先生的一首小诗——还是当年做准文学青年时候记得的：

　　回忆走过的路/使我暗自惊心/为什么要这样曲曲弯弯/弯弯曲曲 浪费着生命/如果走成一条直线/岂不节省许多光阴//现在我才明白/原来步步都在向你靠近/要不这样弯曲地走/我们将会永远陌生/迟速一秒就不再相逢/恰如两颗交轨的行星。

　　及至本书成稿，历数二十多年来的人情世事与求学历程，情形何尝大异！

　　五色杂陈的周遭不断提示着如下现实：是'评价'成就了我们的世界：爱我、我爱；恨我、我恨；欣赏我、我欣赏；羡慕我、我羡慕；轻视我、我轻视；嫉妒我、我嫉妒；厌恶我、我厌恶；误解我、我误解，不满于我、我不满意；恩将仇报于我、我以牙还牙或以德报怨；成全我、我成全……是是非非，正是每一位社会人自己的写照，只是程度、角度和表现方式不同罢了。

  本书采用了韩礼德教授关于语言、文化和记忆关系的基本观点。关于系统和记忆关系的认识曾求证于韩礼德教授本人；他批评一味的理论消费，反复强调理论探索的价值以及需要注意的个性化问题；韩茹凯教授就历时与共时关联的观点给予了及时指点；马丁教授曾给予诸多帮助。

  我要借此机会特别提及我的两位老师。胡壮麟教授鼓励我从学派以外去看系统功能语言学，拓我宏观；一直以来他在国内当代文体学研究方面的领军作用，引导我始终留意这一领域的发展。王宁教授耐着性子引我叩击中国传统语言学的大门，现我渺小；她的慷慨指点给了我成长契机，并不时敦促，尤其是在许多关键时刻。两位先生有着十分相近的修为：磅礴大气，视野高阔，乐于并善于吐故纳新。

  攻读博士学位期间，申丹教授教我叙事学，我发现叙事学跟系统功能语言学在学理上是兼容的，但没曾想叙事学的基本框架成了本书相关分析的着眼点。攻读硕士学位期间，陈治安教授教我语用学，刘家荣教授教我文体学，赵伐教授教我西方文论，奠定了基础。在前的本科阶段邹必成教授教我英语语法；可恩师在73岁的大好时光于2013年夏季害怕酷暑，在无法开口讲话的情况下，默默无语流着眼泪永远告别了故交、学生和家人！文体和语法，在以篇为立足点的系统功能语言学中自是一家。作者谨此对各位老师由衷致谢！

  有着想法最终得以实现，有赖于众多组织团体和师友，尤其是全国哲学社会科学规划办公室、项目申报和结项的各位匿名评审专家；此外，有不少师友和刊物给予了支持和帮助，他们是：程晓堂、封宗信、Sue Hood、黄国文、蒋重跃、蒋虹、李昌标、李寒冰、李洪儒、李京廉、李战子、刘立辉、刘世生、罗益民、吕晶晶、苗兴伟、Nina Nygaard、Michael O'Toole、钱冠连、申丹、束定芳、苏晓军、谭业升、Michael Toolen、王爱华、王克非、魏在江、熊沐清、杨枫、于善志、张冰、张德禄、章燕、赵素敏、郑海凌、郑敏宇、朱永生等诸位博士和教授；胡壮麟教授和刘世生教授还为举荐本项成果申请北京市哲学社会科学出版资助鼎力说项。

  自以为坚强的我也曾因多种因素彷徨纠结，意欲放弃学业转向他顾；是我夫人任玲女士的敦促让我坚持了下来——关于这第一点，我得同样感谢我的两位导师和钱冠连教授：他们的权权学问之情值得高声赞美；安妮从她的角度对哲学和心理学问题刨根究底，使我做出了更深入的思考。那些日子和情景像粒粒种子，随着时间的流逝而疯长，铺满了记忆的河床。

乔布斯转给世人一句座右铭：Stay hungry, stay foolish. 基本意思在中国文化中古已有之。可如何翻译？思索多日，忽发奇想，便以《诗经》风格转述：践之饥饥，行之愚拙；忽一日，又套黄老旨趣：抱饥守拙。均嫌拘谨。管它呢，得鱼可弃筌，且与我的学生们共勉吧。

彭宣维

2013 年 12 月

目　　录

一、绪论

1　评价文体学概说 ·· 3
  1.1　引言 ·· 3
  1.2　相关背景 ·· 4
  1.3　何需评价文体学？关注范围？ ·· 8
  1.4　评价文体学的理论框架 ·· 11
  1.5　评价文体学的学科定位与本书概要 ································· 16

二、评价文体学历史沿革

2　亚里士多德的评价之路 ·· 23
  2.1　引言 ··· 23
  2.2　亚氏论述中涉及的'情感'和'鉴赏'意义 ······························ 24
  2.3　亚氏论述中涉及的'判断'意义 ······································· 30
  2.4　亚氏论述中涉及的'介入'和'级差'意义 ······························ 36
  2.5　评价范畴的多层次性及其价值 ······································ 41
  2.6　总结 ··· 43

3　西方修辞学与文艺美学的评价主旨 ······································ 45
  3.1　引言 ··· 45
  3.2　赫尔摩吉尼斯论风格 ·· 45
  3.3　西方文艺批评的评价之路 ··· 54
    3.3.1　情感派 ··· 55
    3.3.2　判断派 ··· 59
    3.3.3　鉴赏派 ··· 63
    3.3.4　综合态度派与兼及介入和级差者 ························· 67
  3.4　总结 ··· 71

4　先前文体学与叙事学的评价主旨 ··· 72
  4.1　引言 ··· 72
  4.2　相关理论的整体评价定位 ··· 73

- 4.3 从概念相度看相关研究的评价主旨 ………………………………… 76
  - 4.3.1 文体学关注的概念相度 ……………………………………… 76
  - 4.3.2 叙事学关注的概念相度 ……………………………………… 79
- 4.4 从人际与语篇相度看相关研究和评价主旨 …………………………… 89
  - 4.4.1 与互动意义有关的评价性研究 ………………………………… 89
  - 4.4.2 从语篇相度看相关研究及其评价主旨 ………………………… 93
- 4.5 文化语境视角 …………………………………………………………… 97
  - 4.5.1 近似评价性的相关研究 ………………………………………… 97
  - 4.5.2 由权势关系引发评价主旨研究 ………………………………… 104
- 4.6 多角度的相关研究及其评价主旨 ……………………………………… 108
  - 4.6.1 功能文体学的相关分析 ………………………………………… 108
  - 4.6.2 认知语言学的应用分析 ………………………………………… 112
  - 4.6.3 叙事学多角度的研究文献 ……………………………………… 114
- 4.7 总结 ……………………………………………………………………… 115

三、评价文体学的理论范式

5 评价文体学的理论范式 ……………………………………………………… 119
- 5.1 引言 ……………………………………………………………………… 119
- 5.2 '现在'的观念 …………………………………………………………… 119
  - 5.2.1 背景、研究问题和出发点 ……………………………………… 123
  - 5.2.2 对'现在'的基本认识 …………………………………………… 131
  - 5.2.3 '现在'的基本特征及相关阐述 ………………………………… 138
  - 5.2.4 小结 ……………………………………………………………… 148
- 5.3 操作平台——系统功能语言学 ………………………………………… 150
  - 5.3.1 系统功能语言学的基本模型 …………………………………… 150
  - 5.3.2 社交环境下语言过程的记忆加工 ……………………………… 157
- 5.4 总结 ……………………………………………………………………… 163

6 评价文体学的学科前提 ……………………………………………………… 164
- 6.1 引言 ……………………………………………………………………… 164
- 6.2 '作者—文本—读者'一体化解读机制 ………………………………… 164
  - 6.2.1 问题的提出与解决方案 ………………………………………… 165
  - 6.2.2 文本解读的实质——所指重构及其制约 ……………………… 167
  - 6.2.3 所指重构的记忆加工原理 ……………………………………… 172
  - 6.2.4 记忆加工的社会文化特点与内容 ……………………………… 177
  - 6.2.5 以互动性、主体间性与记忆为基础的解读差异机制 ………… 180

  6.2.6 小结 ·· 182
 6.3 评价文体学的操作原则与分析框架 ······················ 183
 6.4 总结 ·· 191

四、评价文体学模型建构

7 文学话语中的前景化评价成分 ·· 195
 7.1 引言 ·· 195
 7.2 仅有(隐含)作者或/和叙述者出现的情况及其关系 ······ 197
 7.3 隐含作者、叙述者和叙述对象 ··························· 202
 7.4 隐含作者、叙述者、叙述对象$_1$和叙述对象$_2$ ············ 208
 7.5 叙述角色——评价者和被评价者之间的关系 ··········· 213
 7.6 隐性评价与隐含作者 ····································· 218
 7.7 总结 ·· 222

8 从前台走向背景 ·· 225
 8.1 引言 ·· 225
 8.2 前景化视角下评价意义的语词组织 ····················· 227
 8.3 走向背景——评价意义成分的话语组织 ················ 236
 8.4 常见修辞格的非前景化整体评价主旨 ·················· 244
 8.5 抒情性散文与小说中的整体评价主旨 ·················· 249
 8.6 总结 ·· 257

9 评价文体学的批评—审美观 ·· 259
 9.1 引言 ·· 259
 9.2 对立波动平衡——共时视角 ···························· 262
 9.3 穿梭波动平衡——泛时/现在主义视角 ················· 274
 9.4 构成平衡关系的主要范畴 ······························ 281
 9.5 总结 ·· 286

五、《廊桥遗梦》文本分析

10 整体中心—边缘成分的评价文体分布模式 ························ 291
 10.1 引言 ·· 291
 10.2 男女主人公为情感者的意愿成分 ······················ 293
  10.2.1 以金凯为情感者的意愿成分 ···················· 294
  10.2.2 以弗朗西丝卡为情感者的'意愿性'成分 ········· 297
 10.3 以男女主人公为情感者的愉悦成分 ··················· 303
 10.4 以男女主人公为情感者的满意和安全成分 ············ 310
  10.4.1 以男女主人公为情感者的满意成分 ············· 310
  10.4.2 以男女主人公为情感者的安全成分 ············· 315

  10.5 总结 ··· 320
11 局部中心—边缘成分的评价文体分布模式（一）··· 322
  11.1 引言 ··· 322
  11.2 男女主人公为判断对象的能力性成分 ··· 323
    11.2.1 男女主人公对自己的积极能力评价 ··· 323
    11.2.2 弗朗西丝卡对金凯的积极能力评价 ··· 327
    11.2.3 有关二人的消极能力评价 ··· 331
  11.3 男女主人公为判断对象的可靠性成分 ··· 335
    11.3.1 男女主人公对自己的可靠性判断 ··· 335
    11.3.2 叙述者对男女主人公的可靠性判断 ··· 338
    11.3.3 弗朗西丝卡及他人对金凯的可靠性判断 ··· 342
  11.4 男女主人公为判断对象的其他成分 ··· 346
  11.5 以男女主人公和叙述者为判断者的恰当性成分 ··· 355
  11.6 总结 ··· 358

12 局部中心—边缘成分的评价文体分布模式（二）··· 359
  12.1 引言 ··· 359
  12.2 以男女主人公为对象的反应性成分 ··· 360
    12.2.1 金凯及他人对弗朗西丝卡的反应性评价 ··· 360
    12.2.2 弗朗西丝卡及他人对金凯的反应性评价 ··· 363
  12.3 边缘性反应成分 ··· 369
    12.3.1 基于自然环境的反应特征 ··· 369
    12.3.2 反应类成分隐含的判断和情感特征 ··· 373
  12.4 其他边缘性成分：构成性与估值性 ··· 378
    12.4.1 构成性成分的文体价值 ··· 378
    12.4.2 估值性成分的文体价值 ··· 382
  12.5 总结 ··· 390

13 叙事方式：单声乎？多声乎？··· 391
  13.1 引言 ··· 391
  13.2 '收缩'成分 ··· 392
    13.2.1 命题框架内的'否认'成分的文体价值 ··· 392
    13.2.2 '公告'成分的文体价值 ··· 402
  13.3 '扩展'成分 ··· 408
    13.3.1 接纳成分与级差意义 ··· 409
    13.3.2 宣称介入——小成分之大视野 ··· 418
  13.4 总结 ··· 424

14 叙事口吻：强耶？弱耶？ 426
14.1 引言 426
14.2 数量级差成分的文体特征 427
14.2.1 弗朗西丝卡对自己做出评价时的级差特征 428
14.2.2 金凯对自己做出评价时的级差特征 434
14.3 强度级差成分的文体特点 438
14.3.1 针对两人情感意义的强度特征 439
14.3.2 针对两人判断和鉴赏意义的强度特征 446
14.4 聚焦成分的文体价值：现象举偶 450
14.4.1 针对于男女主人公的一些典型聚焦成分 451
14.4.2 从几个代表性聚焦成分看文体价值 456
14.5 总结 462

六、尾声

15 结束语 467
参考文献 470

一

诸 论

> 语言是人形成思想和情感、心绪、愿望、意志和行动的工具,以此影响他人并受他人影响,是人类社会终极而最底层的基础;但当心灵与生存抵牾、冲突在诗人和思想家的独白中消解时,它也是人类个体的终极而必不可少的支撑,是孤独时刻的避难所。……它深藏于人的心灵,是一种记忆财富,由个体和宗族承传,一种处于警觉状态的良知,提醒并告诫着世人。
> ——叶尔姆斯列夫《语言理论导论》

1　评价文体学概说
——缘起、对象、理论框架

　　文体学研究一切能够获得某种特别表达力的语言手段,因此,比文学甚至修辞学的研究范围更广。所有能够使语言获得强调和清晰的手段均可置于文体学的研究范围内:一切语言中,甚至最原始的语言中充满的隐喻;一切修辞手段;一切句法结构模式。

——韦勒克与沃伦《文学理论》

1.1　引言

　　本书尝试建立一个综合性的文学文本①分析框架——评价文体学(Appraisal Stylistics,AS),以适应相关新题旨,解决一些新老问题,揭示一组新事实,反思文学行为(文学实践与理论)的初衷与归宿;出发点是系统功能语言学(Systemic Functional Linguistics)的层次观,基础是马丁等人的评价范畴(Appraisal Category,AC),着眼点是韩礼德关于语言、社会、文化与记忆关系的基本见解,因而涉及心理学的记忆概念。

　　评价文体学立足于相关语言现象,整合此前文体学、叙事学、文学批评与审美的有关认识,重新审视文学文本及其批评—审美旨趣②;前提是人的个体与社会互动属性、工作记忆成就的历时—共时一体化、语言的实例化与过程性以及'作者—文本—读者'一体化解读机制。它关注文本过程对评价主旨的表达具有区别作用的语言和非语言手段以及相关批评—审美立场,从理论探讨和实际分析两个方面认定以评价为特点、手段和目的的文体分析与审美路径。其中,语言和非语言手段包括词汇语法的、语音书写的、话语组织的、思想内容的:一切产生评价主旨及其差别的话语修辞方式与表征过程,均系考察对象;进而着眼于对批评—审美自身的元思考。因此,评价文体学属于广义的功能文体学的范围。这一尝试旨在重新思考文学实践、文本分析、批评与审美行为的意义和价值。

---

①　对于英语的 text,本书也将在适当的地方,根据行文需要和惯例称'语篇'。
②　在本书的框架内,文学批评—审美是一体的,惟各有侧重,故而采用'批评—审美'的表达方式(讨论见后文第9章)。

1.2　相关背景

评价文体学的关注对象,需要和英语 style 的所指内容相关联。它有三个汉译术语:语体、文体、风格;三者各有所指,也有共性。

语体和语言使用的正式程度有关,涉及三类权势特征:不同社会地位与角色的社会人之间的等级性、不同场合下语言使用的庄重性、社会人之间的亲疏程度。这会涉及一大类语言现象,不直接针对评价审美,却属于文学批评—审美的考察范围。本书认为这是文化语境的一个方面,其体现涉及语言本体部分各个层次和级阶的成分选择。

文体主要指"一些典型语言特征的总和",包括语域题材的、作家习惯的、与时代地域因素有关的整体语词特征,这是经典文体学的基本议题:它源于德国,发端于俄国形式主义文学的早期前景化理论,聚焦于语言的常规和变异使用特征;功能文体学则转向由选择主旨支配的前景化概念,但两者都属于狭义的文体学范围;文学中常说的"体裁"属于广义的文体范围,在法语中有一个对应的功能称谓,即语类(genre;或译篇类或文类),包括文学文本。这一范畴化视角的理论阐述缺乏足够的评价定性,只有其中一部分归文学研究,如前景化;我们需要迈出一步,考察前景化手段在整体上体现的风格价值。

风格既有语词因素(如前景化),也有叙事学的话语修辞手段,更有思想内容,如高雅的、壮丽的、低劣的、绚丽的、平实的、丰繁的与简约的等,涉及语言的语义、词汇语法、语音书写各个层次以及从语素到篇章的级阶连续体,包括具有区别性价值的一切可能的语言使用现象。这才是我们的兴趣所在:任何同时跟评价主旨有关的思想内容、话语修辞特征(包括作家和时代风格)、语词选择类别以构成具有相应特点的文本组织者,均系风格范围。

鉴于 style 内涵的多重性,这里为语体、文体和风格分别确立各自的理论范围。语体指体现权势关系和等级性的同义性语言变体(synonymous variety)[①];文体指体现语言使用领域的文本类型(generic pattern),即语类性(genericality)[②];风格指体现美学意义的诗学类型(poetic pattern),即诗性或文学性(poeticality 或 literariness)。本书主要指最后一类,当然离不开对前二者的参照。

据此,本书的"风格"概念超出了古德曼在"风格"术语之下设定的外延:不仅包括"被言说的"(概念)、"被表达的"(人际情感)、"句子结构、节奏模式、重复和对偶的运用等等的重要价值"(文本修辞)以及"一个作品的象征功能的

---

① 见程雨民:《英语语体学》(修订本),上海:上海外语教育出版社,2004年。
② 这是在韩礼德的意义上使用语域和语类的概念,见 Michael A. K. Halliday, *Language as Social Semiotic: The Social Interpretation of Language and Meaning*, London: Arnold, 1978.

那些特征——作者、时期、地方或学派特性"(部分语境的);还有"关于历史的、传记的、心理学的和社会学的因素的讨论,而且包含关于所研究作品的任何性质的讨论"(部分语境和方法论的)[①]。这将在后文第5—9章以及第10—14章从理论和具体分析两个方面予以体现。

  套用一句老话:用"评价"来作为"文体学"的限制语,好像学界还有不以评价为特点、手段和目的的文学行为;事实上,一切文学文本及其分析审美,注定了它们特定的评价指向[②];不过,这里采用的是一套特定的理论化程式与考察途径。

  评价范畴是上一个世纪80年代中期以来,人们以巴赫金的话语理论为着眼点、在系统功能语言学框架内发展起来的一个人际功能次类[③]。在主体间性原则视野里,它集中关注作者或说话人在文本过程中的主观在场,即在话语过程中针对事物和交往对象投入的主观因素。它涉及如何表示赞同支持与反对否决、热情洋溢与厌恶回避、称许认可与批判病诟等相关态度的用语策略,进而把读者或听话人放到同样的评价立场来共同面对有关文学话语表达的情感和价值,尤其是情绪、品味和规范估价等因素;它探讨作者或说话人如何为自己确立特定的作者身份或人称,如何与现实或潜在回应者结成同盟或对抗对立,怎样为文本建构潜在或理想的受众。

  评价有三个主要范畴:态度、介入和级差。态度(Attitude)关注感情现象,包括情绪反应(情感)、行为判断(判断)和事物评估(鉴赏)三个次类,与中国传统修辞学中的褒贬意义基本一致,但更为具体;介入(Engagement)确立态度的来源以及话语中围绕相关主张的回应方式,即相关主体间性的立场资源;级差(Graduation)针对的是程度问题,涉及原型性(聚焦)和强度(语力)的"加强"和"减弱"调节手段。图1-1是评价意义的基本范畴,各范畴之后逐一标上序号,便于后文指称。图中我们用大括号"{"表示相关各项之间的合取关系(AND relation),即一个语言成分同时包含多个范畴特征;方括号"["表示析取关系(OR relation):彼此排斥对立。

  评价思想的根源在古希腊学者那里,尤其是亚里士多德,但同时吸收了巴赫金的异质话语理论、批评话语分析和当代语言学的相关研究成果,在系统功能语言学中进行了高度的理论概括和对象重组,并与文化语境连成一体[④]。

  不过,笔者对此有不同理解。评价范畴不仅仅是一个语义概念;它在社会

---

  ① 古德曼:《构造世界的多种方式》,姬志闯译,上海:上海译文出版社,2008[1978]年,第二章。当然,文学批评还涉及理论范式和方式论上的对比分析等元议题,这一点显然不在评价文体学的考察范围之内。

  ② 另见兰色姆:《新批评》,王腊宝、张哲译,南京:江苏教育出版社,2006[1941]年。

  ③ 相关文献包括 James R. Martin and Peter White, *The Language of Evaluation: Appraisal in English*. Hampshire and New York: Palgrave Macmillan, 2005. James R. Martin and Sue Hood, "Invoking attitude: the play of graduation in appraising discourse". 王振华主编:《马丁文集(2)》,上海:上海交通大学出版社,2010年,第376—400页。Sue Hood, "Voice and stance as appraisal: persuading and positioning in research fields across intellectual fields". In Ken Hyland and Carmen S. Guinda (eds.) *Stance and Voice in Academic Genres*. London: Palgrave Macmillan, 2008, pp. 216—233.

  ④ James R. Martin, *English Text: System and Structure*. Amsterdam: Benjamins, 1992.

文化层面应该属于价值（Value）和立场（Stance）领域，在主体间性视野里侧重于个体的价值评估；与此互补的是权势范畴（Power），即基于社会地位与角色的等级性、社交场景的庄重性和心理距离的亲疏性；它跟评价范畴一样，也没有特定的语言结构来具体体现，代码化途径是语言的各个层次、不同级阶、跟概念—人际—语篇相关的词汇语法和语音书写诸相度。评价性侧重于（却非全部）社会个体，权势性更多的是群体意识；两者均属于文化语境的范围。它们主要体现在词项中；如果需要语法手段，大都是借用（如语法隐喻）；也有一些特定的结构类型发挥相应作用，如英语的强调句、汉语的动补式，但往往缺乏特定的语法构式（对比及物性、时态、语气、主位和信息结构）。如果将文化语境的新内涵及其语言的层次体现关系纳入，我们可以用图1-2来表达。这将是第4章文献综述的基本依据。

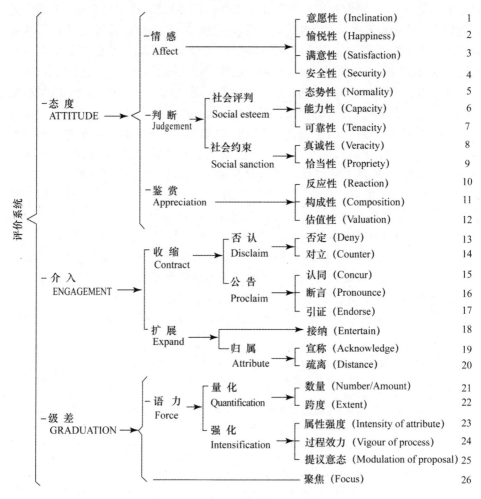

图 1-1　语言评价意义的主要范畴

迄今，系统功能语言学的所有方面几乎都应用到了文学文本的分析上；但评价范畴的应用还局限于法律①、科技②、新闻③等语类，只有极少数是有关文学文本分析的尝试④。这就为运用评价范畴研究文学文体留下了空间。

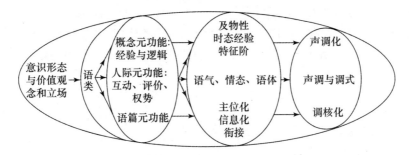

图1-2 文化语境及语言的层次体现模型

对照评价范畴，文学就是评价：文学实践与文学研究是以评价为特点、手段和目的的互动性艺术话语行为；文学批评的出发点和终极目的是文本中的评价内容以及体现评价主旨的相关叙事技巧或修辞方式；事实上，人是一种评价性的存在：评价是人类社会生活的重要部分，惟方式或显或隐；无论是传统文学还是现当代文学，不管是亚里士多德以来的经典文学批评——审美观，还是结构主义或解构主义思潮的基本立场取向，均关涉特定的评价立场。

在这里，"互动性艺术话语行为"中的"艺术"，是一个样本与范例性概念，具有一系列典型特征。古德曼以句法密集（syntactic density）、语义密集（semantic density）、相对充实（relative repleteness）、实例化（exemplification）和多重复杂指称（multiple complex reference）五个典型标准为据，"从什么是艺术转向了艺术能做

---

① Henrike Körner, *Negotiating Authority: The Logogenesis of Dialogue in Common Law Judgments*. Unpublished Ph. D. dissertation, Linguistics Department, University of Sydney, 2000. http://www.grammatics.com/appraisal/AppraisalKeyReferences.html.

② Susan Hood, *Appraising Research: Taking a Stance in Academic Writing*. New York: Palgrave Macmillan, 2010.

③ 王振华："硬新闻"的态度研究——"评价系统"应用研究之二，《外语教学》第5期，2004年，第31—36页。Monika Bednarek, *Evaluation in Media Discourse: Analysis of a Newspaper Corpus*. London: Continuum, 2006. Peter White, "Evaluative Semantics and Ideological Positioning in Journalistic Discourse". In Inger Lassen (ed.) *Image and Ideology in the Mass Media*. Amsterdam: Benjamins, 2006, pp. 45—73.

④ Joan Rothery and Mary Stenglin, "Interpreting literature: The role of APPRAISAL". In Len Unsworth (ed.) *Researching Language in Schools and Communities: Functional Linguistic Perspectives*. London: Cassell, 2000, pp. 222—244. Li Zhanzi（李战子）, 2002. "Appraisal resources as knowledge in cross-cultural autobiographies". In C. Barron, P. Benson and N. Bruce (eds.) *Knowledge and Discourse: Speculating on Disciplinary Futures*. http://ec.hku.hk/kd2proc. Mary Macken-Horarik, "Appraisal and the special instructiveness of narrative". *Text*, 2003:23 (2): 285—312. Ruth E. Page, "An analysis of APPRAISAL in childbirth narratives with special consideration of gender and story telling style". *Text*, 2003, 23 (2): 211—237.

什么"的功能视角,以情景为依托来加以解说;他认为,艺术可以缺乏再现、表现或例证,但不可全无。①虽然,这是由艺术本身所具有的原型特点以及欣赏它的介入者与相关环境共同决定的;不过,这里说的各种"密集"特征,正如韩礼德所说,或多或少掺杂了解读者的个人因素。

下面概述以下议题:评价文体学的缘起;以工作记忆理论为立足点的'作者—文本—读者'一体化解读模型,相关原则、方法以及分析框架,最后是本书的基本内容介绍。

1.3 何需评价文体学?关注范围?

最初确立"评价文体学"这一选题时,面临研究内容和研究方法两个方面的挑战:一是文体学的既有基本原则本身无法解决文本中的隐含评价现象,即文本潜在的价值观念;二是评价范畴在立论的出发点上与结构主义和解构主义的基本观点冲突。

一方面,文体学的研究方法(主要是前景化理论)在操作上无法合理解决文学文本以间接方式体现的评价意义,即那些缺乏明确文体特征却有相应价值观念的文本。即是说,文体学主要针对那些与文体特征及其分布类型有关的"表层"话语现象。先看下面这个文本。

(1) 她坐在那儿/泪滴挂在/脸颊 / 她的脸颊托在/她的手里 // 孩子/在她腿上/他的鼻子/贴着 /玻璃窗。②

这是威廉斯(W. C. Williams)发表于1951年的一首小诗,分两个小节(由//分隔;/为诗行分隔符),题为《窗口的年轻女人》(Young Woman at a Window)。行文采用近乎白描的叙述手段刻画了一位妇女和一名孩童,没有给读者提供两个叙述对象的现实生活状况,也没有明确她们之间的关系。但根据日常经验,其中的"泪滴"(tears)在这一静态环境中很可能指向一种消极意义。换言之,该成分也可能是积极情感的外在表现,但跟语境不符:积极情感状态下流泪总是和动态行为而非静止状态关联;因此,这应该是一幅凄凉图景:她们也许是母子,处于无助状态,或者忍饥挨饿,或因某种不明缘由而哀伤无奈[-2]。申丹教授(私下交流)向笔者指出:如果将泪滴(tears)换成微笑(smiles),这首诗就会带来完全不同的解读效果。可见,泪滴(tears)是一个对解读起关键作用的文体成分。

对比下面的文本。这是安特伍德(Margaret Atwood)发表于1971年的《你置

---

① 古德曼:《构造世界的多种方式》,姬志闯译,上海:上海译文出版社,2008[1978]年,第四章,尤其是第69、71、73页。其中,"再现"和"表现"的英文原文分别是 representation 和 expression,后者近乎于布勒的表现功能,跟人际情感有关。

② 原文:She sits with/tears on/her cheek/her cheek on/her hand // the child/in her lap/his nose/pressed/to the glass.

入了我》(*You Fit into Me*)。

(2) 你入了我/像一只钩子置入了眼睛/一只钓鱼的钩子/一只睁开的眼。①

这里没有泪滴之类的前景化文体成分来引导解读的评价方向,但生活阅历会让读者产生心惊肉跳的消极心理,这是纯粹由叙述内容体现的负面情感——非安全性[－4](类似现象在评价范畴中叫做引发性评价意义)。对于这样的修辞现象,经典文体学常用的前景化解读手段则无能为力;功能文体学②诉求于起支配作用的底层主位/主题(underlying theme)概念。不过,那个底层主位/主题概念究竟是什么?它是评价性的吗?如果是,该如何与这里的思路加以整合?

叙事学的叙述技巧倒是可以采用话语技巧(间接叙述)原则来揭示两人的关系状态。直言之,该文本涉及两个层次的情感性态度意义:直接陈述的是非安全意义[－4],间接表征的是痛苦心理[非愉悦性,－2](间接评价意义)。同样经过对(1)分析得出的消极情感意义,也是在叙述技巧引导下获得的,因为包括 tears 在内的那些词项语法本身,并没有明确这个文本意欲传递的究竟是什么样的评价立场。但如何纳入一个合理的框架来同时解决前景化关涉的评价现象呢?

接下来看第二个问题。评价范畴明确主张作者或说话人在文本过程中的主观在场,这与文学批评中早已为一部分人接受的读者解构观相去甚远。因此,在将评价范畴应用于文学文本分析时,其潜在的理论立足点是否逆历史潮流而动?

一般认为,西方文学的批评—审美发展大致经历了三个主要阶段。

20 世纪以前,文学批评的主流是作者中心论:文本分析在很大程度上着眼于作者的社会文化背景与个人阅历。

20 世纪早期,文学批评—审美逐渐把重心转移到文本上。T. S. 艾略特③把对诗人的兴趣转移到对诗人创作的诗歌上,认为只有这样才能对诗歌做出好与不好的评估。这是现代文学批评把重心从纯粹的作者中心转向文本中心的开端,并在之后的兰瑟姆、布鲁克斯、退特、维姆萨特、韦勒克与沃伦等人那里得到了充分发挥;他们抛弃了作者,以客观主义原则为基本出发点,执着于文学话语的封闭式解

---

① 原文:You fit into me/like a hook into an eye/a fish hook/an open eye.

② Ruqaiya Hasan, "Linguistics and the study of literary texts". *Edudes de Linguistique Appliquee* 1967 (5): 106－115. Ruqaiya Hasan, *Linguistics, Language and Verbal Art*. Australia: Deakin University, 1985. Ruqaiya Hasan, "The analysis of one poem: theoretical issues in practice". In David Birch and Michael O'Toole (eds.) *Functions of Style*. London and New York: Pinter Publisher, 1988, pp. 45－73. Ruqaiya Hasan, "Private pleasure, public discourse: reflections on engaging with literature". In Donna R. Miller and Monica Turci (eds.) *Language and Verbal Art Revisited: Linguistic Approaches to the Study of Literature*. London: Equinox, 2007, pp. 13－40. 另见 Michael A. K. Halliday, "Linguistic function and literary style: an inquiry into the language of William Golding's *The Inheritors*". In Seymour Chatman (ed.) *Literary Style: A Symposium*. London and New York: Oxford University Press, 1971, pp. 330－368.

③ Thomas S. Eliot, "Tradition and the individual talent". In Hazard Adams and Leroy Searle (eds.) *Critical Theory since Plato* (3rd edition) Singapore: Thomson Wadsworth; Beijing: Peking University Press, 2006 [1917], pp. 807－810.

析——"强调文学自足性、文本的独立性和美学的自律性"[1]。

60年代中后期,在法国掀起了读者中心论的热潮,作者死了,文本只是一堆记号而已,需要读者临时赋予所指。法国学界有两个代表性人物,一个是结构主义符号学家罗兰·巴尔特(Roland Barthes),另一个是后现代解构主义哲学家雅克·德里达(Jacques Derrida)。结构主义和解构主义唱和的多中心主义,有其特定的历史必然性,更有相应的人文价值,但毕竟走向了极端[2];其反科学立场直接冲击普通读者的感知体验。

而以评价范畴为依据分析文本,不仅没有偏离文学行为的正轨,还可以使文学文本分析及其各类批评—审美主旨得到更具体的范畴化表述,对于现代和后现代文本的叙述方式也适用——只是隐含作者直接进入文本的铭刻性评价方式(直接言语行为)被摒弃了,代之以间接叙述,由此注入隐含作者的价值观念(间接言语行为)。正如学界已经指出的那样,这从福楼拜和詹姆斯就开始了,艾略特之后则成了主流作者们采用的基本叙述方式。而现代和后现代文学的批评—审美目标仅相当于评价范畴的判断意义(见图1-1)。

总之,以评价为出发点进行文学文本分析可以正本清源,毕竟现代和后现代的某些文艺理论与实践已经完全偏离了以文学性为出发点和归宿的美学宗旨,为艺术而艺术,以丑为美,以虚无为追求目标[3]。而有了评价范畴作为依据,不仅可以对文学文本做出隐含作者可能期待的合理分析,还能以此反观既有各类文学理论和美学体系,进而建构基于评价范畴的批评—审美模式。

可见,既然现有理论框架无法满足文学文本分析的需要,而与现代和后现代思想的冲突并非评价范畴本身的问题,这就需要以文学及其批评—审美的评价性为着眼点,尝试确立一个有关文学文本的新的分析途径:它既需要植根于各类文学研究的合理土壤,又需要在既有理论的基础上面对一些根本性的理论挑战。直言之,它需要一种新的理论范式,以此整合相关原则与描写框架来解决上述诸问题。这就是评价文体学的由来;正如前文所说,它将涉及语词的、话语修辞的、语义类别的、权势关系和价值观念等方面的内容:语言组织的一切形式与非形式手段,只要有助于确立评价文体效应,都在关注范围内。

马丁和怀特指出了评价主旨的两种体现方式:铭刻(Inscribed)与引发(Invoked);它们对梳理文本中的评价意义具有指导性作用。铭刻概念指以下现象:相关评价特征已经进入语言系统,可以随时调用;引发的内涵则是:使用过程中临时赋予的评价特征。例如,悲哀、变态、绝情、美丽、无价之宝、十分、可能等成分就是铭刻性

---

[1] 引自董学文:《西方文学理论史》,北京:北京大学出版社,2006年7月,第291页。
[2] 另见郑敏著、章燕编:《郑敏文集》(文论卷),北京:北京师范大学出版社,2012年4月。
[3] 樊美筠:《建设性后现代美学艺术的新取向》,《北京师范大学学报》(哲学社会科学版),2012年第5期,第109—115页。另见凯特·里格比:《生态批评》,载朱利安·沃尔弗雷斯:《21世纪批评述介》,张琼、张冲译,南京:南京大学出版社,2009年,第201—241页。

的,因为它们已经带上了明确的评价特征;有的是以前没有而新近带上的:"果子狸"本指一种动物,但后来人们大面积捕杀饮食而引发"非典"后,这个本来纯粹的经验性成分便增添了令人恐惧而产生抵触心理的相关语义特征[消极满意和安全心理:-3,-4]。与此相对,"书"这个成分,只有在特定情景下才会带上评价特征,用来表达不满、批评、提醒、担心之意,是声调在协助体现相应价值。

在这里,除了直接表达评价特征外,语言的所有层次和所有级阶均可通过引发(间接)方式体现评价意义。这正是笔者主张将评价范畴原则上作为价值观念(文化内涵之一)的根本原因;而只有将评价(包括权势)范畴与文化语境关联,此前关于从情景语境到语言范畴进行选择、并由此调用相关语用原则和策略的说法才符合逻辑。

只是从文化语境到语义范畴的实例化过程需要细化。为此,笔者在这里提出有关选择的语用行为:关乎概念意义及其词汇语法选择的投射问题(Projection)——(显性或隐含)说话人或作者所进行的思维和言语活动;关乎人际意义及其词汇语法选择的蕴涵性对比与对立问题(Comparison and Contrast)——选择一者则同时蕴涵另一者;关乎语篇意义及其词汇语法选择的视角问题(Perspective)——出发点和角度因素(详见第5章说明)。它们分别对应于三类元功能及其相关词汇语法范畴。

其实,文学文本的初衷和最终目的就是通过各种语言的和非语言的手段来突出体现评价行为:经典文学直接诉诸评价表达成分的比例偏重,现当代文学则以引发性为主。而无论是文学实践本身,还是修辞学、文体学、叙事学、文学批评与审美,都是为揭示这一基本价值立场服务的。这将是后文考察相关文献的指导性原则,涉及五个方面的内容:语音组织、概念相度、人际相度、语篇相度以及兼及两个或两个以上相度的文体学和叙事学研究成果(见后文第4章)。

为什么要评价?亚里士多德在《诗学》中提供了三个理由:不如我者、同于我者、高于我者。这显然不是评价的基本动因,因为评价是世界的黏合剂,人际差距对比只是表象,但这至少从一个方面揭示了人类评价的某种社会—心理动因。

1.4 评价文体学的理论框架

这个议题包括:(一)现在主义视角下的有关理论要点;(二)建立评价文体学的原则与分析框架。我们先看第一点,有几个方面的要素:以涉身性为基础的现在主义,统摄文体学、叙事学甚至文学批评研究范围的语言学模式——语言过程模型的基本思想,以及'作者—文本—读者'一体化解读模型。

首先要明确的是,一个文本的意义可以有多解,但绝不会有千人千面的不定性,而是具有一定依据和相对稳定性的结构化内容,从而保障有效交际。这种结构关系涉及笔者提出的现在主义(Presentism;Nowism)的基本思想,基础是涉身哲学(Embodied Philosophy,或称体验主义哲学 Experientialism)。

涉身哲学[①]认为，人生活在物质、身体和心灵三个世界里。这一认识触及了在前西方主流哲学的实质性问题：基本上以形而上学为立足点看待人和外在世界，缺乏身体在主客观之间的中介作用；即便20世纪以来也出现了一些以身体为中介的认识，但只是到了涉身哲学那里才获得了科学依据——第二代认知科学。涉身哲学在很大程度上是一种关于知识经由身体"过滤"途径而获得的认识论；它蕴涵了关注人的生存过程的现时性，因为人类关于世界的看法是受涉身经验以及我们的身体和大脑结构制约的。笔者拟以此为基础确立一种综合性的认识途径。

这里说的现时性指一切事物的存续状态[②]，包括有生命和无生命事件存续的当下性。一切在者均在于现在，在者即在；过去寓于现在之中，可表述为[现_{过去}在]，一起成为将来的潜势，从而规定和预设未来；三者以现在为依据构成一个整体：[现_{过去}在_(将来)]。这一现在概念有三个基本要素，即一维过程性、轨迹在线性和层次结构性。这是建构评价文体学的基础。不过'现在'（包括'这里'）只是一切事件及其存在方式的属性和方式；'时间'是一个索引符号，同时指向空间和以时空为属性的事件现象，包括变动不居的事物、存续方式以及相互关系。

第二，以现在主义为基础，笔者确立'作者—文本—读者'一体化解读模型。其基本观点是，意义不单在作者那里，也不仅在书写而成的字里行间，更不只在读者的解读中；意义是作者、文本、读者三者互动、通过读者（分析者）建构的结果。具体而言，文本是作者与读者之间的桥梁与中介；但读者是启动这一链接、使'作者—文本—读者'共同成就意义的当前主体。这里有两种互动关系：读者与文本、读者与作者；中间是文本。因此，意义是一种合力现象，同时源自作者、作品、读者（和分析者），尽管读者在这一过程中发挥关键作用。说得具体些，这是对读者大脑中（生物体内部）的解读机制的描述，不仅是生物体之间的外在互动过程，也是现在主义框架下的主体间性和文本间性——'作者—文本—读者'的一体化加工过程，是以人际交往的社会性为基础而发生在读者大脑里的一种记忆加工机制；读者解读既有创造性，也受文本过程制约。

尤其重要的是，文学文本随解读量的增加而出现所指意义的增值现象。由海

---

① George Lakoff and Mark Johnson, *Philosophy in the Flesh: the Embodied Mind and its Challenge to Western Thought*. New York: Basic Books, 1999. 另见 Mark Johnson, *The Body in the Mind: The Bodily Basis of Meaning, Imagination, and Reason*. Chicago and London: University of Chicago Press, 1987. Mark Johnson, *Moral Imagination: Implications of Cognitive Science for Ethics*. Chicago and London: University of Chicago Press, 1997. Mark Johnson, *The Meaning of the Body: Aesthetics of Human Understanding*. Chicago and London: University of Chicago Press, 2007.

② 对比穆卡洛夫斯基：叙事方式的特点是流动的而非现在的，抒情诗则是现在的而非流动的，戏剧的本质是两者兼备：一者为过去—将来轴上的时间性流动，一者为说者—听者轴上的无时间现在。（引自Michael Halliday, "The de-automatization of grammar: from Priestley's *An Inspector Calls*". In John M. Anderson (ed.) *Language Form and Linguistic Variation: Papers Dedicated to Angus McIntosh*. Amsterdam: John Benjamins, 1982, pp. 129—159. Reprinted in Jonathan Webster (ed.) *Linguistic Studies of Text and Discourse, Volume 2 in the Collected Works of M. A. K. Halliday*. London: Continuum, 2002, p. 147.）

德格尔、伽达默尔等人确立的文本意义互构模式,关注解读可能带来的新内容,由此使所指意义增值繁衍①。今天我们对哈姆雷特这个人物形象的理解远远超出了17世纪人们的相关认识;隋唐时代人们理解的诸葛亮与明清时期人们认识的诸葛亮必定大异其趣;现象会随研究深广度的拓展而繁荣。

在上述前提下,现在主义以广义的记忆理论为立足点,认可意义因参与者、环境以及交际动机的不同而不同的现在;在记忆支撑下,解读者进行的临时意义建构是在个人前期经验、相关社团的集体经验、甚至整个人类文化和文明经验的基础上进行的;外在情景语境只是促发因素,内在情景和文化语境(社会历史语境)——即各类经验格式塔——支撑着共时层面的一切符号化运作,包括语言加工及其功能体现。真实读者对文本进行的所谓解构,永远不可能摆脱背后各个层面上的潜在经验和知识基础。隐含作者属于这个基础的一部分,而真实读者通过阅读文本(能指)建构的临时意义(所指′)必然和隐含作者通过文本(能指)建构的意义(所指)有共同之处,至少和情景语境意义基本一致,而和文化语境下的意识形态或价值观念可能有出入;即便在同一文化体系之内,针对同一情景意义所指,不同社会地位、社会角色、临时心境都会带来有差别的文化语境意义解读。这种差别大致与姚斯和赫什说的解读对应,只是不存在他们各自主张的纯粹主、客观性——这里立足于'涉身性',主客观对立得到了消解;事实上,正是涉身性依据有差别的意识形态和价值观念才促成不同的解读结果。概言之,这一切都是以社交为基础、在记忆工作场所发生的。

从总体上看,人类具有共同的生活环境和相似的生理基础,无论读者获得的生活体验多么不同,均与先辈共享某些知识和文化因素,所以根据"文本是有组织的记号序列"而识解建构的所指意义,都会和隐含作者通过"文本是有组织的记号序列"识解的所指意义相关联,这也是阅读和阐释的基础。事实上,阅读一方面是真实读者顺应隐含作者建构特定语义关系的过程;另一方面,真实读者根据自己的经验经历进行有差别的意义解读,从而在两者之间求取一种平衡。巴尔特否定与"父子关系"这一比喻相似的文本意义建构过程,实际上是一种文化虚无主义、知识虚无主义和记忆虚无主义态度。这种过去虚无主义立场,跟德里达的观点基本一致。解构不可能是随意的和漫无边际、天马行空的;解释者不能只关注当前语境而脱离历史语境,前者毕竟蕴涵了后者。总之,读者生活在当下,而当下是过去经验的累积和现实体验差异的整合,过去的经验通过学校教育、自觉阅读、大众传媒和自我体验进入记忆和知识系统;相似的情景和文化空间给个体提供的,既有传统和相似性,也有差别。

据此,我们还需要为评价文体学的建立提供语言学操作平台,以便从理论上消

---

① 启示源于 Halliday, M. A. K. *On Language and Linguistics*, Volume 3 in the Collected Works of M. A. K. Halliday. J. Webster (ed.). London: Continuum, 2003.

解文学批评、文体学和叙事学研究各据一隅的传统①。出发点是韩礼德的语言扩展模式②。在这里,韩礼德在经典系统功能语言学模式③的基础上发展了一个扩展模式,与先前的见解有两个实质性区别:(一)实例和系统明确区分开来:先前语义系统和词汇语法系统的俗称,即意义和措辞,被作为相应的实例范畴;(二)语篇不再只是连接语言和情景的意义单位,同时是措辞单位,即"[语篇为]意义"和"[语篇为]措辞",从而将词汇语法的级阶上限从'句'推向'篇'。这个扩展模式对于建立评价文体学具有关键作用。大致说来,词汇语法在句及其以下的单位属于先前文体学的关注对象,它们是语词性质的(Verbal);词汇语法在句以上的单位属于叙述学的研究对象,是话语性质的(Discoursal),包括话语过程使用的叙述策略与技巧。这在韩礼德1978年的经典模式看来,两者很难从理论上得到调和;但根据他1995年提出的扩展模式,它们在语言模式上便成了体现(故事+评价)意义的形式范畴,均处在词汇语法层次上。按照韩礼德和韩茹凯的见解④,句以下的语言单位是结构性的,句以上的是组织性的;当语篇同时被定性为形式范畴的一部分之后,其特性保持不变,仍然是组织性的。它们都是体现(评价)意义的手段,都是隐含作者在(评价)动机驱使下通过待选成分获得的整合性意义单位,只是这里的成分需作宽泛理解:一为结构性成分,一为组织性成分。如此,文体学和叙事学的研究范围可以在评价文体学的理论模型中获得统一:统一于词汇语法形式范畴,符合形式创造意义的拓扑学原则。因此,两者都是语言使用性质的,都对语篇中的整体评价意义发挥相应作用。从语言使用(实例)的角度看,这里的"话语"可以包含叙事学的'话语'内涵⑤:前者涉及语义内容,是一个意义—形式配对的概念;叙事学的话语概念可以归到扩展模式的话语范围内,它毕竟属于表征意义(故事)的方式(见第6章)。

在本书的体系中,笔者根据叶尔姆斯列夫和韩礼德的基本思想(见本书"序曲"及第5章题记),围绕"记忆"(memory)这一核心概念来确立评价文体学的科学基础。记忆指人类大脑神经储存信息的心理功能,包括跟储存有关的信息编码和提取功能,是语言加工的心理"场所"。当代记忆理论不仅可以支撑整个系统功能语

---

① 申丹:"叙述学和文体学能相互做什么",载詹姆斯·费伦与彼特·拉比诺维茨主编:《当代叙事理论指南》,申丹等译,北京:北京大学出版社,2007年,第137—153页。

② Michael A. K. Halliday, "Computing meanings: some reflections on past experience and present prospects." In Jonathan Webster (ed.) *Computational and Quantitative Studies*, Volume 6 in the Collected Works of M. A. K. Halliday. London: Continuum, 2005 [1995], pp.239—267. 吴灿中译:《计算意义:回顾过去、展望未来》,黄国文主编:《语篇·语言功能·语言教学》,广州:中山大学出版社,2002年,第1—31页。

③ Michael A. K. Halliday, *Explorations in the Functions of Language*. London: Arnold, 1973. *Language as Social Semiotic: the Social Interpretation of Language and Meaning*. London: Arnold, 1978.

④ Michael A. K. Halliday and Ruqaiya Hasan, *Cohesion in English*. London: Longman, 1976. 张德禄、王珏纯、韩玉萍、柴秀娟译:《英语的衔接》,北京:外语教学与研究出版社,2007年。

⑤ 申丹:"叙述学和文体学能相互做什么",载詹姆斯·费伦与彼特·拉比诺维茨主编:《当代叙事理论指南》,申丹等译,2007年,第137—153页。

言学,也是跟语言有关的认知理论的前提,因为它是思维底层的生理和心理基础①。具体而言,由于单纯使用既有描写模式无法解决文学文本分析中的一些根本性问题,所以需要结合广义的记忆理论来协助说明语言与社交的互动过程(见后文第4.4.1节和第5.2节)。第一,该过程关乎与事件有关的记忆机制与过程,以及由此涉及的一系列心理行为——从'低层次'的对象感知到'高层次'的任务决策②;第二,它包括上述过程中介入的一系列社交因素,诸如意识形态、价值观念、制度构成以及体现这些因素的话语原则与策略,是语言使用的支配性因素;第三,我们使用的记忆概念,指大脑在记忆基础上进行的加工行为:直接表现为生理—神经过程,包括由此产生的一切心理现象;当然,这里的"行为"不同于行为主义所说的行为概念:前者指与大脑的生理过程有关的一切运作方式和特点,而后者是一种机械主义认识论。

因此,除了直接引用外,我们不取"认知"这个术语,以避免误解。这倒不是排斥认知心理学以及与此相关的语言理论所取得的研究成果,而是为了避讳一种人文性的偏见。其实"社会"与"认知"是同一现象的不同侧面,两者互为表里,社交过程通过心理认知发挥作用,而前者又是后者的加工内容(具体介绍见后文第6章);这里将"社会"与"记忆"并举,不仅可以回避有关误识,尤能将体验哲学提倡的"身体"(包括大脑)中介纳入其中,而这后一点在韩礼德关于语言的"个体发生"认识中有所体现③。

上面扼要介绍了评价文体学的理论基础;我们还需要一组可供依赖的操作方法,这就是评价文体学关涉的三个基本原则:(一)过程性原则:前景化评价成分随时间走向而次第出现的动态特点;(二)在线性原则:同类评价成分随文本过程不断累增的语境关联性;(三)层次结构性原则:由过程性和在线性构织而成的关于文本整体评价意义的层次结构性。它们包含了先前文体学和叙事学关涉有关基本原则。笔者将在第6章做具体说明。④需要特别强调的是,文本间性对考察文本

---

① 另请参阅胡壮麟、于晖,《我国系统功能语言学研究的一位先驱者——胡壮麟教授访谈录》,载黄国文、常晨光、廖海青主编:《系统功能语言学群言集》,北京:高等教育出版社,2010年,第69—78页。

② Vyvyan Evans, *A Glossary of Cognitive Linguistics*. Salt Lake City: University of Utah Press, 2007, p. 17.

③ 另见 Michael A. K. Halliday, *Language as Social Semiotic*: *The Social Interpretation of Language and Meaning*, London: Arnold, 1978, pp. 12—16. 也见 M. A. K. Halliday, "The history of a sentence". In V. Fortunati (ed.) *Bologna: La Cultura Italiana e le Letterature Stterature Straniere Moderne*, Vol. 3. Angelo Longo Editore: Ravenna, 1992, pp. 29—45.

④ 对比 Robert-Alain de Beaugrande and Wolfgang U. Dressler, *Introduction to Text Linguistics*. London and New York: Longman, 1980. 他们在第一章确立的语篇性/文本性也涉及7个原则:衔接(Cohesion)、连贯(Coherence)、意向性(Intentionality)、可接受性(Acceptability)、信息性(Informationality)、情景性(Situationality)和文本间性(Intertextuality)。在笔者看来,衔接、连贯、可接受性、信息性不是操作性原则;他们也提到了时间因素,但是和事件连贯等联系在一起的,并认为时间"依赖于特定事件或情境的组织过程"(第6页),笔者突出时间的序列性是为了更好地说明"文本"的过程特点(对比"作为成品的文本");文本间性也是一种主体间性,这一概念旨在针对文本分析过程关涉的交际对话性(跟互动性有关)和同类成分对阅读效果增值的类聚特点。

过程随不同范畴特征而不断出现的评价特征具有基础价值,能有效说明相关特征不断获得累积而成就相关文体性的重要意义,即文体累积效应(Accumulative Effect of Style)(实例见第 8—14 章)。显然,文本解读离不开分析者本人的直接或间接介入,从而克服此前文体学在文本分析中的客观主义倾向。

这些原则既有对文学批评研究方法的继承,也是在当今社会学和脑科学背景下的总体思考;既为建立评价文体学提供总体范式和研究思路,也为图 1-1 中的各类范畴确立相应基础。其中,整体性原则是文学分析的基本要素,不确定性是评价成分选择的一般现象。各原则的含义及功能将在第 6 章详说。

1.5　评价文体学的学科定位与本书概要

本章是评价文体学的导论。作者首先扼要介绍了系统功能语言学的评价人际功能及其基本范畴,进而指出运用这些范畴进行文本分析面临的理论和操作问题。从理论上看,评价范畴关注作者或说话人在文本中介入的主观立场,包括介入的内容(态度)、介入的方式(直接或间接)、介入的强弱程度(级差);这一视角正好与后现代文学批评关注真实读者的基本立场相对立。面对这一理论上的冲突,作者尝试确立一种隐含作者、文本与真实读者互动、从而建构评价意义的互构模式。而面对经典文体学无法处理文本中评价意义的非前景化叙述方式的问题,笔者建议文体分析和叙事分析相结合,采用前景化、评价主旨、主体间性、整体性、不确定性、记忆语境等基本原则作为评价文体学的分析原则和描写手段;此外,评价性在这里的范式中被纳入了文化语境的范围,因此评价文体学基于但又超然于之前的相关学科。事实上,以评价为切入点的文本分析,通过上述基本原则确立的分析途径,能有效地把先前叙述学、文体学和文学批评关注的基本现象连成一体:分析过程具有三者的特点,但统一于对评价范畴的梳理与解读中。

这里我们明确评价文体学的定位问题。本章开篇指出,评价文体学属于广义的功能文体学的一个分支学科,这里给予必要说明。

首先,作为语义概念的评价功能隶属于系统功能语言学,是后者的一个人际功能子范畴,但运用评价范畴研究文学文体,何以能上升为一个相对独立的分支学科呢?评价文体学和狭义的功能文体学在操作方法上有一致之处,但也有不同,出发点、研究对象和研究目的各有侧重。评价更主要的是一种价值观念,一种可以支配选择过程和各类词汇语法成分的上位范畴,是文化语境的核心内容之一。按照前面对 style 不同内涵的梳理,功能文体学更确切地说应该称为'功能语类学/体裁学'(Functional Generics):它除了关注文学文本,还涉及其他各种题材的语类,诸如'科技'、'新闻'、'法律'等;文学文体分析只是其中一个子课题。评价文体学集中探讨文学话语,这一点上承狭义的功能文体学,而在后者统摄下的所有研究,其初衷和归宿都是评价指向的,但评价文体学不仅涉及话语表面的各类评价成分——这一途径是经典文体学的前景化对象,也注重隐含作者注入文本过程的潜在评价主旨及其相关策略——这是叙事学的核心内容之一;所以它有综合性的研究内容和方法。

第二,评价文体学在继承经典文体学和叙事学有关范畴的基础上,以语言的记忆关联过程为基础,注重文学话语的过程性(语言实例化)、在线性质的主体间性和文本间性,是在当代记忆理论基础上确立的,所以它有特定的理论范式,可以说这是为广义的功能文体学、甚至整个系统功能语言学确立的一个认识论基础。

第三,迄今推出的语境化文体学、批评文体学、话语文体学、语用文体学、社会语言学文体学、政治文体学、统计文体学、修辞文体学、甚至认知文体学等等,其实均可看作广义的功能文体学的分支,因为它们的出发点都是语言功能;评价文体学关注所有这些分支学科的研究对象,同时基于而又高于评价语义范畴。而以当代工作记忆理论为立足点的'作者—文本—读者'一体化解读模式,试图解决文学分析和批评中的割裂主义倾向,为同时关注隐含读者的评价主旨、文本的评价性指向、读者的主观介入与解读,提供了一个离线经验(他者的过往经历)的在线加工机制(当前解读),这一点可以看作系统功能语言学泛时观的具体体现。

狭义的"功能"文体学取韩礼德的基本思想[①];"广义的功能文体学"系博奇和奥图尔在《文体的功能》以及张德禄在《功能文体学》中阐述的基本观点[②]。笔者将文学语类(体裁)从整体语类(体裁)中分离出来,纳入到一个新的理论范式之下,有两方面的考虑。一方面,虽然所有的文本都有评价成分,但文学文本往往有整体的评价主旨和多层次的美学旨趣,非文学文本则未必,如描述性语类只是集中于现象陈述;另一方面,本书所说的评价文体学有自身的认识论基础,非文学类文本的评价意义分析大都无须这种特定的理论前提。也许有人会误以为这样做又回到了之前把文学与其他语类相对立的做法,其实不然——这里的着眼点不是文学语言与非文学语言的区别,而是理论前提的差异,宗旨是解决文学研究中的有关实际问题。

现在,笔者对全书的基本构架与思路给予扼要介绍。基本结构是:序曲→沿革背景→范式基础→模型建构→《廊桥遗梦》文本分析→尾声。范式基础关乎世界观和方法论,据此进行评价文体学的理论阐述与模型建构,并做个案演示。读者除了阅读下面介绍的基本内容,还可以从各部分以及各章开始部分的相应关键词了解本书的基本思路。

本章概述了评价文体学的研究背景、研究范围和理论框架。第 2—4 章拟梳理

---

① 对比 Michael A. K. Halliday, "Linguistic function and literary style: an inquiry into the language of William Golding's *The Inheritors*". In Seymour Chatman (ed.) *Literary Style: A Symposium*. London & New York: Oxford University Press, 1971, pp. 330—368. 也见刘世生:《西方文体学论纲》,济南:山东教育出版社,1998 年。

② David Birch and Michael O'Toole (eds.) *Functions of Style*. London and New York: Pinter, 1988. 张德禄:《功能文体学》,济南:山东教育出版社,1998 年。另见刘世生、朱瑞青:《文体学概论》,北京:北京大学出版社,2006 年。

评价思想的历史渊源及其在文学研究史上的潜意识应用指向，涉及伦理学、修辞学、诗学、风格学、文艺美学、文体学和叙事学。评价思想以及由此涉及的基本范畴（特别是态度意义）在古希腊学者笔下已有较为全面的论述。第2章拟全面梳理亚里士多德论著中的评价思想，指明相关范畴的不足，为综述随后两千多年来文艺批评—审美的评价导向做铺垫。第3章以赫摩吉尼斯对风格的论述作为修辞学的代表，梳理其中的评价宗旨，包括赫氏对6大类15种风格的论述，并与刘勰的四对风格范畴进行评价范畴意义的梳理对比，然后概述文学和美学研究的核心主旨——基于评价目的的批评—审美行为。第4章着重从文体学和叙事学的理论框架和文本分析角度，考察它们的评价取向，确立文学话语的特点：以评价为特点、手段和目的的互动性艺术话语行为；文学性就是评价性。

第5—6章是宏观理论范式。第5章先介绍现在主义认识论的基本思想：现在是一切事件的存在方式，现在源自过去，过去寓于现在之中，将来由包含过去信息的现在蕴涵；这一哲学思想的初衷之一在于解决历时—共时关联的理论基础问题，从而为主体间性与文本间性提供认识论基础。在此基础上作者对系统功能语言学及其心理加工过程给予概述。第6章是学科前提，系统阐述'作者—文本—读者'一体化解读模型以及相关原则和分析框架，这是主体间性和文本间性得以发生的渠道，也是后文第7—14章相关理论模型和具体分析的出发点。

第7章为各类评价意义的识别分析提供依据，以梳理文学文本中评价网络关系。行文运用叙事学的叙事交流模式和图形—背景视觉效应，识别文学文本中前景化评价成分，它们源自三种可能的评价者——隐含作者、叙述者和叙述对象，从而考察相关评价意义形成的网络关系。马丁等人的评价范畴虽然确立了评价意义的基本识别方法，毕竟粗疏：文学文本中存在的大量复杂现象，分析与否、如何分析，一直叫人莫衷一是。而采用功能性的叙事交流模式，为我们鉴别文学文本中的不同评价来源和评价层次，提供了理论上的依据，从而描述文本中各个层次的评价立场。

第8章从《致他的娇羞的情人》入手，详尽分析其中的前景化评价成分；进而从前景化走向后台，确立其总体评价主旨，并从篇章的高度延伸分析由一组常见的修辞手段体现的整体评价意义；最后以抒情散文和叙事文本为例，阐述文本中可能存在的多重评价旨趣，其中对小说的分析涉及现实主义和后现代文本，以说明故事事件和情节对建构整体评价主旨的引导作用及其普遍意义。

第9章从总体上论述评价文体学在批评—审美上的基本对象、模型、原则和方法。基本思想是动态平衡观。这是对'作者—文本—读者'一体化解读模型、语言的记忆加工过程从泛时角度的综合运用，阐述泛时视角下文本间性的性质和作用。

据此，第10—14章做个案分析，对象是当代美国现实主义中篇小说《廊桥遗梦》,依据是"汉英对应评价意义语料库"①,途径是同类特征的文体累加原则。行文分别从情感、判断、鉴赏、介入、级差五个方面,以前景化手段为依据,围绕男女主人公的情爱主旨,从中心—边缘分布模式的角度,全面而系统地解说评价特征在分布上的文体价值,阐述表层文本背后的各种潜在评价观念。分析表明,前景化手段虽然有其局限性,但仍然不失为一种有效的文体分析途径:它是探寻故事情节的基本依据,也是探讨隐含评价主旨的出发点。实例分析将体现评价范畴在文学文本分析中的综合性,尤其是局部成分与整体主旨的关系、潜在意识形态和价值观念,以及贯穿文本过程的有效叙事和修辞策略,从而为叙事文本中的人物角色提供最大限度的分析参数。

第 15 章是全书总结,指出进一步探究的基本议题。

---

① 该语料库由北京师范大学功能语言学研究中心研制,蓝本是王克非教授主持并推出的"汉英对应语料库",因此英汉语的句子切分实际上不是我们的工作,特此鸣谢。

评价文体学历史沿革

是否存在缺乏评价主旨的文学行为?

> 其实,只要我们不断地检验我们的所有前见,那么,现在视域就是在不断形成的过程中被把握的。这种检验的一个重要部分就是与过去的照面,以及对我们由之而来的那种传统的理解。所以,如果没有过去,现在视域就根本不能形成。
>
> ——伽德默尔《真理与方法》

2 亚里士多德的评价之路
——评价思想溯源及其对文学研究的启示

你未看此花时,此花与汝心同归于寂;你来看此花时,则此花一时明白起来,便知此花不在你的心外。

——王阳明《传习录·下》①

2.1 引言

第 2—4 章追溯评价思想的来源以及传统诗学、修辞学、文学批评、文体学和叙事学的评价主旨;分析将会表明,评价范畴有自己的历史渊源,与哲学、美学、文学研究有内在关系:文学行为(实践与理论研究)是以评价为特点、手段和目的的互动性艺术话语行为,文学性就是评价性;文学批评与审美的不同方法、不同侧面、不同结论,都是围绕上述命题展开的,唯出发点和目的各有侧重。本章拟回顾古希腊学者笔下,尤其是亚里士多德的先期论述,追溯评价意义诸范畴的根源。

评价意义的基本思想在古希腊的高吉亚斯(Gorgias,前 483—前 376)、苏格拉底(Socrates,前 469—前 399)、柏拉图(Plato,约前 427—前 347)、亚里士多德(Aristotélēs,前 384—前 322)、古罗马的西塞罗(Marcus Tullius Cicero,前 106—前 43)和昆提利安(Marcus Fabius Quintilianus,约前 101—前 35)等人那里有全面而系统的涉及,只是这些思想还没有从语言的角度来加以梳理。例如,高吉亚斯(Gorgias,2010)②通过修辞策略阐述的对海伦命运的同情(近乎评价范畴的情感愉悦性)、对其美貌的赞美(反应性鉴赏)、对掳虐她的征服者的谴责(恰当性判断),显然都是受评价引导的。柏拉图(2003)③对修辞术和诗歌可能误导读者的诟病(恰当性判断),对人类社会秩序的推崇(常态性判断),对道德伦理的称颂,对正义、真理、善、爱、美的褒扬(恰当性判断与反应性鉴赏意义),也是评价性的。亚里士多德在政治学、伦理学、修辞学、诗学,甚至形而上学中做了进一步范畴化与系统阐述,几乎涉及评价意义的所有方面;西塞罗(Marcus T. Cicero,2007)④和赫尔摩吉尼

---

① 王守仁:《王阳明全集》(上),上海:上海古籍出版社,2011 年,第 101 页。
② Gorgias, Encomium of Helen, Extract cited in V. B. Leitch (ed.) *The Norton Anthology of Theory and Criticism* (2nd edition), New York and London: Norton and Company, 2010.
③ 柏拉图:《柏拉图全集》(第 1—4 卷),王晓朝译,北京:人民出版社,2003 年。
④ 西塞罗:《西塞罗全集》(第 1—6 卷),王晓朝译,北京:人民出版社,2007 年。

斯(Hermogenes,1987)①等人在发展亚氏修辞学基础上阐述的表达功能问题,也是评价指向的(其中赫尔摩吉尼斯的基本思想后文专论)。这些思想直接影响着两千多年来整个西方文艺美学的发展走向(见下一章)。

本章综述的重点是亚氏的有关论述,主要见于《修辞术》(Ⅸ)、《亚历山大修辞学》(Ⅸ)、《尼各马科伦理学》(Ⅷ)、《大伦理学》(Ⅷ)、《优台谟伦理学》(Ⅷ)、《论善与恶》(Ⅷ)、《论诗》(Ⅸ)甚至《形而上学》(Ⅶ)和政治学(Ⅸ)②。下面将以评价诸范畴为着眼点,逐一比较它们在这些论著中的相关阐述,从而揭示评价范畴的发端渊源,明确先前的文体学和叙述学的实质,为评价文体学的建立梳理学术基础。在不发生混淆的情况下,行文和术语涉及《亚里士多德全集》内容时以苗力田主编译本为准,包括《修辞术》和《论诗》等题名;否则沿用广为接受的译法《修辞学》和《诗学》。行文脚注分别为:修,亚,尼,大,优,善与恶,诗,形,政。这些论述中的评价范畴缺乏对相应表达方式的归纳并形成有效的词汇语法范畴,这也说明评价范畴的价值观念属性;而从另一角度说,这也是明智的,否则难于从各种修辞策略中走出来,容易回到亚氏的研究思路上去,如此则缺乏侧重点,也不利于相关范畴的确立。

行文尽可能引述原文,这样既可以为不熟悉评价范畴及其相关子范畴的读者提供更多了解机会,尤能还原相关学术背景③。

下面分四个小节讨论:亚氏论述涉及的'情感'和'鉴赏'、'判断'、'介入'和'级差'、评价范畴的层次性及其价值;最后是总结。当然,这里的"意义"概念,都不是语言学性质的,但这也给我们某种启示——亚氏评价范畴的非语言学性质,尽管需要语言来识解定型。

2.2 亚氏论述中涉及的'情感'和'鉴赏'意义

这里将情感和鉴赏放在一起讨论;下一小节涉及的判断部分内容较多,所以单列。

情感在评价范畴中有四个子范畴:意愿、愉悦、满意和安全。其中,意愿为非现实类情感,似乎总跟一定的触发因素有关,包括恐惧(fear,消极意愿)和欲望(desire,积极意愿)两个小类;它们又分别关涉行为促动(surge)与心理意向(disposition),如(由弱而强):哆嗦、战栗、畏缩(忧虑—促动);谨慎、胆怯、惊恐(忧虑—意向);提议、请求、索取(欲求—促动);思念、向往、渴求(欲求—意向)。

---

① Hermogenes, *On Types of Style*. Translated by Cecil W. Wooten. Chael Hill and London: University of North Carolina Press, 1987.

② 笔者参考的主要文献是苗力田主编翻译的《亚里士多德全集》汉译本(1—10集,中国人民大学出版社,1997年);括号内的大写罗马数字是相关篇什所在文集的序号。笔者同时参考了罗念生翻译的《修辞学》(北京:三联书店1991年译本)以及 Richard Mckeon 编 *The Basic Works of Aristotle* (New York: Random House, 1941)。

③ James R. Martin and Peter White, *The Language of Evaluation: Appraisal in English*. Hampshire and New York: Palgrave Macmillan, 2005.

从总体上看,这一思想是亚氏修辞学的出发点和归宿,因为修辞的目的在于"推理论证"与"说服论证";而这正是言说性交际的目的——希望实现相应的交际意图。

下面从消极意愿入手。亚氏关于"恐惧"的论述和评价范畴中的"恐惧"概念有相似之处。亚氏的定义是:"某种痛苦或不安,它产生于对即将降临的、将会导致毁灭或痛苦的灾祸的意想"①。这里有两层意思:第一,恐惧是"痛苦"和"不安"两种心态的子范畴,是由引文的第一句揭示的;第二,恐惧是一种由"臆想"引发的消极意愿,原因是"毁灭或痛苦的灾祸"可能"即将降临"。第一层意思属于愉悦范畴(见后);第二层跟评价范畴的恐惧相近,但评价范畴只关注"恐惧"心态;至于原因,如亚氏的毁灭或灾祸意想,则不在范畴化中。在随后提供可能引发恐惧的条件时亚氏指出,只有人们还有一线逃避危机的希望才会萌生恐惧心理,如危险近在咫尺或不义之人掌握了权力等(非现实);否则就不会恐惧,诸如已被打败或行将死亡。可见,不利事件尚未发生,而当事人处于一种回避心理,即消极意愿。

至于积极意愿,亚氏的"欲望"概念基本一致。他认为,"欲望是对快乐的欲求";"大多数的欲望之中都伴随着某种快乐,因为对过去什么事的回忆或对未来的期望都能让人享受到某种愉悦";按照笔者的理解,愉悦回忆也是一种心理倾向,一种可以再次实现的设想:回忆内容可能是有关自己的经历,也可能是别人的。据此,愉悦(见后)与欲望可以分开来处理,这也许正是评价范畴分列为二的理由。亚氏在《修辞术》中对欲望的阐述是:"各种欲望之中有些是无理性的,有些是有理性的。所谓无理性欲望,我指的是没有出自某种主张或看法的欲望;这类欲望被称作自然的欲望,就同来自身体的欲望一样,例如食物引起的欲望、口渴、饥饿,以及对各种形式的食物的欲望;还有味觉方面的、性方面和一般意义上的触觉方面的欲望,以及嗅觉、听觉和视觉方面的欲望。有理性的欲望,指的是内心信服的欲望;有许多事情,我们听到或相信之后就生出观看和占有它们的欲望。"②

此外,整个《修辞术》与意愿有关,因为它是政治、法庭和仪式场合关于"修辞性劝说"的演说目的和效果的,涉及说话人的积极劝说意愿:通过恰当甚至巧妙的修辞方式,达到让听话人信服和接受说话人的观点或主张的目的。总之,亚氏认为,"愿望却是有目的的"③,"所以,选择或者就是有欲望的理智,或者就是有思考的欲望,而人就是这种开始之点"④。可见,意愿是其他一切选择目的的出发点。这可能是评价范畴系统把意愿放到整个范畴体系中第一位的根本原因。

其次是评价意义的愉悦范畴;前面已经提到了这一点,尽管是消极愉悦("痛苦或不安")。这是关于愉悦或痛苦的范畴,涉及可能引导这些感情的触发因素。愉

---

① 修,Ⅸ:423;阿拉伯数字为页码,下同。
② 修,Ⅸ:383。
③ 尼,Ⅷ:52。
④ 尼,Ⅷ:122。

悦分非愉悦和愉悦两类。非愉悦包括痛苦(在我内心)和厌恶(针对你)。前者如抽泣、哭叫、号啕痛哭(行为促动)，低落、悲伤、悲惨(心理意向)；后者如诋毁、辱骂、痛斥(行为)，讨厌、恨、深恶痛绝(心态)。愉悦包括"兴奋"和"钟爱"。前者如喜笑、大笑、狂喜(行为)，乐呵呵、轻松愉悦、欢欣(心态)；后者如握手言欢、拥抱(行为)，喜欢、热爱、崇拜(心态)。

亚氏对愉悦的定义是："具备德性的优良行为；后者是自足的生活；或者是有安全保障的最快乐的生活；或者是有充足的财产和可供使唤的下人，并且有能力保护和使用它们；因为几乎所有人都同意这些事情中的一项或多项就是幸福。"①这个定义同样提供了愉悦的原因；而这些原因非愉悦本身(见后文)，因为生活中确有类似保障但并不愉悦的情形。

此外，《修辞术》第二卷第8节涉及的怜悯(Pity)应该属于这一类："一种痛苦的情感，由落在不应当遭此不测的人身上的毁灭性的、令人痛苦的显著灾祸所引起，怜悯者可以想见这种灾祸有可能也落到自己或自己的某位亲朋好友头上，而且显得很快就会发生"②。

第三是评价意义的满意范畴，涉及主体参与相关活动的成就感和失意感。成就类包括兴致(interest)和满足(pleasure)。兴致如留意、专注、勤奋(行为)，关注、吸引、全神贯注(心态)；满足如拍肩示好、赞赏或恭维、酬谢(行为)，满意、欢喜、振奋(心态)。失意感分厌倦(ennui)和不快(displeasure)两小类。厌倦包括坐立不安、(某事令人)乏味、漠不关心或冷淡对待(行为)，淡而无味、走味、精疲力竭(心态)；不快包括警告、责骂、申斥(行为)，厌烦、愤怒、狂怒(心态)。

与此相应，亚氏对满足做了相应界定：它是"灵魂的某种运动，是迅速的和可以感受到的使灵魂回复其自然本性的运动，而痛苦是其反面……能够造成上述状况的事物是快乐的，而能够造成相反状况的事物则是令人痛苦的"③。

亚氏反对把满足和愉悦混为一谈④；把这一概念归入马丁等人说的满意范畴，还因为它对应于不满足的痛苦状态，由痛苦而复归于自然本性的过程("迅速"发生的"运动")能获得满足快感。亚氏认为，最完满的也是最快乐的⑤。据此，完满[＋11]是快乐[＋2]的基础条件之一。

他对愤怒(anger)的定义是："一种随着痛苦的欲求，明显的怠慢激起明显的报复心。这种怠慢对于一个人及其朋友来说本来是应有的"⑥；这里同样提供了愤怒的原因——"怠慢"。"怠慢有三种形式，即轻蔑、刻毒和暴虐"；"病人、穷人、(同人

---

① 修，Ⅸ：352。
② 修，Ⅸ：435。
③ 修，Ⅸ：382。
④ 尼，Ⅷ：7。
⑤ 修，Ⅸ：220。
⑥ 修，Ⅸ：410。

交战的人、)情人、口渴之人,总而言之有所欲求却又不得满足的人都易于发怒,十分容易激动,尤其在面对那些对他们的处境漠不关心的人时"①;他列举了 16 种让人愤怒的情形②。显然,这一类属于消极满意。与此相对的是温和(calmness):"愤怒的平息或平静";"温和的人和被激怒的人所处的心情是截然相反的,例如在嬉戏、玩笑、宴饮之际,在得志、成功、富足之际,或一般地,在没有痛苦、没有暴虐的快乐和善良的希望之中"③。

与愤怒相关的是义愤(Indignation),两者都是因为不满而引发的。不同的是,愤怒起因于他人对自己的不当态度;义愤出于道德良知:"最直接地与怜悯相反,因为因别人得到其不应得的好事情而感到痛苦在某种意义上正好与因别人遭遇其不应遭遇的坏事情而感到痛苦相反,而且是同一种性情的结果"④。

亚氏论述的嫉妒也是一种不满情感:"嫉妒就像是某种痛苦的情感,由于看见与自己同等的人在上面提及的诸善方面交了好运而引起,不是为了自己得到什么,而是由于他人亦有所得。嫉妒之人是这样一种人,他们与别人同等,或者显得与别人同等。所谓同等,我指的是在出身、血缘关系、年龄、品质、名声、财富方面同等。在这些方面稍有或缺而未能全部拥有人们就会心生嫉妒。"⑤这正好和义愤心态相反,它以非恰当性为适宜条件。

据此,亚氏在《修辞术》第二卷第 11 节讨论的争强好胜(Emulation)也应归入满意类(消极)。其定义是:"争强好胜是某种痛苦的情感,由于看来与我们生来同等的人得到了我们自己本可以得到的受人尊崇的好东西而引起,痛苦的原因不在于别人的拥有,而在于自己未能拥有。因此,争强好胜之人亦是善良之人或者说这种情感为善良之人所有"⑥。这种心态显然是良性的,即同时潜在地属于判断类的积极恰当性(见后文);但后一特征是适宜条件,与满意相比是第二性的。

最后是评价意义中情感态度的安全范畴:"相关环境下的平和与焦虑心理"。不安全涉及不安(disquiet)和吃惊(surprise)两个次类。前者如不宁、刺痛、震动(行为),忧虑、焦虑、躁动不安(心态);后者如吃惊、尖叫、眩晕(行为),惊吓、震惊、崩溃(心态)。安全包括信心(confidence;又译胆量)和信任(trust)。信心如宣称、主张、声明(行为),合力、信心、有把握(心理);信任如委派、指派、委托(行为),安于、自信、信任(心理)。

亚氏的信心范畴指"伴随着对唾手可得的获救的想象的一种希望,而且令人恐惧的事物要么不存在,要么相距十分遥远";他用大量实例说明人们获得信心的可

---

① 修,Ⅸ:411,413。
② 修,Ⅸ:413—415。
③ 修,Ⅸ:415,417。
④ 修,Ⅸ:438。
⑤ 修,Ⅸ:441—442。
⑥ 修,Ⅸ:444。

能性,包括幸免、无所畏惧、拥有大量钱财、强壮的体格、朋友、土地、武器装备、无愧心态,都是信心的基础和来源。与此相反的是恐惧(fear)的第一层意思:"某种痛苦或不安"(见前文)①。亚氏在随后谈到的绝大多数现象都是非安全性的,这里的恐惧概念更多的是消极安全而非意愿情感;或者说安全的权重高于意愿。

亚氏还论述了一种消极安全心理——羞愧(Shame):"一种与坏事相关的痛苦或不安,这些坏事发生在现在、过去或将来,显然会带来不好的名声"②。具体表现为怯懦、不义、不检点、肮脏的贪欲和低贱的习性、谀媚、柔弱、心地褊狭和卑下、自吹自擂等等。这种心理被称为"知羞",即"对某种不名誉事情的惧怕,其结果类似于对某种可怕事物的惧怕";这是一种感受而非品质,所以仍然属于情感范围③。

接下去讨论鉴赏范畴。这是传统美学关注的范围;评价意义的鉴赏范畴涉及对人或事物的反应(Reaction)、构成(Composition)和估值(Valuation)三个次类。相比较而言,亚氏的相关论述跟前面的做法不同,即不再单独界定每一类范畴,而是结合广义的修辞方式加以阐述,这在他的大部分著作中都有直接或间接论述,尤其是《修辞术》第二卷的一部分和第三卷全部以及《论诗》全书。这也和前面谈到的诸多范畴的陈述方式不同。我们甚至认为,前面涉及的那些范畴大都和语言无关,只有跟鉴赏,尤其是与反应和构成有关的范畴基本上是从语言表达入手的,这就是亚氏说的"用语和安排";但估值例外。

评价意义的反应范畴分冲击(Impact)和品质(Quality)。冲击指对象是否吸引我,如诱人、激动人心、活泼、显著;呆板、烦人、干瘪、扁平、单调、乏味。品质指我是否喜欢对象,如可爱、美丽、辉煌、优雅、迷人、英俊;邋遢、丑陋、平庸等。评价意义的构成范畴也分两个次类:平衡(Balance)和复杂性(Complexity)。平衡指事物的构成是否均称,如和谐、对称、均衡、统一、一致、字正腔圆、丰满;干瘪、噪音、凸凹不平、光怪陆离、对立、冲突、散漫、扭曲。复杂性指事物的构成是否难以理解,如简单、纯粹、讲究、明确、精炼、复杂、丰富、详尽;晦涩、单一、直白、繁杂、夸饰、浮夸。

以上两类范畴在亚氏著作中直接论述的不多,主要是通过《修辞术》和《论诗》的各种修辞手段来表达的。这里只概述那些有专门论述的内容以及相关原则,因为到目前为止亚氏涉及语言表达手段的相对较少。

在亚氏的著作中,与反应和构成接近的现象是通过数学意义上的节奏、秩序、比率/比例、对称、平衡、确定性、和谐,以及按数学原理"合理安排"体现的,诸如"有限与无限,奇数和偶数,单一与众多,右方与左方,雄性与雌性,静止与运动,直线与曲线,光明与黑暗,善良与邪恶,正方与长方","部分与整体"(统一性和多样性),

---

① 修,Ⅸ:423—426。
② 修,Ⅸ:428。
③ 尼,Ⅷ:92。

"白和黑、甜和苦、善和恶、大和小"、"宽和窄"、"高和低"、"短和长"等等①。因此，"就每一件美的事物来说，无论它是一种有生命的，还是一个由部分构成的整体，其组成部分不仅要排列有序，而且必须具有量度。因为美是有量度和有序的安排组成的"，过大或过小的事物都算不得美②。"人们对于优秀成果的评论，习惯说增一分则过长，减一分则太短，这就是说过度和不及，都是对优美的破坏，只有中间性才能保持它"③。这里说的"美"，即传统美学意义的范畴，同时涵盖评价意义的美学效果（反应）、均衡性和复杂性；显然，这些正是广义的修辞术（用语和安排）关心的领域。

在谈到具体现象时，亚氏提到了英俊和秀美匀称，前者指身材高大者，后者则是矮小者；其中英俊和秀美是品质性的，均称是平衡范畴④。亚氏谈到机智时所说的圆通，应同时具有平衡特征⑤；不公正的事同此，不公正的行为则属于判断范围⑥。

评价意义的估值范畴指某件事是否值价，如深刻、深奥、原创、及时、里程碑、重要、有效，无价之宝、珍品、原装、友情；肤浅、渺小、二手货、平淡、赝品、过时、无用、浮华、普通等。

亚氏论述的相关范畴中有快乐、友爱、科学、权力、政治、幸运等。先看快乐。这在《尼各马科》中占据了整整第一卷的篇幅，译者在"后记"中指出，此为该篇"所独有"，"而这一卷恰恰是希腊哲学的爱智精神在伦理学中的结晶"。亚氏认为："处于最佳状态的感觉，每一项活动都是最完美地指向它的最佳状态。这样的现实活动是最完美的，也是最快乐的"；由于"人们选择快乐，避免痛苦"；"快乐为一切有理性的和无理性的生物所追求"⑦，所以，避开伦理因素不谈，快乐，包括幸福，是某种让人感到有价值的东西，至少对人的精神来说如此，大致相当于评价意义的估值范围。

友爱也属于这个范畴，因为友爱是双方"可爱"而彼此有愉悦感的情谊⑧。按照亚氏的梳理，友爱可能出现在具有从属关系的人（如父子）也可能在平等关系之间，彼此有"共同的要求"，"同样的愿望"；但只有总体上的善、带来总体上的快乐的情谊，才是最大和最善的友爱。友谊也属于这一类，因为它同样是有价值的东西，虽然这种表述很抽象；同样，"同心是一种友好的表示"，即"在公民事务上……利益一致，选择相同，并为共同决定而努力"⑨。所以，后两者也是估值性的。

---

① 形，Ⅶ。其实，这一思想源自毕达哥拉斯，在西方美学史上占据了相当长的时间；它与被誉为哲学之父的泰勒斯（Thales）主张一切源于水的观点（具体）相对：他认为一切发端于数（抽象）；这跟《易经》的术数文化观有相类之处（也见后文第3章相关综述以及第5章的相关论述）。

② 诗，Ⅸ：652。

③ 尼，Ⅷ：35。

④ 尼，Ⅷ：79。

⑤ 尼，Ⅷ：91。

⑥ 尼，Ⅷ：109。

⑦ 尼，Ⅷ：465—466，220，213，314。

⑧ 尼，Ⅷ：170。

⑨ 尼，Ⅷ：199；另见优台谟第七卷。

此外，亚氏在《修辞术》第二卷第15、16和17节谈到的机运、财富和权力，以及在《尼克马科》第六卷第6节和第8节谈到的科学和政治，都可以归到有价值的事物这一范围内。

2.3 亚氏论述中涉及的'判断'意义

评价意义的判断类态度是传统伦理学议题，分社会评判(Social Esteem)和社会约束(Social Sanction)两大类，均与社会人的行为有关。社会评判包括态势性(Normality)、能力性(Capacity)和可靠性(Tenacity)；社会约束包括真诚性(Veracity)和恰当性(Propriety)。

相比较而言，亚氏论述的总体伦理范畴、即广义的德性(Virtue)和邪恶指一切的善和善行及其相反，因而和评价意义的整体判断范畴一致，尽管同时涉及情感和鉴赏特征。亚氏认为："德性就是中间性，中庸是最高的善和极端的美"；"中间性应受到称赞，而极端既非正确也不应受到称赞，而是应受责备"①。

下面依次考察大致的对应情况。评价意义的常态范畴指某人的行为有多特别，如幸运、态势、帅气、稳定、时尚、前卫、自然；不幸、倒霉、怪诞、古怪、寻常、过时、破烂、退化、含糊。

类似思想，亚氏论述不多；但有一个典型范畴类似于评价意义的常态，即幸运。在《大伦理学》中，幸运和运气是和机遇联系在一起的。亚氏认为，幸运和机遇跟自然无关，因为自然带有规律性和必然性；也与神佑无涉："思想、理性和知识似乎完全与它不相干"；同时，我们对幸运"没有支配权"，所以"公正者"、"勇敢者"、"或基于德性的其他人"不一定幸运。亚氏的定义是："幸运存在于意料外的某种善的获得中，也存在于预料内的某种恶的避免中"②。幸运是一种原因，一种外在的"非理性的自然本性"，所以"与幸福同在"。亚氏又认为幸运有两种，一种是神圣的，有神的庇佑；另一种基于冲动，或"反乎冲动"；两者都是无理性的；"但一种幸运更连续，另一种不连续"③。据此，幸福只是结果，应当而且可以和幸运分开。此外，亚氏说的随和个性④应该归到这里；相对的是那种难于相处的秉性，这似乎和可靠性更接近，但就这样的表现而言，可以看作非常态行为。

评价意义的能力性指某人的能力强弱，如厉害、健康、聪明、睿智、洞见、成功、能产；虚弱、懦弱、病秧子、孩子气、无助、呆头呆脑、弱智、愚蠢、天真等。

亚氏对能力的理解与评价意义的能力概念不一样。他写道："所谓能力，我指的是，正是依据它们，人们的活动才按照激情而被称呼，例如易怒的、冷漠的、好色

---

① 尼，Ⅷ：36，39。
② 大，Ⅷ：319。
③ 优，Ⅷ：451。
④ 尼，Ⅷ：87。

的、害羞的、无耻的";据此,能力则是"理智地、或相反地属于我们的原因,例如勇敢、节制、怯懦、放纵"①。显然,这里说的是可以支配上述诸因素而表现出相关积极品质的潜在性,这种界定含糊不清。

但他在《尼克马科》第四卷第 8 节谈到的"机智"、第六卷第 5 节谈到的"明智"、第六卷第 11—13 节谈到的"理解"和"好的理解"、"宽容/体谅",以及"聪明"等应归入能力范围。其中一些现象在《大伦理学》第一卷第 34 节、《优台谟》第三卷第 7 节、《罪与恶》中也有不同程度的论述,无能力之名,却有能力之实。

首先是机智,其固有特点是"圆通":"一个圆通的人不论说什么、听什么都能合善良而高贵的人的意";这样的人开玩笑"有分寸"、具有"触景生情、见机行事的本领"。与之相对的是呆板,"自己从来不开玩笑,也不反讥那些开玩笑的人"②。明智"是关于实践活动的正确原理"③,有选择也有回避④,虽然明智"主要是对自己一个人的"⑤,"只有个别事物才是行为的对象",但明智的人必须是"公正、高尚和善良"的;自制,从字面上看属于后面要讨论的可靠性,但其背后的因素也是能力性质的;"一个明智的人不可能同时是不自制的。因为明智在伦理方面一定同时是优良的"⑥。机敏和明智一样,也关乎行为,这样的人有"谋划能力,能正确判断和洞察",属于明智的一部分,"不能把机敏从明智中分出去"⑦;与之价值相反的是油滑,一种能"欣然而又愉悦地应付一切"的消极品质⑧。亚氏还承认,聪明也是一种能力:它可以把高尚、公正和善良等"树为目标,实现它们并且能够达到它们"⑨;与之相对的是愚笨:"在判断、思考、交往时很糟糕,把现存的好东西也使用得很糟糕,并错误地认识生活中高尚而善良的东西",原因是"无知识、无经验、不自制、不机敏以及无记忆力伴随"⑩。理智是有关"思想"的,是"存在物的本原";智慧是"知识和理智的结合"⑪,是"关于某些本原和原因的科学","在全部科学中,那更善于确切地传授各种原因的人,有更大的智慧"⑫;理解也是一种能力⑬,即我们赖以"排除对一切东西的犹疑,确定它们是如何或者不是如何";聪明和明智不同:聪明的人不一定明智,

---

① 优,Ⅷ:360。
② 尼,Ⅷ:91。
③ 尼,Ⅷ:136。
④ 大,Ⅷ:288。
⑤ 尼,Ⅷ:128。
⑥ 尼,Ⅷ:129,133,156。
⑦ 大,Ⅷ:290。
⑧ 优,Ⅷ:403。
⑨ 尼,Ⅷ:135。
⑩ 善与恶,Ⅷ:462。
⑪ 大,Ⅷ:288,289。
⑫ 形,Ⅶ:29—30。
⑬ 尼,Ⅷ:132。

但明智的人必定聪明①。此外,亚氏在《政治学》第三卷第 11 节说的"贤良的人",即那些"集众人之长于一身"、"出类拔萃"的人,应该是能力的典型体现②。可见,机智、明智、机敏、聪明、理智、智慧、理解(力)等系评价意义能力范畴的不同侧面。

评价意义的可靠性指某人有多么可靠,如勇敢、英勇、细心、坚定、可靠、忠诚、灵活、体贴、持久、耐性;畏缩、孱弱、暴躁、急匆匆、固执、任性、变化无常等。

相近的范畴在亚氏的伦理学中涉及的面最广,包括勇敢(怯懦、鲁莽)、公正(不公正)、快乐、体谅、坚韧(病态、娇柔)、谋划(良谋)、快乐等,这些在《尼各马科》、《大伦理学》、《优台谟》、《善与恶》以及《修辞术》中都有论述,尤以《尼各马科》集中。下面看其中一些典型的善与恶描述。亚氏认为,勇敢是一种面对死亡而无恐惧感的表现:不动摇,态度坚定,能经受痛苦③。这样的人"蔑视危险"④;他们"临危不乱、遇险不惊,宁愿选择高尚的死,而不愿苟且地生";从范围上讲,勇敢包括勤勉、坚韧、竞争的勇气;而伴随勇敢的有大度、乐观、大胆、勤劳和坚定等品格。怯懦指易于被"偶发恐惧"所动,因而"惧怕死亡和身体的伤害";这样的人是懦夫:宁可苟且活着,不愿高尚地献出生命;伴随这一品质的是"软弱,无男子气概,无望以及对生命的贪恋"⑤;"无论事物多与少、大与小",都会恐惧,"而且惧怕厉害,怕得迅速"。鲁莽与勇敢相似,这样的人"都能经受住危险",但方式有别:"勇敢是随着理智的";莽汉的"惧怕比应当的少,胆量则比应当的多"。亚氏有下面一段总结性的话:"懦夫惊恐于他不应惊恐之物,莽汉则胆大于他不应胆大之物,只有勇敢者才该恐惧就恐惧,应胆大则胆大,在这方面,他是中庸的",因为他是理智的;因之,莽汉和懦夫均在于他们缺乏恰当地把握恐惧和胆大的时机的素质⑥,所以缺乏可靠性。

这一点同样体现在强制上。强制来自外部,它是非自愿的,行为者无能为力,所以是消极可靠的。这与后面要谈到的节制相反(来自内部:是一种好的品质,值得称赏)。

另一种可靠性是温和:"在愤怒方面的中庸之道"⑦;"温和的特点是能适度地承受非难与轻视,不至于很快地为报仇雪耻发怒,不易萌动暴躁,在其性格中没有悲苦与争吵,在灵魂中有着宁静和沉稳"⑧。与此相对的是急躁,即"一种过度脾气":"对不应该的人,不应该的事,以大于所应该的方式,过快和过强"⑨;还有一种

---

① 大,Ⅷ:289,290;更合适的称谓似乎应该是理解力,疑为翻译所致,英语为 understanding。
② 政,Ⅸ:94。
③ 尼,Ⅷ:63—64。
④ 优,Ⅷ:398。
⑤ 善与恶,Ⅷ:460—461,385,462。
⑥ 优,Ⅷ:386,385,387,389—390。
⑦ 尼,Ⅷ:85。
⑧ 善与恶,Ⅷ:460。
⑨ 尼,Ⅷ:86。

反面的表现，这就是无怒①，这种人"无火性"，"在人们看来，对应该愤怒的事儿不怒"，所以这是"愚蠢"的表现，是"麻木不仁，全无肝胆"，奴性十足，缺乏应有的"男子气概"。显然，这样的人不是恶人，只是靠不住。

节制是一种非理性的德性，是"在快乐方面的中间性"②：介于"放纵与冷漠之间"。可见，节制是和意愿，尤其是部分肉体的欲望联系在一起的，只是由于主体的理性掌控而克制欲望、自觉收敛③；这样的人并非在一切欲望面前都自制，只有在符合德性的地方如此；"一个节制的人不因失去快乐而痛苦，并且避开快乐"，不"通奸和粗暴"。与此相对的是放纵与冷漠。亚氏在谈到不自制时认为，固执也是一种不自制，这样的人"难于说服，难于更改"，"不讲道理，全靠欲望来进行判断，有许多人是为快乐所摆布"；那些"坚持己见"、"不学无术"和"粗俗鄙俚"的人均属此列，概不可靠。④

慷慨指"在财物方面的中庸之道"；而"所谓财物就是一切其价值可以用金钱来衡量的东西"；"一个慷慨的人，为了高尚而给予，并且是正确地给予"，涉及"对应该的对象，以应该的数量，在应该的时间及其他正确给予所遵循的条件"。与慷慨相关的是大方："大方的人是慷慨的，但慷慨的人却不一定都大方"，可见，大方是慷慨的下位范畴。注意，在财物上的过度就是浪费，是摆阔，是挥霍，这是恰当性范畴；不及就是吝啬，是小气，这又是可靠性质的。前者"不知约束和放纵用钱"，其品行上的恶是"毁坏物资"，也是"毁灭自己"⑤；后者是在应当的事情上、在应当的时候小气、吝啬、贪婪、斤斤计较⑥。

《修辞术》的第一卷第 10 节还谈到了控告和辩护，它们涉及三点："做不公正之事的性质和数量""行为不公正者的心理状态"，以及"遭受不公正行为者的性质和情况"⑦。据此，控告和辩护均可看作可靠性范畴的来源。

评价意义的真诚性指一个人究竟有多诚实，如真诚、诚实、厚道、可信、坦诚、直率、率真；虚伪、虚假、伪善、矫情、装蒜、欺诈、撒谎、圆滑、世故等。

亚氏的近似范畴有真实和虚假。一个真实的人，也是一个正直的人，"被认为是一个坦诚的人，一个爱真理的人，他在无关紧要的事情中是真实的，而在差距悬殊的事务中就更为真实了。他唾弃虚假，不但因为它是可耻的，而且还唾弃它本身"。与此相反的是虚假；这样的人虚伪，喜欢吹嘘，过分夸大自己的长处；而那些过分缩小自己本领的人则是谦虚，他们"贬低自身的优点"；但做过了头，"连微末的

---

① 优，Ⅷ：361。
② 尼，Ⅷ：85，87，64。
③ 大，Ⅷ：271，301。
④ 尼，Ⅷ：65，67，96，155；优，Ⅷ：393。
⑤ 尼，Ⅷ：70—75。
⑥ 大，Ⅷ：273；善与恶，Ⅷ：463。
⑦ 修，Ⅸ：378。

和明显的事情都加否认",就成了"骗子";而"过多和极为缺乏都是夸张"。①

评价意义的恰当性指某人的行为是否该遣责或责备,如仗义、好、正义、公平、善良、爱心、虔诚、谦逊、谦和、谦卑、礼貌、可敬、慷慨;邪恶、侵略、腐败、行贿受贿、卑劣、自负、粗暴、自私、刁蛮等。相似的观点在亚氏笔下包括大度、温和、节制(冷漠、放荡)、慷慨(吝啬、挥霍)、谦谨、义愤、友爱等范畴。

就大度而言,亚氏认为:"倘若一个人把自己看得很重要而高大,实际上也是重要而高大的,那么他就是真正大度的"。大度的人也是"最善良的人",他们重视"荣誉","胸怀宽广","不记恨坏处","对财富、权力以及遭遇的全部幸运和不幸,都抱一种适度的态度","不好奇",做事稳妥②;他们"很少提出什么要求,甚至什么也不要求,但很愿服务";"对高贵的人,他矜持,对中等人士则和蔼"。与此相对的则是虚夸和自卑:一个人自视过高,"与实际不符",就是"虚夸"("自夸"和"自负"③),"狂妄无知"、"会变得傲慢无礼和玩世不恭"、甚或"盛气凌人,鄙薄同侪"④;反之则是自卑和自贱:这样的人"对自己估价不足"。亚氏认为,"人们并不认为这些人是恶人,因为他们并不做坏事,只是错误而已"。⑤这里也有可靠性。

兽性,即"某种过度的恶",也属于否定的恰当性范围。这是就罪大恶极的品行而言的,是"某种兽性的恶"。与此相对的没有名称,"这种德性是超乎人类的,是某种英雄似的、神圣的东西",一种中庸的善,是恰当性的至极⑥。义愤、忌妒和幸灾乐祸是三种对立的恰当性。前面在谈到满意范畴时提到了义愤,但那只是一种心理反应;至于为什么会产生义愤心理,则涉及判断问题,因为亚氏的论述同时揭示了义愤的伦理基础,这是一个问题的两方面。而就这里的议题看,这是一种受正义感驱使而产生的痛苦心理,因为是他人受到了不公正的对待,所以,"只有善良的人才配拥有的东西却能引起义愤之情,还有天生具有的诸善"⑦。忌妒与此相对,从品质上讲是贬抑消极的,因为它是"由他人的好运引起的一种痛苦的、让人不得安宁的情感,不过不是针对本来不走运的人,而是针对与自己平等或同等的人"⑧。幸灾乐祸是在他人处于厄运时"兴高采烈","不管对该当的人,还是对不该当的人"⑨。类似情况也出现在前面提到的羞耻概念部分,从纯粹心理感受讲这是情感性的,但从伦理上看,羞耻与否由道义引发。所以,亚氏论述的义愤和羞耻范畴应同时分属情感和判断:情感是纯粹的心理界定;判断则涉及背后的社会约束因素。

① 尼,Ⅸ:89,90。
② 尼,Ⅸ:79—83。
③ 大,Ⅷ:255。
④ 尼,Ⅷ:81,82。
⑤ 大,Ⅷ:255,79,83。
⑥ 大,Ⅷ:299。
⑦ 修,Ⅸ:439。
⑧ 修,Ⅸ:438—439。
⑨ 大,Ⅷ:275。

放纵和冷漠都属于恰当性。放纵指过度的享受,或者说是追求快乐最大化,诸如嗜酒、贪吃、好色、狼吞虎咽;其特点是"选择有害的享受和低级的快乐",因而具有"无秩序、无羞耻、无规律、奢侈、怠慢、漫不经心、粗枝大叶……软弱"等低劣秉性;这样的人并非没有理性,只是无法控制自己的意愿"而沉湎于享乐"①。冷漠则指在必要的享乐之时缺乏激情,这是行为不及的表象,也是恶。

亚里士多德在《尼》中花了整整第五卷来谈公正,特别是不公正问题。所谓公正,是一个人能循之行事的品质;而不公正则相反。亚氏认为,"在各种德性之中,唯有公正是关心他人的善"②。所以,公正与不公正是一种典型的社会约束原则。亚氏认为,"公正的特点是能依据其价值来对每个人分派,保持沿袭的习惯和法律,以及成文的律令,在重大问题上判明真理,并保持一致";他进一步解释说:"公正的行为首先是对神的,其次是对精灵的,再次是对国家和祖先的,然后是对死者的。在这些中,出现了虔诚,它或者是公正的部分,或者附随公正。公正也由圣洁、真理、信任和嫉恶伴随"③。总之,公正是和守法与平等对待他人联系在一起的,是一种广义的"基于比例的平等"④。因之,不公平就是违法和不平等,包括不虔诚、贪婪、强暴、违背祖制、撒谎使坏、作伪证、不履行协议和约定,伴随的恶性有诡诈、诽谤、虚情假意、刻毒和无耻⑤。需要强调的是,亚氏区分了不公正的行为和不公正的事⑥;对此,他没有给予说明。照笔者的理解,前者可用故意杀死生父来说明,后者如误杀生父。两者均系恰当性范围。

此外,亚氏在《尼可马科》中讨论机智和呆板(木讷)时提到的戏弄和俚俗的玩笑则是值得诟病的;其第五卷与《修辞术》第一卷第 13 节谈到的公平、公正与非公正行为(Just and Unjust actions)、第二卷第 7 节谈到的善意(Kindness),都属于这一类。而《修辞术》第一卷第 9 节讨论的德性和邪恶、高尚与丑陋也是关于人类行为的恰当性范畴的,虽然是总体论述而涉及诸多方面。

总起来看,评价范畴关于态度的分类依据也可以在亚氏的论述中找到原型。例如,亚氏认为:"公正、勇敢,总而言之善良和德行之为我们所称赞,乃是由于行为和成果。"显然,这是评价范畴中判断态度的立论依据。他还指出:"健壮和敏捷以及诸如此类的东西之所以被称赞,乃是由于自然具有某种与善相关的性质和才能……我们称赞诸神,并非由于神对我们是榜样,而是由于他们是他物的榜样。"⑦这是确立鉴赏范畴的标准。

---

① 尼,Ⅷ:30;善与恶,Ⅷ:462—463。
② 尼,Ⅷ:96。
③ 善与恶,Ⅷ:461。
④ 大,Ⅷ:278—297。
⑤ 善与恶,Ⅷ:463。
⑥ 大,Ⅷ:282—283。
⑦ 尼,Ⅷ:23。

2.4 亚氏论述中涉及的'介入'和'级差'意义

评价意义的第二大范畴是介入（Engagement），即作者或说话人在文本过程中注入的价值观、隐含作者或听话人所采取的各种可能的评价立场，特别是和这些立场相关的修辞效果以及选择一种立场而不是另一种立场的目的。其直接来源是巴赫金的对话理论，即任何一种话语，无论以哪种方式出现，都不可能是纯粹的独白，而是异质性的：关涉现实的、潜在的或设想的读者或听话人，从而影响话语本身的表述方式。

据此，我们先看亚里士多德整体上有些什么类似的论述。他在《亚历山大》第34节有如下见解："当我们试图劝说听众时，应当标明在他们和那些我们力求给以帮助的人之间存在着友谊，或者表明他们欠了请求援助者的人情债，此时当以报恩；当我们试图阻止听众对某些人提供帮助时，必须指出这些人的确令人愤慨，或使人妒忌，或让人憎恨。"又如，亚氏在论述"先发制人"的策略时指出："通过事先揣度听众对我们持有哪些批评意见，以及试图反驳我们的人持有何种观点，从而主动提出并解释这些问题，以消除他人对我们的敌意或不满情绪。"[①]显然，评价意义的介入范畴关心的正是这样的交际意图：确立自己的立场，"和实际或潜在的回应者结成同盟"，让他们和自己的敌人拉开距离。可见，其理念来源也有亚氏的功劳。

下面来考察介入的具体范畴。亚氏著作为否认（否定和对立）、断言、引证、接纳等提供了明确的启发性论述；而宣称和疏离范畴，由于涉及严格意义上的词汇—语法成分，难于在亚氏著作中找到合适的对应表述，但相关思想肯定是有的，只是他还没有清楚地归纳出来。先看否认范畴。亚氏在《亚历山大》第36节有关于否定的论述。他举的例子是："——是你杀死了我的儿子吗？——不，不是我杀死了你的儿子，而是法律处死了他"[②]；亚氏指出的相关条件是："这样的回答乃是一种法律允许某种活动，而另一种法律禁止这种活动的条件下，你所应当做出的"，从而"逃避法律的追究"。虽然这里说的是回应技巧，但可以看作否定介入的先导。对于对立性介入，亚氏是在"反证"之下论述的："当我们自己进行陈述或反驳时，应当从那些本性上是必然的事实中获取反证的证据；对于对手的陈述，我们应当从那些本性上是可能的或不可能的事实中寻找反证的证据。所谓本性上是必然的事实，乃是指动物需要食物之类的事实。当进行陈述时，这样的事实就是必然的：被拷问者承认，供词是拷问他们的人逼迫他们说出的。所谓本性上是不可能的事实的例子如下：一个小孩行窃自己根本拿不动的银币，居然取而走之。"即是说，当发现对手的陈述并不公正、不合法或无益于公众时，说话人即可给予揭穿驳斥。这也

[①] 亚，Ⅸ：616，591。

[②] 亚，Ⅸ：630。

是亚氏提到的"消除误解"的一种手段①。

其次是评价意义的认同范畴,包括认可和让步。与认可相关的论述是赞扬策略,即对隶属于至善的美德,诸如智慧、公正、勇敢和高尚的生活方式等大加赞赏;而对不属于至善的美德,诸如好的身世、强健的体魄、美丽的外表、殷实的财富等,最好给予祝福②。"当我们赞美某人的情感、行为、言辞和财富时,在颂赞的开始提及他所具有的荣誉不无合理之处。"这里提到的现象可能和介入范畴的认可意义有某种沿承关系。但下面的情况更接近:"如果听众的思想中存在着有关我们所说的那些事情的典型范例,这些东西即是或然性事实。比如,某人表明,他希望祖国富强昌盛,朋友春风得意,敌人屡遭不幸以及其他类似的愿望,他表述的这些事情似乎是真的,因为每一位听众都会意识到,自己同样拥有诸如此类的热望。在演说过程中,应当每每注意观察,听众是否对我们所说的那些事实产生共识。"虽然这一点仍然不是认同本身,但通过相关修辞方式,诸如自然、显然、当然等措辞,我们就可以归纳出认可意义。另一个次类是让步,这是他在讨论"承认"策略时论述的。他举的例子如下:"——是你杀死了我的儿子吗? ——是的,当你的儿子手执利刃向我袭来之际,我杀死了他",或"——是你痛打了我的儿子吗? ——是的,但他首先凌辱了我",或"——是你打破了我的头? ——是的,当你深夜破门而入之时,我打破了你的头",因为"这样的成分可以使你的行为得到法律的认可"。又如,在称赞因机遇或偶然性获得好名声时,可以使用一定策略:"在如此这般年纪,你所颂赞的对象竟然取得如此这般荣誉";或加以夸大:"一个如此年轻的人竟这样热爱智慧,一旦步入桑榆之年,他将取得更大的成就。"这些情形均与认同范畴中的让步或转折有关,虽然评价意义原则上是从语言角度入手,而亚氏不是。

接下来是评价意义中断言范畴的起源,这是通过事实来主张自己的观点的。亚氏的论述虽然自始至终关注事实对劝说的作用,但其中大多数所谓的事实均与断言无关。例如,"如果我们所描述的那些事实为对手所反驳,就应提出种种论据进行确证;如果对手承认那些事实,我们就论证它们是公正的、有益的……如果我们所陈述的事实被认可,我们应当把各种证据暂搁一旁,使用业已提及的这种借口来表明这些事实的合理性";只有当这样的"事实"作为表态或断言的前提(这里指语用学上说的、有特定成分表征的前提,或称预设),诸如"事实证明……"只有此时的"事实"才有断言作用;或者说话人据此陈述自己的观点,也可以看作断言介入。可见,评价范畴的形成投入了相当大的归纳工夫。

和引证范畴相关的先期论述在亚氏的著述中也不少见。例如,亚氏在针对品性低劣者的言行进行谴责时指出:"不应嘲弄被谴者本人,而应描述它的生活。因为言辞的力量胜于嘲弄,它可以使听众信服,使人们对被谴者感到恼火;再者,嘲弄

---

① 亚,Ⅸ:586,615,536—537。
② 以下论述分别见于亚,Ⅸ:617—618,578—578,620,630,619,624,578,612—613,635。

只触及表面现象和外部状况,而言辞却能揭示生活习性和品性的本来面目。"这就是当今人们说的让事实说话的策略。亚氏认为:"当进行确证时,必须引证一系列证据。最适合于公众演说的证据莫过于经常发生的事件、范例、附加的推证和演说者的观念。"这里说的证据有两种:"一种直接来自确凿的言辞、活动和人本身,另一种是对言辞和活动起辅助或补充作用的论据。或然性事实、范例、确切性证据、推证的证据、格言、或然性证据和反证的证据都是直接来自言辞、人本身和活动的论证,辅助性证据则是证言、誓言、由拷问得到的供词等等。"亚氏还指出:"如果对活动的描述直接可以使人信服,就不必再来引证各种证据,而应当把所描述的那些活动诉之于公正、合法、有益、高尚、快乐、容易、必要等题材,进一步确证它们。如果可能,应当首先围绕有关公正的事情,同公正相似或相对的事情,或被判断为公正的事情,解释我们描述的那些活动。还应当援引同所提及的那些公正的事情相近的范例。"再如,"当我们与对手进行论辩时,在言辞上,可以从所说的话语中寻找证据,进一步确证我们的观点;如果涉及一些诸如缔约之类的具体问题,我们可以根据不成文法和成文法,在一定时限内出具强有力的证言来确证自己的观点",等等。

亚氏关于接纳思想的论述如下。"修辞三段论的前提很少是必然的,因为要判断和考察的事物都可以有另一种状态。人们行为、意愿和筹谋的对象就是这类事物,行为的一切对象都属于这一种类,绝没有可以说是出于必然的东西。"这就是事物的"或然性"和"表证"(或译"证据",见罗念生译本):"推理论证根据的是或然的事物和表证,二者分别与推理论证的每一种形式相契合"——前者指"经常发生之事,但并非……是在绝对的意义上,而是允许有另一种可能的事物";所谓表证,要么是"和它所要证明的论点的关系,有如一般与个别的关系";要么是"和它所要证明的论点的关系,有如一般与个别的关系"。或然性和表证的思想是亚氏修辞学立足的主要方式,虽然这里引述的只是亚氏概括性的表述。笔者不便断言评价范畴的接纳理论直接就是从这里归纳出来的;但可以肯定的是,这种或然性的确是说话人为了降低反对的可能性而采取的有效策略。

最后来看亚氏著作中的级差思想。马丁等人对级差的论述,涉及此前学界说的模糊(hedge)、减弱(downtoner)、助推(booster)以及增强(intensifier)等概念[①],诸如有点(不地道)、稍微(差)一点、轻微(伤)、很(漂亮)、尤其(主动)、非常(周末)、完全(版)、某种(语感)、货真价实(的博士)、真(朋友)等。这些现象涉及可以分级而分级的语力(Force)和无法分级而分级的聚焦(Focus);前者如:很(漂亮、好/坏)、太(长/短)、有点(甜),后者如货真价实(的博士)、真(朋友)等。级差既可能针对态度意义:有些(发憷、难堪;下作、做作;诱人、不匀称、重要),也可能是介入(可

---

① James R. Martin and Peter White, *The Language of Evaluation*: *Appraisal in English*. Hampshire and New York: Palgrave Macmillan, 2005,159n.

以[认为]，宣称）。比较而言，这样的思想在亚氏著作中俯拾即是，恰如伦理学思想一样贯穿于对大部分范畴的论述中，让人称奇。

　　态度级差在亚氏著作中集中于对伦理学各范畴的论述。亚氏指出："在一切连续的和可分的东西中，既可取其多，也可取其少，还可取其相等……相等就是过多和过少的中间……就是既不过度也非不及"；"我所说的是伦理德性，它是关于感受和行为的，在这里面就存在着过度、不及和中间。例如一个人恐惧、勇敢、欲望、愤怒和怜悯，总之，感到痛苦和快乐，这可以多，也可以少，两者都是不好的。而是要在应该的时间，应该的境况，应该的关系，应该的目的，以应该的方式，这就是要在中间，这是最好的，它属于德性。在行为中同样存在过度、不及和中间……德性就是中间性，中庸是最高的善和极端的美。"①这里论述的可以和语力联系在一起。例如，亚氏认为，性格有三种："两种是恶的，其一是过度，其一是不及，一种是中间性……三者是相互对立的。而两极端的对立则是最大的对立。"②

　　亚氏在《尼可马科》中对每一种伦理范畴都做了类似描述，而其中的第二卷在理论上有较为集中的总论；在《优台谟》中总结了 14 组范畴：易怒—无怒—温和、鲁莽—怯懦—勇敢、无耻—羞怯—谦谨、放荡—冷漠—节制、忌妒—（无名称）—义愤、牟利—吃亏—公平、挥霍—吝啬—慷慨、虚夸—谦卑—真诚、谄媚—傲慢—友爱、卑屈—顽固—高尚、娇柔—病态—坚韧、自夸—自卑—大度、放纵—小气—大方、狡诈—天真—明智③。其实，亚氏在实际论述中涉及的现象比上述 14 种还要多、还要具体。

　　对于聚焦现象，亚氏也有明确说明："并非全部行为和感受都可能有个中间性。有一些行为和感受的名称就是和罪过联系在一起的，例如，恶意、歹毒、无耻等，在行为方面如通奸、偷盗、杀人等，所有这一切，以及诸如此类的行为，都是错误的，因为其本身就是罪过，谈不上什么过度和不及。"④

　　对于级差向上和向下的两种方向，即锐化和柔化，亚氏的观点可从两方面加以归纳。⑤

　　一是联系劝说策略的相关论述。他在论及颂赞时指出，赞颂是"把那些能带来荣誉的选择、获得和言辞夸大，把根本不存在的品质加到某人身上；谴责与之相反，它把能带来荣誉的言行缩小，把不能带来荣誉的言行夸大"；这涉及三个方面："应当表明许多恶的或善的品行是某种活动所致，这是夸大的一种方式"；"引进一种判断或选择的最高标准。然后把这种标准同你所说的事情并列起来，对两者进行相互比较，同时尽量加重你自己的演说内容和分量，减轻他人所说的内容的砝码，

---

① 尼，Ⅷ：35—36。
② 尼，Ⅷ：40。
③ 优，Ⅷ：361—362。
④ 尼，Ⅷ：36—37。
⑤ 以上引文分别出自亚，Ⅸ：571、618-619、576、614、576、581、528、536、636、498、500。

这样就会使你的演说显得铿锵有力";"把你所说的事情与那些属于同一范畴的最微不足道的事情相对比",或者对所赞誉的对象的弱点和不足"轻描淡写",或者渲染其祖辈的盛名等等。对于指控对手的罪恶,"指控者必须夸大对手的罪行和过错",即"缩小对手的论据,夸大自己的论据"。与此相反,针对指控,申辩者则需申明自己"根本没有犯过这种罪行,或者表明他的行为是合法的、公正的";如果无法完全否认,他就要采取我们说的相反策略:"他的行为给对手造成的危害微乎其微,他这样做并非出于自愿",而是出于偶然,即"尽最大可能把自己的行为同众人的共同习惯相比,并声称绝大多数或所有的人在诸如此类的情况下,都会像你一样做出那些事情。如若不能,就应求助于不幸、过失这样的托词来保护自己,并试图把爱欲、愤怒、醉酒、野心等等人类所共同具有的,使人丧失理性的情感因素注入言说,以博得听众的谅解"。

二是落实到具体用语方式上。首先是其锐化作用的手段:在争辩演说中,连接词的省略和同一个词的多次重复可以加以利用:"偷了你们的是他,骗了你们的是他,最终将出卖你们的还是他",这里需变换语调,从而达到锐化目的。省略连接词一样:"我去了,我碰见他,我恳求他"——"这也需要朗诵的手法,不能以惯同的语气和强调来念这句话,就好像它只讲了同一件事情似的"。亚氏接着指出:"由于连接词把多件事情连成一件,那么去掉连接词显然就能到达相反的效果,即把一件事情分为多件";"我去了,我同他交谈,我向他央求",有"夸张的作用"。此外,"只要多次提到一个人的名字,人们就会觉得讲了许多有关他的事情"。其次,亚氏在讨论安排的开场白或引言如何排除可能的误解方法时有下面的柔化手段:"一个办法也就是可以消除使自己为难的那些怀疑的办法;无论这些怀疑由某人讲了出来还是没有讲出来都是一样……另一种方式是就所争论的任何问题之直接交锋,或者说没有那件事,或者说没有造成伤害或没对那人造成伤害,或者说伤害并没那么严重,或者说自己没有做不公正的事或事情没有那么重要,或者说自己没做可耻的事或事情没有那么可耻"。又如,在《亚历山大》第 38 节有如下论述:"对城邦的保卫必然通过自身的力量,或借助盟邦的援助,或依靠外国雇佣兵的支持。第一种途径优于第二种,第二种优于第三种。"引文后面部分的评价[估值+12]具有典型的级差值:a>b>c。

三是,亚氏在论述"用字的方式"时举过的例子同时有锐化和柔化策略:"海盗们如今自称为'征供者';因此我们也可以说犯罪的人是犯错误,而把犯错误说成是犯罪,或者把偷东西说成是拿东西或抢东西"。第一、二、四个例子具有柔化作用;而第三个则是锐化性的。而引文之前的那个例子,即有人称演员为"狄奥尼索斯的谄媚者",而演员们自称"艺术家",则通过语言给出截然相反的评价性称谓,分别使其走向消极与积极评价的两个极端。"附加词"和"示小词"也有类似作用。前者走向对立的两级,如"杀母者"("坏的或丑的方面")以及"为父报仇者"("好的方面")。后者起柔化作用:"示小词既减小了事物坏的程度,也减小恶事物好的程度,就像阿里斯托芬在他的《巴比伦人》中开玩笑地所写的那样,他用'小金币'代替'金币',用'小斗篷'代替'斗篷',用'小嘲弄'代替'嘲弄',用'小病痛'代替'病痛'"。"斗篷"没有评价意义,但添加"小"后就带上了感情色彩;这在现代文体学中得到了继承①。

类似论述在亚氏的伦理学和修辞学中俯拾即是,有的是直接描写,如上引诸例;有的是间接应用,即运用级差手段对证据的提取(如完全论证、可能性、迹象);同时,级差概念中涉及的数量、体积、跨度、品质和过程的加工都有直接或间接涉及。虽然级差范畴从语言使用的角度考察意义的增强还是减弱,不关心促成这些效果的途径和方法,但亚氏的论述的确为锐化和柔化提供了铺垫,甚至是不可忽视的早期卓识。

2.5 评价范畴的多层次性及其价值

上面的分析还揭示了一个很有价值的现象:评价意义具有层次性。即是说,出于特定演说目的,言辞表达的某一评价意义可同时在另一个层面上作另一种评价性解释,从而使一种现象可同时具有两种或三种评价效果。例如,亚氏在《尼》第8节指出:"最美好、最善良、最快乐也就是最幸福"②。这里除了由"最"体现的级差意义(即针对品质的锐化加强)和介入意义(接纳),还存在两个层次的评价特征:"美好"、"善良"和"快乐"分别属于鉴赏态度中的反应、判断态度中的恰当性、情感态度中的愉悦性;三者同时属于一个更高层次的愉悦意义。亚氏在《修辞术》中指出:幸福包括以下"组成成分":出身高贵、朋友众多、挚友、财富、爱子、多子多女、舒心的晚年、健康、健美、力量、体形、竞技能力、名声、荣誉、好运、德性等。这些范畴没有一个是愉悦的子范畴③;它们要么是反应(健美),要么是估值(出身高贵、朋友众多、财富),要么是能力(如力量、竞技能力),要么是恰当性(如德性)。用我们的话说,这些都是愉悦的必要前提,是另外一个层面的因素,而非愉悦本身,也不是充分条件。

也有把判断作为高一级层次者。亚氏指出:"善出现在一切范畴中:在实体中,性质中,数量中,时间中,关系中,以及一般所有范畴中"。具体而言,"快乐和痛苦……的中间性是节制,过度快乐是放纵……快乐不及……姑且称为感觉迟钝"。这也涉及两个层次:快乐本身(满意类情感);以及由快乐的级差性带来的恰当性判断意义:"过度"(放纵)、"适度"(节制)和"不及"(迟钝)。前者是基础,后者是从伦理角度给予的社会约束判断。所以,亚氏说:"伦理德性是一种关于快乐和

---

① 如 Charles Bally, *Traitéde Stylistique Française* (3ème édition). Paris: Librairie Geoge, 1951, p. 174.

② 尼,Ⅷ:17。

③ James R. Martin and Peter White, *The Language of Evaluation: Appraisal in English*. Hampshire and New York: Palgrave Macmillan, 2005.

痛苦的较好的行为,相反的行为就是坏的"。①又如,财富,就其本身来说,是某种让人倾心的东西,所以它属于鉴赏态度之下的估值范畴;但对于财富的行为方式,则有过度(挥霍无度)、不及(吝啬小气)和中庸(慷慨大方),这三种行为属于判断性的恰当意义(吝啬小气有消极可靠性)。即是说,亚氏把情感和鉴赏范畴作为判断的出发点。理由之一是:快乐和痛苦败坏德性(对比柏拉图对诗歌的看法)。

还有以情感和判断为基础而上升到高一层次的。亚氏说:"幸福显然属于完满和荣耀之类";"完满"即鉴赏之下的构成范畴,因为它的适宜条件(Felicity condition)是没有缺陷和遗憾;"荣耀"是鉴赏之下的估值范畴:它是有价值的东西。问题是,为什么说"幸福"属于这两个次类的鉴赏意义呢?亚氏提供的理由是:"它是始点,它是本原。"②这是鉴赏的情感基础。亚氏还指出,伦理德性就是行为的中间性(中庸);这里的中间"不是事物的中间,而是对我们而言的中间",而"过度和不及,都是对优美的破败,只有中间性才能保持它"。这里的"优美"即鉴赏态度中的反应范畴,更具体地说是引发主体给予积极反应的东西;满足这一点的是中间性,即恰到好处[+9]。中庸是前提,优美是高一个层次的感受境界。

类似论述还体现在下面这段话中。亚氏在论述友谊时指出:"一切友谊或者由于善而存在,或者由于快乐而存在,不论是总体的还是友好者个人的都有某种类似特点。所以说一切都寓于这种友谊之中,其余的也同样属于它。总体上的善就是总体上的快乐,它们是最为可爱的东西。"③在这里,"善"(德性)是"友谊"(鉴赏::估值)的前提。

还有内部相关范畴之间的。例如,亚氏在论述"善"时采用过一个三段论:"当我们想证明高尚是善时,我们就说公正是善,勇敢是善,一般的德性是善,而高尚是德性,所以,高尚是善。"④在这里,公正、勇敢和一般的德性是可靠性范畴;高尚和德性当为恰当性,所以这里有两个层次:公正、勇敢、一般德性;高尚和德性;它们都是判断性质的。上面涉及的基本上只是两个层次;还有三层次者。且以"友爱"为例。所谓友爱,指双方具有以"爱"回报对方而建立的情谊⑤。因此,就友爱本身而言,这是一种鉴赏范畴,即有价值的抽象事物(估值范畴)。但根据亚氏的分析,友爱涉及三种情况:"好人"(高尚)之间的友爱、"普通大众间的友爱"、"粗鄙者和常人间的友爱"。在这里,三类人具有不同程度的评估价值,依次降低;而三者分别是基于"德性"、"利益"和"快乐"三种品性的。在三类人中,第一类和第三类在亚氏看来是(±)褒扬的对象,第二类是中性的;但三类品性都带褒扬特点:德性是正褒扬;利益和快乐是负褒扬(贬抑)。注意,利益和快乐虽然指人们追求的东西,属于

---

① 大,Ⅷ:245,37,31。
② 尼,Ⅷ:31,23,24。
③ 尼,Ⅷ:169—170。
④ 大,Ⅷ:244。
⑤ 如,Ⅷ:323。

鉴赏范畴之下的估值范畴(是否有益),却与社会约束有关,即不应受到鄙视,因为它们是高尚的人追求的善;它们也是德性的一种,也属于判断之下的恰当性范畴。所以这里存在三个层次:快乐和利益(估值)、恰当性德性(恰当性)、友爱(估值)。

前面的引证明确告诉我们,三类态度特征,其中某一种或几种均可能以另外一种或两种,甚至以介入和级差,作为前提和基础。这种现象贯穿于亚氏的政治学、伦理学和修辞学相关叙述中。这一点揭示了评价范畴本身在分析识别时出现困难的原因(但见本书第 7 章),尽管马丁明确指出情感为判断和鉴赏的交叉范畴①。其实,这是一个视角问题,即看待一种品质或感受是就其本身呢,还是看背后的潜在因素。即是说,评价意义的分析,要始终着眼于相关语言现象呈现给我们的表达意图,不能迈出一步去看它背后的前提和基础,否则就会出问题,至少在做前景化分析时需如是操作。

上述多重性对于本书的议题来说十分重要,因为文本中总是存在一个成分包含多个层次的评价特征的现象,而分析者往往会有多种评价解读。这也是我们有时不能说一种分析合理而另一种不合理的根本原因。这个问题将在后面的模式建构时给予进一步说明(第 7 章)。

2.6 总结

评价范畴的原型可以在巴利的《法语文体学》中看到,即"非概念性思维"涉及的主观性、个人情感、态度、动机和视角等语言的情感资源;虽然马丁等人的工作是在一个更大的理论框架、即系统功能语言学的范围内加以归纳和范畴化的,但这是唯一可行的途径,而且并不影响其文化特性。以此为观照,笔者集中系统梳理了亚里士多德在政治学、伦理学和修辞学中涉及的评价思想。这些思想对修辞学的发展无疑具有奠基作用,诸如西塞罗、昆提利安、朗吉努斯、赫尔摩吉尼斯;而此后两千多年来在哲学和语言学领域内的情态和价值研究、在文学领域的创作主旨和批评依据,均没有超出这个范围。这是人际感情的,"因为我们在忧愁或愉悦、友爱和憎恨的情况下做出的判断是不相同的"②;这又是社会性的:它涉及主体的互动交流,否则演讲会失去其应有的功效。

然而,亚氏的论述相对于评价范畴而言,范畴化的范围不够全面、范畴的概括程度不高、多种层次的现象混杂、缺乏足够梳理。笔者的梳理和对比工作可以看作是对评价范畴缺乏相应综述的必要补充。

但至为关键的是,对比分析在说明评价范畴的来源时,也让我们看到了评价范

---

① James R. Martin and Peter White, *The Language of Evaluation: Appraisal in English*. Hampshire and New York: Palgrave Macmillan, 2005, p.45.

② 修,Ⅸ:339。

畴和文学批评的关系。事实上,自古希腊以来的文学批评,主要是建立在亚里士多德及其老师柏拉图的基本思想之上的:亚氏的修辞学与诗学(尤其是后者)已经运用了相关评价思想,奠定了此后两千多年来文艺美学的基本走向,即文学批评与审美的评价走向;或者说,亚氏已经认识到了文学的本质——其实应该包括所有跟艺术有关的理论和实践——以评价为特点、手段和目的的互动性艺术话语行为。

因此,评价范畴不仅是语言学意义上的,即文化语境的一个次范畴,也是文学的,因为它是支配一切文学性和文学批评行为的价值观念。古希腊学者确立了这一学术渊源,但只有到了马丁等当代学者那里,相关文学性及文学批评的范畴才得到应有的概括与合理归纳,这是值得称道的贡献;事实上,几千年来读过古希腊学者,尤其是亚氏作品的后学无数,但都没有能够对此做出相应的理论思考和归纳,只是直接拿来使用,至于其中彼此相互涵盖、互不明确的范畴边界问题,思考者更少。因此,评价范畴从当代语言科学的角度出发形成的诸范畴,对建立评价文体学、研究文本,甚至重新审视文学创作及其批评史,无疑具有关键作用。

随后两章拟对文学修辞学、批评与审美、此前的文体学和叙事学在理论和实践方面的基本评价主旨做系统概述。

3 西方修辞学与文艺美学的评价主旨

——赫尔摩吉尼斯风格说及西方文艺批评的评价取向

> 爱、恨、褒、贬乃是一切理想的前提。要么,肯定的情感即第一推动力;要么,否定的情感,二者必居其一。譬如,恨和蔑视,在所有怨恨理想那里就成了第一推动力。
>
> ——尼采《悲剧的诞生》①

3.1 引言

本章涉及两个基本要点:修辞学中风格论的评价主旨、西方文艺在批评与审美方面的基本评价取向。前者为个案研究,这就是赫尔摩吉尼斯的风格说;后者涉及亚氏之后的整个西方文艺批评史。前者详细具体,后者以点带面,从中可见评价性在各种修辞和文艺理论中的价值地位。在具体表述上,前者将逐类举例,后者仍以评价的基本范畴为依据。

3.2 赫尔摩吉尼斯论风格

本小节讨论赫尔摩吉尼斯所论风格的评价归属,然后与刘勰风格说做简要比较。与这一议题有关、并广为人们熟知的,当为文学批评领域极负盛名的朗吉努斯(Longinus)②。他在《论崇高》(On the Sublime)一文中阐述的"崇高"风格,应该属于鉴赏态度的范围。朗吉努斯认为,崇高性难于确切界定,但至少是一种"提升"(transport)而非"劝说"性质的修辞效果,并且基本上跟语言有关,这显然比前文提到的各位先贤进了一大步。他提到了五种可以实现崇高性的主要语言资源。第一、二种是:作者形成"崇高概念"的能力以及必要的"激情和受启发的热情";两者在相当程度上都可能是天生的。其他三种可看作修辞特征:恰当的修辞格(the due formation of figures):包括思想和表达;高贵的言辞:词的选择、隐喻的使用、

---

① 尼采:《悲剧的诞生》,张念东、凌素心译,北京:中央编译出版社,2005年。
② 早期思想可见亚里士多德的《修辞学》,尤其是其中的第三卷,虽然那些论述在我们看来仅仅是风格的雏形,还远没有上升到西塞罗、朗吉努斯甚至赫尔摩吉尼斯等人的认识水平。

语言精加工;崇高的原因:这是对前面四种的总结性因素,是庄严而又崇高的组织①。朗吉努斯还指出了三种常见的风格问题:浮华(tumidity)、幼稚(puerility)和索然无味(frigidity)(第三、四章),都是企图追求标新立异的表达效果而造成的不良后果(第五章)。

艾布拉姆斯概述了西方主要学者的风格分类思想,包括西塞罗区分的高雅(高贵)、平庸(中等)和低劣(平淡)三类,以及与三者有关的神圣和通俗类型;这就是后来弗莱确立高、中、低水准的历史依据。艾布拉姆斯还总结了尾重句(与非尾重句或松散句相对)、并列句以及从属句文体;从体现的角度看,这些只是表征相关风格的语言手段而已,在此前亚里士多德、西塞罗、昆提利安等人的论述中俯拾即是。但他归纳的"文体类型"(风格类型),诸如平铺直叙、辞藻华丽、言词绚丽、轻松明快、肃穆凝重、朴实无华、精心雕琢,则属于风格范围,因为它们是在对具体语词的使用现象做评价定性②。

接下来我们集中考察赫尔摩吉尼斯(Hermogenes)③在《论风格种种》(On Types of Style)之中确立的六种风格,尤其是这些风格的评价意义;他阐述的风格特点包括:明晰性、壮观性、优美性、流畅性、特征性和真挚性。

明晰性(Clarity;Saphēneia)分纯粹性(Purity;Katharotēs)和明确性(Distinctness;Eukrineia)。纯粹性有简单纯粹的思想,与艰涩深奥相对;日常语言可以做到这一点:避免从句、不加修饰、直截了当,否则会增加叙述的复杂性;这里还包括节奏的"纯"与"丰"。明确关注言说方式,即如何把话说明白——在言说时先说什么,后说什么,怎样说才能说清楚,避免含混;这里涉及三个方面的因素:完整性(completions)、思想性(thoughts)与表述方法(approaches)。显然,明确性可能涉及非常复杂的思想,从而和纯粹性相区别;但从修辞角度看,两者所用语言手段(词的安排、节奏和韵律)是一致的。显然,明晰性属于鉴赏态度之下的构成范畴,即意义组织明晰与否。

与明晰性相对的是壮观性(Grandeur;Megethos),也称威严性(majesty)或端庄性(dignity);它又分庄重性、严厉性、激烈性、壮丽性、丰繁性和丰满性。

庄重性(solemnity;Semnotēs)与思想内容有关,尤其是神(第一秩序):这和那些迷人的、甜美的思想是对立的。那些与神有关的事务(第二秩序):四季的本性以及怎样或何以出现四季、圆周运动、宇宙的本质、地球运动的本质、海洋或雷电产生的原因等等;神圣的人类事务,如灵魂、正义、节制或其他概念的不朽性,或者

---

① 这些因素均可在柏拉图、亚里士多德、昆提利安、西塞罗等前辈的相关论述中找到根源,不过朗吉努斯以崇高性为着眼点。

② Meyer Howard Abrams:*A Glossary of Literary Terms*,7th edition. 中英对照版,吴松江等译,北京:北京大学出版社,2009年,第606—611页。

③ 根据伍滕(Cecil W. Wooten)的研究,赫尔摩吉尼斯生活在公元2世纪,这是从时间推算的:古罗马皇帝、新斯多葛学派的主要代表马库斯·奥瑞留斯(Marcus Aurelius, 121—180)在赫氏15岁时访问过他。

对生命的一般意义的探求、或法律的本质等等；伟大而光荣的人类事务,如战争。相关语言表达方式有：张大嘴巴发出的开口音(broad sounds)、短元音 o 后跟长音节、隐喻表达、具有产生庄重性的词语和句子等等。那些用于产生明晰性的辞格同样适用于庄重性；而迟疑的语气、直接称呼和插入说明、韵律等则与此无干。可见,庄重性带有神圣性和敬畏情感,应该划分到反应类中去,但其背后有消极安全心理,可以看作是两类态度评价意义的结合。

严厉性(asperity；Trachytēs)指下对上当众指责带来的效果,与甜美性相对,例如 If indeed you carry your brains in your heads and not trampled down in your heels...（如果你的脑子的确装在你的脑袋里,没有踩在脚后跟下的话……）[①]。严厉性通常使用比喻性粗暴语言,同时几乎运用所有辞格；相关句子短小,甚至有短语,这样的句子听起来刺耳,与前后文无相似的节奏或韵律效果。从评价意义看,严厉性涉及行为的常态性,但毕竟是针对文本给人的印象说的,所以也是反应性的。

激烈性(Vehemence；Sphodrotēs)也与甜美性相对,但跟严厉性不同：激烈性也使用批判和反驳策略,但严厉性是针对更重要的角色,而激烈性相反,面对的是不如自己的人,如对手或那些听众愿意看到被责备的人,如 He is a barbarian, a wretched Macedonian(他是一个野蛮人,一个可耻的马其顿人)或 Your father was a thief if he was like you(如果你父亲也像你,他就是个贼了)。与严厉性有别,激烈性口吻更强烈。从表达方面看,直呼其名、反问、反驳都是常用手段；所用句子停顿之后跟单个的词；与严厉性的表达一样,这里也没有节奏或韵律之类的语音效果。从评价意义看,激烈性与严厉性相似,都是消极反应类,但两相比较,激烈性的级差意义更高。

壮丽性(Brilliance；Lamprotēs)带有荣耀因素,一种实实在在的端庄性,仿佛一个段落放出来的光彩。产生这种风格效果的条件是：说话人对于自己说的话具有某种自信时的思想境况,原因可能是他所说的已经被广泛证明,或者他已经有了荣耀的壮举,或者观众对他说的感到满意,或者上述所有原因。总之,对于那些卓越的、人们可以从中获得荣耀的、感觉光彩的行为都和壮丽有关。如 I did not fortify the city with stones and with bricks, nor do I consider that the greatest of my achievements reside in such things. But if you want to see the fortifications that I build you will find weapons and cities(我不用石头或砖来加固这座城市,也不认为我的最大成就在于这样的事情上。但如果你想看看我建立的坚固因素,你发现的会是武器和城堡)。从表达手段看,直接陈述思想就可以体现壮丽性,要有自信和尊严,不要迟疑,要使用叙述方式,不要在叙述中旁生枝蔓；或者通过高贵的方式表达高贵的情感。在措辞上与庄重性采用的手段相同,句子开始要有新鲜感,必须是独

[①] 狄摩西尼(Demosthenes,公元前384—前322),古希腊雄辩家,民主政治家,著有《斥腓力》等演说词。下文所用实例,如果没有明确说明,均系赫尔摩吉尼斯所引此人作品。

立句,主语是名词格,要对事实进行叙述,但勿需加强或描绘;所用句子必须很长,这一点与庄重性相近,有时可以采用长短格节奏。这个范畴可以跟积极反应(冲击:是否吸引我?)联系在一起。

丰繁性(Florescence;Akmē)没有独立的存在要素,由严厉性、激烈性与壮丽性的典型特征混合而成。一个丰繁性段落,通常也具有壮丽性与激烈性或严厉性的典型特征成分;不过,一个尖锐、激烈甚至壮丽的段落,不一定也是丰繁的,因为前三者可以独立存在;但产生严厉性和激烈性甚至壮丽性的话语手段同样可以产生丰繁性;用于壮丽性和激烈性的辞格,也可生成丰繁性,如直呼其名、反驳、相关词序、小句、节奏、韵律组织等。如 You have deserted, Athenians, the post at which your ancestors left you(希腊人啊,你们已经放弃了你们的祖先留给你们的岗位)或者 A great advantage, Athenians, exited for Philip(希腊人啊,菲利普有一个很大的优势)。(注意,英文翻译揭示的原文,其插入性呼语在句子中间)。这是一种构成方式,即积极的复杂性意义。

壮观性的最后一个次类是丰满性(Abundance 或 Fullness;Peribolē):一旦给言语的主题因素添加额外信息,就会出现丰满性,如讨论一个更大的属但又包含个体、或者讨论有部分介入的整体时就是这样:A wicked thing, Athenians, *an informer* is a wicked thing, and *this little man* is by nature *a cunning rogue.*(这是一个邪恶的东西,雅典人呐,告密者是一个邪恶的东西,这个短小之人本性上是一个狡诈的恶棍。)Although this whole Acropolis is sacred and although its area is so large, the inscription stands on the right next to the great bronze statue of Athena.(尽管整个卫城都是圣洁的,尽管其辖区如此广大,但铭文依然清晰地显现在右边、在高大的雅典娜女神的铜像旁。)据此,丰满性来源于附加的细节、实例、阐述,这里不仅可能涉及叙述内容,还有后果。相关语言手段包括:打破表述事实的态势语序,把需要后说的话放到前面;同样,先陈述理由、相关证明以及加强性材料(这一点很像系统功能语法关于复句内部的增强型逻辑语义关系);陈述同一事物时以不同方式使用并列或平行结构也可以达到类似效果(接近详述关系);列举不同之点同样可以实现丰满目的(接近延伸关系)①。跟丰繁性一样,这也属于构成类鉴赏,更为典型。

前面介绍了明晰和壮观两个大类;现在转向第三个大类:优美(Beauty;Kallos)。这是一种小心翼翼加工而成的风格,可能涉及思想、表述方法、措辞等,必须是均衡对称的、成比例的、整体协调的、新颖而健康的,并且贯穿一个段落始终;既可能只关注一种单一的风格,也可能涉及多种风格的整合——不管以何种方式、追求何种变化、或者仅仅把其中一种同另一种结合在一起。语言中的一些有效手段

---

① M. A. K. Halliday, *An Introduction to Functional Grammar*, 2nd edition, London: Arnold, 1994, Chapter 7.

可以用来实现这一点：相关措辞，如词性、小句、语序、节奏、由这些成分特征构成而产生的韵律；它本身不关注特定的典型思想或方法，除非使用惹人注意的词或短语，注入栩栩如生的比喻性词语；这些词通常很短，音节数量少；此外，那些华丽而整齐的表达手段，如排比（但有时也要避免太过明显的修饰痕迹）、同一词或词组的首语重复（epanaphora）、逆向反复（antistrophe，或与前者相对：被重复的成分在后而不是在前，...he is far superior...,...he is not superior）、尾首重复（epanastrophe；the mother of the child, and child of the mother）、层递法（climax），使用均长小句表达成对的意思，包括倒置错位法（hyperbaton，如 this I love, and this I don't）；还可以通过插入成分实现这一点（如 he appears, as indeed he proves, to be worthless），新奇的表达方式（And you, the people）、同词复现（polyptoton. 如 this was..., this decree made...）、长度适度的小句（也可出现短小但紧凑的小句群，带有一定的修辞特点）等等；它们伴有相应的语音效果，如元音之间不能冲突；语序产生的韵律效果要和节拍相近；而这样的节拍要适合相关段落的音步；不能有生硬感，彼此不协调；但音节数量也不能整齐划一或具有相同时长（词的长短必须兼顾）；庄重的节奏在这里不合适，因为这跟那些优雅或迷人的风格不是一回事。所以，这个范畴可以归入反应类。

第四大范畴是流畅性（Rapidity；Gorgotēs），需要短小的小句来推进思想的快速发展，包括辞格和各类小句，而语序、节奏、韵律也发挥一定作用，诸如去掉连接成分、频繁而轻微的变化、短小的句式但带有相同效果的回应句、同短小的短语一起使用的上指和逆向反复；频繁而短小的交错搭配（The father of you, Spartans, and of you the elders）。恰当的遣词等其他手段同样起一定作用。流畅性也和积极的反应意义联系在一起。

第五大范畴是特性（Character；ēthos）。这不仅指整个言语过程揭示的特点，也包括那些与激烈性、严厉性以及其他风格的自然结合。特性下分四个子范畴：简明、甜美、精巧和谦恭。

简明性（Simplicity；Apheleia）跟明晰性思路大致相当：所有人都有的、都能或者似乎能想到的思想，一点也没有所谓的深度或复杂性，而是直截了当的简单纯粹，如 Consider me a villain, but release this man.（把我当作坏蛋吧，放了这个人。）通常，小孩口里说出的话，或者孩子气的男人或妇女或乡下人或任何简单而老实的人的语言都属于这一类，如 How handsome Granddaddy seems to me, Mother.（妈妈，我看外公好帅哦。）那些微不足道的事，如 She poured handfuls of nuts over him.（她朝他一顿臭骂。）那些有关动物对比的结构，如 The ox strikes with his horn, the horse with his hoof, the dog with his mouth, the boar with his tusk.（牛用角发起攻击，马用蹄，狗用嘴，猪用獠牙。）也能产生相应效果。把一个思想分成好几个部分本身就是达到简明性的做法；通过起誓而非使用事实来证明某个观点也可能是简明的。体现它们的语言手段需与简明性一致；其节奏或韵律必须是严肃的,尽管为庄重性常用;总之,持续的韵律和严肃的节奏是简明风格的特点。

其次是甜美性(Sweetness；Glykytēs)。这一风格能让人娱乐,尤其和神有关,如 When Aphrodite was born, the other gods and Resource, the son of Cunning, feasted.(阿佛洛狄特降生时,其他诸神与智略神,即魔法神之子,便设宴庆祝。)在叙述上,那些神话的、引发甜美性和欢愉性的成分、神话故事(如特洛伊战争)、那些具有神话特点但比神话具有更多可信性的叙事,以及所有能让我们的视觉或触觉或味觉或任何其他感官带来快乐的资源,都可以达到这一效果。产生甜美性和简明性的语言手段相当,尤其是诗歌或引发诗性的语言、表达简明性和明晰性的辞格、语序和节奏等。

第三是精巧类(Subtlety；Drimytēs)。它跟简明性相似,是一种简明、直接而令人愉快的风格;但与简明性不同,精巧性是表述方式而非思想性的。赫尔摩吉尼斯分析了狄摩西尼采用过的三种精巧手段,都跟搭配语境有关,但彼此有别。第一种以两个词读音相同来达到相应效果。赫尔摩吉尼斯举了一个有关拉丁语的例子,这予我们无所帮助;这里试图提供一个自拟的例子：I planned to go to the bank to deposit some money, but a bank of machines along the bank of the river blocked my way.(我本打算去银行存些钱,但沿河堤堆放的一排机器挡住了我的去路。)三个 bank 的意义各不相同①。第二种实例如下：I do not fear whether Philip is alive or has died, but whether the spirit in our city that hates and punishes those who do wrong has died.(菲利普是活着还是死了,我并不害怕,但在我们的城市里那些仇恨和惩罚做错事的精神已经死了。)其中后一个"死了"与前一个比较,不仅精巧,而且生动。按照作者的说法,后一种表达近于比喻,但也不全是,因为它只是直接运用了一个词的不常见意义。第三种情况是,当作者使用一个比喻,但效果并不强烈或刺耳,然后引入一个更有感染力的比喻,但效果似乎并非如此,因为前面已经使用过了;此时产生的效果耐人寻味：Such things endure once and for a brief season, and indeed, encouraged by hopes, they blossom perhaps, but in time they are detected and fall to pieces.(这样的事情持续一阵,但的确,受希望激励,它们可能繁荣,但一旦被察觉,它们便飘落四散。)其中的 blossom 是一个比喻,本指植物开花,但并没有那么打动人。说 they fall to pieces,听起来有些不同寻常,尽管在这里并非完全如此,因为它出现在第一个意象 blossom 之后。我们可以说 withering flowers that they fall apart(正在枯萎的花儿飘落四散),但跟这个意象联系在一起的短语 in time they are detected 又在很大程度上减弱了相应的效果。而这正是这一类风格追求的。

特性的最后一个次类是谦恭。谦恭的风格和思想有关,典型情况是,说话人按照自己的意愿陈述他的想法,或者把话说得和缓一些。赫尔摩吉尼斯引用的例子

---

① 英语的 bank 其实是三个词,可指银行、河堤、或者一排东西。

有：I myself did what each one of you would have chosen to do if you had been insulted.（我自己选择做了这件事，这是你们任何人在面对侮辱时都可能要做的。）有几种方式可以实现这一点。第一种非常接近谦恭的思想：在应付对手时本来可以把话说得更有力，但放弃了一些自己的优势，使语气缓和下来。对比下面两个例子，前一个就是我们说的情况：After this I sent out all the expeditions in which the Chersonese was saved and Byzantium and all our allies.（此后，我派出了所有远征队的人，其中半岛人和拜占庭人和我们所有的其他同盟者都得救了。）以及：I do claim some credit for having administered particular measures.（我采取特定的行政措施，我得替自己说几句。）再比较：Why, then, if not some, but all, were unworthy in most respects, did he consider you and them worthy of the same treatment?（可是，为什么，不是一些而是全部的人，在大多数情况下都毫无用处，那么他是否用同一方法看重你和他们呢?）与：Why, if not some, but all, were unworthy in most respects, did he condemn you and them to the same dishonor? For he strips them of their immunity, and takes from you the power to grant an immunity to whomever you wish.（可是，为什么，不是一些而是全部的人，在大多数情况下都毫无用处，那么他是否用同样的羞辱方法诅咒你和他们呢？因为他剥夺了他们的公民权，进而从您那里夺走您授予公民权的权力、而把它给予任何你所希望给予的人呢?）

  在这四个次类中，单纯性跟明晰性一样，都应该是积极构成范畴；甜美性属于反应类；精巧性是另一个意义上的构成，其对立面应该是粗糙性；谦恭性也是品质类反应范畴，因为相关思想或段落给人以柔和之美。

  最后一种范畴叫做真挚性（Sincerity），说话不矫揉造作、或者栩栩如生，涉及表达策略：辞格、用语以及其他相关成分，但思想也很重要；我们常说的类似"这篇文章读来朴实、感情真挚"，就是这一风格特点。所有简单的思想都可能以单纯而自然的方式表现出来；否则便无单纯性可言。或许谦恭的思想也属于这一类，但真挚性的范围要宽泛得多，因为它包括愤怒的抱怨。例如，Being himself, I think, a marvelous soldier, by Zeus（他自己，我想，就是一名了不起的士兵，以宙斯的名义），在相关语境中有反讽口吻，再加上一个后续成分"以宙斯的名义"，带有愤怒的因素。按照赫尔摩吉尼斯的论述，无矫揉造作特点的思想广为大家熟悉，也容易清楚地看出来，如 But Androtion is the one who repairs the vessels that you use in solemn processions: Androtion—O Earth and Gods!（但安多拉鑫就是那个修补你所合法拥有和使用的器物的人：安多拉鑫——啊, 大地和诸神！）。真挚性可能涉及各种情感，如惊奇、恐惧、愤怒、悲伤、怜悯、自信、怀疑和激怒。在表达上有时无需正式引导成分，有时也没有连接成分，从而显得不由自主和真实：By Zeus, we should have done this, but we should not have done that（以宙斯的名义，这件事我们应该做完了，但那件事我们是不应该做的）。在这里，赫尔摩吉尼斯提到了刺耳性和激烈性，情感的强调和自然流露，怀疑和迷惑，判断（How could it be so? Far from it! 事情怎么这样了？完全不该这样啊！），甚至同时使用级差手段来加强语气，还有不完整的话语。

真挚性包含一个具体类别的风格，即义愤（Indignation）。如当某人以责备方式谈到自己的善行根本没有得到、或者没有获得足够而应有的感恩之情时，或者相反：他应该受到惩罚而非荣誉时，他的脑子里充满了各种责怪的想法，此时出现的就是义愤[①]。在这种情况下，当事人通常使用反讽手段，虽然并非所有反讽手段都能体现义愤。赫尔摩吉尼斯认为，我们缺乏典型的遣词手段或风格成分来表达义愤，但只要适宜于揭示特性，如单纯和谦恭，也能甚至可以说更适合表达这一风格。

总起来看，真挚性本身属于构成类鉴赏意义，因为这是由相关段落的思想、语词和/或组织方式的简明性和直接性带来的效果，没有委婉曲折的策略。这里不排除判断性的真挚意义，但这是底层的支配因素；同时，它可能涉及四种情感因素的消极面：意愿、愉快、满意、安全，但这些也只起支配作用；据此，把义愤放到真挚性之下显然不合适，因为这一做法混淆了义愤这一情感本身，以及由此体现的真挚性（直接性）风格效果。按照赫尔摩吉尼斯对真挚性的确立方式，义愤不当单独立类。

所有上述六种（15个小类）风格可以用一个统一的称谓，这就是语力（Force; Deinotēs），即话语中恰当使用上述各种风格及其对立面以及其他成分到达的效果（注意与评价意义级差范畴下的相同术语在内涵相区别）。掌握在什么情况下、以何种方式使用上述何种风格技巧及其反面，需要何种证明方式、有什么样的想法，是语力的实质。我们认为，虽然这是针对演讲说的，但几千年来的文学实践表明，这些技巧及其反面风格同样适宜于文学性的表达，因为它们在文本中无处不在。尤其重要的是，赫尔摩吉尼斯的论述揭示了正反两个方面的风格因素，尽管他的论述以积极性为基本思路。这跟我们下文确立的对立平衡模式是同质的（见后文第9章）。六风格说的优点在于，它同时从类别上确立了语词、话语和思想层面上可能产生的评价意义。下表是总结（C：category 范畴；A：appraisal 评价）。

表 3-1 赫尔摩吉尼斯风格范畴的评价意义归属

C\A	明晰		壮观						优美	流畅	特性				真挚
	单纯	明确	庄重	尖锐	激烈	壮丽	丰繁	丰满	优美	流畅	简明	甜美	精巧	谦恭	真挚
积极	+11	+11	+10,+4	+10	+10	+10	+11	+11	+10	+11	+11	+10	+10	+10	+11
消极	-11	-11	-10/-4	-10	-10	-10	-11	-11	-10	-11	-11	-10	-10	-10	-11

（注：表中的数码代表不同种类的态度评价范畴。4：安全；10：反应；11：构成）

这些风格类型的分类很细，15 种风格主要对应于反应和构成；庄重性伴有敬

[①] 对比苗力田主编翻译《亚里士多德全集》第Ⅷ和Ⅸ卷伦理学和修辞学的有关论述。北京：中国人民大学出版社，1994 年。

畏的不安全情感;尖锐和激烈之间有针对过程(指责)的锐化级差分别。

现在我们把赫尔摩吉尼斯的模式与刘勰在《文心雕龙·体性》中确立的八种风格做一比较。这八种风格是:典雅、远奥、精约、显附、繁缛、壮丽、新奇和轻靡。

典雅者,熔式经诰,方轨儒门者也。远奥者,馥采典文,经理玄宗者也。精约者,核字省句,剖析毫厘者也。显附者,辞直义畅,切理厌心者也。繁缛者,博喻酿采,炜烨枝派者也。壮丽者,高论宏裁,卓烁异采者也。新奇者,摈古竞今,危侧趣诡者也。轻靡者,浮文弱植,缥缈附俗者也。(所谓"典雅",就是向经书学习,与儒家走相同的路的。所谓"远奥",就是文采比较含蓄而有法度,说理以道家学说为主的。所谓"精约",就是字句简练,分析精细的。所谓"显附",就是文辞质直,意义明扬,符合事物,使人满意的。所谓"繁缛",就是比喻广博,文采丰富,善于铺陈,光华四射的。所谓"壮丽",就是议论高超,文采不凡的。所谓"新奇",就是弃旧趋新,以诡奇怪异为贵的。所谓"轻靡",就是辞藻浮华,情志无力,内容空泛,趋向庸俗的。[①]

作者进而确立了两两相对的特点:典雅与新奇、远奥与显附、繁缛与精约、壮丽与轻靡。从评价意义看,它们的归属如下。"壮丽"和"新奇"都是积极褒扬性的:可同时归到反应鉴赏中的冲击范畴;但"壮丽"中的"壮"意思是"高论宏裁",即判断态度中的常态性范畴;"新奇"有意义方面的("摈古竞今、危侧趣诡"),也有表达方式的("危侧趣诡")。"典雅"是一个积极态度范畴,属于反应中的品质类,这主要是内容方面的:儒家经典的思想和方法;但也离不开形式:这样的内容必然影响到遣词和用句方式。"轻靡"是估价性的,是一个消极(贬抑)范畴。这四个范畴没有真正意义上的对反对立意义。只有远奥与显附、繁缛与精约才是,即构成中的复杂性,但两者角度不同:前者主要是内容上的,后者则是表述方面的。与赫氏相比,刘勰的分类相对粗犷一些,但多涉及一个估价范畴"轻靡"。

刘勰认为,成就各种风格的要素是学问与才华,从而培养情志;接着举例说明先前名家的文体风格:

是以贾生俊发,故文洁而体清;长卿傲诞,故理侈而辞溢;子云沈寂,故志隐而味神;子政简易,故趣昭而事博;孟坚雅懿,故裁密而思靡;平子淹通,故虑周而藻密;仲宣躁锐,故颖出而才果;公幹气褊,故言壮而情骇;嗣宗俶傥,故响逸而调远;叔夜俊侠,故兴高而采烈;安仁轻敏,故锋发而韵流;士衡矜重,故情繁而辞隐。触类以推,表里必符。(因此,贾谊性格豪迈,所以文辞简洁而风格清新;司马相如性格狂放,所以说理夸张而辞藻过多;扬雄性格沉静,所以作品内容含蓄而意味深长;刘向性格坦率,所以文章中志趣明显而用事广博;班固性格雅正温和,所以论断精密而文思细致;张衡性格深沉通达,所以考虑周到而辞采细密;王粲性急才锐,所以作品锋芒显露而才识果断;刘桢性格狭隘急遽,所以文辞有力而令人惊骇;阮籍性格放逸不羁,所以作品的音调就不同凡响;嵇康性格豪放,所以作品兴会充沛而辞

[①] 《文心雕龙译注》,刘勰著,陆侃如、牟世金译注,济南:齐鲁书社,1995年,第368—371页。

采犀利;潘岳性格轻率而敏捷,所以文辞锐利而音节流畅;陆机性格庄重,所以内容繁杂而文辞隐晦。由此推论,内在的性格与表达于外的文章是一致的。①

这算是对各种风格的举例说明。不过,这只有在读者熟悉各位作者的作品之后才能真正明白;如果刘勰接受过类似赫尔摩吉尼斯可能曾经接受过的训练,上述各位名家的真正风格特点就会逐一明确揭示出来。这正是我国和欧洲在叙述方面的差别:一者具体明确,一者点到即止。但我们的概括程度要高得多,抽象和归纳的工夫也更大,因为不仅涉及对立性概括,还与性情气质联系在一起;但刘的论述缺乏具体性,至少缺乏西方意义上的演示工夫。可见,两人可作为东西方治学方法的代表,各有所长,彼此互补。

3.3 西方文艺批评的评价之路

批评与审美从整体上讲也是以评价诸范畴为指导原则的;学界说的"文学性",其实就是评价性。前文的分析已经表明,评价意义虽然是一个语言学概念,但其子范畴发端于多个与文学相关的经典学科,包括情感心理学、经典伦理学和经典美学;经过精心梳理出来的评价范畴意义其实早已散见于不同时期、不同流派、不同国别②的美学和文论中,一直是人们进行美学评判和文艺理论建构的基本价值取向(各类模型建构中涉及的其他因素除外,如克罗齐与现象学美学关注的不同心理过程),只是先前缺乏这种高度概括和明确认识罢了,也没有评价意义的范畴那么具体,评价的侧重点也因着眼点不同而存在差别。因此,笔者说的"评价之路"就是对整个西方文学批评史在本质上更确切、更具体的评价定性。

这一议题涉及整个文学批评史,文献汗牛充栋;本人在学识范围之内有侧重地加以梳理,不免挂一漏万,所以只是一种引玉之砖,一种明确先前诸多审美观点的评价性质的指向索引;系统而深入的工作可以作为文学批评史的一个专题来研究。"文学批评"为"美学"的下位概念,所以大多数学者在"美学"这一总议题下采取的评价立场,同时适用于文艺批评,行文中不作分别与说明。

但必须明确一点。在这里的体系中,作为文学批评与审美元范畴的评价意义与直接用于文本分析的评价范畴是一体的,唯层次不同而已:前者是整体的,类似于叙事学关注的话语范围;后者是局部的,接近文体学的语词领域;两者均涉及隐含作者的评价主旨。同时,隐含作者的评价意图寓于文本之中,是隐含作者期待隐含读者可能的解读取向。因此,隐含作者、文本与隐含读者是一体的;对文本做不同层次的评价分析是一体的;文学批评与审美立场也是一体的;笔者采取的是多视

---

① 《文心雕龙译注》,第 371—373 页。

② 这里不涉及中国美学史;有兴趣者可在相关著述中找到与本书综述的基本观点相似的见解,尤其是关于中国书法和绘画方面的,如《美学大词典》(朱立元主编,上海:上海辞书出版社,2010 年)中的相关词条。

点和多层次的整合模型与方法(见第6章和第9章)。

这里可以把文学批评通过文体选择确立的审美立场概括为四个侧面：语词文体(风格)的、话语策略(修辞)的、审美机制的、美的本质与评价审美立场的。前三点是创造美的立足点、过程与途径(见下一章);只有第四点是本书的基本关注对象。这里的工作是一种"综观",即以论题为基础,但也尽可能考虑时间顺序。此外,文学批评史上确有持纯粹评价立场者,但大多数学者兼及另外一种、两种或多种态度,需要细心比对①。下面仍从三类态度范畴、介入和级差角度考察代表性观点;为此,组织表述将从典型向非典型过渡。此外,有的综合性评价立场放到某一处而非另一处,仍然是出于组织平衡方面的考虑。

下面的具体议题包括：以情感立场为主的情感派、以社会评判和社会约束为主的判断派、以美为基本态度的鉴赏派、完全态度派与兼及介入和级差观者。综述还将提及相关文学实践与流派。

3.3.1 情感派

这里把以情感为基本取向、可能同时带有某种判断和/或鉴赏观的美学家和文艺批评家称为情感派。其实,纯粹主张情感说者不多,但也绝非没有。古希腊地理和历史学家斯特拉博在其《地理学》中提到一位名叫埃拉托色尼的古希腊天文学家、数学家、地理学家和诗人,他认为诗的目的仅限于娱乐。著名桂冠诗人、剧作家和批评家德莱顿在《论戏剧诗》中明确宣称：诗的主要功能是使人欢愉(对比柏拉图;见后文)。

以情感为主、带有一定其他态度观的代表有卡西雷尔、巴利、弗洛伊德及其传人。德国新康德主义马堡学派的代表卡西雷尔认为,从柏拉图到托尔斯泰,艺术一直被指责为引发激情、破坏道德生活的秩序与和谐的非善因素;②他认为,在悲剧中,艺术使灵魂感受怜悯和担忧情感,从而带来安宁与平静,而非骚动。"美学的自由不是激情的缺失,不是斯多葛式的冷漠,而是正好相反……我们并非生活在直接的现实事物中,而是一个纯粹给感官以快感形式的世界里。"人类所有的感情都要经受一种超物质化的过程,于是情感自身摆脱了物质的羁绊。不过,"艺术给予我们的是人类灵魂运动的所有深度和变化形式……我们在艺术中感受到的,不只是简单或单一的情感品质。它是生活自身的动态过程——在对立的极端之间、快乐与悲伤之间、期望与恐惧之间、狂喜与绝望之间,不断地来回摆动"。艺术把一切痛苦和愤怒,残忍与凶恶,消解为一种自我解放的手段,从而给予我们一种内在的自由;还能接受人类生活中所有缺陷与怪癖、蠢行与邪恶;这是通过其他途径无法获

---

① 鲍桑葵的《美学史》(张今译,中国人民大学出版社,2010年)以及朱光潜的《西方美学史》(北京：人民文学出版社,2010年)等给我们提供的参照,均可明白无误地表明这一点。

② 其实,这一评论并非完全中肯,见后文。

得的。在艺术中,我们可以听到从最低调到最高调的整个人类情感。[①]此外,卡西雷尔认可鉴赏性的反应美:"我可能穿过一片风景区,感受它的魅力;我可以享受和暖的空气、清新的草地、各式各样活泼的颜色、芬芳四溢的花香",但可能突然用艺术家具有美学经验的眼光形成一幅画境;这显然是鉴赏性的;但情感立场占主导。

现代文体学创始人巴利在老师索绪尔的结构主义语言学基础上对语言学有重大发展。具体而言,索绪尔总结了一个在甲与乙之间进行信息传递的交际模式,涉及心理(概念)→生理(大脑的生理过程)→物理(声波)→生理→心理的来回循环,其间有三个不同性质的阶段:心理、生理和物理[②];但索绪尔关注的是语言符号的能指与所指[③];所指只关心概念意义,属于系统功能语言学的经验功能[④]。巴利则同时关注交际的"非语言方面",一个与概念(经验)意义并行的、非概念性的和个人性质的情绪意义。概念意义是客观的,情绪意义是主观的;两者都是思维的内容。后者包括感情、态度、动机、视角等因素。巴利认为,概念意义是语言学的关注范围,即语言的概念功能来源;情绪涉及语言的情感资源——语言是怎样表达这种主观的、思维的非概念方面的,从而使交际成为可能。"语言学的双平面模型以区别意义的方式界定表达—形式。据此,一个有效的文体学模型则应当从潜在的、非概念方面的思想交流的角度考察语言成分之间的关系,揭示非概念交际的结构来源。我们需要梳理出不同语言成分和语言的不同非概念价值(巴利称为'情感')之间的对应关系。"[⑤]在这里,巴利已经涉及积极和消极态度因素[⑥]。因此,我们不排除这是评价范畴的来源之一。但在讨论自然情感的特点时,他也谈到了情感加强和减弱的语言表达问题,即级差性(见后文),尽管远非深入和系统;他还论述了美与丑及其和情感的关系。可见,巴利不是一位纯粹的情感派学者[⑦]。

同一时期,弗洛伊德的精神分析美学以意愿为基本立场,认为艺术创作的想象力源于作家儿时的游戏,作品的想象能力描述的是其害羞心理的遮蔽物;儿时未能

---

① 见 An Essay on Man 摘引,载 Hazard Adams and Leroy Searle 主编《柏拉图以来的批评理论》(第三版英文影印版),北京:北京大学出版社,2006 年,第 1021—1022 页。

② Ferdinand de Saussure, *Course in General Linguistics* (3rd edition),translated by Roy Harris. Gerald Duckworth and Co. Ltd. 1983, pp. 11—12. 这是一种后人叫做管道隐喻的交际模式(Michael Reddy, "The Conduit Metaphor", in Andrew Ortony (ed.) *Metaphor and Thought* (2nd edition). Cambridge: Cambridge University Press, 1993, pp. 164—201),即交际过程被描绘成一个水流经过管道的过程;这种错觉出于对交际行为主体作用的误识。

③ Talbot J. Taylor, *Linguistic Theory and Structural Stylistics*. Oxford: Pergamon, 1980, p. 20.

④ 这里的概念意义在英文中为 conceptual meaning,与系统功能语言学的概念意义(ideational meaning)不同,后者包括经验意义(experiential)和逻辑意义(logical meaning)。

⑤ Talbot J. Taylor, *Linguistic Theory and Structural Stylistics*. Oxford: Pergamon, 1980, p. 21.

⑥ 如 Charles Bally, *Traité de Stylistique Française* (3ème édition). Paris: Librairie Geoge, 1951,第四部分。

⑦ 巴利的论述中问题不少,诸如"情绪"完全是"个人的""主观的""非语言方面的";而由此认定这不属于语言学的研究范围也是站不住脚的,评价概念本身就是最好的证明。

实现的愿望和性的潜在心理,与情感范畴中的意愿主旨联系在一起①。因此,文艺创作的原动力是情感②,是欲望冲动的无意识本能;创作是"释放这个泉源"的途径;而"欣赏"是"象征和替代能够唤起真正的情感"的过程;"这样,艺术就构成了阻挠愿望的实现和实现愿望的想象世界之间的中间地带"③。而一切的美(鉴赏意义),包括"人类形体的和运动的美,风景的美,艺术的美,甚至科学创造物的美",都是满足欲望(情感)的手段:"美的享受具有一种感情的、特殊的、温和的陶醉性质"④。因此,美(鉴赏)在功能上居于欲望满足的从属地位。道德意识是受压抑的(欲望意识或意愿)潜意识的元凶。这种观点和通过情感的外衣塑造伦理主旨的柏拉图主义美学正好对立;而后来的斯蒂文森以情感作为元伦理学基础的认识似乎与此有某种相近之处(见后文)。

  精神分析美学可以说就是欲望美学,或者意愿美学;但这并不是说弗洛伊德理论缺乏伦理判断因素。他说:"生活……对我们来说是太艰难了;它带给我们那么多痛苦、失望和难以完成的工作"⑤。这是明显的否定性判断。他后期对精神分析区分的三种功能侧面,即本我(各种欲望)、超我(社会约束的内化),以及自我(调节前二者与"现实"赋予欲望满足的有限性),其伦理判断立场更为明确⑥。他的上述观点被他的学生荣格和拉康等人继承。但荣格从个人潜意识走向集体潜意识;拉康的三重界域观,即现实界、想象界和象征界,似乎带有更多的伦理倾向:人的成长是一个脱离了和母体的一体化关系、逐步获得自我意识而走向非安全、不可靠的过程(即成人化过程;以安全情感为基础的可靠性意义),涉及生命意义(对比叔本华与尼采;见后文)。艾布拉姆斯据此指出:一些女性主义批评家则从这里获得了充分发挥其批评能事的灵感⑦。

  上面已经涉及过渡状况:从纯情感到有其他态度因素参与的综合态度,但以情感为主;以下是一些同时持鉴赏和/或判断态度者。在贺拉斯的《诗艺》中,诗歌的情感和鉴赏功能并重。他认为,诗歌作品必须明白易懂,必须是一个整体,这就是鉴赏范畴中的构成意义(见后文黑格尔和弗莱)。同时,诗歌要通过节奏变换来表达相应情感,必须要能打动人:如果要使人微笑、同情、哭泣、悲伤、愤怒、欢愉、严肃,诗歌本身必须"面带"微笑、诗人要有痛苦心理,要悲伤、愤怒、欢愉、严肃。这里有冲击性反应(鉴赏)和情感要素:通过感情影响他人,涉及广义的修辞及其效果问题(对比弗洛伊德)。华兹华斯在其《抒情歌谣集》的序言部分从诗歌的角度也

---

① 参阅《弗洛伊德论美文选》,张唤民、陈伟奇译,裘小龙校,北京:知识出版社,1987年。
② 见 Affects in Dreams, 载 *The Interpretation of Dreams*. New York: Avon Books. 1998, pp. 497—525.
③ 《精神分析在美学上的应用》,载《弗洛伊德论美文选》,北京:知识出版社,1987年,第139—140页。
④ 《论升华》,载《弗洛伊德论美文选》,北京:知识出版社,1987年,第171—172页。
⑤ 同上书,第171—172页。
⑥ 艾布拉姆斯:《文学术语词典》(中英对照),吴松江等译,北京:北京大学出版社,2009年,第500—501页。
⑦ 同上书,第505页。

对情感态度给予了充分肯定,但他属于"教诲文学"派(见后文)。

属于这一类的还有克罗齐在《美学原理》中总结的"快感主义"审美立场,因为相关学者还有判断和鉴赏态度。所谓快感主义,即"把美的东西看作凡是可以使耳目,即所谓'高等感官',发生快感的东西",包括游戏说(以席勒和斯宾塞为代表)、性欲说(弗洛伊德学说)、胜利说(弗氏弟子阿德勒的缺陷弥补和超越学说)、同情说(以18世纪伯克为代表:艺术应引发受众的道德同情)。克罗齐认为,这些快感主义美学观,除非与真理或道德有关,否则便是"站不住脚的"①。在这四种观点中,前三者系情感态度中的满意范畴,即通过游戏活动、性行为或征服手段获得心理上的满足;同情则属于消极愉快类。

这些观点都只是相关评价立场的一部分。以"同情说"为例。此说"以唤起同情的东西为特殊对象",包括一切"变种"、"混种"和"等级"——"从唤起同情的东西最高贵最强烈的表现,一直递降到它的相反者,起反感的和起嫌恶的东西"。这些"特殊对象"的主要代表是:悲剧的、戏剧的、雄伟的、起怜悯的、动人的、可笑的、悲伤的、愁惨的、悲喜剧夹杂的、诙谐的、雄壮的、尊严的、郑重的、严肃的、有气派的、高贵的、装饰的、秀美的、有吸引力的、激烈的、娇媚的、田园的、哀婉的、恰适的、暴烈的、直率的、酷虐的、卑鄙的、可恶的、可嫌的、可怕的、令人作呕的等等;这些可以分别归入情感、判断和鉴赏次类中去。这种看待问题的方式,即均可能引起"同情"感,显然源于亚里士多德②。

最后我们来讨论一些现当代的代表性学者在建构多重意义模型时确立的情感范畴。德国心理学家和语言学家布勒提出的表征、表达和诉请或意动中,表达是和情感联系在一起的(可能是诗人自己的,也可能是叙述者的)③。布拉格学派的特鲁别茨柯伊根据匈牙利学者拉茨克丘斯的先期工作,提出了以音位变体为根据的语音文体学:"当音位变体带有感情色彩的时候",该音位变体就是文体变体;它们有别于中心文体,会让语言带上"诸如缓慢、感叹、和缓、激动等表现风格"④。哈弗拉奈克"在讨论标准语时曾涉及功能文体和功能方言",功能文体有五种,即客观信息交流、规劝呼吁、一般性的大众化的解释、技术性解释、代码化阐述,其中规劝呼吁文体与评价意义的意愿范畴大致接近(对比后文讨论鉴赏派时涉及的关于功能方言的分类)⑤。

---

① 克罗齐:《美学原理》,朱光潜译,上海:上海人民出版社,2007年,第113—118页;括号内的信息是朱光潜先生在译本脚注里逐一提供的。

② 顺便提一句,克罗齐认为:"我们不承认丑,只承认有反审美的,或不表现的,这永远不能成为审美的事实的一部分,因为它是审美的事实的对立面"(出处同上,第120页;强调为原文)。

③ Karl Bühler, *Theory of Language*, translated by D. F. Goodwin. Amsterdam: Benjamins, 1990 [1934].

④ 钱军:《结构功能语言学——布拉格学派》,长春:吉林教育出版社,1998年,第145—147页。

⑤ 同上书,第152页。

与此一脉相承,符号阐释学家乌尔班提到的情绪或情感唤起范畴与此相似①。受布勒影响的雅克布逊则分化出了独立的情感功能②。波普尔区分的信号和争辩功能也与此相关③。随后则有莱昂斯提出的和描写与社交功能相对的表情功能和内涵意义④,与帕默说的评价意义非常接近⑤。如此等等⑥。只是后二者为非文艺学家。

从实践看,亚里士多德、昆提利安、西塞罗、赫尔摩吉尼斯等古代学者系统阐述的修辞手段,目的是意愿性的:通过各种话语方式说服听话人接受自己的观点(对比斯蒂文森,见后文)。经典文本"哀歌"所体现的,主要是消极情感(满意)⑦;哥特式小说的基本目的是使人恐惧(安全)以及由此带来的审美情趣;伤感主义文学涉及情感放纵(特别是18世纪的情感剧和情感小说),主要是消极愉快。悲剧以"悲"为基本立足点,但作者需要通过这样的方式达到歌颂或鞭挞目的,因而通常具有判断性,包括亚里士多德提到的悲剧性英雄与莎士比亚戏剧中的悲剧人物;具有类似特点的是机智、幽默、滑稽以及悲喜剧。这一类作品的基本主旨也是欢愉性的。

3.3.2 判断派

这里也分两步进行:一是接近纯粹的判断批评立场,二是以判断为主兼有其他态度者,但以后者为侧重点,因为前者是从事文艺批评者的常识性修养。所谓"接近"因为任何文学理论都不可能不顾及文学艺术的美学宗旨,但我们的立足点是那些集中以社会评判和社会约束为基本原则的文学批评理论。这一点可以从三个方面的审美取向体现出来,即女性主义文学批评⑧、西方马克思主义(法兰克福学派)⑨,以及各种后现代文学理论,如后殖民主义、美国具有反文化倾向的垮掉派作家的基本主张、后工业社会观、新历史主义等⑩。在这里,作者消失、情感消失、主体

---

① 另有直示/认知和表征范畴;后者指由感官符号再现的视觉和象征意义。见 Wilbur M. Urban, *Language and Reality*. London:Allen and Unwin,1939.

② Roman Jakobson,"Closing statement:linguistics and poetics". In T. A. Sebeok (ed.) *Style and Language*. Cambridge, Mass.:MIT Press,1960. 还有所指、意动、寒暄、诗歌和元语言功能(诗歌功能见后)。

③ Karl Popper, *Objective Knowledge:An Evolutionary Approach*. London:Routledge and Kegan Paul, 1972.

④ John Lyons. *Semantics*. Cambridge:Cambridge University Press,1977.

⑤ Frank R. Palmer. *Modality and the English modals*. London:Longman, 1977.

⑥ 与此相关的就是人们讨论的评估意义(有别于此处的评价意义)。Katie Wales 在其 *A Dictionary of Stylistics* 的 expressive meaning 和 evaluation 条下有扼要归纳。

⑦ 艾布拉姆斯:《文学术语词典》,第144—147页。

⑧ 同上书,第176—189页。

⑨ 同上书,第294—307页。

⑩ 同上书,第472—475页。这也包括下面的文献:伏尔泰(如《论宽容》,蔡鸿滨译,广州:花城出版社,2007年)、房龙(如《宽容》,何兆武等译,北京:北京大学出版社,2010年)以及里克尔(又译瑞格)(如《恶的象征》,公车译,上海:上海人民出版社,2005年)等。沃尔弗雷斯《21世纪批判述介》(张琼、张冲译,南京:南京大学出版社,2009年),主要章节也涉及相关议题。

性消失、历史消失,世界的整体性瓦解了,支离破碎,"留下的只有文本而已"①。其实,这个问题涉及社会权力分配不均与个人在社会机器面前无能为力的主观感受等因素。从社会约束的角度看②,权力反映了社会角色之间的地位不平等带给弱势个体、群体甚至种族的状况和相关关系的影响,迫使他们进行重新估价和评判,因而相关立场应该归属于评价意义的判断范畴:不平等现象是社会资源和权利分配不均的前提,从而导致他们在家庭、社会单位和国际地位中相关权力和利益受到威胁或丧失、人格受到歧视和凌辱、基本生存状况受到践踏、生命受到虐待;同时,人类把自身推向了罪恶的深渊,从而"灾难"没完没了地发生,需要"救赎"③。从评价立场看,文本揭示的相关现象可能属于不正常的社会现象、社会群体的强势与弱势、责任主体的可靠与不可靠、居于支配地位的强势力量是否诚实、他们的行为是否符合理想的伦理规范(即是否该给予褒扬或贬抑)。这些均已在现当代文学理论中有不同侧重的体现,如《廊桥遗梦》揭示的主题之一便是。

我们需要提及一种反传统审美立场,即所谓反英雄现象,这是荒诞派文学及黑色戏剧的主旨。"反英雄指的是现代小说或戏剧中其品行与读者心目中严肃文学作品里传统的主角或英雄形象相去甚远的主要角色。与伟大、高尚、威严或英勇的英雄形象相反,反英雄体现的是卑鄙、下流、消沉、无能或奸诈的人物品行。"④反讽、赞美诗、颂歌、道德剧、问题剧、讽刺等等,其主旨也都是判断性的;其中,赞美诗和颂歌可能同时带有积极鉴赏意义,讽刺则会激发各种情感。

下面着重讨论第二种情况。其实,大多数认同情感立场的学者,都带有判断主旨。当柏拉图通过苏格拉底之口、主张把诗人逐出理想国时,他的真正意图并非排斥诗人和诗歌;从他提倡诗歌的教育作用看,他担心的应该是诗歌会起到使人失去理智的消极作用(亚里士多德同此):"当一个人沉湎于音乐,像我们刚才提到的那些甜蜜的、柔软的、哭哭啼啼的音调,醍醐灌顶似的以耳朵为漏斗注入灵魂,把他的全部时间用于婉转悠扬的歌曲,如果他的灵魂中有激情这个部分,那么最初的效果就是使这个部分像铁一样由坚硬变得柔软……他就像着了魔似的,不能适可而止,最后他会融化和液化,直到他的激情完全烟消云散,他的灵魂萎靡不振,成为一个'软弱的战士'。"⑤因此,最好干脆弃之不用(对比德莱顿)。诗歌的教育作用可以归入判断范畴中的可靠性、真诚性和恰当性等范围。

---

① 这些观点国内已有大量译介。如《西方女性主义文学理论》,柏棣主编,桂林:广西师范大学出版社,2007年;董学文《西方文学理论史》,北京:北京大学出版社,2005年,第十二、十四、十五章。

② 社会语言学家布朗和吉尔曼1960年最早从语言学角度阐述权力问题。但这一视角下的相关研究,注意力集中在对相关语言权势与非权势现象的描写上。具体见 R. Brown and A. Gilman, "The pronoun of power and solidarity". In T. A. Sebeok (ed.) *Style in Language*. Mass.: MIT Press, 1960, pp. 253—276.

③ Walter Benjamin, "Theses on the Philosophy of History", 载《柏拉图以来的批评理论》(第三版英文影印版),北京:北京大学出版社,2006年,第996—1000页。

④ 见艾布拉姆斯:《文学术语词典》,第2—5,22—23页等。

⑤ 《国家篇》,载《柏拉图全集》(第二卷),王晓朝译,北京:人民出版社,2003年,第381页。

跟柏拉图（苏格拉底）持类似观点的有后来的古希腊地理与历史学家斯特拉博、古罗马哲学家波伊提乌、中世纪的圣奥古斯丁、意大利文艺复兴时期的作家薄伽丘、法国古典学者和语言学家斯卡利杰、英国文艺复兴诗人锡德尼、稍后的弥尔顿、蒲柏、华兹华斯等人。这就是人们常说的"教诲文学"。对于这些学者和诗人来说，艺术的情感价值均在于道德说教。顺便提一句，贺拉斯、卡斯特维托和约翰逊等人同时看重诗歌的娱乐和道德功能；这和通过娱乐来达到训诫目的的主张有所不同。

其实，早期的英雄史诗和中世纪的骑士传奇文学，基本主旨就属于这一类（能力性与可靠性）；艾布拉姆斯在"滑稽讽刺作品"条内提到的"滑稽讽刺作品""戏谑作品""效颦作品"的主要功能、20世纪50年代的颓废主义思潮等，均带有典型的消极社会评判和社会约束元素①。而以各种形式出现在文本中的"七宗罪"可以同样涉及判断的各个范畴。

惠特曼是一位充满积极道德意识的美国浪漫主义先锋。他认为诗歌不仅具有建立民主政治的功用，尤能树立一种文化理想：在美国这个新大陆，"我需要制定一种文化"，范围涉及一切阶层，包括一切和人有关的领域，要有独立的人格特点——有气魄、有勇敢精神、关爱直觉、自重，即具有独特个性的普遍精神；他主张"人格化"的精神、提倡自我发现和成长，即能够使人复苏而形成特殊人格化的自由、培养我们内心最好的东西，包括我们将来的新美学②。在上述两个方面，前一点具有鉴赏的估价意义；后一点则走向可靠性判断价值。这些都充分体现到了他的诗歌文本中，如《自我之歌》（1867年）③。

与惠特曼积极、乐观的人生态度相反的是一种可以称之为悲剧美学的东西。对悲剧的推崇可以上溯得到古希腊。柏拉图对悲剧持消极态度：悲剧会让人陶醉而堕落（见前）④。但亚里士多德认为，悲剧不仅能引发人们的悲痛和恐惧，尤能以惊人的效果吸引观众（即冲击效果）⑤。这里剔除了伦理因素而与柏拉图相左。这种立场在叔本华和尼采论述悲剧的内涵时发生了变化：他们的悲剧指的是人生悲剧，是一种人生的价值取向：人生是痛苦的，人生的痛苦可以在艺术中消解（对比弗洛伊德）。相关学科叫做"唯意志论美学"。所不同的是，叔本华"通过肯定艺术而否定生命"，尼采则"通过肯定艺术进而肯定人生"⑥。这种差别给我们一种判断生命的伦理学视角：人和人创造的艺术之社会评判和社会约束。

---

① 见《文学术语词典》，第68—71、52—56、108—111、152—157页。
② Hazard Adams and Leroy Searle 在《柏拉图以来的批评理论》第673页提到，惠特曼的这些思想和在前艾默生提倡的自力更生精神，以及康德的自我约束与自治的思想有关。
③ 见《草叶集》(Leaves of Grass)，英语阅读文库，海口：海南出版社，2001年。
④ 《国家篇》，载《柏拉图全集》（第二卷），王晓朝译，北京：人民出版社，2003年，第628—629页。
⑤ 《诗学》，第9章。
⑥ 见 http://wangmeng.baidu.com，也参阅叔本华：《作为意志和表象的世界》，石冲白译、杨一之校，北京：商务印书馆，1982年；尼采：《悲剧的诞生》，刘崎译，北京：作家出版社，1986年。

这里要特别提及一位与精神分析一脉相承、但主张排除一切心理和哲学因素的文评家,这就是弗莱。与弗洛伊德等人相似的是,弗莱也关注情感和判断意义,但对鉴赏意义(美)持消极态度,因此和柏拉图的态度立场相近。弗莱认为,人类文明不只是模仿自然,而是一个从自然中塑造整个人类形态的过程;这一过程受一种力的驱动,这种力就是欲望。这里的欲望是其"字面意义上的情感的社会方面";而这种情感是一种表达冲动;欲望的形态通过文明(诗歌)获得解放、得到显现。不过,欲望有其道德逻辑。诗歌在社会原型层面不仅试图说明欲望如何得到满足,还确定它可能面临的障碍。在这里,仪式是复现性的,是表达欲望和厌恶的辩证行为:欲望是繁衍/丰产或胜利的动力,厌恶则针对旱灾和敌人。因此,我们有关于社会整合的仪式,也有驱逐、执行和惩罚仪式。于是,我们有相应的满足欲望的美梦,也有令人焦灼的噩魔。原型批评有赖于两种组织性节律或模型:周期性的与对立并生(辩证)的(鉴赏)。而所有艺术家都必须关注社团利益,成为他们的代言人,并随作品结构形成相应的道德态度(判断)。至于对美的追求,弗莱认为:这种行为比对真和善的追求要危险得多,因为它为自我提供了更为强大的诱惑力。跟真和善一样,美可以断言所有伟大的艺术,但对美的刻意追求会弱化创造力;这显然又与柏拉图不同。艺术中的美就像道德中的愉悦感一样,可以伴有美的创造行为,但不可能成为这一行为的目标;对美的追求顶多只能产生吸引力,从而可能使主旨走向反面[①]。

最后集中看两种对立,但属于同一类型的伦理判断。一种是所谓的情感文学;代表人物有弥尔顿和德莱顿(见前文);这是在反对霍布斯于《利维坦》中宣称"人生来自私、人类行为的原动力是利己主义以及对权势、地位的追求"这样有悖人类基本伦理精神的前提下提出来的;相关论述"公开宣称'善'——祝福他人——是人类固有的情感与动机"[②]。这里有亚里士多德痕迹。

另一种以斯蒂文森为代表。作为情感主义伦理学家,斯蒂文森与自柏拉图以来的传统观念既有分别但确有联系。斯蒂文森在奥格登和理查兹、杜威、穆尔、维特根斯坦、艾耶尔等人的基础上提出的道德判断立场认为:"最重要的道德问题从哪里开始,我们的研究就必须在哪里结束。"[③]这种对道德问题本身的思考就是行内所说的元伦理学;而这个思考问题的起点不是主流规范伦理学关注事实和科学判断的认识主义(经验主义),而是情感:科学判断不关注情感意义;这却是道德判断的出发点,是道德论证的性质、意义和功能的基础,是促使他人与自己达成一致看法的重要途径[④]。从我们的角度看,斯蒂文森把语词表达的意义区分为经验意义和

---

① 见《批评的解剖》,陈慧、袁宪军、吴伟仁译,天津:百花文艺出版社,2008年。
② 艾布拉姆斯:《文学术语词典》,第564—569页。
③ 《伦理学与语言》,姚新中、秦志华译,北京:中国社会科学出版社,1991年,第380页。
④ 见马丁等人对"介入"范畴的定义(Jim Martin and Peter White. *The Language of Evaluation: Appraisal in English*. London: Palgrave Macmillan, 2005, pp. 1, 92)。

情感意义(对比巴利);并对"善"的情感意义及其劝导作用(更具体地说是关于解决社会交往中的道德分歧和一致性问题的)给予了系统阐述:他将价值和事实分离,对"善(好)"、"恶(坏)"、"正当"、"义务"等核心价值词的判断取向完全作情感解读(对比柏拉图和亚里士多德)。在这里,信念和态度"各有自己的功能和作用"①。显然,对判断诸范畴的确立,需以情感为基础,因而与情感文学主张的看法正好相反。

3.3.3 鉴赏派

对此,我们首先想到的是克罗齐,尤其是他所说的"纯美的美学":"我们既然认为美纯是心灵的表现,就不能想象到有哪一种美比这更高,更不能想象到美可以没有表现,美可以脱离它本身";在这里,"艺术不应与感官的快感(功利的实用主义)相混,也不与道德的实践相混"②。

此前,最具代表性的鉴赏派当属佩特和王尔德。佩特是经验主义者,但他受罗斯金、阿诺德和卡莱尔等人影响,反对以边沁为代表的功利主义立场,"认为工业文明是一切丑恶和庸俗的渊源"③。佩特首先强调外在事物对主体的影响,尤其是能否给予愉悦感;之后这些影响被分析和归纳为相关成分(对比洛克),相关印象则随教育过程而加强、从而得到加深与扩大。美学批评者的任务在于"区分、分析和分离附属物,梳理出生活或一部著作中的一幅画、一派风景、一种愉悦的人格,产出这种美或愉悦感的印象,揭示该印象的来源及其相应的感受环境"④。对于佩特来说,"文艺的本质并不在于表现道德、宗教或者增进我们的知识,而在于'给予你片刻时间以最高的质量,而且仅仅是为了过好这些片刻时间而已'"。但上述引文同时表明,美和愉悦感是不分的,即在佩特的美学理论中,同时包含满意情感。此外,尽管一部"好的作品……可能增进我们的道德感,使我们变得更加高尚"⑤,但这是美的附带作用,不能就此认定这是关于美学的判断性态度立场。

具有类似观点、比佩特走得更远(近乎臭名昭著)的是他的学生王尔德。在理论上,王尔德主张唯艺术论,美必须远离现实、远离实用:"唯一美的……是那些与我们不相干的事物"。在创作实践中,他大肆使用浮华的手法刻画人物(如《多里安·格雷》中的主人公;品质性反应鉴赏);他制作的大量警句长期以来脍炙人口(符合冲击类反应鉴赏范畴;如除诱惑外,我可以抗拒一切)。附带提一句,有人对他的生活模仿艺术的观点嗤之以鼻,其实十分耐人寻味:艺术对提升人们的生活

---

① Jim Martin and Peter White. *The Language of Evaluation: Appraisal in English*. London: Palgrave Macmillan, 2005, p. 24.
② 克罗齐:《美学原理》,朱光潜译,上海:上海人民出版社,2007年,第118页。
③ 陈文:《佩特唯美主义文艺观及其在中国的研究综述》,《外国文学研究》,2004年,第3期,第156—160页。
④ 引译自佩特的 Preface to *Studies in the History of the Renaissance*。这一过程,他在该书的"结束语"部分有更为深入和理论化的阐述。
⑤ 引自陈文:《佩特唯美主义文艺观及其在中国的研究综述》(同前)。

品味甚至塑造生活方式无疑具有不可估量的作用①。

再往后便是20世纪分析美学领域里最负盛名的比尔兹利。首先,比尔兹利探讨的是一种叫做"元批评"的美学。即是说,美学是批评的本性与基础,正如批评的对象是艺术作品一样;于是出现三种秩序:艺术作品、批评、美学,从而将美学和批评整合到一个有机的模型中②。其次,比尔兹利在《美学》中区分了三种批评性陈述,即描述的(第二至五章)、解释的(第六至九章)、评价的(第十至十二章)。描述的是表面现象;解释的是作品意义;评价的是作品优劣。而与这里以评价作为评判手段的议题有关的,是解释和评价性陈述:解释性陈述关注作品内容的评价意义,包括伦理视角,这一点在我们分析具体评价意义时使用;评价性陈述关注作品的优劣,这是比尔兹利提倡的唯美主义的基础。但必须明确的是,比尔兹利在其《美学》第十一章论述唯美主义思想时,也从作品的阅读角度谈到了作品的伦理效果,只不过后者毕竟也是从属性的,美学的根基在美上面。

而在康德和济慈那里,判断和鉴赏似乎同等重要。康德明确地把"美"跟"德性/善"(恰当性判断范畴)和愉悦性(满意情感)联系在一起,这一点当然有古希腊渊源(见前文)。他说:"美是德性——善的象征;并且也只有在这种考虑中……美才伴随着对每个人都来赞同的要求而使人喜欢,这时内心同时意识到自己的某种高贵化和对感官印象的愉快的单纯感受性的超升,并对别人也按照他们判断力的类似准则来估量其价值"③。后来,济慈把美和真联系在一起,在宣扬"真即美、美即真"的思想时感受到了一种欢愉:"美的东西就是永久的欢乐",尽管他自己在日常生活中没有多少欢乐可言④。

在那带有浓郁浪漫主义色彩的创作和诗论中,爱伦·坡实践并遵循着一种"为诗而诗"的准则;他和雪莱一样,都看重诗歌美的节奏效果;他甚至主张诗歌的"超自然美"(supernal beauty),并强调一种阴郁情调,这在诗人的大部分创作中都有体现⑤。有人认为这可能和他的生活、尤其是失去爱人的处境有关;但也可能源自他本身的性格,这从他那些带有神秘色彩的短篇小说中能够感觉出来。

说到神秘性,还有一位诗人,即法国人马拉美。与柯勒律治(见后文)主张单纯

---

① 见 The Decay of Lying,《文学术语词典》,第712—725页。他对当时那种对生活现实进行科学与论证式的结构化极其厌恶,因而他宁可选择艺术性的谎言。

② 他的美学思想反映在他的三部著作中,即《美学:批评哲学中的问题》(Monroe C. Beardsley. *Aesthetics: Problems in the Philosophy of Criticism*. New York, Chicago, San Francisco, Atlanta: Harcourt, Brace and World, 1958.)、《批评的可能性》(*The Possibility of Criticism*. Detroit: Wayne State University Press. 1970.)以及《美学视角》(*The Aesthetic Point of View*. Ithaca and London: Cornell University Press, 1982.),以第一部成就最高;所以,接下去的综述以这第一部为依据。

③ 康德:《判断力批判》,邓晓芒译、杨祖陶校,北京:人民出版社,2002年,第200页。

④ 例如,他在致好友本杰明·贝利(Benjamin Bailey)的信中说,不记得自己有过任何愉快的依赖,而对别人的不幸跟他似乎也没有多少关系:"我有时一整个星期都不受激情或感情影响"(Letter to Benjamin Bailey, Nov. 22, 1817)。这可能是由他的健康状况造成的(一种体验主义的解释;见后文)。

⑤ 见其诗论 The Poetic Principle(1850)。

美不同,马拉美认为:人们组织现实的诗歌,应该像音乐一样具有神秘性,一种模糊之美:"我的一贯主张是,风格色彩应该是中间性的:既不应该像潜入深水那样的幽暗,也不应该熠熠闪光甚或磷光四溅;更不应该从属于另一种形式,即法则"①。即是说,在明晰之外,"半白之色"还是一块处女地,也有其合法地位。因此,"词语背后不明的旋律或歌声,把我们搜寻的眼光从词语引向音乐……并将花形图案和悬吊装置隐晦地雕刻于上"②。

与此相关的另一类构成美是意义表述的复杂性。这个议题古已有之,但燕卜逊系统总结并阐述了七种多重意义共现的表达问题(语义重叠和复义,因而朦胧),包括引发多种意义联想的比喻、一语双关等手段。③

跟上述立场相对立的有一条主线。柏拉图(苏格拉底)主张单一纯净的美:"我们一定不要追求复杂的节奏与多变的旋律,我们应当考虑什么是有秩序的、勇敢的生活节奏,进而使节拍和曲调与生活的步调和言行一致,而不是让这种生活的步调和言行去适应音乐的节拍和曲调"④;新柏拉图主义创始人普罗提诺有类似观点,也是形而上学的⑤;18世纪英国文艺理论家雷诺兹也坚持"理想完美性"⑥,只不过他是"形而下"的经验主义者。柯勒律治也推崇单纯美:他从惬意的和不惬意⑦的角度考察美的因素,也认同协和美。这一点和雪莱接近,尽管后者对想象力给予了更多关注⑧。

还有一种审美理念,即崇高性,它既涉及思想,也离不开表达。第一个要提到的就是古希腊人朗吉努斯的《论崇高》。他在论文第一章就指出了"崇高"的内涵:"表达中的某种卓越性和杰出性。"这不是劝说性的,而是把受众带入特定境界的语言效果,是一种心理视角。即是说,它带给听者的是一种无法抗拒的力量,在恰当时刻一瞬间充分闪射出来。这种界定接近鉴赏范畴下的反应意义。但朗吉努斯在论崇高时讨论了介入、级差以及其他评价因素,诸如表述的恰当性(鉴赏之下的构成;第三、十六、十九、二十、二十二、二十八章等)、思想境界的高尚性(判断范畴的恰当性;第九章)、极度兴奋的情感(第十章)、激情的放大与崇高的削弱(即级差中

---

① 这里的中间性让我们想到亚里士多德关于德性的中间性(见前文)。
② Stéphene Mallarmé, 1896, "Mystery in Literature", in Hazard Adams and Leroy Searle (eds.), pp. 731—733. 佩特也有类似观点。陈文归纳指出:佩特的美学观源于"柏拉图以来的唯心主义哲学体系、19世纪的康德、叔本华美学思想及法国的唯美文艺思潮等",具有"含混、奇特、神秘、印象式的"特点。
③ 见 William Empson, *Seven Types of Ambiguity*. London: Chatto and Windus, 1949. 为什么是七种而不是八种或六种? 是否受"七宗罪"启发? 不过,这与讲求纯粹单一美的观点是对立的。
④ 《国家篇》第三卷,载《柏拉图全集》(第二卷),王晓朝译,北京:人民出版社,2003年,第366页。
⑤ 普罗提诺认为:"净化了的灵魂即为纯粹的理念和理性,与身体彻底分离,是纯粹智力性的,完全系神授之秩序,美的喷泉和渠道由是而生。"——引自其《九章集·论美》。
⑥ 即意大利语的 gusto grande,法语的 beau idéal,英语的 ideal perfection and beauty or the great style and taste。
⑦ 这和后来的佩特相似,即不再是纯粹的鉴赏主义者,而同时有情感主义倾向(见后)。
⑧ 见其名篇 A Defense of Poetry。

的锐化与柔化范畴;见第十、十一、三十八、四十一章);和介入有关的论述是在关照听者的前提下展开的:"崇高性有赖于(表达的)地点、方式、环境和动机"(第十六、二十五章;其实这一点遍布全文)。

崇高性在后来的文学批评史上一直是一个让人兴奋的话题,甚至引发了相关思想流派,得到了范围更为广泛的阐述。这一议题研究的历史发展"促成了诗歌的表现主义理论以及印象主义批评方法的建立"①。18世纪出现的"崇高定位的转变"(转向外部客体),尤其是伯克的《崇高与美的理念之起源的哲学探索》"影响极为深远";还有"崇高颂的作家",如英国浪漫主义运动的先驱格雷(《墓园挽歌》)和新古典主义时期以文艺形式表现浪漫主义的情感与主题的科林斯(《纯朴颂》)等;有哥特式的小说;有18世纪最早研究崇高的历史学家蒙克②;而康德在《判断力批判》(1790年)中"扩大了对崇高的分析",包括"数学上的崇高"和"动态的崇高"。艾布拉姆斯还提到了当代的魏斯克尔和赫兹③。此外,格林布拉特在《共鸣与奇迹》(1990年)、罗雅苔在《超越人性:关于时间的思考》(1991年)中,或者有崇高思想的影子,或者有明确具体论述④。

我们仍然需要特别提到以语言为着眼点的审美立场。首先,德国心理学家和语言学家布勒、法国功能语言学家马丁内等都谈到了语言的美学功能。雅克布逊的诗歌功能,相当于布拉格学派的美学功能:前面提到了哈弗拉奈克区分功能文体与功能方言,后者的诗歌语言(大致相当于韩礼德意义上的语类概念)属于鉴赏意义的范围;而柯瑞奈克在哈弗拉奈克的基础上提炼出的表达真、善、美(逻辑、美学、道德)的三种文体中(对比济慈),等同于"表达"意义的美学文体,属于鉴赏范围,道德文体则属于判断范畴⑤。

其次,穆卡洛夫斯基受俄国形式主义影响,立足于诗歌语言的前景化,强调前景化的最大化效果,认为诗歌语言是对标准语的畸变,特别是诗歌语言偏离标准语言的构成原则。他在论述艺术与非艺术的对立时指出:"在现代艺术中如下的倾向日益明显:一方面无论艺术纲领还是艺术实践总是把美学功能放在至高无上的位置上(如象征主义与颓废主义的'为艺术而艺术'观或纯艺术流派),另一方面则完全相反,经常以排斥美学功能为宗旨(功能建筑学的理论)。这两种极端倾向都逐渐走向自己的对立面。独尊美学功能而排斥其他功能将导致美学功能转化为其

---

① 见艾布拉姆斯:《文学术语词典》,吴松江等译,北京:北京大学出版社,2009年,第617—621页。

② 参阅 Samuel H. Monk. *The Sublime*: *A Study of Critical Theories in XVIII-Century England*. Michigan: University of Michigan Press, 1960.

③ 二人(Weiskei, Thomas and Neil Hertz)的代表性著作分别是 *The Romantic Sublime*: *Studies I the Structure and Psychology of Transcendence*. Baltimore: Johns Hopkins University Press, 1976 以及 *The End of the Lines*: *Essays on Psychoanalysis and the Sublime*. New York: Columbia University Press, 1985.

④ 关于后现代对崇高的论述,可见岳友熙:《后现代与实践美学的崇高理论》,载《华中师范大学学报》(人文社科版),2004年,第1期,第38—43页。

⑤ 钱军:《结构功能语言学——布拉格学派》,长春:吉林教育出版社,1998年,第152—153页。

他功能,如道德功能('有审美力的人之所以感到烦恼,因为他看到丑恶的无定形和不成比例。'——波德莱尔)或启迪心智的功能('认识世界的美是我们的追求'——勃日齐纳);反之亦然,功能建筑学对美学功能的极端排斥到头来演变为美学作用的中介(最高目的性＝最大美学价值)。"① 他似乎主张一种类似亚里士多德提倡的中间性,与雷诺兹等人相对;这里显然同时涉及表达美的方式问题(对比福楼拜或艾略特)。

在实践方面,由古希腊人创造而一直延续到20世纪的一些"喜歌"作品具有类似特点,但也有"戏谑模仿"从而降低格调的,如约翰·萨克林爵士在《婚礼歌谣》中描绘的平民婚礼②。与此相对,人们对"陈词滥调"的病垢则取否定性鉴赏立场,当然同时带消极满意心理。从修辞角度看,各种话语手段,诸如比喻、夸张、排比、层递、反问、交错配列法、轭式搭配法、韵律手段、呼语法、通感手段等等,同时具有鉴赏(尤其是反应)和级差意图与效果,有的还有判断和情感意义。虽然象征主义和超现实主义只是艺术流派,但他们的作品具有类似新奇功效,这无疑是由其创作审美观决定的。

3.3.4 综合态度派与兼及介入和级差者

同时主张情感、判断和鉴赏三种态度的审美观点者在历史上不乏其人。从实践方面看,喜剧的主要目的是取乐,但其中一般都包含判断和鉴赏主旨。如莎士比亚的爱情戏剧《仲夏夜之梦》所歌颂的爱情世界,既有对仙女和优美环境的赞赏,更有对和合美好世界的称颂;本·琼生在《狐狸》和《炼金术士》中通过针砭时弊(诸如"卑鄙狡诈、巧取豪夺及其牺牲品的贪婪轻信、愚昧无知")所带来的"轻松愉快"效果,则有情感和判断意义③。

在理论上具有明确三类态度的审美取向的,在早有理性主义哲学的创始人笛卡尔;对此,彭立勋的具体分析可以清楚地揭示这一点④。之后是法国"古典主义的立法者和代言人"布瓦洛。他在倡导理性支配一切的原则下,同时关注"真"、"善"以及由此引发的"快感"(对比济慈和柯瑞奈克),虽然以前二者为主⑤。再往后是法国象征派诗歌的先驱及现代派文学的奠基人波特莱尔。人们一向把波特莱尔看作一位唯美主义者;事实并非如此。毋庸置疑,"美"是波特莱尔美学思想的核心:语词的节奏、推理、统一性、对称性(比例)、细腻、淳朴、力度、色彩、具象性、反程式化

---

① 《现代艺术中的辩证矛盾》,庄继禹译,载《布拉格学派及其他》,中国社科院外文所《世界文学》编委会编,北京:社会科学文献出版社,1995年,第11—24页。
② 艾布拉姆斯:《文学术语词典》,吴松江等译,北京:北京大学出版社,2009年,第162—165页。
③ 同上书,第77—83页。
④ 《笛卡尔美学思想新论》,载《哲学研究》,2006年,第93—99页。
⑤ 见《诗的艺术》(增补本),范希衡译,北京:人民文学出版社,2010年第三版。笔者在王一川教授所著《修辞论美学》(北京:中国人民大学出版社,2009年)中看到类似见解,尽管作者的重心在语言的叙事修辞上。

(缺乏)个性、反折中主义,以及"美"的令人惊奇的特性,等等①;他也的确说过:"诗的本质不过是,也仅仅是人类对一种崇高的美的向往"②。但这并非完全的波特莱尔!想想他的代表作《恶之花》所揭示的"恶"与"善"就很容易明白。此外,他认为诗的本质(这里的诗作广义理解)"表现在热情之中,表现在对灵魂的占据之中,这种热情是完全独立于激情的,是一种心灵的迷醉"(同上)③。

　　黑格尔区分自然美和艺术美(他当然不是第一位持这一看法的人),目的在于集中讨论艺术美④,"因为艺术美是由心灵产生和再生的美,心灵和它的产品比自然和它的现象高多少,艺术美也就比自然美高多少"⑤。他坚持认为,艺术无疑可以作为娱乐的手段,从而达到欢愉和享乐目的;但更重要的是,它是一种像宗教和哲学那样的程式,而理念或绝对精神据此体现到意识中⑥,即美是体现在具体形式中的理念("理念就是概念与客观存在的统一"⑦);在这里,艺术以快感的形式出现,包括悲剧⑧;他赞同席勒那句名言:"生活是严肃的,艺术却是和悦的"(情感的)。黑格尔区分三种艺术:象征的、古典的和浪漫的;其中浪漫艺术和诗歌有关(还有绘画和音乐等),可以提升自由度(判断的)⑨。他看重"统一性"、"整齐一律"、"平衡对称"、"和谐"和"理想的静穆"("最高度的纯洁"),与康德的"逻辑范畴",诸如统一性、多重性、整体性等思想是一致的(鉴赏性)⑩;这一点明显地受古希腊数理美学思想影响。艺术作品要有"生气灌注"、要有"活的个性"(反应)。可见,在黑格尔的美学思想中,情感、判断和鉴赏立场并重。

　　瑞查兹在《文学批评原理》⑪中同时主张情感(第六、七章)、道德(第八章)和美;他的"美"是跟感情和品质联系在一起的。(也见他和奥格登合著的《意义的意义》第七章。)

　　当代法国哲学家和文艺批评家罗雅苕(见前)在论述崇高美时,不仅有"崇高的情感"这样同时关注情感和鉴赏态度的表述——即是说,如果艺术作品首先被赋予

---

① 这些观点散见于《波特莱尔美学论文选》,郭宏安译,北京:人民文学出版社,2008年。
② 《再论埃德加爱伦坡》,载《波特莱尔美学论文选》,郭宏安译,北京:人民文学出版社,2008年,第173—190页。
③ 《对几位同代人的思考》,载《波特莱尔美学论文选》,郭宏安译,北京:人民文学出版社,2008年,第173—190页。
④ 他对自然美也有论述,见《美学》,朱光潜译,北京:商务印书馆,第一卷第二章。
⑤ 黑格尔:《美学·全书绪论》,朱光潜译,北京:商务印书馆,2010年,第4页。
⑥ 对比柏拉图的理念说与康德关于知识的普遍概念。
⑦ 《美学》(第一卷),朱光潜译,北京:商务印书馆,2010年,第137页。
⑧ 也见孙云宽《黑格尔悲剧理论研究》,上海:三联书店,2010年。
⑨ 《美学》(第二卷),朱光潜译,北京:商务印书馆,2010年。
⑩ 对比康德的"美是德性——善的象征"的观点;见康德:《判断力批判》,邓晓芒译、杨祖陶校,北京:人民出版社,2002年。这里提到的是"整体观"。
⑪ 见 I. A. Richards 与 C. K. Ogden 合著的《意义的意义》(*The Meaning of Meaning*, San Diego: Harcourt Brace Jovanovich)第七章、理查兹独著《文学批评原理》第十二章和第十三章等。这一点在一系列其他哲学家的著作中也有论述。

敏感性而不受概念决定,并且令人愉悦的情感独立于作品可能引发的任何兴趣,并诉求于普遍的认同原则(这一点可能永远也达不到;这里明显带有康德的痕迹),此时美便存在了。他还主张以下原则:"艺术家或作家必须被带回到社团的中心,或至少,如果社团被认为处于疾患状态,他们必须受命医治它的人民。"①

与上述各有侧重的视角不同,文学史上还有一些学者,他们不仅同时关注态度诸方面,而且站得更高,其观点是评价意义的介入和级差范畴的直接或间接来源,至少属于相关研究传统的一部分。前面在介绍崇高性时已经提到了这一点。

就介入看,古希腊、古罗马那些知名学者的笔下已经萌发了艺术手段和艺术效果的思想。但列夫·托尔斯泰是最早系统阐述艺术的接受效果与交际目的的人。他在指出前人或只关注美、或只倾向于情感、或只推崇愉悦的片面性和局限性之后阐明,一切关注感情的艺术——这些情感包括好的坏的、勇气、忠诚等等,若不能激发受众的相似感情,那就不是真正的艺术;艺术的价值在于人们对生命意义的看法,在于他们看重生命中的善与恶,而善与恶又跟宗教联系在一起;人类是一个不断从对生活的低级的、局部的,甚至蒙昧不清的认识过渡到更为普遍、更为明确的认识过程,宗教是生活的最高境界。如果艺术和接受者分离开来,那么艺术就毁灭了;暂不关注所传递的感情价值,作品对接受者的影响越强烈,艺术的特点就越突出;艺术的影响力有赖于所传递的个性特征的突出性、所传递的感情的明确程度,以及艺术家的真诚性——即艺术家自己的情感水平;三者决定一件艺术作品作为艺术的价值。这里明确关注级差程度②。

巴赫金是评价意义,尤其是其介入概念的直接来源。巴赫金在20世纪20年代写成的一系列作品表明,如果他不是第一位,至少也是较早从语言视角③系统研究文学的学者,这一点充分体现在他提出的语类④、复调、对话、符号⑤等概念及其相关阐述中⑥。巴赫金认为,一切话语(对语和独白),本质上都是对话性质的:"每个话语都必须包含对听者的一定的认识,听者的统觉背景,听者回应的程度,以及

---

① Jean F. Lyotard, "Answering the Question: What is Postmodernism?",载 Hazard Adams and Leroy Searle 主编的《柏拉图以来的批评理论》(第三版英文影印版),北京:北京大学出版社,2006年,第1418—1423页。

② 见 Leo Tolstoy, *What is Art? And Essays on Art*. Aylmer Maude (tr.). Oxford: Oxford University Press, 1930.

③ 更确切地说这是一种巴赫金称之为语言"修辞学"的转向(对比布斯《小说修辞学》第二版,付礼军译,南宁:广西人民出版社,1987年;也对比新批评理论的基本出发点)。

④ 语类概念在巴赫金《言语体裁问题》一文中有系统阐述,虽然论述范围超出我们理解的语类,因为还包括语体等其他相关但并不相同的因素(对比巴利;见《巴赫金全集》第四卷(晓河译,石家庄:河北教育出版社,1998年,第141—187页);语类和意识形态等概念为马丁所接受,进而改造了韩礼德的语类概念(语篇类型),指具有阶段性特点的话语使用类型(有关综合论述可见 James R. Martin, 1992, *English Text: System and Structure*. Amsterdam: Benjamins 最后一章)。

⑤ 见胡壮麟:《巴赫金与社会符号学》,《北京大学学报》(哲社版),1994年第2期,第49—57页。

⑥ 也见胡壮麟:《理论文体学》第九章"功能主义文体学"下的"巴赫金的言语体裁与风格",北京:外语教学与研究出版社,2000年,第119—121页。

一定的距离"①。他指出:"布局结构为独白语的一切论辩演说形式,都以听者及其回答为目标。一般说来,甚至把这一针对听者的目标,称之为论辩(属于话语)的基本的、主要的特点。对待具体听众的态度、考虑听众因素——都反应到论辩话语的外在结构上,这对雄辩术来说确实是很典型的。这里引起回答的方针是公开的、显露的、具体的。"②这是就话语的性质说的,也是对话理论能够融入到以社会符号为特点的系统功能语言学的前提。"在实际的言语活动中,任何具体的理解都是积极的;这种理解能把所理解的东西,纳入到理解者自己的事物和情感世界里去。这样,理解就同回答、同言之有据的同一或反驳,不可分割地联系到了一起……由于这个缘故,说话者考虑听众,就意味着听众有一种独特的视野,独特的世界。这种针对性便给话语增添了一些全新的因素,因为这里发生了不同语境、不同观点、不同视野、不同情感色彩、不同社会'语言'的相互作用"③。据此,小说的语言与诗歌(相对)单一的话语不同,小说话语是一种杂语(即异质话语,或称多语话语)。正是类似论述启发了马丁等人对介入范畴的具体化。尤其重要的是,巴赫金是通过分析小说的叙述方式提出来的,如《陀思妥耶夫斯基诗学问题》④、《拉伯雷的创作与中世纪和文艺复兴时期的民间文化》⑤、《长篇小说的话语》、《长篇小说话语的发端》等代表性著述中,都有不同侧重的说明。这正是其小说复调理论的基础。此外,他通过移情说、超视说和外位说的审美立场,阐述了语言在审美中发挥的作用⑥;而这也许是有人把他看作唯美主义的依据之一⑦;其实,如果参照评价意义的态度诸范畴,这一看法显然不全面,因为巴赫金同时支持伤感主义立场,涉及同情、痛苦、怜悯等情感因素——在时间跨度上有文艺复兴时期的田园诗、18世纪的乡村伤感主义、之后的城市伤感主义等前期见解。同时,巴赫金提倡"重新评价小人物、弱者、亲人的分量,赞扬他们;重新审视年龄与人生处境(孩童、女人、怪人、穷人)(对比'反英雄'文学),重新看待生活细节、琐碎小事";这里显然又

---

① 《〈言语体裁问题〉相关笔记存稿》,载《巴赫金全集》(第四卷),白春仁等译,石家庄:河北教育出版社,1998年,第211页。
② 《长篇小说的话语》,载《巴赫金全集》(第三卷),白春仁、晓河译,石家庄:河北教育出版社,1998年,第59页。
③ 同上,第61页。此外,巴赫金在《文本问题》一文中着重讨论了语言(文本:口语和书面语)作为哲学、语言学分析、语文学分析、文艺学等"整个这些学科以及整个人文思维和语文思维的第一性实体"的问题。载《巴赫金全集》(第四卷),白春仁等译,石家庄:河北教育出版社,1998年,第301—325页。
④ 《巴赫金全集》(第五卷),白春仁、顾亚铃译,石家庄:河北教育出版社,1998年,第1—398页。
⑤ 《巴赫金全集》(第六卷),李兆林、夏忠宪等译,石家庄:河北教育出版社,1998年。
⑥ 在巴赫金看来,审美过程涉及审美客体、作品非审美的材料实体,以及按照目的论所理解的材料布局,均有语言介入。见《文学作品的内容、材料与形式问题》,载《巴赫金全集》(第一卷),晓河等译,石家庄:河北教育出版社,1998年,第305—373页。
⑦ 钱中文:《理论是可以常青的——论巴赫金的意义》,载《巴赫金全集》(第一卷),石家庄:河北教育出版社,1998年,序1—67页。

有社会评判和社会约束的判断立场[①]。

在实践中,委婉语的功能主要是一种柔化功能;排比、夸张、层递、突降等则是锐化性的级差手段。这些修辞策略在自古以来的作家笔下得到了反复的、充分的运用,它们共同构筑审美的级差意义。

3.4 总结

本章首先以个案的方式介绍了传统修辞学在风格研究方面关涉的评价主旨;然后以评价意义的基本范畴为着眼点,系统梳理了亚里士多德以来的各种相近、相关、甚至相对的审美立场。就后者而言,以态度为取向的文学批评立场占大多数,而同时涉及介入和级差者相对较少。这里说的"取向",涉及两方面的因素:一是纯粹以某一单个范畴为立场者,二是以此为主而兼及其他者。这一方案为我们重新审视西方文学批评史提供了一种具体的范畴化契机,有助于加深有关认识,确立评价文体学的历史背景。

在这里,语言学和文学的界限中和消解了,差别只在于叙事策略和论述方式:这是传统,也是各自为政的前提;但两个传统学科终归在评价王国里找到了共同的家园,并对自身有了更为真切的认识。

[①] 《伤感主义问题》,载《巴赫金全集》(第四卷),白春仁等译,石家庄:河北教育出版社,1998年,第297—299页。此外,和介入有关的多重声音问题(人际性互动特点)也见 Valentin N. Volosinov 的 *Marxism and the Philosophy of Language*, *Bakhtinan Thought—An Introductory Reader*, translated by S. Sentith, L. Matejka and I. R. Titunik. London: Routledge, 1995. 附带提一句,哈贝马斯也主张一种对话原则,但主旨迥异,其主要观点具有明确的伦理意识(判断动机):通过对主体间的交流对话解决权力控制问题。所以他认为:"句子意义,不管进行多么精细准确的分析,只有在一个构成语言共同的生活世界里、并且彼此具有共同的背景知识的情况下,才具有效性"。见 Jürgen Habermas, "Excursus on Leveling the Genre Distinction Between Philosophy and Literature",载 Hazard Adams and Leroy Searle 主编《柏拉图以来的批评理论》(英文影印版),北京:北京大学出版社,2006年,第1431—1441页。

4 先前文体学与叙事学的评价主旨
——语言学定位及其评价立场

众里寻他千百度,蓦然回首,那人却在灯火阑珊处。

——辛弃疾《青玉案·元夕》①

4.1 引言

第2章梳理了亚里士多德著作中论及的各类评价范畴,指明了它们同文学艺术的内在联系;第3章概述了之后两千多年来的传统修辞学(主要是代表性风格类别)和文艺美学在基本宗旨方面的评价取向——原则上是在亚氏确定的议题和原则范围内进行的②;这一点应该包括20世纪兴起的文本细读原则、叙事学、文体学、当代芝加哥新修辞学派的研究成果③;本章拟以系统功能语言学的总体框架为依据,集中梳理此前文体学和叙事学在相关理论探讨和话语分析方面的评价主旨。

总起来看,无论是修辞学、叙事学还是文体学,都离不开一个核心指导思想——评价主旨。尹克韦斯特在阐述三者的关系时揭示了这一点:"修辞学可以定义为由目的引导以实现有效交际这样一种语言研究的分支。"一方面,在修辞学和诗学之间有一门学科,与修辞学的关系或远或近,这就是叙事学:昆提利安认为,修辞能引发兴趣、与相关事件和行动关联、明确跟自己相关的内容,支持自己的观点,放弃那些与之抵触的见解,实现艺术完美,这些方法正是现代叙事学探讨的文学叙事结构与非文学故事技巧;另一方面,"既然修辞学关注有效交际即情景恰当性,而文体学研究语言变体的情景恰当性,两个学科是否需要完全分开的问题就出现了";这里的文体学主要指"具有吸引力的表达"这一内涵④。可见,评价主旨一

---

① 辛弃疾词,全文如下:"东风夜放花千树,更吹落,星如雨。宝马雕车香满路。凤箫声动,玉壶光转,一夜鱼龙舞。蛾儿雪柳黄金缕,笑语盈盈暗香去。众里寻他千百度,蓦然回首,那人却在灯火阑珊处。"
② 国内报道可见从莱庭、徐鲁亚等编著的《西方修辞学》(上海:上海外语教育出版社,2007年)和刘亚猛所著《西方修辞学史》(北京:外语教学与研究出版社,2008年)。
③ 如以芝加哥为中心的新修辞学派(见胡曙中《美国新修辞学研究》,上海:上海外语教育出版社,2006年)。此外,认知语言学的隐喻引发的一系列修辞研究,无论是研究内容还是方法,均已改弦易张,不在其列。
④ Nils Erik Enkvist, "Text and discourse linguistics, rhetoric and stylistics". In Teun A. van Dijk (ed.) *Discourse and Literature*: *New Approaches to the Analsysis of Literary Genres*. Amsterdam: Benjamins, 1985, pp. 16, 19, 22, 28. 顺便提一句,与此相对的另一个意思是程雨民教授提出的语体概念:同义性语言变体。

直是文学创作与批评的潜在指导原则,只是先前的研究缺乏评价诸范畴的明确称谓而已。不过,"名正言顺"可以在一个更高的社会符号层面上反观既有研究结论,为己所用。

4.2 相关理论的整体评价定位

先看文体学。文体学研究文学文本的语言使用规律及其由此体现的相关功能,包括情景文化的、社会历史的、情感评价的等等,涉及语言的语义、词汇语法、语音书写各个层次,更有概念、人际、语篇各个相度[①]。

根据乌尔曼的见解,现代文体学起步有两种思路。

一是由现代文体学创始人巴利[②]确立的,旨在研究日常语言的"情感"资源,与其师索绪尔的经验范畴(如能指—所指关系中的所指意义)并行;后来范围扩大,以"表达"代之;其核心原则是"选择",以此实现多种效果,如修辞性形容词在名词之后或之前的主客观意义(之前是情感性的;之后为陈述)。因此,文体学不是语言学的一个分支;它关注拟声词、词的构成与意义,意义涉及的同义性、歧义、意象,句法方面有语法成分、作为整体的句子以及更大的单位。文体成分是多价的:同一技巧可能产生多种效果,而同一效果可由多种技巧实现;其方法是描写性的;文体变化有三种方式:词语表达价值的丧失、获得与改变。今天看来,这其中不少观点仍有价值;但也有值得商榷之处,因为所有这些现象均已进入了今天的语言学、尤其是系统功能语言学视野,而文体学本身也成为运用语言学相关理论和范畴研究文学文本的应用性学科,因此和语言学是有本质联系而非互不相干的两个领域。

二是源于美学家克罗齐的美学哲学,把语言看作一种艺术活动,一种自我表达的创造性过程,其重点是文学语言和个人风格。这一观点由斯皮策尔[③]弘扬开来,带有突出的心理学倾向,似乎从弗洛伊德和荣格一线。其思路是,特定作家有特定的个人风格;个人风格与作者的心灵和经验直接相关,带有个性特征,包括神经系统、哲学思想及其风格特点。斯皮策尔采用一种叫做"语文学循环"的直接观察法做文体研究,分三步进行:文本的反复阅读,寻找某些持续复现的特性,诸如某种意象类别、句法结构、韵律类型或特征,尤其是偏离常规的用法(显然受俄国形式主义和布拉格功能结构主义影响);把这样的文体特征同作者的某些心理关联;从中

[①] 见胡壮麟、刘世生主编《西方文体学辞典》,北京:清华大学出版社,2004 年,第 305—306 页;也对比艾布拉姆斯《文学术语词典》(*A Glossary of Literary Terms*)(第 7 版,中英对照版),吴松江等译,北京:北京大学出版社,2009 年,第 610—615 页。

[②] Charles Bally, *Traité de Stylistique Française* (3eme edition). Paris: Librairie Geoge, 1951.

[③] Leo Spitzer, *Linguistics and Literary History: Essays in Stylistics*. Princeton: New Jersey: Princeton University Press, 1948.

心回到边沿：进一步寻找同一心理特征的语言和非语言证据①。

受斯皮策尔影响而与其分析方法有所不同的是西班牙学者达玛索·阿龙索。他主张在意义与形式之间建立某种关系，便于文学文体进行语义解释；这些语义范畴包括理智、情感和想象；研究方法要么从外在形式到内在意义，要么相反。

斯皮策尔之后，有人对直接观察法的质性研究不满意，推出统计法，如以复现率的高低确定作者身份等（对比韩礼德的相关看法）。

两种思路在乌尔曼那里会合。乌尔曼②同时采用两种路径分析文本的地域特色、福楼拜《包法利夫人》中的直接引语和独白、龚古尔兄弟作品中的句子结构新类型、普鲁斯特文本中的意象带来的感觉变换、当代小说中的意象问题。乌尔曼还讨论了法语语序的文体价值（对比巴利）。

但无论哪一种思路，均与评价主旨有关：前一种方法主要涉及态度范畴之下的情感性；后一种方法更多的是态度范畴之下的鉴赏性。乌尔曼的工作为后来的文体学发展确立了一个综合目标和基调，尤其是在从俄国形式主义的陌生化理论到布拉格学派的前景化理论发展过程中，使前景化原则在文体学分析中进入了主导地位，包括形式主义和功能主义原则指导下的文体研究（如奥曼和韩礼德③）。

再看叙事学。叙事学研究文本叙事的共同性，诸如特点、形式和功能、情景和事件的言语表征方式。它的一个重要概念是"话语"（Discourse）④。热奈特⑤称之为"一个或一序列事件的表征"（着重号为笔者所加；下同）。涂伦则把它看作"作者在表达故事内容时以不同的方式所采用的所有技巧"⑥。赫尔曼定义为"与时间、过程和变化有关的基本人类策略"⑦。赖安⑧在讨论先前的多种定义后，把叙事看作一个原型概念，有模糊边界，涉及空间、时间、心理、形式和语用五个维度；其中提到的"话语"、"表征"、"技巧"、"策略"、"语用"因素等，有明确的评价内涵。

现代叙事学发展史上的一些对立和对比概念，同时蕴含着经验—评价内涵。根据道勒齐尔的研究⑨，20 世纪初期，一批奥地利和德国学者，如席瑟尔（Otmar

---

① 这似乎源自海德格尔的论证方式，见海德格尔《存在与时间》"导论"第二章。

② Stephen Ullmann, *Style in the French Novel*. Oxford: Blackwell, 1964 [1957].

③ 封宗信：《论生成文体学的功能主义思想》，《外语教学与研究》2000 年第 1 期，第 15—18、49 页。

④ Gerald Prince, *A Dictionary of Narratology*. Nebraska: University of Nebraska Press, 1989, p. 65.

⑤ Gérard Genette, *Narrative Discourse: An Essay in Method*. Translated by Jane E. Levin. Ithaca, New York: Cornell University Press, 1980.

⑥ Michael J. Toolan, *Narrative: A Critical Linguistic Introduction* (2nd edition). London and New York: Routledge, 2001, p. 11; 中文表述转引自申丹著《叙事、文体与潜文本——重读英美经典短篇小说》，北京：北京大学出版社，2009 年，第 20 页。

⑦ David Herman, "Introduction". In David Herman (ed.) *The Cambridge Companion to Narrative*. Cambridge: Cambridge University Press, 2008, p. 3.

⑧ Marie-Laure Ryan, "Toward a Definition of Narrative". In David Herman (ed.), 2008, pp. 22—35.

⑨ Lubonir Dolezel, *Occidental Poetics: Tradition and Progress*. Lincoln and London: University of Nebraska Press, 1990, pp. 126—134.

Schissel)、索伊福特(Bermard Seuffert)和迪勃琉斯(Wilhelm Dibelius)等人，对叙事文类的"诗学技巧"(Poetic techniques)产生了浓厚兴趣，把叙事结构区分为两种：分布(Disposition，即逻辑安排)与合成(Composition，艺术安排)，后者又分行动模型(Action)与行动角色(Acting characters)；角色是叙事学关注的重点之一。行动角色引发普洛普总结出关于民间故事结构的31种类别(其中人物附属于情节)；由行动概念启发格雷马斯提出行动素(人物系统附属于叙事合成)，之后有斯特劳斯的"神话素"；在行动合成方面，席瑟尔设计了"环形"(Ring)与"框形"(Frame)两种结构；而早期德国的叙事形式学又推动了后来德国的叙事学理论(以尧莱斯、缪勒和拉默德等人为代表)和俄国的形式主义叙事学(如托马谢夫斯基、什克洛夫斯基等人)。前者区分了跟情节有关的"约束母题"以及跟情节无关的"自由母题"①，并关注一些简单的叙事形态，诸如轶事、谚语、传说、故事时间与叙述时间等；而时间概念在法国学者热内特那里得到了系统阐述；约束母题和自由母题又促成法国学者罗兰·巴尔特的"核子"和"催化剂"概念，两者由美国学者西蒙·查特曼代之以"内核"与"卫星"称谓②。上述对立范畴催生了现今广为人们熟知的一系列对立概念，彼此相近但互有差别：fabula(素材或内容)和 siuzhet(安排)(托马谢夫斯基、什克洛夫斯基)、histoire(故事)与 discours(话语)(托多洛夫、邦维尼斯特、查德曼③)；功能、行动、叙述层次(巴尔特④)；故事、话语、叙述行为(热奈特、肯南⑤)；素材、故事、文本(巴尔⑥)；故事、素材、安排、情节(斯滕伯格⑦)；事件、情节(或故事)、话语(分为两组对立关系：事件对情节与故事对话语；卡乐尔⑧)等。

在这些定义和对立范畴中，有的侧重于技巧、策略、话语、合成(普林斯、涂伦和

---

① David Herman, Introduction. In David Herman (ed.), 2008, pp. 3—21.

② 莫妮卡·弗卢德尼克："叙事理论的历史(下)：从结构主义到现在"，马海良译，载詹姆斯·费伦与彼特·拉比诺维茨主编：《当代叙事理论指南》，申丹等译，北京：北京大学出版社，2007年，第22—47、48—59页。Susana Onega and Jose A. G. Landa, Introduction. In Susana Onega and Jose A. G. Landa (eds.) *Narratology: An Introduction*. London and New York: Longman, 1996.

③ Tzvetan Todorov, *Littérature et Signification*. Paris: Larousse, 1967. Émile Benveniste, *Problème de Linguistique Générale*. Paris: Gallimard, 1966; English version translated by Mary E. Meek. (*Problems in General Linguistics*. Coral Gables: University of Miami Press, 1971). Seymour Chatman, *Story and Discourse*. Ithaca, New York: Cornell University Press, 1978.

④ Roland Barthes, "Introduction to the Structural Analysis of Narratives". Except in Suzana Onega and Jose A. G. Landa (eds.) *Narratology: An Introduction*. London and New York: Longman, 1996, pp. 45—60.

⑤ See the previous note, p. 15. Also: Shlomith Rimmon-Kenan, *Narrative Fiction: Contemporary Poetics*. London: Methuen, 1983, pp. 3—4.

⑥ Mieke Bal, *Narratology: Introduction to the Theory of Narrative*. Translated by Christine van Boheemen from French into English. Toronto: University of Toronto Press, 1985.

⑦ Meir Sternberg, *Expositional Modes and Temporal Ordering in Fiction*. Baltimore, Maryland: Johns Hopkins University Press, 1978, p. 13.

⑧ Jonathan Culler, *Literary Theory: A Very Short Introduction*. Oxford: Oxford University Press, 1997, p. 85.

赫尔曼),有的侧重于事件本身(如艾伯特,包括分布、行动素、神话素等)。其实,两个方面同等重要:前者是手段和途径,后者是前者的依托,尽管最终目的应该是前者——体现文本叙述的评价主旨。对比系统功能语言学,叙事学至少关注两个相度的意义:概念的和人际评价的(后者如情感和审美因素);涉及相关语境及词汇语法手段;不过,上述定义也包括视角前提。叙事学的"话语"概念本身,不单是一个文本(text)的替换性术语,更主要的是文本过程关涉的叙述技巧问题,是从语境到文本体现过程采用的叙述原则和策略(与语用学原则和策略同质)。事实上,叙述学中的基本概念,包括叙述者、叙述对象、事件、情节、时空因素、聚焦、直接间接引语等,都带有经验—评价双重范畴的特点[①],尤其是布斯[②]说的"戏剧化叙述"、"距离控制"和"非个人叙述"[③],斯滕伯格说的"话语行为"("具体体现、伪装或脱离作者的艺术设计")以及对视角(聚焦、焦点)的选择。

接下去笔者分3个小节说明此前文体学与叙事学在分析实践中的评价立场。从概念、人际、语篇三元到相关词汇语法和语音的维度,行文称为相度,便于指称。

4.3　从概念相度看相关研究的评价主旨

4.3.1　文体学关注的概念相度

这一点涉及从语境(包括语场)到相关语法关系。这里拟从韩礼德开始,因为他是依据及物性模式进行文体分析的肇始者。具体而言,韩礼德[④]分析了戈尔丁(William Golding)的小说《继承者》(*The Inheritor*)前、中、后三个阶段的及物性分布模式与小说主题发展的关系,说明原始部落面对文明人入侵时遭受的种族灭绝处境。这是通过文本表达的概念意义来比喻性地引发隐含作者评价主旨的;由此体现的评价意义属于判断态度之下的恰当性[-9]:对某种社会行为的批判。

遵循同一思路,伯顿[⑤]通过及物性过程模式分析了普拉斯的小说《瓶中美人》

[①] 所以申丹教授不赞成把"话语"与"故事"合为一体的做法,这是符合本书的思路的。具体讨论见申丹《叙述学与小说文体学研究》,北京:北京大学出版社,1998年,第一章第三节。

[②] 韦恩·布斯:《小说修辞学》,付礼军译,南宁:广西人民出版社,1987年。

[③] 非个人叙述策略可以上溯到 Henry James(The Art of Fiction, 1884/1948), T. S. Eliot(Tradition and the Individual Talent, 1917)和 Percy Lubbock(如 *The Craft of Fiction*, 1921)等人的早期现代叙事理论。

[④] Michael A. K. Halliday,"Linguistic Function and Literary Style: An Inquiry into the Language of William Golding's *The Inheritors*". In Seymour Chatman (ed.) *Literary Style: A Symposium*. London and New York: Oxford University Press, 1971, pp. 331—368.

[⑤] Deirdre Burton, "Through Dark Glasses-on stylistics and political commitment via a study of a passage from Sylvia Plath's *The Bell Jar* ". In Ronald Carter (ed.) *Language and Literature: An Introductory Reader in Stylistics*. London: Allen and Unwin, 1982, pp. 195—214.

(*The Bell Jar*)的一个片段。作为女性病人的第一人称叙事者,她在手术过程中经历了遭受控制的完全体验:护士操控她身上的东西和身体、医生操控设备和叙述者本人。此时,医生从她的视野里消失了,电流影响整个的她;而她自己,对一切均无能为力,失去了自我。这里体现了人际性的权势和控制因素,但和韩礼德的分析一样,都是由及物性过程的选择和分布方式引发的权势和评价意义,再现了叙述者任人摆布、无能为力的被动处境[-6]。这既是生理的和社会的,也是心理的。

纳什①分析了劳伦斯的短篇小说《菊香》(*Odour of Chrysanthemums*),说明"指示语、冠词变化、及物性、附加语的布局、被动化、特定动词类别等的作用"②。例如,通过事物前后的形状变化(最初,粉红色的菊花挂在路旁,后来一缕缕呈破败状洒在路上),暗示女人丧夫前后的心理变化及其精神状态,表明环境的压倒性力量[压抑不快,-3]以及母子的对峙关系[不协和,-11],再现的是她们完全无助[-6]而被迫屈从的社会心理[-7]。

赖德③研究了卡特兰德的浪漫小说《永远爱我》(*Love Me Forever*,1953),分析了其中的及物性类别,结论是:在一个充满行为的情节中,总会出现一个被动角色阿美(Amé)。一方面,作者使用大量带有施动者角色的句子,似乎说明这个主角比真实的她更具主动性;但实际情况是:"她行走不定,满是愤懑(还不时争吵)却毫无意义。她抗争、她畏缩着跑开、她退却、她踮着脚尖走路、她蹑手蹑脚、她小跑、她滑倒、她急急冲冲。"而另一方面,她又以受动者的形象出现。两个方面的及物性类型充分刻画了主角的弱势形象[-6],也构成了相关片段的故事主线。

纪瑛琳和申丹④采用韩礼德的方法,从华森的小说《双钩》中选取文本前后有代表性的片段、分析用于描写主角詹姆斯的及物性类别在行文前后分布上的不同,暗示心理及命运变化。这种变化表明主角"从消极怠惰到勤奋活跃、从纠结到坚定,从个体的孤僻到群体意识"的心理历程,是一个涉及能力性[6]、可靠性[7]和态势性[5]的转变,从消极到积极的转变。这是此前相关研究所忽略的。此后,申丹⑤进

---

① Walter Nash, "On a Passage from Lawrence's 'Odour of Chrysanthemums'". In Ronald Carter (ed.) *Language and Literature: An Introductory Reader in Stylistics*. London: Allen and Unwin, 1982, pp. 101—120. 顺便说一句,从文体学理论的角度看,纳什总结的文体分析三步骤("对文本的直觉""寻找文本性的类型""确认语言/文体类别来支持直觉、演示相关类型")和两个结构性平面("表达平面":文本的衔接和设计性规划;"信息平面":主旨;两者相互连接相互融合),很有启发性。

② 这些成分涉及至少两种范畴:指示语是语篇性的信息成分,及物性是小句级阶的语法结构;其他成分也和及物性有关,但它们本身是形式性质的。

③ Mary E. Ryder, "Smoke and Mirrors: Event Patterns in the Discourse Structure of a Roman Novel". *Journal of Pragmatics*, 1999(8);收入申丹主编《西方文体学的新发展》,上海:上海外语教育出版社,2008 年,第 256—272 页。

④ Yinglin Ji and Dan Shen, "Transitivity and Mental Transformation in Shella Watson's The Double Hook". *Language and Literature*, 2004(4): 335—348. 收入申丹主编《西方文体学的新发展》,上海:上海外语教育出版社,2008 年,第 273—290 页。

⑤ 申丹:"休斯《在路上》的及物性系统与深层意义",载申丹:《叙事、文本、潜文本——重读英美经典短篇小说》,北京:北京大学出版社,2009 年,第 267—285 页。

一步研究指出："中外学界以往运用及物性系统进行的文体分析聚焦于不同种类的及物性过程之间的对照,没有关注作者如何利用和分化属于同一层次的及物性过程来达到特定的主题效果";为此,她对兰斯顿·休斯(Langston Hughes)的短篇小说《在路上》(On the Road),特别是其中的"感知过程"进行了文心雕龙式的解读,以说明心理过程内部不同次类的转换所形成的对照关系,从而敦促读者进行双重解码。

辛克莱[①]以韩礼德的句间主从关系(复句)、小句主谓补结构及其相应的构成成分(词:形容词、名词、指示词等;词组:名词、动词、副词词组)为依据,分析了拉尔金(Philip Larkin)的十四行诗《第一眼》(First Sight)。不过,这一分析局限于形式结构和纯形式单位,因为作者应用的是韩礼德的早期语言理论。作者也申明自己不做意义方面的分析,主要是针对20世纪60年代文学批评的印象主义分析路径。辛克莱这一方法引起了当时文学批评人士的诸多诟病,但也由此推动了文体形式分析的发展。

卡特[②]在分析海明威的微型小说《雨中猫》时处理的也是纯形式范畴,包括名词词组结构、动词词组结构和自由间接引语、衔接、重复和歧义表达,据此揭示妻子凯蒂(Kitty)的意愿:"猫"是一种象征,她要寻找的是某种未实现的愿望[+1]。这让人联想到法国当代荒诞剧《等待戈多》。

概念隐喻理论和整合理论的认知文体学可以大致归到这里,因为其基本研究对象也是语言形式手段背后的概念意义;即便是探讨情感,也是情感的经验特征。下面从有关概念隐喻理论和概念整合理论的应用分析入手。

汉密尔顿[③]讨论了皮桑(Christine de Pizan)的《女性之城》(*The Book of the City of Ladies*, 1405)。小说的主角是克里斯汀和三位其他女性:理性(Reason)、正直(Rectitude)和正义(Justice)。后三者找到克里斯汀并告诉她:由于受同情触动,她们宣布建立一座坚固的城堡;所有缺乏德性的女人都将被拒于城外;而有德性的女性均可进入城内。小说拟以此说明:那些因厌恶女性而认为女性邪恶的男人,其看法是错误的。这些人格化的角色可以理解为从具体的人(原始经验域)向抽象化的人的品格(目标经验域)映射而塑造成的;这里涉及两个经验域,运用的是莱可夫和约翰逊的概念隐喻映射理论。但也可以理解为四个经验空间:女士(原域)、理性/正直/正义(目标域)、人(属类空间)、整合(女性是

[①] John Sinclair, "Taking a Poem to Pieces". In Roger Fowler (ed.) *Essays on Style and Language*. London: Routledge, 1966. Reprinted in Ronald Carter and Peter Stockwell (eds.) *The Language and Literature Reader*. London and New York: Routledge, 2008, pp. 3—13.

[②] Ronald Carter, "Style and Interpretation in Heminway's 'Cat in the Rain'". In Ronald Carter (ed.) *Language and Literature: An Introductory Reader in Stylistics*. London: Allen and Unwin, 1982, pp. 65—80.

[③] Craig Hamilton, "Conceptual Integration in Christine de Pizan's *City of Lady*". In Elena Semino and Jonathan Culpeper (eds.) *Cognitive Stylistics: Language and Cognition in Text Analysis*. Amsterdam: Benjamins, 2002, pp. 1—22.

德性);这里运用的是福柯涅和唐纳提出的概念整合理论。对于《女性之城》中的隐喻、类比和讽喻,作者倾向于运用概念整合理论来做相关分析,从而更好地理解文本;分析同时表明,中世纪与现代人有相似的思维方式。

显然,概念隐喻映射和整合理论关注的是不同认知域(语义场、经验域、语域)之间概念的创造性关联,大致相当于"语场"的范围,处于概念化甚至前概念化阶段;而前面有关及物性的分析是这一阶段在语言层面上的结构化表现(如 I can't take my eyes off her 我无法把眼睛从她身上取下来:眼睛是肢体)。对于认知语言学来说,即使做情感研究,其出发点和归宿也是情感的经验(概念)侧面(对比系统功能语法及物性中的心理过程)。他们分析 my love is like a red, red rose(我的爱人像一朵红红的玫瑰)或 His mother's death *hit* him *hard*(他母亲的死给了他重重的一击)[①]这样的语句时,更多地着眼于它们再现的经验命题,而非"我"和"他"的情感体验。显然,这里涉及的并非系统功能语言学的人际侧面[②];不过,其终极目的是评价性,不管分析者是否明确这一点。

隐喻映射在以下论述中对英语诗歌和散文有广泛的应用分析:唐纳所著《死亡乃美丽之母》、莱可夫和唐纳合著《超越冷静的理性》、唐纳《阅读心灵》、托马斯和唐纳合著《如真理一般清楚简单》、费曼《"依照我的契约":李尔王与再认识》、珀珀瓦《地毯上的图案:发现还是再认识》、费曼《作为复杂整合的诗歌:普拉斯"申请者"中隐喻的概念整合》等[③]。这些探讨运用隐喻映射或/和整合理论(有的同时涉及其他认知语言学模块)研究文本中的概念增值现象,间接探讨其中的评价主旨。

4.3.2 叙事学关注的概念相度

以上讨论的主要是文体学的相关研究内容;下面通过一些学者的相关阐述与实例分析,来说明叙事学中一些基本范畴及其关注对象在系统功能语言学视野里的大致位置。与文体学的研究对象不同,叙事学侧重于意义层面而不是语词形式

---

① 引自 Lakoff Lakoff and Mark Johnson, *Metaphors We Live By*. Chicago: University of Chicago Press, 2003 [1980], p. 50.

② 如本书关注的评价意义:两例在评价概念中分别是鉴赏态度下的品质和情感态度下的愉悦范畴。这方面的文献很多;不过,相关作者的最初目的,是为了回应先前人们在语言学、文学和哲学研究中排除情感的做法,如转换—生成语法、20 世纪的符号阐释学、新逻辑实证主义等。

③ Mark Turner, *Death is the Mother of Beauty: Mind, Metaphor, Criticism*. Chicago: University of Chicago Press, 1987. George Lakoff and Mark Turner, *More Than Cool Reason: A Field Guide to Poetic Metaphor*. Chicago: University of Chicago Press, 1989. Mark Turner, *Reading Minds: The Study of English in the Age of Cognitive Science*. Princeton, New Jersey: Princeton University Press, 1991. Thomas Francis-Noel and Mark Turner, *Clear and Simple as the Truth: Writing Classic Prose*. Princeton, New Jersey: Princeton University Press, 1994. Donald Freeman, "'*According to my Bond*': King Lear and Re-cognition". In Jean J. Weber (ed.) *The Stylistic Reader: From Roman Jakobson to the Present*. London, New York, Sydney, Auckland: Arnold, 1996, pp. 281—297. Yanna Popova, "The Figure in the Carpet: Discovery or Re-cognition". In Elena Semino and Jonathan Culpeper (eds.) *Cognitive Stylistics: Language and Cognition in Text Analysis*. Amsterdam: Benjamins, 2002, pp. 49—71.

层次。下面先讨论故事、情节、人物和事件,因为它们大致可以和时空等背景信息分开处理①;但故事是融于其他范畴、尤其是事件和情节的,所以单纯分析故事的文献不多。这从福斯特②的有关论述可见一斑:"故事就是对一些按时间顺序排列的事件的叙述——早餐后是午餐,星期一后是星期二,死亡以后便腐烂等等。"他构拟的"国王死了,不久王后也死去"就是一个典型的故事结构,从而与"国王死了,不久王后也因伤心而死"这种由因果关系确立的情节概念相区别。这里涉及故事发生的时间顺序以及对情节的操纵因素:前者是概念性的,尤其是时间性的逻辑—语义关系;后者带有评价主旨——安排故事事件的审美意图。

先看情节。丹纳伯格③总结了三种主要的传统情节观。一是福斯特意义上的因果关系链;二是亚里士多德意义上有开始、中间和结尾的恰当安排(组合)与事件序列化④,相当于福斯特的故事概念;三是热奈特基础之上、与俄国形式主义 sjuzhet 接近的时间概念:非时间性的事件组织,或延伸某些事件而压缩另一些,或回到先前事件,有时加以重复⑤。其实,三者有一个共同点:都离不开对事件的人为操纵。艾伯特⑥据此认为,和故事有关的叙述者,其作用很有讲究:他们"可能技艺高超、木讷不言、精神错乱、激情满怀,或冷若冰霜";他们离行动或近或远;要么是故事中的角色,要么在故事之外⑦。而叙述本身或者通过引语做直接陈述,或者间接表达,从而实现评价目的。

其次是故事中的人物。由叙述方式体现的人物同样包含经验和评价双重主旨。巴赫金在分析普希金的抒情诗《离别》时指出:"我们在这一作品中发现有三个雕塑式、绘画式、戏剧式的形象:离别的形象(发冷的双臂、紧紧抱住你不放),相约重逢的形象(蓝天下的接吻),最后是死亡的形象(自然界和骨灰盒、她的美貌和

---

① 也见苏珊·弗里德曼:"空间诗学与阿兰达蒂·罗伊的《微物之神》",宁一中译,载詹姆斯·费伦与彼特·拉比诺维茨主编:《当代叙事理论指南》,2007 年,第 204—221 页。

② 爱·摩·福斯特著,苏炳文译,《小说面面观》,广州:花城出版社,1984 年,第 24 页。

③ Hilary P. Dannenberg, *Coincidence and Counterfactuality*: *Plotting Time and Space in Narrative Fiction*. Lincoln, Nebraska: University of Nebraska Press, 2008.

④ 在叙述学研究中,有一位重要学者与这个意义上的情节观相近,这就是布鲁克斯。他在《为情节而阅读》中指出,纯结构主义的静态情节界定有其局限性;他根据现象学的意向性理论、弗洛伊德的心理分析,以及当时盛行的女性主义批评思潮,对福斯特的批评并从此几乎推出文学分析的情节概念,给予了系统阐述。他对情节的定义是:"叙述的设计与意图",它和时间性的顺序,甚至顺序与时间密切相关,把故事和一个(组)接一个(组)的事件连接起来。有所不同的是,这个意义上的情节概念是一种动态的心理学技巧,左右对人类行为与对自我的界定。见 Peter Brooks, *Reading for the Plot*: *Design and Intention in Narrative* (Oxford: Clarendon, 1984. Cambrdige, Mass.: Harvard University Press, 1992).

⑤ 另见巴赫金关于小说世界里时空特性的论述(巴赫金著,白春仁译,小说的时间形式和时空体形式,载《巴赫金全集》(第三卷),石家庄:河北教育出版社,1998 年,第 274—460 页。

⑥ H. Porter Abbott, "Story, Plot, and Narration". In David Herman (ed.), 2008, p. 42.

⑦ 两者分别对应于热奈特的"同质叙事"(homodiegetic)与"异质叙事"(heterodiegetic)。见 Gérard Genette, *Narrative Discourse*: *An Essay in Method*. Translated by Jane E. Levin. Ithaca, New York: Cornell University Press, 1980.

痛苦都消失在这里)。三种形象都力求达到某种纯粹描绘性的完美。"(着重号系笔者所加)①注意,巴赫金的题目涉及"审美"二字,引文中也有"完美"这样的评价成分。

福斯特认为,"小说家……要造出大量词堆对自己先粗略地描绘一番('粗略地'意指以后再精雕细琢),再给这些词堆冠以姓名、性别和可能做的动作,再用引号使其说话,也许还能令他们言行一致。这些词堆构成小说的人物。"②(爱伦·坡有类似观点)。对于福斯特构拟人物的方式是否真的完全如此,姑且不论;但这一过程再现的是人们似乎可以用"眼睛"看见的形象,无论这些角色是"扁平的"还是"丰满的"[±11]。

马格林③直接把人物界定为故事世界的参与者(storyworld participant),或者说是叙述代理,通过专有名(Don Quixote)、有定描述(the knight of mournful countenance)和人称代词(I, she)进入文本过程。考察人物有多种方式,马格林讨论了三种:文学形象——为达到某种目的而由作者树立的艺术产品,非现实但十分具体的个体——存在于某种假设或可能的虚构领域中、文本建构的某种结构或读者心目中的某种意象——可能是加工过的某种原型,也可能是全新的陌生形象。此外,人物存在于时间框架中;不同阶段的人物会有起伏变化甚至性格上的不一致,阅读中需要加以调节与整合。可见,这里有作者的创新意图,也有解读的效果问题,所以同时涉及评价态度。

也有用巴赫金的"声音"理论研究人物身份的。该理论指文本中带有文体和话语特征的"声音",尤其是所谓的双重声音(double-voice),能表达"社会团体、思想体系以及叙述者和人物的各种不同声音"④。坎贝尔⑤据此分析韦弗小说《世界的八个角落》的主角(也是叙述者)。文本为读者呈现了一个日本人二战前、中、后期在美国和日本国内的四个人生片段(包括日本偷袭珍珠港和美军轰炸广岛的过程)。在这一过程中,他使用多种异常的自我称谓方式,因而无法正常交流。他也不使用标准英语或日语,而是一种混杂着美国俚语、正式措辞、电影行话、支离破碎的套语,以及源自日语、拉丁语、儿童黑化⑥、意第绪语(犹太人使用的国际语)和其他语言。这属于系统功能语言学的概念意义范围,但引发性地揭示了主体无根的身份特点[异常性,−5]、异质文化背景下不协和的意识形态[消极构成,−11]⑦以

---

① 巴赫金:《巴赫金全集》(第一卷):"审美活动中的作者与主人公",晓河译,石家庄:河北教育出版社,1998年,第83页。
② 爱·摩·福斯特:《小说面面观》,苏炳文译,广州:花城出版社,1984年,第39页。
③ Uri Margolin, "Character". In David Herman (ed.), 2008, pp. 66—79.
④ 参阅胡壮麟、刘世生:《西方文体学辞典》,北京:清华大学出版社,2004年,第335页。
⑤ Ewing Campbell, "Appropriated voices in Gordon Weaver's *Eight Corners of the World*". In Cynthia G. Bernstein (ed.) *The Text Beyond: Essays in Literary Linguistics*. Tuscaloosa: University of Alabama Press, 1994, pp. 87—96.
⑥ "把单词的第一个辅音字母移至词尾并与'ay'等构成音节,如把 boy 说成 oybay,把 Good morning 说成 Oodgay orningmay"——引自陆谷孙主编《英汉大辞典》(第二版),上海:上海译文出版社,2000年。
⑦ 塞万提斯《堂吉诃德》的人物称谓也存在类似现象。但根据斯皮策尔的解释,其目的不同(见后文)。

及由战争带来的冲突、破坏和异化结果[不可靠性,—7]①。

与故事、情节和人物直接相关的是事件。对事件的讨论,同样可能偏重于经验意义一侧,或者偏向于评价意义一侧,或者两者并重。

早在20世纪60年代,在语义格理论还没有充分发展之前,格雷马斯②就采用施动者/主体、客体、发送者、接受者、帮助者、反对者等概念分析叙事行为类别、叙事的时间性与非时间性等经验意义要素③。普林斯在一系列著作中讨论了行动的表征问题④;他还尝试对叙述对象进行分类,梳理它们出现的叙述环境及其功能,类似于韩礼德等人的及物性分析⑤。这一尝试侧重于经验意义。

也有偏重于操纵性的讨论。布莱蒙接受普洛普的"功能"概念,总结了叙事文本的三条基本的行动或事件序列,包括由此引发的内在性及其相关结果,即内在性(拟实现的目标)→具体化(实现目标的行动)或具体化失败(行动的惰性或阻碍)→目标实现(成功的行动)或目标未实现(行动失败)。布莱蒙指出:这些基本的叙事类型与人类行为最普遍的形式是一致的;任务、契约、差错、诡计等普遍范畴,其内在连贯性与相关关系网络决定了可能的经验域;通过建构从最简单的叙述形式、序列、角色,到一系列越来越复杂和彼此相异的情景,我们可以确立叙事类别的分类基础。而根据不同文化、不同阶段、不同语类、不同派别、不同个人风格,我们还可以为这些行为类型的对比研究界定一个参照框架,以此考察人类行为类型的结构化方式⑥。这虽然是一则有关文学分析技巧的讨论,但叙述符号学正是这样从人类学中汲取养分的。

还有经验和评价意义并重的。拉比诺维茨⑦提出,在话语和故事之外建立"路径"(path)概念,即小说中主人公经历的顺序。这"既不是事件的发生顺序,也不是

---

① 也见 Joyce Tolliver, "Script theory, perspective, and message in narrative: The Case of 'Mi Suicidio'". In Cynthia G. Bernstein (ed.), 1994, pp. 97—119.

② A. J. 格雷马斯:《结构语义学》,蒋梓骅译,天津:百花文艺出版社,2001年。

③ 当然,限于当时整体的认识水平,格雷马斯跟他之前(包括之后)的不少学者一样,虽然接受了索绪尔关于能指和所指"互为前提"的观点,但在具体论述中把所指(文本意义,包括行动素和义位等)看作一种现成的东西、能指符号只是加以"装载"而已:"所指成为'所指',只是因为它被表达,也就是说有一个能指表示它"。另一大局限是采用了弗雷格提出的复合法来分析意义"组合"(对比概念整合理论),无法说明成分搭配可能带来的意义增值现象。

④ Gerald Prince, *A Grammar of Stories: An Introduction* (De Proprietatibus Litterarum, Series Minor, 13). The Hague: Mouton de Gruyter, 1973; *Narratology: The Form and Functioning of Narrative*. Janua Linguarum Series Maior; Berlin: Mouton De Gruyter, 1982.

⑤ Gerald Prince, "Introduction to the study of the narrate". In Susana Onega and Jose A. G. Landa (eds). *Narratology: An Introduction*. London and New York: Longman, 1996, pp. 191—202.

⑥ Claude Bremond, "The logic of narrative possibilities". *Communications* 1966 (8): 60—76. Translated from French into English by Elaine D. Cancalon. Reprinted in Susana Onega and Jose A. G. Landa (eds.) *Narratology: An Introduction*. London and New York: Longman, 1996, pp. 61—75.

⑦ 彼得·拉比诺维茨:"他们猎虎,不是吗:《漫长的告别》中的路径与对位法",宁一中译,载詹姆斯·费伦与彼特·拉比诺维茨主编:《当代叙事理论指南》,2007年,第191—203页。

叙述者表达的顺序"。他分析了钱德勒(Raymond Chandler)《漫长的告别》中这种"有着建构的、模仿的、主题的意义"的顺序。他指出:"只是在主题的层面上,对路径的分析才能得到最重要的收获"。即是说,先前人们大都认为这是"最黑暗的小说:它是对失败和失望的沉思";但"路径图"能表明其中的背景人物斯达"才是固定旋律",是"蜂巢里的那只雄蜂,其他人都围着他转";所以,传统上"我们关于中心和边沿的概念也许偏了向"。这种故事主次的重新认定,会改变我们对其中人物的评价立场(如"假自杀"、"精心策划"、"大骗局"、"观察的不实"、"不能解脱孤寂"、"嫉妒"等等)。

前面涉及的都是线性分析(因果关系),是欧洲叙事学传统下事件的真实或自然顺序,然后针对话语表达的要求给予修改或扰乱中断。卡乐尔则根据美国传统探讨叙事的技巧和知觉视点[①]。通常,每一个叙事文本都有一个叙事者以及故事中有关他的视角内容,从而区分行动本身以及针对该行动的叙事视角。但卡乐尔发现,文本叙事涉及双重对立逻辑:一种是先于表征或陈述的行动;另一种则把情节看作叙事要求的隐喻性成果。就俄狄浦斯情形看,一方面,相关预言设定了俄狄浦斯弑父娶母的必然结果,这里有一种先在意义;另一方面,叙述的先后顺序本身又具有估量、陈述、评估、定调价值,即以转喻的方式、以事件的起因及其起因的起因的方式,获得一种结构性意义。两种视角(太初有为和太初有道)显然是冲突的,但正是这种对立关系在叙述中同时确立了以事件为基础的陈述和以先定为前提的评估前提。从这个意义上说,事件在所有叙事层面上都是一种十分抽象的概念。在笔者看来,这似乎与布莱蒙(见前文)分析获得的叙事结构,以及拉比诺维茨提出的路径概念,具有同等抽象的性质。

这里需要提到故事的虚构性问题。兰瑟[②]从叙述者的角度指出:小说中的"我",既可能指叙述者,也可能是"作为作者的'我'",两者存在"依附与疏离"关系(对比福斯特、布斯和韦曼;与卢伯克和弗雷德曼相对[③])。沃尔施[④]发现,人们多把"虚构性问题当做真假性问题";其实,这是一个"关联性问题"。他采用关联理论与合作原则相结合的办法,认为"'小说里'的真实并不是指一种本体框架,而是一种语境限定,这种类型的假设提供的信息与先前假设的语境相关联",以此说明"关联

[①] Jonathan Culler, "Fabula and sjuzhet in the analysis of narrative: some American discussions". In Susana Onega and Jose A. G. Landa (eds.) *Narratology: An Introduction*. London and New York: Longman, 1996, pp. 93—102.

[②] 也见苏珊·兰瑟:"观察者眼中的'我':模棱两可的依附现象与结构主义叙事学的局限",宁一中译,载詹姆斯·费伦与彼特·拉比诺维茨主编:《当代叙事理论指南》,2007年,第222—240页。

[③] 见 Burkhard Niederhoff, "Perspective—point of view". In Peter Hühn *et al.* (eds.) *The Living Handbook of Narratology*. Hamburg: Hamburg University Press. URL = http: //sub. uni-hamburg. de/lhn/index. php? title=Perspective-Point of Viewandoldid=1515.

[④] 理查德·沃尔施:"叙述虚构性的语用研究",马海良译,载詹姆斯·费伦与彼特·拉比诺维茨主编:《当代叙事理论指南》,2007年,第155、162、164页。

功能和真实性之间的新型关系";他的分析材料是卡夫卡的小说《审判》。值得重视的是,沃尔施认为:"所有的叙事,无论虚构或非虚构,都离不开技巧,都是一种建构,其意义都来自叙述系统内容"。这个观点足以说明故事虚构的评价主旨,否则何须"技巧"。

这正是在从评价主旨到语言表达的过程中实施的。这里引用雅克比的一段文字来说明笔者的议题。对于《克莱采奏鸣曲》可靠性叙述的解读,托尔斯泰是有目的的安排和设计的:"为什么要用《新约》的引语?为什么把那场争论安排在波茨金谢夫的独白之前?为什么会有那些争论者及其性格特点、意识形态、反讽以及有失体面的退出争论?贝多芬的'奏鸣曲'发挥什么功能?为什么要设置内部受话人及其早先的惊奇和变化的态度?为什么要把总体的叙述任务分配给这个无名人物,而不是分配给波茨金谢夫?当然还有,为什么托尔斯泰打破自己的习惯,为了取得这种知音效果而给小说补加一个'续篇'?"[1]这些问题虽然是针对特定文本的,但它们揭示的是任何创作过程均可能涉及的策略问题,不管是可靠叙述,还不是可靠叙述。这在费伦和纽宁的有关论述中有更系统的阐述[2]。

上面讨论了故事、情节、人物事件及其相关经验—评价特征;现在转向时间和空间因素。这往往是事件的背景[3],可以通过小句及物性的参与者、过程(时态/时制)和环境体现出来,由此确立故事的局部或整体时空条件。笔者发现,狄更斯在《双城记》开始一段叙述的,就是把时间作为参与者处理的(见第 9 章开始部分的引文);哈代的《还乡》也是这样:"十一月一个周日的下午正逼近黄昏时间";但哈代的《卡斯特桥市长》等作品的开始,时间是作为环境成分引入的("刚过去的夏天的一个傍晚,十九世纪走完它三分之一的行程之前");狄更斯的《雾都孤儿》以空间开始("在某座城市的其他公共建筑中")。

特洛格特[4]在韩礼德和韩茹凯的衔接模式[5]基础上,分析文本中带标记的时态/时制系统;弗莱奇曼[6]则以此说明小说表达的时间意义,揭示这些时制[7]体现的四

---

[1] 塔玛·雅克比:"作者的修辞、叙述者的(不)可靠性、相异的解读:托尔斯泰的《克莱采奏鸣曲》",马海良译,载詹姆斯·费伦与彼特·拉比诺维茨主编:《当代叙事理论指南》,2007 年,第 113 页。

[2] James Phelon, *Living to Talk about It*: *A Rhetoric and Ethics of Character Narration*. Ithaca, New York and London: Cornell University Press, 2005. 安斯加·纽宁:"重构'不可靠叙述'概念:认知方法与修辞方法的综合",马海良译,载詹姆斯·费伦与彼特·拉比诺维茨主编:《当代叙事理论指南》,2007 年,第 81—101 页。

[3] 即巴赫金说的是"作为有生有死之人的环境和视野,作为他的生活流程"——巴赫金《审美活动中的作者与主人公》,载《巴赫金全集》(第一卷),晓河译,石家庄:河北教育出版社,1998 年,第 76 页。

[4] Elizabeth C. Traugott, "From propositional to textual and expressive meanings: some semantic-pragmatic aspects of grammaticalization". In Winfred P. Lehmann and Yakov Malkiel (eds.) *Perspectives on Historical Linguistics*. Amsterdam: Benjamins, 1982, pp. 245—271.

[5] Michael A. K. Halliday and Ruqaiya Hasan, *Cohesion in English*. London: Longman, 1976.

[6] Suzanne Fleischman, *Tense and Narrativity*: *From Medieval Performance to Modern Fiction*. Austin: University of Texas Press, 1990.

[7] 汉语界按黎锦熙先生的方案,将 tense 处理为时制;aspect 叫做时态。

种功能：指称（命题内容）、文本（衔接）、表达（个人态度：社交、情感、意动）和元语言（语法和修辞的称名、问题用语）。时体是表达时间的；而通过时体范畴呈现的第一、二个功能属于系统功能语言学的概念意义的范围，为时体手段的一致式体现方式；而由此再现的表达功能则是比喻性的，正如作者所说，是经过"推理"而来的。这是由概念功能引发性地表达的评价意义。

斯滕伯格[1]区分了被表述时间（presented time）与表述性时间（representational time）；前者相当于热奈特[2]的故事时间或所指时间，后者接近叙事时间或能指时间；它们分别关涉概念意义以及由技巧带来的审美鉴赏价值，前者的表现形式受后者支配。具体而言，叙述能呈现某一虚构时间段上处于行动中的人物；但在整个虚构阶段，分派给各个人物的注意时间并不相同，而是分成"不同次段、阶段或时间单位"的；其中有的长，有的则匆匆掠过，或者加以概述，还有的一笔带过甚至只字不提。"所以，即使是在一部单一作品的框架之内，我们通常会发现：在被表述时间（即"人物生活中某一被投射的时间"）与表征性时间（读者阅读相关文本所需要的时间）之间，有一个不同时间配给量的问题；两种时间越是接近，审美相关度就越高：每一部作品都会建立起自己的时间准则，在表述某一片段上所花的时间及其审美相关性之间，存在一种逻辑对应关系。

利科[3]对穆勒与热奈特的时间概念进行对比，认为穆勒区分的生活时间（time of life）在热奈特区分的故事时间和话语时间之外，后两者均在文本之内，但缺乏对生活时间的模仿性暗示。不过，热奈特对两种时间的区分更为严格，而穆勒在以形式连贯为代价的基础上，为进一步探索留下了空间。为此，利科确立了一个有关时间层次的套叠模式：叙述时间、被叙述时间和虚构的经验时间，分别对应于文本的话语、陈述和世界；虚构的经验时间是由叙述时间和被叙述时间之间的离合关系投射的——穆勒没能明确区分后两者，而热奈特以第二层次的名义剔除了第三层次。利科认为，叙述时间与生活时间是通过被叙述时间连接起来的，以此实现从时间跨度（量）的分析到时间品质（质）的评估：时间的快慢与短长效果，介于量和质之间，那些花费较多时间叙述的情景，虽然由简短重复的总结隔开，但推进了叙事过程，从而与那些由"超常事件"构成的叙事框架形成对立关系。因此，由作者选择的第三层时间，对最为重要的序列有定位作用，由此体现叙述中某些重要的经验要素。利科的"量""质"分别，大致对应于系统功能语言学的经验功能和评价功能。

先前人们过多地重视叙事的时间性，忽略了空间因素，诸如布鲁克斯、阿博特、

---

[1] Meir Sternberg, *Expositional Modes and Temporal Ordering in Fiction*. Baltimore: Johns Hopkins University Press, 1978.

[2] Gérard Genette, *Narrative Discourse: An Essay in Method*. Translated by Jane E. Levin. Ithaca, New York: Cornell University Press, 1980.

[3] Paul Ricoeur, *Time and Narrative* (vol.2), translated by Kathleen McLaughlin and David Pellauer. Chicago: University of Chicago Press, 1985.

热奈特、弗卢德尼克等;而巴赫金、普林斯、瑞安、本雅明、赛尔托、莫雷蒂、格罗斯堡、塞尔托等人则希望补足空间研究方面的不足。

为此,弗里德曼①使用的空间概念既有直陈意义上的空间,也有比喻性空间。前者如具有殖民记忆的建筑、河流、维鲁沙的家(让人亲英和恐英情感交织的伊普家族的先祖所在地,即阿耶门连堂的旧址)、阿比拉什有声电影院(殖民主义、后殖民主义、美国文化和经济霸权)、橡胶厂及阿卡拉舍("历史殿堂":殖民印记)、"传统旅馆"("历史的游乐场")等等;这些地方与"墓地、监狱、剧院、妓院、博物馆、图书馆、集市场"一样,均属于福柯说的"异托邦"空间,与"危机、越轨、不兼容性、并置、补偿或连续性等较大些的文化机构联系在一起"。而比喻性空间则指"民族、性别、种姓、宗教、性活动方面的社区差异"的边界,以及"发生这些差异碰撞与融合、边界被跨越的接触地域",还包括"躯体",即"最先用来书写社会秩序的空间意义的地方",是"原初的疆界","既是激情连接的起始之地,也是暴烈分离的起始之地"。因此,《微物之神》是通过空间来讲述故事的,因为上述空间处所将时间上支离破碎的记忆与现实连缀成为故事,"勾画出经年累月而成形的地理政治和家庭的结构"。可见,空间里的一切,包括蕴含其中的历史伤痕,正是以故事生发地为"黑暗"中心的一个语场,一切相关人物和事件则以过程的方式呈现给读者,显然是概念意义上的;分析者考察这个异托邦环境及其社会秩序,"掩埋着多少欲望与创伤的沉淀……表现出了殖民、后殖民、种姓、性欲等边界的树立与消失的特征",为读者引发出多侧面、多层次的评价情绪。笔者发现,虽然这里的空间已经融入了小说的主旨建构,但仍然是环境性质的(对比韩茹凯,见后文);这些空间信息为事件潜在的评价主旨提供背景条件。这是牛顿意义上的时空概念(对比后文第 5 章相关认识)

瑞安②对叙事空间展开了一系列研究③,并有实质性拓展。她总结了四种基本的文本空间形式,涉及物理和认知因素。第一,叙述空间:人物生存与行动的物理空间,包括空间框架(实际事件的直接发生环境,如《伊芙琳》中伊芙琳家的起居室和都柏林港口),场景(社会—历史—地理环境:《伊芙琳》故事发生的 20 世纪中低层都柏林社会),故事空间(跟情节有关,涉及人物行动和思想,包括空间框架以及文本中提及的所有处所,但不包括事件发生的具体场合,如伊芙琳住的房子、都柏

---

① 苏珊·弗里德曼:"空间诗学与阿兰达蒂·罗伊的《微物之神》",宁一中译,载詹姆斯·费伦与彼特·拉比诺维茨主编:《当代叙事理论指南》,2007 年,第 204—221 页。

② Marie-Laure Ryan, "Space and Narrative". http://users.frii.com/mlryan/spaceentry.htm. 以 Space 为题收入 Peter Hühn, et al. (eds.) *The Living Handbook of Narratology*. Hamburg:Hamburg University Press, 2011. http://hup.sub.uni-hamburg.ed/lhn/index.php?title=Spaceandoldid=1575.

③ Marie-Laure Ryan, *Possible Worlds, Artificial Intelligence and Narrative Theory*. Bloomington:University of Indiana Press, 1991. "Cyberspace, cybertexts, cybermaps". Dichtung Digital. http://www.dichtung-digital.org/2004/1-Ryan.htm, 2003a. "Cognitive maps and the construction of narrative space". In David Herman (ed.) *Narrative Theory and the Cognitive Sciences*. Stanford:CLSI, 2003b, pp.214—242. "From parallel universes to possible worlds:ontological pluralism in physics, narratology and narrative". *Poetics Today*, 2006 (4):633—674.

林港口及伊芙琳想要私奔的目的地——南美洲)、叙述(或故事)空间(读者根据想象确立的故事空间,前提是有关文化知识和真实世界的经验,如《伊芙琳》中没有直接提及的、分隔都柏林和南美洲的大西洋)、叙事世界(文本陈述的实际时空世界,外加各种由人物确立的反事实性信念、希望、恐惧、思考、假设性思想、梦境与幻觉;如伊芙琳期盼的、登船去南美与爱人永远幸福生活的世界、而另一个是她情感上无法离开的都柏林这一心理世界);所有这些层次与时间一道随文本过程展开。第二,文本中的延伸空间,包括零空间维度(口头叙事,但不包括手势和面部表情;音乐)、准一维空间(文本中次第出现的字符构成的单线过程,如电视新闻、电子屏幕播放的信息以及一些数字文本)、二维空间(印刷后的叙事文本、电影或画作)、真实的三维空间(剧院、芭蕾、雕塑)。而与我们的关注对象关系密切的是二维空间。第三,作为情景和容器的空间,诸如故事事件发生的地点,神话、传说和口述历史建立的"精神"处所,通过耳麦传递的博物馆展品评述——文本的每个部分均与某种实物关联,历史性风景区、纪念地或遗迹、与真实世界里被纪念事件的处所相对应的叙述空间情景、由卫星定位和无线技术在手机上创制的故事中附带的特定地理处所等等。第四,文本的空间形式:这是一个比喻性概念,包含由大脑构拟的类比或对立网络,如通过创作设计淡化时间和起因而出现的切割性碎片、错位剪接、平行情节线索并置、以及文本单位中非邻接性的任何语义、语音或主题关系网络。作者从空间的文本化和主题化角度做了分析,说明空间不再只是一种背景信息。显然,在瑞安的研究中,经验意义的权重要大一些。

斯滕伯格梳理出由故事时间和话语(交际)时间之间的空当而带来的故事悬念、好奇和意外效果[1];丹纳伯格[2]的空间因素包括维度、路径、门户、容器等因素;涉及读者解读。布里奇曼[3]的论述虽然以空间经验为主,但同时涉及情感评价和叙述视角。作者主要从热奈特的时间理论(顺序、时距、频率)和丹纳伯格采用的意象图示理论分析《包法利夫人》中埃玛·包法利的命运,诸如她和丈夫、两个情人的关系、她的物理和心理世界、她最终的自杀结局。其结论是:阅读是一个在时间经验中经历文本的物理空间的过程;时空成分是建构叙事世界基本概念框架的构成成分;读者进入叙述经验时会涉及时空参数带来的情感起伏,诸如厌烦、悬念和安全、幽闭恐惧、对未知因素的惧怕等;叙述文本的解读在局部和整体情节建构中均受时空因素影响。总之,高潮与释然、纠葛与释然的感觉、比喻的使用,由此确立的相关路径,都是建立在时空类型上的;我们作为读者在上述四个层次上的知觉既不均

---

[1] Meir Sternberg, "Universals of narrative and their cognitivist fortunes (I)". *Poetics Today* 2003 (2), pp. 297—395. http://www.ualberta.ca/~dkuiken/Summer%20Institute/Sternberg_CognitivistFortunes1.pdf.

[2] Hilary P. Dannenberg, *Coincidence and Counterfactuality: Plotting Time and Space in Narrative Fiction*. Lincoln, Nebraska: University of Nebraska Press, 2008.

[3] Teresa Bridgeman, "Time and Space". In David Herman (ed.), 2008, pp. 52—65.

衡,也非不变;语类可以在一定程度上确定叙事层次及其具体内容,但每一叙述都有自己的内部模式,从而使相关时空因素前景化。

这里总结几个与上述经验意义有关、但同时涉及技巧问题的叙述策略。第一,小说叙述中时常采用时空倒错的叙述技巧,正是通过时空意义引发的评价审美主旨促成的;第二,文本通过"意象""比喻""象征"和"神话"等方式构拟的小说世界①,从一个引发性的角度体现作者的评价主旨;第三,故事本身涉及真实性问题(见前文兰瑟等)。所以,巴赫金说:"不可能有任何自在的现实,任何中性的现实与艺术相提并论,因为,当我们谈论现实、拿现实与某种东西作比较时,我们便已经在界说它、评价它。"②这些均适应于关于故事、人物、情节和时空等各种带"经验现象"性质的小说范畴。即是说,这些范畴本身是经验意义的,但隐含作者通过这些范畴同时注入了自己的评价立场,这是话语产生过程面临的选择问题;至于具体涉及什么样的评价意义,则是由隐含作者的创作主旨和评价动机决定的。所以,"像一切行为的施行一样,人物的话语行为,不管是公开的还是私下的,是以叙述者形式的还是自我指向的,都构成作者艺术设计的中介,都通过一些类似于生活的表现来具体体现、伪装或脱离作者的艺术设计"③。这其中应该包括信息顺序对因果关系的左右④。

与上述概念意义相关的还有叙述声音,包括第一人称叙事和第三人称叙事⑤、直接引语和间接引语等;它们同时关注概念意义的表达形式和叙述策略。这里需要提到一个代表性文献,它横跨语言不同层次、级阶、相度。这就是莫妮卡·弗卢德尔尼克⑥的巨著《语言的虚构与虚构的语言》。作者主要探讨了直接和间接言语话语对体现心灵风格的作用。在系统功能语法中,直接和间接引语属于复句范围,体现概念意义;在这里,相关现象已经超出复句范围而进入话语组织过程,但其语言学范畴的性质没有改变。该书涉及语素、时制、时态和投射(直接和间接言语)(概念语法);语气及其他语法结构(人际语法);人称代词和指示语(视角语法);按照笔者的理解,它们体现的意义属于相应的概念、人际和语篇范围。她还主张研究英语以外其他语言的自由间接引语。

---

① 勒内·韦勒克与奥斯汀·沃伦:《文学理论》,刘象愚等译,南京:江苏教育出版社、凤凰出版传媒集团,2010年,第十五章。
② 巴赫金:"文学作品的内容、材料与形式问题",《巴赫金全集》(第一卷),晓河译,石家庄:河北教育出版社,1998年,第326页。
③ 迈尔·斯滕伯格:"作为叙事特征和叙事动力的自我意识:在语类设计中讲述这与信息提供者的关系",宁一中译,载詹姆斯·费伦与彼特·拉比诺维茨主编:《当代叙事理论指南》,2007年,第257—285页。
④ 埃玛·卡法莱诺斯:"坡的《椭圆形画像》中顺序、嵌入以及文字成像的效果",乔国强译,载詹姆斯·费伦与彼特·拉比诺维茨主编:《当代叙事理论指南》,2007年,第286—303页。
⑤ 亨利·詹姆斯在《小说艺术》"The Art of Fiction"一文中首次区分叙事的第一人称与第三人称手法。
⑥ Monika Fludernik, *The Fictions of Language and the Language of Fiction*. London and New York: Routledge, 1993.

索提诺娃①从英语—比利时语的自由间接引语比较入手,通过两种语言的时制和时态差异,揭示它们在叙事声音和视角方面的差异。显然,她的尝试已经跨越了语言相度的范围,归到这里是出于议题集中性方面的考虑。

4.4 从人际与语篇相度看相关研究和评价主旨

4.4.1 与互动意义有关的评价性研究

这是语用文体学的主要关注对象,一些学者在这里同时涉及叙事学的范畴。

语用学集中关注跨语言层次之间的体现原则与策略要素,与系统功能语言学的言语功能兼容:后者着眼于言语(互动)功能本身,即命令、提供、疑问、陈述;而前者是从交际意图到这些语义范畴过程背后的操作手段和调节参数;后者是在前者的基础上发展而来的。人们运用语用学进行文体分析主要采取两种理论,即言语行为理论(如何以言行事)与人际修辞学(合作原则与礼貌原则);还有个别学者用到了预设理论。这些分析从不同角度揭示了文本包含的相关评价意义。这里看前两种主要分析途径;预设放到后文去讨论。

第一个运用言语行为理论系统分析文学话语的当为普拉特。在前,陌生化与前景化理论认为,诗歌语言与日常语言存在本质上的不同;二战后不少学者认识到了这一见解的偏颇之处(如雅可布逊)。普拉特②从社会语言学(尤包括合作原则)的角度指出上述观点存在的问题,并试图建立一个有关文学话语的统一理论。后来,她运用合作原则及相关四个准则,系统研究了"故意偏离"常规的语用现象,包括选择退出、冲突、无意失误、常规违背、嘲弄等等。在类似情况下,读者必须假定这些都是作者有意设计的,最大限度计算可能的会话含义,维系自己的假设。在这一过程中,小说读者认为这是他发挥想象力、进行评估和解读的空间。此外,人们通常认为,文学作品中的语言功能,首要任务不是交际,而是包含着更多日常语言所不具备的美学价值;其实,两者没有本质区别;也不能把虚构性看作"诗歌偏离"的一种形式③。

里奇与肖特运用言语行为理论,分析了简·奥斯汀(Jane Austen)《傲慢与偏见》(*Pride and Prejudice*)中贝内特太太跟丈夫关于女儿婚事的一段对话,说明太

---

① Violeta Sotirova, "A comparative analysis of indices of narrative point of view in Bulgarian and English." In Peter Hühn et al. (eds.) *Point of View, Perspective, and Focalization Modeling Mediation in Narrative*. Berlin: Walter de Gruyter, 2009, pp. 163—181.

② Mary L. Pratt, *Toward a Speech Act Theory of Literary Discourse*. Bloomington: Indiana University Press, 1977.

③ Mary L. Pratt, "Literary cooperation and implicature." In Donald C. Freeman (ed.) *Essays in Modern Stylistics*. London and New York: Methuen, 1981, pp. 376—412.

太对丈夫的威胁行为以及其中体现的滑稽口吻;然后根据会话含义理论考察有关文本中的一些对话片段。这里还涉及会话含义理论的应用。

普拉特提议将言语行为理论应用于分析文本中的意识形态①。她特别提到了小说的虚构性(对比前文),因为言语行为理论涉及西方经典哲学遗留下来的命题真假值问题②。他认为,小说话语作为一种言语行为,会违背甚至终止言语行为的常规规则;但它跟其他话语一样,同时具有构拟、描述和改变世界的作用,因为语言与语言制度可以在言语社团中部分地创立或构拟世界。

奥曼指出,修辞学传统具有言语意图行为(perlocutionary acts);读者则从熟悉的惯例中寻找它,判断它在小说世界里究竟实施了什么行为、有多少功用,并通过想象建构小说世界本身,包括它的言语和非言语部分;阅读小说不仅是一种娱乐,更是判断现实世界的方式③。

肖特④认为,先前的言语行为理论应用于文本分析缺乏深度,更没有对电影的具体讨论;米勒(Miller)、皮特伊(Petrey)等对小说的分析,波特(Porter)、赫尔斯特(Hurst)、洛威(Lowe)等对戏剧的应用分析,都太过笼统⑤;只有鲁丹科(Rudanko)例外⑥。因此,肖特依据言语行为理论对电影文本《一只叫做万达的鱼》(*A Fish Called Wanda*)中的道歉行为进行了细致的梳理:把道歉行为作为该喜剧的一条重要的结构性主题因素,而不同的道歉方式(总是不合时宜或者根本不像道歉)清

---

① Mary L. Pratt, "Ideology and speech-act theory". *Poetics Today*, 1986 (7), pp. 59—72. In T. D'Haen (ed.) *Linguistics and the Study of Literature*. Amsterdam: Rodopi, chapter 11. Reprinted in Jean J. Weber (ed.) *The Stylistic Reader*. London, New York, Sydney, and Auckland: Arnold, 1996, pp. 181—193.

② 把命题和真假值联系在一起是从中世纪开始的;而言语行为理论就是要解决非命题语句(包括命题语句)的意义问题。

③ Richard Ohmann, "Speech, literature and the space between". In Donald C. Freeman (ed.) *Essays in Modern Stylistics*. London and New York: Methuen, 1981, pp. 361—376. 另见 Richard Ohmann, "Speech, action, and style". In Seymour Chatman (ed.) *Literary Style: A Symposium*. London and New York: Oxford University Press, 1971, pp. 241—254.

④ Mick Short, "How to make a drama out of a speech act: the speech act of apology in the film *A Fish Called Wanda*". In David L. Hoover and Sharon Latig (eds.) *Stylistics: Prospect and Retrospect*. Amsterdam and New York: Rodopi, 2007, pp. 169—189.

⑤ 但对比一个新的叙事学分支"戏剧叙事学": Roy Sommer, "Drama and narrative". In David Herman, Marie-Laure Ryanm, and Manfred Jahn (eds.) *Routledge Encyclopedia of Narrative Theory*. London: Routledge, 2005, pp, 119—124.

⑥ 这些文献如下。J. Hillis Miller, *Speech Act in Literature*. Stanford, CA: Stanford University Press, 2001. Sandy Petrey, *Speech Acts and Literary Theory*. London: Routledge, 1990. Joseph A. Porter, *The Drama of Speech Acts: Shakespeare's Lancastrian Tetralogy*. Berkeley: University of California Press, 1979. Mary J. Hurst, "Speech acts in Ivy Compton-Burnett's *A Family and Fortune*". *Language and Style*, 1987 (2): 342—358. Valerie Lowe, "'Unsafe convictions': 'unhappy' confessions in *The Crucible*". *Language and Literature*, 1994 (3): 175—195. Martti J. Rudanko, "'You curs': types and functions of unpleasant verbal behavior in Shakespeare". In Juhani Rudanko (ed.) *Case Studies in Linguistic Pragmatics: Essays on Speech Acts in Shakespeare, on the Bill of Rights and Matthew Lyon, and on Collocations and Null Objects*. Lanham, MD: University Press of America, 2001, pp. 5—24.

楚地区分了主人公阿尔奇(Archie)、奥托(Otto)和那些女人的不同性格,使这些道歉语言获得了格外凸显的地位而被前景化,从而实现逗人娱乐的喜剧效果[+2]。

把言语行为理论应用于文本分析成绩最为突出的要算米勒。他在《文学中的言语行为》[①]分析了奥斯汀、德里达、德·曼、维特根斯坦等人的言语行为理论及其差异;然后从《追忆逝水年华》中选择了三个片段做具体探讨;而在《作为行为的文学:亨利·詹姆斯作品中的言语行为》[②]中,他详细讨论了詹姆斯小说的有关议题(《阿斯巴尔信札》《女士的画像》《鸽翼》《金碗》《对过去的感觉》)。

里奇[③]继续运用合作原则,并在他自己提出的、补充合作原则的"礼貌原则"(包括机敏、慷慨、认可、谦逊、赞同和同情六个准则)的基础上,分析了文本中呈现的合作与不合作、礼貌与不礼貌现象,以调整相应人际关系,达到彼此融洽的目的。因此,从评价功能的角度说,这是一种受意愿主旨[+1]驱使的言语行为。

布莱克[④]将叙事学与语用学理论结合起来分析文学文本,涉及叙事声音、直接和间接话语、礼貌原则与文学话语、相关性推理与回应性话语(引用别人的原话或通过间接话语转述),包括比喻、仿拟、象征以及心理叙事等议题。

封宗信[⑤]运用里奇总结的人际修辞学(包括合作原则和礼貌原则),分析了尤内斯库的《教训》(*The Lesson*, 1951)、《秃头歌女》(*The Bald Soprano*, 1950)和《盲点》(*The Gap*, 1969)三部戏剧作品中的人际互动关系,说明角色违背相关原则和准则的语用效果,以及由此揭示的、由文本创造的世界的荒诞性、冲突性、含混性、无序性和非一致性[-5]。封宗信指出,传统戏剧分析仅限于舞台表演和剧本本身的批评,不关心舞台指令,且把戏剧对话区别于日常交谈;话语理论对戏剧的分析使用了语言模型,但其注意力集中在戏剧对话上,也对舞台指令熟视无睹;再者,互动分析局限于角色之间,对剧作者与读者漠不关心。因此,他在宏观交际层面上涵盖了剧作者与观众、作者与读者,还涉及导演、舞台出品人、男女演员以及所有可能的读者;剧作者不仅仅与其他参与者合作,更重要的是要能彼此合作,这是封宗信对相关理论的贡献。本书的分析可与米勒从言语行为理论角度对詹姆斯小说的研究水平相提并论。

上面涉及的是语用文体学;接下来看其他相关成果。首先泰特[⑥]从巴赫金的异质话语理论出发,通过具体文本片段的细读,试图将个体的独特性与社交

---

① J. Hillis Miller, *Speech Acts in Literature*. Stanford: Stanford University Press, 2001.

② J. Hillis Miller, *Literature as Conduct: Speech Acts in Henry James*. New York: Fordham University Press, 2005.

③ Geoffrey Leech,"Pragmatic Principles in Shaw's *You Never Can Tell*". In Michael Toolan (ed.) *Language, Text and Context: Essays in Stylistics*. London and New York: Routledge, 1992, pp. 259—280.

④ Elizabeth Black, *Pragmatic Stylistics*. Edinburgh: Edinburgh University Press, 2006.

⑤ 封宗信:《文学文本的语用文体学研究》,北京:清华大学出版社,2002年。

⑥ Alison Tate, "Bakhtin, addressivity, and the poetics of objectivity". In R. Sell and P. Verdonk (eds.) *Literature and the New Interdisciplinaritiy*. Amsterdam: Rodopi, 1994, pp. 135—150.

互动整合在一起。这里虽然没有涉及评价性,但目的在于说明作者—读者互动而共同建构文本意义的基本思想,至少与系统功能语言学人际性的互动意义(即言语功能)具有同质特点[①]。

其次,韩礼德[②]集中从言语功能及其表达手段的角度,分析了普里斯特利(John B. Priestley)的小说《浮光掠影》(*An Inspector Calls*)。他沿承穆卡洛夫斯基关于主题和语言表达相互制约的分析原则,认为去自动化(de-automatization)是一个比"突出"更好的概念。其大意是:语法选择不单受语义制约,这里既有选择,也有前选择,所以措辞就成了一个准独立的社会符号模式而投射语篇意义。据此,他考察了《浮光掠影》中所选片段的情态主旨以及在过去与现在之间来回穿梭的时间主题(对比巴赫金),以说明文本的深层意义:社会责任和对现实的呼唤,打破幻觉,把与我们的情感、想象和意愿联系在一起的世界带回到物质世界里来。这里涉及多种深层评价意义,包括态度意义之下判断范畴中的可靠性和情感范畴中的意愿性;具体分两部分:一部分是通过情态手段体现的评价意义自身,另一部分是经验性时间意义和人际性定式动词(语气)的分布概率,它们间接传递评价主旨。

此外,伯奇[③]通过处理萨姆布(Edwin Thumboo)一短一长两首诗,说明殖民地人民因对殖民统治的不满而对英语语言的抵触情绪。命名《刀剑》(Steel)的短诗中有如下句子:"灵魂深处塞满了,/ 以一种固定的声音咳嗽。/ 他人怎知我舌头上的火 / 因痛苦而失去了行动自由?",对立的是"他们"(they;数量上多)与"我"(me,处于被动地位的宾格):处于殖民和反殖民的对峙状态,因而要求民族独立和思想独立。而在长诗《1954 年 5 月》(May 1954)中,这种对立则是"我们"(we,主格,多数)和"你这个白人"(you white man;单数):你的语言不再属于我们,属于我们的是脚下的土地、这里、太阳、平静的街道、自然资源、自尊、民族认同、亚洲认同;而唯一属于白人的是他们的语言。前一首诗给人的深层情感是痛苦[-3];后一首是叙述者需要什么和不需要什么的积极与消极意愿[1]。

[①] 见韩礼德:《功能语法导论》(第 2 版),彭宣维等译,北京:外语教学与研究出版社,2010 年。也见马丁原著《英语语篇:系统与结构》(*English Text: System and Structure*. Amsterdam: Benjamins, 1992)。北京:北京大学出版社影印版,2004 年。

[②] Michael A. K. Halliday, "The de-automatization of grammar: from Priestley's *An Inspector Calls*". In John M. Anderson (ed.) *Language Form and Linguistic Variation: Papers Dedicated to Augus McIntosh*. Amsterdam: Benjamins, 1982, pp. 129—159.

[③] David Birch, "'Working effects with words'—whose words?: stylistics and reader intertextuality". In Jean J. Weber (ed.) *The Stylistics Reader*. London, New York, Sydney, Auckland: Arnold, 1996, pp. 206—221. 作者在这里没有明确的语言学模式,但在具体分析中涉及言语功能类别,所以归到这里。

4.4.2 从语篇相度看相关研究及其评价主旨

单纯从系统功能语言学角度分析这一类现象的不多;有人从话语理论和语用学的预设理论进行相关研究的,而大都是在叙事学的视角(聚焦)理论下进行。总的说来,与其他范畴相比,这一领域的研究要弱得多。这里只涉及和议题相关的代表性分析。

首先是功能文体学视角。韩茹凯[1]在《语言学、语言与言语艺术》一书中通过实例分析表明:文学文本理解需从三个角度来进行:文本本身、相关社团的文化特点、文学文本的归约性因素;而主位(主题)概念具有揭示文本表层与深层次的社会符号意义。

对于文体效果,维多森[2]从人称代词的形式角度说明形式偏离的本质。但在他看来,偏离并非结构异常,而是语境要求:任何语言成分,不管它多么"常见",均可能与其他成分形成某种类型而在文本中获得文体价值。这跟韩礼德的观点是一致的。

早在 1973 年,查普曼就谈到了文本中的衔接议题,包括连接、指代、专有名词重复、同义成分、指示词、句首成分重复、上下位关系、语义连接、事件序列等[3]。

里奇和肖特[4]运用韩礼德和韩茹凯的衔接模式、以跨距离照应(Cross-reference)和链接(Linkage)为题[5],分析了福斯特《印度之行》、班扬《天路历程》、贝克特《华特》以及其他一些文本片段。

艾布尔礼克[6]则主要从衔接和连贯角度讨论了句间连接的文体现象,包括衔接、连贯和情景(主要是概念意义的);照应与语义连接(语篇信息);时间连接(概念意义);语法范畴时态(形式)、连贯与焦点。

---

[1] Ruqaiya Hasan, *Linguistics, Language and Verbal Art*. Australia: Deakin University, 1985.

[2] Henry Widowson, "On the deviance of literary discourse". *Style*, 1972 (6): 194—306. Extracted and reprinted in Ronald Carter and Peter Stockwell (eds.) *The Language and Literature Reader*. London and New York: Routledge, 2008, pp. 29—38. 与此相对立的观点则可在 Elizabeth C. Traugott 与 Mary L. Pratt 合著的"Linguistics for students of literature"(1977, pp. 19—34)一文中看到:"文学的语言并非总是日常语言";但作者也清醒地意识到:这样容易误导人们在文本中寻找 e. e. cummings 诗歌中那些离谱的表达方式,同时贬低语言的日常使用方式。

[3] Raymond Chapman, *Linguistics and Literature: An Introduction to Literary Stylistics*. London: Arnold, 1973, pp. 101—112.

[4] Geoffrey N. Leech and Michael H. Short, *Style in Fiction: A Linguistic Introduction to English Fictional Prose*. London and New York: Longman, 1981.

[5] 这主要是韩礼德的早期模式,见 Michael A. K. Halliday, "The linguistic study of literary Text". 最初分两文分别发表于 1962 年和 1964 年。收入 Jonathan Webster (ed.) *Text and Discourse*, Volume 2 in the Collected Works of M. A. K. Halliday. London: Continuum, 2002, pp. 5—22;北京:北京大学出版社影印版,2007 年。

[6] Susan Ebrlich, *Point of View: A Linguistic Analysis of Literary Style*. London and New York: Routledge, 1990.

怀特与侯普①从衔接和连贯角度分析了文本片段的信息结构、省略、衔接与连贯的关系、思想的连贯模式、源自其他语言的连贯类型（如英语源自法语的结构关系 Princess royal, Governor general）、口语的连贯模式等。

单从形式上看，韩礼德②的第一篇文体学论文考察的主要就是形式衔接成分，包括语法的——结构性的从属关系与连接、非结构性的上指（指示与修饰、代词）与替代（动词性、名词性）关系；词项性的——重复、同一词项集中相关成分的出现，并详细分析了叶芝的《莱达与天鹅》(Leda and the Swan, 1928)一诗。

其次是代词在文本中的文体价值，因为代词是一种已知性系统成分③。虽然上文已经有所提及，但跟此处议题无关。以下分析可以归到这里。格林④讨论的指示语涉及两类现象：已知信息和新信息。例如，针对列文森⑤区分的五种指示语（时间、地点、人称、社交、话语），他重新做了归类：照应（有定表达、指示限定成分、指示名词、定冠词、指代成分）；自我指向（零点指向：第一、二人称、呼语、指示副词、近远指、敬语）；时间与地点（外指或内指：时间副词、空间副词、非日历性时间单位如今天、下周、时制、各类时间成分）；主观性（知识情态和义务情态）；文本（所有指向读者/听话人的成分；非纯粹的语篇指示语，介于上指与话语指示语之间，如非特定所指的 that）；句法（预设信息）。这些大都是已知信息成分，是建构话语空间的出发点和手段。作者以一首诗为例，说明这些成分可以建构文本的语境框架，促成阅读连贯，确立文本定位，引入人物情感。

维多森⑥从话语理论的角度讨论了有关现象。他认为，奥赛罗性格中存在一种妄想狂式的人格分裂：一方面是他自己，另一方面是他自己认定的自己；但他总是把第一人称的自我与第三人称的他者相混淆，从而把第三人称的他者当作自己，因为他珍视荣誉，享受高贵的感觉，因而容易受伤害，容易嫉妒，容易自私，不容易面对自我，从而忽视现实。伊阿古杜撰假象，让奥赛罗在第一、三人称的指称上异位，进而使他在蛛丝马迹面前拒绝回到现实中去相信妻子，最终做出与身份和地位不相匹配的行为而抱憾自尽。这是习惯性地受潜在的第三人称意象投射造成的"缺陷、内心易变无常和多疑"[－6,－5,－7]，这种迷乱状态是奥赛罗性格的内在特

---

① Laura Wright and Jonathan Hope, *Stylistics: A Practical Coursebook*. London and New York: Routledge, 1996, Chapter 4.

② Michael A. K. Halliday, "The linguistic study of literary text". 见前注。

③ 彭宣维："代词的语篇语法属性、范围及其语义功能分类",《语言教学与研究》，2005 年第 1 期，第 56—65 页。另见 Harald Weinrich, "the textual function of the French article". In Seymour Chatman (ed.) *Literary Style: A Symposium*. London and New York: Oxford University Press, 1971, pp. 221—234.

④ Keith Green, "Deixis and the poetic persona". *Language and Literature*, 1992 (2): 121—134.

⑤ Stephen Levinson, *Pragmatics*. Cambridge: Cambridge University Press, 1983.

⑥ Henry G. Widdowson, "Othello in person". In Ronald Carter (ed.) *Language and Literature: An Introductory Reader in Stylistics*. London: Allen and Unwin, 1982, pp. 41—52.

点,从而形成"一种自我毁灭的力量"[-7]。笔者认为,根据认知语言学的构式理论,人称代词在这里是一种被视角选择的表征符号,体现的是背后的所指范畴;用隐喻映射的话说,当这种指称错位进入注意范围后,就会影响主体看待问题的视角,出现人格分裂,进而以此为出发点,受此误导,以他者的角色行事①。错误的已知信息(预设)诱导出错误的行为举止,这是认知心理学基本原理:错误的兴奋点抑制了正确的自我认识。斯皮策尔②曾经对《堂吉诃德》中各种人物的多种称谓进行过研究,结论与此相仿:个体受不同称谓诱导,以此看待世界,做出错误的决定(如堂吉诃德把自己幻化成为中世纪骑士、见到风车时的举动)。即是说,词语成为迟疑、错误、欺骗等"梦幻"的源泉。

柯里③通过分析狄更斯《我们共同的朋友》与詹姆斯《金碗》中的上指和下指成分,说明它们在不同程度上打破了人物同周围环境的关系,通过工作记忆过程来加以修复,以便消除某种神秘因素。

与此类似的是查普曼从预设(属于语用学;即命题由此断言的已知信息)角度对奥斯托的短篇小说《玻璃城市》(1988)所做的分析④。他发现,小说人物的对话互动总是出现预设失误(这一点在彼得·斯狄尔曼身上尤其突出);而作为小说的主角,丹尼尔·奎恩最初以传统的方式看待世界,但他的视野逐渐受限,有一种物我难分的感觉,是由他对自己受雇为侦探的身份产生怀疑所致。这是预设表达失误造成的;读者也有同样的感受,从而出现对事实、虚幻、主体性和身份认同的失误。但查普曼指出,与实际交流不同,小说中出现这种预设失误,并不影响读者对文本连贯性的执着追求。其实,预设失误乃作者有意为之,是一种技巧,以提醒读者注意:预设从规范上讲是双方约定的,允许失误;缺乏预设框架的意义解读,会导致包括主角在内的所有角色、甚至读者的理解和认识受限[-6]。文本涉及主人公对相关事态的不满情绪[-3]以及人物在当下社会的尴尬境况[-4,-5]⑤。

最后来看和评价意义有关的视角分析。这里着重提及两个人。一是热奈特,

---

① 有关理论阐述见 George Lakoff, *Moral Politics*: *How Liberals and Conservatives Think*. Chicago: University of Chicago Press, 1996.

② Leo Spitzer, *Linguistics and Literary History*: *Essays in Stylistics*. Princeton, New Jersey: Princeton University Press, 1948.

③ Mary J. C. Curry, "Anaphoric and catephoric reference in Dickens's *Our Mutual Friend* and James's *The Golden Bowl*". In Cynthia G. Bernstein (ed.) *The Text and Beyond*: *Essays in Literary Linguistics*. Tuscalo: University of Alabama Press, 1994, pp. 30—55.

④ Siobhan Chapman, "The pragmatics of detection: Paul Auster's *City of Glass*". *Language and Literature*, 1999 (3): 241—253. 另见 Michael Toolan 所著 *Language in Literature*: *An Introduction to Stylistics* (London: Hodder Arnold, 1996,北京:外语教学与研究出版社影印版,2008年,第9章)和在早 Mick Short 的 Discourse Analysis and Drama (*Applied Linguistics*, 1980 (2), pp. 181—202)一文关于预设的分析。

⑤ 另见 Michael Toolan, *Language in Literature*: *An Introduction to Stylistics* (London: Hodder Arnold, 1996)第九章。

他从"距离"的角度做过理论阐述①。首先,距离的定义是:一个"切忌照字面理解"的"空间隐喻",与"讲述内容"所保持的或远或近的位置关系,由此以"较为直接或不那么直接的方式向读者提供或多或少的细节"②。在热奈特的模式中,距离与投影(后者即视角或视点对故事信息进行的调节)一起,构成语式(Mode)概念,即"叙述信息调节的两种形态":距离调节的结果是"看得真切与否";投影调节的结果是所见"画面"的大小。热奈特认为,最早探讨这一现象是柏拉图。他区分完美模仿(mimésis)和纯叙事(diégésis):前者指诗人"'竭力造成不是他在讲话的错觉',若是口头表述的话语,则是某个人物讲的",与故事事件的距离相对较小;后者指"诗人'以自己的名义讲话,而不想使我们相信讲话的不是他'",距离相对较大。热奈特还指出,詹姆斯及其弟子们直接用展示(showing)与讲述(telling)来取代;但布斯认为一切叙述都不可能是展示或模仿,只能是讲述。显然,类似探讨的目的在于说明叙事的生动性、真实性、表达的方便灵活性,接近评价态度范畴之下的反应类鉴赏意义[10],即常说的美学效果。

二是布斯,他的观点更具有评价性质。他指出:"叙述者和第三人称反映者,依据他们和作者、读者以及其他小说人物区分开来的距离程度和类别,是有显著不同的,不管他们是否作为代言人或当事人介入情节";这样的距离包括"价值的、道德的、认知的、审美的甚至是身体的轴心上,从同一到完全对立而变化不一"。典型距离包括:叙述者与隐含作者之间在道德、理智、身体或时间上的距离;叙述者与故事人物在道德、理智或时间上的距离;叙述者与读者的身体、情感、道德准则的距离;隐含作者与读者在理智、道德或审美上的距离;隐含作者与故事人物在价值或

---

① 这里说的距离概念与布洛(Edward Bullough, 1881—1934)等人的距离审美观有别,即与功利性保持距离的纯粹主体感知与主观调节。布洛指出:"心理距离是通过把客体及其吸引力与人的本身分离开来而获得的,也是通过使客体摆脱了人本身的实际需要与目的而取得的"(见爱德华•布洛著、牛耕译,作为艺术因素与审美原则的"心理距离"说,《美学译文》,第 2 集,北京:中国社会科学出版社,1982 年,第 96 页)。这个距离概念与此处的议题无关,它涉及的认识论基础与本书的基本思想是对立的。距离审美观的潜在支配性原则是康德的"审美活动的无利害性、非功利性……在心理学的层面上做了进一步的发展和发挥而已"(见梁玉水,布洛:作为艺术因素与审美原则的"心理距离"说;见 http://liangyushui.blog.163.com/blog/static/4368026201139111756831/),据此,审美活动应该是纯粹的心理活动,不要牵扯个人的功利目的。从体验主义哲学看,这一见解是不符合现实的,否则"情人眼里出西施""爱屋乌"的体验就无从谈起。质言之,体验主义美学主张身体在主客观之间的居中调节作用,事实上我们的一切认识都源于我们的身体,源于神经认知的加工"过滤"(见 Mark Johnson, *The Meaning of the Body: Aesthetics of Human Understanding*. Chicago: University of Chicago Press, 2007;布洛所说的在大雾中航行可以将注意力从恐惧转向审美欣赏的观点,是根本站不住脚的;设想一下我们中有人经历了汶川大地震、甚至泰坦尼克号的沉没过程,如果有人说他能镇定地欣赏其翻天覆地、撕心裂肺的场景,窃以为那近乎于痴人说梦。事实上,对美的感受是通过人的体验获得的,是人在特定环境下与外界互动产生的;没有人在头痛或腹绞痛时可以从容欣赏风花雪月。显然,实用的、科学的和审美的三者是一体的,不是分开的,只是各有侧重而已。这不是经验主义的翻版,因为经验主义缺乏身体在外在与内在之间发挥实质性作用:身体是生物性的有机体、是生态性的机体—环境互动配对、是现象学意义上的、是社会文化的(同前,pp. 275—277)。

② 热奈特:《叙事话语:新叙事话语》,王文融译,北京:中国社会科学出版社,1990 [1972] 年,第 107—108 页。

其他多种轴心上的距离①。布斯继而阐述了《爱玛》中的距离控制策略,目的是让读者在阅读有关爱玛的行为举止上的不足时不至于离弃她,而是在容忍中加以谅解,并最终给予肯定评价,支持她获得圆满爱情;作者进而分析一些名作中令人困惑的距离混淆情况,诸如《螺丝拧紧》、早期文学中反讽叙述不当导致的认同性困难以及《青年艺术家的肖像》中距离调控出现的问题等。其实,布斯的论述已经涉及评价立场的各个方面,包括由距离调控产生的评价主旨涉及的情感、判断和鉴赏三种态度立场,也有距离远近带来的态度强弱变化,还有作者直接或间接介入话语的方式,只是缺乏评价范畴那样明确的定位与具体化。

4.5 文化语境视角

这里的出发点是文化语境性质的评价和权势范畴。

4.5.1 近似评价性的相关研究

这些工作涉及范围广,有语音的、词汇语法的,也有语义的,横跨早期文体学、新近的认知文体学以及叙事学相关成果。

先看有关语音组织美学效果的讨论。第 2 章考察了亚里士多德为达到修辞和美学效果而确立的语言手段及其策略技巧。当时,亚氏(包括随后的西塞罗和昆提利安)已经注意到了语音组织的美学效果,尽管以诗歌为主(还有说话语气即节奏和韵律带来的急缓性),相对于当代的音系学来说其研究范围偏窄,但足以说明语言在表达层面上揭示出来的评价资源。拉波夫把这种采用评估策略和带技巧的语音组织研究称为"表达音系学"②,关注的是"音高的变化、响度、节律以及把元音或整个词给予强调性拉长"等现象③。

这一领域在 20 世纪得到了充分发展。首先是 20 世纪早期的俄国形式主义学者。他们在"陌生化"原则驱使下,除了注重词汇语法方面的偏离和变异表达方式外,特别留意语音组织的效果策略。受此影响,布拉格学派确立了后来文体学的基本原则和"前景化"研究方法,语音的美学功能研究由此得到了提升,因为(诗歌)文本中的语音形式是最为突出和典型的切入点。而在西欧,这方面的研究既系统也深入。韦勒克与沃伦在《文学理论》第十三章有大量扼要介绍,诸如理查森《英文押

---

① Wayne C. Booth, 1961/1983, *The Rhetoric of Fiction* (2nd edition). Chicago: University of Chicago Press. 付礼军译,《小说修辞学》,南宁:广西人民出版社,1987年,第 175—179 页。

② 即 expressive phonology; expressive 源于布勒的语言功能之一,即情感功能。"表达音系学"源自 William Labov, "The transformation of experience in narrative syntax". In *Language in the Inner City: Studies in the Black English Vernacular*, by William Labov. Philadelphia, Pennsylvania: University of Pennsylvania Press, 1972, pp. 354—384. 拉波夫的论述中还涉及句法(重复)强化手段等,这应该是评价概念中级差性强化这一术语的来源之一。

③ 这段文字引自 David Herman, "Introduction". In David Herman (ed.), 2008, p. 7.

韵研究》(1909)、里克里德《乔叟传统中的格律论》(1910)、麦克唐纳《托马斯·坎皮恩和英诗的艺术》(1913)、帕特森《散文的节奏》(1916)、圣茨伯里《英文散文节奏史》、佩里《诗歌研究》(1920)、奥芒德《英诗格律理论史》(1921)、艾亨鲍姆《抒情诗的旋律》(1922)、斯图尔特《从民谣格律看现代格律技巧》(1922)、科罗尔《音乐和格律》(1923)、梅耶《古希腊格律中的印欧语渊源》(1923)、汤姆森《语言的节奏》(1923)、日尔蒙斯基《押韵：历史与理论》、弗伦克尔《拉丁诵诗中的强读和重音》(1928)、托马舍夫斯基《黑桃皇后的散文结构》(1929)、格鲁特《论节奏》(1932)、雅可布逊《关于塞尔维亚—克罗地亚民间史诗的结构》(1933)、穆卡洛夫斯基《语调——诗歌节奏的因素》(1933)、蒲伯《贝尔武甫的节奏》(1942)等。而文学修辞评论家理查兹(1924)①和作者风格学家斯皮策尔(1948)②的著述，已经把节奏等韵律因素同心理及主题相关。再往后，海姆斯的《风格的音系因素：某些英诗分析》、拉兹的《韵律类型学》、查特曼的《韵律风格对比》、胡鲁肖维斯基《当代诗歌中的自由韵》、霍兰德尔《韵律象征》、维姆索特与比尔兹利《韵律概念：一项抽象行研究》③等等，对音系的美学价值做了进一步挖掘。这其中有语言学家，文体学家，也有美学家。仅仅看看这些密集文献的面世时间，就足可以了解人们在这一领域的研究兴趣、相关议题及其潜在魅力。而这一传统在美国以新批评的面貌现身，推出了以文本为中心的解读原则；而在法国出现的结构主义文论，则将这一研究方向推向了极端。

自60年代中后期以来，随着语言学研究走向深入，人们对语音的文体及评价效果研究更为具体，如里奇《英语诗歌的语言学导引》(1969)关于诗歌中语音组织类型的归纳(语音类型；第6章；音步：第7章)、莱文的《诗歌准则》④、维姆索特关于乔叟诗歌的格律⑤、里奇与肖特在《小说的文体》(1981)中关于散文的节奏研究(第7章第4节)已经成为经典之作；此后出现的有《语言学与文学文体》(1970，第18—23章："英语音步的成分"、"语言结构与诗行"、"'散文的韵律'与音步"、"乔叟

---

① 如《文学批评原理》(1924年出版；作者Richards，又译瑞恰慈)，杨自伍译，南昌：百花洲文艺出版社，2010年。
② Leo Spitzer, *Linguistics and Literary History: Essays in Stylistics*. Princeton: New Jersey: Princeton University Press, 1948.
③ 见Thomas A. Sebeok (ed.) *Style in Language*. Cambridge, Mass.: MIT Press, 960, pp. 107—209.
④ Samuel R. Levin, "The conventions of poetry". In Seymour Chatman (ed.) *Literary Style: A Symposium*. London and New York: Oxford University Press, 1971, pp. 177—193.
⑤ W. K. Wimsatt, "The rule and the norm: Halle and Keyser on Chaucer's Meter". In Seymour Chatman (ed.) *Literary Style: A Symposium*. London and New York: Oxford University Press, 1971, pp. 197—215.

与韵律研究"、"韵律语法"、"音步文体精要")①、《押韵的艺术》(1971)②、《现代文体学论文选》(1981,第11—13章:"抑扬五步格"、"重音、句法和音部"、"形式诗学:'红隼'的韵律类型"、"'加韦爵士与格林骑士'的生成韵律学分析")③、《诗歌的类型》(1986)④、《是什么让声音组织类别如此具有表现力?》(1992)、《认知诗学导论》(1992;第5—7章)、《在虚无的沙滩上》(2003;第7章);《韵律依据:英语诗歌入门》⑤以及《诗歌的语音/语音的诗歌》⑥;坊间还有专门的《诗歌词典》(1995)⑦和《韵律词典》(2006)⑧。这可能跟语音直接作用于听觉有关,毕竟直观性强。既然语音组织能表达美和情感⑨,语音系统就是一种重要的评价资源;评价意义的语音组织研究,可以归入调核化(tonicity)和声调化(Tonity)范围。

接下来讨论针对语义和词汇语法的相关研究。现代文体学创始人巴利(Charles Bally,1865—1947)应该是在现代语言学视角下研究态度意义的第一人。巴利关注交际的"非语言方面",一个与概念(经验)意义并行的、非概念性的和个人性质的情绪意义(personal experience and emotion)。概念意义是客观的,情绪意义是主观的;两者都是思维的内容。后者包括感情、态度、主旨、视角等因素(也见

---

① Seymour Chatman, "The components of English meter"; John Thompson, "Linguistic structure and the poetic line"; "'Prose rhythm' and meter"; Morris Halle and Samuel J. Keyser, "Chaucer and the study of prosody"; Joseph C. Beaver, "A grammar of prosody". All represented in Donald C. Freeman (ed.) *Linguistics and Literary Style*. New York: Holt, Rinehart and Winston, 1970, pp. 309—491.

② Bevis J. Pendlebury, *The Art of the Rhyme*. New York: Charles Scribner's Sons, 1971.

③ Morris Halle and Samuel J. Keyser, "The iambic pentameter"; Paul Kiparsky, "Stress, syntax and meter"; Charles T. Scott, "Toward a formal poetics: metrical patterning in 'The Windhover'"; Justine T. Stillings, "A generative metrical analysis of 'Sir Gawain and the Green Knight'". All represented in Donald C. Freeman (ed.) *Essays in Modern Stylistics*. London and New York: Methuen, 1981, pp. 206—320.

④ Miller Williams, *Patterns of Poetry: An Encyclopedia of Forms*. Baton Rouge and London: Louisiana State University Press, 1986.

⑤ John Hollander, *Rhyme's Reason: A Guide to English Verse* (3rd edition). New Haven, Connecticut: Yale University Press, 2001.

⑥ Marjorie Perloff and Craig Dworkin (eds.) *The Sound of Poetry / The Poetry of Sound*. Chicago: University of Chicago Press, 2009.

⑦ John Durey, *The Poetry Dictionary*. Cincinnati, Ohio: Story Press, 1995.

⑧ *Merriam-Webster's Rhyming Dictionary* (2nd edition). Springfield, Mass.: Merriam-Webster, Incorporated, 2006.

⑨ 韦勒克与沃伦在《文学理论》(刘象愚等译,北京:文化艺术出版社,2010年,第172—174页)指出:"在英文中阳韵是普遍使用的,使用阴韵和三音节韵通常会产生滑稽模仿和喜剧的效果,但在中世纪的拉丁文、意大利文或波兰文中阴韵却是在许多最严肃的诗歌中必须使用的"(第172页);格拉蒙"把法语的所有辅音与元音加以分类,探讨了它们在不同诗人的作品中表达的效果。例如,清晰的元音能够表达微笑、迅速、冲动、优雅之类的性质"(第173页);兰波发现:"前元音(e和i)和单薄的、迅捷的、清晰的以及明亮的物体之间有基本联系,后元音(o和u)和笨重的、缓慢的、模糊的以及阴暗的物体间的基本联系却能够被音响科学的实验所证实"(第174页)。

第 2 章相关内容)①。

之后是雅可布逊,他是较早系统阐述态度意义的现代学者之一。雅可布逊②提出了交际的六种因素:发话人和受话人分居两端,中间是语境、消息、接触和语码;与之对应的六种语言功能是:情感和意动以及指称、诗学、寒暄和元语言。其中,情感和诗学功能可以分别归到评价的情感和鉴赏态度之下。雅可布逊指出:"对韵文的分析完全是在诗学范围内进行的,而诗学可以定义为把诗歌功能(与其他语言功能相对)当作语言学的一部分来对待③。诗学这个词在更广一些的意义上不仅讨论诗歌的诗学功能——这样该功能就被强加到其他语言功能上,而当其他功能被强加到诗学功能上时还涉及诗歌以外的语言使用。"注意,虽然雅可布逊提出了语言的六种功能,但就文体研究而言,他关注的只是情感和诗学功能。

查特曼④区分"叙述者视角"(也称"斜向视角"slant)和"角色视角"("滤出视角"filtered);前者属于语篇功能现象,后者大致相当于福勒⑤说的"意识形态观"(ideological point of view)。麦肯戴尔⑥接受这一区分,但保留概念视角,因为这比角色视角范围更广:概念视角指"无数比喻性概念与对世界的判断,以及我们对世界的概念化方式和在其中的位置"。他的论述好像没有应用评价范畴,但关乎表达中的肯定与否定内涵,以及对所选片段中相关评价成分的分析⑦。在另一文中,他把认知与传统分析方法结合起来,以指示语为着眼点,考察它们是如何在小说、诗歌、电影和图画叙事中建构角色视角的,并运用指示语转移理论分析了诗歌文本,涉及多种评价立场⑧。

巴特从所谓的文本中的无序现象入手梳理其潜在的组织类型,其个案分

---

① 在笔者看来,巴利的论述中问题不少,诸如"情绪"完全是"个人的""主观的""非语言方面的";而由此认定这不属于语言学的研究范围却值得思考。

② Roman Jakobson, "Closing statement: linguistics and poetics". In Thomas A. Sebeok (ed.) *Style in Language*. Mass.:MIT Press, 1960, pp. 351—377.

③ 这让我们想到了两个人。一是穆卡洛夫斯基,他严格区分诗歌语言和标准语(Jan Mukařovský, Standard Language and Poetic Language. In Donald C. Freeman (ed.) *Linguistics and Literary Style*. New York: Holt, Rinehart and Winston, 1970, pp. 40—56);另一位是唐纳,他的观点:语言是文学心灵之子,即文学心灵是意义、心灵和语言的基础,是人们日常思维的基础(见 Mark Turner, *The Literary Mind: The Origins of Thought and Language*. New York and Oxford: Oxford University Press, 1996)。

④ Seymour Chatman, *Coming to Terms: The Rhetoric of Narrative in Fiction and Film*. Ithaca, New York: Cornell University Press, 1990, p. 143.

⑤ Roger Fowler, *Linguistic Criticism*. Oxford: Oxford University Press, 1986.

⑥ Dan McIntyre, "Point of view in Drama: a socio-pragmatic analysis of Dennis Potter's *Brimstone and Treacle*". *Language and Literature*, 2004 (2): 139—160.

⑦ 不过,他认为该剧中夫妻观点相异与不和谐的对话有悖格莱斯的合作原则。但在笔者看来,这似乎是没有完全理解相关理论的实质引发的误识。

⑧ Dan McIntyre, "Deixis, cognition and the construction of viewpoint". In Marina Lambrou and Peter Stockwell (eds.) *Contemporary Stylistics*. London: Continuum, 2007, pp. 118—130.

析揭示了文本中的争辩与劝说功能,接近评价范畴的意愿特征①。

帕默尔从狄更斯的《小杜丽》(Little Dorrit)和品钦的《拍卖第 49 号》(The Crying of Lot 49)各选一段,运用归因理论揭示了情感表征与心理表征的相互关系。他指出,选择语言描述心理行为和情绪绝不是中性的,总会带有某种评价暗示:"不仅涉及广泛的心理状态的认知归因,也有责任、批评、赞扬和责备的话语归因"②。

马尔伯格③关注语言程式,例如 as if(仿佛、好像)的出现频率及其功能(看似、神态、举止、表情;感知:看、瞄;不确定的语气;身体或语言行为声音),这些是主人公皮普(Pip)解释一切所见的主观因素。这正是评价性介入范畴之下的接纳类[18]:当事人的立场为众多可能性中的一种,留下说话余地;也涉及级差意义。

尼克勒斯科④指出,第一、二人称代词是诗歌表述中抒情强度的标识符。类似对话性语境,跟抒情性直接相关。第一、二人称在诗歌表达与内容之间可以确立一种特定关系,为诗歌话语添加一种主观性,使人把自己确立为一种"主体",述说自我之自我,揭示掩藏在抒情诗中的态度成分。

阿塔多⑤采用脚本—框架语义学分析了王尔德《奥瑟尔·撒维尔勋爵之罪》(Lord Arthur Savile's Crime)。手相家说,勋爵会犯一桩谋杀案。勋爵回家后发现,他在命定的犯案之前不能和未婚妻结婚。随后他试图谋杀两个亲戚,均未成功。他无意中撞上了手相家,把他扔进了泰晤士河,然后心安理得地结了婚,与妻子幸福地生活在一起。在这里,主角需要实现先杀人、后结婚的预言,以免婚后有负罪感;杀人便成了他的一项义务。这一点直接拷问人们的伦理基础。王尔德遵循着爱伦·坡的创作原则,一切文本均在于追求预期的美学效果(这里是幽默效果);同时,文本中的有些效果是作者巧妙安排的。幽默使人娱乐[+3];促成这一效果的是背后与伦理抵触的杀人义务[-9]。

前面谈到了认知概念隐喻,其基本范围是概念性的;而同样是隐喻,如果立足点是涉身情感,则应当放到这里。这就是吉布斯说的文学文本阅读的情感隐喻。

---

① David Butt, "Randomness, order and the latent patterning of text". In David Birth and Michael O'Toole (eds.) *Functions of Style*. London and New York: Pinter, 1988, pp. 74—97.

② Alan Palmer, "Attribution theory: action and emotion in Dickens and Pynchon". In Ronald Carter and Peter Stockwell (eds.) *The Language and Literature Reader*. London and New York: Routledge, 2008, pp. 81—92.

③ Michaela Mahlberg, "A corpus stylistic perspective on Dickens' *Great Expectations*". In Marina Lambrou and Peter Stockwell (eds.) *Contemporary Stylistics*. London: Continuum, 2007, pp. 19—31.

④ Alexandru Niculescu, "Lyric attitude and pronominal structure in the poetry of Eminescu". In Seymour Chatman (ed.) *Literary Style: A Symposium*. London and New York: Oxford University Press, 1971, pp. 369—380.

⑤ Salvatore Attardo, "Cognitive stylistics of humorous texts". In Elena Semino and Jonathan Culpeper (eds.) *Cognitive Stylistics: Language and Cognition in Text Analysis*. Amsterdam: Benjamins, 2002, pp. 231—250.

虽然情感隐喻在科维克斯可斯那里也有深入研究,但关注的核心是概念性,而非人际情感。吉布斯发现,隐喻通常和情感关联:情感的产生又和身体的动作变化联系在一起。人们阅读到文本中的隐喻现象时,比没有隐喻现象时有更大的情感体验,这些情感是被结构化了的;这既不是纯粹的心理也不是生理而是两者的某种互动结果:"其实当我们体验到不同情感时,身体会产生相应的反应行为,如表现在面部、手势或整个身体。即便处于静止状态,仍有模仿行为,是情感过程的主体部分。"这是一种深层次的美感体验。对照评价态度范畴,这样的情感范围很宽;而从实证角度做出的结论,可以为评价思想本身提供支持①。

费曼②的论述别开生面。她分析艾默生的书写诗行中可能体现的、与印刷后格式不同而带来的意义差别,说明艾默生的体验方式带来的特殊效果。作者没有直说这种效果就是美学的,但外形改变造成的意义损失只能是评价方面的,即印刷版本缺失了手写体的韵味,这种韵味具有一种特殊美而吸引读者[+10]。

斯托克威尔③遵循菲什(Fish)注重读者的解读立场,认为这是一种认知诗学;他注意到了弥尔顿诗歌中的指示、否定、行动、关系或属性成分,以及由此构成的时间、空间和文体上的变换,说明弥尔顿诗歌文本的结构及其"特定效果"。作者没有指明类似效果为何,但根据相关标准,这显然是美学性质的。

艾蒙特④运用莱可夫的隐喻映射理论、福柯涅的心理空间和概念整合理论、以及其他学者将认知语言学应用于叙事文本的分析方法,探讨小说和临床病例纪录中的叙事内容,指出共同出现的人格危机,即后现代社会的身份崩溃问题[非态势性,−5]。作者认为,这种分裂可以看作是叙事形式的内在特点,因为其中的第一人称叙述方式通常引发了当下的自己描述过去的自己,从而打破叙述的时间顺序(如倒叙),为把不同时间点上不同版本的个体并置一处提供了契机(近乎现在主义认识论,见后文第5章)。在这里,人物在时空位置上的定格可以确定叙述中的所指究竟属于哪一个自我;而正是叙述方式让不同描述和不同声音共现,构建了不同的自我突破,覆盖了通常意义上的时空物理限制,据此营造出"特殊效果";这一见

---

① Raymond W. Jr. Gibbs, "Process and product in making sense of tropes". In Andrew Ortony (ed.) *Metaphor and Thought*. Cambridge: Cambridge University Press, 1998, pp. 252—276. 对比卒尔分析的概念—人际双功能现象(见后文)。

② Margaret Freeman, "The body in the word: a cognitive approach to the shape of apoetic text". In Elena Semino and Jonathan Culpeper (eds.) *Cognitive Stylistics: Language and Cognition in Text Analysis*. Amsterdam: Benjamins, 2002, pp. 23—47.

③ Peter Stockwell, "Miltonic Texture and the Feeling of Reading". In Elena Semino and Jonathan Culpeper (eds.), 2002, pp. 73—94.

④ Catherine Emmott, "'Split selves' in fiction and in medical 'Life Stories': cognitive linguistic theory and narrative practice". In Elena Semino and Jonathan Culpeper (eds.), 2002, pp. 153—181.

解似乎源于巴赫金。类似探讨见也丹森吉尔①。

吉布森②汇集了当代一些知名学者从认知加工角度对反讽的评价解读。正如其中一些作者所说：反讽的理论工作者认为，使用反讽表达方式的一个主要目的，在于传递反讽者的某种态度，而非特定命题内容的交际目的③。这些探讨涉及评价意义的各个方面，诸如反讽的情感目的(如同情[愉悦]、不满、逗乐[满意]、减少难堪[安全])、判断主旨(非真诚性、批评、自嘲)、鉴赏意图(出乎预料的冲击)、情景和他人的介入方式(如否定、接纳[委婉性])、讽刺的程度问题(如降低责备强度、夸张、模糊效果、辛辣程度)；对态度评价的分析往往是消极甚至否定的；有的讽刺味道强，有的温和一些。而科特索夫提到了采用马丁评价意义之外的积极和消极评价作用确定反讽的评估意义；他认为反讽的一种特殊功效在于由评估揭示的对立特征，以某种态度指向受话人(或第三方)，以便划清界限④。

在早，斯皮策尔在研究《德拉梅讷的故事》的风格后得出三条结论：智力因素影响现实、理性和情感不可分离、生活被看作是对立力量的冲突。显然，这些都是评价性的。值得一提的是，文本中(或者说分析者)含有涉身思想，因为人物角色费得尔(Phèdre)的"身体与心理反应，不仅是作为一个女人，而其所谓一个有智力、有诗性的女人……能够对她的情感进行审视并风格化"⑤。

沿着斯皮策尔—福勒的思路，西米诺⑥说明"心灵风格"的"意识形态观"，诸如社会的、文化的、宗教的与政治的根源，包括人在宇宙中的位置、正义的本质、道德判断、对不同社团或种族群体的态度等等；进而运用图式、隐喻和整合理论分析伯尔涅尔(Louis de Bernières)的小说《柯莱利上尉的曼陀林》(*Captain Corelli's Mandolin*)以及克莱格的小说《收藏者》中被文本投射的不同侧面的世界观，以此说明心灵风格是怎样通过语言得到结构化的。西米诺侧重的意识形态观基本上属

---

① Barbara Dancygier, "Blending and narrative viewpoint: Jonathan Raban's *Travels through Mental Spaces*". *Language and Literature*, 2005 (2); 收入申丹主编《西方文体学的新发展》，上海：上海外语教育出版社，2008年，第45—81页。

② Raymond W. Gibbs, Jr., and Herbert L. Colston (eds.) *Irony in Language and Thought: A Cognitive Reader*. New York and London: Lawrence Erlbaum Associates, 2007.

③ Sachi Kumon-Nakamura, Sam Glucksberg, and Mary Brown, "How about another piece of pie: the allusional pretense theory of discourse irony". In Raymond W. Gibbs, Jr. and Herbert L. Colston (eds.), *Irony in Language and Thought: A Cognitive Reader*. New York and London: Lawrence Erlbaum Associates, 2007, pp. 57—95.

④ Helga Kotthoff, "Responding to irony in different contexts: on cognition in conversation". In Raymond W. Gibbs, Jr. and Herbert L. Colston (eds.), pp. 381—406.

⑤ Leo Spitzer, *Linguistics and Literary History: Essays in Stylistics*. Princeton; New Jersey: Princeton University Press, 1948, p. 108.

⑥ Elena Simino, "A cognitive stylistic approach to mind style in narrative fiction". In Elena Semino and Jonathan Culpeper (eds.) *Cognitive Stylistics: Language and Cognition in Text Analysis*. Amsterdam: Benjamins, 2002, pp. 95—122.

于判断性评价意义。斯皮策[①]指出,狄德罗的措辞节奏风格及其神经系统、哲学系统与风格系统有对应关系;西米诺的观点与斯皮策尔的认识基本一致。

由于菲什[②]的感受文体学强调读者的阅读反应与感受,所以也应归到这里,尽管他没有采用认知语言学理论来成就他的观点,所用理论模式也不是评价意义的。

最后是叙事学对这一领域的贡献。相关文献不多,这里提及两个人:费伦与赫尔曼。费伦[③]涉及了诸多评价因素,包括"叙事审美"、"人物和事件之道德价值的伦理判断"、从作者与读者角度阐述的"伦理判断与审美判断"的密切关系、"隐含作者、叙述者、人物和读者之间的关系所涉及的伦理"等,进而分析了《赎罪》的相关判断,包括"布里奥尼的错误指认""对布里奥利赎罪努力的判断""对麦克尤万错误辨认的判断"。因此,费伦(同时可能是首次)在叙事学中明确涉及评价性(判断和鉴赏)文本解读原则,尽管这一尝试纯粹是在传统伦理和审美框架之内进行的。凯南也提到了叙事与情感、叙事与伦理的关系问题[④]。

赫尔曼[⑤]在分析乔伊斯小说集《都柏林人》最后一个短篇故事《死者》之后指出:对该故事做任何形式的分析,考察其中人物在故事世界中的行为与互动关系,都必须考虑他们的情感状态与过程;这些状态与过程必须作为核心事件或叙述"要旨"的有机部分来加以解释,它们不是可有可无或边缘性的成分。虽然赫尔曼遵循的同样不是评价范畴,也远非评价的方方面面,但对情感状态及其过程的重视程度,已经接近笔者的主张:评价在文学文本分析中应有核心价值地位。

4.5.2 由权势关系引发评价主旨研究

这些研究主要涉及语用学和社会语言学相关理论,但关注重点是不平等的人际权势关系(系统功能语言学框架内的理论阐述见第 5 章)。

伯顿[⑥]通过具体文本中的及物性,说明压迫性的、居于支配地位的意识形态是

[①] Leo Spitzer, *Linguistics and Literary History*: *Essays in Stylistics*. Princeton: New Jersey: Princeton University Press, 1948. 这应该是后来福勒提出"心灵风格"(Mind Style)这术语的理论来源。见 Roger Fowler, *Linguistics and the Novel*. London and New York: Methuen, 1977.

[②] Stanley E. Fish, "What is stylistics and why are they saying such terrible things about it?" In S. Chatman (ed.) *Approaches to Poetics*. Columbia University Press, 1973.

[③] 詹姆斯·费伦:"叙事判断与修辞性叙事理论:伊恩麦克尤万的《赎罪》",申丹译,载詹姆斯·费伦与彼特·拉比诺维茨主编:《当代叙事理论指南》,2007 年,第 369—385 页。也见 James Phelan 以下三部著作: *Reading People, Reading Plots* (Chicago: Chicago University Press, 1989); *Narrative as Rhetoric* (Columbia: Ohio State University Press, 1996); *Living to Talk about It*: *A Rhetoric and Ethics of Character Narration* (Ithaca, New York and London: Cornell University Press, 2005).

[④] 施洛密斯·凯南:"两个叙述声音,或:究竟是谁的生死故事",陈永国译,载詹姆斯·费伦与彼特·拉比诺维茨主编:《当代叙事理论指南》,2007 年,第 460—473 页。

[⑤] David Herman, "Cognition, emotion, and consciousness". In David Herman (ed.), 2008, pp. 245—259.

[⑥] Deirdre Burton, "Through glass darkly: through dark glasses". In Ronald Carter (ed.) *Language and Literature*: *An Introductory Reader in Stylistics*. London: Allen and Unwin, 1982, pp. 195—214.

如何在思想、意识、行动、解读、意义、互动、文化与历史过程及其影响中发挥作用的，涉及布朗和吉尔曼的权势关系及相关主旨，以此说明当代社会在意识形态领域产生的问题、冲突和压迫。

肖特在扼要演示言语行为理论、预设理论、合作原则在戏剧人物之间体现的等级关系基础上，综合分析了品特（Pinter，1930—　）的短剧《工场麻烦事》（*Trouble in the Works*）①。该剧有两个角色：作为老板的费布斯（Fibbs）与身份未曾交代、估计是被收买的工人或监工威尔斯（Wills）。费布斯处于高位，直呼威尔斯之名；威尔斯则称费布斯先生。费布斯说话直接，对工人们可能的罢工行为十分不满；威尔斯则战战兢兢、拐弯抹角、像挤牙膏似地一点一点陈述事情缘由，体现了两者由社会地位和角色身份确定的上下位关系，以及由此形成的语体差异。在这里，语用学理论只是手段，分析人物的关系及用语差别才是目的。肖特认为这个短剧揭示了一种荒唐性[5]和戏剧特性[+10]，涉及对费布斯言语行为的批判[-9]。

赫尔曼运用社会语言学变体的思想分析了伊迪丝·华顿（Edith Wharton，1862—1937）的《欢乐之家》（*The House of Mirth*，1905），尤其是语体对不同性别的使用差异，以及随情景变化的情况，以揭示社会身份与权势的关系②。赫尔曼认为，言语语体涉及互动语境，又为互动语境定型，社交协作则蕴含着语体协作。在《欢乐之家》中，男性（如劳伦斯·赛尔登）和女性（如莉莉）的互动语体差别表现在：男性更为直接、非正式，在词项和搭配上都带标记；而女性的社会情景更多的是挫折与弱势境况。男性一旦改变常态而使用跟女性接近的语体，就意味着彼此交际的失败和冲突的开始。因此，一种语体就意味着社会符号类别，它跟语法、语音和/或词项的使用均有关联，一种正式的、具有进攻性、技术性和阳刚之气的语体意味着某种交际角色，体现了费尔克拉夫③说的参与者在话语事件中的非对称性以及控制文本生成过程的非平等能力，这是由具有支配地位的社会规约、规则、历史和意识形态左右的，相关话语的使用可以抵制或者加强冲突，制约阶级和性别的社交空间。

这让笔者想起了弗雷泽夫妇的综述和有关论述④。他们首先概述了社会语言学家费什曼与齐默曼和韦斯特关于男女对话交流的研究成果：男性总是控制话语过程，而且常常打断交谈；女性总是维系和支撑话语推进，男性则很少这样做。据

---

① Michael Short，"Discourse analysis and the analysis of drama." *Applied Linguistics*，1981（2）：181-202. 类似也见于早先的 Walter Nash，"Changing the Guard at Elsinore". In Ronald Carter and Peter Simpson（eds.）*Language，Discourse and Literature*. London：Unwin Hyman，1989，pp. 23—41.

② David Herman，"Style-shifting in Edith Wharton's *The House of Mirth*". *Language and Literature*，2001（1）：61-77. 收入申丹主编《西方文体学的新发展》，上海：上海外语教育出版社，2008年，第158—179页。

③ 如 Norman Fairclough，*Language and Power*. London：Longman，2001.

④ June M. Frazer and Timothy C. Frazer，"'Policeman'，male dominance，and the cooperative principle". In Cynthia G. Bernstein（ed.）*The Text and Beyond：Essays in Literary Linguistics*. Tuscaloosa：University of Alabama Press，1994，pp. 206—214.

此,他们对电视话语做了统计分析,得出了类似结论,但更有具体的信息,尤其是合作原则无法完全解释的问题:女性比男性使用更多缺乏信心的标记成分(10∶7);男性使用更多的陈述性语句(32∶24);维系话语的更多的是女性(5∶1);男性使用直接或间接祈使句的几率比女性多(8∶2),寻求信息的比率比女性高(14∶7)。这种科学研究不一定为部分做"纯"文学的人欣赏,但这些数据的确能在一定程度上说明男女之间的权势差异。

威廉敏①通过分析威廉斯的戏剧《欲望号街车》表明,当男女直面发生冲突时,女主角斯黛拉可以通过语言来反击,而男主角斯丹利则使用身体力量来实现自己的权势地位。但不管怎样,在类似情况下,女性可以拿起语言的武器来与男性抗衡:这些语言武器包括选择支配性语词、避免华丽成分、充满情绪,从无权势地位转变到权势地位。以女性主义为出发点的文体分析,大都可以归到这里②。

霍恩③以巴赫金的"双重口音"理论(系"双重声音"的子范畴;见前文)正好阐述了笔者的观点:正式语言和权势联系在一起;非正式语言则和非正式文化联系在一起——包括俚语、淫秽语、广告语、流行音乐、黄色报刊、儿童用语、农民用语、工人话语、文盲。霍恩通过分析科幻小说表明,非正式语言总是证明正式语言在解释异质话语世界时的不足。因此,语言和身份在相当程度上具有相关性④。

有上述规约性的等级关系,就可能出现背离。其实,布朗和吉尔曼已经引述过相关文学文本实例,如从使用尊称的 you 改为平等甚至贬称的 thou。亚历山大则用 17 世纪英国资产阶级革命、王权受限时期的文学文本,通过代词的使用来确立或者颠覆传统权势关系。亚历山大指出了 I—YOU(我—你)、I—WE(我—我们)和

---

① Nancy O. Wilhelmi, "The language of power and powerless: verbal combat in the plays of Tennessee Williams". In Cynthia G. Bernstein (ed.) *The Text and Beyond: Essays in Literary Linguistics*. Tuscaloosa: University of Alabama Press, 1994, pp. 217—226.

② 以下是部分重要文献:Terry Threadgold, "Stories of race and gender: an unbounded discourse". In David Birch and Michael O'Toole (eds.) *Functions of Style*. London and New York: Pinter Publishers, 1988, pp. 169—204. Paul Thibault, "Knowing what you're told by he Agony Aunts: Language function, gender difference and the structure of knowledge and belief in the personal columns". *Ibidem*, 1988, pp. 205—233. Ruth Page, "Bridget Jones's *Diary and Feminist Narratology*. In Marina Lambrou and Peter Stockwell (eds.) *Contemporary Stylistics*. London: Continuum, 2007, pp. 93—117. Rocio Montoro, "The stylistics of Cappuccino fiction: a socio-cognitive perspective". In Marina Lambrou and Peter Stockwell (eds.) *Contemporary Stylistics*. London: Continuum, 2007, pp. 69—80. 苏珊·兰瑟:《虚构的权威:女性作家与叙述声音》,黄必康译,北京:北京大学出版社,2002 年。

③ Karen A. Hohne, "Dialects of power: the two-faced narrative". In Cynthia G. Bernstein (ed.) *The Text and Beyond: Essays in Literary Linguistics*. Tuscaloosa: University of Alabama Press, 1994, pp. 227—238.

④ 也见 Cynthia G. Bernstein (ed.) *The Text and Beyond: Essays in Literary Linguistics* (Tuscaloosa: University of Alabama Press, 1994)的最后一个部分"语言与文化",包括三篇论文(第 241—295 页);B. A. Fennell, "Literary data and linguistic analysis: the example of modern german immigrant worker literature"; Mashey Bermsteim, "'What a Parrot Talks': the Janus nature of Anglo-Irish writing"; Barbara Johnstone, "'You Gone Have to Learn to Talk Right': linguistic deference and regional dialect in Harry Crews's *Body*".

FIRST PERSON—THIRD PERSON(一、三人称)确立的权势关系①。选择"我—你"代词,是为了设定说话人自己的中心地位,"你"则是受支配的角色;而改"我"为"我们"(包括所有人),则是为了把人们归到一处:由于原罪的缘故而有"人类悲惨的境况"(保守派);或者引导人们的某种群体意识和集体政治活动代表一群人,而不是整个人类(如激进派)。第一、三人称则把不包括他人的"我们"(we)和他人(they)对立起来:我们可以具有创造一个乌托邦的潜力,但他们,如"购买者或销售商",则加以阻止。这种使用代词的方式是视角选择的结果,但有明确的权势意图。另一方面,人们将"人生而平等"的宗教思想人文化,与成规对立。亚历山大通过戏剧脚本和真实法庭案例说明这一冲突[即失协状态:构成性的鉴赏范畴,-11]。例如,被告在法庭上一改传统而使用 thou judge(你法官)和 Judge Thee(法官你,thee 为 thou 的宾格)而非 your honour(您尊敬的阁下),致使审判中断,延至下一个巡回审判期。

巴斯②通过《爱德华三世王权》(新近认定为莎士比亚所著)中的呼语和人称代词 you 与 thou 及其变化形式,反映了戏剧的交际、互动性和社交情景性以及其中使用的表达方式。尤其是被前景化的称谓名词和代词性形式,在莎剧或早期现代英语中,与内部和外部相关准则的相互影响与相互作用,怀疑布朗和吉尔曼的权势一同盟关系模式的适用能力③:伯爵夫人直接称呼爱德华国王 thou 而非 you,把国王识解为一个狂热的统治者[-9]和过度示好的家伙[-5]。

而布斯菲尔德发现,把不礼貌的戏谑性用语作为一种工具,可以"引发社交失协",从而"产生社交距离","和从前的生活划清界限"(指当上国王前的哈尔 Hal 与当上国王后的亨利四世)④。这样可以达到一种人际关系的新平衡[11]。

这里需要着重提及劳雷提⑤。她在《爱丽丝说不:女性主义、符号学、电影》中特地阐述了女性的身份认同问题,有明确的判断立场[-9]、不满情绪[-3]和积极愿望[+1]。

---

① Gillian Alexander, "Politics of the pronoun in the literature of the English Revolution. In Ronald Carter (ed.) *Language and Literature: An Introductory Reader in Stylistics*. London: George Allen and Unwin, 1982, pp. 217—235.

② Beatrix Busse, "The stylistics of drama: the reign of King Edward III". In Marina Lambrou and Peter Stockwell (eds.) *Contemporary Stylistics*, London: Continuum, 2007, pp. 233—243.

③ 不过,在笔者看来,这个结论值得商榷:因为国王在追求伯爵夫人,而爱德华又是一个充满激情的人,而这样的人往往相对随意,因此伯爵夫人获得了一定程度的优势地位——在西方,无论男子如何位高权重或卓越超群,求婚时不是都是身体前倾致意或兴单腿下跪而女子矜持有度吗?

④ Derek Bousfield, "'Never a Truer Word Said in Jest': a pragmastylistic analysis of impoliteness as Banter in *Henry IV*, *Part I*". In Marina Lambrou and Peter Stockwell (eds.) *Contemporary Stylistics*, London: Continuum, 2007, pp. 209—220.

⑤ Teresa de Lauretis, *Alice Doesn't: Feminism Semiotics Cinema*. Bloomington: Indiana University Press, 1984.

新近，有人①结合韩礼德和马丁模式，以对比马来西亚和新加坡文学文本的方式，探讨虚构文本中的意识形态，即文本产生环境下文本中的意识形态和真实的意识形态，创立一个叫做意识形态文体学(Ideological Stylistics)的功能文体学分支，语言范畴涉及及物性、情态和词项选择中体现的元功能、语域、语类/文类和意识形态。马来西亚文学文本是《在一个遥远的国度》②；新加坡文学文本是《亚伯拉罕的承诺》③。这一尝试主要基于系统功能语言学，侧重点是语言背后的文化因素，尤其是意识形态。这是传统文学批评的核心内容，也是卡乐尔④说的"文学与文化研究"的重点，尽管卡乐尔同时涉及语言范畴。但传统方法缺乏系统的语言学范畴作为解释相关意识形态的支撑点，而是笼统地透过语言现象考察语言表达的社会、文化和历史因素。

4.6 多角度的相关研究及其评价主旨

这里涉及三个理论视角的相关研究：功能文体学、认知文体学和叙事学。

4.6.1 功能文体学的相关分析

萨伊斯⑤指出：在文体研究中，语音、语义和句法是很难分开的。韩礼德也意识到，早期的功能文体分析大都局限于某一类范畴，缺乏全局观念。为此，他⑥运用三元理论及其词汇语法范畴，全面演示了系统功能语法对文本的分析能力，涉及语义、语法和语音，同时包括概念、人际和语篇诸方面，在语言级阶上有词组和小句。后来，他同时采用复句内小句之间的主从关系(逻辑关系)、及物性(概念语法)、语气(人际语法)来解释语篇推进过程中体现的、丁尼生对进步的信仰、对人民的忠诚、当时科学发展对他的意义，在自然科学中找到了自己的位置。一方面，人类失去了上帝的眷顾，自然无动于衷，人间没了永生，灵魂没有了永生，生命终将消失，让人沮丧；另一方面，科学让我们看到了现实，精神仅系于一口气，但也正因如此，人类反而获得了一种解放——丁尼生颂扬的是知识这种解放人类无知之苦的力量；而科学与诗歌的桥梁是通过语法创造的符号世界搭建的。韩礼德的分析显然同时涉

---

① Ganakumaran Subramaniam, *Ideological Stylistics and Fictional Discourse*. Newcastle upon Tyne: Cambridge Scholars Pulishing, 2008.

② K. S. Maniam, *In a Far Country*. London: Skoob Books, 1993.

③ Philip Jeyaretnam, *Abraham's Promise*. Singapore: Times Books International, 1995.

④ Jonathan Culler, *Literary Theory: A Very Short Introduction*. Oxford: Oxford University Press, 1997, Chapter 3.

⑤ R. A. Sayce, "The style of Montaigne: word-pairs and word-groups". In Seymour Chatman (ed.) *Literary Style: A Symposium*. London and New York: Oxford University Press, 1971, pp. 383—402.

⑥ Michael A. K. Halliday, "Text as semantic choice in social contexts". In Teun A. van Dijk and Janos S. Petfi (eds.) *Grammar and Description*. Berlin: Walter de Gruyter, 1977, pp. 176—226.

及评价功能的消极情感[郁闷，-3]与科学力量使人释怀的积极估价[+12]。

韩茹凯则从词汇语法体现的概念、人际和语篇及其组织多个方面，详细解读了瑟克斯顿（Anne Sexton）的《八十老人》（Old）一诗①。该诗描述一位八十老人处于一种似梦非梦的状态。叙述者认为，老了就做梦，回忆过去，自己也不再八十。分析者指出，生与死是一个连续体：一端结束另一端开始；但这里也存在一个悖论：一方面，做梦能重拾过去，追溯有生命的时光，因此不会衰老；X另一方面，死亡如梦一般开始，从而形成一种"死—生—死"的循环。瑟克斯顿认为：死者未死，死亡之后并未死去；自杀具有某种魔力，可以逐退死亡，当然这是对生的魔力，也是对死的魔力——"她在玩弄死亡"！这就是通过词汇语法表达的文本背后的意识形态，也是主旨。韩茹凯首次涉及对及物性环境成分的文体价值分析。

肯尼迪②实际上也涉及三元功能。但他先采用及物性的过程类别考察了康拉德《秘史》（*The Secret Agent*，1907）的一个片段，说明弗尔洛克夫人（Verloc）谋杀亲夫的相关过程：作为进攻者的弗尔洛克夫人表现出力量、有行动和无法控制的举止，但没有思想，这是由不及物动词体现的；弗尔洛克先生则是受害人，缺乏力量，没有行动，有思想而无举止，涉及心理过程、无生命和抽象目标，形式上采用不及物动词，这是作为受动者的参与者形象。肯尼迪认为，仅仅靠这样一个片段的及物性分析还不足以说明理论应用的范围，进而他选择了乔伊斯的短篇小说《都柏林人》（*The Dubliners*，1914），说明三元功能协作塑造了两个不同性格的时髦男以及他们之间的一种权势关系：一个是柯雷（Corley）：动作的发起者，身体结实，有一种独立的力量[+6]忍受乐勒翰（Lenehan）的友谊；另一个是乐勒翰，被动的情景观察者，缺乏柯雷那样的信心和技能去对付女人弄钱，需要柯雷的友谊和帮助，故而讨好于他[-6]。

涂伦③运用所有可能的语言手段，包括"语法、句法、衔接、语义怪诞或荒唐性、及物性、韵律与诗行结构"分析了罗伯特·洛威尔（Robert Lowell）的诗《鼬鼠时光》。分析者指出，人类有钱，但漠视资源而消极，不创造，无生气，倒是鼬鼠以腐为食，表现出积极而有利于资源再生的姿态；对比诗中第1—6节的小句表达的未明

---

① Ruqaiya Hasan, "The analysis of one poem: theoretical issues in practice". In David Birch and Michael O'Toole (eds.) *Functions of Style*. London and New York: Pinter Publishers, 1988, pp. 45—73. 也见 Ruqaiya Hasan, Rime and Reason in Literature. In Seymour Chatman (ed.) *Literary Style: A Symposium*. London and New York: Oxford University Press, 1971, pp. 299—323.

② Chris Kennedy, "Systemic grammar and its use in literary analysis". In Ronald Carter (ed.) *Language and Literature: An Introductory Reader in Stylistics*. London: Allen and Unwin, 1982, pp. 83—99.

③ Michael Toolan, "Poem, reader, response: making sense with *Skunk Hour*". In Colin E. Nicholson and Ranjit Chaterjee (eds.) *Tropic Crucible*. Singapore: Singapore University Press, 1986, pp. 84—97. 另见 Michael Toolan, *Language in Literature: An Introduction to Stylistics* (London: Hodder Arnold, 1996, Chapter 8. 北京：外语教学与研究出版社影印版，2008年)和 Michael Toolan, *The Stylistics of Fiction: A Literary-Linguistic Approach*. London and New York: Routledge, 1990.

言的凋敝、衰败、非人性化的落伍怀旧,鼬鼠在句中占据主语位置,相关动词则是带目的的积极举动:search(搜索),march(行进),swill(狼吞虎咽),jab(用爪猛击),drop(扔掉),(not) scare(无惧)。作者通过赞扬鼬鼠[+7]来批评人类行为的非恰当性[-9]。

巴特和卢肯①以韩茹凯确立的"对分布类型的类型化"(patterning of patterns)为前提,阐述了两条组织主线:第一,超越具体语义单位的高一级组织,它能促动并赋予文本过程中各种关系以新的价值(背后的类型化);第二,多重选择以建构语言形式的低一级组织,这些选择并不是随意的,而是受文化与个人交际目的驱使的(具体的分布类型)。对于文学文本来讲,这种高一级的组织就是言语艺术的美学指向,而与此对立的文本组织则是对相关美学指向的具体回应。为此,分析者提出了三个在逻辑上具有一致性的问题,构成文本分析的一种阐释方法:文本意旨为何?如何实现?何以具有相应价值?第一个问题关涉意义,第二个是手段,第三个是价值识别途径。作者以奥登(W. Auden)的《战争时间》(*In Time of War*)和道威(Bruce Dawe)的《武器使用训练》(*Weapons Training*)两诗为例,从句间逻辑关系、及物性、语气和言语功能以及衔接角度,阐明文本的日常符号结构何以能引导我们的经验进行拆解和重新组织,形成新的意象和时空关系,度量我们的心理—社会世界,诸如中国南京和德国巴伐利亚达豪集中营的集体屠杀、士兵在训练中的心理创伤,由此谴责人类相关行为。文本过程再现了叙述者甚至隐含作者对战争和消极人性的谴责[-9]。

杜瑞②运用概念、人际、语篇(主位化)语义及其相应的情景语场、语旨和语式(视角)模式分析了乔治·爱略特《米德尔·马契》男女主人公的情感与意向。他是从两个角度来做处理的:一是各类词组和短语(介词、名词、评价副词)、动词体现的情态;二是从因果序列(跨小句的逻辑语义关系)和衔接(词项与句法衔接、侧面衔接)的角度,阐述这些语言手段如何体现情态意义(即评价范畴的一部分)。这里提到的衔接,指停止叙述而和其他人物进行比较的方式,可能跨出文本而与作者和读者的生活经历联系在一起。

海恩斯③运用系统功能语言学的主要范畴分析了包括小说、戏剧和诗歌在内的语类文体,涉及对话的声调群和调核化因素。分析中讨论的主要范畴包括情景语境(总体)、概念意义、语篇意义、人际意义、词组结构、小句关系、意识形态。

有一种情况,强调语言风格类型和思想风格类型的对应与对位关系,也涉及多

---

① David G. Butt and Annabelle Lukin, "Stylistic analysis: construing aesthetic organization". In Michael Halliday and Jonathan J. Webster (eds.) *Continuum Companion to Systemic Functional Linguistics*. London: Continuum, 2009, pp. 191—215.

② Jill Durey, "Middlemarch: the role of the functional triad in the portrayal of hero and heroine". In David Birch and Michael O'Toole (eds.) *Functions of Style*. London and New York: Pinter Publishers, 1988, pp. 234—248.

③ John Haynes, *Introducing Stylistics*. London, Boston, Sydney, Wellington: Unwin Hyman, 1989.

种因素。例如，格列高瑞欧运用心理风格理论，从受访人犯的叙述文本中，总结出与"语言—犯罪心理风格"对应的三种关系（括号内的内容是添加的）：第一，及物性类型的使用（概念意义）——推卸犯罪责任：一方面是有意牵扯自己成长过程受父母忽略和虐待，或成长早期各种不正常的情况，另一方面是偶然因素、自然原因、上帝安排、临时活跃的武器或受害人自己的问题等［不可靠，－7］。第二，隐喻的使用（体现过程所用策略）——杀人者的魔鬼形象（外星人、吸血鬼、凶残的浪人）与受害人的非人类、食物形象［行为的态势性＋5，不该受责－9］。第三，大量带情绪的反讽词语的使用［满意心理＋3］——神话［＋11］：被表现的受害人［－6］与对立的有魅力［＋10］、神秘的［＋11］和有权势的［＋6］杀手，后者结果了前者性命［－9］。这些均系作者的"客观"总结；但文末有一句话能说明写作目的："这样的叙述文本进一步疏远了杀人者，强化了类似神话，有助于解释我们的社会何以产生焦虑、误识、先入为主"等图示化的期待心理［＋7］。

　　福勒[①]大致按照伦敦学派的文化语境观与韩礼德的语言层次说，建构文学的语言（学）基础。其基本观点是："任何片段的语言行为都有其相关文化因素……语言从本质上讲是创造虚构的手段，这一点不仅仅体现在文学中——这是一种潜能，因为它有一个语义维度。"他主要从语音（韵律组织）、语法（语素、词法、句子的结构成分，如主谓宾补）和修辞手段（头韵、重复）等角度分析了一些文本片段和诗歌全文（如 Wulfstan 的诗 *Sermo Lupi*）。随后，他[②]结合功能语言学和叙事学探究小说的结构特点；值得特别提及的是他阐述了情感因素——把态度作为一种焦点看待，认为所有的语言修辞都涉及态度问题，不可能是完全客观的，语言"不允许我们'说一些'不带态度的东西"，所有的句子都有价值—判断立场。福勒的评价观显然比此前的文体学家（如巴利）和非语言学学者（如心理学者）指的情感概念宽泛。再后来，福勒[③]基本上依据的是韩礼德的社会语言学观点，尤其是文本的互动话语性质；但同时结合了雅可布逊的观点，阐述文学文本的过程性质，提到了读者的作用——与感受文体学联系在一起，考察读者对文本结构中的横组合序列以及对诗歌中人物行为的重构，前提是"文学能力""理想读者""建构者""普通读者""主体间性"和"语码"等概念[④]。其实，这些前提性概念本身也能部分体现福勒的文体观。

　　[①] Roger Fowler, *The Language of Literature：Some Linguistic Contributions to Criticism*. London and Henley：Routledge and Kegan Paul, 1971.

　　[②] Roger Fowler, *Linguistic and The Novel*. London and New York：Routledge, 1977.

　　[③] Roger Fowler, *Literature as Social Discourse：The Practice of Linguistic Criticism*. London：Batsford Academic and Educational LTD, 1981.

　　[④] 特别是 Michael Halliday, *Explorations in the Functions of Language*（London：Arnold, 1973）以及 Michael Halliday, *Language as Social Semiotic：The Social interpretation of Language and Meaning*（London：Arnold, 1978）。

法布[①]主要从语言表达,即语音组织(第2—5章)和叙事方式(第6—9章)的角度,从认知角度梳理了文本可能涉及的语言要素;并以功能交际观为立足点探讨文学文本风格,其中涉及语言行为、主体间性、比喻、归因与态度等议题。

布莱克[②]大致按照系统功能语言学的模式讨论了文学的语言,包括词、词组和子结构;语音及语音模式,语义衔接手段;上述编码过程背后的语用学因素(预设与合作原则和准则);并对奥登(W. H. Auden)的《月之美》(*This Lunar Beauty*,1930)一诗做了分析。

弗兰西斯与卡拉梅尔—戴尔[③]全面运用系统功能语言学的三元思想梳理了文化语境中相关成分所体现的三种功能意义。

麦儿罗斯夫妇[④]从语场、语旨、语式角度探讨与戏剧文本有关的戏剧角色与戏剧作者,具体涉及对同一组戏剧命题的系统功能分析。这一尝试涉及风格范围。

4.6.2 认知语言学的应用分析

前面提到,莱可夫和约翰逊的映射模式主要关注认知加工的内容;还有一种模型,即"认知约束理论"[⑤],主要探讨认知加工(包括轭式搭配、矛盾修饰法和通感)的结构:诗歌话语中的某些修辞手段,如矛盾修饰法(a bitter warmness 尖刻的热情)、明喻和通感(如 melodious sweetness 悦耳的甜蜜)等,在诗歌语境中表现出普遍而可以界定的语言模式。更具体地说,一些结构比另一些结构使用频率相对较高;诗歌话语中使用频率高的选项往往是更"基本"的语言手段。前者是对后者的认知解释。作者指出,这个角度对于诗歌语言的使用存在一个"妥协"问题:一方面是创造性,有美学目标,有新意;另一方面则需满足认知约束而有利于交际。

纳吉[⑥]提到了文体的五种社会—文化要素:态度(attitude)、价值(value,如 get 和 obtain 的差别),情景(正式与否)、时间和语言变体。在态度分类中(即粗俗、熟悉、中性、优雅、复杂度),粗俗、优雅、复杂度均系评价性的鉴赏态度;粗俗和优雅属于反应类[10],复杂度属于构成类[11]。

---

① Nigel Fabb, *Linguistics and Literature: Language in the Verbal Arts of the World*. Oxford: Blackwell, 1997.

② Norman F. Blake, *An Introduction to the Language of Literature*. London: Macmillan, 1990.

③ Francis, Gill and Anneliese Kramer-Dahl. Grammaticalizing medical case history. In Michael Toolan (ed.) *Language, Text and Context: Essays in Stylistics*. London and New York: Routledge, 1992, pp. 56—90.

④ Susan F. Melrose and Robin Melrose, "Drama, 'style', stage". In David Birch and Michael O'Toole (eds.) *Functions of Style*. London and New York: Pinter, 1988, pp. 98—110.

⑤ Yeshayahu Shen, "Cognitive constraint theory, cognitive constraints on verbal creativity". In Elena Semino and Jonathan Culpeper (eds.) *Cognitive Stylistics: Language and Cognition in Text Analysis*. Amsterdam: Benjamins, 2002, pp. 211—230.

⑥ Gabor T. Nagy, *A Cognitive Theory of Style*. Frankfurt: Peter Lang, 2005, Chapter 3.

前面还提到了认知诗学,但并非直接以"认知诗学"为题而进行的相关研究、并关注诗歌的概念和人际意义。而以此为据的最早研究,见于卒尔①;其基本思想在他 1971 年的博士论文中就有了体现:他整合了文艺理论、语言学、心理学和哲学等多个学科。他随后出版的多部著作均系认知诗学,渐趋成熟②。他于 2002 年发表的论文《认知诗学面面观》概述了他关于认知诗学的基本思想③。他指出,20 世纪的文学批评有两个潮流。印象主义者醉心于文本的情感效果,但无法与相关结构联系起来;结构主义者在文本的结构描写方面倒是旗开得胜,却并不总是清楚文本关于人的情感意义,不知道他们观察到的效果该如何做出解释。为此,认知诗学试图从认知理论出发,在发挥两方面优势的同时克服不足,主张文本效果与文本结构的相关性。具体而言,认知诗学不仅关注文本传递的思想,还揭示其中的情感品质。例如,在 My sister is sad(我妹妹很难过)和 The music is sad(音乐令人悲伤)中,sad 的意思是不同的:前者指某人的一种心态,后者不是音乐本身,而是当事人的感知品质,是与特定旋律、韵律、和声、音质的互动结果。这是我们看到的、巴利(见前文)和系统功能语言学之外,唯一同时明确涉及概念和人际意义的多功能文体观,虽然远非深入全面。

　　斯托克威尔④分别从图形—背景、原型、指示、认知语法、脚本与图示、话语世界与心理空间、概念隐喻、寓言、文本世界等角度探讨了它们在文本分析中可能性,还提到了意识形态和情感问题。不过,他的尝试似乎是对在前各种探索工作的总结,主要涉及认知语境(脚本与图示;寓言:语类)、语义(图形—背景、话语世界、文本世界、概念隐喻、原型、指示、认知语法—行动)及其语言体现的认知加工过程。《实践中的认知诗学》也在这个范围之内⑤。

　　皮尔与格拉芙⑥从发展语言学的角度,探讨金的小说《小丑回魂》(*IT*)揭示儿

---

　　① Reuven Tsur, *What is Cognitive Poetics?*. Tel Aviv: Katz Research Institute for Hebrew Literature, 1983.

　　② Reuven Tsur, *On Metaphoring*. Jerusalem: Israel Science Publishers, 1987. *Toward a Theory of Cognitive Poetics?* Amsterdam: Elsevier, 1992. *Poetic Rhythm: Structure and Performance — An Empirical Study in Cognitive Poetics*. Bern: Peter Lang, 1998. *On the Shore of Nothingness: A Study in Cognitive Poetics*. Exeter: Imprint Academic, 2003. *"Kubla Khan" — Poetic Structure, Hypnotic Quality, and Cognitive Style*. Amsterdam: Benjamins, 2006.

　　③ Reuven Tsur, "Aspects of cognitive poetics". In Elena Semino and Jonathan Culpeper (eds.), 2002, pp. 279—318.

　　④ Peter Stockwell, *Cognitive Poetics: An Introduction*. London and New York: Routledge, 2002b.

　　⑤ Joanna Gavins and Gerard Steen (eds.) *Cognitive Poetics in Practice*. London and New York: Routledge, 2003.

　　⑥ Margaret H. Freeman, "The Poem as Complex Blend: Conceptual Mappings of Metaphor in Sylvia Plath's 'The Applicant'". *Language and Literature*, 2005 (1): 25—44;收入申丹主编《西方文体学的新发展》,上海:上海外语教育出版社,2008 年,第 21—44 页。Willie van Peer and Eva Graf, "Between the lines: spatial language and its developmental representation in Stephen King's IT". In Elena Semino and Jonathan Culpeper (eds.) *Cognitive Stylistics: Language and Cognition in Text Analysis*. Amsterdam: Benjamins, 2002, pp. 123—152.

童和成人在认知空间世界方面的差别,主要关注的是概念空间,但也有抽象的人际空间以及由此体现的人际意义。

4.6.3 叙事学多角度的研究文献

前面在概述布里奇曼讨论时间与空间问题时,同时关注空间经验、情感评价和叙述视角意义;只是重点落在时空经验上。斯坦泽尔[①]提出了一种模型,试图对早先的叙事框架给予重构,所以自然存在叙述的多重意义问题。该模型包括三种形式的连续体:叙述方式、叙述人称与叙述视角,构成三个有关叙述的情景模型。斯坦泽尔在叙述者(人称化的叙述者,也可能不是)之外区分反映者(对比巴尔,见前文),后者指这样一种角色:小说的虚构事件由该角色的意识反映出来,如乔伊斯《一个年轻艺术家的画像》中的斯蒂芬:通过他的意识,读者可以获得相关虚构现实的直接陈述。叙述方式则是叙述者与反映者两个极端之间各种叙述变体的总和、叙述者或反映者与读者的互动效果。据此,叙述者和反映者对立,其间是一个连续统。在这里,相对于其他角色来说,反映者居于主导地位,从而构成第一种"叙述情景:角色叙述情景"。

第二种是"叙述情景:第一人称叙述情景",涉及叙述者与小说角色的关系。这里关涉传统上区分的第一、三人称叙述方式:如果叙述者就是小说角色之一,这个叙述者就是第一人称身份;如果不是,而是在小说角色所处世界之外,则是第三人称叙述者。传统的区分引起诸多混淆,因为按照人称代词做出的区分标准,前一种情况指的是叙述者;后一种情况则指叙述中的某个角色,但不是叙述者。这里的关键不是第一人称代词本身,而是所指人称所处的位置:是在相关角色的虚构世界里,还是在外。所以,叙述者与小说中的人物角色是否一致是决定因素。这样便在一致与不一致两极之间形成一个人称连续统:一致的情况居主导地位。这一思路对我们构拟文本中不同层次的评价立场极有帮助(见后文第7章)。

第三种是"叙述情景:作者叙述情景":叙述方式首先关注读者对叙述或陈述过程的关系;而这里的兴趣是引导读者看待小说现实的方式,即视角问题:焦点是在故事之内、在主人公身上或集中在行动上;抑或是在小说世界之外,或者只是一个附属角色、一个以观察者或主人公的同代人身份出现的第一人称叙述者。这种内—外视角的区分意味着一种中介,有别于叙述方式和叙述人称,其作用在于通过叙述时间和空间引导读者的想象力,即根据叙述事件的核心或焦点来调节时空因素。内外视角对读者看待叙述事件的方式会带来很大差别。据此,内、外视角之间构成又一个连续统,但外视角是支配性的。

[①] Franz K. Stanzel, *A Theory of Narrative*. Translated by Charlotte Goedsche. Cambridge: Cambridge University Press, 1984 [1979].

叙述方式、叙述人物和叙述视角构成叙述的三个基本成分,关乎三种情景,形成三种连续统,每一种情况下都有一个支配性因素。这个三分模式(作者、第一人称和角色叙述情景)试图涵盖文本叙述的各种可能性,揭示叙述过程的动态特点以及特定情景下由交替变化或支配性因素确立的节律效果;从历时分析看,该模式还能说明一切叙述形式的演化过程,甚至预测可能的结构性发展趋势。

总之,叙事学以经验性的故事、情节、人物、时间、空间、声音为依托,以直接或间接引语为依据,揭示由这些范畴所识解和引发的评价主旨;而视角的确定是和情感等评价因素联系在一起的。但从总体上说,叙事学的基本关注点的确揭示了语言过程体现的评价动因。相比较而言,文体学则在前景化原则支配下,侧重文本中的语音和词汇语法组织模型以及由此体现的各种意义类别,包括背后的意识形态、价值观念和各类制度因素,因而叙事学涉及的语言学范畴远不及文体学丰富全面。不过,以策略和技巧为导向的叙述话语、与以前景化成分为导向的语言组织模式,彼此的分野源于各自的立足点。

4.7 总结

至此,笔者以系统功能语言学为依据讨论了此前文体学与叙事学研究潜在的语言学(范畴)立足点。分析表明,跟叙事学相比,文体学研究主要以语言学范畴为依据,所以涉及的语言学领域非常广泛,因为叙事学主要关注文学话语的组织原则和策略,位置在从语境到文本的选择过程之中。

可见,语言的所有层次、所有级阶、所有相度,均可能通过相应的语义和语境因素,直接或间接传递作者的评价主旨。虽然我们的文献阅读并没有明确涉及个别词汇语法及语音范畴,因为先前人们缺乏这方面的理性认识。笔者有充分的理由断言,如果系统功能语言学是索绪尔提出来的,20世纪以来的文学研究(包括语言学)研究将会是另一番景象。但即便如此,迄今为止的文学文本分析已经触及到了语言学诸方面,这一点应该为语言学研究者所警醒:文学分析实践为语言学研究提供了大量有价值的洞见和启示。即是说,与文学相关的各类研究,都是实践推动理论向纵深发展的最好证据,也表明语言学研究应当向文学研究吸取有效养分。

有三点注意。第一,评价范畴之外的词汇语法层和语音层直接体现的是相应的语义范畴,这些语义范畴间接引发评价意义;第二,语场和语式两个情景要素可直接支配评价意义的生成方式,进而引发评价意义,因此其间有限制关系;第三,文本体现的相关意义具有建构相关语境信息的作用。

综上所述,文学及其批评活动的确是以评价为特点、手段和目的的互动性艺术话语行为:文学话语是以评价为基本指向的一种主体间性质的社交活动;文学以评价为手段,因为文学话语是围绕评价要旨组织起来的;文学以评价为目的,因为文学话语的最终指向评价美学;三者均涉及话语的各个层次、各个相度和各个级阶;同时关注文学话语的互动性,即以介入的收缩或扩展方式调节性地体现主体间性,实现作者评价表达的直接性或间接性。因此,与文学研究有关的活动,包括文学批评、文体学、叙事学、修辞风格,都是围绕上述初衷和目的展开的。

  现在让我们回到本部分总标题下的副标题上去:是否存在缺乏评价主旨介入的文学文本过程?情感谬误的结局能从一个角度说明问题;而"主张纯净的人会将道德问题和人类感情看作文学不纯净的主要来源"[①]是一个合理恰当的批判;即便没有情感和判断(包括道德)因素,文本还有审美构成,仍然涉及作者的评价主旨;后现代支离破碎的一切则是消极评价性质的。

---

① 韦恩·布斯:《小说修辞学》,付礼军译,南宁:广西人民出版社,1987年,第102页。

评价文体学的理论范式

哲学基础→语言学平台→学科前提

> 哲学的终极的诉求是对我们在实际生活中所经验到的东西的普遍性意识。……哲学的有用性功能就是促进文明思想最普遍的系统化。
> ——怀特海《过程与实在》

5 评价文体学的理论范式

——现在主义认识论与系统功能语言学操作平台[*]

> 过去从来就没有死亡,它甚至就没有结束。
>
> ——福克纳[①]

5.1 引言

第 5—6 章是评价文体学的理论范式,包括支配评价文体学建构的潜在认识论基础——现在主义哲学、系统功能语言学操作平台、文学研究的学科前提三个议题。这就是绪论开始部分提到的、基于而又超越具体语言学范畴及其相关既有模式的立足点,也是其末尾部分阐述的关于评价文体学确立自身学科地位的依据。这一理论范式的出发点是广义的记忆理论:对于语言过程来说,现有记忆理论就足以说明问题;但对于现在主义认识论而言,还需要扩大心理学关于记忆概念的外延,同时关注基因记忆、文化模因和物理信息记忆多个方面;究竟在狭义还是广义的外延上使用这一概念,视具体情况而定。

5.2 '现在'的观念

这里先做题解。涉身性(Embodiment)指身体在人类经验获得与知识建构中发挥的中介作用,由此获得的经验(无论是科学的还是日常直接感知的)则称为涉身(身体)经验(embodied experience)。具体而言,涉身性"关乎身体,尤其跟特定物种的生理和解剖结构有关。生理涉及生理形态,即身体部位与组织,如拥有手、

---

[*] 本章关于现在主义认识论的阐述系 2005 年度教育部新世纪优秀人才支持计划(NCET-05-152)子课题成果;钱冠连、王爱华、封宗信、刘正光诸位教授先后阅读了文稿,并给予了肯定;基本观点曾在作者访问俄勒冈大学期间(2007—2008 学年)与体验哲学创始人 Mark Johnson 教授交流过,得到极大鼓励与支持,成文后他还就副标题在措辞上给予了修改;体验哲学的另一位创始人 George Lakoff 教授向笔者强调了霍金等人关于时间的非外在客观性,即心理特征(私下交流)。谨此一并致谢!

[①] William Faulkner, *Intruder in the Dust*: Act I, Scene III, where the protagonist Lawyer Gavin Stevens says that "The Past is never dead. It's not even past." (1956. New York: New American Library.)

胳膊与(光滑的)皮肤而非翅膀和羽毛。解剖结构涉及身体内在组织,包括某一器官的神经网络,即大脑和神经系统"[1]。涉身性是涉身哲学(或称体验主义哲学 Experientialist Philosophy)的核心概念[2];后者是20世纪80年代以来在美国产生并迅速发展的一种认识论,基础是第二代认知科学的相关研究成果[3]:(一)心智本质上受身体支配,(二)思维大都为无意识,(三)抽象概念在很大程度上是隐喻性的[4]。涉身哲学是一种一元论,它可以解决笛卡尔心物二分观带来的诸多问题。其次,由于科学认识无法回避涉身过程,因此,'涉身'与'科学'放一起,指'交集'而非'平行'关系:涉身认识并非一定科学,但科学认识能辨明涉身感知中的合理因素。

在西方思想史上,时间(Time)和存在(Esse, Being)是认识论的两个核心范畴;但涉身哲学认为,自古希腊以来的"存在"是一个很奇怪的概念,人们能够看到桌子、树木、花草、鸟虫,却从未见过存在[5]。显然,这一思路与现代西方哲学诸流派反先验论、反传统形而上学、反本质普遍性、反恒定真理的方法一脉相承。尼采对身体与情感的重视、对人类本性——广义的权力的彰显,是这个现代传统的标志性先声[6];胡塞尔提倡的面向事情本身的悬置法与意向性原则[7]、海德格尔之关乎'存在者'的'此在/缘在'先于'存在(是)'、此在基于"日常状态"的"涉世"着眼点和一元论立场[8]、维特根斯坦追求现象的可能性而非本质、崇尚"意义在于使用"和"家族

---

[1] Vyvyan Evans, *A Glossary of Cognitive Linguistics*, Salt Lake City: University of Utah Press, 2007, p. 68.

[2] 伽德默尔在《诠释学:真理与方法》中对"体验"(德语为 Erlebnis)一词及其概念史做过梳理。在德语中该词产生于19世纪,大致与"经历"相当;伽德默尔用以指"某个经验对于既有体验的人可作为永存的内涵所具有的……关于意识所具有的意向性体验和目的论结构的论述所确认的东西","也存在生命和概念的对立"(第201页)。体验主义哲学(涉身哲学)更进了一步,体验直接关乎身体(特别是感知运动神经系统);后文使用"经历"这个词时,它包含了身体因素,和先前同称概念相区别。

[3] 兴起于20世纪70年代,基础是以下实证结论:(一)概念与理性对身体的强烈依赖,(二)意象、隐喻、原型、框架、辐射式范畴和心理空间等想象过程的概念化与理性化;它反对第一代认知科学的官能性基本进路,即基于信息加工心理学、心灵和语言的分析哲学以及乔姆斯基的语言理论。有关论述见 George Lakoff and Mark Johnson, *Philosophy in the Flesh: The Embodied Mind and its Challenge to Western Thought*, New York: Basic Books, 1999.

[4] 同上书,第3页。

[5] 同上书,第356—357页。

[6] 见《尼采文集》,西宁:青海人民出版社,1995年。后继者有梅洛—庞蒂、德勒兹等人;这一思想的雏形可追溯到柏拉图的《斐里布德篇》(见姜宇辉著《德勒兹身体美学研究》,上海:华东师范大学出版社,2007年,第46—54页)。

[7] 胡塞尔:《生活世界现象学》,倪梁康、张延国译,上海:上海译文出版社,2002年。

[8] 如海德格尔著,陈嘉映、王庆节合译,《存在与时间》,北京:三联书店,2006[1929]年;赵卫国译,《论真理的本质》,北京:华夏出版社,2008年。

相似性"原理①,伦敦功能人类学和语言学的语境说②,奥斯丁的言语行为理论③,库恩的范式思想④,古德曼揭示的由参照差异构拟多元世界的发现⑤,法伊尔阿本德的无政府主义(反对归纳法)主张⑥,洛奇的原型观⑦,莱可夫和约翰逊本人的理想化认知模型⑧等,原则上都是(用我们的话说)从"形而下"的角度、或/和基于现象(事情)及其符号化操作、重新审视相关认识论问题而涌现出来的新尝试。即便像怀特海这样的现代形而上学家也处处着眼于个案与范例。分析哲学家们为捍卫科学、抵制新黑格尔主义和传统形而上学而展开的形式主义分析运动,波普尔通过证伪主义途径开创的无主体性客观主义(科学)认识论⑨,福柯的主体死亡论及历史断裂观⑩、巴尔特以作者死亡为代价的文本解读原则⑪、德里达用书写代替语音能指而借此反对传统逻各斯中心主义的行为⑫,保罗·德·曼拒绝理论的现象诉求原则⑬等,则是这一潮流中的极端思想。从方法论上讲,这些观点涉及从绝对客观到绝对主观的整个连续体。有趣的是,海德格尔和萨特等人继承和发展了存在概念,仍然在思考世界的本质问题,只是这一范畴从历史上的"有"弱化成为"无"了;尤为有趣的是,20世纪在思想领域一片颓废声之外,科学却以积极态度突飞猛进,赢得

---

① 维特根斯坦:《哲学研究》,李步楼译,北京:商务印书馆,2008年。

② Bronislaw K. Malinowski, "The problem of meaning in primitive languages", Supplement I to *The Meaning of Meaning* by C. K. Ogden and I. A. Richards, NY: Harcourt Brace and World, 1923, pp. 296—336; *Coral Gardens and their Magic*, Vol. 2, London: Allen and Unwin; John R. Firth, "Personality and language in society", *Sociological Review* 1950(42): 37—52.

③ 如 John Austin, *How to Do Things with Words*, Cambridge, Mass.: Harvard University Press, 1962.

④ 库恩:《科学结构的革命》(第4版),金吾伦、胡新和译,北京:北京大学出版社,2012年。

⑤ 纳尔逊·古德曼:《构造世界的多种方式》,姬志闯译,上海:上海译文出版社,2008[1978]年;对比维特根斯坦对"说明"和"推理"的消极态度(见其《哲学研究》,李步楼译,北京:商务印书馆,2008[1953]年,第76页)。

⑥ 例如,保罗·法伊尔阿本德:《反对方法:无政府主义知识论纲要》,周昌忠译,上海:上海译文出版社,1975年。

⑦ Eleanor Rosch, "Cognitive representation of semantic categories", *Journal of Experiential Psychology: General* 1975(104): 192—233.

⑧ 如 George Lakoff, *Women, Fire, and Dangerous Things*, Chicago: University of Chicago Press, 1987.

⑨ 如 Karl Popper, *The Logic of Scientific Discovery*, London: Hutchingson & Co., 1959. 也见查如强等译:《科学发现的逻辑》,杭州:中国美术学院出版社,2012年。

⑩ 福柯:《词与物:人类科学的考古学》,莫伟民译,上海:三联书店,2001年。

⑪ Roland Barthes, "The death of the author", in Hazard Adams and Leroy Searle (eds.) *Critical Theory Since Plato* (3rd edition), Singapore: Thomson Wadsworth, Beijing: Peking University Press, 2000 [1968], pp. 1256—1258.

⑫ Jacques Derrida, *Of Grammatology*, Gayatri C. Spivak (trans.), Baltimore, Maryland: Johns Hopkins University Press, 1976. 汪堂家译:《论文字学》,上海:上海译文出版社,1999年。

⑬ Paul De Man, "The resistance to theory", reprinted in Hazard Adams and Leroy Searle (eds.) *Critical Theory Since Plato* (3rd edition), Singapore: Thomson Wadsworth, Beijing: Peking University Press, 2006 [1982], pp. 1310—1327.

了前所未有的巨大成就。

如此,留给涉身哲学的传统课题似乎就只有'时间'问题了;而涉身哲学对时间的讨论也限于人们对时间经验的来源方式的思考:我们对'时间'的经验是在隐喻的基础上从对'事件'的经验中通过想象获得的,这一点充分体现在语言中[①]:"前面的路还长"(空间)、"将来的日子该怎么过"(行为+方向)、"过了很长一段时间"(度量)、"时间就是金钱"(财物)等。我们需要以此为基础,进一步思考心灵、身体和外在世界的存续方式与特点;而这些在传统上正好与时间有关,如时间的确定性(有或无)、现在的同一性(是与非)、时间和现实的关系等。

这一议题进入议事日程,发端于笔者运用现代阐释学关于当下存在的历史性以及历史存在的当下性这一基本思想审视文本过程。海德格尔[②]将语言本体化,凸显了阐释者的地位,促使笔者从当代记忆科学中寻找思辨依据,并在重视语言系统的同时,将关注重点转向话语的在线过程[③]。伽德默尔[④]继承并发展了海德格尔关于历史和传统成就当前共同体、过去始终是我们现在的一部分等核心思想,充分论述了阐释的开放性(对比福柯和德里达),从而引导笔者从种系发生(Phylogenetic)、制度和系统的角度出发,将作者、文本和读者同时纳入考察视野,涉及主体间性(Intersubjectivity,包括文本间性 Intertextuality)。利科[⑤]认为伽德默尔关于语言的主客观视域扭曲了阐释者和被阐释者之间的对话关系,主张通过阐释过程以文本向阐释者谬误做出挑战,这一指导思想引发了本人集中从话语发生视角(Logogenetic)反思文本衔接和连贯过程的加工原理:其工作机制是什么?阐释者谬误如何避免?姚斯[⑥]和赫施[⑦]彼此对立的主客观阐释切入点,使笔者坚定了体验主义关于主客观互动原则的中庸立场:阐释是一种跟阐释者的经历直接相关的主客体互动性认知活动(个体发生视角,Ontogenetic)[⑧]。如此等等。于是,与时间(现在)有关的三个基本问题出现了:

(一)历史与现时(当下)的关联何以可能?或者说,主体间性之确立何以可能?

---

① George Lakoff and Mark Johnson, *Philosophy in the Flesh*: *The Embodied Mind and Its Challenge to Western Thought*, New York: Basic Books, 1999, p.139.

② 见海德格尔:《存在与时间》,陈嘉映、王庆节译,北京:三联书店,2006[1929]年;孙周兴译:《在通往语言的途中》,北京:商务印书馆,2010[1959]年。

③ 如 Michael A. K. Halliday, "Some notes on 'deep' grammar", *Journal of Linguistics*, 1966, 2(1): 57—67.

④ 见伽德默尔:《诠释学:真理与方法》,洪汉鼎译,北京:商务印书馆,2010[1960]年。

⑤ 见利科:《解释的冲突:解释学文集》,莫伟民译,北京:商务印书馆,2008[1974]年。

⑥ 见姚斯:《审美经验论》,朱立元译,北京:作家出版社,1992年。

⑦ 见 Eric Donald Hirsch, *Validity in Interpretation*, New Haven: Yale University Press, 1967; *The Aims of Interpretation*, Chicago: University of Chicago Press, 1978.

⑧ 关于种系、个体、话语发生概念及其语言学论述,可见 Michael A. K. Halliday, "The history of a sentence". In V. Fortunati (ed.) *Bologna*: *La Cultura Italiana e le Letterature Stterature Straniere Moderne*, *Vol.* 3, Angelo Longo Editore: Ravenna, 1992, pp. 29—45.

(二) 个体经验或/和经历进入当下何以可能？

(三) 超长距离的文本解读让前后内容随时发生关联何以可能？

这些疑问促使笔者在一个更高、更宽泛的层次上来重新思考自我与他者、思维与身体与外在、现状与历史，以及世间一切事件的过程性；一言以蔽之，审视与它们相关的时空要素：

(一) '过去'去了哪里？

(二) '现在'源自何方？

(三) '将来'因何而在(是)？

于是，笔者以时间(空间)给人以平稳观这一感知体验为契机，结合"时空乃事件之广延属性"这一科学认识，重新思考'时(间)'、'空(间)'、'(事)物'、'事(件)'、'身(体)'、'心(灵)'存续的特点及相关议题；进而在前人有关认识的基础上，依据体验哲学和当代科学认识，确立一种关于现在的认识论。

下面拟首先概述此前相关认识，包括静态与动态两种对立的时间观、有关现在时间观的朴素认识、"现在"在科学基础上的心理和生理依据、基于科学认识的阐述、体验哲学的基本思想；进而说明时空平稳感的现实依据和自古以来人们对时空感知的非合理认识的根源，并对相关认识从性质和研究对象方面给予阐述，最后是总结。在论述中，一些词语，诸如"是(在)"、"现象"、"当下"、"在场"等，都将是它们的普通词典意义；为了避免与经典"存在"概念混淆，我们用"存续"指事件的产生、存续和消亡前的运行阶段。这里的尝试意在为建设性后现代①提供一种思考人事的新视角，消解当今思想领域泛滥成灾的无序性、破碎性、幻灭性等虚无主义主张。

5.2.1 背景、研究问题和出发点

背景是此前学界的相关认识，出发点是涉身哲学的基本内涵。我们先考察前者。

从体验的角度看，时间给我们三种直观认识：(一) 流逝变迁的平稳感；(二) '过去—现在—将来'的一维直线走向；(三) 时、空、物、事彼此独立存在。现代科学已经说明最后一种是误识。本文将说明：第二种是错觉；第一种认识从总体上讲是合理的。但对于第一种认识，西方思想史上有两种彼此对立的观点。一种是静止的，以现在的方式存续而平稳永恒；另一种是动态的，变动不居，现在是过去的末端。后一认识占绝大多数，直至当代；不少学者在接受"过去一去不返、将来难料未知"这一观点的同时，肯定时间的现在永恒性。后文分析将会表明，两个方面的认识均有合理与不合理因素。

---

① 参阅 Frederick Ferré, *Being and Value*: *Toward a Constructive Postmodern Metaphysics*, Albany: State University of New York Press, 1996 与 James Hillman, "The practice of beauty", in Bill Beckley and David Shapiro (eds.) *Uncontrollable Beauty*: *Toward a New Aesthetics*, New York: Allworth Press, 1998, pp. 261–274 等。

静态平稳时间观的代表是巴门尼德。他将现在与存在联系在一起,认为存在"整个在现在,是个连续的一",是"完全的、不动的、无止境的"①。亚里士多德在《物理学》中转述了一种与此相近的认识:"神话中萨丁岛上那些睡在英雄身边的人们醒来时……把前一个现在和后一个现在重合在一起,当成了一个。"②这一思想在古希腊学者的认识中较为常见,但后来逐渐减少了。不过,这种永恒、进而虚无的时间观③同笛卡尔、彭加勒、霍金等人的时间(现在)虚无观不同。笛卡尔认为,现在只是一种心理现象④,甚至是内在天生的(innate)⑤;彭加勒在当代科学假设的基础上大大淡化了时空的自足属性:"空间实际上是无定形的、松弛的形式,没有刚性,它能适应于每一个事物;它没有它自身的特性","我们就空间所说过的话也适用于时间","时间的特性只不过是我们钟表的性质而已,正如空间的特性只不过是测量仪器的特性一样",它们("物理的相对性")"比心理的相对性受到多得多的限制"⑥;霍金和巴伯在试图建立一个关于微观和宏观宇宙世界的统一模型时进一步认为,要么设置虚时间(负值),要么完全取消时间维度;但巴伯有所不同:他认为万物不变,宇宙没有扩大,于是以一种科学的姿态向巴门尼德回归了⑦。

　　变动不居的动态时间观是主流。早期代表是赫拉克利特:现在转瞬即逝,"我们不能两次踏进同一条河……踏进同一条河的人,不断遇到新的水流"⑧。亚里士多德对上述命题从同一性角度做了阐述:"作为处于彼此相随的现在,它不同一(现在之为现在正是这个意思),但现在作为存在而存在时,它又是同一的。"⑨由于亚氏在西方学术史上的地位和影响,上述现象在以后的西方历史上便成了永恒主

---

① 见巴门尼德:《巴门尼德残篇》,载北京大学哲学系外国哲学史教研室编译《西方哲学原著选读》(上卷),北京:商务印书馆,1981年,第32页。另见 http://ishare.iask.sina.com.cn/f/7074230.html。
② 亚里士多德:《物理学》,徐开来译,载《亚里士多德全集》(第Ⅱ卷),北京:中国人民大学出版社,1997年,第116页。
③ 即爱利亚学派的循环时间论;另见吴国盛:《时间的观念》,北京:北京大学出版社,2006年,第8页。
④ 笛卡尔:《哲学原理》,北京:商务印书馆,1958年,第22页。
⑤ 见 C. H. De Goeje, *What Is Time*, Leiden: E. J. Brill, 1949, pp. 29—50;也见 Rebecca Lloyd, *Descartes on time*, Ph. D. dissertation, West Lafayette, IN: Purdue University, 2009. 而希斯(Louise R. Heath)在 *The Concept of Time*(Chicago: University of Chicago Press, 1936)一书中指出:"时间,同其他概念一样,是从经验的一种抽象。"(第211页)这是一种现代时间观念;莱可夫和约翰逊以此。
⑥ 彭加勒:《最后的沉思》,李醒民译、范岱年校,北京:商务印书馆,2005[1913]年。其实,这一为当代科学普遍认可的观点在康德的《自然科学的形而上学基础》中已见端倪:"那自身是运动着的空间称之为物质的空间。"(邓晓芒译,上海:上海人民出版社,2003年,第21—25页。)
⑦ Julian Barbour, *The End of Time: The Next Revolution in Physics*, London: Oxford University Press, 1999.
⑧ 北京大学哲学系编:《西方经典哲学名著选读》(上),第23页。
⑨ 见亚里士多德:《物理学》,载《亚里士多德全集》第Ⅱ卷,北京:中国人民大学出版社,1997年,第118页。亚里士多德认为:"现在是时间的枢纽,它连结着过去和将来的时间",过去消失,将来行将来到;他甚至认为事物存在于时间而不是现在之中;同时,时间和空间是可以脱离事物及其运动的先在"盒子",尽管他对时间的看法中同时存在现代科学的先兆:"时间……是运动的属性或状况";不过,总体来说看这是一种分离主义的时空观,直接影响到了牛顿对时空的认识。

题。这一影响甚至延伸到当代科学领域①；由曼德勒罗特(Benoit Mandelborot)创立的分形理论可以看作变动不居时间观的现实依据②。但这些均未能超出赫拉克利特确立的相关范围。

与动态时间认识一脉相承，还有不少人持永恒现在观。我们首先看到的是柏拉图，其永恒时间观源自巴门尼德，同时接受了赫拉克利特的动态思想。他通过蒂迈欧之口做过如下阐述："日、夜、月、年"等"全都是时间的部分，过去和将来也是时间的生成形式，而我们不经意地将它们错误地用于永恒的存在，因为我们说'过去是'、'现在是'、'将来是'，等等，实际上只有说'现在是'才是恰当的，而'过去是'和'将来是'只能用来谈论有时间的生成变化，因为'过去是'和'将来是'都表示运动……"③这里的现在永恒性是在动态的前提下提出来的。中世纪的奥古斯丁主张：人类活在现在，现在具有永恒性："永恒却没有过去，整个只有现在……一切过去都被将来所驱除，一切将来又随过去而过去，而一切过去和将来却出自永远的现在"；不过，他同时仍然持一维线性时间观④。黑格尔也持线性时间观，但他试图淡化过去和将来概念，其中有合理因素："在自然中，时间是现在，而现在同那些维度（过去和将来）之间没有什么固定的区别"，"因此，人们可以从时间的肯定意义上说，只有现在存在，这之前和这之后都不存在；但是，具体的现在是过去的结果，并且孕育着将来。所以，真正的现在是永恒性。"⑤胡塞尔有关内时间意识现象学的讨论区分"现在的当下"、"过去的当下"和"将来的当下"，近乎笔者的主张，但仍然有"越来越遥远的过去"和尚未进入现在的"将来"的认识⑥。海德格尔认为：过去总是伴随着我们，我们存在于当下，过去与当下相缠绕，过去以变化的方式把我们带到当下；可是他保留了时间随事件过去而"无可挽回"的错觉⑦，与胡塞尔有关认识相当。总起来看，黑格尔和海德格尔的论述接近笔者的基本观点。

问题是，这一永恒流逝的现在平稳感，现实基础是什么？笔者发现有两个方面的依据：一是人类生理和心理的感知滞留机制；二是一切事件的运作方式。前者为科学发现的涉身体验；后者涉及现代科学认识基础上人们进行的相关哲学思考，尽管其中仍有不少问题。

现代科学从生理和心理滞留感知的角度为时空平稳感提供了科学依据，而这

---

① 如霍金在《时间简史》中对宇宙时空的描述(许明贤、吴中超译，长沙：湖南科学技术出版社，2003[1996]年)。

② 见刘和平在《分形时间、空间》一文中的相关报道，文载《河北师范大学学报》(社科版)，1994年第4期，第26—34页。

③ 柏拉图：《蒂迈欧篇》，王晓朝译，载《柏拉图全集》(第三卷)，北京：人民出版社，2003年，第288页。

④ 奥古斯丁：《忏悔录》，周士良译，北京：商务印书馆，1996年，第240页。

⑤ 转引自海德格尔：《存在与时间》，第487页。见黑格尔：《自然哲学》，梁志学等译，北京：商务印书馆，1980年，第54页。

⑥ 胡塞尔著：《内时间意识现象学》，倪梁康译，北京：商务印书馆，2010年。

⑦ 海德格尔：《存在与时间》，陈嘉映、王庆节译，北京：三联书店，2006年，第二篇第五章，导论第24页。

正是涉身性的典型个例。柏格森指出："当我们回忆一个调子的各声音而这些声音(好比说)彼此溶化在一起时,就发生了这种有机整体的构成。我们说,即使这些声音是一个一个陆续出现的,我们却还觉得它们相互渗透着;这些声音的总和可比作这样一个生物:生物的各部分虽然彼此分开,却正由于它们紧密相联,所以互相渗透。"①詹姆士通过感知原理(相当于后来发展的短时工作记忆)确立了时间流程模式:首先一组字符是ＡＢＣＤＥＦＧ;随着Ａ离开意识范围,进入现在视野的是ＢＣＤＥＦＧＨ;随着Ｂ退出意识,进入当下的是ＣＤＥＦＧＨＩ;以此类推②。所以,"具体认知视野里的现在并不是刀刃式的,而是一个马鞍形,自身具有一定的宽度,我们可以歇坐其上,据此从两个方向观察时间"。他还通过知觉滞留原理说明:对于业已过去之物、和预尝到的对行将来临之物的感知,两者将综合性地通过记忆现身于当下。空间也有类似特点。胡塞尔从现象学出发、以音乐的旋律和音符为例、运用詹姆士遵循的滞留与前摄思想,做了更具体的阐述;其结论是:"时间客体不只是在时间之中的统一体,而且自身也包含着时间延展。"③按照笔者的理解,上述代表性解释均涉及了后来在心理学领域发展起来的短时工作记忆和认知神经加工原理:意识活动一般容纳3至5个符号串的记忆量和信息滞留;依据长时工作记忆原理,现在的平稳性感知在经验世界里可以克服分形理论确认的、物理世界中运动着的事物在时空中延伸时的高低不平性或急缓特征。用科学术语说,世界(时空物事)是模块化、接续性的;而感知体验给我们的却是连续性、没有跳动的间断感,包括我们看的电视图像和对明暗环境的适应过程。事实上,这一生理和心理特点为人类生活所必须,是造物主随了我们追求平稳感的心愿,所以让我们的生命搭乘上了'事件'这样一架现在性的时间机器。

宇宙内一切事件的运作方式本身则为时空平稳感提供了现实基础。但对于这一认识,此前的相关见解只有部分是合理的。有关论述涉及两位观点互补的现代学者;只是他们的考察对象不再是人的生理和心理机制,而是宇宙万物;出发点是现代物理学关于宇宙时空的基本假设:时空物事不是彼此孤立的,时空是事件的广延属性。

第一位是英国的怀特海,相关见解体现在他的过程哲学(或称有机哲学)之中。怀特海在1929年出版的《过程与实在》中对此做了集中阐述④。其基本观点是,现实世界的"'生成'构成它的'存在',这就是过程原则"⑤。这是爱因斯坦提出相对论之后首位学者对时空现象进行的最系统最深入的现代认识论阐述。如果说经典时空观是由外而内的视角,即时空装载万物的形而上学观点,那么现在则基本上是一

---

① 柏格森:《时间与自由意志》,第74页。
② 另见古德曼在《构造世界的多种方式》第五章中展开的关于知觉体验(整体感和稳定感)的系统论述。
③ 胡塞尔:《内时间意识现象学》,倪梁康译,北京:商务印书馆,2010[1966]年,第61页。
④ 可见怀特海:《过程与实在》,李步楼译,北京:商务印书馆,2011[1929]年。
⑤ 同上书,第39页。

种由内而外的形而下的理解方式:时空乃事件之广延特性。对于后者而言,我们需要改变对世界的看法:"现实世界是一个过程,过程就是现实实有的生成"①,"由许许多多现实机缘所构成";所以,"在任何意义上,'存在着'的事物,都是从现实机缘抽象出来而产生的。我将在更一般的意义上使用'事件'一词,用它意指一个广延量中以某种确定方式互相联系着的现实机缘的结合体。"②即是说,传统视野里的世界只有静态的"事物",而恰当的看法应该是动态的"事件"。其中"广延性"指事件的时空化③以及"由各种关系组成的那种普遍系统,使许多对象能够结合成一种经验的实在统一体"④。据此,时空就是对事件过程的动态描述:基于某种缘由(具有一种力)而引发某种事件(结果),体现为生成性与有机增长性、同时性与多样性、新颖性与创造性、流动性与变化性,于是形成世人眼里的同一性、差异性和统一性概观;而统一性又关乎全息性:"由于每一个现实实有对世界中每一因素都有确定的态势,因而在另一种意义上说每一个现实实有都包含着世界"⑤;伴随这一过程的有自主选择性和不确定性。因此,从广义上讲世界只有现在:"现在是使实在性变为现实的直接目的性过程";"未来只是实在的,并不就是现实的;过去则是各种现实的结合体"⑥;"因此,每一个现实实有,虽然就其微观过程来说是完成的,但由于它在客体上包含宏观过程(不过,如何包含则并不清楚),因而它又是未完成的。它真正经验到的那个未来,必定是现实的,虽然那个未来的完成了的现在还不是确定的。在这个意义上说,每一个现实机缘都经验着它自身的客体的不朽性。"⑦(着重号为笔者所加;下同)因此,时空具有爱因斯坦物理学意义上的相对性。怀特海反对一种他称为世俗的时间观念:"过去逐渐消失,时间是'永恒的消逝'……过去是抽象的现在"⑧。

对于20世纪早期的怀特海来说,他构拟的现代认识论体系独树一帜;不过,过程哲学也有不足。首先,怀特海持有一种当时通行的非涉身观:"人的精神部分地是人的身体的产物,部分地是身体唯一的指导性因素,部分地是一个与身体的物质联系没有多少关联的认知系统"⑨;这表明他对在他之前由尼采提出的与身体有关

---

① 怀特海:《过程与实在》,第38页。对比同一时期海德格尔的相关见解:"在这——相续的体验中,'真正说来'向来只有'在各个现在中'现成的体验是'现实的'。过去的以及还待来临的体验则相反不再是或还不是'现实的'。"《存在与时间》,第423页。
② 同上书,第115页。
③ 同上书,第121页。
④ 同上书,第107页。这里的"统一体"指多和一相互预设关系:"'多'这个词预设'一'为前提,而'一'这个词又预设'多'为前提",第36页。
⑤ 同上书,第73页。
⑥ 同上书,第331页。
⑦ 同上书,第332页。
⑧ 同上书,第514页。对比萨特,他把过去、现在和未来三个相位(phase)称为时间三维;见萨特:《存在与虚无》,陈宣良等译、杜小真校,北京:三联书店,2007年,第145—224页。
⑨ 同上书,第168页。

的认识①,要么视而不见,要么无法容忍,故避而不提?若此,这应该与他的形而上学立场有关。第二,在他的理论体系中,虽然在某种程度上体现了爱因斯坦的时间可逆观,即从未来着眼关照和演历现在和过去②,但它只有过去对现在和将来的既定性和潜在性,没有现在和未来对过去的重构认识,这一点是紧随其后的米德补足的,并在伽德默尔那里有进一步阐述。第三,怀特海的现在概念跟赫拉克利特的"我们不能两次踏进同一条河"以及亚里士多德阐述的转瞬即逝的时间观相当;正如米德所说:"现在的标志就在于现在总是正在生成(is becoming),而同时它又正在消失",直接现实"最多不过一瞬"③;"这样的存在,其基本面貌并不是一个永恒的现在,因为它根本就不是现在"④;在笔者看来,怀特海的认识从科学的角度说是基本合理的,即便我们顺着霍金⑤的思路看,彼此认识的差别也不是很大;但从人类体验的角度看,各种事件留给人们的时空印象并不是这样的,而是具有相对的平稳感;事实上,如果不是因为受问题解决的紧迫感驱使,人们一般不会有稍纵即逝的感知体验,这一点后文将给予说明。最后,在怀特海的论述中,一方面坚持从个例出发考察普遍性,但又坚持"实在""绝对""恒定"等理念,始终在范例性视角与形而上学出发点之间摇摆,导致了一种难以调和的理论矛盾而无法自解。

与怀特海观点互补的是美国哲学家乔治·米德。米德从目的论的角度阐述了关于"现在的哲学",认为现在具有永恒性。这就是他所说的"功能性现在"(functional present)。具体而言,他区分两种过去概念:(一)"存在方式和处于不断流逝过程的现在一样的事件";(二)"正在处于流逝过程的现在的限定性阶段"⑥。其永恒现在是在后一种意义上阐发的。前者相当于实体性过去,后者相当于信息性过去。他对'现在'的界定是:"一个个人的直接现在将被假定为是他作为其本身的那段时期"⑦;"我们所谈论的过去及其全部特征都位于现在之中"⑧;而"在现在中,未来不断在性质上发生变化,成为过去";"正是通过对这种物体的思考[按:具有新颖性的事物不断出现而为人们逐渐熟悉],我们发现了位于现在之中的未来和过去之间的根本关系"⑨,"在我们所谓的意识经验中,过去的出现是体现在记忆中的,同时也体现在那些延伸记忆的历史材料中"⑩;"不可换回的过去和正在发生的变化是我们联系在一起考虑未来的两个因素"。"不可换回性"指"我们必定曾经是

---

① 至少在《悲剧的诞生》《曙光》和《权力意志》中相当明确论述;见《尼采文集》,西宁:青海人民出版社,1995年。
② 爱因斯坦之前和之后有不少学者持这种观点,如黑格尔、胡塞尔、怀特海、海德格尔、德里达等。
③ 米德:《现在的哲学》,李猛译,上海:上海人民出版社,2003[1932]年,第2页。
④ 同上书,第3页。
⑤ 霍金:《时间简史》,许明贤、吴忠超译,长沙:湖南科学技术出版社,2003[1996]年。
⑥ 米德:《现在的哲学》,第50页。
⑦ 同上书,第34页。
⑧ 同上书,第45页。
⑨ 同上书,第65页。
⑩ 同上书,第30页。

某种样子,而且正是位于现在之中的某个结构和过程构成了这种必然性的源泉"①。他明确指出:"我们将我们对不断流逝的现在的预见与属于这些现在的过去联系在一起了。当这些过去被纳入一个新的现在的时候,它们必须被重构,因此它们属于这个新的现在,而不再属于旧的现在。我们已经从这个旧的现在中脱身,进入了现在这个现在。"②米德还说:"与现在和未来一起出现的过去,就是新生时间和它得以产生的情境之间的关系,而且就是这个新生的事物本身界定了它所出现的那个情境。这样产生的这个事件的持续或消失就是现在,这个现在也正在向未来流逝。过去、现在和未来属于一段流逝过程,这段流逝过程借助事件从而获得了时间结构,并且通过和其他这样的流逝过程相比较,这一流逝过程可以被视为是漫长的或短暂的。"③

相比较而言,怀特海和米德对'现在'的论述最为充分,但迄今的有关阐述尚不足以构成一种关于现在的认识论体系,仍然存在以下基本问题:他们只是集中讨论了现在、过去和将来三个时间相位的相互关系,没有对现在做严格定义或系统阐述;米德④认为,"已经发生的事情对正在发生的事情的限定过程,即过去对现在的限定过程,就在那里存在着。这种意义上的过去就存在于现在之中",它"并非事件性的",这一点该如何进一步说明?怎样理解过去和将来"属于思维作用的领域,位于所谓的心智之中"?现在的观念涉及哪些特定领域?还有一点:现在不断更新,可为何总给我们以平稳之感?针对这些问题,笔者将集中讨论两点:作为本议题核心概念的'现在'范畴,如何确定其内涵与外延?它有哪些主要特征?对这两个问题的合理解答将是我们把对'现在'的认识作为一种认识论加以建构的关键。

至此,笔者介绍了西方哲学史上出现的、与时空平稳感相关的一些代表性思想,也介绍了接近现实依据的一些认识,包括生理和心理滞留机制为时间(现在)平稳感带来的连续性平稳感知,指出了需要进一步研究的议题。在明确平稳体验感的现实依据(事件的运作方式)之前,我们还需要对涉身性关涉的体验主义哲学及相关思想做一简介。

涉身哲学(体验主义)认为:身体是心智、思维和抽象概念的基础。说得具体些,概念和理性⑤主要依赖于身体经验,概念化和理性推理的基础是想象过程,涉及意象、隐喻、原型、框架、呈辐射状的范畴组织以及心理空间。连接"内部"与"外部"的中介是身体,具体体现在感觉—运动神经上;感觉—运动经验与神经结构决定概念结构;心智结构是通过与身体及身体经验获得本质意义的;我们的大脑是在把

---

① 米德:《现在的哲学》,第28页。
② 同上书,第39页。
③ 同上书,第41页。
④ 同上书,第30和48页。
⑤ 对比怀特海:"人们常说,'人是有理性的。'这句话明显是错误的:因为人只是间或有理性的——只是倾向于有理性",《过程与实在》,第124页。

激活类型从感觉—运动神经区域向高级皮层神经区域的投射过程中得到结构化的。一句话,心智是大脑功能性过程的一组复杂结构关系,源于身体器官(身体和大脑)及其与周围环境的互动方式;周围环境同时包括物理的、社会的、文化的、性别的、种族的因素。涉身性包含三个层次:神经系统、现象学意识经验与认知无意识;它们是意义、理性和道德的依据,更是体验主义美学的前提①。

这一见解与传统西方哲学的根本区别在于:后者的主导思想是从笛卡尔开始的心物二分观,进而包括理智与情感、认知与感知、知识与想象、思维与感觉等的对立;这些区分决定了我们看待心智、思维、语言和价值的方式。这里涉及一个重要的哲学概念,即"理性",因为对理性认识的改变取决于我们对自身认识的改变。在过去两千多年中,理性被看作是界定人类特点的决定性概念。理性不仅包括逻辑推理能力,也关注诸如探索、解决问题、评价、如何行动、对自身、他人以及整个世界的理解能力。在涉身哲学看来,理性不是天生的或先验的、跟身体无关,从而成为宇宙结构的一部分;它不是人类和动物的区别性特征,不是抽象的,更不是放之四海而皆准的;相反,理性是受人类涉身特点、特别是大脑的神经结构决定的,我们同外部世界的日常接触确定理性的具体内容;它是进化的、不断变化的,受感觉—运动神经的推理形式影响,人类和动物在理性上存在一个连续体;但它是人类的一种普通能力,大多数时候都是无意识的,总是关乎想象力与隐喻推理,与人的情感密切关联。

据此,笛卡尔的身心分离二元观是不恰当的;康德的先验性纯粹理性和纯粹自由是不存在的,因为受身体支配的心智必然受限;功利主义的功利最大化是不可能的;现象学以单纯的现象内省方法揭示心智和经验性质的一切也是不够的,因为我们对大量、迅速而自主的无意识操作过程无从了解②;不存在后结构主义全然去中心化的主体:一切意义都是任意的、完全相对的、纯粹是历史的偶然性,不受身体和大脑制约;相反,心智不仅受身体支配,整个概念结构系统都深深地打上了人类身体的共同性、以及我们生活于其中的环境的同共性的烙印,这也是人类的概念系统在不同语言和文化之上具有普遍性的前提,尽管同时存在一定程度的相对性、并且历史条件的确发挥了作用;也不存在弗雷格式的人:在分析哲学中思想被挤出身体之外;不存在计算机式的人:心智好像计算机软件,可以在任何适宜的计算机或神经硬件上工作;更不存在乔姆斯基式的人:对于他们来说,语言仅仅是一套句法结构,一种纯粹的形式,与一切意义、语境、感知、情感、记忆、注意、行为以及交际的动态性无缘;事实上,人类语言并不完全是基因革新的产物,相反,语言的核心部分

---

① 见以下文献:Mark Johnson, *The Body in the Mind*: *The Bodily Basis of Meaning*, *Imagination, and Reason*, Chicago and London: University of Chicago Press, 1987; Mark Johnson, *Moral Imagination*: *Implications of Cognitive Science for Ethics*, Chicago and London: University of Chicago Press, 1997; Mark Johnson, *The Meaning of the Body*: *Aesthetics of Human Understanding*, Chicago and London: University of Chicago Press, 2007.

② 现象学的功绩在于对经验结构的分析,但缺乏与认知无意识的实证基础,即认知神经的加工过程。

是从感觉、运动以及其他神经系统(它们在"低等"动物身上也存在)进化而来的①。

可见,涉身哲学触及了在前西方经典主流哲学甚至不少当代认识论的实质性问题:大都以形而上学甚至先验论为立足点看待人和外在世界,原则上缺乏身体在主客观之间的中介作用;也指出了后结构主义、后现代派思潮缺乏科学依据的极端主张存在的诸多问题。有了上述基础,下面对内外在、人的现实特点及其存续过程和方式,在科学假设的基础上提供一种体验主义的新认识。

我们将使用广义的记忆概念,这是现在主义哲学建构的科学基础。笔者分狭义和广义两种。狭义的记忆,特指大脑的神经系统储存信息的心理功能,涉及信息的"编码"、"储存"和"提取"过程②;它是心理加工的必要条件,是感知觉、注意、时间认识、符号归类和思维推理的运作"场所"。广义的记忆概念涉及任何能够保存相关信息的功能,包括生物的大脑神经与生理基因的信息储存功能、生物群体(主要是人类)的模因(Meme③)、非生物的相关信息记录作用(碳14同位素检测技术的应用便基于此)。事实上,一切事件均有相关信息(自身及其环境)的存储功能。

5.2.2 对'现在'的基本认识

这一点包括对'现在'的定义以及所属事件的三个基本领域:前者涉及现在的内涵,包括现在本身及其构成要素'过去'和走向潜势'将来';后者关注心理、身体与外在世界三个方面。

对于'现在'的认识,让我们从一个广为熟悉的场景开始。在非洲大草原上,一头被咬死的羚羊,肉入豹口鹰嘴,骨入豺腹,余血洒入地下供给苍蝇和微生物,粪便滋养草木,从而成就同时性视野里多个广延的空间关系(事件)。推而广之,世间一切(心理、身体、外在)均以'此即此在'(here-&-now)的方式现身;所谓过去其实已经同时以物质和信息化的方式隐身进入了广延的、由'同时异空'表征的事件场域。这个意义上的现在实际上是一个复合概念,一个包含了'过去的现在'、'现在的现在'和'未来的现在'的现在。如果也用"(存)在"、"是"等词语,这里拟对现在、过去和将来三个概念分别做出如下阐述。

- 现在是一种可以通过直接感知来加以确认的事件存续状态,为事件的显在、实在、此在,源自过去而又不同于过去;它随事件产生而发端,随其消解而终止;它是永在,但并非恒定不变的永在,而是一个不断更新的永在:因表征事件的存续状态而始终为现在,但事件在延续,所以其内容在不断变更。巴

---

① George Lakoff and Mark Johnson, *Philosophy in the Flesh: The Embodied Mind and its Challenge to Western Thought*, New York: Basic Books, 1999, p. 3.

② 见 Andrew M. Colman, *Oxford Dictionary of Psychology* (2nd edition), Oxford: Oxford University Press, p. 450.后文第6章末有更多介绍。

③ 模因指具有自我复制能力的文化因素或行为类型,与生理的基因相仿;不过,基因是生理遗传,而模因是不同个体之间的复制,具有继承和进化特点,途径是自然选择(出处同前)。后文第5章末有更多介绍。

伯的问题在于：时间（现在）似乎仅仅是一个取景孔，世界从此经过，但并没有消失，这一点缺乏感知现实。

- 过去是当下存续状态的基本条件，是一种纯粹经验认识，无从直接感知，因为它已随自身事件的消解以物质和信息化方式同时进入了多个事件的新的现在之中；过去无外在对应实在，只能依靠记忆重构，因而是一种融入现在之中的半实半虚的隐在；它与现在的关系可表述为：[现_{过去}在]。米德没有阐明这一关键点；巴伯的时间观设定了事件前在的完整性与未来走向的先定性，宇宙缺乏分解与重组机制，不合常理。

- 将来为事件的拟在、将在：它是[现_{过去}在]的现身潜势、所定方向与蕴涵范围，是由现在设定的有关事件的可能走向，如结构、相互关系和基本存续性质；鉴于拟在的将来由实在的现在蕴涵，它便处在现在的视野里，为未来的现在确立构拟条件；这种关系可表述为：[现_{过去}在_(将来)]。黑格尔、海德格尔、德里达等人从将来的方面演绎过去，只能是一种认识取向，而非互动性的体验认识。

这里需要引入情景概念①以确保叙述的有效性。情景指不同事件的不同阶段自有其顺应于自身走向的相关要件；就认识本身而言，对外在时空物事的认识受特定情景限制；相应的内在认识一般仅与文化关联，但也可能超越局部而走向整体；情景只是时空物事及其心理表征的必要条件，并不充分；情景与时空物事之间存在着互生关系。

上述表达式[现_{过去}在_(将来)]可解读为：包孕过去物质元素和信息的现在蕴涵着可能的将来；也可用图 5-1 来加以直观描述。

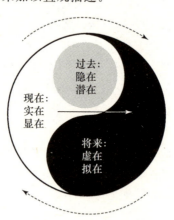

图 5-1　'现在'的构成

---

① 参阅郭春贵：《走向语境论的世界观：当代科学哲学研究范式的反思与重构》，北京：北京师范大学出版社，2012 年。

双鱼互抱关系意在表征[现在/过去]与将来之间的演化关系，而不是传统的直线式的简单一维走向（见后文图5-2）；从立体动态的角度看，该图可以设想为一个霍金眼里的时空立锥模式：现在不断向自己蕴涵的方向（未来）推进，同时设定可能的走向；未来不断再现为现在，从而使现在始终更新繁衍。三个相位的区分方式源于狭义的分析性思维；而根据出发点的不同，它们可以有两种互补的称谓，一者着眼于整体的现在：现在的现在、过去的现在和将来的现在——[X的现在]；另一者着眼于各个相位本身：现在的现在、现在的过去和现在的将来——[现在的X]。

现在的这种独特性源自事件存续本身的一个重要因素，即归零现象——任何事件，无论存续多久，都将分解消失，代之以新的事件的诞生和延续。这一归零性具有终极性意义：事件维系自身存在的必要性、新生事件发生的原始动因，以及物种繁衍的优化追求。这是一个同化与异化并存的过程，从而彼此伴生，互动并进，由此获得空间的广延性和事物的多样化。

总之，潜在的过去与拟在的未来都是现在视野里的基本要件，三者一同构成一个广义的现在，一个类似"场"（Field）性质的存续现实。这样的现在是事件的当下性和主体的存在特性，是事件的符号化索引（Index）。

从术语确立的角度看，'现在'的构词动机也符合上述含义。在英语中，现在的对应词是present，后者在拉丁语中为praesens，包含过去特征，还有"是"、"本质"、"存在"等含义；在汉语中，"现"初为"见"（見），在甲骨文构形中，下为人形，或侧立，或踞坐；上为目，充分凸显，有明确的图形化效果，对立于人形背景；两者合体为人之所见，故出现、显现；所见者为主体，在造字结构中为预设特征。"在"的甲文写法为草木初生之形；《说文》进行理据重构（归入土部）而释为"存也"（"从土，才声，昨代切"）。因此，广义的"现在"取从无到有、从隐到显、从虚到实、从小到大、从'过去的现在'到'现在的现在'、从不相关到相关的产生、出现、显像、关联而存续于当下之意①。这不是一个自足的时间概念，而是对一切事件过程的表征，是一种以感知体验为操作基础的符号。

而上面涉及的一系列其他词语，大都是在它们的日常意义上加以使用的，但也有些与学界使用的术语接近：'现在'即主体存在的当下状态；'当下'指"无法通过回忆和期待，而只能通过感知才能把握到"的时间意识，这里只关乎所指对象，不涉及其理论体系；'存在'指"事物持续地占据着时间和空间"的现象；'现象'乃显现于认知视野里的加工对象，可能涉及任何层次上的认知神经活动，包括无意识的和有意识的，内在的、身体的、外在的；'物事'指一切事物、事件、过程及其相互关系。②

正如前人所说，现在的确是转瞬即逝的；但消逝者并非化为乌有，也非恒定不变，而是不断地变成新的现在，构成新的现在，托住新的现在，填充新的现在的相关

---

① 与怀特海"生成构成存在"的"过程原则"基本一致。见《过程与实在》，第39页。
② 另见倪梁康：《胡塞尔现象学概念通释》，北京：三联书店，2007年。

位置而整合一体；加上人类的感知滞留机制，时空物事给予我们的自然就是现在的平稳之感了。同时，一个事件之所以呈现当下的外观和相对稳定的性质，也跟其整体场域的同一性潜势有关：为维系其自身的存续而统摄构件和基本构成要素的潜在力量。再者，事件的构件在更替上存在非同步性：一些基本构成要素分解消失、为其他相关事件提供能量来源，但另一些基本构成要素以替补和更新的方式、以维系相关构件的存续现状为目的获得自身价值，从而使整体事件在相应视野里保持相对的稳定性——"相应视野"根据不同事件自身的特点而定，大而言之有微观、中观和宇观三个层次，小而言之有个体差异（见后文）。可见，人类普遍意识到了时间流逝的一面，但基本上未能明确时间随事件分解而进入其他多个空间物事的当下、为平稳的时空感提供的现实依据。在这里，时空平稳感与我们乘坐任何移动器械（如马车、火车、飞机、轮船）之时获得的平稳经验同类，或者与我们看到的大江大河的流逝方式相当；我们把日常生活中经由身体感知获得的平稳感、无意识地延伸到了对于时空（事件）的认识上，这就是时空（事件）给予人类的体验性[1]。

　　基于以上认识，下面说明现在概念的基本外延，即三类主要考察对象。

　　'现在'的观念涉及的第一类现象是自然语言的发生与理解过程。我们关于'现在'的基本议题源自对文本过程的思考；当我们获得某种认识之后，思考的结果就为我们理解语言实例的现在特性提供了一个新视角，从而使话语过程成为对现在认识的一个基本关注对象。这里，我们从系统功能语言学入手。该理论将语言分为系统（system）和实例（instance）两个侧面。系统指相对稳定的语言资源，处于网络性的待选状态；实例化则从系统网络中选择相关成分进行"编码"或"解码"[2]。按照韩礼德的理解：系统储存于长时记忆中[3]；实例处在记忆的工作状态。据此，语言（具体为文本）是一种在线性质的过程，受交际主旨驱使，不断对进入工作记忆的信息进行分析表征，从而生成关于语义、语法和语音的线性与非线性序列[4]；任务不结束，两种序列便处于延续状态。所谓'在线'，即加工过程涉及的相关要素同时进入等待编码或解码的激活状态，诸如背景信息、交际意图、可供支配的语言成分、主体的情绪状态、感觉—运动神经激活水平、记忆加工范围等；它们协同实施文本

---

　　[1] 人们关于"时驹过隙"之类的说法是在长距离时段的前后对比之下做出的，并非直观体验，而是分析性结论；事实上，我们谁也没有时间疾驰如奔马流星之类的身体经验，只是在岁月流逝、前后对比之后使用的一种比喻说法。

　　[2] 这里同时讨论文本的生成与解读两个相对过程，虽然（根据研究发现）两者经历相互有别的认知神经操作机制。此外，笔者把只关涉语言生成的动态过程称为语言过程；如果同时着眼于背后的认知加工机制，上述过程则称为语言加工过程。"编码""解码"及"代码化"等概念都是隐喻性的，系方便性称谓，和计算语言学有关。

　　[3] Michael A. K. Halliday, *Complementarities in Language*, 北京：商务印书馆，2008年，第15页。

　　[4] 线性序列又称顺序（sequence），即符号的次第关系，如 old man and sea 中 old 之后是 man，之后是 and，最后是 sea；非线性序列又称次序（order），如上面的顺序关系包含两种次序：[old man] and sea 和 old [man and sea]。见 Michael A. K. Halliday, "Categories of the theory of grammar", *Word*. 1961(17): 241—292.

的生成与理解。由于感觉—运动神经和人体的内分泌相关,后者的变化直接引动神经元的激活而产生情绪,所以在线加工过程与情感和评价投入融为一体。在这一过程中,短时工作记忆不断处理"原始"数据,长时工作记忆[①]或者提供"素材"而识别和建构语义所指,或者使短时工作记忆加工后的信息处于活跃状态,成为局部或/和总体语境(上下文),为编码与解码创造概念整合[②]与关联推理[③]依据,也为短时工作记忆的进一步加工奠定基础;否则,经过短时工作记忆加工过的信息就容易出现不连贯现象:语无伦次,使理解受阻,如健忘症。所以,工作记忆不断经历各个"转瞬即逝"的'现在',使语言(文本)过程保持为在场状态。语言过程在现在中发端、展开、(内容)具体化、直至交际意图完全实施。这是一种语言心理与生理过程:语言(文本)沿单向一维发生,文本解读则给予综合性的重构,由神经元激活、连通、维系、储存和提取实施,伴随特定的评价指向。在上述过程中,个体在人类长期积累起来的历史文化背景之下获得认知神经发展,并存于长时记忆里,形成制度化的系统网络关系;其中一些信息经过激活进入等待加工和接受加工状态,变成一个又一个的语句,涉及命题和提议(前者指与信息交换有关的陈述;后者指伴随物品—服务交换的话语[④])[⑤]。因此,语言事件的历时和共时之分经由在线关联得到消解而获得泛时特点;同时,人类在体验感知的潜意识支配下,通过语言创造出俯拾即是的语法隐喻(尤其是动词、形容词变成名词的名物化),让读者安享平稳的意义之旅。新的理解可能修改既有知识结构甚至整个体系,或丰富相关内容。

可见,语言使用使相关系统成分始终处于当下,从而构成意义的现在要件,也使现在成为文本的一种特性。文本的产出和理解过程让主体的工作记忆始终处于活跃的现在状态;即便是一些已经加工过的关键信息,也总是在线性质的,随时准备协助新信息的编码或解码。这一过程涉及的信息既可能是数千年之前人们提供的,也可能远在千里之外。但凡保留下来的一切历史记忆,无论是信息的,还是实物的,均可能进入当下人们的认知视野。每个个体提取的只是人类知识、文明、文化总汇中的一部分;但相关共同体中不同个体在相关时段内提取的相关信息的总量,可以在相当程度上涵盖那个不断积累变化的总汇中的内容。所以,从总体上

---

① 见 Walter Kintsch, Vimla L. Patel, and K. Anders Ericsson, "The role of long-term working memory in text comprehension", *Psychologia*, 1999, 42(4): 186—198. 另见 K. Anders Ericsson and Walter Kintsch, "Long-term working memory", *Psychological Review*, 1995: 211—245.

② Gilles Fauconnier and Mark Turner, *The Way We Think: Conceptual Blending and the Mind's Hidden Complexities*, New York: Basic Books, 2002.

③ Dan Sperber and Deirdre Wilson, *Relevance, Communication and Cognition* (2nd edition), Cambridge, Mass.: Harvard University Press, 1995.

④ Michael A. K. Halliday, *An Introduction to Functional Grammar* (2nd edition), London: Arnold, 1994.

⑤ Michael A. K. Halliday, The history of a sentence, in Vita Fortunati (ed.) *Bologna: La Cultura Italiana e le Letterature Stterature Straniere Moderne*, *Vol*. 3, Angelo Longo Editore: Ravenna, 1992, pp. 29—45.

看,因历史间隔和地域差异带来的离散信息,均可能进入现在,随着现在的更替始终处于当下,只是个体提取的范围有限,并受当下事物引发的注意兴趣左右,因而影响人们采用彼此关联的方式看待远近时空距离上的信息与自我。

上述认识有以下特点:第一,它意识到了'现在'的文本解读机制:解读是基于在线性质的一体化现在性视野;第二,就文本阐释本身而言,工作记忆理论使伽德默尔的"视域融合"(历史与现实的对话)获得了认知神经基础。

'现在'观念涉及的第二类现象是人自身。首先,人是现在的人、现实的人、具体的人、基于过去的现在而不断进入新的当下的人。设想一种极端情况:一位英俊小伙或漂亮姑娘和一位耄耋之年的异性老者山盟海誓,可能性有多大?经验告诉我们,如果没有功利因素或别的非情爱因素,不管老者过去如何貌美或帅气,上述情形终究不符合基本的伦理纲常:跟基本的繁殖(延伸为心理)需求不相匹配。其次,记忆的工作原理使曾经的自己以经验的方式现身于当下:情景记忆不断补足关于过去的经历和经验,从而为当前调用,让人类精神永远生活于现在。具体而言,记忆留下的是有关过去的信息,但工作记忆使它跃身进入当下,并与当下的其他相关信息一道构成互动与参照关系。这是一种在线体验:既是心理的,也是生理的——生理的感觉—运动神经为心理的"我思"与"我知"成就现实基础。如在Veni, vidi, vici(我来了,我看见,我征服)三者之中,后者蕴涵前者:vici(我征服)蕴涵着vidi(我看见)和veni(我来了),而vidi又蕴涵veni。这个意义上的现在概念意味着蕴涵特点。历史确有跳跃性和节律特点,但新的事件终究生成于旧的事件。笔者重视莱高夫[①]关于个体、集体与种族记忆因价值取向不同而存在差异的历史记忆理论;不过,记忆为当下服务,过去的信息一旦进入加工视野,就以在线方式融入现在而成为现在的一部分。历史事件有偶然性、无序性、可能性和不确定性,但同时孕育着必然性与确定因素(对比皮亚杰[②])。第三,对于一个问题的认识,看法可能因人而异,此乃智力因素、专业知识修养、思考问题的深度、理解问题的角度和切入点使然,与过去之现在的体验直接相关;不同个体的身体状况、生存方式和环境、阅历,决定了彼此分享着"不同"的现在,从而共同构成个体和群体甚至整个人类的现在体系(见后文)。

可见,作为具有正常感知—运动神经系统的人,我们始终感觉自己活在现在、活在这里、活在屋里屋外风雨阳光下、活在或站或坐或走或跑的行为中、活在身体和身体提供的七情六欲里、活在心灵世界之内;而所谓的非理性认识正是身体给我们的直观体验。当然,合理把握外在世界、身体和心理符号世界,我们需要在科学假设与日常感知之间求取平衡:既不可一味倾心于直观涉身性,也不能随科学假

[①] Jacques Le Goff, *History and Memory*, translated by Steven Rendall and Elizabeth Claman, New York: Columbia University Press, 1992. 另见彭刚:《叙事的转向:当代西方史学理论的考察》,北京:北京大学出版社,2009年。

[②] 皮亚杰:《可能性与必然性》,熊哲宏译、李其维审校,上海:华东师范大学出版社,2005年。

设亦步亦趋。这种进路在柏格森试图重构日常生活时间经验时已经尝试过了。不过,人的体验视野并非总与科学认识冲突,因为人类自身就是从现实中孕育进化而来的,这一过程已经将我们的身体塑造成了适应生存需要的现状:它在以人为出发点的中观立场看来自有其合理性。

'现在'观念的第三类现象是外在世界("自在世界")。直言之,外在世界也始终经历着一种现在化的流程,也具有一种与"此时此地"直接关联的当下性。它符合现在的基本要求:其现在也包含着过去的信息,过去也寓于现在之中,并铸就了现在。其实,一切物理性的过去就在事物本身之内。米德说:"我们所坐的椅子是用一株树木的木材制造的。当我们要精心阐述这株树的历史时,它从硅藻到刚刚伐倒的橡树的一切经历,作为历史都是围绕不断产生的新事实而进行的一再的重新解释。"[1]一切图书资料、档案文献以及其他文明文化积淀物(文物是典型代表),从两个方面并入现在:一是作为主体的创造者或实践者,其相关理念和经验作为知识被遗留给后世的现在进行智力提升活动;二是作为符号的外在之物显现于当前。后者因而成为一种文化和文明的提示符号。这与福柯和德里达等人仅仅关注后者、过分强调它们的能指性而随意赋值的历史解释主义立场是有质的区别的。按考古学基本原理,文献的年代性对所指赋值至关重要,因为相关过去的现在(年代)代表相应的认知和实践水平;而秦砖汉瓦对现在的价值,在于它们蕴含着由某个过去的现在的智力水平构成的文明信息。虽然这种认定会带上当前解释者的主观因素,但脱离这种当前阐释必将走向随意。过去,并非一个远离现在的、三维空间意义上的隐喻性过去;它是现在的一种构成来源,也是现在得以繁衍甚至衰败的动因。

在这里,我们以时间而不是空间作为叙述的出发点,并不是说过程仅仅依附于时间而没有空间参与;而是因为人类认识的时间的动态性突出,所体现的是物理事件的相关特点。时间—空间为一体性符号。笔者把过程限定在此时此地,并不否认外在的空间维度。就空间而言,宇宙中的任何一点均可看作宇宙的中心,这在当代物理学中已成为共识性假设。这里的"此地"是通过科学证据和体验哲学阐述的想象力共同作用而获得的一种类推性认识;"此时"同此,即主体通过感知证实的当下性。

对于上述三类现象,海马体记忆是最可靠也最不可靠的承载体,它会因干扰或年龄因素而出现错位、变形或遗忘现象;再者,其容量有限,注定了结绳记事和语言文字等记忆外化媒介的产生与发展这一社会符号化行为。社会文化的模因记忆、生理的基因记忆和非生理的物理记忆最为牢靠,但后两者不便识解;目前采用的碳14同位素半衰期原理重构物理记忆,在一定程度上行之有效,但所能认定的信息量极其有限,成本也太高,能够接触和使用相关方法的人毕竟是少数。

现在的上述外延范围其实是一体的。这里引用博尔赫的一段话来给予小结:

---

[1] 米德:《现在的哲学》,李猛译,上海:上海人民出版社,2003[1932]年,第48页。

"任何人类的命题都包含整个宇宙,当我们说'这只美洲豹'的时候,我们其实是在说所有赋予了这只美洲豹以生命的美洲豹,还有它吞食过的野鹿和乌龟,滋养了野鹿的青草,生长了青草的大地母亲和给予了大地以光照的天空。"①

5.2.3 '现在'的基本特征及相关阐述

现在概念有三个基本特征:一维过程性、轨迹在线性与层次结构性;三者的关系是:一维过程性的走向是轨迹在线性,两者共同织就整体的层次结构性。

先看现在(时间)的一维过程性(Unidimensional Process)。必须明确的是,这种单一方向性是仅就个体的局部阶段和走向而言的;从整体看,它可能分叉、辐射、与别的个体融合。这一特征是前人确立的,但同样缺乏足够的理论阐述。这里通过与传统认识相比较的方式给予分析解说,也是对现在生成的显在特征的描述。

一维性状态意味着非独立性和单一方向性。所谓非独立性,即依附于空间(说到底还是事件)的从属特点;而单一方向性确定了现在(时间)的不可逆性(Unreversibility)。现在的一维性决定了它自身缺乏独立的广延性,因此合理的解决方案只能构拟为类似图 5-1 那样的球体,把它理解成一个不断按内旋方式扩展的点。

传统的空间性时间感知虽然也是一维过程性质的,但它是在试图跳出认识主体自身具有的时空结构关系去塑造过去,即跳出主体自身所在的事件(现在)本身、从而把过程和时间看作一条直线,过去一去不返:[过去←现在←将来],即便像胡塞尔和海德格尔这样的智慧之士亦做如是理解。这种思考问题的方式与克里特岛"说谎者悖论"如出一辙,都是自身羁于某一广延性制约、跳不出去(跳出去就不再是他自己)却又试图对相应事件的广延时空做陈述,势必会陷入两难困境。我们可以通过透视原理把上述理解绘制成一个从远古走向当下的事件"之流"(时间和历史)示意图:

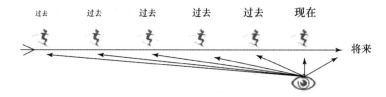

图 5-2 传统认识论眼里的隐喻性时间过程

但如果把事件时空设想为处于面向目标的圆环中(见图 5-3),由此来谈论过去和将来(圆周上的点),它们便处于永恒的现在(整体的圆)之中;"飞矢不动"即基于此(见后文)。

---

① J. L. Borges, *Collected Fictions*, translated by A. Hurley, New York: Penguin Books, 1998, p. 252.

三、评价文体学的理论范式

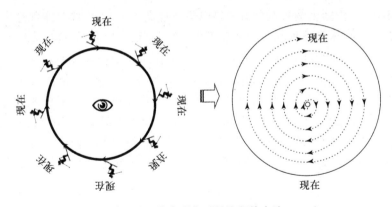

图 5-3　笔者观察时间流程的方法

比较图 5-2 单一视角的横切观察法（直线铺展式）与图 5-3 多寓于一的一体化顺流观察法（卷扬式），读者便会明白彼此之间的差别。

其实，图 5-3 并没有简单地抛弃图 5-2 的基本思想，而是给予了整合包容，毕竟图 5-2 符合常人的感知体验。换成图 5-4 的方式来描述，上述观点就会更加清楚：左边表示'过去的现在'分解而融入新的'现在的现在'的过程；右边表示将来类似的融入和互动方式。

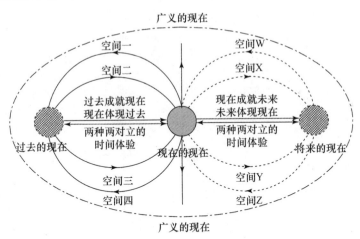

图 5-4　广义的'现在'观念

图中三组箭头包含三重内涵：（一）上下两边里面向右的实心弧线箭头（'空间二、三'）代表不同事件在生成、延续、消亡过程中不断分解和整合到不同新事件的当下空间中，而最外边向左的实心弧线箭头（'空间一、四'）表示理解与阐释的制约与重塑关系；（二）中间下侧的双向实心直线箭头表示人类对时间的两种对立的感性认识：同时向前或/和向后，如《红楼梦》第二回"身后有余忘缩手，眼前无路想回头"的诗句中，从语言系统的角度看"身后"与"眼前"方向相反相对，但在此例中均

139

指向未来;(三)中间上侧自左至右的单向实心直线箭头表示"现在体现过去+过去成就现在"以及"未来体现现在+现在成就未来"的互动特性,但这样表述只是想象的结果;成就(Accomplishment)指决定与构形作用,体现(Realization)指'现在的现在'或'将来的现在'分别对'过去的现在'或'现在的现在'的依次现实化和具体化,并加以重新构形构意。此外,弧线箭头分上下两边意在说明多事件空间的并行性(同时性),宇宙多元性则由此获得表征。中间分别走向上下两个方向的箭头表示事件分解的同时有关物质和信息进入别的事件(时空)的过程。

如果把空间广延设定成一维关系,时间走向的终极现在性可通过以下图示加以体现。

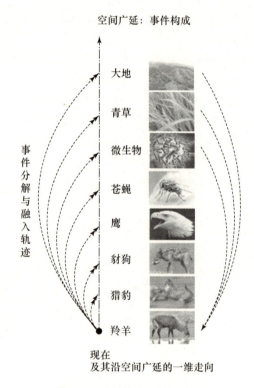

图5-5 时间的依附性示意图

该图表达的时空关系可表述为:$P = f(s)$;其中P是时间t的代表——现在,s为空间,空间是时间的函数,当空间不存在时,则时间消失;鉴于时空为事件之特性,故时空一体与事件的其他诸特性k为事件E的表达式,即$E = k \cdot f(s)$;因为时间不起作用,所以无须引入,这一点符合霍金等人的认识。事件不存在时,则相应时空消失。

在此,我们来看看芝诺提出的四个悖论,是亚里士多德逐一分析认定的。从笔者的基本观点看,芝诺的四个悖论中第二、第四是真正的悖论,第一个视条件而定,第三个则全然不是。我们从第二个悖论开始。这就是阿刻琉斯关于龟兔赛跑的故事:乌龟先跑,后跑的兔子永远也追不上去。就乌龟和兔子的时空视野看,它们运动于方向相同、具有一定差异的空间广延性上,两者拥有速度带来的不同现在性,从而在各自的事件存续过程内使两个事件克服空间上的差异而出现交汇点。

芝诺的第四个悖论是:"有两列大小相当数目相同的物体,一列从运动场的终点出发,另一列从运动场的中间出发,进行速度相等方向相反的运动",于是"一半的时间等同于它的一倍"。这个悖论跟龟兔赛跑同类,因为各自的时间(一半)不能因为空间方向相异而进行同一时段的累加:两个事件共享一个现在性。

第一个半是半不是。其陈述为:"一个事物不可能在有限的时间中通过无限的东西或者分别与无限的东西相接触。"[①]这个命题的谬误是明显的:时空分离,事实上事件是运动的事物自身带有的特性,所以在中观层面上,"一个事物在有限的时间中通过"这一事件缺乏现实依据。不过,在宇观层面上当运动接近光速或进入黑洞时整体命题却可能真实:无限缩短甚至变成一个点的时空可以在短时间甚至零时间内面对具有地球时空特性的所有事物(事件)。这一点可理解为:一个宇观时空点指向存在于地球中观、原子及微生物微观、甚至整个宇观层面上的一切,就如同现在视野里的事件流一样。

最后,亚里士多德认为,芝诺的"飞矢不动"跟上面三个一样,也是悖论性的。其实这是一个永恒的现在性命题:出发点在现在的过程之内,时空带着观察者飞驰,参照物随他一道,所以相对静止,如同地球带着我们飞驰而我们毫无察觉一样(见前文图5-3)。事实上,它巧妙地将现在认识的三个基本方面(在线性、过程性、结构性)概述成了一则完整命题。这是一则"悖论"的看法,其实是由非此即彼的二元论造成的。

即是说,由于分离性思维[②],或者说是亚里士多德自己说的同质性的思维方式,使结构性、过程性与在线性人为分开,从而出现三种互不搭界的感知结果。故有赫拉克利特"我们不能两次踏进同一条河"的认识。其实,时间在中观层面的确改变了,但空间没有发生实质性变化,所以我们仍然体验到那是同一条河流;事实上,一

[①] 见亚里士多德:《物理学》,载《亚里士多德全集》第 II 卷,北京:中国人民大学出版社,1997 年,第 162 页。

[②] 见海德格尔关于"此在"的"在世界之中存在"的一元论(《存在与时间》第一篇);另见伽德默尔《真理与方法》第 421 页。柏格森指出:"只有抽象的思想才能把每个因素跟整体辨别或分开。"见柏格森著,李醒民译、范岱年校,《时间与自由意志》,北京:商务印书馆,2004[1889]年第 74 页。分离性思维源于我们习以为常的分析性思维;笔者无意反对由此厘定的过去和将来。事实上,如果没有这种分析性和隐喻性思维方式,我们大量与时间相关的生活经历便无从表达,因此,这是思维本身的特点。其实,学校教育和生活阅历的主要功效即在于这种分析性思维的磨砺。我们把一个又一个的研究问题不断深入下去,可以逐步强化这种能力;这是智力发展方向。某些智障患者可能很难具有这种方式,但他们在直觉思维方面可能具有的超常性,可以按照单线方式发展自我。

条河流作为一个特定事件并没有终止。同样,我们不会因为张三年老了,与青年、少年甚至孩童时候不一样便据此认为那不是同一个人;他的生命事件通过特定身体获得识别的同一性①。其实,这也是一种平稳感知,由事件存续的连续性确立的一种体验。这个意义上的一体性是动态辩证法性质的,包含了异质特点②。

这里直接说的是时间,间接提到了空间,揭示的其实是事件和宇宙的存续状态。现代物理学假设,从空间的任一点出发,径直往前,可以回到起点;宇宙中的每一个点都是宇宙的中心。其实不难理解。做一个不太恰当的类比:在一个特定集合中,从某一元素开始计数,中间不重复,终将回到第一个元素上。

总之,凡事以现在的方式出现、维系和消失;过去并非随现在的变化或更替而远去或消失,而是隐性地融入不同空间视野里的现在之内,成为现在的构成条件和基本要素;事实上,作为原物的过去事件已经解体;而曾经所是的事件,则以隐性方式被吸纳到新的事件之中。因此,过去与将来寓于整体的现在中,包含过程性的现在概念是一元性的:$1+1+1+\cdots\cdots+1=1$,即一个有机和整体的现在,一个在不断扩大的现在:宇宙在膨胀,知识在积累,但它们始终处于现在之中。这是感知体验,是涉身性意义上的理性认知结果。如果说现在具有永恒性,它也是一种不断更替的动态永恒:永恒者系其能指符号和标记,变动者乃所指内容和价值,绝非巴门尼德和巴伯的静态永恒观。而前人区分的理智与情感、知识与想象、思维与感觉、抽象与具体、历史与现实、历时与共时、本质与现象、系统与实例、正与反等,如果确有必要,可作同体同一看待,但前者存在于后者之中。此前的认识误区是分析性思维将它们割裂开来。古人有言:"阴在阳之内,不在阳之对"。倘若一定要确立一个本质性的认识,那它既非单纯主观,亦非纯一客观,而是主体通过与外界的互动而获得的、具有相对性和功能价值的体验认识;我们既不能说它不存在,也不能夸大它的本体地位;这一本体性并不具有传统认识论的永恒性和形而上学特点,而是不断更替变化的事件属性,是思维的成果。

接下来我们讨论现在(时间)的第二个特征:轨迹在线性(Trace online)。过去构成现在,或者用怀特海的话说,现在是从过去不断生成(becoming)的存在(being),因而现在也是一种推移(passage)性质的认识;但推向何处呢?当然是推向下一个现在的异质空间里,不断以新的面貌成为新的空间里的现在。这就是我们始终觉得只有现在的实在、过去了无踪迹而只存在于记忆中的直接原因;我们只能通过空间的广延性来恢复时间一维走向的轨迹,即一种在线关联状态。怀特海认为的现在的过程性也源于此;而由此带来的差异性、连续累积性和库恩意义上的断续性构成一种统一体③,即不同时空广延的事件的共现及其关联性。这里有两个

---

① 另见萨特:《存在与虚无》,第 155 页。
② 另见古德曼:《构造世界的多种方式》;也见阿尔多诺:《否定的辩证法》,张峰译,重庆:重庆出版社,1993[1973]年。
③ 对比福柯的断裂性历史观,见《词与物:人类科学的考古学》,莫伟民译,上海:三联书店,2001年。

方面的议题:事件之间的评价性及其在线累积效应。

就前一点而言,无论是语言意义的生成、有动机的生存选择、人与人、动物与动物、植物与植物、人与外界、生物界内部,其间的交流均存在积极、消极或零评价因素。物质的现状源于基本离子的相互吸引与化合;植被分布与共处体现了植物之间的兼容与亲和关系;不相容的花草放置一处会让彼此枯萎;人以类聚除了性格和合与观念相近之外,还有生理场因素。可见,评价性是多元性和主体间性的原始动因,也是动态平衡的选择性条件:彼此依赖,相互协作,从而外现为对立冲突、趋离平衡与消解中和;伦理动因,诸如情仇爱恨、公理道德、褒贬好恶、强弱张弛,由是而生。就文学文本而言,文学就是以评价为特点、手段和目的的互动性艺术话语行为,只是文学中的评价性需要限制在人物感情的范围之内;广义的评价性具有普遍的现实依据。

轨迹在线性的评价特点表现为各种相关性,这就是主体间性(见前文)。主体间性在有人类介入的视野里可统称为符号间性(Intersemioticality)。对此,体验哲学的基本观点是:人类理解的发展是通过人与人、人与外在世界的互动获得的,它以身体为基础,个体通过与他者的交往涉及身体表达、手势、模仿、互动来建构身份,是意义生成的摇篮①。当主体间性发生在生物体之间时,则有赖于认知神经的中间作用,所以发生发展同时源自生物体内部。但在这里它指任何事物之间的相互关联,既含物质间性,也涉及不同类别的意义间性。主体间性包括物质存在的互动关系(相互依赖和规定)、物种之间的互动关系、物种与地质构造之间的互动关系、人与环境的互动关系;意义间性充分体现在同类相聚原则上:同一类语言意义特征以类聚方式逐步累积,在文本中协作发挥整体作用;同一类心性相近或/和志趣相投者能凝聚社团力量;同一类物质构成大的物质群;数学上的群概念也具有启示性。总之,在线功能可使历时与共时中和,从而进入泛时视野,说到底,还是共时视野。

据此,各种事件之间具有不同程度的相关度。一般来说,"距离"近的相关度高;但不尽然:可能古希腊学者们没有预料到:在过去两千多年中不断有人从他们的一系列论述中直接找到智慧源泉。事件之间有近相关,也有远相关,这是一个连续统。亚里士多德的有关论述可以给我们某种启迪:"人们怜悯自己认识的人,条件是这些人不能跟他们关系太近,因为在这种情况下他们就会觉得跟自己在遭受不幸一样……凡是在自己身上发生会使人恐惧的事情,在其他人身上发生就会使

---

① Mark Johnson, *The Meaning of the Body: Aesthetics of Human Understanding*, Chicago and London: University of Chicago Press, 2007, p.51. 对比先前的四种主体间性内涵:社会学和伦理学意义上的社会人之间的关系、认识论领域的主体间性(胡塞尔现象学涉及的内涵之一,不关注人与世界的相互关系)、本体论主体间性(关注"存在或解释活动中的人与世界的同一性")(可参阅 http://baike.baidu.com/view/900418.htm)。

人怜悯。"①《廊桥遗梦》男主人公金凯有以下心理活动:"他已经体会到千万不能低估小镇传递小消息的电传效应。对苏丹饿死二百万儿童可以完全无动于衷,可是理查德的妻子和一个长头发的陌生人在一起出现,这可是大新闻!这新闻可以不胫而走,可以细细咀嚼,可以在听的人的心中引起一种模糊的肉欲,成为那一年中他们感觉到的唯一的波澜。"这种对比正好说明:非洲饥荒与小镇人的生活缺乏现实关系,但金凯与弗朗西丝卡的私情会动摇他们多年形成的伦理生活根基,打破关于其现有社会生态的平衡格局,从而影响到自身的家庭稳定。

轨迹在线性的动态走向是累积效应。这一点怀特海已经从现代形而上学角度在宇观层面上给予了深入阐述;米德从三个时间相位相互影响的角度做出了充分说明;笔者则看中过程的繁衍性与丰满性,但制约作用为繁衍过程引导方向。一方面,'过去的现在'塑造'现在的现在',并寓于'现在的现在'之中,从而构成'现在的现在',即一个繁衍而不断更替的现在;'现在的现在'为'将来的现在'提供生成潜势,而'将来的现在'又为成就'现在的现在'延展必要的实现契机;所以,'现在的现在'和'将来的现在'分别受'过去的现在'和'现在的现在'引导,获得发展走向和足够潜力。另一方面,由更替构成的历史有两个彼此交叉的推进方向:繁衍的纵深度与宽广度,即'过去的现在'随'现在的现在'更替而呈扇形展开,更确切地说,像椎体由小而大地延伸:成长、扩散、交叉、拓展;'现在的现在'于'将来的现在'中获得进一步类似效应。于是,处于'过去的现在'的人们眼里的'过去的现在',必不同于处于'现在的现在'人们认识的'过去的现在';处于'现在的现在'人们眼里的'现在的现在',必不是'将来的现在'的人们认识的'现在的现在'。历史发展像滚动的雪球,过去随现在逐渐壮大,因此历史的总体积淀不是简单相加,而是在整合中成长。

这一点无论在物理世界还是符号世界均有普适性:(一)宇宙在扩大;(二)当今繁多的生物品种由曾经有限的数量发展而来;(三)人口在增长;(四)商业渠道和商品的种类在增多;(五)人际关系逐渐松散而复杂;(六)学科在成长,各类研究课题越来越多、越来越深入细致;(七)互联网的发明与发展让知识爆炸、让远距离时空信息均可在线化而进入当下②;(八)小说中的故事、人物、情节、事件出现了众多新面目,莎士比亚笔下的哈姆雷特已经不同于传说中的丹麦王子,数百年来研究者们添笔重构的这一特定形象已经让后来的研究者望洋兴叹;(九)学者们让圣经故事、古希腊传说、女娲补天的神话在几乎所有人文学科领域得到衍化与重构,从而赋予新的内涵;(十)诸葛亮和曹操的形象随各种演义而疯长;(十一)艺术家们让音乐、雕刻、书法、绘画、建筑在风格和表现手法上不断突破;(十二)教育理念、手段、

---

① 见亚里士多德:《修辞学》,载《亚里士多德全集》第 IX 卷,北京:中国人民大学出版社,1997年,第436—437页。

② 此外,波普尔从科学逻辑的角度阐述了知识的增长现象,见其所著《猜想与反驳——科学知识的增长》,傅季重等译,上海:上海译文出版社,1986年。

途径不断更新;(十三)语言意义在历时演进中获得了越来越丰富的表达途径和特征选项;如此等等。这一视角更多注重的是繁衍本身,人们欣赏的是过程的繁多与复杂;追求深刻,鄙视肤浅①;简明只是调味剂。总之,包含着过去信息的现在支配人们对过去的阐释,而不同角度、方式、动机的解读及其结果不断累积,使过去、历史、意义、认识随现在更替而繁衍成长,从而建构起不同种类的庞大的知识体系和文化大厦。

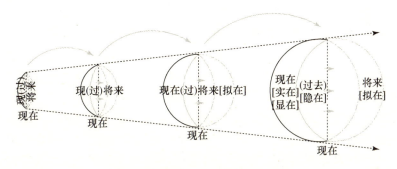

图 5-6 繁衍扩展的时空、事件和宇宙

在上图中,从狭义的现在(当下)概念指向将来的横向箭头表示[现过去在]决定'将来的现在'的广度;这个透视法示意图仅为权宜之计,毕竟'过去的现在'已经消解融入'现在的现在'(由顶上的弧线箭头表示),但要紧的是此处拟示意时空随物事的不断更替而逐渐扩展变大的观点。

最后来讨论现在(时间)的第三个特征:层次结构性(Layered Structurality)。结构性的前提是一体性和整体观,这既是对一维性和在线性的提升性认识,更是对多元差异性搭建的潜在理论平台。层次结构性的根源在于一维过程性和轨迹在线性带来的极致性追求。事实上,任何事物都具有向各种可能的极限推进,在对立因素之间往往走向两级化,因为人类具有追求尽善尽美的天性,从而成为共同价值取向和推陈出新的群体潜意识②。因此,这不仅带来了物事品种的繁多性,更有不同层次和不同侧面上各自的时空范围:主与次、潜在性与不定性的博弈,无序和有序的对立消长,不同时空关系的交融、互动与对抗,均可引发差异、变化与更新,从而获得各自相对独立的时空主体性。有趣的是,次要事件围绕主体事件的成长而一同繁衍,如同一棵树的主干与枝叶,各得其所,从而形成事件丛和事件簇,彼此关联,衍生为簇生现象。

从实在过程看,每一特定事件的存续具有自身的时空结构系统,整个宇宙就是

---

① 对比黑格尔对现代启蒙者的批评:"不去认识真理,只去认识那表面的有时间性的偶然的东西——只去认识虚浮的东西。"载黑格尔:《小逻辑》,北京:商务印书馆,1996 年,第 43 页。只是他的出发点成问题。

② 不过,这种追求为中国传统文化所诟病,它意味着加速事件的消亡;此外,伦理与情感会在一定范围和限度内予以抑制。

由不同尺幅的时空体系穿插套叠而成的巨系统。概而言之,微生物和离子的微观世界、人际中观世界和宇宙宏观世界具有各自的事件特性,因而至少在这三个层次上具有三个不同的时空结构体系;当然三个代表性层次之间、各自内部又存在巨大的差异和过渡现象。彼此之间还有制约因素:作为社会人的个体有各自的时间观念,但社会体制又会给予适当制约和调整,从整体上取得一种平衡。具体而言,宇宙间不同尺度的事件(运动之物)有相对不同的时空结构体系:(一)微观的,即原子和微生物内部的;(二)中观的:人类视野里的时空物事;(三)宇观的:宇宙大尺度范围内星云之间的。而在人类直接构成的中观视野里,也存在着等级性和多样化的差异:(一)不同个体之间有着不同的时空感知体验,从而形成具有形而下意义上的多层次、多系统、彼此并行与交叉的一体性——一位整个一生从未走出过秦岭山坳里的伐木工显然与北京城里一位年轻的白领女性的时空世界相差悬殊;(二)在居间层次上,我们可以按照时空系统的相对尺度做出观察:一些系统的急缓结构和高低起伏相对大一些,其他系统的小一些,从而形成另一层次上的一体性——同一个胡同里住着的邻居因为工作和人际环境的差别而形成各自不同的时空观念:有人的时空感紧迫狭窄,有人的宽松自在。这一现象尤能说明普罗泰戈拉关于"人是万物的尺度"这一命题;(三)在高端层次上,个体之间又会因为大致相当的身体构造、认知神经结构、生存环境、生活经历和文化背景,从不同等级的差异中构拟大致相当的时空认同感,从而使各种社会交往成为可能——如不同家庭背景的职员在同一单位遵循集体活动制度时对时空的理解。不同时空视域维系不同的日常生活方式[1]。据此,古德曼[2]所说的"参照系"只是一个人际中间层次——被选择的视角;底层支配因素是个体差异。

维系结构系统相对稳定的核心要素是跟过程有关的动态平衡性,其功能价值与疏离评价性相当,只是各有侧重。我们说的动态平衡包括在线平衡与离线平衡两种。在线平衡指平衡的构成要素各方共时在场的互动方式,包括对立平衡与消长平衡两个次类。对立平衡如各种积极—消极因素的对立对比;消长平衡指互动过程中离开极端情况之后的整体与个体、全体与局部、大与小、复杂与简单、多数与少数之间的动态关系,彼此为非平衡对比。离线平衡以常识和常理为立足点,即构成平衡的一方或多方显现或显在而另一方或多方隐没的潜在互动方式,如显性褒扬意味着隐性贬抑(或反之)、无过失的不作为意味着有过失的怠惰行为、部分的过度凸显就意味着对另一部分的过分压制,着眼于当下就意味着弱化甚至忽视'过去的现在'与'未来的现在'。在上述三种平衡关系中,第一种是极端值;后两者是中间常态,是对平衡状态的近趋(趋衡)与偏离(离衡)。不

---

[1] 不管哪一个层次,每一事件过程都维系着一个相对独立的时空视域,抵制和拒绝其他事件的直接干预和介入。同样,每一个体也存在内外时空差别,需要相对隔绝,位置不能倒置或错位。例如,每个社会成员具有大致相当的基本需求和日常行为,但如果把相关隐私暴露到光天化日之下,其生存需求就会受到威胁。

[2] 《构造世界的多种方式》,第3页。

同个体之间的互动涉及对立、互动、互补（趋衡）、中和、失衡五个阶段。

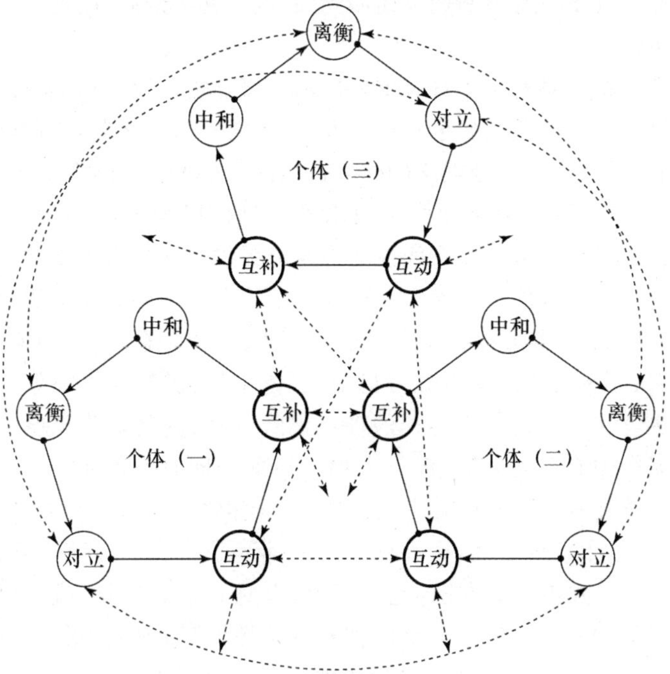

图 5-7　平衡的动态过程[(互动＋互补)≡ 趋衡]

显然，如果'对立'在'互动'中无法'互补'并走向'中和'，就会使一方或多方走向消亡。现实生活中的自我膨胀和入侵行径大都可以说明这一点；假如肿瘤无法在体内自我消解，就会使寄主和自身同时走向毁灭。如今，各类人为破坏平衡的现象俯拾即是，如寅吃卯粮(透支)和鸠占鹊巢(掠夺)现象。尊重个体、尊重他者具有迫切的现实意义。

与趋离平衡直接相关的有两个核心概念，即基调与节律。基调(Key)指事件流程遵循的总体依据以及决定其变动幅度的潜在要素。这是音乐的脊梁，是文本推进的制约因素，更是中国传统文化中八卦易理、命相符号体系、中医气血学说、书法绘画、建筑雕刻的现实体现；我们无从得知宇宙起始的基调是如何定下的，但可以通过眼下的事件状态推知其初始条件，或许它一向处处昭示于我们生活的现实世界中，并预示着未来的变更方向。平衡基调给定了现在的可变动幅度而始终围绕一个中轴起伏。它现身于音响视频的走向里，浮现在潮起潮落之间，生存在左右晃动的钟摆上，平复于悲欢离合的情绪中。高调者在高音区激荡着雄辉，低调者在低音区浅唱低吟，中音者起伏着自身的旋律。所以，世界以多时空结构系统的广延方式演奏着高低不同、层次不同、节奏不同的现在性曲调，但又在更为广阔的视野里趋于和缓；基调制约着基本走向、制约着等级层次、制约着同时性多空间视野里的平衡与不平衡因素，从而维系现在自身。另一个直接相关的核心概念是节律

(Rhythm)。这是万物推进的原动力,不仅是生命的,也是非生命的。节律的作用是基础性的——凡事只有不断归零而回到"起点"、甚至走向"倒退",才能重新获取进一步的前进动力。

这种动态平衡关系对美学具有重要启示。概言之,平衡意味着美,这就是与上述诸平衡类别相对应的美学价值——平衡美、失衡美与凸显美,由此确立现在性的美学原则。其中,凸显美又分默认(default)和缺失(absent)两个次类,系局部张扬与局部内收的审美旨趣,前者如中国山水画"留白"以示云烟,后者如断臂的维纳斯,具有离线特点,却均可获得在线性而为诠释提供对比分析因素。

多时空视野为事件的多元性和一体性奠定了合理基础。相关思想在尼采的视角主义[1]与詹姆逊的《多元的宇宙》[2]中早有论述;怀特海在《过程与实在》中为之确立了理论位置;后来的诸多学者如古德曼、波普尔、法伊尔阿本德等从不同角度给予了阐述。笔者在此为它提供纯粹的现在视野,并强调其实践价值。且以指称为例。在语言系统中有不同人称,但人人均可根据不同时空关系来做指称:"我"之此在与"你"之此在构成差异而并存,我之"我"与你之"我"对立而互补,本我与他者互为条件,存在于生物体之间,也存在于生物体内部。从层次结构看,个体离不开他者与群体:在东方各人口大国,他者意识、由此而来的自我意识总是突出,所以从根本上缺乏类似西方后现代思潮所拥有的消极因素,现有相关思想大都是从西方输入的;从一维过程看,个体在与他人的互动中获得自我定位[3];从轨迹在线性看,只有不同个体进入在线状态才能体现存续价值。多时空视野里的多元性同时呼唤中庸与一体化原则,由此获得存续意义的最大化,以确保良好的协作共进需求。附带说一句,福柯在从先验的、传统形而上学意义上的理性桎梏中、把所谓被撕裂的人还原为具体的人时,也主张多元性;不过,他试图阻断一切,虚化历史而加以重塑[4]。

总之,现在是现实世界的存在方式和外显图像,是特定事件的感知索引,是个体在一定时空内相互区别的符号化标志,是除此之外再无他者的完备性表征。它指向具体性、多元性、在线性、过程性、繁衍增长的统一性,这便是[现_{过去}在_{(将来)}]的本意及其内在价值。

5.2.4 小结

至此,笔者讨论了开篇之初提出的所有问题,包括过去、现在和将来三者的内涵及其以现在为主导的伴生关系([现_{过去}在_{(将来)}]),广义现在概念的外延范围(心

---

[1] 尼采:《权力意志》,孙周兴译,北京:商务印书馆,2007[1906]年。
[2] 詹姆士:《多元的宇宙》,吴棠译,北京:商务印书馆,2002[1909]年。
[3] 海德格尔:《存在与时间》,陈嘉映、王庆节译,北京:三联书店,2006[1929]年。
[4] Jacques Derrida, *Of Grammatology*, translated by Gayatri C. Spivake, Baltimore and London: Johns Hopkins University Press, 1967.

理、生理、外在世界),现在的三个主要特征(一维过程性、轨迹在线性、层次结构性),过去和将来何以属于"思维作用的领域"而只存在于心智之中的认识(无外在对应实在,仅具有心理作用的轨迹特征),事件存续何以给人以现在的平稳之感(新的现在由先行的现在随即填补支撑),以及现代物理学、体验哲学和广义记忆理论怎样为我们的论证过程提供工作平台等要点。

而对于现在是否也属于思维作用的领域,我们给出的答案是:既是又不全是!它是,因为它是对事件过程的特征描述,而特征本身带有理想化的认知特点;事实上,作为一个索引和标识符号的现在概念,它所针对的是变动不居的存续现象。但它又不全是:它毕竟是思维和外在以互动方式获得的感知体验。如果事件存续缺乏应有的累积、维系阶段和过程等实在性,人类将缺乏对比参照对象,便无从获知表征事件彼此互异、各是其是的事实。而我们对时间(事件)获得的平稳感知也可以为此提供佐证。所以,'现在'是一个同时带有主客观性质的范畴,我们不认可霍金等人的绝对陈述,尽管在相关实际计算中可以针对时间因素引入负值,或将它排除在外,因为我们的现在性认识不仅有现实依据,更有不可替代的人文价值,尽管整个论证过程主要依赖于有关的科学认识。

这里说的人文价值,可以从两个方面给予确认,虽然都只是基于现在观念的延伸性见解。其一为态度取向。任何事件均有正负两个极端面;但热力学熵的世界观是消解的、颓废的,只是事件过程的局部现象;传统进化论者主张竞争与淘汰,也带来了消极因素,对伦理意识有误导作用;怀特海凸显了过程的有机性,笔者强调其中的繁衍增长性,以期消解和抵制后现代各种思潮给整个当代思想领域带来的散漫性、荒诞性、支离破碎性、抑郁性、泡沫性。其二是盖然性,或称不确定性,在20世纪早期由物理学领域提出来以后,被后来的人们毫无限制地加以套用,出现了福柯、巴尔特、德里达、德曼等人所持的极端主张;当今的物理学研究证明,这种不确定性并不像人们早先设想的那样极端,而是相对的[①],至少在人类的中观视野里如此;比较接近现实的应该是一种辩证的措辞:历史进程是确定与不确定、偶然与必然、连续与断连的统一,它们取决于特定事件的性质和存续状况,但以前者为主体。

可见,考察以现在为着眼点的时空物事及其符号化表征方式,需要中庸、需要整体性、需要辩证法,但同时需要"人是万物之尺度"这一基本思想中的合理因素——在这里"人"的认识应同时涉及人的个体性与社交群体性。除了其理论出发点存在的问题,黑格尔构筑的整体性和辩证法大坝,并没有因为后现代的惊涛骇浪而真正决堤崩塌;事实上,某些狂热的后现代者解构经典理论的诸多尝试,最终反而使自己走向了末路,并被辩证法运化过程吸收;中国传统思想体系中的精华要素,在实践中历经数千年长盛不衰,也是大有说服力的旁证。

---

① 且见 http://baike.baidu.com/view/24947.htm。

一言以蔽之,现在是事件流动的自我表征方式。它拒绝张扬,朴实而沉稳地开放着一朵从不言谢的小白花:[现_{过去}在_{(将来)}]。这个表达式的真正价值在于它充分索引的对象——现实事件及其流变方式。这一思想旨在为建设性后现代提供一种观察视角,毕竟人类需要延续,而'现在的现在'奠定着'未来的现在'的走向和放飞高度,决定着相应的成就指数:干扁贫瘠的现在无法孕育出丰满的未来,现在的雪球需要在滚动中壮大。想想尺蠖吧,它只有在用力收缩隆起之后才能前进;而蜗牛爬行的全部历史构成它现在的家!

5.3 操作平台——系统功能语言学

评价文体学同时涉及文体学和叙事学的基本研究对象;为此,我们需要为评价文体学的建立提供语言学操作平台,以便从理论上平衡有关研究各据一隅的偏好[①]。出发点是韩礼德的语言扩展模式[②]。这里需要对相关知识做一扼要介绍。

5.3.1 系统功能语言学的基本模型

笔者从韩礼德的语言模式演变过程入手。1961年,韩礼德提出了系统功能语言学的早期模式[③],包括情景(超语篇特征)、语境、词汇和语法、语音和书写系统、语音和书写实体五个层次;其中第一个和最后一个层次在语言之外,而'语境'是语义性质的。1976年,韩礼德用'语义'取代了'语境',并借用兰姆[④]的层次语法有关思想,阐述了各层次之间'体现'和'被体现'的关系:语境→语义→词汇语法→语音/书写系统→语音/书写实体,箭尾范畴由箭头范畴体现,逐层加以代码化[⑤]。对于中间三个层次,韩礼德同时分别用了三个替换性的非正式称谓:意义、措辞和声音。这就是读者早先普遍接受的系统功能语言学模式,且称经典模式。

首先是语境概念,包括情景语境和文化语境,最初是由功能人类学家马林诺夫斯基提出来的:文化语境决定并寓于情景语境中,语篇生成离不开相关情景语境和文化语境。

这一观点为伦敦语言学派创始人弗斯接受,并把它和语言系统做了明确关联:"马林诺夫斯基把情景语境看作一种行为矩阵,语言是在语境中获得意义的,通常

---

① 申丹:"叙述学和文体学能相互做什么?",载詹姆斯·费伦与彼特·拉比诺维茨主编:《当代叙事理论指南》,2007年,第137—153页。

② Michael A. K. Halliday, "Computing meanings: some reflections on past experience and present prospects". In Jonathan Webster (ed.) *Computational and Quantitative Studies*, Volume 6 in the Collected Works of M. A. K. Halliday. London: Continuum, 2005 [1995]. pp. 239—267.

③ Michael A. K. Halliday, "Categories of the theory of grammar". *Word*. 1961(17): 241—292.

④ Sidney M. Lamb, *Outline of Stratificational Grammar*. Washington, D.C.: Georgetown University Press, 1966.

⑤ Michael Halliday and Ruqaiya Hasan, *Cohesion in English*, London: Longman, 1976, p. 5.

是一种'创造性'意义。在这里的理论中,情景语境指一种纲要式的结构,特定地应用于社交过程中典型的'重复性事件'。它也是检验语篇是否具有共同惯用性的保障,从而排除偶然的、个人的、特有的特征进入注意范围。"情景语境包括三个方面:参与者:人、个性以及相关特征;参与者的言语行为,参与者的非言语行为;相关物体、非言语和非个人事件;言语行为的效果①。

韩礼德对情景语境做了更为具体的解释。情景指一种社会符号结构,即关于言说或书写行为中发生在周围环境里的相关事件,可以是远离言语行为的物理环境,包括一组情景类别,从构成相关文化的社会符号系统中派生而来的意义群集②。具体而言,"语境指语言形式和情景(语言运作环境)中非语言特征之间的关系,也指不在注意范围内的语言特征:它们统称为'超语篇特征'"③;但'社交语境'不只是"社会化与文化传递形式,也与角色关系、权势结构和社交控制方式、符号系统、价值系统、普遍知识"有关④。

这里涉及语域概念。按照韩礼德的界定,这是一个处于上述情景概念和语义之间的中介范畴。从内涵上看,语域指语义配置的不同变体,语篇是其实例表现,从而把文化性成分与特定情景类别联系在一起;它是特定社交语境中可资调用的语义潜势。从外延看,它关涉同一社团内各种不同情景的语言使用类别,诸如广告、法律、新闻、商业、政治、经济、学术、论辩、指导、描述、日常交流、小说叙事、诗歌戏剧以及妇女、工人、学者用语和黑帮行话等。这些类别具有不同语义特点,所以也称语类(或译体裁、篇类、文类)。从分类看,韩礼德将语域概括为三个变元。

语场:玩耍中的孩子:在大人帮助下用相关设备操纵可移动物体(有轮子的交通工具);同时联想到(1)过去的类似事件,(2)类似不在场的物体,并且对每个物体以及过程的评价。因此,"语域指语言片段出现的规约性场景,不仅包括交谈话题,还包括场景中说话者或参与者的所有活动[另加:还包括其他参与者的活动]……"

语旨:幼儿和父母的互动;儿童决定行为的过程,(1)说出自己的想法,(2)控制父母的行为;同时与父母分享并证实自己的经验。因此,语旨"指参与者之间的关系……不仅指语言使用正式程度的变化……而且指……这种关系的运作与否,关系中的情感量值……"

语式:(玩耍中使用的是)口语,兼具独白与对话,具有任务目的性;实用性:(1)指情景中的过程和事物,(2)与孩子的行为有关,并发展孩子的

---

① 编译自 John R. Firth, "A Synopsis of Linguistic Theory, 1930—55". In F. R. Palmer (ed.) Selected Papers of J. R. Firth: 1952—59. London: Longman, 1968, pp.108—205.

② 编译自 Michael Halliday, Language as Social Semiotic: The Social Interpretation of Language and Meaning. London: Arnold, 1978, p.33, p.109.

③ Michael A. K. Halliday, "Categories of the theory of grammar". Word. 1961(17): 243—244.

④ Michael A. K. Halliday, Explorations in the Functions of Language. London: Arnold, 1973, p.63.

行为,(3)需要其他物体,通过叙述和说明的方式提出要求。因此,语式"指言语活动所采用的交流渠道,不仅是口头和书面媒介的选择,还有更为具体的选择[另加:'与语言在情境中的作用相关的其他选择']……"①

对此,韩礼德的弟子马丁②把语域三个变元作为构成成分,直接归为情景语境,并作为语言学模型的一个层次纳入。这显然与韩礼德的本意不符③,因为韩礼德是把情景作为实例范畴与系统性的文化语境互为表里的;再者,语域并非语境的全部(见后文)。但出于操作上的方便,人们在使用语域概念时大都沿用马丁的处理方案。

同时,马丁把语篇类别意义上的语类概念(在韩礼德那里与语域同质),外推到语境层,介于意识形态和语域之间,是一个有语言参与而带目的、分阶段的社交过程概念,与索绪尔说的文化体制(包括语言体制)接近;意识形态和语类共同构成文化内涵。于是有下面的社会符号系统模式④:意识形态⇆语类⇆语域⇆语义⇆语法⇆语音(向后的箭头表示体现关系;向前的箭头指向情景和文化制约因素)。

笔者认可马丁把语类(体裁)搬到情景之上、作为文化语境的一个层次的做法,我们可以把语类作为语言概念意义的体现对象;但文化语境还包括价值观念(即评价范畴涉及的非语言意义)和权势关系,后者属于意识形态的范围。价值观念就是马丁等人确立的评价范畴,只是比价值哲学在范畴化方面具体了。语言中缺乏一个一一对应的语法结构、而评价意义可以由所有既有词汇语法体现的事实即表明:它是一个高于既有语义和词汇语法的顶层概念,只有这样才能支配词汇语法的选择,从而体现到不同语言层次、级阶和概念、人际、语篇三个相度的编码与组织中了。不过,我们仍然可以为评价语义范畴关联一个词汇语法范畴,这就是韩礼德的情态(Modality)。当这一设想出现在我脑海中时连自己也觉得牵强;但经过仔细梳理评价范畴的词汇语法表达方式,反而坚定了上述认识,只是外延扩大了。概言之,所有的态度均涉及褒贬连续性,其强弱加工就是级差,这种系统分布模式不正是情态这一词汇语法范畴的基本内涵吗?只是这里的范围扩大到了事件(动词)、事物(名词)、品质(形容词)等等领域,或者说是涉及了语言的所有词汇语法范畴。当然,介入不在情态范围内,毕竟是一个语境特征突出的范畴。这个议题还需要详细说明。

同理,先前提到过的权势(Power)也应该是一个文化语境概念,大致相当于人们说的意识形态的一部分内容;它同评价一样,也缺乏一个一一对应的词汇语法模式,也由语言的不同层次、不同级阶和不同相度体现,也支配各种语言成分的选择

---

① 译引自 Michael Halliday, *Language as Social Semiotic: The Social Interpretation of Language and Meaning*. London: Arnold, 1978, p. 33, p. 115.

② James R. Martin, *English Text: System and Structure*. Amsterdam: Benjamins, 1992.

③ 也见 Michael Gregory and Susanne Carroll, *Language and Situation: Language Varieties and their Social Contexts*. London, Henley and Boston: Routledge and Kegan Paul, 1978.

④ 引译自 James Martin, *English Text: System and Structure*. Amsterdam: Benjamins, 1992, p. 496.

与组织。因此,评价和权势更多的是一个文化语境范畴。

　　这里需要对'意识形态'做一说明,因为文献中的大多数论述都不做具体解释。此术语源于马克思,指跟社会阶级和社会冲突有关的观念上层建筑,是一种阶级冲突的核心概念,一种对"真实"的扭曲表征。之后逐渐形成一个中立范畴,指"基于一定的社会地位而形成的思想观点"①。巴赫金把它进一步概括为一种社会符号,一种构成所有社会关系的、具有本质意义的符号媒介,一种与社会领域更为广阔的对抗力量相关联的物质力量和社会实践②。可见,意识形态与权势关系之间有质的一致性。

　　图 5-8 是笔者根据学界既有研究成果,包括社会语言学的大量文献和韩礼德在 1978 年论著中的有关讨论(详见其中第 8—13 章)构拟的权势关系系统选择图(具体讨论拟另议)。

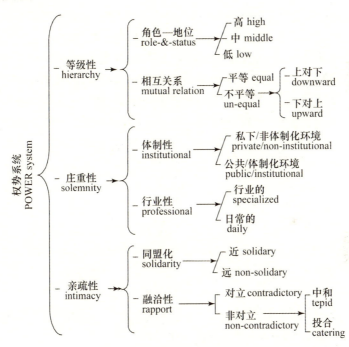

图 5-8　权势关系网络模型

　　权势意义的词汇语法范畴就是人们早已认识到的、具有梯度等级的语体,是具有经验同义关系的语言变体(见前面第 1 章)。

---

①　胡辉华:《马克思的意识形态概念》,《暨南学报》,2001 年第 6 期,http://www.docin.com/p-235599295.html。

②　Michael Gardiner, *The Dialogics of Critique*:*M. M. Bakhtin and the Theory of Ideology*. London and New York:Routledge, 1992, p.8.另见《关于巴赫金意识形态与语言理论的概述》,http://wenku.baidu.com/view/f5604bd86f1aff00bed51e70.html。

文化语境至少包括上述三个方面的内容：语类、价值观念和权势关系；其他如主体间性也应包括在内。

其次，与三种语域变量关联的是语义三元：概念、人际和语篇；语篇是组织概念和人际意义的"手段"。需要明确的是，韩礼德的意义概念指语义成分，呈聚合关系，形成系统网络。例如，对于威胁，韩礼德分为两类：物理性威胁和非物理性威胁。前者涉及两组情况：实施威胁的主体具体与否，如果具体，他可能是说话者本人，也可能是他人；对于其中任何一种情况，条件是否明确；在明确的条件下又分两种并存情况：一是重复性威胁或持续威胁，二是条件属于主从类还是并列类；并列类又可能是命令或者禁止。非物理性威胁，要么是心理惩罚，要么是行为限制[①]。显然，人类通过经验获得的关于威胁的认识在这里被类别化和范畴化了。事实上，其他经验也可以通过类似方式加以描述。这就是系统语言学的特点：把连续体识解为可以进一步处理的语义特征和范畴，便于进行词汇—语法化处理。

第三，三类语义系统经过词汇语法处理，变成实例化的词汇语法结构关系。

（一）概念意义，包括经验意义和逻辑意义，由及物性、时制和归一度体现。词项范围内的经验意义分别是：事物（名词）、事件（动词）、品质或特征（形容词）、数量（数量词）、关系（英语系词、介词、连词；汉语结构助词）等；在小句级阶上，这些成分被结构化，构成及物性、时制[②]和归一度。归一度指命题的肯定与否定两个极端，如"张三（没有）追赶李四"；处于两个极端之间的情态范畴也有经验意义，可以直接用'级差'来统称[③]。下面对及物性做扼要说明。

（1）张三在追赶李四

（2）张三看见李四了

（3）张三就是李四

（4）张三跳舞了

（5）张三说自己又长胖了

（6）他家门前有一条小河

六个小句分别代表及物性的六个过程类别：物质、心理、关系、行为、言语和存在。(1)是物质过程："张三"和"李四"均作过程的参与者："张三"是参与者中的动作者，"李四"是目标，"追赶"是过程本身，前两者受过程支配。(2)是心理过程：

---

① Michael Halliday, "Toward a sociological semantics". In Jonathan Webster（ed.）Volume 3 in the Collected Works of M. A. K. Halliday: On Language and Linguistics. London: Continuum, 2007, pp. 238—239.

② 夸克等人划了16种英语时态；但韩礼德根据逻辑递归原则演绎出36种（涉及逻辑关系）。见韩礼德：《功能语法导论》（第二版），彭宣维等译，北京：外语教学与研究出版社，2010年，第6章。"逻辑—语义关系"可见该书第七章，包括扩展和投射两个大类。

③ 这跟评价范畴说的"级差"是一回事，但评价范畴侧重其评价功能；这里则关注其经验意义侧面。即是说，相关现象同时具有评价意义和经验意义两种特征。例如，"活泼"既是一种积极判断态度（态势性），也具有描述性格特点的经验特征。

"张三"是感觉者,"李四"是现象。(3)是关系过程:"张三"是载体,"李四"是属性。(4)是行为过程:"张三"是行为者。(5)是言语过程:"张三"是言说者,后面是言说内容。(6)是存在过程;它跟(4)一样,只有一个参与者:存在者。这些类别体现的都是经验意义。

(二)人际意义由语气和情态体现。韩礼德针对英语的情况指出,英语小句的语气由语气成分加剩余部分组成;语气成分又由主语和定式成分组成,从而构成两种总体语气:祈使和直陈。直陈分陈述与疑问;陈述又分感叹和言说;疑问包括特指问和是非问。这些语气类别,可以体现四种互动性的人际语义范畴[1]:给予(把凳子挪开;我们帮一把,可以吗?)、索取(把东西给我吧;你还不还我钱?)、提问(你去过天津吗?)和陈述(我去过天津三次)。胡壮麟教授根据汉语的情况指出,汉语的语气主要由声调和语气词体现[2]。

(三)语篇意义由主位化体现,具体包括主位结构、信息结构和衔接。主位结构指主位和述位一起构成的消息组织方式,如"张三打了李四"和"张三给李四打了"中的"张三"是主位,即小句表达的消息中第一个成分,是消息表述的出发点。信息结构指由已知信息和新信息构成的功能结构关系,如("—你看到谁了?")—"我看到了张三了",其中"张三"是新信息;"我看到了"是已知信息。衔接总体上包括照应、省略、连接和词项衔接四个大类,相关成分把一个又一个语义片段连接成为更大的单位,使这些片段具有内在的连贯性。

据此,马丁从语篇是一个社交语义单位的见解出发[3],运用韩茹凯的衔接和谐思想[4],从协商(人际互动意义)、识别(照应)、连接与连续(语篇的逻辑意义)、概念(词项衔接)、语篇组织(关乎话语语义、词汇语法与音系的语篇性意义)五个角度,探讨语篇组织。我们看到,语义层不仅包含着有关语义成分的系统网络关系,还涉及由这些成分组织而成的整体及其随时间变化的过程。于是,一个理论问题出现了:既然语义是聚合性的,词汇语法是组合性的,组织性的话语仍然属于语义层、还是词汇语法层?据韩礼德和马丁的见解,它仍然是语义性的。如此,话语性质的语义组织在此前的语言学模式中当居何处?

为此,韩礼德把此前自己提出的有关语义层的两个观点:语义层是一个聚合性的网络关系;语篇是语言的实例,是一个社交语义单位,把索绪尔认定的语言和言语、叶尔姆斯列夫的系统和过程联系起来,区分语言系统和语言实例,提出了系

---

[1] 也称言语功能。这是从言语行为理论发展来的,所以彼此兼容。
[2] 胡壮麟:"英汉疑问语气系统的多层次和多功能解释",《外国语》1994年,第1期,第1—7页。
[3] Michael Halliday, *Language as Social Semiotic: The Social Interpretation of Language and Meaning*. London: Arnold, 1978.
[4] Ruqaiya Hasan, "Coherence and cohesive harmony". In J. Flood (ed.) *Understanding Reading Comprehension: Cognition, Language and the Structure of Prose*. Newark, Delaware: International Reading Association, 1984, pp. 181—219.

统功能语言学的扩展模式(见图 5-9)①。

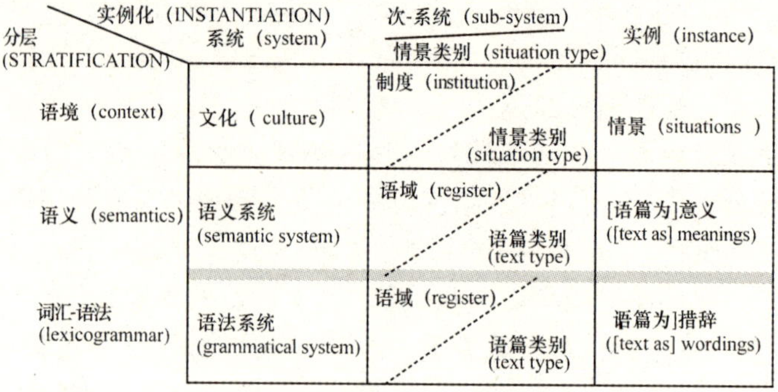

实例化(INSTANTIATION)
分层
(STRATIFICATION)
系统(system)
次-系统(sub-system)
情景类别(situation type)
实例(instance)
语境(context)
文化(culture)
制度(institution)
情景类别
(situation type)
情景(situations)
语义(semantics)
语义系统
(semantic system)
语域(register)
语篇类别
(text type)
[语篇为]意义
([text as] meanings)
词汇-语法
(lexicogrammar)
语法系统
(grammatical system)
语域(register)
语篇类别
(text type)
语篇为]措辞
([text as] wordings)

图 5-9　韩礼德的扩展语言模式

这样,左边的系统成分网络与右边的组织关系就可以统一到语义层之下了;不仅如此,词汇语法层也涉及类似关系②;根据笔者的经验,语音和书写层同样涉及系统和实例问题,而且应该是[语篇为]声音/书写([text as] sounding/writing)。

换一种方式来诠释图 5-9 的模型,系统和实例分离的思想可能就会更加清楚(见图 5—10)。

概率/盖然性
PROBABILITY
文化资源
CULTURE REPERTOIRE
语类
GENRE
语义
SEMANTICS
词汇-语法
LEXICO
GRAMMAR
言语行为
VERBAL BEHAVIOURING
语域
REGISTERING
意义
MEANING
措辞
WORDING
不可预测性
UNPREDICTABILITY

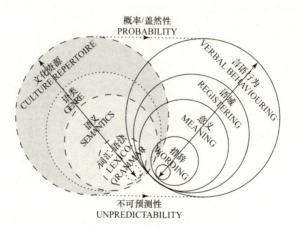

图 5-10　系统和实例分离示意图

据此,马丁把情景语境作为一个层次纳入系统功能语言学的系统模式图,的确值得商榷。

现在回到系统功能语言学的层次观上去,我们就能明白为什么有些语义范畴缺乏一对一的词汇语法范畴的事实(见第 1 章图 1-2)。

① 韩礼德教授建议称扩展模式(2009 年 7 月 12 日私下交谈)。

② 另见 Michael A. K. Halliday, *Explorations in the Functions of Language*. London: Arnold, 1973, p. 101.

5.3.2 社交环境下语言过程的记忆加工

这里需要说明语篇生成的动态性,即随时间流程而出现的过程性,基础是工作记忆原理。该议题是在韩礼德模式集中关注语言系统的基础上提出来的,也是此前有关论述已经涉及和具备、但尚未如此定性的一步工作。而这样来定性也是学界早有的认识,这里只是提到日程上来而已。下面概述社交互动前提下语言的记忆加工过程模型,依据是韩礼德扩展模式的实例化概念、现在主义认识论以及语言在工作记忆中的在线加工特点,目标是语言的生成过程(实例化):一切相关信息呈现于当下,它们是在社交环境中发生的①。

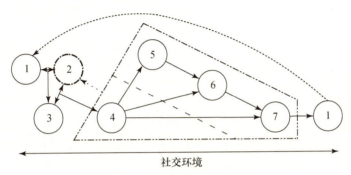

图 5-11 语言加工过程示意图

该过程涉及长时和短时工作记忆,即'4+5+6+7'的整个区域;而'2—7'属于认知神经加工范围,系相关在线信息的居所。交际主旨激活长时记忆('2')中的相关信息,形成长时工作记忆('4'),包括随时等待调用的语义、词汇语法、语音/书写等系统成分;这些成分与处于离线状态的其他长时记忆中的信息('2')具有联通关系,所以后者可以随时被激活、被调用。在长时工作记忆支持下,短时工作记忆('5+6+7')进行语义('5')、词汇语法('6')以及语音/书写('7')的结构化"编码"。因此,短时工作记忆是在线加工的一端,也是注意端;长时工作记忆则处于另一端,在很大程度上是无意识的。加工后的表达信息('7':语音/书写单位)由外在媒介('1',即韩礼德说的'语音或书写实体')进一步体现:它既可能作为外部刺激信号由言说者本人"输入",以调节言说内容、方式与质量,也可以为听话人作为"输入"信号而激活长时记忆中的相关信息,从而形成长时工作记忆并进行解读。'3'是感知识别系统,应该是'1'和'2'互动产生的;'2'和'3'互动形成长时工作记忆'4'。从工作记忆('4+5+6+7')向'2'的反向虚线箭头,表示语篇生成的加工过程可能受到足够注意而存入长时记忆;其他信息则随即消失。相关加工机制与前面提到

---

① 对比 Willem J. M. Levelt, *Speaking*: *From Intention to Articulation*. Cambridge, MASS.: MIT Press, 1989, p. 9.

的解读过程从功能上讲应该是一致的：经过加工处理的主要信息可以形成相关认知语境，并为进一步信息加工提供引导和限制，保证语篇生成的连贯性。该模式的特点之一是动态性。韩茹凯指出：功能模式关注语言的动态性，这对所指与能指以及所指/能指之间的关系性质具有内在价值①。语言的过程侧重强调语言生成的实例化，即语言的动态性；正是有了这一在线加工特点，语言的交际功能得以实时发挥；其实，任何有语言介入的人际互动，均处于类似加工状态下。这是一个由多重互动关系构成的过程：内外互动、长短时工作记忆互动、长时记忆中处于工作状态的信息与处于非工作状态的信息互动、先"编码"的信息与后"编码"的信息互动、感觉—运动神经与交际意图互动、"输入"与"输出"互动等等。

这里就情景语境的选择过程给予进一步分类定性。这是语用学的核心内容之一，唯嫌太笼统；叙事学和认知语言学采用了"视角"概念，但只是其中的一个方面。这里拟具体到三个类别，分别对应于语言的三个相度。第一个是跟概念相度有关的投射选择，这是（显性或隐含）说话人或作者通过本文过程所投射的思维和言语活动，最终显现为话语流（语音或文字）。投射（Projection）这个概念源自系统功能语言学，指话语过程通过叙事者或角色呈现的思想或言语活动；笔者将这一概念的外延扩大，指任何说话人或作者实施的话语行为及相关现象，所投射的内容集中于概念维度。第二个是跟人际意义有关的蕴涵性对比对立（entailed comparison and contrast）。具体而言，在言语行为中，选择了给予（Offer），就蕴涵了潜在的索取（Command）；选择了提问（Question），就蕴涵了潜在的陈述（Statement）；同理，选择了对一方的褒扬，就同时意味着对另一方的贬抑；向听话人选择高语体成分，便暗含了场合的正式性、话题的专业性、或者/和自身的低社会地位或者对方的高权势性。其特点是：两个方面的显隐性和同时性。第三个是和语篇意义有关的视角问题（Perspective），即表达出发点和角度因素的选择：如何确立消息（Message）的表达出发点和信息价值的重心。三个方面在选择中可能存在内部不同选项之间的竞争问题，以期最佳交际效果。而确立上述三个方面的基本目的在于，把作为社交的主体——社会人的核心价值，纳入话语过程甚至系统功能语言学的理论模型。可见，这一尝试既有模型完善本身的需要——明确选择过程关涉的不同类别，也有社会交际的伦理学意义，尤其是主体在主体间性原则支配下的相对自主性和话语调节的机动性，确立主体地位的重要性，脱离语言模型建构的客观主义窠臼；当然，我们强调主体间性，旨在阐明社交互动的主体间性立场。

下面概述该模式与认知语言学相关理论的兼容性。莱可夫和约翰逊提出的'概念隐喻映射'与福柯涅等的'概念整合'究竟发生在哪里？莱可夫和约翰逊认为，隐喻不仅仅是一种语言（修辞）现象（上图中从'4'到'5—6—7'）；尤其重要的

---

① Ruqaiya Hasan, "The analysis of one poem: theoretical issues in practice". In David Birch and Michael O'Toole (eds.) *Functions of Style*. London and New York: Pinter, 1988, p. 46.

是,它是一个认知加工过程:不仅可能发生在概念形成过程中('4—5'),也可能在'前概念化'阶段(即'3'或'3—4')。同样,作为对概念映射理论的改进与补充,福柯涅等人的概念整合加工可能在第'3'阶段发生,也可能发生在'3—4'或/和'4—5'之间。但只有经过从'4'到'5—6—7'阶段的语言介入,相关映射与整合才显现出来。由于并不是所有前概念化阶段加工的信息都会进入短时工作记忆('5—6—7'),所以其信息加工范围要比概念化和命题化涉及的内容广泛[①],后者是前者的"显性"表现,虽然后者经过了语言结构的"整形"与"重塑"。

此外,从外在过程到语言过程具有逐级支配的连续性。例如,根据约翰逊的解释,"平衡"这个概念本来是物理世界维持运行状态的基本法则(物理平衡),但小孩在学会走路时为了不至于跌倒,会将两手伸出去保持身体平衡(生理平衡)。而物理平衡和生理平衡将影响人的视觉(感知)平衡:在一个正方形的中心画一个黑点,你会觉得协调;但如果这一个黑点靠近某一条边或某一个角,就会有失衡的感觉;这里已经涉及感觉—运动神经参与的认知加工了。而在更高的认知层次上,我们有数学上的"相等"与"不等"认识(这里加上:人际性的"中庸"观念),这些是想象力作用下隐喻推理的加工结果。而正是在这样的情况下,具体的生理、感知平衡、无意识的意象图式或经验格式塔,被隐喻性地映射与整合到抽象的认知平衡上。这里的关键是生理和感知平衡,它们被隐喻性地映射到数学和社交认知域中,尽管其中的数学等式不是自然语言而是人工语言[②]。

其次是系统功能语言学、认知语言学和语用学的相同点与不同因素。它们都是关于语言的功能模块,而且都是在兼顾经验和百科知识的前提下,从语言出发探讨语义的;不存在纯粹以语言为着眼点的语义研究。但不同点也有很清楚,包括切入问题的方法和研究对象差别。这当然受学派理论模块建构的独特性影响。而语言过程模式为三者确立了一个共同的运作平台,虽然从方法论上做兼容处理需要花费太大的代价,也存在不兼容的情况[③],但在实际文本分析中同时关注几个方面是可能的,也是可行的,尤其是各自侧重的现象可在同一认知框架内并行讨论。例如,语言过程涉及的语用学原则和策略处于后台地位,始终支配着语言"编码"的方式和走向。显然,语用学研究的这一领域正是经典系统功能语言学欠缺的:后者从描写角度关注系统选择,但为什么选择与如何选择,是由"外在"情景因素促动和支配下的感觉—运动神经承载加工的,具体在从'3'到'5+6+7'的过程中发生:这是语用学原则与策略(包括顺应理论)与经典系统功能语言学在过程模式下的兼

[①] 典型的概念化见 Leonard Talmy, *Toward a Cognitive Semantics* (Cambridge, Mass.: MIT Press. 2001);命题化见 Ronald Langacker, *Cognitive Grammar: A Basic Introduction* (Oxford: Oxford University Press, 2008)。

[②] 人类的抽象思维就是这样形成的:由简单到复杂,由具体经验到抽象概括,在大脑中积累成为庞大的、彼此连通的神经元网络系统,形成长时记忆机制,储存着多层次的知识系统。

[③] 如语用学沿用的命题真假值问题。韩礼德认为:"语义与真假值无关",参阅韩礼德:《功能语法导论》(第二版),彭宣维等译,北京:外语教学与研究出版社,2010年,第85页。

容性。这里也涉及认知语言学、尤其是在底层起支配作用的映射理论和概念整合理论等运作机制的立足点,因为这样的认知机制能有效说明:选择成分如何从'3'到'4'整合成为'5'的语义结构有机整体的,而这也是韩礼德模式需要补充的①。认知语言学的语法描写只有"射体—地标"这一个范畴,同时缺乏人际性,所以也应该积极吸收参考系统功能语言学的有关思想。

评价文体学的批评与审美观集中体现在评价意义的波动平衡模式中(见后文第9章),即评价成分在积极与消极之间、在各类范畴之间来回穿梭的动态过程,主要涉及八个方面的对立范畴,这就是文本中的主次评价因素、积极与消极特征、评价成分的跨度远近(包括出现频次的多与寡和分布的间隔长与短)、直接和间接的评价特征、与此直接相关的显隐表征、评价意义在表达体现上的一致(对应)与不一致(错位)、主流评价方式在文学发展不同时期的共时与历时互补(写作选择)、历时过程中虚位与补偿填实的评价行为(消费心理)等范畴。第一对是核心,随后五对则围绕它展开;最后两对是从文本间性角度说的。由这些对立范畴构成的平衡模式只是三种典型情况之一,即对立、趋离与中和平衡;三者是动态的,可能相互转化,从而体现相应的评价效果。

这里还需要为评价范畴提供认知神经基础。心理学中也有一种评价范畴,对事件和情景作认知评价(evaluations/appraisals)。这种评价机制会诱发情绪(emotions)。例如,一种浪漫关系结束会让人痛苦,这是由某种希望得到的东西确已丧失而无法挽回的评价心理。心理学的评价范畴有以下主要假设。一、不同情感(如悲伤、恐惧、愤怒)是由评价引发的;二、不同评价能解释个体暂时的情绪反应差别,因为评价在情景与情绪之间起干预作用;三、与同一评价类型相关的情景会激发相同情绪;四、评价先于情绪,它激发情绪过程,从而引动心理表述、相关行为及其他情绪变化;五、评价过程使特定情景产生相应的情绪反应,因为评价系统把外在情景特征与内在动机及资源联系在一起;六、冲突、非自愿或不相称的评价会引发非理性情绪;七、评价变化可以引导心理发展和临床诊断上的情绪变化②。显然,这里说的评价不是本书意义上、由语言体现的评价概念③。但认知评价可以体现到语言系统中,语言的评价意义则以认知神经评价为基础,两者是一体的——这跟语言的概念意义及其背后的概念和前概念一样。再者,心理学的评价范畴虽然关注情绪,但这并不意味着就只有情绪。因此,这个认知神经基础在笔者构拟的模式中原则上处于第'2—3'阶段,进而经由'4—5'的编码加工变成相应的评价语义范畴。

文本的评价意义涉及交际动机。所谓交际动机,指"人和动物具有的一种独特

---

① 整合关注的语义内容;而词汇语法和语音则是复合性的(composed)。

② Klaus R. Scherer, Angela Schorr, and Tom Johnstone (eds.) *Appraisal Process in Emotion*: Theory, Methods, Research. Oxford: Oxford University Press, 2001, pp. 3—11.

③ 相当于语言评价范畴涉及的态度意义之下的情感诸范畴;可见,心理学受学科自身的局限,需要语言学(包括评价范畴)引导才能获得进一步发展。

的目的机制……通过对人和动物行为的随机激活、强化和抑制实现某种目的,即某种信号输入可以引起的欲望的增高或减低,引起动机减低(满足)的信号即是动机目标的实现";动机分"痛苦"和"快乐"两种,"是由欲望、痛苦和快乐这三种因素以一定方式结合而成的":"欲望—痛苦结构"构成痛苦性动机;"欲望—快乐结构"和"欲望—痛苦结构"以一定方式结合构成快乐性动机①。

这个定义有两点值得重视。第一,动机是和情感联系在一起的,因此也是和评价联系在一起的——不管是前情感阶段的评价、还是通过语言再现的评价意义。第二,动机受目的驱使。就文本生成过程而言,我们假定意义的产生动机有多个层次,包括总体主旨(motif)和局部主旨,可能还有受总体主旨支配的居间层次,高一层次支配低一层次,直到具体选词和音韵效果,彼此有明确的理据。这是经典文学文本生成过程所遵循的,也是一种理想化的认知模型。语言学研究中出现的 Green ideas sleep furiously(绿色的思想愤怒地睡着觉)这种超常规意义生成方式,则走向与上述理想化模型相对立的另一极。20 世纪的一些现代派文学文本,在叙述中弱化情节性、时间性、故事性、典型性,在整体动机和局部动机之间造成断裂效果,使局部叙述与中间层次甚至整体主旨缺乏经典文本那样的常规逻辑性。可见,这是一种从语境到意义的调节手段。理查森②揭示的《尤利西斯》的情节构成就属于这种情况:他系统分析了经典情节概念(因果关系)之外的文本推进方式,说明文本的"多轨迹进展"组织思路;而雅克比③分析的托尔斯泰《克莱采奏鸣曲》中飘忽不定的意识形态立场以及由此带来多种解读可能性,也与此有关④。所以,"绝大多数的叙事都成了曲径通幽的神游园"⑤。这是创作的评价主旨问题,出于审美目的,由此可以偏离常规,降低意义的可预测性,增加新奇效果甚至无所适从的失落感,从而让读者带着这种感觉来看待现实世界,面对有序性,抵制和背离成规,达到去中心化的目的⑥。阅读则可能出现"反阅读":"抗拒甚至破坏文本中本来清楚地昭

---

① 卢普:《心理的动机原理》,北京:北京出版集团公司、北京出版社,2009 年,第 1—2 页。

② 布赖恩·理查森:"超越情节诗学:叙事进程的其他形式及《尤利西斯》中的多轨迹进展探索",宁一中译,载詹姆斯·费伦与彼特·拉比诺维茨主编:《当代叙事理论指南》,2007 年,第 173—189 页。

③ 塔玛·雅克比:"作者的修辞、叙述者的(不)可靠性、相异的解读:托尔斯泰的《克莱采奏鸣曲》",马海良译(出处同上书,第 102—121 页)。小说通过对一个杀妻者(怀疑妻子通奸)主张取消夫妻性行为的故事,总结了学界三种大异其趣的解读结论:"(1) 把叙述者看作托尔斯泰的可靠的代言人;(2) 认为叙述者不可靠;(3) 认为问题出在作者自己的不被人接受的意识形态和/或含混的话语,而不是(或不仅仅是)出在叙述者身上"(第 103 页)。此当为文本设计的不定因素使然。

④ 这一点在米勒分析詹姆斯的小说《为成熟的少年时代》中也有体现(见希利斯·米勒:"亨利·詹姆斯与'视角',或为何詹姆斯喜欢吉普",申丹译,出处同上书,第 122—136 页)。

⑤ 彼特·拉比诺维茨:"他们猎虎,不是吗?《漫长的告别》中的路径与对位法",宁一中译,载詹姆斯·费伦与彼特·拉比诺维茨主编:《当代叙事理论指南》,2007 年,第 190—203 页。

⑥ 人是有这种天然弱点的:现实生活中为什么总有人上当受骗?被诱导的思维,其理智会下降。文学分析可见 Henry G. Widdowson, "Othello in person". In Ronald Carter (ed.) *Language and Literature: An Introductory Reader in Stylistics*. London: Allen and Unwin, 1982, pp. 41—52;科学阐述可见 George Lakoff, *Moral Politics: How Liberals and Conservatives Think*. Chicago: University of Chicago Press, 1996.

示的东西。"①

文本叙述有这样一种情况：局部和整体动机不一致或无关，但局部叙述能带有某种情趣，从而使人物或故事丰满。这在当代文本中常见。即是说，传统的优秀文本，即使一个细节也可能意味着某种以小喻大的伏笔，这在刘心武先生讲解的《红楼梦》中俯拾即是。而当代文本（尤其是电视剧）的推进过程，会随时插入一些与基本主题无关的表情、笑话或举动。

上述过程大都出于理性设计；也有不带理性的，如行文中随意加入与正题无关的词句的案例。于是，这里涉及另一个级差模式：理性与非理性编码。理性总是和带目的的动机共现；非理性往往缺乏应有动机，具有随意性。

这些现象（或许还有其他情况）是在语言过程中三维之外的时间维度上发生的，编码动机支配整个过程，因而在意义链生成的不同阶段（不同的现在），任何语义成分、词汇语法单位、语音或书写要素发生改变，都可能引起意义的局部甚至整体改变。

总之，语言模式是一种系统，一种制度，一种共同体内各成员遵守的常规人文法则，是汽车、火车、轮船、飞机运行的公路、铁路、航空航海线，是牵着风筝高飞的绳子及其放风筝的人。但这些法则的具体实施多有变数，随意性、随机性、不可预测性、不定性时有发生；而这正是语言实例的特点，是语言使用的本来面目，体现了使用者的主动性、动机性、创造性、灵活性和人文性。不过，上述众多"变数"中包含了一种历史的必然性。这里的观点与模因论并不冲突：其三个特征之一"复制忠实性"中包含了变异和创造因素；唯嫌对后者的平衡对立价值强调不够。毕竟，计算机病毒复制，与文化传播（复制）有本质不同：前者是机械自动的完全复制；后者受兴趣、智力、记忆能力支配，有创造性因素介入，所以利科把类似现象称为"创造性模仿"②。把计算机病毒复制与大脑传承文化的机制混为一谈，是一种把大脑和计算机等同的机械论。

而从泛时角度看，叙事中出现的情节、故事、时间、个性等的淡化与非常规性，正是意义生成的现在性的具体体现：引人入胜的情节、次第更替的故事、明确的时空因素、鲜明的个性特点，是对意义现在性的内向压缩（而非外向扩展与延伸），如一部小说已经跨越了相当规模的篇幅，可是有关故事的一天还没有讲完；交响乐带来的听觉效果是内向的张力，只有和声能加以缓解；复杂精细的雕刻和绘画只能收缩想象空间，而适度的简洁疏朗可给人以无限遐思。

---

① 彼特·拉比诺维茨："他们猎虎，不是吗：《漫长的告别》中的路径与对位法"，宁一中译，载詹姆斯·费伦与彼特·拉比诺维茨主编：《当代叙事理论指南》，2007年，第190—203页。

② Paul Ricoeur, *Time and Narrative* (*vol.* 1). Translated by Kathleen McLaughlin and David Pellauer. Chicago: University of Chicago Press, 1983, p.31.

5.4 总结

本章介绍评价文体学的范式思想,分两大部分:现在主义的基本观点以及系统功能语言学平台,目的是为评价文体学的提出确立一种操作依据。

确立一个新的认识论模型,发端于笔者对于文本过程的分析以及由此发现的理论问题。结果表明,它不仅可以解决一系列语言学问题,还涉及一些根本的语言学认识,包括索绪尔严格区分的共时和历时而将泛时观念排除在语言分析原则之外。我们的尝试可以从理论上为泛时语言分析观提供支撑:一切文本过程,无论时空异置情况如何,一旦进入分析者视野,即成为共时性的考察对象。这一点不仅适合于不同文本之间,也能解释同一文本之内前后信息的理论关联问题。当然,现在主义认识论涉及的视野更为广阔。

本章介绍的系统功能语言学,是一种总体方向,一种法律规章;意义生成的具体过程是受个人因素支配的;既有严格执行者,也有越轨异类,中间是各种可能的复杂状态。这其中最关键的是交际动机,致使编码方式、个性化风格以及个体的临时因素会有很大变化,从而出现从常规到非常规的语言使用现象。熟悉经典系统功能语言学的读者清楚,韩礼德在《作为社会符号的语言》一书中指出:从生物体内部(认知)和生物体之间(社会)研究语言,彼此是互补的;20世纪60年代的语言学研究主要从内部进行,韩礼德则从外部来加以考察。在21世纪的大背景下,笔者为系统功能语言学理论补足内部视角,不仅可以为我们的应用分析打通壁垒,尤能提供更为开阔的视野去做应用研究。

6 评价文体学的学科前提
——一体化解读机制及相关原则*

> 系统有赖于记忆:有赖于每一个说活人铭刻在大脑中的内容,尤其是共享记忆,从而确保一定数量的、切实可行的不同说话人—大脑具有足够的共享基础,连续而无断裂。共享的不仅包括语法和语音系统网络,还有量化类型——我一向主张的盖然性模式,即上述系统自身的内在特征。
>
> ——韩礼德《语言系统的并协与互补》①

6.1 引言

本章意在现在主义哲学基础上,以语言的过程维度模式为平台,为评价文体学确立相对明确的学科前提,包括'作者—文本—读者'一体化解读机制的总体出发点、语言学基础以及相关具体操作原则与分析框架。

评价范畴的基本思想,虽然同时从'解读'角度关注文本中蕴含的作者或说话人立场②:系统⇋语域⇋语类⇋文本⇋解读,但与当代文学批评、尤其是巴尔特和德里达等人的后现代主义仅以读者解读为依据的批评与审美立场是根本冲突的。在此,现在主义旨在解决文本分析过程涉及的信息关联问题,进而将相关视野扩展到主体间性;这一思想为发展评价文体学的相关批评与审美思想及具体文学文本的分析提供基础(具体分析见后文第 8 章和第 10—14 章)。

下面第 6.2 节说明文本解读的'作者—文本—读者'一体化解读模型,作为评价文体学的理论前提;第 6.3 节介绍评价文体学的基本操作原则,并在吸收叙事学关于叙事交流模式的有关思想的基础上确立评价文体学的分析框架。

6.2 '作者—文本—读者'一体化解读机制

本节确立评价文体学的分析框架,基础是上一章介绍的现在主义。在现代阐

---

① 引译自 Michael A. K. Halliday, *Complementarities in Language*. 北京:商务印书馆,2008 年,第 15 页。

② 即 system⇋register⇋ text type⇋text⇋reading;见 Jim Martin and Peter White, *The Language of Evaluation: Appraisal in English*. Hampshire and New York: Palgrave Macmillan, 2005, p.25.

释学学者以及后继者那里,虽然有关作者与读者的历史关联主张,但缺乏一个工作平台将三者整合到一起;在一些后现代学者眼里则只有读者;这里以认知心理学的(长短时)工作记忆理论为基础,系统阐述以下认识:'作者—文本—读者'是一个一体化的解读发生过程。为此,行文拟对以下几个方面给予系统阐述:(一)文本解读的实质——所指重构,(二)所指重构的记忆加工原理,(三)记忆加工的社会文化特点与内容,(四)以互动性、主体间性与记忆为基础的解读差异机制。第一点是基本观点论述,后面三点提供相关背景支持。

6.2.1 问题的提出与解决方案

一般认为,西方文学的批评与审美大体上经历了三个阶段:传统的作者中心论,新批评的文本中心论,后现代的读者中心论。新批评对传统方法论的诟病是:文学解读旨在恢复作者的写作意图,这是作者意图谬论(the intentional fallacy)[①]。结构主义和后结构主义者则批评文本中心论与作者中心论无异,他们否认作者的主体地位,认为文本没有确定的意义指向。艾布拉姆斯总结道:

> 典型的后结构主义观点认为,没有文本能表达出它似乎想要表达的意思。例如,对解构主义批评家而言,文本是一连串的能指。这些能指意义的表面确定性以及对文本外部世界的表面所指,都是相互冲突的内在力量的差异游戏所产生的"效果",在更为仔细的分析之下,其结果是将文本解构成无法确定、支离破碎的对立意义。在罗兰·巴尔特看来,作者的"死亡"使读者能以他或她选择的任何方式自由地进入文学文本,而文本所产生的愉悦强度与读者抛弃指代可能性限制的程度成比例。斯坦利·费什的读者反应批评观认为,似乎是在文本中发现的所有意义与形式特征都由每位读者个人投射到印刷符号中。两个个人对意义的一致看法取决于他们是否属于同一个"解释群体"。[②]

其实,三种文学批评立场从总体上看都犯了孤立主义与割裂主义错误,与整个20世纪以来主流性的多元认识观背离:传统文学批评的意图性解读(Intentional Readings)、新批评及其后继者的迹象性解读(Symptomatic)、现代与后现代的顺应性解读(Adaptive)[③],暂且按下各自可能存在的其他问题不表,遵循的其实都是单一视角原则,即只关注作者、文本或者读者,缺乏全局意识。而问题的关键正在这里:结构主义和解构主义者们欣赏的正是这种分裂原则,并以此为乐自诩,从而推出了所谓的后现代社会思潮:拜物泛滥、理想丧失、社会失控、教师在精神上失业、

[①] William Wimsatt and Monroe Beardsley, "The intentional fallacy". *Sewanee Review*, 1946(54):468—488.

[②] 见艾布拉姆斯(Meyer Howard Abrams):《文学术语词典》(*A Glossary of Literary Terms*)(第7版),中英对照,吴松江等译,北京:北京大学出版社,2009年,第482—483页。

[③] 概述见 H. Porter Abbott, *The Cambridge Introduction to Narrative* (2nd edition). Cambridge: Cambridge University Press, 2008, Chapter 8.

人性在爱的荒漠中慢慢枯竭①。这里我们提及两位代表性人物。

一位是符号学家巴尔特。巴尔特②认为,文本中心论和读者中心论本质上相当。他主张"读者的诞生必须以作者的死亡为前提"。在巴尔特笔下,作者被游离开去,代之以场记(Scriptor)。而场记是一个不再有热情、情感、情绪、记忆印象的个体,而是一个容量巨大的词典,他从词典中提炼写作,而由此写成的是断续的文本:生活仅仅是书本的模仿,书本自身又只是记号组织。读者是一个没有历史、没有传记、没有情感心理的人,仅仅是把同一领域内的所有痕迹鼓捣在一起的人,随读者出现的写作由是而生。巴尔特怀疑一切他看不到的东西。这跟形式主义哲学和形式语言学一脉相承,从而出现形式主义幻觉。他割断历史:在他的视野里,人就是白痴。

另一位是比巴尔特走得更远的德里达。德里达③在并不真懂语言学的前提下,极力反对索绪尔关于语音和书写的关系,把书写提到前所未有的高度。他以书写的不确定性推导出关于文本解读的延异(Différance)理论:所指不定,随书写差异不断更替延迟而出现意义差别。但问题是,他所说的书写概念,似乎只是书写的字素变体(Allograph),还不是具有体现经验意义的字素(Grapheme)一类的概念。这样的立论途径使他那些看似用功致勤的论证失去了必要的科学支持。同时,德里达是一位彻头彻尾的怀疑论者。他怀疑他能看到的一切。人似乎只是一个幽灵。事实上,其解构主义立场的依据不仅包括从胡塞尔那里演绎而来的悬置法,还有从弗洛伊德那里挪用的"心理印痕"概念(Psychic imprint),但他似乎忘记了这样的印痕和记忆密切相关。所以,从某种角度上说这是一种解读性的老年痴呆假说。

笔者响应建设性后现代的号召④,重拾文学本色,复原作者、文本和作者之间的多元性文化生态本性。而此前的一些有价值的认识可以作为我们思考问题的出发点。首先,现代阐释学的基本观点为作者、文本和读者关联提供了某种思路,但缺乏一个有效的现实工作平台从理论上给予支持。例如,海德格尔和伽德默尔已经意识到时空异置情景下意义阐释的跨时空关联问题,但他们的认识论前提没能引导他们得出三者一体的结论⑤。事实上,他们只关注"视域"范围内的现象,有意忽

---

① 另见朱汉国等:《当代中国社会思潮研究》,北京:北京师范大学出版社,2012年。

② Roland Barthes, The death of the author. In Hazard Adams and Leroy Searle (eds.) *Critical Theory Since Plato* (3rd edition). Singapore: Thomson Wadsworth; Beijing: Peking University Press, 2006 [1968], pp. 1256—1258.

③ Jacques Derrida, *Of Grammatology*. Translated into English by Gayatri C. Spivake. Baltimore and London: Johns Hopkins University Press, 1967.

④ 且见 Frederick Ferré, *Being and Value: Toward a Constructive Postmodern Metaphysics*, Albany: State University of New York Press, 1996 和 James Hillman, "The practice of beauty", in Bill Beckley and David Shapiro (eds.) *Uncontrollable Beauty: Toward a New Aesthetics*, New York: Allworth Press, 1998, pp. 261—274 等。

⑤ 海德格尔:《存在与时间》,陈嘉映、王庆节译,北京:三联书店,2006[1929]年;伽德默尔:《诠释学:真理与方法》,洪汉鼎译,北京:商务印书馆,2010[1960]年。

视人类可以通过想象获得的隐喻性认识;他们持个体主义立场,只在意个体差异,不关心共同体由多个个体组成的事实,而群体可在相当程度上成就互补性和整体性。其次,一些文评家积极思考,在分析实践中提出了卓有见地的观点。例如,布斯[1]指出:"任何阅读体验中都具有作者、叙述者、其他人物、读者四者之间含蓄的对话";维特[2]认为:文本世界只有在作者、文本和读者共现时才可能建构;纽宁论道:不可靠叙述的概念"是由作者动因、文本现象(包括个人化的叙述者和不可靠性信号)和读者反应这三者组成的结构"[3]。可是如何从理论上说明这一点呢?

下面拟据当代记忆科学的有关实证结论,结合体验主义(涉身哲学)基础上的现在主义认识论,提出整合作者、文本与读者为一体的文本解读记忆加工模式,从而为评价范畴应用于文学文本分析确立一个可行性分析框架。文本解读,说到底,就是以外部输入的符号串为'能指'、在读者大脑里建构相应'所指'的过程[4];这一过程是在整个相关社团文化背景下进行的。我们将明确的是,文本会随不同解读结果而拓展文本所指意义的范围,丰富和深化所指意义的内涵,进而繁衍和发展文学文化。

6.2.2 文本解读的实质——所指重构及其制约

我们也从语言的能指与所指谈起。试想,如果一个文本是用一种读者根本不认识的文字写成的,这样的文本自然缺乏其表意传情的作用。这一现象太普通了,我们可能很少想过:可以用眼睛看见、印在书页上的"文本"究竟是什么?有人说,这不就是一组又一组的符号串吗?类似字符串在历史上有多种体现方式:或者用刀刻在龟甲兽骨上,或者通过一定方式铸在金属器物上;或用"笔"写在纸草、竹简上,或者通过泥活字或铅活字印到纸上,甚至使用电脑显示屏;或者用鹅毛笔书写,或者用钢笔书写,或使用打印机,如是而已!

事实果真如此?在我们可以感知到的现象背后是否存在一个像西方经典哲学说的、具有'本质'特点的存在(Being)?但德里达会说:有!那就是基于当下而关于符号(sign)的形式本质(formal essence),即由书写确立的书写存在(the Written Being);无所谓符号的归约性所指,所指由读者临时赋予,即生即灭[5]。

---

[1] 韦恩·布斯:《小说修辞学》,华明等译,北京:北京大学出版社,1987年,第175页。

[2] Paul Werth, 'World enough, and time': deictic space and the interpretation of prose". In Peter Verdonk and Jean Jacques Weber (eds.) *Twentieth-century Fiction: From Text to Context*. London: Routledge, 1995, pp.181—205.

[3] 安斯加·纽宁:"重构'不可靠叙述'概念:认知方法与修辞方法的综合",马海良译,载詹姆斯·费伦与彼特·拉比诺维茨主编:《当代叙事理论指南》,2007年,第81—101页。

[4] 对比 Wolfgang Iser, *The Act of Reading: A Theory of Aesthetic Response*. London and Henley: Routledge and Kegan Paul, 1978 [1976], pp.19—21.

[5] Jacques Derrida, *Of Grammatology*. Translated into English by Gayatri Chakravorty Spivak Baltimore and London: Johns Hopkins University Press, 1976.

不过,笔者也主张一种存在,但它不同于毕达哥拉斯①、柏拉图、笛卡尔、康德和海德格尔等人的存在,更不同于德里达的存在。毕达哥拉斯和笛卡尔等人的存在概念,是一个先验的、形而上学的范畴,一种抽象的存在,其实就是不存在②,那不过是通过类推确立的概念和范畴,是记忆加工的结果,而非自然的现实属性;解构主义的存在是被写下来的存在,倒是很具体,却是无根的浮萍,解构之后留下一些"痕迹",其实也是不存在。如果说传统西方哲学家是把人类建构的所指和记忆加工功劳归于上帝、事物本身和"他者"的一种广义的利他主义者(如果可以慷慨地这样说的话),德里达则是两次自己解构了自己确立的原则。第一,他的立论基础是文字,但他误把字位变体当成字位(如同把音位变体当作音位一样);字位像音位一样可以协助表达经验意义,但字位变体属于个体书写差异,在书法家之间具有审美价值(评价意义),却不具有区别性的经验所指功能,因而不存在因书写不同而出现(经验)意义不同的情况;把文字上升到本体论地位,以此贬低语音的作用,从而试图说明解构和结构的随意性和临时性;这是德里达的第一重自我解构。第二,以此推出反语音逻各斯中心主义的主张,驴唇不对马嘴③,大有附庸语言学风雅之嫌;这是第二重自我解构。从论证方式看,这顶多是一种类比,不能作为论证的基础性依据;从当下的共时界面说,语言的语音系统对人类的概念、范畴和命题的形成毫无疑问起到了相当大的作用,可是人的思维同时具有跳出语言结构而自由驰骋的能力④,所以把意识形态中束缚人们思想的观念归咎于语音,是不符合事实的。

此处所说的存在即所指,是由作者建构的语义范畴,其抽象概括性可以获得有关内在、身体、外在一切的存在特点——笔者建议改称'存续'而非'存在',即现在性。它是由能指声音意象在交际动机驱使下与有关经验片段互动而确立的相互规定关系中的一个不可或缺的方面。不过,如果仅仅停留在索绪尔的'能指—所指'相互关系上,《普通语言学教程》之后的语言学就无所谓发展。根据既有大量研究成果可知,尤其是海德格尔、伽德默尔及其之后的阐释学,意义不单在作者那里,也不只在书写而成的字里行间,更不只是依靠读者解读的绝对霸道行径。历史地看,意义应该是作者、文本、读者三者互动、通过读者(包括分析阐释者)共同建构的结

---

① 毕达哥拉斯认为:"存在就是数字"(being is number),由此影响了苏格拉底、柏拉图和亚里士多德。见 George Lakoff and Mark Johnson, *Philosophy in the Flesh*: *the Embodied Mind and Its Challenge to Western Thought*. New York: Basic Books, 1999, p. 541. 也见鲍桑葵:《美学史》,张今译,中国人民大学出版社,2010年,第四章。

② 见 George Lakoff and Mark Johnson,1999, pp. 356—357.

③ Jr. Robert A. Hall, "Deconstructing Derrida on language". In *Linguistics and Pseudo-linguistics*: *Selected Essays*, 1965—1985 (Volume 55), by Jr. Robert A. Hall. Amsterdam: Benjamins, 1987, pp. 116—122.

④ 拉比诺维茨在《他们猎虎,不是吗:〈漫长的告别〉中的路径与对位法》(宁一中译,载詹姆斯·费伦与彼特·拉比诺维茨主编:《当代叙事理论指南》,2007年,第190—203页)中分析威尔斯的《时间机器》时指出,其话语顺序是ACEBDF,小说主人公经历的循序是ABCDEF,故事循序则是ACDEFB(第193页)。读者能够根据这些顺序重构相关语义结构。这种能力可能与工作记忆中的总体执行机制有关。

果。具体而言,文本是作者与读者之间的桥梁与中介;但读者是创建这一链接功能、使'作者—文本—读者'共同成就意义的当前主体。

第一,从交际的总体视角看,读者把书写符号串作为关联语音符号的能指,通过长时工作记忆提供的经验知识来构拟所指。这是解读的创造性过程,读者需要通过自身的感知和识别来提供所指。该过程可能涉及多种选择,但最终选择确立一系列最为匹配的特征。这里有搜索、推理、匹配等加工操作,因而需要时间,需要诊断比对,然后做出决策。这一过程显然远不是能指和所指之间的简单或自然配对;正如皮亚杰所说:这里需要主体的积极加工①,从经验连续体中划定范围作为所指意义,实现能指—所指的相互界定②。

第二,根据先前一些有识之士的见解③,作者并非像巴尔特说的那样随着文本的完成和读者介入而死掉;相反,作者作为智力建构的一个积极成分,部分地塑造了当前读者,他的思想是当前读者的知识体系的一部分,可能还是有机的、核心的部分。而读者在解读文本、创造性地赋予相关能指以所指内容时,在很大程度上是按照作者的意图、根据记忆内容而无意识地确立的。恰如布斯所说:读者受作者塑造④。

第三,人类的格式塔心理既定了赋值过程的一种完美性,即连贯性;它可以在相当程度上确保对作者所指动机进行识解的有效性。当然,这并不排除识解过程与潜在的作者用意偏离(如对《致他的娇羞的女友》的女性主义解读⑤;或者是作者可能隐性地寓于文本过程中的(如刘心武先生对《红楼梦》中秦可卿身份的认定与贾府衰败的可能原因的新解)。据此,巴尔特所谓的⑥、文本一旦产生便如同儿子脱离父亲一般获得了自行其是的解读自由,这样的情况是不可能的,也是难以让人理解的,毕竟生理的遗传信息和社会的文化模因不会袖手旁观而不发挥应有的制约作用(见后文)。

再者,文本中的字符串,并不是随意的,而是经过精心设计的;这种设计有规约传统,也有创造性;后者的比例必须限制在一定范围内,否则作者的意图将无从识解,文本意义无从建构⑦。大家都有如下感受:阅读爱伦·坡或欧·亨利的短篇小

---

① 见皮亚杰:《发生认识论原理》,王宪钿等译,北京:商务印书馆,1981年。
② 彭宣维:《语言与语言学概论——汉语系统功能语法》,北京:北京大学出版社,2011年,第二章。
③ 如海德格尔:《存在与时间》,陈嘉映、王庆节译,北京:三联书店,2006年,第二篇第五章;伽德默尔:《真理与方法》(I),洪汉鼎译,北京:商务印书馆,2010年,尤其是第二部分。
④ 韦恩·布斯:《小说修辞学》,华明等译,北京:北京大学出版社,1987年,第23页。
⑤ Wilfred L. Guerin, Earle Labor, Lee Morgan, Jeanne C. Reesman, and John R. Willingham, *A Handbook of Critical Approaches to Literaturev* (4th edition). Oxford: Oxford University Press, 1999. 北京:外语教学与研究出版社影印版,2009年,第92—94,215—217页。
⑥ 这其实是对尼采相关论述的回应。尼采在《人性的,太人性》(周国平译文)中指出:"书一旦脱稿之后,便以独立的生命继续生存了……它像昆虫的一截脱落下来,继续走它自己的路去了。"载《尼采文集》,西宁:青海人民出版社,1995年,第162页。
⑦ Pascale Gaitet, *Political Stylistics: Popular Language as Literary Artifact*. London and New York: Routledge, 1992, p.19.

说往往会给人意想不到的结局,这可以从一个侧面说明文本的规约性对阅读具有的决定性引导与制约作用,并不是读者的临时赋值和随意解读所能说明的现象。这一点在读者反应论那里有明确论述。当然,读者反应论也有它自身的局限。以伊瑟尔为例,他只关注艺术性文本与美学性读者,缺乏隐含作者①。

在此,笔者根据现在主义的基本思想将上述理解用图 6-1 的方式加以直观描述;右边围绕'能指—所指意义'的多重虚线框代表多重可能的解读结果。

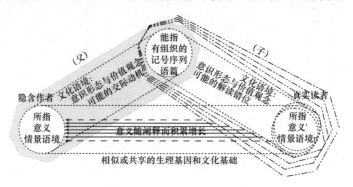

图 6-1　作者—文本—读者一体化解读模型(一)

这一模式包含(隐含)作者与读者的主体间性:作者及其历史文化影响读者,并成就读者的知识体系和价值观念;作者通过文本向读者传递解读信息;读者通过文本主动了解作者;相关作者、文本、读者本身的信息均在解读者的工作记忆范围之内。其中有两种互动关系:读者与文本;读者与作者;中间是文本。即是说,意义是一种合力现象,源自作者、作品、读者(和分析者),读者在这一过程中同时发挥了中介和创造者的作用。说得具体些,这是对读者大脑中(生物体内部)的解读机制的描述,映射生物体之间的外在互动方式;是当代记忆科学理论指导下的主体间性和文本间性——作者—文本—读者一体化加工过程,是发生在读者大脑里的符号操作模型②。其实,上述思想在传统文本分析与解读的实践中时有所见,但缺乏应有的理论支撑。

图 6-2 是一个综合模式,涉及主体间性和文本间性。我们没有盲目放弃先前的认识,而是整合到了具有社交特性的工作记忆加工模式中。

图 6-1 和图 6-2 旨在突出以下观点:在历时—共时(作者—文本—读者)一体化的现在主义泛时视野里,解读结果并非随风而去的枯叶扬尘,而是会沉淀下来、进入符号所指领域的新元素,从而使所指意义在深度和广度上繁衍扩展(在图 6-1

---

① Wolfgang Iser, *The Act of Reading: A Theory of Aesthetic Response*. Baltimore: Johns Hopkins University Press, 1978 [1976]。

② 这里确立的是一个总体加工模型;对比奥勒伽和兰达以作者语境和读者语境为前提、两个视野里的相关范畴相互交叉的叙事模式(见 Susana Onega and Jose A. G. Landa (eds.) *Narratology: An Introduction*. London and New York: Longman, 1996, pp. 11—12;也见华莱士·马丁:《当代叙事学》(*Recent Theories of Narrative*),北京:北京大学出版社英文影印版,2006 年,第 154 页模式)。

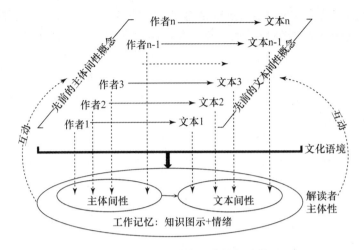

图 6-2　作者—文本—读者一体化解读模型(二)

中由下面从右向左的横向箭头表示)。事实上,一部阐释的历史应该正是一个文本所指意义的有机繁衍史①。落叶乔木年复一年地送走枯枝败叶,但它自身在一点一点壮大;历史在阐释中不断提供更多认识,使历史事件在后人的生活中获得文化性资源而不再局限于历史学本身;西方哲学对"存在"及其相关概念的反复阐释,成就了它枝繁叶茂的现代面貌,即便基于第二代认知科学的涉身哲学对这一概念的合理性和科学性持消极观念,但恐怕后人也很难将它从历史的大树上摘除;一切人文社科的文献综述,不仅仅是归纳前人研究成果的基本观点,更多的往往是各取所需的演绎,事实上,我们对他人观点的转述与我们自己循此走向原著时的认识总是大异其趣的;我们通过爱情故事对爱情的认识,远远超出了我们自身的体验,因为那是千百万人用自己有差别的体验共同营建的优美神庙;各种学科不断搭建的理论模型让我们更多地看到了有关"现象"的"不同侧面"。概言之,人类的一切精神活动并没有因为自身使命的完成而化为乌有,它们随即附着在相关现象的机体上,进而成为其有机组成部分。文学阐释何尝不是如此。当然,我们既不能无视阐释的添新作用,也不能无条件、无原则地夸大,从而使结果与文本能指直接陈述的所指相比面目全非。这才是图 6-1 和图 6-2 为我们揭示的潜在价值。

在这里,读者解读既有创造性(其自身经历使然),也受文本过程制约。文本中的已知信息具有精确调用语境知识的作用,读者则因为文本中假定的共同知识(由作者设定)受到限制②。同时,历时与共时的一体性不仅使主体间性和文本间性成

---

① 另见波普尔:《猜想与反驳——科学知识的增长》,傅季重等译,上海:上海译文出版社,2003 年。
② Alison Tate, "Bakhtin, addressivity, and the poetics of objectivity". In Roger Sell and Peter Verdonk (eds.) *Literature and the New Interdisciplinarity*. Amsterdam: Rodopi, 1994, pp. 135—150.

为可能，也使历史传统与当下通过记忆途径发生关联①。所以，传统上那种一切以作者的创作意图为宗旨的阅读观②，显然是不现实的，也是不可能的；本小节开始部分提到的、如果读者遇上了用根本不认识的文字写成的文本，那是因为他与作者之间缺乏应有的规约关系：没有规约，就没有所指引导和限制，也就没有创造性可言，因而无互动关系发生。而"文本自治"的观点，只有在把"集体的意识"③作为底层的所指基础时才基本成立。

上图只是针对某一个体的描述：一个单一个体不可能企及所有其他主体和文本。由于智力、精力、时间或/和条件限制，每一个体只能与部分其他主体和文本互动；而同一时代的所有个体、甚至不同时代的不同个体也可能涉及异时异地的一部分而非全部，从而产生个体甚至时代差异。这也是后人可以不断从先贤的著述中获得"新的发现"的基本途径。

6.2.3 所指重构的记忆加工原理

这里为文本意义的一体化解读模式提供记忆加工场所和工作原理，说明三者在生物体内部（大脑里）互动的潜在机制。这或许马上会遭到某些人的非议，因为他们对科学厌倦了。但缺乏科学依据的主张无异于信口开河，任何人都可以拍拍脑子随时杜撰一个出来却于事无补，只会离事实越来越远。

所指重构涉及记忆加工中的工作记忆（Working Memory），同时与文本解读中的直觉、注意、情感、决策等有关；但工作记忆是一切大脑神经加工过程的核心。

传统上，记忆分为两种：长时记忆和短时记忆：前者相对稳定，添加、修改和遗忘相对较慢；后者则是注意的焦点，也是意识关注的内容，时刻发生变化。后来，百德利和赫奇提出了工作记忆的概念，一种对新近激活的信息进行临时储存的功能，这些信息占据着意识，可以进行操作，也可以导入或离开短时记忆④。再后来，人们发现对于专家或者并不太难的文本（尤其是文学文本）解读来说，读者并没有经典记忆理论说的、需要花费相当时间从长时记忆中提取信息进行意义的建构加工；相

---

① Terry Threadgold, "Stories of race and gender: an unbounded discourse". In David Birch and Michael O'Toole (eds.) *Functions of Style*. London and New York: Pinter, 1988, pp. 169—204.

② 如 Edward B. Lytton, "On art in fiction (II)". First appeared in 1838. Reprinted in Edwin M. Eigner and George J. Worth (eds.) *Victorian Criticism of the Novel*. Cambridge: Cambridge University Press, 1985, pp. 22—38.

③ 韦勒克和沃伦：《文学理论》，刘象愚等译，北京：文化艺术出版社，2010 年。

④ 见 Alan D. Baddeley and Graham J. Hitch, "Working memory". In Gordon H. Bower (ed.) *The Psychology of Learning and Motivation: Advances in Research and Theory* (Vol. 8). New York: Academic, 1974, pp. 47—89. 另见 Alan D. Baddeley *Working Memory*. Oxford: Clarendon, 1986; Alan D. Baddeley, "Memory". In Robert A. Wilson and Frank C. Keil (eds.) *The MIT Encyclopedia of the Cognitive Sciences*. Cambridge, Mass.: MIT Press. Shanghai: SFLEP, 2000 [1999], pp. 514—517.

反,这一过程似乎非常容易。于是,爱瑞克森和肯奇①不再把工作记忆和长时记忆对立起来,而是看作横跨短时记忆和长时记忆的一种共享特征,从而区分短时工作记忆和长时工作记忆,后者属于长时记忆的一部分,所提供的信息与短时工作记忆中②正在加工的内容联系在一起,随时等待提取,排除了"意识"与工作记忆的必然联系。进而,他们阐述了长时工作记忆的工作原理。长时工作记忆是根据短时工作记忆提供的线索动态生成的,前者体现了后者的变化特点。短时工作记忆中通常包含3—5个活跃的字符节点;它们会"照亮"长时记忆中的相关信息节点(先前存在的结构关系,诸如概念、框架、格式塔和图式),而这些节点又和长时记忆中没有被"照亮"的其他节点连接在一起(连接是长时记忆的特点)。因此,长时工作记忆包括被照亮的节点、外加与它们连接而没有被照亮的节点。信息加工可以在所有这些节点之间提取信息而无需外来的引导信息介入。可见,工作记忆涉及两个部分:短时工作记忆中的提示性信号和长时工作记忆中的节点,后者和整个长时记忆相连。在文本解读过程中,短时工作记忆不断分析处理新的字符信号,后者会不断激活长时记忆中的相关信息并形成新的节点;长时工作记忆则不断得到充实与复杂化。随着短时工作记忆中信息的更替,那些关注较多、加工水平较高的信息就会进入长时工作记忆,而其他信息随即消失;但整个阅读过程都是长时工作记忆中新节点增加、长时记忆中其他节点之间发生连通的过程。③

---

① 见 Walter Kintsch, Vimla L. Patel, and K. Anders Ericsson, "The role of long-term working memory in text comprehension". *Psychologia*, 1999, 42(4): 186—198. 另见 K. Anders Ericsson and Walter Kintsch 文 Long-term working memory. *Psychological Review*, 1995: 211—245; Walter Kintsch, "The role of knowledge in discourse comprehension: A construction-integration model". *Psychological Review*, 1988: 163—182. 也见 A. T. van Dijk and Walter Kintsch, *Strategies of Discourse Comprehension*. New York: Academic Press, 1983.

② 此前,工作记忆与短时记忆基本一致,只是定义的角度不同;但在这里,短时工作记忆与短时记忆是什么关系? 他们没有明确论述;我认为还是此前的短时记忆和工作记忆的关系。

③ 这里补充一点有关记忆的概念以及记忆研究的历史发展。记忆指保存信息的心理功能,涉及信息的编码、储存和提取过程(这些当然都是类比性术语)。人类记忆包括一系列彼此关联但功能不同的系统,其中最基本的区分是陈述性记忆(declarative;有关外在世界的事实性信息)和程序性记忆(procedural;关于怎样进行序列操作的信息);另一种区分就是长时记忆(Long-term Memory)和短时记忆(Short-term Memory)。长时记忆是一种能储存信息30秒到几十年的能力,通常分为关于事件和个人经验的情景记忆(episodic)以及关于外在信息的语义记忆(semantic);短时记忆指保持容量有限的储存功能,最大限度是 20—30 秒。《牛津心理学词典》(Andrew M. Colman, *Oxford Dictionary of Psychology* (2nd edition). Oxford: Oxford University Press, 2006.)继1890年威廉·詹姆斯提出初始性记忆(Primary)和继发性记忆(Secondary)之后,唐纳德·赫布于1949年提出了初始性或短时记忆和长时记忆;前者是基于电刺激的储存,后者反映细胞群之间相对持久的神经元连接的增长。情景记忆是记住,语义记忆是知晓。前者以心理穿梭形式出现,有主观时间感,伴随一种特殊的觉察自知;后者是关于世界的思想内容,伴随着理性觉察;语言通常涉及两者。记住和知晓是嵌入关系:记住通常意味着知晓,但逆命题不成立。情景记忆指向过去,回顾更早的事件;其他记忆,包括语义记忆,则指向现在,为当下所用。(分别见 Alan Baddeley 所撰"Memory"以及 Endel Tulving 所撰"Episodic vs. Semantic Memory". 载 Robert A. Wilson and Frank C. Keil (eds.) *The MIT Encyclopedia of the Cognitive Sciences* (MIT 认知科学百科全书). Cambridge, Mass.: MIT Press, 1999. 上海:上海外语教育出版社影印版,2000年,第 514—517 页和第 278—280 页。)

文本解读涉及的字符串包括词、句子和更大的文本单位：词的"输入"在长时工作记忆中激活一个节点，同时与相邻节点连通；句子信号激活相关范畴节点并整合成为命题；更大的文本单位操作过程同此。这个信息不断递增的过程，在长时工作记忆中积累成为相关情景（Episode）[1]，为后面输入的信号提供方向上的引导并进行整合，确立相对独立的语义空间，排除多义词中不相关甚至彼此抵触的语义特征，在并不关联的信息节点之间，经过推理加工创建新的节点，保证前后语义的连贯性，形成完整故事。文本解读中，长时工作记忆中会出现平行加工现象，即人们通常说的自上而下（目标引导的推理和期待）与自下而上（小的信息片段整合成大的片段）的加工过程同时出现；于是，相关命题之间获得牢固的连通，从而形成信息的自动提取机制，使复述故事内容通过解读得以确立。

工作记忆原理在故事建构、移情投射与文化观念创造中提供相关平台并发挥整合作用。

首先，阅读中故事建构的平台是工作记忆，这一点可从卡尔佩珀[2]在戴伊克和肯奇[3]的基础上提出的人物角色建构的五个层次得到间接说明，因为这个模型也适用于其他非人物性的信息解读加工。五个层次如下。第一，逐词逐句表征，即前景化的形式成分。第二，文本库，文本的基本命题内容，既可能介入复杂而个人化的信息片段，也可能涉及图式信息，还可能包括较长文本段落的整体连贯信息："此时，先前的知识具有一种纯粹的组织作用，在具体情景模型中则与文本信息整合在一起，以便产生新的信息"。第三，情景模型，涉及事件、行动、人物、文本中的总体情景，包括与人物有关的推理，诸如目标、信念、特点、情绪、社会关系。这里有两类可能的信息：先前的知识（自上而下的加工）和文本信息（自下而上的加工，即文本中的命题内容；见前），两者互动，可能随文本过程而抛弃先前的认识，激活别的图式概念，即所谓的"戏剧性重新概念化"（dramatic recategorisation）。情景模型既是文本进一步解读的基础，也和先前的知识发生关联。第四，先前的知识，或称知识图式，是一些高度整合的知识集块，涉及有关世界、事件、人及其行动信息，因此它们是一组又一组的概念，包含着相对概括的知识。这一概念源于集体记忆，常与成规联系在一起；成规是高度组织化的社交范畴，具有图式特点；一个成规是一组信念，作为一个知识结构储存于长时记忆中，会影响相关社群及其成员随后的感知和行为。从先前的知识到情景模型是一个自上而下的推理过程，反之则是激活知识结构的加工。第五，读者为建构人物而阅读，这跟读者的注

---

[1] 系统功能语言学有一个同名称的汉译术语，但内涵有别：系统功能语言学的情景指言语事件发生的物理背景；这里的情景指进入长时记忆中有关过去的经验。但从经验知识的角度看，它们有很多相似的地方。

[2] 见 Jonathan Culpeper, "A cognitive stylistic approach to characterization". In Elena Semino and Jonathan Culpeper (eds.) *Cognitive Stylistics: Language and Cognition in Text Analysis*. Amsterdam: Benjamins, 2002, pp. 251—277.

[3] Teun A. van Dijk and Walter Kintsch, *Strategies of Discourse Comprehension*. New York: Academic Press, 1983.

意方向和记忆加工程度有关。低努力程度策略能容忍具体的表层和文本库细节而将它们迅速遗忘,在情景模型中将文本信息嫁接到知识图式上形成基于图式的人物形象,忽略与图式不相干或不一致的信息;高努力程度策略则保留记忆中活跃的具体而详细的表层和文本库信息,将渐次输入的片段信息整合到情景模型中,关注与图式无关和不一致的信息。在上述过程中,动机是一个很关键的因素,它要求读者采取高努力程度的策略,因此理解的过程就是一个策略性的选择过程。

这里补充三点。第一,文本解读的语义建构,就是依靠相对有限的"输入"信息激活长时记忆,从而形成长时工作记忆,并在原有节点基础上不断增加新的节点和连通关系的过程。这显然不是传统的交际管道隐喻可以说明的[1]。第二,文本中的字符串,虽然是经过精心组织和结构化了的,但毕竟只是一种符号关系;只有经过解读过程的创造性加工才能在读者心中建构故事。可见,传统西方文学中的模仿论,不足是明显的:外部"输入"的刺激信息,需要主体的充分分析和重新建构,才能在读者大脑中形成具有审美价值的故事域;同一事件经过不同人的不同预设解读,会产生大不相同甚至彼此对立的评价取向[2];所以这全然不是柏拉图或亚里士多德说的模仿,而是一个"创造社会现实的过程"。第三,文本解读要识别主题句、中心句和边缘句的意义[3];中心句直接服务于文本主题,其内容最容易记住,从而进入长时工作记忆,这也是文本语境的核心参数;边缘句则可能随即消失。

其次,工作记忆同时为移情投射(empathic projection,即人们常说的"精神体验"spiritual experience)预设了解读条件,从而与创作动机形成感情同盟、使读者随人物命运、情感、判断和鉴赏情绪一同起落。乔·布雷[4]在研究伯尼(Joe Burney)的小说《卡米拉》(*Camilla*,1796)和汤姆·沃尔夫(Tom Wolfe)的小说《我是夏洛特·西蒙斯》(*I am Charlotte Simmons*,2004)之后指出(至少对自由间接话语来说部分成立):移情不是文本本身具有的,它是读者在阅读过程中建构的;既涉及识别,也有同

---

[1] Michael J. Reddy 在《管道隐喻:在我们关于语言的语言中存在的框架冲突案例》("The conduit metaphor: A case of frame conflict in our language about language",载 Andrew Ortory 主编 *Metaphor and Thought*,Cambridge: Cambridge University Press,1993,pp. 164—201)一文中指出,先前认识的语言指信息从一个人头脑里经过声音信号传递到另一个人头脑里的过程,仿佛水从管道一端流到另一端,这是一种隐喻认识而非现实。

[2] Thomas B. Ward,"What's old about new ideas". In Steven M. Smith and Thomas B. Ward (eds.) *The Creative Cognition Approach*. Cambridge, Mass.: The MIT Press,1995,pp. 157—178. 经由人类想象获得的新观念,在很大程度上受现有范畴和概念的结构化与制约,这一过程叫做"结构化的想象"。它的一个重要方面在于:"旧观念有一个确切特征,即它们由新观念保留,并随时从范畴化的普遍原则中得到预测。"(转译自 Yeshayahu Shen,"Cognitive Constraints on Verbal Creativity". In Elena Semino and Jonathan Culpeper (eds.) *Cognitive Stylistics: Language and Cognition in Text Analysis*. Amsterdam: Benjamins,2002,pp. 211—230.)

[3] Michael Hoey,*Patterns of Lexis in Text*. Oxford: Oxford University Press,1991.

[4] Joe Bray,"The effects of free indirect discourse: empathy revisited". In Marina Lambrou and Peter Stockwell (eds.) *Contemporary Stylistics*. London: Continuum,2007,pp. 56—67.

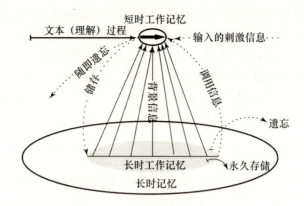

图 6-3　工作记忆与信息加工模型

情,两者是一个连续体。但移情存在一个度的问题:"读者在文学文本中会感到自己与人物的'近'距离……较少依赖于相关语言的特定段落,而较多地出于读者对'相关情景'的'严肃性'的估计;但这种相关性也与他/她自己的生活有关"。肯恩①具有大致相似的见解,肯定读者的作用:"移情是一种对情感的代理性的即兴共享,可以通过见证作者的感情状态、了解作者的境况、甚至阅读而诱导出来";小说的虚构性预先设定了读者对角色的移情态度,因为谁都知道虚构作品是'杜撰'出来的,无须怀疑与提防;"这种排除了道义责任的自由,打开了通往移情及其相关伦理情感的多种渠道,这些情感包括同情、愤怒、怜悯、义愤以及(不可低估)分享的欢乐与满足感"。可见,移情具有普遍性,是主体间性的具体体现,和巴赫金的对话性连在一起。这些见解可以解释读者何以会随着人物命运、情感、判断和鉴赏情绪一同起落。

按照莱可夫和约翰逊的解释②,移情投射的环境不是"他者"对我们,不是我们遭遇的一组事物,而是我们存在的一部分,是我们存在和身份识别的处所。正是经由移情投射,我们才获得了对环境的认识,明白我们怎样成为环境的一部分,而环境又怎样成为我们的一部分;依赖身体机制来投身自然,我们不仅是旅行者、攀爬者、游泳者,更是自然的一部分。据此,读者通过文本对隐含作者的移情投射便顺理成章③,至少作为读者的分析者在建构与分析文本意义时会这样,而非随意赋值④。

---

①　Suzanne Keen, *Empathy and the Novel*. Oxford: Oxford University Press, 2007.

②　见 George Lakoff and Mark Johnson, *Philosophy in the Flesh*: *The Embodied Mind and Its Challenge to Western Thought*. Chicago: University of Chicago Press, 1999, p.566.

③　相传,当年一位姑娘读过《牡丹亭》后大受感动,不顾一切跑到西湖要见汤显祖,后来发现作者并非想象中的英俊少年,而是一老者,羞愧难当,旋即投湖自尽。可见,她通过文本内容的移情投射,把自己认同为杜丽娘,把作者与柳梦梅匹配,则是可以想见的;传说是真是假则当别论。

④　据此,我们一直沿用的"解读"这个术语,其实也是一个类比性的提法,"解"与"锁"、"编"相对,最初都是针对生理—社会行为的;英文和法文的 interpretation 也是类推性的:在古拉丁语中,该词中的 interpres 指主体、谈判者或解释者,相关对象跟价值和价格有关。但在上述过程中,它所指的是心理过程,涉及完全不同的语场。

第三，工作记忆是使故事主旨与相应文化观念发生关联的资源库。概言之，故事的真假问题不是读者的兴趣范围，而是这些故事本身如何指向特定的概念内容、权势关系与价值观念，后者才是作者根据虚构情节传递给读者的根本意图[①]。古德曼谈到了小说和诗歌的字面和类比性真理问题，但没能说透这样的"真理"究竟是什么[②]。一个成年人不仅可能看《越狱》或《假若明天来临》，还会看《狮子王》或《喜羊羊与灰太狼》，因为他要看的不仅可能是离奇有趣故事本身，更有那背后潜在的动机，这样的动机就是作者创造的意识形态内容，为大众接受以后就成为文化的一部分。

总之，工作记忆，特别是长时工作记忆，是文本鉴赏的立足点，是故事连贯、情感投入和对虚构内容给予容忍态度的潜在机制，是文学创建文化的资源，是形成阅读传统的认知神经基础，更是塑造文学性的民族精神的文化根基，这就涉及下一节的议题。

6.2.4 记忆加工的社会文化特点与内容

记忆加工的基本内容是社会性的[③]。记忆加工指信息获取与处理的认知神经活动，支配信息的注意、知觉、辨别、分类、表征、整合、推理、存储、提取等。这些过程从操作的处所看是"内在的"（或称个体内部的；intrapersonal）；但加工的内容是"外在的"、社会文化的（或称个体之间的；interpersonal），受共同体长期形成的加工"成规"制约。这里涉及两个要素。

一方面，工作记忆加工涉及突出的社会文化特点，这一点在社会心理学家杰鲁巴维的系列论述中有充分体现。具体而言，他[④]认为"我们不仅作为个体和人类行为思维，而且作为具有某种特点的认知传统的特定社团成员思维，而这样的传统会影响我们看待世界的方式"。他选择论述了感知、注意、分类、意义、记忆以及时间

[①] 对比海德格尔对"真理"的认识："真实的东西，无论是真实的事情还是真实的命题，就是相符、一致的东西。在这里，真实和真理就意味着符合，而且是双重意义上的符合：一方面是事情与关于事情的先行意谓的符合，另一方面则是陈述的意思与事情的符合。"（海德格尔：《论真理的本质》，孙周兴译，载《路标》，北京：商务印书馆，2010年，第208页。）

[②] 古德曼：《构造世界的多种方式》，姬志闯译，上海：上海译文出版社，2008[1978]年，第19页。

[③] 在此，笔者提醒读者首先回忆和对比弗莱在《批评的解剖》中归纳的内容（陈慧、袁宪军、吴伟仁译，南昌：百花洲文艺出版社，2006年）；其实，那些议题显然都是社会性的，但也是认知归纳结果。

[④] 即 Eviatar Zerubavel, *Social Mindscapes: An Invitation to Cognitive Sociology*. Cambridge, Mass.: Harvard University Press, 1997, p.112.

测量的社会属性①。概言之，不同思维方式的社会群体具有不同的思维方式，这表明他们具有不同认识传统，其典型表现是文化差异。同时，同一文化历史传统内部存在进一步的差异，这是一种主体间性，是个体在团体中彼此互动的结果。思维发展也是一种社会化过程（cognitive socialization）。人在社会环境中的生存并非克隆式的复制；相反，每个个体都是一个"资源库"（repertoire），在不同社会环境中有所不同，因而出现社交认识的多样性（pluralism）②。

杰鲁巴维认为，我们赖以生存的社会环境影响着我们关于过去的记忆方式。对于某些学者来说，记忆行为似乎发生在社会真空中，与社会历史无关。事实上，一个人的大量记忆内容并不是通过亲身经历获得的。例如，我们自小学到现在从书本上学到的所有知识，都是他人的直接体验、并经过文字记载间接"传递"给我们的：语言以故事、诗歌、传说的方式，记录了过去发生的事件、经历、感想或创见，相关信息成为一种"集体记忆"，代代传承，从而使分离的心灵连在一起。即使不使用文字，也能以口相传：从家庭、教会、法律机构、大学联谊会到种族群体、空军基地、篮球队和广播站。此外，废墟、遗迹、古老建筑、勋章、匾额、碑刻、战争纪念碑、功勋墙、雕塑、画像、邮票、钱币等都是社会纪念品（social souvenirs）。当代文明的标志性产物，如照片、磁带、胶片、光碟等也成了重要的记忆工具。当然，集体记忆不同于个体记忆的总和，不局限于个体，为社团共享，包括明确的社会、文化与历史因素③。

---

① 在六种加工过程中，前三者及时间测量的文化性似难理解。首先，我们的感知不能约减到纯粹的感知经验：我们看见和听到的也受特定的认知"导向"左右，而这种导向先在于实际的感知行为；正是这种先在决定了我们感知的出发点。即便是第一次遇到某种东西，我们的大脑也不是白板一块，如出现吃惊或失望就表明我们通常都有某种先在的期待。这种期待是基于先前的图式心理结构的。其次，注意是由心理视界确定的前景化焦点；通常是社会环境决定关注什么、帮助确定注意视界、限定相关性。这一点在跨文化对比中尤为清楚，因为文化影响我们的兴趣点，如有的文化社团更看重道德责任（如对贫病的关注），其他社团则缺乏这种意识。而同一文化内部也存在差异，例如在海滩或公园我们对他人咀嚼口香糖会熟视无睹，但在教堂或求职时则格外引人注目；而不同职业的人其注意对象和范围存在很大差别（如画家对颜色的敏感程度远远高于常人，此时的兴趣点认知加工而非文学的评价性）。第三是分类：社会文化还会影响进入我们注意范围的信息的组织方式。这里有个人因素，如我们认为哪些书有趣而哪些无趣；也是社会行为：恰当的与不恰当的、严肃的与娱乐的、80 年代的与 90 年代的、宗教的与意识形态的等。最后，时间测量与我们对时间的认知方式有关；熟悉《历史与记忆》中有关不同民族和语言对时间的不同划分方式很容易明确这一点（见 Jacques Le Goff, *History and Memory*, trans. by Steven Rendall and Elizabeth Claman, New York：Columbia University Press, 1992）。

② 见 Karen A. Cerulo 所编 *Culture in Mind：Toward a Sociology of Culture and Cognition*（New York and London：Routledge, 2002；罗格斯新泽西州立大学 1999 年会议文集）。该书按"感知与注意""辨别与分类""表征与整合""储存与提取"等专题探讨了相关现象；尤为重要的是，主编在总序与每一部分之前扼要介绍相关认知理论作为背景信息，便于连接两个分离的学科。

③ 这在他的另一部著作 *Time Maps：Collective Memory and the Social Shape of the Past*（Chicago：University of Chicago Press, 2004）中有更为深入的阐述。对比以下观点：Maurice Halbwachs 把"集体记忆"（collective memory）解释为同一社团中许多成员的个体回想的结果、总计与组合；个人的回想往往需要直接或间接依赖提醒；人是在社会中获得记忆的，也是在社会中对他们的记忆进行回想、识别和定位的（见 *On Collective Memory：The Heritage of Sociology*，由 Lewis A. Coser 编辑、翻译和导读，Chicago and London：University of Chicago Press, 1992）。

与上述思想基本一致但出发点有所侧重的是托马塞洛①：他所关注的是人类的生物性和文化性遗传因素对大脑加工的作用。托马塞洛认为，把他人作为跟自己一样具有意图的代理(agent)具有两种可能性：一是社会发生学过程，多重个体协作创造文化产品，并在不断积累的历史中从事有关实践活动；二是文化学习及其内化过程。这样，人类用自己创造的无数个范畴化视角来识解物体、事件和关系，进而体现到符号交际(自然语言)的系统中；同一现象，可能因为交际目的和语境不同而以不同方式得到识解。人类生活在语言、数学、货币、管理、教育、科学和宗教世界里；这些文化体制一同构成文化惯例。但文化世界并没有脱离生物世界；所有的人类文化体制，包括社会惯例和符号，被所有的人类个体继承使用，从而在生物性遗传中获得社会—记忆能力。现代成人的大脑加工现象，不仅是长期进化中的遗传事件，也是个体发生事件中的文化事件。基因则是人类思维进化的一部分，甚至可能是最重要的一部分。

另一方面，工作记忆涉及的内容和范围很广。布拉德·肖总结了一组文化模型，包括语言的和非语言的两个总体方面。语言模型关涉脚本、命题、声音符号、词汇、语法、习语、比喻等；非语言模型如意象图式、行为类别、嗅觉模型、声音和视觉意象。这些模型又可从功能上概括为方向性、表达/概念性、任务性三类。方向模型包括空间(地理图景、路径图景、人际空间、语境标记)、时间(递增、递减、循环、节律、传记和语境—框架化方案)、社交方向(社会关系、社会协作、社会角色类别、情感)、迹象(惯例性指标，对隐含的状态、动机或条件指标的解读，具体包括医疗诊断、清单核对、原因探究策略、气象判断)。表达/概念模型包括分类、娱乐、仪式戏剧行为、理论等。任务模型分脚本、食谱、清单核对、记忆和劝说等小类。这些模型都是体验主义性质的，是文本在所指建构中关涉的内容②。因此，这个意义上的文化，不是某种游移的抽象实体；它包含的规律性现象出现在人类的创造性世界中、在由此形成的人们共享的图式中、在这些图式与世界的互动中③。

与此处议题直接相关的有一个核心概念，这就是前文提到过的文化模因论(Memetics)④。文化模因(Meme)指"一个文化信息单位"，具体涉及"那些不断得到赋值和传播的语言、文化习俗、观念或社会行为"因素；因此，模因论的主要任务是研究文化的繁衍与传播，研究模因的长寿性、多产性与复制忠实性。据此，各种文化模型的同化、记忆、表达与传播就有了一种理论支持，至少从一个角度解释了

---

① 见 Michael Tomasello, *The Cultural Origins of Human Cognition*. Cambridge, Mass.：Harvard University Press, 1999, pp. 15, 169, 213, 216—217.

② Bradd Shore, *Culture in Mind：Cognition, Culture, and the Problem of Meaning*. New York & Oxford：Oxford University Press, 1996.

③ Claudia Strauss and Naomi Quinn, *A Cognitive Theory of Cultural Meaning*. Cambridge：Cambridge University Press, 1997, p. 7.

④ 参阅何自然主编，谢朝群、陈新仁编著《语用三论：关联论·顺应论·模因论》，上海：上海教育出版社，2007年，第七章。

后人接受并启用传统文化的机制,引导阅读的基本方向,使作者、文本和读者发生历时性关联,从而成就多元一体、差异并存的解读理路。

可见,兰瑟姆、英伽登等人为文学作品赋予"本体地位",除非是这里说的三者一体意义上的、非自足性的文本,否则其本体性便无从谈起。

6.2.5 以互动性、主体间性与记忆为基础的解读差异机制

然而,也没有千人一面而完全趋同的理解,文本解读显然存在着多样性。马丁[①]在谈到语言使用的实例化过程时设计了一个有关评价的渐变模型:首先是作为系统的评价资源(Appraisal system:总体评价潜势),然后是语域的主调(Key:不同配置变体)、语类立场(Stance in text types:不同语类的特定评价类别)、评估实例(Instance of evaluation)和解读反应(Reading reaction)。解读反应指听话人或读者在文本解读中获得的评价意义,涉及阅读的主观性立场与文本互动激活的态度观点。

在这一总体框架下,笔者将顺应论的基本观点整合其中。顺应论(Adaptability Theory)是"关于语言顺应性……的理论",是"语言的功能性综观","认为语言是一种顺应语境和交际意图的过程"。该理论有三个核心概念:"变异性"(Variability:选择表达的可能性范围)、"协商性"(Negotiability:语言选择的高度灵活性原则与策略)和"顺应性"(Adaptability:根据语境需要进行变异性和协商性选择)[②]。三者既可以看作马丁关于解读反应的具体化,也可以看作解读差异的理论基础。据此,笔者对差异性解读机制做出如下说明。

首先,人的大脑有一种能力:当你静下心来闭上眼睛,用意识[③]"观看"自己的内心:我脑子究竟装了些什么时,你会发现那里似乎什么也没有——除了自己的存在意识。这是一种对自己、对现在、对此地的感知。但是,如果你看到一个久违了的人或物,你会由此联想起与此相关的过去的事情,于是过去的相关经验被激活而进入工作状态,从离线身份进入在线关联。但你一定能分辨出当前的经验和过去的经验,尽管两者均处于记忆的在线关系中。这是对现在的经验和过去的经验的记忆识别(见本章后文图 6-9)。

[①] James Martin, "Tenderness: realisation and instantiation in a Botswanan Town". In Nina Nørgaard (ed.) *Systemic Functional Linguistics in Use*. *Odense Working Papers in Language and Communication*, 2008 (29), pp. 30—62. 收入王振华主编《马丁文集(1):系统功能语言学理论》,上海:上海交通大学出版社,2010 年,第 484—513 页。也见 James Martin and Peter White, *The Language of Evaluation: Appraisal in English*. Hampshire and New York: Palgrave Macmillan, 2005, p. 164.

[②] 何自然主编,谢朝群、陈新仁编著《语用三论:关联论·顺应论·模因论》,上海:上海教育出版社,2007 年,第四章。

[③] 此即心理学意义上的"意识概念":"意识到的状态;人类处于清醒状态时的态势心理状态,特点是有关外部世界的知觉、思维、感觉、觉知的经验。"见 Andrew M. Colman, *Oxford Dictionary of Psychology*. Oxford: Oxford University Press, 2006, p. 164.

其次，现在的经验包括多种信息，如五官可以感知和心里正在思索的；有一种重要的感知信息，那就是受文字启发、经由长时记忆识别的文本信息：这种信息的获得既可以和读者的物理生理环境相区别，也可以和过去的经验相区别①。从功能上讲，这样的信息与过去的经验，主要有以下三种互动关系：兼容——要么一致而激活相关节点，要么不一致而增加新的节点；冲突——要么被随即抛弃，要么被修改而被接纳，建立起新的联通，可能由此提升此前的认识；不在注意范围内而可能无意识地储存下来，遇到相关刺激后回复活跃状态而进入前两种的识别操作程序之一②。

第三，笔者感兴趣的是其中涉及的有新闻价值的刺激信号，这就是透过文本表面传递的信号进行的创造性解读。这一过程涉及此前学界认可的三种总体解读方式（见前文）。三种解读方式在同一文本的信息处理上都会用上。有时，三者可能并行：既有与作者关联而发生的联想，也有文本的"字面"意思，还有读者的另类解读。它们处于非线性的并行加工状态而活跃于长时工作记忆中。或者可以区分"阅读之中"与"阅读之后"。阅读过程涉及在线加工：可能以第一、二种或第二、三种方式结合；阅读结束后还可能进行离线加工：回味和琢磨小说中的相关信息，于是可能出现新的理解。

此外，当事人不同时期对于同一文本可能会有不同认识，如刘心武对《红楼梦》的两度解读，以及由此带来的不同理解，就属于这种情形。而多个主体涉及的情况可能更为复杂。这是个体的经验图式和格式塔引发的，在前文介绍各种文化模式时已经涉及了③。可以设想一下，在当代都市社会中，如此众多的交往，如此庞大的新信息冲击，我们每天都要处理大量数据。由于各自的经历、智力、精力、可供支配的时间、阅历、生存环境条件、注意倾向和关注内容以及由此形成的知识体系具有集体隔离特点，因此相同性之外还有差异。

这个模型还可以用于说明哲学界说的"自然时间"与"心理时间"的关系。这让笔者想到了王炎以二分法为立足点的时间划分方法。一方面是自然时间或宇宙时间（宏大时间）（亚里士多德、曼底洛与利科）；另一方面是现象学时间、生命/生活时间、心理时间、经验时间（圣奥古斯丁、曼底洛、利科），（笔者认为）这相当于巴赫金的"外在/事件时间"和内在/心灵时间以及奥尔巴赫区分的"外在情景时间"和"人物内心（内在）时间"。从总体上看，两者之间有两种可能的关系：一致和错位。

---

① 韦勒克与沃伦在《文学理论》中指出："伟大的小说家们都有一个自己的世界，人们可以从中看出这一世界和经验世界的不同的独特的世界。"（刘象愚等译，北京：文化艺术出版社，2010年，第241页）

② James Martin 区分了顺从（compliant）、抵触（resistant）和选择（tactical）三种阅读方式：顺从性阅读指认同文本提供的作者见解；抵触性阅读指从对立面的角度来阐释文本中潜在的作者意图；选择性阅读指读者选择文本中一些于己有所补益的观点为己所用。见 *The Language of Evaluation: Appraisal in English*. Hampshire and New York: Palgrave Macmillan, 2005, p. 62.

③ 也见 Violeta Sotirova, "Woolf's experiments with consciousness in fiction". In Marina Lambrou and Peter Stockwell (eds.), *Contemporary Stylistics*. London: Continuum, 2007, pp. 7—18.

"一致",即一致式体现方式:小说时间与隐含作者的现实时间一致;"错位"①,即隐喻体现方式:故事时间在隐含作者存在之前或之后②。根据笔者的理解,无论以哪种方式确立小说时间、小说时间(隐含作者存在心理时间)与非小说时间(隐含作者存在的自然时间),它们均以一种现在性存在③,并且心理时间的现在性包含于自然时间的现在性之中;而一些人所谓的无时间性,正是排除现在和过去、内在时间与外在时间之分的现在主义泛时立场④。

6.2.6 小结

这里做一总评。首先,语义不是转瞬即逝的,记忆可以对它进行储存和提取;但语义也不是结构主义说的因人而异的:各自的解读的确可能出现差别,但一般不至于彼此错位到离奇的地步,以至于面对面(只是媒介从文字换成了声音)也无法进行有效交流。果真如此,我们这个社会就会因为交际受阻而立刻土崩瓦解。

其次,后现代主义宣称去中心化,目的是要摆脱传统逻各斯而独行独往;当代网络文化、个人化(如私营公司、自驾出行、酒吧夜生活、高科技作弊、裸体抗议等)又似乎把去中心化观念体现得淋漓尽致,在一定程度上的确起到了去中心化的作用。但是,这只是局部现象:一旦个体需要和群体打交道,尤其是同政府部门、组织机构和社会团体接触,只要想获得应有的认可、达到预期目标、进行常态生活,他们就必须按照长期以来形成的相关规则来调整自己的行为及其交往心理。

因此,读者永远也不可能脱离相应的社团文化传统及其行为体制而自行其是。巴尔特鼓吹的作者死了、"父子"从此各不相干,可他忘了生理与文化遗传仍然在起作用;福柯的主体死了见解是为了讨好性地回应尼采"上帝死了"的论调;德里达企图通过文字来说事,文不对题,也缺乏起码的语言学常识。在现实中,可能确有异乎寻常的意义赋值,但多数情况下只能是局部的、部分的相异,要不就是临时性的诙谐调侃。作者还在写作,主体仍活着!⑤他们(它们)一直潜在地支配着来人:或

---

① 也有人把这种错位情形称为"冲突",这个提法多少让人有些不安。在这个充满冲突的世界里,没有必要把所有非一致关系都叫做冲突!笔者建议,在所有语言学和文学的相关分析中,对于真正冲突之外的不一致现象,最好把冲突从我们的词库中抹去,在我们的内心留下一片绿色的天空吧。

② 参阅韩礼德:《功能语法导论》(第二版),彭宣维等译,北京:外语教学与研究出版社,2010年,第10章。据此,巴赫金的内外时间划分则存在进一步的一致与隐喻表达方式;这与后面第7章要讨论的、隐含作者、叙述者和叙述对象之间评价立场的一致与否,属于同一性质。

③ 因此,人们区分的叙述时间、被叙述时间和阅读时间,从解读角度看,只能是一种分析性区分,相关时间信息在阅读时均处于在线的现在性和共时状态。

④ 王炎:《小说的时间性与现代性》,北京:外语教学与研究出版社,2007年。

⑤ 根据莱可夫和约翰逊的总结,后结构主义哲学对语言的性质大致可以归纳为四个基本要点:(一)符号的纯粹任意性,即能指(符号)和所指(概念)配对之间的完全任意性;(二)自由浮动的能指关联下二元对立系统中的意义临时性(延异);(三)意义的纯粹历史条件性;(四)概念的极端相对性。(见 George Lakoff and Mark Johnson, *Philosophy in the Flesh: The Embodied Mind and its Challenge to Western Thought*. New York: Basic Books, 1999, p. 464.)

者已经变成了我们的一部分,或者就是我们:历史在此刻驻足,或借我们的口说话[①]!当然,我们也不能忽视当前主体的主动性。

评价范畴应用于文学文本分析,其理念是站得住脚的;评价文体学的立论前提也是成立的。

6.3 评价文体学的操作原则与分析框架

有了上面的基础,现在我们回到图 5-9 表征的模式上去。注意,该模式与韩礼德先前的见解有两个实质性区别:实例和系统从范畴化的角度区分开来;先前语义系统和词汇语法系统的俗称,即意义和措辞,被作为相应的实例范畴;语篇不再只是连接语言和情景的意义单位,也是措辞单位,即"[语篇为]意义"和"[语篇为]措辞",从而将词汇语法的级阶上限从'句'推向'篇'。这个扩展模式对于建立评价文体学具有关键作用。大致说来,词汇语法在句及其以下的单位属于文体学的关注对象,它们是语词性质的(Verbal);词汇语法在句以上的单位属于叙述学研究的对象,是话语性质的(Discoursal),包括叙述策略与技巧。这在韩礼德 1978 年的经典模式看来,两者很难从理论上得到调和;但根据他 1995 年提出的扩展模式,它们在语言模式上便成了体现(故事+评价)意义的形式范畴,均处在词汇语法层次上。按照韩礼德和韩茹凯的见解[②],句以下的语言单位是结构性的,句以上的是组织性的;当语篇同时被定性为形式范畴的一部分之后,其特性保持不变,仍然是组织性的。它们都是体现(评价)意义及其价值观念的手段,都是隐含作者在(评价)主旨驱使下通过待选成分获得的整合性意义单位,只是这里的成分需作宽泛理解:一为结构性成分,一为组织性成分。如此,文体学和叙事学的研究范围可以在系统功能语言学的扩展模型中获得统一:统一于词汇语法形式范畴,符合形式创造意义的拓扑学原则。因此,两者都是语言使用性质的,都对语篇中的整体评价意义发挥相应作用。

从语言使用(实例)的角度看,这里的"话语"可以包含叙事学的'话语'内涵[③]:前者涉及语义内容,是一个意义—形式配对的概念;叙事学的话语概念属于表征意义(故事)的方式,可以归到扩展模式的话语生成的选择过程。这里以简图的方式加以重述(见图 6-4)。

接下来我们以现在主义认识论的三个基本特点为依据,即一维过程性、轨迹在线性和层次结构性,为评价文体学的模型建构与具体文本分析,构拟三个相应的基本原则:(一)前景化评价成分随时间走向而次第出现的过程性、(二)同类评价成

[①] 钱冠连:《汉语文化语用学》(第 2 版),北京:清华大学出版社,2002 年。
[②] Michael A. K. Halliday and Ruqaiya Hasan, *Cohesion in English*. London: Longman, 1976.
[③] 申丹:"叙述学和文体学能相互做什么?",载詹姆斯·费伦与彼特·拉比诺维茨主编:《当代叙事理论指南》,2007 年,第 137—153 页。

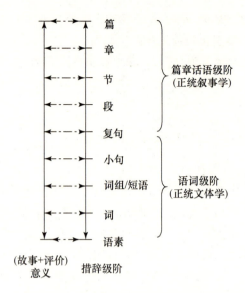

图 6-4 叙事学和文体学关注的语言现象

分随文本过程不断累增而彼此关联的在线性、(三) 由上述二者编织而成的关于文本整体评价意义的层次结构性。三者在先前的语言学与文体学研究都已经用到了,但这里提供的是一个整合框架。

其实,纯粹的第一原则,其作为不大,因为它只关心文本中次第出现的所有前景化评价成分,至于这些成分之间的区别,则暂不在考虑范围之内;不过,我们对此有一个总体认识,这就是前景化概念。

前景化这一术语源于俄国形式主义文学批评的陌生化概念。什克诺夫斯基在最初提出这一概念时关注的是诗歌的整体艺术功能,他"将重点从诗歌运用形象转移到了诗艺的功能方面";文学的"艺术性在于新奇、新颖、以故为新",所用术语是陌生化,涉及语言表述、小说视点、情节构成、文学史等①。这一思想由布拉格学派穆卡诺夫斯基继承和发展:作品的文学性在于"'叙述方式的最大前景化',即'表达方式、话语方式自身'的前景化……通过使语言的参照方面和逻辑联系'背景化',诗歌使语言变成了'可感知'的语音符号",这种手段主要涉及偏离和排比;雅各布逊则指音韵和句法模式,包括"语音模式、语法结构、节奏、韵律和诗节形式"以及突出表现的一些反复出现的关键词或意象②。

---

① 张冰:《白银时代:俄国文学思潮与流派》,北京:人民文学出版社,2006 年,第 291—297 页。
② Abrams, Meyer H. *A Glossary of Literary Terms*. Boston: Heinle, 1999. 吴松江等译,《文学术语词典》(中英对照)。北京:北京大学出版社,2009 年,第 207 页。

韩礼德①在创建功能文体学时对前景化概念作了充分发展。他根据前人的研究成果②，合理淡化了陌生化观念下"偏离"和"扭曲"性质的前景化理论，即语言突出性③。他明确指出："有关语言突出性的说法本身，对文学价值而言，无法提供相应标准"；不过，确有"一些价值，或价值的某些方面，必须通过语言成分来表达"，诸如音韵模式和词汇语法手段。其实，语言上的"突出"，和"题材"一样，通常是主观选择的角度问题，是分析者期待发现的意义，从而发现相应的句法表达；视角为寻找突出性提供动机；不管是多么平常的语言也能在这里找到相关性。因此，文体分析既需要统计数据，也得观察描述；前景化特征是在两者的对立使用中形成的，彼此发挥应有的加强作用而在文本过程中积累起来的。在此基础上，他通过词汇语法手段表达的及物性分布模型，从语言功能上确立了功能文体分析的一般原则和研究方法：每一部作品都是从意义的类别和系统成分中通过选择而获得的一种特有平衡，体现作者对语言功能变体的个人尝试。

  这一点笔者完全认同；但这里拟从话语生成（Logogenetic）的角度为韩礼德意义上的前景化赋予一种动态特质；具体而言，这就是评价成分随文本生成而出现的过程性。事实上，先前的着眼点在于文学文本分析可资依赖的有关文体成分，至于这些成分的次第生成过程，则不是关注的主体。笔者把评价性成分随文本过程先后出现的过程性作为一条原则，意在标明这些成分生成的动态性。这将是第7—9章进行评价文体学模型建构的主要依据：评价成分次第出现的动态性，不仅仅具有前景化特点，尤能揭示其岁时间更替的流动性；这样的动态性是另外二者的基础。其实，评价成分次第出现的过程性是一种时间线性原则，即前景化成分随时间走向在不同范畴成分之间来回往复的推进过程。它涉及两个因素：时间性及相关语言范畴成分：后者随前者而出现分布的走向模型。当然，这里的前提是前景化。当然，时间线性原则并非考察文本相关过程的充分条件，但是必要的，是体现"作为过程的文本"的基本特点。

  需要强调的是，一个文本不断出现的评价文体成分，其间的距离带有随即性，亦即或然性。或然性很重要，因为它涉及文本过程中相关成分出现的不确定性。然而，我们又不能像某些后现代主义者那样无端夸大这种不确定性；事实上，它们

---

① Michael A. K. Halliday, "Linguistic function and literary style: an inquiry into the language of William Golding's *The Inheritors*". In Seymour Chatman (ed.) *Literary Style: A Symposium*. London and New York: Oxford University Press, 1971, pp. 330—368.

② René Wellek, "Closing statement" (retrospects and prospects from the viewpoint of literary criticism). In Thomas A. Sebeok (ed.) *Style in Language*. Cambridge, Mass.: MIT Press, 1960, pp. 417—418. Geoffrey Leech, "'This bread I break': language and interpretation". *Review of English Literature* 1965 (6): 66—75. Dell H. Hymes, "Phonological aspects of style: some English sonnets". In Seymour Chatman and Samuel Levin (eds.) *Essays on the Language of Literature*. Boston: Honghton Mifflin, 1967, pp. 33—53.

③ Monroe C. Beardsley, *Aesthetics: Problems in the Philosophy of Criticism*. New York, Chicago, San Francisco, Atlanta: Harcourt, Brace and World, 1958.

与必然性有辩证关系：一个特定文本中的评价特征究竟会出现多少个、在哪里出现、以何种方式出现，显然是不确定的；但相关文本对总体评价主旨的前景化方式，则有一定比例的概率，从而决定评价特征的分布距离和总体数量。

现在我们看第二条原则，即同类评价成分随文本过程不断累增而彼此关联的在线性。关于这一点旨在从理论上说明同类成分相聚而累积相关评价意义的阅读功效，这一点将在第7—9章给予阐述，而第10—14章的文本分析，则是这一原则的具体运用。这一点在学界的认识是主体间性。

先前的主体间性有四种经典内涵。一是社会学和伦理学意义上的社会人的关系，"包括人际关系和价值观念的统一性问题"；二是认识论领域的主体间性，指胡塞尔现象学涉及的内涵之一："把先验自我的意向性构造作为知识的根源"、以个体认识和主体的关系来理解"普遍性"，不关注人与世界的相互关系；三是本体论主体间性，关注"存在或解释活动中的人与世界的同一性"①；还有一个体验哲学视角下的主体间性概念：人类理解的发展是通过人与人、人与外在世界的互动获得的（对比胡塞尔），我们不是孤立、自足的个体，而由此在我们头脑中建构关于世界的模型；相反，我们是通过与他人的交往获得关于世界的知识的：我们生活在一个一切共享的世界里，我们从生命的开端便分享意义，即使我们儿时对此一无所知；这种以身体为基础的主体间性——即通过与他人的交往涉及身体表达、手势、模仿、互动来建构我们的身份，是意义生成的摇篮②。这在杰鲁巴维③理论中有更具体的表述。笔者进一步意识到，主体间性虽然发生在生物体之间，但毕竟是通过大脑神经进行加工的，它也发生在生物体内部，是'作者—文本—读者'一体化解读机制的心理基础④。最后，本书的文本间性概念涉及韩礼德采用的三种发生过程，结合评价意义就是：一是个体文本的发生过程（logogenetic）⑤：文本如何以线性化方式获得评价意义的累积与增值；二是个体发生过程（ontogenetic）：相关社会个体在生命存续的不同阶段的评价立场的变化，可能散见于同一个体产出的多个文本中，这正是隐含作者这一概念存在的必要性；三是种系发生过程（phylogenetic）：关注共

---

① 可参阅 http://baike.baidu.com/view/900418.htm.
② Mark Johnson, *The Meaning of the Body: Aesthetics of Human Understanding*. Chicago and London: University of Chicago Press, 2007, p.51.
③ Eviatar Zerubavel, *Social Mindscapes: An Invitation to Cognitive Sociology*. Harvard: Harvard University Press, 1997.
④ 对比 Paul de Man, "Criticism and crisis". *Arion*, 1967. Reprinted in Hazard Adams and Leroy Searle (eds.) *Critical Theory since Plato* (3rd edition). 北京：北京大学出版社，2006 [1967] 年，第1318页。
⑤ 对比巴赫金依据相对论探讨的小说时空关系；巴赫金："小说的时间形式和时空体形式"，白春仁译，载《巴赫金全集》（第三卷），石家庄：河北教育出版社，1998年，第274—460页。

同体甚至整个人类历史,即从文本间性角度获得评价意义的波动平衡[①]。共时现象是历时的积淀,历时在共时中获得创造性再现,并丰富历时的内容。这种共时—历时综观是以一体化的时空概念为依托的。我们把人类历史长河中产生的所有文本、从社会历史符号的角度、做一种理想化的总体关联:每一个个体通过阅读对其中的一部分做出关联;一定时期内所有个体则对整个历史文献做出关联,这正是各类图书馆和音像成品的潜在价值。显然,这是一种带有生命特质的关怀:任何相关文本之间,一旦主题发展需要,均可能使它们获得生命价值、而当前文本中复活而出现新的价值体征。这更是评价文体成分随文本过程而逐步累增相关效应的一种生态历程。

上述关联性是在一种人们称作'语境'的要素的关照下发生的。不过,这里的语境概念需作综合理解,包括记忆加工过程意义上的情景语境和文化语境。这是解读的内在机制。下面是根据斯巴布和威尔逊[②]从听话人角度确立的认知语境改造而来的,但这里明确了它跟记忆内容的关系,与经典系统功能语言学的语境概念在内涵上并不冲突。

语境是一种抽象的记忆结构,是交际者关于世界的假设的一个子集。正是这样的假设,以及一些相关的实际环境,影响说话人和听话人建构话段的(评价)意义。这个意义上的语境并不局限于直接相关的外在物理环境或上文的有关信息:对将来的预期、科学假设和宗教信仰、逸闻记忆、普适性文化假设、有关听话人和说话人的推定,均对(评价)意义主旨和解读发挥一定作用。

该界定和语用推理定义的不同之处在于,它同时纳入了作者或说话人在语境建构和理解过程中的作用。这里从经典系统功能语言学和认知语用学的语境理论跨出了一步,即它不再局限于物理因素;而是一种临时推定:一切交际均有主体的记忆参与,过去的经验和现实的相关信息在相关语境的确立中同时发挥作用。

对情景语境和文化语境作如是理解,便于真实读者对文本中的评价意义作解读方面的加工处理。一方面,隐含作者在文本中介入的评价主旨,应该与真实读者据以解读的评价主旨基本一致,这一点是由记忆情景语境决定的,因为它直接关涉文本叙述的事件要素;另一方面,如果彼此相左,则可能与各自经验格式塔中蕴含的意识形态和价值观念等文化因素有关,从而出现解读差别。

[①] 三种发生过程的时间概念,见 Michael A. K. Halliday, "Things and relations: Regrammaticalizing experience as technical knowledge." In James R. Martin and Robert Veel (eds.) *Reading Science: Critical and Functional Perspectives on Discourse of Science*. London: Routledge. 1998, pp. 185—237. Reprinted in Jonathan Webster (ed.) *The Language of Science*, Volume 5 in the Collected Works of M. A. K. Halliday. London: Continuum. 2004, pp. 49—101;有关三个术语的解释,见第 88—89 页。关于第三把语境等同为历史的观点,可见 Peter Stockwell, "(Sur)real stylistics: from text to contextualizing". In Tony Bex, Michael Burk, and Peter Stockwell (eds.) *Contextualized Stylistics*. Amsterdam: Rodopi, 2000, pp. 15—38.

[②] Dan Sperber and Deirdre Wilson, *Relevance: Communication and Cognition*. Oxford: Blackwell, 1995 [1986], pp. 15—16.

以马维尔《致他的娇羞的女友》(*To His Coy Mistress*;《女友》)一文为例(具体分析见后文第 8 章)。在某些人看来,这是一首以空间和时间为视角的求爱诗。该诗的第一行就点明了空间和时间连续体;接着是永恒男性对永恒女性的求爱过程;第二个诗节的开始又涉及时间和空间("但是自我的背后我总听到时间的战车插翅飞奔,逼近了;/而在那前方,在我们的前面,却展现一片永恒的沙漠,辽阔,无限");第三个诗节是求爱的中心部分("与其受时间慢慢的咀嚼而枯凋,/不如把我们的时间立刻吞掉");最后两行没有明确的时间和空间意象,却关注时空中的意愿和行为("这样,我们虽不能使我们的太阳停止不动,却能让他们奔忙"),如此等等。显然,这种解读只涉及《女友》的一部分评价内容,即时间和空间的永恒性与生命的短暂性带给受话人(女友)的紧迫感[非安全因素;-4]。换一个角度,文本通过前景化和修辞方式表达的评价意义(如性需求的整体劝说动机;+1),对于普通男女阅读者来说,应该是一致的;但对于女权主义者来说,《女友》体现的潜在价值观念,可能被看作是男性叙述者对女性身体的无情攻击;对女性生殖器官的隐晦描述则是一种性心理上的诋毁行为。行文中说的 marble vault(汉白玉的寝宫:阴道和子宫类比)不再有叙述者的歌声,代之以蛆虫糟蹋,使得男性读者获得一种报复性快感。而第 44 行 the iron gates of life(生活的两扇铁门)指双方"通过粗暴的厮打"而攻破女性的贞操防线等等①。这些都是女性主义者揭露的、在这个不平等的男性霸权世界里、女性柔弱而遭男性攻击的"事实"。但是,男性可能根本不作类似理解,或者从未有过相关意识或负疚感。这种不平等性正是由不同性别角色的自身体验确立的。这是不同解释的一个基本根源,也是关联理论的理性推理(相对于默认的直觉推理)介入之处,至少从理解的角度看如此;解读的多重性则是这一基础上的进一步推进。

这个推理的不足也是明显的:缺乏具体范畴,而这正是系统功能语言学改进后的语境理论的优势,下分语场、语旨、语式。其实,记忆语境的内容应该和系统功能语言学的语境内容一致,后者毕竟也是归纳的结果。

我们再来讨论第三条基本原则:由过程性和在线性促成的关于文本整体评价意义的层次结构性。具体而言,评价文体成分的动态过程性与关联在线性,会随文本不断生成而建构出一种整体性。这种整体性的潜在动因就是隐含作者注入文本过程的评价主旨,后者在文本过程中构成自身的语境。下面就这里涉及的整体性、评价主旨和语境概念逐一给予讨论。

我们从评价主旨开始。评价主旨指一个文本涉及一个或以上的整体评价意义,可能是显性的,也可能是隐含的。这样的评价意义不是随意的,可有可无,而是隐含作者使用语言的评价资源所赋予的,是有意识的安排设计的。这个意义上的评价主

---

① Wilfred L. Guerin, Earle Labor, Lee Morgan, Jeanne C. Reesman, and John R. Willingham. 1999. *A Handbook of Critical Approaches to Literature* (4th edition). Oxford:Oxford University Press, 1999, pp. 92—94, 215—217.

三、评价文体学的理论范式

旨是一个有价值的概念，是隐含作者赋予文本的某种评价期待，一种思维机制，为文本评价解读提供有价值的目标。它"介于可预测性和任意性之间"①。通常，文本中存在大量前景化的评价成分，但这些成分可能并非隐含作者的潜在评价主旨，而是体现它的线性评价成分。可见，评价主旨是统摄前景化评价维度的有效机制。

评价主旨涉及评价范畴本身的立足点。评价主旨指评价者寓于言语过程的评价出发点和归宿，属于交际动机的一个次类。这一点可以和上世纪70年代兴起的文学语用学联系起来，包括言语行为理论②、会话含义理论③、礼貌原则④和关联理论⑤。笔者关心的是，这些理论何以能对文本中的评价意义做出解释，如直接言语行为操纵文本"表面"的评价意义（前景化评价成分及其文本组织），间接言语行为则实施背后的整体评价意义（评价主旨）。间接评价现象在语用文体学那里是通过会话含义理论以及礼貌原给予解释的。而结合评价范畴的基本立足点可知，语用学和评价范畴虽然涉及的理论模块有别，但（一）都是探讨语言使用功能的，都关注说话过程和解读；（二）都是在语境参照下进行的，虽然彼此定义相异，实无本质差别，至少关涉对象相当；（三）语用学的基本理论对进一步考察文本中的评价意义具有引导作用；（四）它们都是隐含作者采取的叙事策略和修辞方式，和评价主旨直接相关。因此，两者的结合不仅必要，理论上也是可行的。它们能协作描述文本过程中表征的可统计和不可统计的评价意义成分，从而体现不同层次的评价特征甚至评价主旨。例如，从第1章对(1)的解释看，相关隐含作者陈述的文本过程可以看作"言语事件行为"（Locutionary act）；传递给读者的字面意义（二人坐于窗前）和可能的隐含意义的（母子窘困）则是"以言行事行为"（Illocutionary act）；由此指向的社会现象（如关于妇女儿童的生活状况和社会角色），则是隐含作者意欲达到的"言语意图行为"（Perlocutionary act）⑥；其中，以言行事行为涉及直接和间接言语行为。这是在关注读者或听话人的前提下从作者或说话人角度给出的解释；会话含义及礼貌原则具有相似思路；不同之处在于，以言行事行为是从社会交际规范（社

---

① 见 Adele Goldberg, *Construction: A Construction Approach to Argument Structure*. Chicago: University of Chicago Press, 1995. 另见 George Lakoff, *Women, Fire, and Dangerous Things*. Chicago: University of Chicago Press, 1987.

② John L. Austin, *How to Do Things with Words*. Oxford: Oxford University Press, 1975 [1962]. John R. Searle, *Speech Acts: An Essay in the Philosophy of Language*. Cambridge: Cambridge University Press, 1969.

③ Herbert P. Grice, "Logic and conversation". In Peter Cole and Jerry L. Morgan (eds.) *Syntax and Semantics 3: Speech Act*. New York: Academic Press. 1975, pp. 41—58.

④ Geoffrey Leech, *Principles of Pragmatics*. London: Longman, 1983.

⑤ Dan Sperber and Deirdre Wilson, *Relevance: Communication and Cognition*. Oxford: Blackwell, 1995 [1986].

⑥ 此前，有人的汉译文分别是"以言行事"（X）、"言外之力"（Y）和"言后之果"（Z）。但原文对三者的内涵及其关系的陈述是：通过说 X 和做 Y，我做了 Z。例如，通过说 I will come tomorrow（X）和做出承诺（Y），我向朋友做出了保证（Z）。三者都是从说话人角度确立的。这是该理论和评价范畴的共同之点。

交协作)的角度做出解释的;关联理论则完全以阅读者或听话人的理解推理为着眼点。这一点将在第 8 章体现,虽然我们的侧重点不允许我们对此做突出的演示,但其基本思想是明确的。

评价主旨在文本中体现一种整体性。这是文本分析得以展开的前提,更是文本评价的集中走向和统摄要素。事实上,现在主义正是基于这种理论需求而提出来的:这不仅关乎文本过程的可能性,也为文本分析过程所需。笔者在现在主义基础上建构的'作者—文本—读者'多视角一体化解读模式,充分体现了整体性思想:它使历时与共时中和消解而进入信息加工的在线状态,让不同时空下的隐含作者、文本、读者发生主体间性和文本间性关联,让既往经验知识进入工作记忆,进入当下的文本加工与分析过程。这一思想在中国经典哲学中早已有之;笔者则试图在当代学术背景下为这一思想提供科学依据和操作平台,并给与理论化。

总之,评价成分的一维在线性是彼此关联、构成在线性的前提,两者共同实现文本中评价主旨的层次结构关系;前二者是前景化性质的,第三点处于背景位置,尽管前二者也可能明确一个文本的整体评价主旨。有了这个基本原则,我们就可以根据文本的评价主旨及其统摄的前景化评价成分,有效识别文学文本中的各种评价文体成分(第 7 章),探讨文本背后的评价主旨及其层次关系(第 8 章),进而建构评价文体学的批评—审美模型,一种超越评价范畴的波动平衡模式(第 9 章)。

最后,要充分研究文本中的评价意义,还需要纳入叙事学的基本概念。叙事学指关于话语叙述方式的文学批评学科。"它主要研究叙述者的类型、结构成分的辨别以及它们的不同组成模式、反复出现的叙事手段、对于各种叙事话语的分析,以及**叙事对象**(即叙述者向其叙述故事的明显的或隐含的人或听众)"(强调系原文)[①]。这里以叙述学的叙事交流模式为蓝本,提出一种阅读互构观;这种观点不仅是文学的,也具有语言学意义,至少与系统功能语言学的总体理论模型兼容,因为它们描述的共同点都是语言的交际过程。

[(隐含作者)＞ 叙事者 ＞ 叙述对象 ＞(隐含读者)]＜＜＜[真实读者]。

其中,'＞'的方向表对立和互构关系。它不再是查德曼[②]意义上的单向决定模式;真实读者拥有与隐含作者(包括叙事者、叙述对象和隐含读者在内)同等重要的地位,处于互动和互构地位:隐含作者通过文本表征的相关(评价)意义具有制约性,但真实读者具有创造性地理解和文本阐释的主动性。据此,我们为评价文体学确立一个分析框架(见图 6-5)。

该图需要作三点说明。第一,文本处于中心地位,是隐含作者赋予评价意义的手段,也是阅读阐释的现实依据。第二,叙述者、叙述对象甚至隐含读者均存在于文本

---

① Meyer H. Abrams, *A Glossary of Literary Terms*(《文学术语词典》)(中英对照),吴松江等译,北京:北京大学出版社,2009 年,第 346—347 页。

② Seymour B. Chatmann, *Story and Discourse: Narrative Structure in Fiction and Film*. Ithaca: Cornell University Press, 1978, p.151.

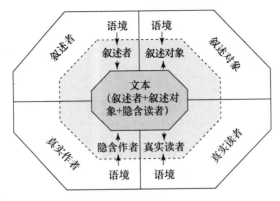

图 6-5　评价文体学的分析框架

过程中；有的文本有明确的叙述者和叙述对象；有的叙述者与故事角色无关，如《黑暗的中心》。隐含作者的一部分信息包含在文本中，如《格列佛游记》中鸡蛋剥壳是从大端开始还是小端开始所形成的党派之争，影射斯威夫特时代英国两大政党的斗争状况；因此，隐含作者处于文本的边缘部位，在一些自传和散文中则以显性身份直接进入话语。第三，隐含作者、叙述者、叙述对象和真实读者，均有各自的局部语境：叙述者和叙述对象两个角色的语境是隐含作者通过文本创造的；隐含作者和真实读者的语境往往在时空和场景上错位，为真实读者在解读中偏离评价主旨创造了条件。

如果结合图 6-5 和本章前面讨论的'作者—文本—读者'一体化解读机制，翻译也涉及大致相当的过程，即译者需要在自身语境之下关注隐含译者所在语境及其创作文本。这一过程涉及译者根据原文语境（包括社会历史语境和上下文）拟定的顺应性原则——使创造性译文与原文语境具有兼容性，而不是根据译者自己的社会文化语境的自我陶醉；当然，这里同样需要引入系统功能语言学的多功能原则。目前已经有一些初步尝试；但距离全面的探讨还有很长的路要走。

6.4　总结

本章阐述了评价文体学的学科前提，具体而言就是基于当代记忆科学的'作者—文本—读者'一体化解读模型，前提是在体验哲学的基础上确立的现在主义思想：世间一切均存在于现在之中，过去的并没有过去，而是多空间同时性现在的构成要素，将来是由现在蕴涵的，是现在进一步现实化的可能走向。据此，笔者以能指—所指相互关系为立足点、从工作记忆原理出发给出了泛时关联，并提供相关社会记忆研究成果说明文本的记忆加工原理，阐述了解读差异产生的潜在机制；在前，现代阐释学已经为我们提供了这一模型的可能性，但相关学者没有提供类似理论基础，更没有合理科学的操作平台，尽管他们潜意识地站在一体性的起点上来思考相关问题。

四

评价文体学模型建构

评价网络→关注范围→分析程式

> 如果存在且只存在一个世界的话,那么,它就包含着对立面的多样性;如果存在着多个世界的话,所有这些世界的集合便是一。这个世界可以被视为多,那很多个世界也可以被视为一;是多还是一,取决于理解的方式。
>
> ——古德曼《构造世界的多种方式》

7　文学话语中的前景化评价成分
——从图形—背景关系看三类评价者及其网络关系*

你站在桥上看风景,看风景的人在楼上看你。明月装饰了你的窗子,你装饰了别人的梦。

——卞之琳《断章》

7.1　引言

第7—9章系评价文体学的模型建构,包括话语中各类评价意义的识别以及由不同视角构成的评价意义网络系统、文本评价意义的前景化组织与整体评价主旨的多层次性、评价意义的批评与审美途径及其元思维方式。

本章为评价成分及评价者的识别与分类提供前景化依据,是我们在现在主义一维过程性与轨迹在线性视野里对话语中前景化评价成分进行的系统分析和静态描写。鉴于评价范畴自身缺乏一个识别评价成分的有效途径,这里的工作也具有语言学理论意义。标题中的'话语'指社交文化语境中的'文本',与'文本'——语言过程视野里的'话语'——系同一对象的不同侧面[①]。

这里以'图形—背景'关系为基础、叙事学的叙事交流模式为框架(见前一章有关介绍)、文本过程中的三类具有评价者身份的叙事角色(隐含作者、叙述者和叙述对象)为出发点,考察相关前景化评价成分及其由此构成的系统网络关系。

在先前的评价成分识别中,我们常常难于确定文学文本中大量成分是否需要做出相应的评价意义分析。例如,

(1) "I wish we had just about two of them cartridges that's layin' in that cache of ours," said the second man. His voice was *utterly* and *drearily*

---

* 感谢申丹教授为本章写作提供的参考文献。

[①] Michael A. K. Halliday, *Complementarities in Language*. Beijing: The Commercial Press, 2008, p.78. 据此,区分语言学的话语概念和叙事学的话语概念就没有必要了。马丁将语类推到文化语境的做法,问题也在于此;见 Martin, James. 2006. "Genre, ideology and intertextuality: a systemic functional perspective". *Linguistics and Human Sciences* (2): 275—298.

expressionless. (Jack London: *Love of Life*)①

　　两个副词 utterly(完全)和 drearily(干巴巴)表达的都是针对属性成分 expressionless(毫无表情)的聚焦和属性级差加工[+26，+23]；而 expressionless 本身识解的是鉴赏态度之下的反应意义[-10]：给我印象是否深刻、我是否喜欢？问题是，引号内的 wish, just, about 要不要也做处理？在面对面交流中，三个成分可分析为：情感态度之下的意愿[+1]、针对过程成分 had 的效力级差[24]、针对数量 two 的聚焦级差[26]。但对比马丁等人对评价概念的定义，(1)引号内的相关成分是否符合写作者对相关事物采取的主观立场这一基本要义？又如，

　　(2) In the first forty days a boy had been with him. But after forty days without a fish the boy's parents had told him that *the old man was now definitely and finally salao*, which is the worst form of unlucky, and the boy had gone at their orders in another boat which caught three good fish the first week. (Earnest Hemingway: *The Old Man and the Sea*)②

　　斜体部分是小孩父母对老人的看法；salao(倒了血霉)当为判断态度中的社会评判，即态势性范畴[-5]：有多特殊？now(现在)为数量跨度性的级差[22]，definitely(确定无疑)是介入性的接纳范畴：允许其他可能的声音[18]，也有程度强化作用[23]；finally(极点)则属于级差中的另一个子系统：聚焦[+26]；salao[-5]本来和时段无关，但被 finally 人为确立为不同阶段，从而突出倒霉的最大限度。但这里的语境是否符合"作者对人对物的主观立场"这一标准呢？依据是什么？

　　第6章引入了叙事学的叙事交流模式作为总体分析框架；本章以此为着眼点考察文学文本中源自各种叙事交流角色的评价意义及其相互关系。这一过程将应用'图形—背景'理论(Figure-Ground Theory)来说明上述各种叙事交流角色作为评价者时彼此之间的关系。图形—背景关系指由视觉确立的前景化图形和背景之间的对立效果：进入视觉范围的是图形(显性)，退居隐性地位的是背景③。我们将会看到，在叙事交流模式中，(隐含)作者、叙述者和叙述对象都可能部分或全部为显性；其他角色则退居背景位置；'图形—背景'模式可为隐含作者的背景地位提供理论支持。

　　根据上述叙事角色概念，(1)和(2)涉及的相关现象都是隐含作者通过文本过

---

　　① "我们藏在地窖里的那些子弹，我们身边要有两三发就好了，"走在后面的那个人说道。他的声调，阴沉沉的，干巴巴的，完全没有感情。——贾文浩译

　　② 可是，过了四十天还没捉到一条鱼，孩子的父母对他说，老人如今准是十足地"倒了血霉"，这就是说，倒霉到了极点，于是孩子听从了他们的吩咐，上了另外一条船，头一个礼拜就捕到了三条好鱼。——吴劳译

　　③ Vyvyan Evans, *A Glossary of Cognitive Linguistics*. Salt Lake City: University of Utah Press, 2007, pp. 79—81. Ludwig Wittgenstein, *Philosophical Investigation*. Translated into English by Gertride E. M. Anscombe. London: Macmillan, 1964. Beijing: China Social Sciences Publishing House, 1999 [1953/1964], pp. 194e.

程表征的评价意义,因为"伟大的小说正是产生于隐含作家所具有的感情和评价"[①]。即是说,(1)中的相关评价成分是作者通过叙述对象发出的,即两个淘金者中掉在后面的那一个;(2)中的相关评价是由叙述对象$_1$(the boy)对叙述对象$_2$(parents)做出的;父母的话可以看作是从孩子转述出来的。后一例中父母(parents)被看作小孩(the boy)的叙述对象,依据是小孩为被告知者,是从小孩角度确立的(也可以同时把小孩及其父母看作叙述对象)。

本章具体议题包括:仅有隐含作者与叙述者出现的情况及其关系;隐含作者、叙述者和叙述对象:三重评价立场的配置模式;隐含作者、叙述者、叙述对象$_1$和叙述对象$_2$:四重评价立场的配置模式;叙述角色:评价者和被评价者之间的关系;隐性评价与隐含作者;结束语:对各种配置情况的系统描写及总结。分析过程有时关涉单个评价成分,但主要是相关文本片段内所隐含的整体评价意义;并通过图形—背景原则说明相关评价者的凸显性感知体验。

这是一种演绎方法,通过系统配置考察各种实际可能性;但由于本章试图搭建一个可供分析识别评价意义的框架,因此论证是例证性的,不针对每一种配置情况悉数描写所有评价类别。部分语料引自"汉英评价意义对比语料库"中的文学文本。

7.2 仅有(隐含)作者或/和叙述者出现的情况及其关系

这里分两类现象,即隐含作者与叙述者的评价立场一致和不同者[②]。前者又分两种:彼此对等("=")和(基本)一致("≡")。

(3) DEAR SON: I have ever had pleasure in obtaining any little anecdotes of my ancestors. (Benjamin Franklin: *The Autobiography*)[③]

这是本杰明·富兰克林《自传》开篇的第一句。第一人称叙述者就是(隐含)作者,两者对等。因此,愉快性情感成分 dear(亲爱的)和 pleasure(爱好)[+2]、跨度性级差成分 ever[+22]、数量级差成分 any[21]既是叙事者的,也是作者本人的。

作者和叙述者对等的情况应该包括大部分散文[④]。例如,

(4) 我们真高兴,带着感激的心情和他告别了。(艾青:忆白石老人)

艾青、沙可夫及江丰三人由齐白石的学生李可染陪同去看望老人,老人主动给每人画了画,因此"高兴"(愉快[2])和"感激"(满意[3])是作者和叙述者发自内心的;"真"是针对"高兴"的强度级差成分[+23]。

---

① Wayne C. Booth, 1983. *The Rhetoric of Fiction* (2nd edition). Chicago: University of Chicago Press. 付礼军译:《小说修辞学》。南宁:广西人民出版社,1987年,第 94 页。
② 一些常识性现象,如自传或散文,其作者与叙述者是对等或完全一致的;但从系统性看,仍然逐一讨论。
③ 我儿:我一向爱好收集有关祖上的一切珍闻轶事。——姚善友译
④ 因这种情况相对特殊,这里暂不使用'隐含作者'的概念(理由见随后阐述)。

(5) 再[15,+22]往里走,天山越来越[+23]显得[18,-24]优美[+10]。在那白皑皑[+10,+23]的群峰[+21]的雪线以下[22],是蜿蜒无尽[+10,+22]的翠绿[+10]的原始森林,密密[+10,+23]的塔松像无数[+21]撑天[+10,+23]的巨伞[+10,+22],重重叠叠[+10,+23]的枝丫间,只[-24]漏下斑斑点点[+10,+23]细碎[+10]的日影。骑马穿行林中,只[-24]听见马蹄溅起在岩石上漫流[+10]的水的声音,更[+24]增添了密林[+10,+23]的幽静[+10]。(碧野:天山景物记)

这里的评价成分,从态度角度看,体现的都是鉴赏范畴之下的反应意义[+10],其他的则是级差性的[+21,+22,+/-23,+24,+/-25]。

在这里,"隐含作者"的基本要义(即"作者会根据具体作品的特定需要而以不同的面貌隐含在文本中")仍然成立,只是它和叙述者身份等同。这一现象可以描述为:a=b。从凸显性(即'图形—背景'关系中的'图形')看,隐含作者和叙述者具有同等的评价者地位(Status of Appraiser)。

不过,隐含作者与叙述者在自传和散文两个文学次语类中的对等关系,大都是整体性的:整个文本的评价者,同时为叙述者和隐含作者(当然,也可能涉及叙述对象,那是后面第3小节讨论的内容)。部分诗歌可能涉及类似现象。如19世纪的英国浪漫主义诗人,追求情感的自然抒发,由此注入本文的评价意义,可归于叙事者和隐含作者的真实意图①。下面是华兹华斯写于1802年、发表于1807年的一首小诗。

(6) 我一见彩虹高悬天上/心儿便欢跳不止/从前小时候就是这样/如今长大了也是这样/以后等老了还要这样/否则,不如死/儿童乃是成人的父亲/我可以指望:我一世光阴/自始至终贯穿着天然的孝敬。——杨德豫译②

隐含作者所酝酿的情感与叙述者表述的心境一致,至少作为一种生活方式如此:即便成年了仍然希望有一颗童心。该诗可以分为两部分:一是过去与现状描述——每当看到彩虹便会欢欣不已,系态度情感中的愉悦范畴[+2];二是对未来的憧憬,这是情感中的意愿[+1]。两种情感心理都是叙事者的;我们也可以根据作者提到的"机体敏感性"原则(见前文脚注)认定是隐含作者本人的。从更高的层次看,这种心态就是弗洛伊德关于人类无意识本性,甚至在一定范围内符合荣格的

---

① 如华兹华斯(Wordsworth, 2006 [1849—1850]:483—484)在他那篇充分体现浪漫主义创作精神的著名诗论中指出:"我总是要把明确的写作目的酝酿成熟之后再开始写作;但我相信,深思的习惯促动并调节着我的情感,故而对相关事物的描写强烈地影响着这些情感,所以便带有特定目的。所有的好诗都是强烈情感的自然喷发:不过尽管这一点不假,但可以赋于任何价值的诗都不是由变换的主题成就的,而是具有超常机体敏感性的人,而且需要经过长时间深入思考。"(《抒情歌谣集第二版序言》)
② My heart leaps up [+2] when I behold / A rainbow in the sky [+10]; /So [+2; 15] was it when my life began; / So [+2; 15] is it now [22] I am a man; / So [+2; 15] be it when I shall [18+25] grow old [22], /Or [+14] let me die [+1]! /The Child is father of Man; /And I could [18+25] wish [+1] my days to be /Bound each [+21] to each [+21] by natural [+10] piety [-4].

集体无意识心理：叙述者发现并宣告的、可能是人类一种潜在的共性心理。即便作为外国人，我们今天读来仍有共鸣感。所以，这属于可靠叙述的范围（Reliable narration）。

这里不是直接写景，而是（隐含）作者看到景色以后的情感抒发，两者的评价范畴不同。如果直接写景，文本再现的就可能是鉴赏性的美学意义。下面是一个典型实例。

(7) 此时的太阳已经沉入地平线以下了，那一团鲜红已被淡红所替代，头顶的天空也已经从青苍色逐渐变成了鸭蛋一般的湖绿色，而且一种幽静的夜色也正慢慢地从四周向她围拢过来。朦胧的阴影伸过了村庄，那些鲜红的田埂和那条闪着红光的大路也都失去了阳光所特有的血色，而变成了一般的土褐色了。在大路那一边的牧场上，有一些马儿、牛和骡子，都已静静地把它们的头伸过那道篱笆……——简宗译①

景色是女主人公郝思佳（Scarlett O'Hara）所感，却是通过叙述者直陈的，应该看作叙述者、甚至隐含作者的鉴赏性评价，因为这些评价不是出自郝思佳之口，所以不宜直接看作叙述对象郝思佳做出的评价；这里的主要评价成分是鉴赏性的反应意义，即自然景色带给观察者的积极反应[+10]。这种模式可以表述为：a ≡ b，即隐含作者与叙述者的评价立场一致（对比自传和散文的评价模式：a=b）。

其实，传统诗歌这种抒发胸臆的文学次语类可能大都存在这一特点。"采菊东篱下，悠然见南山"的自在闲适心境[+2，+3]也只是陶渊明归耕田园、免去官场烦恼时才有的。在这里，我们可以把情感者（Emoter）认定为叙事者和隐含作者②；"菊花"和"南山"等只是触发物（Trigger），由此引发相关感情。

从严格理论意义上确立隐含作者在叙事学中的地位，需要一种理论基础，这就是笔者提倡引入'图形—背景'理论的原因。它可以从'背景'地位为隐含作者提供合理性；而可资依赖的证据就是叙述者甚至整个文本隐含的相关生活阅历，而这样

---

① The sun was now [22] below the horizon [22] and the red glow [+10] at the rim of the world faded into pink [+10]. The sky above turned slowly [−24] from azure [+10] to the delicate [+23] blue−green [+10] of a robin's egg, and the unearthly [+10] stillness [+10] of rural twilight [+10] came stealthily [+24] down about her. Shadowy [23] dimness [+10] crept over [10+24] the countryside. The red [+10] furrows and the gashed red road [+10] lost their magical blood color [+10] and became plain brown earth [+10]. Across the road [+22], in the pasture, the horses, mules [+21] and cows [+21] stood quietly [+10，+24] with heads over the split−rail fence [+10]… (Margaret Mitchell: *Gone with the Wind*)

② 这可能就是真实作者陶渊明本人这一特定时期的真实写照。但即便如此，恐怕我们也很难说这种释然的心境就是真实作者本人远离官场后的一贯生活态度。我们不便把隐含作者与真实作者陶渊明画上等号。此外，情感者不一定就是评价者。例如，《红楼梦》第六十四回"幽淑女悲题五美吟，浪荡子情遗九龙珮"：一天，宝玉去潇湘馆见黛玉，途中遇上丫鬟雪雁，她告知黛玉情形："又不知想起了甚么来，自己伤感了一回，提笔写了好些，不知是诗呵是词呵。"这里是黛玉"伤感"，叙述对象黛玉当为情感者，但评价者是丫鬟雪雁；而那个所"想起"的"甚么"，当为触发物(James Martin and Peter White, *The Language of Evaluation: Appraisal in English*. Hampshire and New York: Palgrave Macmillan, 2005, p. 46.)。

的经验不是人人都有的,如《廊桥遗梦》中叙述对象罗伯特·金凯(Robert Kincaid)关于摄影、关于世界上多个地区的地理知识、关于当代社会过分组织化带给艺术发展的遏制因素等见解。因之,人们认可隐含作者进入文本之内和"创作过程之中、以某种立场和方式来写作"的观点①。而图形—背景关系可为上述证据提供理论依据。

接下来看叙事者与隐含作者不一致的情况,即 a≠b。这就是布斯说的不可靠叙述②。

(8)"拿摩温"[—9]为着要[+1]在主子[—9]面前显出他的威风[+6],和对东洋婆[—9]表示他管督的严厉[+7],打[—9]得比平常格外着力[+5]。东洋婆[—2]望了一会[22],也许[18,26]是她不[13]欢喜[+2]这种不[13]"文明"[+9]的殴打[—9],也许[18,26]是她要[+1,18,25]介绍一种更[+26]"合理"[+9]的惩戒方法,走近身来[22],揪住[—9]小福子的耳朵,将她扯到[—9]救火用的自来水龙头前面,叫她向着墙壁立首[—9]……(夏衍:《包身工》)

两个加点的成分,从系统角度看,系判断类态度中的态势性和恰当性;但在这里的语境中,叙述者以字面上的积极性体现的是隐含作者的消极态度,是《包身工》整个语境为读者提供的、对这种非人道行为的批判,有违社会约束的恰当性准则[—9]。

叙事者表述的评价立场与隐含作者的观点截然对立的情况,在反讽类文本中常见。③这在 18 世纪英国散文作家乔纳森·斯威夫特(Jonathan Swift,1667—1745)的《一个小小的建议》(*A Modest Proposal*,1729)中体现得十分突出。文本的叙事者建议:爱尔兰穷人母亲应该用奶水把婴儿肥美喂养到一岁后,卖给有钱人享用;其肉鲜美滋补,可供宴用,皮做"贵妇人们精美的手套"或"风雅绅士们的凉鞋"。这样既可以让穷人的孩子免于成为父母和国家的累赘,也有利于整个公众。这是一种积极的鉴赏口吻,更确切地说是褒扬性反应(小孩肉嫩味鲜)和估值特征([+12];营养丰富,益于健康)。然而,隐含作者的真正主旨是鞭挞统治者的

---

① 见申丹、王丽亚:《西方叙事学:经典与后经典》,北京:北京大学出版社,2010 年,第 72、74 页。

② 纽宁指出:不可靠叙述的概念"是由作者动因、文本现象(包括个人化的叙述者和不可靠性信号)和读者反应这三者组成的结构"。见安斯加·纽宁:"重构'不可靠叙述'概念:认知方法与修辞方法的综合",马海良译,载詹姆斯·费伦与彼特·拉比诺维兹主编:《当代叙事理论指南》,2007 年,第 81—101 页。

③ 反讽是一种特殊的思维模式(Raymond W. Gibbs, Jr. and Herbert L. Colston (eds.), *Irony in Language and Thought: A Cognitive Science Reader*. NY: Lawrence Erlbaum Associates. 2007: Ⅸ)。卡尔斯彤(Colston)认为反讽的言说者是在假托他人说话,据此提出了反讽托词说(Pretense Theory)(Herbert L. Colston, "On necessary conditions for verbal irony comprehension". In Raymond W. Gibbs, Jr. and Herbert L. Colston (eds.), pp. 97—134.)。与此相对的是反讽拟声论(Echoic Mention Theory):言说者的意图并非他实际说出的,而是提及或仿拟先前的话语、信念或情感(Herbert H. Clark and Richard J. Gerrig, "On the Pretense Theory of Irony". In Raymond W. Gibbs, Jr. and Herbert L. Colston (eds.), 2007, pp. 25—34);在这里是整个文化语境中的伦理价值体系为解读提供参照。

残忍民政,属于否定、贬抑性的恰当性范畴[−9]。在这里,隐含作者的观点不仅不等于叙事者的观点,而且相反相对。

这一现象在经典小说中常见。著名短篇小说《一小时的故事》(The Story of an Hour, 1894),可看作是从斯威夫特的"种族政治"立场走向"(非)性别政治观"①的一个代表性文本。叙事者讲述了一位患心脏病的年轻女性,听说丈夫马拉德死于车祸的消息后,先倒在姐姐怀里放声大哭,之后异常平静地"独自走进自己的房里"。此时,她看到的窗外的景物是:"舒适、宽大的安乐椅"、"洋溢着新春活力的轻轻摇曳着的树梢"、"空气里……阵雨的芳香"、小贩的"吆喝声"、"远处传来"的"什么人的微弱歌声"、"屋檐下数不清的麻雀""喊喊喳喳"的叫声。然而,叙述者将视角转向她本人:"她还年轻,美丽";据此,"她一遍又一遍地低声重复"一个词"自由"、"身心"的"自由"。可是,不久后丈夫突然出现,她随即因为心脏病而猝死:"死于致命的欢欣"!

可是通过整个语境,我们很难从逻辑上看出这位女性"死于……欢欣"的任何理由;相反,从听到丈夫的死讯、到丈夫马拉德突然出现之前的反常表现,正好揭示她可能是因为丈夫去世而解脱而高兴、因丈夫突然出现而极度失望死去。所以,叙事者的关键性积极评价成分"欢欣"[+2]、似乎与整个文本表明的、她的真实心理可能正好相反:她应该是短时间内因巨大的希望落差而殒命的(消极性满意,[−3])。因此,[叙述者::积极愉快]≠[隐含作者=叙述对象::消极愉快]。

此外,叙事者可能采取中立场陈述事件的发生过程,不加任何评论性成分,但事件本身揭示出强烈的主观倾向。这在评价范畴的描述中叫做引发性评价意义(Invoked),即纯粹通过概念事件本身来设定可能的评价解读,与铭刻性方式相对(Inscribed,即直接和明确表述评价主旨)。其实,两者都是隐含作者设计的,如第1章引用的第一、二例《窗口的年轻女人》和《你置入了我》。前一首诗的意象会让人觉得这个年轻女人处于一种孤苦无助的木讷状态:她落泪可能是出于无奈伤心(相反情况的落泪当源自过度高兴,但不会如此平静),从而呆呆地搂着孩子,孩子也许因饥饿而无力地把脸贴在窗口的玻璃上,鼻子压扁了。这显然是隐含作者表达的一种令人同情的境况,应该归入否定愉快范畴[−2],与叙述者的零评价表现形成反差,突显"火"与"冰"的张力。后一首诗只有四行,却可能引发一种心惊肉跳的感知体验。这也是叙述者零评价与隐含作者消极愉快的对比手段。

艾青的散文《忆白石老人》有类似特点。除了直接评价白石老人的绘画技艺[+6]之外,其他话语片段,除了点睛之笔,大都近乎白描:叙事者尽可能通过事件本身表明(隐含)作者对叙述对象白石老人的态度。例如,

(9)我有几次去看他,都是李可染陪着,这一次听说他搬到一个女弟子家——

---

① 参见申丹:《叙事、文体与潜文本——重读英美经典短篇小说》,北京:北京大学出版社,2009年,第208页。

是一个起义的将领家。他见到李可染忽然问:"你贵姓?"李可染马上知道他不高兴了,就说:"我最近忙,没有来看老师。"他转身对我说:"艾青先生,解放初期,承蒙不弃,以为我是能画几笔的……"李可染马上说:"艾先生最近出国,没有来看老师。"他才平息了怨怒。

  叙述者陈述白石老人的情绪变化,可据此看作消极愉快意义;但作者的初衷在于揭示叙述对象性格单纯的一面([+5]),即判断中的态势性,如性格平和激进还是单纯世故。这个实例告诉我们,即便叙事者和作者同一,也可能彼此分离,或者说是隐含作者通过间接方式让叙述者"我"陈述评价立场的。

  总之,这里存在一个由三种梯度关系构成的级差模式:叙述者和隐含作者完全一致甚至等同;叙述者陈述的观点和隐含作者有别、甚至可能完全对立抵触;叙述者通过概念意义间接引发隐含作者的评价立场,这一点可以看作前二者两个极端的中值。可见,叙述的可靠性有程度之别:或者完全一致,或者仅仅是偏离隐含作者的评价主旨,或者相对;因此,这是一种原型现象(Prototypical phenomenon)。

  上述过程为隐含作者的合法地位提供了一种理论基础,这就是图形—背景原则:在自传、一部分散文和诗歌文本中,隐含作者与叙述者具有同等突出的地位,都是图形身份;在其他情况下则是隐性的,但文本再现的意识形态和价值观念有时又必须引入隐含作者的概念,此时它们处于背景位置,叙述者则为图形。当然,背景位置并非不重要,对于合理解读反讽类文本,隐含作者的评价立场至关要紧。

7.3 隐含作者、叙述者和叙述对象
——三种评价立场的配置模式

  三者同时出现的情况最为常见。看下面的例子,引自海明威的中篇小说《老人与海》(The Old Man and the Sea)。文本在接近结尾处有下面一句话,现在几乎成了名言:

(10) 他说。"一个人可以被毁灭,但不能给打败。"——海观译①

  这是叙述对象在海上奋斗 84 天后自言自语的一句话:老人钓到一条大鱼,但返航途中不断遭到鲨鱼追赶撕咬,到港口时只剩下一副鱼骨架。(10)是老人在面对最后一批鲨鱼追赶之前说的。虽然老人有挫折感,但仍然保持着顽强的生存精神,如引例所示。这在随后也得到回应:It is silly not to hope(不抱希望才蠢哪)。事实上,历来的文评家都把这一句话看作整个小说创作的基本主旨。据此,叙述者和隐含作者应该和叙述对象(老人)观点一致:由肯定人类的精神能力[+6]走向对人类的信赖这一可靠品质的评价[+7]。这让我们想到了约翰·弥尔顿(John Milton,1608—1674)的诗句:"战场失利算什么?/没有全丧失,不可征服的意

---

① "But man is not made for defeat," he said[19]. "A man can be destroyed but not defeated."

志……/还有那决不投降屈服的勇气。"——金发燊译①

其中的"他说"(he said)标示叙述对象的话语,拟作宣称范畴[19]看待:隐含作者或/和叙述者不明确赞同或反对。但我们通过文化语境可以推知三者一致。现在,我们可以归纳得出下面这个配置模式:a≡b≡c。

《廊桥遗梦》中的叙述对象罗伯特·金凯认为,自己是最后仅存的数量有限的牛仔之一。为此他向情人弗朗西丝卡(Francesca)发表的一大段关于他所受聘的《地理》杂志社以及整个当代社会的消极评价,诸如市场定位和高度组织化的管理格局对艺术的扼杀,整体上应该属于判断范畴之下的否定性恰当意义[-9]。这是叙述对象(人物)的,也应推定为叙述者和隐含作者的。又如,在杰克·伦敦创作的短篇小说《热爱生命》中,作为叙述对象的一名淘金者在寒冬残酷的自然环境下顽强求生。热爱生命是那名淘金者希望存活下去的希望,也是叙述者的叙述目的,更是隐含作者意欲表达的主旨;总体话语过程揭示的是一种积极的情感倾向[+1]。

其实,三者一致的现象在 20 世纪之前常见。下面一段话引自简·奥斯丁(Jane Austen,1775—1817)的《理智与情感》(*Sense and Sensibility*)。

(11) "残忍,不通情理的残忍,"上校义愤填膺地说,"拆开,或是企图拆开两个长久依恋的年轻人,是骇人听闻的。费拉尔斯太太不知道她可能造成什么结果,她不知道她会把她的儿子逼到什么境地。"——罗文华译②

这句话表达的是态度范畴中的判断意义。引号内的两个 cruelty(残忍)系恰当性[-9],impolitic(不审慎,不明智)则属于能力范围[-6],terrible(可怕)是对前面提到的残忍行为的评价,属于不可靠行为[-7];two young people long attached to each other 体现的是一种潜在的美好性,故为鉴赏态度中的反应意义[+10];随后是一个从句,明确的评价成分是主句 Mrs. Ferrars does not know(X 无法预见 Y 后果),也是能力性的[-6]。这是叙述对象₁(上校)对叙述对象₂(菲拉尔斯太太)的消极评价,同时涉及社会评判和社会约束两个方面:既是对叙述对象₂智力低下的批判[-6],也是对她的道德谴责[-9]。这同样是叙述者的立场。而从小说对叙述对象爱玛的爱情的积极态度可知,这也是隐含作者在她的一系列文本中表现的道德立场。其中的动词 replied 为宣称性介入[19]。

下面是列夫·托尔斯泰《安娜·卡列尼娜》中的一句话:

(12) "多么美呀!"他仰望着正在他头上天空中央的那片洁白的羊毛般的云朵所变换出的奇异的珍珠母贝壳状云彩,这样想[19]。"在这美妙的夜里,一切都多么美妙啊!……"——周扬译

---

① What though the field be lost? /All is not lost; the unconquerable Will.../And courage never to submit or yield.

② "The *cruelty*, the *impolitic cruelty*," he replied[19] with great feeling, "of dividing, or attempting to divide, two young people long attached to each other, is *terrible*, Mrs. Ferrars does not know what she may be doing, what she may drive her son to..."

这是叙述对象对美妙云彩的积极评价,系鉴赏类反应意义;是叙述者通过叙述对象的视角对自然外物的态度。这里离不开隐含作者的类似体验,是无法完全排除(隐含)作者的依据之一。

此处讨论的现象与 a≡b 属于一类,只是叙述对象同时为评价者,且立场一致。在这里,隐含作者甚至叙述者退居背景位置,而叙述对象被推向了前台。

接下来看叙述对象作出的评价与叙述者及隐含作者的观点无直接关系的配置方式:(a≡b)≠c。

(13) 她正扑在那本书上,像是全神贯注的样子,然而身子却直打哆嗦,生怕自己不明白。她这副模样真让他生气。她脸色红润而美丽,然而她的内心却似乎在拼命地祈求什么。她合上那本代数书,知道他生气了,不由得畏缩了。与此同时也看出,她因为听不懂而伤了自尊心,他态度就温柔了些。——刘一之等译①

这里涉及视角问题,即 Miriam 是在 he 的视角里发出一系列举动的,是从 seeing her hurt because she did not understand 获得的信息,但两个人物都是平行的叙述对象。在 he 看来,Miriam 极度胆怯,因为缺乏能力而不自信,即消极安全心理[－4]。叙述者和隐含作者是什么立场?是否持同一看法?文本没有明确!但可以肯定,这是隐含作者借叙述者之口描述人物性格的,所以与叙述者和隐含作者的爱恨情仇无直接关系。又如,

(14) 孩子看见老人每天回来时船总是空的,感到很难受。——海观译②

叙述对象(the boy)心里难受显然与叙述者甚至隐含作者的情感无关。事实上,叙述对象仍然是图形身份。从介入角度看,to see 是男孩感到难受的原因,所以这是叙述者通过断言([16];即直接介入)陈述出来的。

下面是与叙述者和隐含作者的观点相抵触的评价方式:叙述对象所持的恰当性评价态度与我们推测的叙述者和隐含作者的观点应该是对立的。这于我们恢复隐含作者的地位大有帮助;此时的叙述对象地位凸显。

(15) "林姆肯斯先生,我请您原谅,先生!奥利佛·特恩斯特还想要!"所有的人都吃了一惊。恐惧写上了每个人的脸。"还想要!"林姆肯斯说。"镇定点,邦博,明确回答我。我的理解是他还想要,他已经吃了规定的配额晚餐以后?""是这样,先生,"邦博回答道。"那孩子该绞死了,"那位穿着白

---

① She was poring over the book, seemed absorbed in it, yet trembling lest she could not get at it. It made him cross. She was ruddy and beautiful. Yet her soul seemed to be intensely supplicating. The algebra-book she closed, shrinking, knowing he was angered; and at the same instant he grew gentle, seeing her hurt because she did not understand. (D. H. Lawrence: *Sons and Lovers*)

② It made the *boy sad to see* the old man come in each day with his skiff empty... (Earnest Hemingway: *The Old Man and the Sea*)

色马甲的先生说。"我知道,那孩子该绞死了。"——荣如德译①

引文末重复的那句话(加点/原文斜体)是一种宣判性陈述,一种沉着的、铁定的权威判断,因为奥利佛犯下了不可饶恕的死罪:这个正在长身体、没人想要的孤儿,这个社区教会如此善良地接纳了他、并给了他居所的穷鬼,在喝完一碗定额发送的、一口吹得上天的稀粥以后,居然还想要、还敢多要一丁点儿! 这是从来没有、永远也不会再有的包天大胆! 这是最最不恰当的、公然向社会约束提出挑战的无知举动! 叙述者是否也愤怒了? 背后的隐含作者是否也愤怒了? 是的。不过,他们不应该是对孩子的愤怒,而是对那位身穿白色马甲的"正人君子"的愤怒,是对相应社会约束规则的谴责[-9];依据是该文本相关一章开篇的第一句话,叙述者在此给出了明确的态度:"随后八到十个月,奥利佛成了不断背叛和欺骗的牺牲品"(荣如德译)。

引文末"那位穿着白色马甲的先生说"表明,直接引语内相关话语表达的立场,与叙述者是否赞同无直接关系,因此这又是一种叙述者的宣称性介入。

(16)有一次,次年三月了,这妇人因为身体感觉不舒服,头有些痛,睡了三天。秀才呢,也愿她歇息歇息,更不时地问她要什么,而老妇人却着实地发怒了。她先是恶意地讥嘲她:说是一到秀才底家里就高贵起来了,什么腰酸呀,头痛呀,姨太太的架子也都摆出来了;以前在她自己底家里,她不相信她有这样的娇养,恐怕竟和街头的母狗一样,肚子里有着一肚皮的小狗,临产了,还要到处地奔求着食物。现在呢,因为"老东西"——这是秀才的妻叫秀才的名字——趋奉了她,就装着娇滴滴的样子了。(柔石:《为奴隶的母亲》)

文中"这妇人"指一个典押给大户秀才生孩子的穷人妻。秀才妻骂她。骂人的内容集中在一点上:"这妇人"装娇贵,不诚实[-8],有违社会约束道义。叙述者讲述这位"妇人"的苦难命运,隐含作者命名为"奴隶的母亲",显然二者充满同情[-2]。注意这里仍然是宣称性介入:由秀才之妻"恶意地讥嘲"体现,叙述者和隐含作者所持态度是隐性的。这在批判现实主义文本中常见。

还有隐含作者和叙述对象一致、而两者与叙述者相左的:(a≡c)≠b。下面一段译引自斯威夫特的《斯威夫特博士之死》(Verses on the Death of Dr. Swift, 1721)。

(17)亲爱的诚实的纳德正患痛风,
  痛苦地躺在床上,可你没事:

---

① "Mr. Limbkins, I beg your pardon, sir! Oliver Twist has asked for more!" There was a general start. Horror was depicted on every countenance. "For MORE!" said Mr. Limbkins. "Compose yourself, Bumble, and answer me distinctly. Do I understand that he asked for more, after he had eaten the supper allotted by the dietary?" "He did, sir," replied Bumble. "*That boy will be hung*," said the gentleman in the white waistcoat. "*I know that boy will be hung*." (Charles Dickens: *Oliver Twist*)

听到他的呻吟,你很有耐性!
你很高兴,躺在那里的并不是你!
看到同行的诗跟自己写的一样好,
哪个诗人不会痛苦?
但与其让他们超过自己,
不如诅咒对手们都下地狱。①

叙述对象(情感者)没有直接站出来发表评价,而是通过叙述者间接体现的,我们从中可以看出叙述对象的情感态度。这些评价成分毕竟和纯叙述者的评价方式有明显区别。

也有叙述者与叙述对象观点一致而与隐含作者有别甚至抵触者:a≠(b≡c),此时隐含作者的作用再一次被"逼"出来,虽然仍然是隐含的背景信息。下面引译自同文开篇的第一、二小节。

(18) 拉罗什福科的道德箴言法于
　　　自然;我相信都是真的:
　　　他们认为他的心灵并没有
　　　被玷污;错误当归人类。
　　　与任何别的箴言相比,
　　　此为人类灵魂之根基:
　　　"对于朋友的所有困苦
　　　我们应首先关心自己的利益,
　　　既然自然仁慈躬身让我们安逸,
　　　那就给我们指出享乐的门径吧。"②

叙述者(I)与叙述对象(They)持同一见解。引文第一小节主张的意思是:腐朽的思想与主体本人无关,而在于人类本身;第二小节"描述"的是:对朋友的疾患病痛漠不关心,我们首先要考虑自己的利益,这是自然给我们的恩宠! 这显然与整个社会的道德规范相左。

再看他在《一个小小的建议》(*A Modest Proposal*)中表达的类似模式。

(19) 我在伦敦认识一个见识很广的美国人,他向我保证说:一个奶水充足的
　　　健康儿童养到一岁,其肉是最鲜美、最滋补、最健康的食品,炖、烤、焙、煮

---

① Dear honest Ned is *in the gout* [2], / Lies racked with pain [2], and you without [13]: / How [+23] patiently [2] you hear him groan [2]! / How [+23] glad [2] the case is not [13] your own [+26]! // What poet [18, +26] would [18] not [13] grieve [2] to see / His brethren write as well as [15] he? But [14] rather than [14] they should [7] excel [10], / He'd wish [1] his rivals [12] all [21] in hell [2].

② As Rochefoucauld his maxims drew / From nature, I believe 'em true: / They argue no corrupted mind / In him; the fault is in mankind. / This maxim more than all the rest / Is thought to base for human breast: / "In all distresses of our friends / We first consult our private ends, / While Nature, kindly bent to ease us, / Points out some circumstance to please us."

四、评价文体学模型建构

都好,无疑也可油煎作为肉丁或加蔬菜做汤。①

(20) 一位十分可敬的人——他是一个真正的爱国者,我对他的德行十分敬重——最近在这件事的讨论上,十分愿意根据我的方案再加改进。他说,近来这个王国的许多绅士畋猎无度导致野鹿绝迹。他构想对鹿肉的需求可以由十四周岁以下、十二周岁以上的童男童女的肉来填补。眼下在每个国家里,这个年龄段的童男童女快饿死的、找工作的、要服役的数不胜数。他们的父母(如果还活着的话)或最近亲的人早就想这么做了。②

所引两句均涉及引证性介入(been assured by a very knowing American;A very worthy person… conceived that):叙述者通过别人的观点来印证自己的看法。前一句系引发性评价,让概念意义本身的合理性来见解体现可能的评价立场。与前一小节的有关现象相比,这里引发有关评价意义的话不是叙述者本人说的,而是出自叙述对象、即叙事者在伦敦认识的一位见多识广的美国人之口。其方案符合叙事者的基本观点,属于叙述者和叙述对象观点完全一致的情况。后一句涉及另一叙述对象,他提出了类似方式(虽然与叙述者认为的理想方案(跟那个美国人同)属于同一路数,但不完全一致,然后叙述者自己给予调整。如此故作姿态的表白,便于增加叙述者的"真挚性"。而从叙述者和叙述对象的角度看,他们提出的"有价值"的方案可以看作是表达鉴赏意义的,即其中的积极估值范畴[+12];但隐含作者的态度应为否定性恰当意义[-9]。

最后,三者同时出现的还有一种模式,即互不一致:a≠b≠c。以下三例引自《廊桥遗梦》(梅嘉译)③。

(21) 理查德提供了另一种合理的选择:待她好,还有充满美妙希望的美国
(22) 理查德和他的朋友们会说你破坏他们生计
(23) 他的相机没放过它们。不过她还是对照片上所见感到满意。

三句都是叙述对象₁弗朗西丝卡的主观评价。第一句的评价对象是丈夫当初给她的希望:理查德(Richard)对她好(kindness),并且向她描绘了令人向往的美国生活:这是判断范畴中的可靠性品质[+7]。第二句评价受话者罗伯特·金凯

---

① I have been assured by a very knowing American of my acquaintance in London, that a young healthy child well nursed is at a year old a most delicious, nourishing, and wholesome food, whether stewed, roasted, baked, or boiled; and I make no doubt that it will equally serve in a fricassee or a ragout. (汉译文出处:http://wenku.baidu.com/view/9e98bded102de2bd960588aa.html)

② A very worthy person, a true lover of his country, and whose virtues I highly esteem… conceived that the want of venison might be well supplied by the bodies of young lads and maidens, not exceeding fourteen years of age nor under twelve, so great a number of both sexes in every county being now ready to starve for want of work and service; these be to disposed of by their parents, if alive, or otherwise by their nearest relations.(汉译文出处同前)

③ 三句的英文原文分别是:Richard offered [19] a reasonable alternative: *kindness and the sweet promise* of America、Richard and his friends would [18] say you're *trying to destroy* their livelihood. His camera had found them 和 Still [14], she was *pleased* with what she saw [16].

207

的看法可能引发她丈夫及周围人的反对意见，前提是她对小镇人观念的了解，因此这里的态度评价应该归入态势意义范围[-5]。第三句描述的是女主角的满意心理[+3]。注意，弗朗西丝卡的所有评价与叙述者"我"要在叙述中表述的整体主题无直接关系（小说第一句话："从开满蝴蝶花的草丛中，从千百条乡间道路的尘埃中"飘出来的"歌声"）；而隐含作者通过故事陈述的是对后现代约束艺术创造、约束人性发展的高度组织化生活方式的不满[-3]、对"现实主义"意义上的爱情的歌颂[+10]。这些均可看作三者错位的实例。

可见，（一）三类评价者的立场存在完全一致、不完全一致和完全不一致三种情况；（二）这些现象中还有彼此无关甚至对立抵触者。在出现评价立场冲突的情况下，隐含作者的评价地位成为解读者的诉求对象，这也是此时解读者自己对相关立场的需求，从而获得阅读满足。可见，解读者的这种需要是由我们赖以成长和生存的社会文化环境提供的：我们在相应的环境中接受教育，满足自我生存和发展需要，以自身为尺度与他人交往，在社交互动中相互制约，由此传承、维系和发展相关社会文化中有利于大多数人的情感需求、道德规范和审美准则[①]。这样的规范和成规正是解读隐含作者反讽立场的潜在依据。

7.4 隐含作者、叙述者、叙述对象₁和叙述对象₂
——四重评价立场的配置模式

这里确立的叙述者、叙述对象₁和叙述对象₂之间具有等级层次性[②]：后者由前者叙述引出，并且必须具有评价者的身份。

下面的例子引自《廊桥遗梦》末尾：故事的叙述者前往西雅图寻找男主人公金凯的行踪、找到了金凯生前的一位黑人朋友，爵士乐演奏者约翰"夜鹰卡明斯"（John "Nighthawk Cummings"）。后者向叙述者讲述了他所认识的金凯，叙述系自由直接引语，叙述者为第一人称。

(24) 他懂魔力，搞爵士音乐的也都懂魔力，也许正因这个我们谈得来。你吹一个调子已经吹了几千次了，忽然有一套新的思想直接从你的号里吹出来，从来没有经过你头脑里的意识。他说照相，还有整个人生都是这样

[①] Mark Johnson, *Moral Imagination: Implications of Cognitive Science for Ethics*, Chicago and London: University of Chicago Press, 1997; *The Meaning of the Body: Aesthetics of Human Understanding*, Chicago and London: University of Chicago Press, 2007.

[②] Gerard Genette, *Narrative Discourse Revisited*. Translated by Jane E. Lewin. Ithaca, New York: Cornell University Press, 1988, Chapter 14.

的。然后他又加一句,"跟你爱的一个女人做爱也是这样。"——梅嘉译①

最后一句引号内是金凯的话,金凯是直接评价者:"你爱的一个女人"既可以看作是说话人对所爱女人(Francesca)愉快情感的识解。同时,这种娴熟出新意的感受(注意中间一句)也是讲述者卡明斯(Cummings)自己的体会(见引文第一句),整个文本的叙述者没有直接站出来说话,但这不仅应该是叙述者的观点,也应该是隐含作者的。这种评价模式可表述为:$a \equiv b \equiv c \equiv d$,即四者的评价立场基本一致(注意:不是相同)。

也有与其他当事人的立场一致、而与叙述对象$_2$的观点相左者:$(a \equiv b \equiv c) \neq d$。以下二例引自茅盾《春蚕》。

(25) "你真心毒呀!我们家和你们可没有冤仇!""没有么?有的,有的!你们怎么把我当作白老虎,远远地望见我就别转了脸?你们不把我当人看待!……"

(26) 他这"多多头"的小儿子不老成,他知道。尤其使他不高兴的,是多多也和紧邻的荷花说说笑笑。"那母狗是白虎星,惹上了她就得败家"——老通宝时常这样警戒他的小儿子。

前一句是叙述对象$_1$(荷花)陈述老通宝对她不恰当的态度。从邻里相处的基本常识可知,老通宝及家人对荷花的态度是不恰当的[-9];虽然叙述者没有直接给予类似评价,但这也应该是叙述者甚至作者的立场——同情荷花[-2]。

(27) 威洛比爵士原来引导者这个话题。他对自己失去了对它的控制十分不快。他转向克莱拉,向她讲述科尼医生的一件餐后轶事,然后又讲一件充分反映了人类本性的事情。故事说的是一个体弱多病的绅士,他的妻子凑巧也病得厉害。他走到聚集在病房外面会诊的医生中,哭着以他的全部财富恳求他们为他拯救可怜的病人。他说:"她是我的一切,一切。如果她死了,我就不得不冒险再结一次婚。我必须再结婚。因为她已经使我习惯于妻子的无微不至的关怀。我确确实实不能、不能失去她!必

---

① He understood magic; Jazz musicians understand it, too. That's probably why we got along. You're playing some tune you've played a thousand times before, and suddenly there's a whole new set of ideas coming straight out of your horn without ever going through your conscious mind. He said photography and life in general were a lot like that. Then he added [19], "So is making love to a woman you *love*." (Robert Waller: *The Bridge of Madison County*)

须把她救活!"忠贞的妻子的这个可爱的丈夫绝望地搓着手。——文思、雨映译①

话语发展到这里,叙事者通过被叙事者₁(Sir Willoughby)讲述一位体弱多病的绅士(a valetudinarian gentleman;叙述对象₂)的自私举动。叙述对象₁拿这个故事遮掩他失言的尴尬,转移同事的注意力,表明他肯定看不起这样的绅士;作者通过叙述者拐弯抹角讲出这个故事来,既增加了文学话语的文学性,也能适时鞭挞世人世事[－9],还能推进叙事发展。注意,其中的"说"(saying)相当于"宣称"(claiming)之类的显性疏离成分(介入)。

下面一段引自《红楼梦》第二回"贾夫人仙逝扬州城,冷子兴演说荣国府":

(28) 雨村笑道:"……但这一个学生,虽是启蒙,却比是一个举业的还劳神。说起来可笑,他说:'必得两个女儿伴着我读书,我方能认得字,心里也明白;不然我自己心里糊涂。'又常跟他的小厮们说'这女儿两个字,极尊贵,极清净的,比那阿弥陀佛、元始天尊的这两个宝号还更尊荣无对的呢!你们这浊口臭舌,万不可唐突了这两个字,要紧。但凡要说时,必须先用清水香茶漱了口才可;设若失错,便要凿牙穿腮'等事……"

贾雨村为叙述对象₁,"这一个学生"(即贾宝玉)为叙述对象₂,后者的评价立场与贾雨村的观点冲突("说起来可笑":[－5]);叙述者没有出场,应同隐含作者和叙述对象₁一致。"他说"在这里的语境中也属于疏离介入[20]。

但下面这种情况有所不同(出处紧接(24)之后):评价性意义可能与叙述者、隐含作者以及叙述对象没有什么直接关系,或者说是并不对立或非抵触的,只属于说话者本人:$(a\equiv b\equiv d)\neq c$。此时的叙述对象₂为图形,余者为背景,包括叙述对象₁;评价解读需要从叙述对象₂的立场来间接推测叙述者甚至隐含作者的相关主旨。例如(引自《廊桥遗梦》):

(29) 他那会儿正在干一件事,想把音乐转变成视觉形象。他跟我说:"约翰,你知道你吹<老于世故的女士>这支曲子的第四节时差不多总是即兴重复的那调子吗?好了,我想我那天早晨把这拍成照片了。那天光线照在水上恰到好处,一只蓝色的苍鹭正好同时翻过我的取景器,我当时听

---

① Sir Willoughby had led the conversation. Displeased that the lead should be withdrawn for him, he turned to Clara and related one of the after−dinner anecdotes of Dr. Corney; and another, with a vast deal of human nature in it, concerning a valetudinarian gentleman, whose wife chanced to be desperately ill, and he went to the physicians assembled in consultation outside the sick−room, imploring them by all he valued, and in tears, to save the poor patient from him, saying [20]: "*She's everything to me* [12 + 21], *everything* [21], and if she dies I am *compelled* [3] to run the *risks* [12] of marrying *again* [22]; I *must* [7 + 25] marry *again* [22]; *for she has accustomed me so to the little attentions of a wife* [12], that *in truth* [26] I *can't* [6+13], I *can't* [6+13] *lose her* [7]! *She must be saved!*" [7] And the loving husband of any devoted wife wrung his hands. (George Meredith: *The Egoist*)

到你吹那重复的调子，同时也真正看见了那曲调，于是扣下扳机。"

——梅嘉译①

当然也有对立甚至冲突的叙述方式。下面一例引自同一文本。

(30) 他真是个该死的摄影师，请原谅我的语言。他的脾气可不好，不是坏的意思，就是非常固执，他追求为艺术而艺术，这不大合我们读者的口味，我们的读者要好看的，显示摄影技巧的照片，但是不要太野的。——梅嘉译②

此系《地理》杂志一位助理编辑对金凯及相关状况的评价，也是金凯生前极力反对的、对艺术的理性化管理模式。这是编辑对弗朗西丝卡在电话里说的；虽然没有叙述对象的评价立场，但有"为艺术而艺术"(after art for art's sake)的观点，可作转述看待。对于弗朗西丝卡来说，她当然不会赞同这样的观点，也是叙述者和隐含作者不会首肯的，三者均认同金凯"为艺术而艺术"的立场。这可以从叙述者的直接介入得到佐证：

(31) 准备和写作这本书的过程改变了我的世界观，使我的思想方法发生变化，最重要的是，减少了我对人际可能达到的境界所抱有的愤世观……在一个日益麻木不仁的世界上，我们的知觉都已生了硬痂，我们都生活在自己的茧壳之中。伟大的激情和肉麻的温情之间的分界线究竟在哪里，我无法确定。但是我们往往倾向于对前者的可能性嗤之以鼻，给真挚的深情贴上故作多情的标签，这就使我们难以进入那种柔美的境界，而这种境界是理解弗朗西丝卡·约翰逊和罗伯特·金凯的故事所必需的。

这里的推理过程是：隐含作者以叙事者的口吻认可金凯和弗朗西丝卡的不朽爱情，以此肯定金凯的艺术观和世界观，包括为艺术而艺术的追求，从而对以《地理》杂志为代表的当代人生格局予以否定[－9]。

下面这个例子可以阐述另一类情形，即叙述对象$_1$和叙述对象$_2$的立场与叙述者和隐含作者立场相对。这也是批判现实主义小说常用的叙事方式。可以概括为：$(a\equiv b)\neq(c\equiv d)$。

(32) 关于支付年金的麻烦事我到比你清楚。我母亲就曾根据我父亲的遗嘱，不得不给三个长期享受年金的仆人付款，令人惊异的是她发现那差事有多么挠头。这笔年金每年要付两次，而且把钱送到他们手上也是件麻烦

---

① He was workin' on somethin' where he was tryin' to convert music into visual images. He said to me [19], "John, you know that riff you *almost* [26] *always* [22] play in the fourth measure of 'Sophisticated Lady'? Well, *I think* [18; 26] I got that on film the other morning. The light came across the water *just* [26] *right* [11] and a *blue* [10] heron *kind of* [26] looped through my viewfinder *all* [26] *at the same time* [22]. I *could* [6+18+25] *actually* [26] see your riff while I was hearing it and hit the shutter."

② He was a *hell* [3] of a photographer, *if you'll excuse the language* [18]. He was *cantankerous* [9], *not* [13] in a *nasty* [10] way, *but* [14] *persistent* [7]. He was after art for art's sake [7], and that doesn't [13] *work very* [23] *well* [24][11] with our readership. Our readership *wants* [1] *nice* [10] pictures, *skillful* [12] pictures, *but* [14] *nothing* [13; 21] *too* [23] *wild* [10].

事。后来听说其中的一个死了,可是以后又弄清了根本没有这回事。我母亲对此简直烦透了。她说,填这种无底洞,弄成她的财产不属于她自己了。我父亲真不知道体谅人,要不是这样的话,我母亲就会完全按她的意愿来支配这笔些钱,而不受任何限制。这件事使我非常讨厌提供年金的做法,因此,无论如何,我也绝不会做这种拿自己的钱满世界撒的蠢事。——罗文华译①

下面是又一种评价者配置模式:$(a\equiv b)\neq c\neq d$。例如(《廊桥遗梦》):

(33) 于是我得了一张教师执照,在中学教了几年英文。但是理查德不喜欢让我出去工作。他说他能养活我们,不需要我去工作,特别是当时两个孩子正在成长。——梅嘉译②

隐含作者和叙述者均隐没,只有叙述对象$_1$(说话人 Francesca)和叙述对象$_2$(她的丈夫 Richard)出现。在这里,弗朗西丝卡是否喜欢工作、甚至理查德希望她待在家里的愿望,都不是隐含作者和叙述者关心的:后二者当为一致关系。

斯威夫特的《格列佛游记》第一部分第四章有一个情节同此。叙述对象$_2$ 涉及两个名叫 Tramecksan 和 Slamecksan 的党派,分别来自穿高跟鞋和矮跟鞋(high and low heels on their shoes)两个阵营。争端从人们吃鸡蛋需从大端剥壳还是小端剥壳开始。原始的吃法是从大端剥壳;但当今国王的祖父,因为小时候吃鸡蛋时按照传统的吃法划破了手指头,因此,前任国王颁布政令,要求所有臣民必须从小端剥壳,否则严惩,由此引发内乱和战争,导致成千上万的人丧命。这个情节是矮人国的内务大臣讲述的:他似乎并不在乎究竟站在哪一方,只是因人民为此备受折磨和苦难而烦恼;讲述者的角色当为叙述对象$_1$,出他的评价意义应为厌恶性的消极满意范畴[-3]。叙述者似乎对此漠不关心,也不想介入此事,只愿意为国王和他的国家出力御敌。隐含作者以此影射当时英国的托利党(Tory)和辉格党(Whig)之间无聊的权利争斗(对比 *Verses on the Death of Dr. Swift* 倒数第10—9 行:He knew an hundred pleasant stories, / With all the turns of Whigs and Tories——他知道成百个让人愉快的故事,/其中有关于辉格党和托利党所有的你

---

① "...I have known a great deal of the trouble of annuities; for my mother was clogged with a payment of three old superannuated servants by my father's will, and it is amazing how *disagreeable* [2] she found it [19]. Twice every year these annuities were to be paid; and then there was the trouble of getting it to them; and then one of them was said to have died, and afterwards it turned out to be no such thing. My mother was quite *sick* [2] of it. *Her income was not her own* [3], she said [19], with such *perpetual claims* [3] on it; and *it was the more unkind in my father* [3], because *otherwise* [14] the money would have been *entirely* [21] *at my mother's disposal* [3] *without* [13] any restriction *whatever* [21][2]. It has given me such an abhorrence of annuities that I am sure I would not pin myself down to the payment of one for all the world." (Jane Austen: *Sense and Sensibility*)

② So I picked up a teaching certificate and taught high school English for a few years. But Richard didn't [13] *like* [2] the idea of me working. He *said* [19] he *could* [6] support us, and there was *no* [13] *need* [7] for it, *particularly* [24] when our two children were growing.

倾我轧;斯威夫特本人就曾为两个党写过政论)。因此,这是一种讽刺,属于恰当性范畴[—9]。这里,隐含作者与叙述者的评价一致。

至此,上文讨论了四种评价者同时存在的可能性,还有四种模式目前没有找到相应实例：(a≡c≡d)≠b、(a≡c)≠(b≡d)、(a≡c)≠b≠d 和 a≠b≠c≠d。显然,这几个类别都和不可靠叙述有关。这些情况是否存在,尚需再探。

7.5 叙述角色——评价者和被评价者之间的关系

可见,叙述者往往通过第一、三人称,直接跟隐含读者交流。还存在一些其他情况,诸如叙述者和叙述对象互动评价,或者完全是叙述对象之间的。下面是乔治·赫伯特(George Herbert, 1593—1633)的《爱情3》(Love (3))。

(34) 爱向我致意：我的灵魂却畏缩了
　　　出于尘垢和罪孽的愧疚
但疾眼的爱,见我迟疑于
　　　第一次进入
向我靠得更近,甜甜地问
　　　我是否需要点什么
"顾客,"我答道,"值得来这里"
　　　爱说,"你当然是"
"我,非善类,不领情吗？啊,亲爱的"
　　　我不敢看你
爱牵起我手,笑着回应
　　　"若非我,又是谁点亮了你的眼睛？"
"是,主人；可我玷污了它们
　　　让我的耻辱去该去的地方吧"
"你不明白,"爱说,"谁该责备？"
　　　"亲爱的,我来伺候"
"你得坐下。"爱说,"尝尝我的肉。"
　　　于是我真的坐下了、吃起来。①

---

① Love bade me welcome: yet my soul drew back, /Guilty of dust and sin. /But quick-eyed Love, observing me grow slack/From my first entrance in, /Drew nearer to me, sweetly questioning/If I lacked anything. /"A guest," I answered, "worthy to be here"; /Love said, "You shall be he."/"I, the unkind, ungrateful? Ah, my dear, /I cannot look on thee."/Love took my hand, and smiling did reply, /"Who made the eyes but I?"/"Truth, Lord; but I have marred them; let my shame/Go where it doth deserve."/"And know you not," says Love, "who bore the blame?"/"My dear, then I will serve."/"You must sit down," says Love, "and taste my meat."/So I did sit and eat.

这段文字读起来总有《绿化树》男主人公的那种感觉。叙述者(I 或 me)和叙述对象 Love(爱;爱人)通过对话方式让彼此的评价心理得到抒发、进而获得相应目的。相对于爱人的主动(Love bade me welcome),叙述者出现了自卑畏缩心理(guilty of dust and sin;[−4])而犹豫(observing grow slack;[−4])。经过互动沟通,双方最终如愿以偿,获得了自己所希望的满意度。这个文本的叙述内容涉及一语双关的类推:一方面是雇主和顾客的关系,另一方面是情人关系,前者涉及交易语场,后者是情感语旨,两相累加叠合①,使后者增加了经验语义特征的复杂美[+11],也有对读者产生冲击、从而吸引读者的反应意义[+10]。下面是同一类别的另一种情形,引自福楼拜的《包法利夫人》。

(35) 太太们称赞她节省[+7],病人们称赞她有礼貌[+9],穷人们称赞她仁慈[+9]。但是她却满腹贪婪[−9]、忿怒[−3]和怨恨[−3]。衣褶平平整整[+10,+23],里头包藏着一颗骚乱的心[−2];嘴唇娴静[+10],并不讲出内心的苦恼(−9)。她爱赖昂[+2],追寻寂寞[−2],为了[+1]能[+6+18+25]更[+26]自由自在(23)玩味[+2]他的形象。真人当面,反而扰乱沉思的快感[−7]。听见他的脚步,她就心跳[+2];但是待在一起,心就沉下去了[−2],她有的只是[−24]莫大[+23]的惊奇[−4],临了又陷入忧郁[−2]。

——李健吾译

前面一个完整的句子是叙述对象对女主人公的积极评价[+9,+2,+3];随后则是叙述者直接站出来对她的贬抑态度"满腹贪婪、忿怒和怨恨"。

以下实例中两个叙述对象地位一致但观点相异,出自莫泊桑的短篇小说《服饰珠宝》。

(36) "你为啥要这么些东西呢?"他常这样问她。

"变换花式总好的嘛,"她温柔地回答。

她丈夫责怪地说,"亲爱的,既然我们买不起真的钻石,你也不该戴那些仿造的珠宝。你已有了天然的美貌和端庄,这比一切珠宝都珍贵。"但她总是深情地笑着说,"我没法子呀!我太喜欢珠宝了。我改不了自己的本性。我祖母也一直喜欢珠宝。你知道我们结婚时她送过我一些好东西。"

接着珍琳妮会把项链绕在手指上,举起明亮的珠宝给丈夫看,一面说,"看!这些宝石不可爱吗?它们可不是假的,你知道。"

艾米尔摇摇头,有点哀伤地说:"你的想法太不切实际了,亲爱的。我怕你喜欢装假。"——魏国行、杨毓之译

从整个文本看,叙述者是站在艾米尔一边的,或者说借艾米尔的口来批判珍琳妮不切实际的虚荣心理(社会约束:恰当性,[−9])。这毕竟是现实主义叙述方式:

---

① 参阅 George Lakoff and Mark Turner, *More Than Cool Reason: A field guide to poetic metaphor*. Chicago: University of Chicago Press, 1989.

叙述者直接站出来做评价:"她丈夫责怪地说"[-3;19]、"有点哀伤地说"[-2]。

还有一种情况,即居同等地位的叙述对象之间表面上立场有别,实则一致。这在《红楼梦》中常见。例如,第四回"薄命女偏逢薄命郎,葫芦僧乱判葫芦案"说贾雨村"因补授了应天府,一下马就有一件人命官司详至案下,乃是两家争买一婢,各不相让,以至殴伤人命"。贾雨村听过案情勃然大怒,随即意欲缉拿凶犯,不料昔日门子示意,他便退堂详问缘由。门子以明哲保身及胡乱判案、放走凶犯薛蟠之策相告,贾雨村笑道:

(37)"不妥,不妥。等我再斟酌斟酌,或可压服口声。"

但第二天断案时完全按照门子主意行事,草草了结;因怕门子漏出口风,还"远远的充发了他才罢"。贾雨村的评价,表面上系消极恰当性[-9],但实际上是赞同认可的,具有隐含的鉴赏性估值意义[+12]。其他如第十二回王熙凤假意应允贾瑞行苟且之事、第四十七回薛蟠调戏柳湘莲而被柳顺势骗到郊外狠揍一顿之前的一系列话语事件。

下面是一个叙述对象对另一个的责备,消极评价,仍然属于恰当性判断[-9]。

(38) 老太太立刻发作起来,嚷嚷道:"故事书!家里面包都没有,你还买书!我为着你跟你那儿子供养的舒服,为着叫你亲爱的爸爸不至于坐监牢,把自己的首饰和常披的印度羊毛披肩都卖光了。连匙子也卖了……"——杨必译①

至此,笔者讨论的是同时为评价者的各种叙事角色,包括隐含作者(自传、游记散文)、叙述者和叙述对象。当然也有叙述者和叙述对象不便区分开来者。先看一个叙述者明确的例子,仍然引自《悼斯威夫特博士之死》。

(39) 自负的人类!奇怪的种族!
各种蠢行谁可争锋比?
自私自利、野心勃勃、妒忌怨恨、自高自大,
他们的王国在我们胸中分奔离析。
给他人财富、权力和地位吧;
这对我来说全是非法僭用;
我没有资格奢望,
然而你一旦落魄,我似乎就高出一等。
蒲伯的诗我一行也读不下去,
但叹息之余又希望都是我的:
我需要六个对偶句才能传达的意义,
他却只需要一个,
这让我何等妒忌,

---

① "Books!" cried the elder lady indignantly, "Books, when the whole house wants bread! Books, when to keep you and your son in luxury, and your dear father out of jail, I've sold every trinket I had - the India shawl from my back even down to the very spoons…" (William Makepeace Thackeray: *Vanity Fair*)

我咆哮着:"灾难啊快逮了他去,连同他的智力!"——自拟①

这些评价都是叙述者直接做出的,此时的叙述者居图形位置。下面来看模糊情形:这里既可直接看作叙述者的立场,也像是叙述对象的(对比例(2))。原文在(17)之后。

(40) 当竞争失利、背离目的

　　她就妒忌痛苦、嘲讽嘘唏:

　　最深厚的友谊也会屈从于自尊傲气

　　除非成功的几率跟我们在一起。　　　　　　　　——自拟②

下面一段引自霍桑的《红字》第16章:

(41) 她们所坐的地方时一个小小的山谷,两侧的缓坡上铺满树叶,中间流着一条小溪,河底掩埋着落叶。悬在溪上的树木常年来的大树枝,阻遏了溪流,在一些地方形成了漩涡和深潭;而在溪水畅流、流得欢快的地段,则露出河底的石子和闪光的褐沙。她们放眼沿河道望去,可以看见在林中不远的堤防睡眠粼粼的反光,但没多久,就在盘错的树干和灌木中失去了踪迹,而不时为一些长满灰色地衣的巨石遮住视线。所有这些大树和巨石似乎有意为这条小小的溪流蒙上一层神秘的色彩;或许是害怕它那喋喋不休的多嘴多舌会悄悄道出它所流经的古老树林的内心秘密,或者是害怕它流过池塘时的光滑水面会映出其隐衷。　　——胡允桓译③

---

① Vain [9] humankind! fantastic race [10]! /Thy various [21] follies [6] who can [18] trace [7]? / Self-love [−9], ambition [−9][+23], envy [−9][+23], pride [−9][+23],/Their empire in our hearts divide [−2]. /Give others riches [+12], power [+12][+23], and station [+12][+23];/'Tis all [21] on me an usurpation [−9];/I have no [13] title [12] to aspire,/Yet [14], when you sink [−2], I seem [18] the higher [2]. /In Pope I cannot [6+13] red a line [21],/But [14] with a sigh [−2] I wish [+1] it mine:/When he can [6] in one couplet [21] fix/More [21] sense than I can [−6, 18, 25] do in sIX [21],/It gives me such [+23] a jealous [−9] fit,/I cry [−2], "Pox take him and his wit!" [+1]

② Her end when Emulation [−9] misses [7], / She turns to envy [−9], stings [−9][24], and hisses [−9][24]: / The strongest [23] friendship [+12] yields to pride [−9], / Unless [18] the odds be on our side [−12].

③ Thus conversing, they entered sufficiently deep into the wood to secure themselves from the observation of any casual passenger along the forest track. Here they sat down on a luxuriant heap of moss; which, at some epoch of the preceding century, had been a gigantic pine, with its roots and trunk in the darksome shade, and its head aloft in the upper atmosphere. It was a little dell where they had seated themselves, with a leaf-strewn bank rising gently on either side, and a brook flowing through the midst, over a bed of fallen and drowned leaves. The trees impending over it had flung down great branches, from time to time, which choked up the current, and compelled it to form eddies and black depths at some points; while, in its swifter and livelier passages, there appeared a channel-way of pebbles, and brown, sparkling sand. Letting the eyes follow along the course of the stream, they could catch the reflected light from its water, at some short distance within the forest, but soon lost all traces of it amid the bewilderment of tree-trunks and underbrush, and here and there a huge rock covered over with grey lichens. All these giant trees and boulders of granite seemed intent on making a mystery of the course of this small brook; fearing, perhaps, that, with its never-ceasing loquacity, it should whisper tales out of the heart of the old forest whence it flowed, or mirror its revelations on the smooth surface of a pool.

四、评价文体学模型建构

这个片段以描写自然景色为主,属于鉴赏范畴下的反应意义,即外在景观对主体是否具有吸引力[+10],以叙述者的直接陈述为主,但加下划线的部分似乎也是叙述对象的评价立场。

与前面讨论的情况相对的是被评价者角色,涉及四种情况:(一)隐含作者本人、(二)叙述者本人、(三)叙述对象、(四)其他。

(42) 而今确实要登泰山了,偏偏天公不作美,下起雨来,淅淅沥沥,不像落在地上,倒像落在心里。(李健吾:雨中登泰山)

这里直接评价天气("天公不作美"),属消极可靠性[-7],隐含作者以此自我评价(消极愉快性,[-2])。这当归第一、四种情况。而(6)与前者相对:积极评价自己的愉快心情[+2]甚至永葆童心的愿望[+1]以及对外界的积极心态[+10],应为第二、四种情况。(35)和(38)涉及叙述对象之间的评价。

(43) 我买票时,已是五十五岁,想到当时自己的境况,不由得悲从中来。种种往事蜂拥而至,不久便沉重地压在心头。一股杂乱无章的心潮在心中奔腾起来——关于我的父母、我的妻子、我的女友、我的孩子、我的农场、我的家禽、我的习惯、我的金钱、我的音乐课程、我的酗酒、我的偏见、我的蛮横、我的病牙、我的容貌、我的灵魂! 我不得不喊出声来:"不,不,滚回去! 该死的东西,别纠缠我呀!"可它们怎么会不纠缠我呢? 它们都是属于我的。是我自己的事儿。而且从四面八方向我袭来。情况变得一团糟。——诸曼译①

这一段文字总体上是叙述对象₁的自责[-9],属于第三种情况。此时,叙述对象仍然处于图形位置。再看一个类似实例,但评价意义是情感方面的。

(44) 她放声大哭,说自己是天下最可怜的女人,是个上了大当、受尽欺骗、遭人百般凌辱的女人。然后她说,假如她有勇气自杀,她一定会那么做的。然后她把他叫做无耻的骗子。然后她问他,既然他卑鄙的如意算盘落得一场空,为什么他不亲手杀掉她,眼前的环境是这样的方便。然后又哭起来。然后她再发脾气,骂些骗子手等等的话。最后,她坐在一块石头上哭着,一下子把她所有女性的、人家知道的和不知道的情绪全部都表

---

① When I think of my condition at the age of fifty-five when I bought the ticket, all in grief. The facts begin to crowd me and soon I get a pressure in the chest. A disorderly rush begins-my parents, my wives, my girls, my children, my farm, my animals, my habits, my money, my music lessons, my drunkenness, my prejudices, my brutality, my teeth, my face, my soul! I have to cry, "No, no, get back, curse you, let me alone!" But how can they let me alone? They belong to me. They are mine. And they pile into me from all sides. It turns into chaos. (Saul Bellow: *Henderson the Rain King*)

现了出来。

——智量译①

还有一点,即评价叙述等级的升级策略。从理论上讲,叙述对象可以按照递归原则无止境地添加下去,从而出现无限层次的叙述对象;但在实际操作中效果必然笨拙,于是采取升级处理办法:通常到第三层叙述对象时便把被重累的叙述内容提升到一定层次。举例来说,《廊桥遗梦》的开始和临近结尾处均以第一人称叙述故事,但文中还有其他叙述对象为第一人称叙事。例如,基本叙述者在篇末让位于那位黑人号手,让他来讲述金凯生命的最后阶段,并通过元话语来明示:"以下是略加整理的他关于罗伯特·金凯的谈话记录"。这样不仅简洁明了,从而增强鉴赏性的反应效果[+10],还能减少不必要的叙述麻烦,从而获得叙述的简明性[+11]。这也是叙述对象大都到第二个层次为止的主要原因。笔者查阅过《红楼梦》,很少见到叙述对象₂发表评议的,这也是此书读来顺畅易解、沉稳朴实的一个要素。

7.6 隐性评价与隐含作者

隐性评价,直言之,指文字背后蕴藏的评价立场②:一是叙述不涉及明确的评价成分,评价立场隐含在概念意义的表述中,如第 1 章例(1—2);二是表面评价性叙述的背后隐含着别的评价立场。先看下面的例子,便于对比。这是雨果的《巴黎圣母院》中描写驼背守门人的场景。

(45) 确实,在这个活东西和这座建筑物之间存在着某种先定的神秘和谐。在稚童之年,当他歪歪倒倒,一蹦一跳,拖曳着身躯,在它的穹窿黑暗之中行走的时候,他那人脸兽躯就仿佛真是一条天然性动物匍匐蠕动在罗马式斗拱投下了那么许多稀奇古怪阴影的、潮湿阴暗的石板地面上……就这样,始终顺应主教堂的模式而渐渐发育成长,在主教堂里生活、睡觉、几乎足不出户,随时承受着它那神秘的压力,他终于酷似主教堂了,镶嵌在它里面,可以说已经成为它的一个组成部分了。他那躯体突出的一个个棱角……正好嵌合在这座建筑物凹进去的一个个角落里。他似乎不仅仅是它的住客,而且是它的天然内涵。古老教堂和

---

① She bursts into tears, declaring herself the wretchedest, the most deceived, the worst — used of women. Then she says that if she had the courage to kill herself, she would do it. Then she calls him vile impostor. Then she asks him why, in the disappointment of his base speculation, he does not take her life with his own hand, under the present favourable circumstances. Then she cries again. Then she is enraged again, and makes some mention of swindlers. Finally, she sits down crying on a block of stone, and is in all the known and unknown humours of her sex at once. (Charles Dickens: *Our Mutual Friends*)

② 迈尔·斯滕伯格:"作为叙事特征和叙事动力的自我意识:在语类设计中讲述者与信息提供者的关系",宁一中译,载詹姆斯·费伦与彼特·拉比诺维茨主编:《当代叙事理论指南》,2007 年,第 263 页。

他之间本能上的息息相通,是那样深沉,有那么多的磁性亲和力、物质亲和力,使得他仅仅黏附于它,在某种程度上又如乌龟与龟壳。凸凹不平的主教堂就是他的甲壳。
———管震湖译

这里明确陈述了驼背(the Hunchback)与巴黎圣母院(Notre Dame)之间的"和谐"关系,而这正是态度范畴中构成性的鉴赏意义[+11];事物构成是否均衡与复杂(是否一体?是否难解?)。值得注意的是,文本的叙述过程通过这里引述的第一句把这一要旨点明了:"神秘"——复杂性[+11];"和谐"——均衡[+11]。可以说,这是批判现实主义话语的典型叙述方式,跟现今常见的科技文本一样,有归总性主题句(所引第一句),然后(也可能是之前)是详细的具体描写。这里的积极评价是直接的,隐含作者通过叙述者的评价立场表达自己的观点。

与上述情况相对,有三种隐性评价。第一种是评价本身明确,但评价的所指对象隐含。例如,文艺复兴早期的英国诗人托马斯·怀亚特(Thomas Wyatt, 1503?—1542)有一首广为流传的名诗《别了,爱人》(Farewell, Love),把之前的中世纪文学比作自己的爱人,表明自己和中世纪文学表现方式彻底决裂的态度;中世纪盛行禁欲主义思想,此文选择爱/爱人作为喻体也是很有启发意义的。在14行诗的行文中,叙述过程没有提到"中世纪文学"这样的字眼,也没有类似暗示,但文艺复兴早期的反叛精神在这里有集中体现。这是文本隐含的评价意义(评判和不满)。这种解读离不开对相关历史语境的依赖。

另一种情形是:叙述者自己不发表明确的评价;隐含作者的立场是通过引发手段类推性地表达出来的。威斯坦·休·奥登(Wystan Hugh Auden; 1907—1973)的名篇《美术馆》(Musée des Beaux Arts)就是一例(孙建秋译)。

(46) 关于痛苦,大师们从没搞错,/他们多深刻地了解/痛苦在人生的位置;不幸事件发生时/每每别人正在吃饭或开窗或闷头走路;/当老人们怀着虔诚、热切的心情/盼望着婴儿奇迹般地诞生,/一定总有林边池塘上滑冰的孩子/并不特别期望这事情发生。/大师们从没忘记/即使可怕的殉难也难得按部就班地进行,/在某个角落里,一块布干净的去处/狗照样过着狗的生活,刽子手的马/在树上来回蹭着它那无辜的屁股。/就拿勃鲁盖尔画的《伊卡洛斯》来说,/人们从容地背过脸去不看灾祸;/耕地的农夫可能听到了溅落声,惨叫声,/但对他来说这失败算不了什么,太阳依旧照耀,/因为它也不得不照着那双白腿沉入碧波;/豪华精致的轮船肯定见到了一件怪事,/一个少年从天而降,/轮船从容不迫地朝目的地继续行驶。①

这是作者"参观布鲁塞尔一所美术馆见到 16 世纪画家勃鲁盖尔(Pieter Brueghel, 1525—1569)的名画时的有感之作。诗中说明人类的苦难或悲剧是随时随处可以发生的,但目睹悲剧发生的人们对此无动于衷。因此可以说,苦难在人生中的位置几乎是无足轻重的。最可悲的不是苦难本身,而是身边缺乏应有的怜悯和同情。"②这显然是对这个冷漠世界的评判[-9],但叙述者并未直说,而是采用了一则广为人知的寓言故事。

第三种情况与第二种相近,但(隐含)作者和叙述者的评价主旨相对明显,至少比前一种明确。下面一组实例引自艾青的散文《忆白石老人》。

(47) 我马上向前说:"我在十八岁的时候,看了老先生的四张册页,印象很深,多年都没有机会见到你,今天特意来拜访。"他问:"你在哪儿看到我的画?"我说:"一九二八年,已经二十一年了,在杭州西湖艺术院。"他问:"谁是艺术院院长?"我说:"林风眠。"他说:"他喜欢我的画。"

(48) 我在上海朵云轩买了一张他画的一片小松林,二尺的水墨画,我拿到和平书店给许麟庐看,许以为是假的,我要他一同到白石老人家,挂起来给白石老人看。我说:"这画是我从上海买的,他说是假的,我说是真的,你看看……"他看了之后说:"这个画人家画不出来的。"

(49) 他对自己的艺术是很欣赏的,有一次,他正在画虾,用笔在纸上画了一根长长的头发粗细的须,一边对我说:"我这么老了,还能画这样的线。"

(50) 他挂了三张画给我看,问我:"你说哪一张好?"我问他:"这是干什么?"他说:"你懂得。"

这些文字间接体现了叙述对象的自信心理[+4],其中带点的部分是点睛之辞。

(51) 我曾多次陪外客去访问他,有一次,他很不高兴,我问他为什么,他说外宾看了他的画没有称赞他。我说:"他称赞了,你听不懂。"他说他要的是外宾伸出大拇指来。他多天真!

(52) 一天,我去看他,他拿了一张纸条问我:"这是个什么人哪,诗写的不

---

① About suffering they were never wrong,/The Old Masters: how well they understand/Its human position; how it takes place/While someone else is eating or opening a window or just walking dully along;/How, when the aged are reverently, passionately waiting/For the miraculous birth, there always must be/Children who did not specially want it to happen, skating/On a pond at the edge of the wood,/They never forgot/That even the dreadful martyrdom must run its course/Anyhow in a corner, some untidy spot / Where the dogs go on with their doggy life and the torturer's horse/Scratches its innocent behind on a tree. /In Brueghel's Icarus, for instance: how everything turns away/Quite leisurely from the disaster; the ploughman may/Have heard the splash, the forsaken cry,/But for him it was not an important failure; the sun shone/As it had to on the white legs disappearing into the green/Water; and the expensive delicate ship that must have seen/Something amazing, a boy falling out of the sky,/Had somewhere to get to and sailed calmly on.

② 引自胡家峦:《英国名诗详注》。北京:外语教学与研究出版社,2006 年,第 603 页。

四、评价文体学模型建构

坏,出口能成腔。"我接过来一看是柳亚子写的,诗里大意说:"你比我大十二岁,应该是我的老师。"我感到很惊奇地说:"你连柳亚子也不认得,他是中央人民政府的委员。"他说:"我两耳不闻天下事,连这么个大人物也不知道。"感到有些愧色。

(53) 他说最近有人从香港来,要他到香港去。我说:"你到香港去干什么?那儿许多人是从大陆逃亡的……你到香港,半路上死了怎么办?"他说:"香港来人,要了我的亲笔写的润格,说我可以到香港卖画。"他不知道有人骗去他的润格,到香港去卖假画。

(54) 有一次,他提出要我给他写传。我觉得我知道他的事太少,他已经九十多岁,我认识他也不过最近七八年,而且我已经看了他的年谱,就说:"你的年谱不是已经有了吗?"我说的是胡适、邓广铭、黎锦熙三人合写的,商务印书馆出版的《齐白石幼谱》。他不作声。后来我问别人,他为什么不满意他的年谱,据说那本年谱把他的"瞒天过海法"给写了。一九三七年他七十五岁时,算命的说他流年不利,所以他增加了两岁。

这些叙述再现的是叙述对象性格单纯的一面,在评价概念中当归入判断类(积极态势,[+5];前文已经提及,也见例10)。

下面的叙述再现了白石老人幽默风趣的一面(判断::惯例,[+5])。

(55) 我又买了一张八尺的大画,画的是没有叶子的松树,结了松果,上面题了一首诗……他看了之后竟说:"这是张假画。"我却笑着说:"这是昨天晚上我一夜把它赶出来的。"他知道骗不了我,就说:"我拿两张画换你这张画。"

(56) 最后一次我去看他,他已奄奄一息地躺在躺椅上,我上去握住他的手问他:"你还认得我吗?"他无力地看了我一眼,轻轻地说:"我有一个朋友,名字叫艾青。"

还有老先生对后人的鼓励和提携性描述(例57):叙述对象是老人的学生李可染,老人盛赞李在画作意旨("心思")和再现("手作")方面的造诣[+6],但间接表达白石老人的品格(判断::可靠性[+7]+鉴赏性::估值[+12])。

(57) 李在美院当教授,拜白石老人为师。李有一张画,一头躺着的水牛,牛背脊梁骨用一笔下来,气势很好,一个小孩赤着背,手持鸟笼,笼中小鸟在叫,牛转过头来听叫声……白石老人看了这张画,题了字:"心思手作不愧乾嘉间以后继起高手……"

从(47)到(57)叙述者/隐含作者对叙述对象的积极评价都是通过老人性格和品格的不同侧面体现出来的,都是隐性评价,或者说是阴性或柔性评价(与直接的刚性评价相对),从整体上创造一种关于物的鉴赏美感[+10]。

前面的分析过程已经逐一指出了识别隐含作者的依据。直言之,有评价意义介入的文本分析,离不开对隐含作者及其相关社会文化历史的诉求,否则很难对相关

221

评价意义的评价者做出恰当推定。综观前面的分析,隐含作者是支配一切评价的主导评价者,其他评价者都是隐含作者设计安排的,如同木偶戏背后的艺人(布斯的比喻)。

7.7 总结

首先,这里用系统网络模式对本章探讨的现象做一小结(见图 7-1)。该图不只是对本章所及现象的归纳;尤其重要的是,它揭示的是文学话语中由不同来源的评价意义构成的交错关系和多层次性,同时体现了同一个语言成分可能具有的多种评价意义(由第一级选择路径的合取关系表示)。我们常听到初学者责备评价概念的创立者在评价成分的识别上没有提供足够的参照标准。其实,识别难度可能远远超出了马丁等人的最初认识。而在具体分析中,这个模型也只是一个总体方案,往往只能梳理出主要范畴特征,容忍忽略附带意义。但这也揭示了该模式的优势——文学话语分析的开放性和文学性的复杂特点。因此,有兴趣者与其求全责备,不如下点工夫也做点贡献。

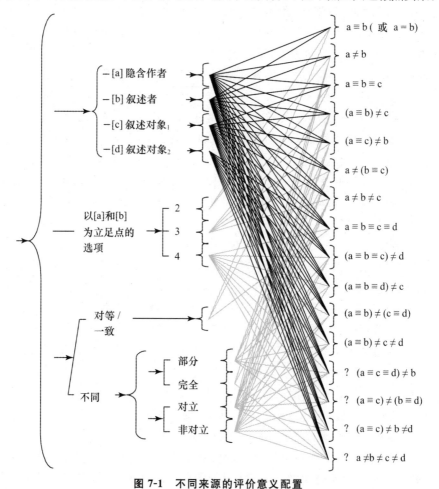

图 7-1 不同来源的评价意义配置

这里有几点结论。第一,该模式揭示了文本过程中可能出现的不同层次不同类别的评价立场,它们构成的系统体现了文本再现的评价意义的多重性和繁复美[+11],而这正是文本文学性的一个重要特点。第二,从理论上讲,该模式可以处理更低层次的配置情况,即作为评价主体的叙述对象还可能是更低层次。第三,同一文本可能同时包含这些不同配置方式,以节律拓展文本的评价过程,体现创作者的价值观念。第四,该模式是基于大量先期文本的系统考察,是一个历时积淀的共时表征,亦即历时与共时区别在系统里中和消解;这是整体性泛时观的又一个佐证,或者说是现在主义立场下对系统的理解。最后,这个系统对历时与现实的关联,使主体间性和文本间性获得现实依据。

可见,本章的尝试不仅为评价意义在文学文本中的识别提供了一个有效方法,是对评价模式本身的补充;尤为重要的是,它还为分析文学文本的评价意义提供了一个描写框架,让我们看到了文学话语中前景化评价成分的组织系统及其网络关系。隐含作者的评价立场往往需要通过叙述对象的观点来确定;尤其是对于那些有违常规情感、伦理道德或审美观念的间接陈述,解读者对隐含作者的诉求权重往往升级加大,这种对反性张力体现了一种鉴赏性的均衡美,既是个体心理,也是群体意识。

总之,本章的探讨可从评价意义的角度深挖叙事交流模式的价值。也许有读者厌恶这种繁琐的归类梳理方式,但是否意识到,文本中的评价意义解读多么复杂,大脑加工涉及海量信息的综合比对。

其次,本章的分析可以揭示一组跟评价地位有关的模式,即评价者的凸显性地位,可能有下面几种可能性(方括号表背景地位;带点者为图形,置于'>'的大端;圆括号为可能情况):

(一)(隐含作者 =)叙述者(= 叙述对象$_1$= 叙述对象$_2$);

(二)[隐含作者]< 叙述者;

(三)[隐含作者< 叙述者]< 叙述对象(或之间);

(四)[隐含作者]< 叙述者 >[叙述对象$_1$= 叙述对象$_2$];

(五)[隐含作者 = 叙述者]< 叙述对象$_1$>[叙述对象$_2$];

(六)[隐含作者 = 叙述者 = 叙述对象 $_1$]<[叙述对象$_2$];

(七)[隐含作者 = 叙述者]< 叙述对象$_1$= 叙述对象$_2$。

事实上,正是'图形—背景'关系才有确立隐含作者的依据,因为这种关系能够从操作上把隐含作者同叙述者甚至叙述对象连接成为一个等级序列,并为隐含作者存在的必要性提供理论支撑;否则隐含作者就只是一个直觉或常识性概念;除了(一)以外,其他几种情况都处于隐没状态,没有指向它们的直接依据。可见,'图形—背景'关系既是解释机制,也是描写工具。

现在可以回到本章第一小节提出的问题上去了:例(1) 引号内的情感意愿、例(2)中叙述对象对圣地亚哥老人的消极评价,显然与隐含作者没有直接关系,而是间接的:例(1)是主人公(淘金者)在冰冻的野外环境下迫于生存需要而发出的感慨,为整个文本的"热爱生命"的基本主旨提供了某种心理基础;例(2)中孩子父母的评价立场正好支撑了后文明确表述的中心意图;例(10)通过叙述对象陈述的命题直接和隐含作者的评价立场直接相关。据此,文本中呈现的各种评价见解,与隐含作者的基本创作主旨一致,但往往相异。这后一点尤其体现在福楼拜、特别是艾略特之后的主流文学创作中。这种直接性和间接性构成一个与凸显性并行的叙事维度。

8 从前台走向背景
——前景化成分背后的多层次评价主旨

> 每一句话都有论点,这就是它关涉的谈论对象,这是唯一的、实例性的;此外,每一句话在文本内部组织中也有其功能,与文本中的其他话语一道,体现主位、结构及其他方面……
>
> ——韩茹凯《语言学与文学文本研究》①

8.1 引言

本章拟通过实例分析阐述文学文本背后的评价主旨——它们既可能由显性评价成分及其网络关系来体现,也可能潜在于前景化成分背后;因此,这是在前面第7章系统模型基础上的实例化探索,从而构成一个关于评价意义识解的完整模式。这是对现在主义思想指导下有关原则的具体运用(见第6章末)。

不过,这样的主旨不是"客观"地存在于文本中、等待读者去发现就可以的;也不是读者随意赋予所指而临时构拟杜撰的;而是解读者以自己的体验为依据、根据文本提供的线索和隐含作者可能的创作主旨合力建构的;笔者取"评价主旨"概念是为了充分认可隐含作者的创作意图,以及读者在相关作者及其时代背景下获得的经验和知识结构,所以相应的文化背景会在解读中发挥应有的作用,其特定阅历和体验还可能提供新解(见第6章)。但"主旨"的侧重点基于文本而非大脑。

这里的基本思路如下:我们首先明确"主旨"的内涵,然后通过实例分析说明前景化评价成分在诗歌文本中的分布、由这些成分可能揭示的文本"底层"潜在的整体评价主旨(第8.2节和第8.3节);进而分析抒情散文和小说的多层次整体评价主旨,涉及现实主义和后现代叙事文本。依据是前景化成分,它

---

① 本章原用英文写成,曾在第37届国际系统功能语言学大会(2007年7月丹麦)上宣读,感谢 Michael Halliday、Michael Toolen、Michael O'Toole、Robin Fawcett、方琰等教授提出的问题和给予的指点;第9.2节的基本内容发表于 *Odense Working Papers in Language and Communication*,2008(12):665—684;感谢主编 Nina Nygaard 教授授权汉译使用。感谢 James Martin 教授通过赵素敏博士转来的有关文献;感谢申丹教授在本章部分内容成文过程中就某些措辞方式提出的修改意见。

Ruqaiya Hasan,"Linguistics and the study of literary text". *Études de Linguistique Appliquée* 1967(5):109—110.

们可能指向文本中的事件;事件在叙事文本中则构成故事或情节,在诗歌和抒情散文中确立文本的基本内容走向。

我们先确定'主旨'的内涵。作为本章题记,韩茹凯的见解是高度浓缩的,其"主位"概念指文本的整体谈论对象:"在言语艺术中,主位居于最高层,中间是象征性表达(Symbolic articulation),最后是言语化(Verbalization)"①;韩礼德把这样的主位称为"底层主位/主题"(underlying theme),与每一句话的主位(韩茹凯的"论点":thesis)相呼应②。

韩礼德曾经界定过另一个术语,即"题材"(Subject Matter),属于语域的一个次类,即语场:"题材可以解释为'语场'结构中的一个成分;在相关语境中,社交行为本质上具有一种象征的、言语的性质。在足球比赛中,社交行为就是比赛本身,而球员之间的任何指导或其他言语互动都是这一社交行为中的一部分。在讨论某一场足球比赛时,社交行为就是讨论本身,参与者之间的言语互动就是整个社交行为。这里,球赛构成'语场'的第二级次序,是由讨论上述一级次序带来的,因为讨论属于一类特殊的社交行为,本身由语言确定。正是在这个第二级次序的话语语场意义上,我们为它确立'题材'这一称谓(原文为斜体)。"③这里,言语行为关注的题材内容,显然属于概念意义的范围,是一个整体概念,因为作为谈论内容的球赛是整个言语活动的象征性指称对象;而在句子范围内韩礼德把相关成分称为'话题'(Topic),如在 well but then, Ann, surely wouldn't the best idea be to join the group 中, be to join the group 之前的部分属于整个语句的主位,其中 well but then 是文本主位, Ann surely wouldn't 是人际主位, the best idea 是话题主位④。相比较而言,主题也是整体性质的,通常由一个明确的语言成分体现⑤。

这里论及的主旨,显然不是概念性题材,倒是与底层主位(主题)相近,至少和具体文本分析得出的结论一致,和文学批评传统的主旨(Motif)一致,如"'令人生厌的女子'最后竟然是一位美丽的公主"⑥中修饰性成分所体现的评价意义。我们

---

① Ruqaiya Hasan, *Linguistics, Language and Verbal Art*. London: Oxford University Press, 1985, pp. 96—99.

② Michael A. K. Halliday, "Linguistic function and literary style: an inquiry into the language of Willam Golding's *The Inheritors*". In Seymour Chatman (ed.) *Literary Style: A Symposium*. London and New York: Oxford University Press, 1971, pp. 330—368.

③ Michael A. K. Halliday, *Language as Social Semiotic: The Social Interpretation of Language and Meaning*. London: Arnold, 1978, pp. 143—144.

④ Michael A. K. Halliday, *An Introduction to Functional Grammar* (second edition). London: Arnold, 1994, p. 55.

⑤ 另见 Gillian Brown and George Yule, *Discourse Analysis*. London: Cambridge University Press, 1983.

⑥ Abrams, Meyer H. *A Glossary of Literary Terms*. Boston: Heinle, 1999. 吴松江等译:《文学术语词典》(中英对照)。北京:北京大学出版社,2009 年,第 338—341 页。

说的主旨也是整体的,可能是底层隐含的,也可能由一个到多个明确的语言成分体现。可见,这里的目的之一是为经典文体学和文学批评的相关主旨提供具体的评价范畴,这在后现代的大背景下仍然有继续探讨的价值。该过程涉及语用学的会话含义理论和关联推理,但我们对这一元思维本身不感兴趣,所以行文拟略去有关过程①。我们区分整体评价主旨(Holistic)和局部评价主旨(Local),目标是文本中的整体与局部评价现象。这是现在主义层次结构性的分析立场。

这样的潜在主旨,在逐步为大众接受之后,将变成文化系统的一部分。事实上,文学文本创作中构拟的类似主旨,就是作者创造文化内涵的一部分,尽管对于一个单一作者来说仅仅是十分微小的一部分,如"三顾茅庐"的故事,既是语言修辞的,更是为中华文化确立的"求贤若渴"而"礼贤下士",从而为后世所弘扬的一种民族精神。但一个独特的文化的内涵,就是由这样无限多个微小的认识在历史长河中搭建起来的。

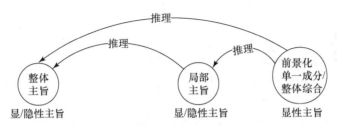

图 8-1　前景化成分与显隐性主旨的关系

当然,我们的依据除了前景化评价成分,还有文本提供的相关信息与阅读者的经验。

8.2　前景化视角下评价意义的语词组织

接下去两个小节拟通过实例分析,从语词和话语组织级阶,综合性地演示文本"表层"的评价成分如何统摄于底层的评价主旨。具体而言,笔者将通过具体分析建构一个由三个侧面的评价意义组织而成的篇章模型,涉及前景化和非前景化两个层次。这个模式包括:随文本过程分布的评价成分链、以不同评价意义为立足点随文本过程次第生成的评价范畴链、整体的评价组织——包括背后的文化语境及相应的修辞模式。前两者可分别用时间性和空间性来表述,总归到前景化的语词组织之下;第三个维度是话语修辞的。为此,本章相关部分拟做具体分析。材料是安德鲁·马维尔(Andrew Marvell, 1621—1678)的抒情诗《致他的娇羞的女友》(简称《女友》,诗行依次标上序

---

① 相关文献见前文第 4 章。

码,便于行文引用)。

选择该文作为演示材料有几方面的考虑。第一,此文是广为流传的名篇,而学界也有多个视角的评价解读,便于笔者以此为基础阐述评价文体学的相关思想。第二,该文评价成分分布密度大,便于具体说明分值计量方法。第三,也是最重要的一点,本书拟集中演示文学文本的情感主旨:《女友》关注的基本主题是情爱,后面将要给予详尽分析的《廊桥遗梦》的整体主旨也是情爱,一者是年轻人,一者是中年人,有利于对比分析;一者为诗歌文本,另一者为叙事文本,能从两个代表性文学次语类的角度揭示评价意义在体现上的共性,尽管两者的面世时间相差好几个世纪。

(1) *To His Coy Mistress*

1　Had we but world enough, and time,
2　This coyness, lady, were no crime.
3　We would sit down and think which way
4　To walk, and pass our long love's day.
5　Thou by the Indian Ganges' side
6　Shouldst rubies find: I by the tide
7　Of Humber would complain. I would
8　Love you ten years before the Flood,
9　And you should, if you please, refuse
10 Till the conversion of the Jews;
11 My vegetable love should grow
12 Vaster than empires, and more slow;
13 An hundred years should go to praise
14 Thine eyes, and on thy forehead gaze;
15 Two hundred to adore each breast,
16 But thirty thousand to the rest;
17 An age at least to every part,
18 And the last age should show your heart.
19 For, lady, you deserve this state,
20 Nor would I love at lower rate.
21　But at my back I always hear
22 Time's winged chariot hurrying near.
23 And yonder all before us lie
24 Deserts of vast eternity.
25 Thy beauty shall no more be found,
26 Nor, in thy marble vault, shall sound

四、评价文体学模型建构

27　My echoing song; then worms shall try
28　That long preserv'd virginity,
29　And your quaint honour turn to dust,
30　And into ashes all my lust:
31　The grave's a fine and private place,
32　But none I think do there embrace.
33　　Now therefore, while the youthful hue
34　Sits on thy skin like morning dew,
35　And while thy willing soul transpires
36　At every pore with instant fires,
37　Now let us sport us while we may,
38　And now, like am'rous birds of prey,
39　Rather at once our time devour,
40　Than languish in his slow—chapp'd power.
41　Let us roll all our strength, and all
42　Our sweetness, up into one ball;
43　And tear our pleasures with rough strife,
44　Thorough the iron gates of life;
45　Thus, though we cannot make our sun
46　Stand still, yet we will make him run.①

此前，人们对《女友》进行过各种分析。需要特别指出的是，格雷恩等以《女友》为范文，演示过（一）历史—传记法的道德—哲学层面、（二）形式主义的物理性视角、（三）弗洛伊德的性心理分析、（四）神话原型批评、（五）女性批评、（六）文化研

---

① 《致他的娇羞的女友》：我们如有足够的天地和时间，/你这娇羞，小姐，就算不得什么罪愆。/我们可以坐下来，考虑向哪方去散步，消磨这漫长的恋爱时光。你可以在印度的恒河岸边／寻找红宝石，我可以在亨柏之畔／望潮哀叹。我可以在洪水／未到来之前十年，爱上了你，/你也可以拒绝，如果你高兴，直到犹太人皈依基督正宗。/我的植物般的爱情可以发展，/发展得比那些帝国还辽阔，还缓慢。/我要用一百个年头来赞美／你的眼睛，凝视你的娥眉；/用二百年来膜拜你的酥胸，/其余部分要用三万个春秋。/每一部分至少要一个时代，/最后的时代才把你的心展开。/只有这样的气派，小姐，才配你，/我的爱的代价也不应比这还低。/但是自我的背后我总听到／时间的战车插翅飞奔，逼近了；/而在那前方，在我们的前面，却展现／一片永恒的沙漠，辽阔，无限。/在那里，再也找不到你的美，/在你的汉白玉的寝宫里再也不会／回荡着我的歌声，蛆虫们将要／染指于你长期保存的贞操，/你那古怪的荣誉将化作尘埃，/而我的情欲也将变成一堆灰。/坟墓固然是很隐蔽的去处，也很好，/但是我看谁也没有在那儿拥抱。/因此啊，趁那青春的光彩还留驻／在你的玉肤，像தி清晨的露珠，/趁你的灵魂从你全身的毛孔，/还肯于喷吐热情，像烈火的汹涌，/让我们趁此可能的时机戏耍吧，/像一对食肉的猛兽一样嬉狎，/与其受时间慢慢的咀嚼而枯凋，/不如把我们的时间立刻吞掉。/让我们把我们全身的气力，把所有／我们的甜蜜的爱情揉成一球，/通过粗暴的厮打把我们的欢乐／从生活的两扇铁门中间扯过。/这样，我们虽不能使我们的太阳／停止不动，却能让他们奔忙。——杨周翰译。有一点补充说明：根据莱特等人的见解，第11行的 vegetable love 在当时指"生长"和"有生长能力"的特性，而非后来的蔬菜或译文中处理的"植物"。

229

究①。而和这里分析原则部分相关的是格里高利②,他要"进一步演示和发展格里高利1974年提出的'阐释文体学'理论及其研究方法"③。他避开传统研究途径"所表何意?"(what does it mean?)而取向于"其为何物?"(what is it?)以及"如何体现?"(how is it?),"区分和描述该文本中具有显著意义的语法、词项和语音/书写模型以及它们同语言和非语言的相关超文本环境的关系",更具体地说是和相关情景语境和文化语境的关系。这一过程涉及两种研究方法:统计法和非统计法。二者是功能文体学的通用方法,也将为评价文体学沿用。前者基于前景化原则,即前景化条件下文本过程中出现的评价成分,只是统计工作在本书中不是重点;后者主要针对文本中的非前景化评价意义,尤其是与隐含作者的整体主旨有关者,包括贯穿文本过程的、间接言语(或会话含义)性质的评价思想。

前景化视角下的评价成分涉及时间和空间两个维度,有关时间过程维度的成分是在空间范畴维度的引导下体现的。即是说,文本过程不断呈现评价成分,从而形成两个维度的评价链:它们随叙述过程次第出现,并以具体范畴为组织依据,两者协作体现评价意义在文本过程中的文本性。先看例文中的态度特征链。态度分情感、判断和鉴赏三个次类。

《女友》共有情感成分32个。其中,意愿成分12个:7 would,7 would,9 refuse,18 show your heart,30 lust,35 thy willing soul,37 let us,38 am'rous,39 Rather,41 Let us,43 {let us},46 will。除refuse外,其余11个成分都是积极的;还有一个被省略,放在'{}'内,由相关语境提供。这些成分在文本过程中先后出现,构成一个意愿链(chain),是文本过程累积的。这里用计算语言学的状态—迁跃法加以描述(见图8-2)。

笔者用椭圆(虚线)代表同质关系(homogeneous relation),长短直线段所构成的则指向同源关系(identical source relation)。图8-2中,内部依次相连的箭头构成的是同源链,具有相同来源(叙述者"我"、叙述对象"女友"、叙述对象"猛禽");而同质链上的成分无需都用连线,因为该图既清楚地表明了同质成分的链接关系,从而和针对不同来源的其他同质链相区别,也表明相关成分在外围椭圆虚线的引导下按时间顺序依次连缀成一个整体的效果。在和叙述对象"女友"相关的三个成分中,9 refuse和其他两个是异质关系:前者是消极性的,后二者是积极性的。这些成分均具有相关意义的系统特征,是铭刻性的。

其次是愉悦链,包含16个成分:4 long,4 love's,8 Love,9 please,11 love,

---

① Wilfred L. Guerin, Earle Labor, Lee Morgan, Jeanne C. Reesman, and John R. Willingham. 1999. *A Handbook of Critical Approaches to Literature* (4th edition). Oxford: Oxford University Press, 1999, pp. 92—94, 215—217.

② Michael Gregory, "Marvell's *To His Coy Mistress*". *Poetics*, 1978; 7(4): 101—112.

③ Michael Gregory, "A theory of stylistics-exemplified: Donne's 'Holy Sonnet XIV'". *Language and Style*, 1974: VII (2): 108—118.

四、评价文体学模型建构

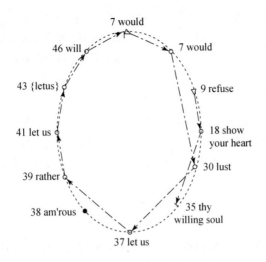

图 8-2 《女友》中的意愿性情感链

13 praise, 14 gaze, 15 adore, 20 love, 28 long, 32 embrace, 36 fires, 37 sport us, 40 languish, 42 sweetness, 43 pleasures。其中一些成分本身不带愉悦性, 而是特定语境赋予的,即由相应概念意义引发(和铭刻相对),如 14 gaze 和 32 embrace。此外,40 languish 是一个消极成分,和其他成分为异质关系。这些成分除了 9 please 外,均与叙述者有关。其中,long 是一种心理感受:日子难熬时间显得漫长,表达对叙述对象的不满情绪。

第三是安全链和满意链。安全链只有 2 个成分:标题 coy 和 2 coyness,构成一个广义上的意义链。满意成分也只有 2 个:5—6 thou by the Indian Ganges' side shouldst rubies find(解释见后文)和 7 complain。注意,complain 前有一个衬托性质的声音和视觉意象(by the tide of Humber):潮声阵阵可使烦躁心情加剧。这让人想到了《诗经·召南·草虫》中发挥起兴作用的诗句:

(2) 喓喓草虫,趯趯阜螽。未见君子,忧心忡忡。亦既见止,亦既觏止,我心则降。(蝈蝈儿沙沙地响,蚱蜢儿蹦蹦地跳。没有看见那人儿,愁得心里咚咚跳。既然已看见他啦,既然已会见他啦,我的心儿才放下!——唐莫尧《诗经新注全译》增订本,第32—33页;成都:四川出版集团巴蜀书社)

未见情人前,忧心忡忡,和前一句的草虫不住地叽叽鸣叫对照呼应。这和"禅噪林逾静、鸟鸣山更幽"(南朝梁·王籍《如若邪溪》)的感受相对:鸣噪衬托孤寂[①]。这种陪衬和起兴成分是为其他相关成分的评价意义营造工作氛围的,所以在处理上只计算被烘托成分的评价特征,它们本身不再计分。

在这32个情感成分中,26个和叙述者有关:7 would, 7 would, 30 lust, 37

[①] 原诗:舱船何泛泛,空水共悠悠。阴霞生远轴,阳景逐回流。禅噪林逾静,鸟鸣山更幽。此地动归念,常年悲远游。

let us, 39 Rather, 41 Let us, 43 {let us}, 46 will, 4 love's, 8 Love, 111 over, 13 praise, 14 gaze, 15 adore, 20 love, 32 embrace, 36 fires, 37 sport us, 40 languish, 42 sweetness, 43 pleasures, 7 complain,大多数都是意愿和愉悦性的,涉及叙述者的交际意图——对女友的性需求（37 sport us）。只有 6 个和叙述对象"女友"有关：9 refuse, 18 show your heart, 35 thy willing soul, 9 please,标题 coy 和 2 coyness;其中 4 个含拒绝义;余下 2 个是叙述者推定的积极态度。还有一个 38 am'rous,关乎非人性质的叙述对象"猛禽"（birds of prey）。这些成分也体现了人和动物的区别：动物主要依赖行为求偶;人主要靠言辞示爱,这一点是有文化和文明意义的。

第二个态度次范畴是判断。《女友》中只有 4 个判断成分：43 with rough strife, 37 may, 45 can, 2 crime。第一个是态势性范畴;中间两个是能力性的,最后一个表恰当性。本文系情感取向类文本,判断类成分少也在情理之中。

第三个态度次范畴是鉴赏范畴。《女友》的反应类鉴赏成分有（28＋28 ＝ 56）个。明确的反应类特征 28 个：11 vegetable, 12 Vaster, 12 empires, 12 slow, 14 eyes, 14 forehead, 15 breast, 16 rest, 17 part, 19 state, 22 winged, 22 chariot, 22 Time's winged chariot hurrying near, 24 vast, 25 beauty, 26 marble, 27 My echoing song, 29 quaint, 31 private, 33 youthful hue, 34 Sits on, 34 morning dew, 36 (transpires) instant (fires), 38 birds of prey, 39 our time devour, 40 slow, 41—42 roll... up into one ball, 44 iron gates of life。其中,14 eyes, 14 forehead, 15 breast, 16 rest, 17 part 五个身体部位成分属于引发性反应类。下面补充两个实例,以便印证,分别引自乔叟《坎特伯雷故事集·磨坊主的故事》和莎士比亚的十四行诗第十八首。

（3）这位好妻出门去教堂/她的前额鲜亮如往常①

（4）有时候苍天的巨眼照得太灼热/他那金彩的脸色也会被遮暗——屠岸译②

可见,在《女友》的语境下把身体部位作反应特征处理是可以接受的。

其中好些带类推特点：11 love as a kind of vegetable（爱是一种不断生长的植物）;22 time's winged chariot（2 个类推过程："时间是一只有翅膀、飞得快的鸟"以及"时间是一架战车"）;34 sits on;34 like morning dew（青春美如朝露）;38 like am'rous birds of prey（我们像一对食肉的猛禽爱慕情深;注意食—咬类推过程）; 40 slow-chapped power（时间是一只具有咀嚼能力的巨大动物）;41—42 roll into one ball（一对云雨中的恋人如同一只球;或因火势炙热而融为一体）;44 the iron gates of life（贞操是重重铁门）。这些成分已经计分。

---

① 原文：This goode wif wente on an haliday:/Hir forheed shoon as bright as any day.

② Sometime too hot the *eye* of heaven shines, /And often is his gold complexion dimm'd. 其中的 eye 指人眼,这里比作太阳。引自胡家峦：《英国名诗详注》,北京：外语教学与研究出版社,2003 年,第 36—37 页。

通过其他修辞方式表达的有 28 个。这些修辞方式分为三类,每出现一次计入 1 分。第一类是对照。第 5—7 行有参与者对比:[t]hou 对 I;环境对比:the Indian Granges' side 对 the tide of Humber;过程对比:find (rubies)对 complain。第 7—10 行:I 对 you; love 对 refuse; ten years before the Flood 对 the conversion of the Jews。第 11—12 与 24 行:vegetable love grows vaster than empires 对 deserts of vast eternity。第 19—20 行:you deserve this state 对[n]or would I love at lower state。第 21—24 行:at my back 对 yonder all before us;[t]ime's winged chariot hurrying near 对 lie [d]eserts of vast eternity。第 29—30 行:your quaint honour 对 all my lust,and dust to ashes。第 30—31 行:a fine and private place 对 none I think do there embrace。第 45—46 行:make our sun stand still 对 make him run。这里有 13 个特征。

第二类是夸张(同时有级差意义;见后文),一共 11 个特征:第 7—8 行(Love you ten years before the Flood),第 9—10 行(Till the conversion of the Jews),第 11—12 行(Vaster than empires, and more slow),第 13 行(An hundred years should go to praise Thine eyes),第 15 行(Two hundred to adore each breast),第 16 行(thirty thousand to the rest),第 17 行(An age at least to every part),第 18 行(the last age should show your heart)——均增强叙述者可以忍受等待羞赧女友的无限时长;第 23—24 行([d]eserts of vast eternity),第 35—36 行(thy willing soul transpires [a]t every pore with instant fires),第 45—46 行(we cannot make our sun [s]tand still, yet we will make him run)。这些对于平凡的叙述者来说,均系夸张。

第三类是双关,有 4 个:第 31—32 行的 private(个人的,隐蔽的;阴部的)和 embrace(拥抱;性交);第 29 行的 quaint 与 quint(女性外阴)音近;最后两行出现的 our sun 与 our son 同音谐义(make our son)①。

上面这些均系反应链;接下来是构成链,一共(12+46=58)个特征。其中词项成分 2 个:19 deserve 和 28 preserv'd。Deserve(值得)作如此划分,因为它描述的是叙述对象"女友"达到了叙述者认定的完美水准;perserv'd(保存)说明 virginity(贞操)的完好状态。此外,排比有一种均衡美,应该归入构成类(也存在级差特征;见后文)。《女友》有 10 个排比特征:第 13—15—16—17—18 行的连续添加(13 行是基础,不计入;对比第 7—10 行,它们在结构或意义表达上与此不同,故无排比特征;这里共 4 个分值);第 25—26 行(Thy beauty shall no more be found, Nor, in thy marble vault, shall sound;计入 1 个分值);第 33-35 行有两个 while(while the youthful hue Sits on thy skin like morning dew, And while thy willing soul tran-

---

① Wilfred L. Guerin, Earle Labor, Lee Morgan, Jeanne C. Reesman, and John R. Willingham. 1999. *A Handbook of Critical Approaches to Literature* (4th edition). Oxford: Oxford University Press, 1999. 北京:外语教学与研究出版社,2009 年,第 95, 151—153 页。

spires;计入 1 个分值);第 33—37—38 行有三个 now (Now therefore... Now let us sport us while we may, And now, like am'rous birds of prey...;计入 2 个分值);第 37—41—43 行有三个 let us(在第 43 行被省略与节奏有关;每行 8 个音节:let us sport us while we may, Let us roll all our strength, and all Our sweetness, up into one ball; And {let us} tear our pleasures with rough strife)计入 2 个分值。

这种构成意义包括《女友》语音组织体现的均称性。一是音步组织。本文一共 46 行,每个诗行 4 个音步 8 个音节,每两行一个分值单位,即作 23 个分值计算。这首诗是抑扬格组织,音节安排先轻后重:

(5) 1 我们如有足够的天地和时间/2 你这娇羞,小姐,就算不得什么罪愆

二是韵脚效果。在 23 对韵脚中,3 对不押韵:7—8 /wʊd/与/flʌd/,23—24 /laɪ/与/ɪˈtɜːnətɪ/,27—28 /traɪ/与/vəˈdʒɪnətɪ/;而相同的有 20 对,可以作 20 个分值计入:

(6) /taɪm/与/kraɪm/,/weɪ/与/deɪ/,/saɪd/与/taɪd/,/fjuːz/与/dʒuːz/,/grəʊ/与/sləʊ/,/preɪz/与/geɪz/,/brest/与/rest/,/paːt/与/haːt/,/steɪt/与/reɪt/,/hɪə/与/nɪə/,/faʊnd/与/saʊnd/,/dʌst/与/lʌst/,/pleɪs/与/ɪmbreɪs/,/hjuː/与/djuː/,/træn ˈspaɪə/与/faɪə/,/meɪ/与/preɪ/,/dɪ ˈvaʊə/与/paʊə/,/ɔːl/与/bɔːl/,/straɪf/与/laɪf/,/sʌn/与/rʌn/。

第三,结尾还有三处噪音性押韵组织,均与相关意义的表征有关:一组辅音韵(Consonance):43 with rough strife;两组辅音头韵:45 Thus 与 though 以及 46 stand 与 still[①],计入 3 个分值。这样本文由语音组织体现的鉴赏特征有 46 个。

还有估值链(13 个成分):6 rubies, 24 Deserts, 26 (marble) vault, 27 worms, 27 try, 28 virginity, 29 dust, 29 honour, 29 quaint honour, 30 ashes, 31 grave, 31 fine, 40 chapp'd。关于 6 rubies 的解释见后文;marble vault 与 quaint honour 暗指女性生殖器;前者带有消极特征,后者积极,和 dust(尘土)相对[②]。

至此,《女友》中分布的态度特征,总分值 163。

接下来看介入成分。介入有八个范畴(见前文);而《女友》只有三个介入分支链:否定、对立和接纳,共 28 个成分。首先是否定链,即否认范畴的一个次类,6 个成分:2 no, 20 Nor, 25 no, 26 Nor, 32 none, 45 not。其次是对立链,即有关否认的另一个次类,4 个成分:16 But, 21 But, 32 But, 46 yet。还有由 18 个成分构成的接纳链(作者的声音系多种可能性之一):1 Had, 3 would, 6 Shouldst, 7 would, 7 would, 9 should, 9 if, 11 should, 13 should, 18 should, 20 would, 21 always, 25 shall, 26 shall, 27 shall, 32 I think, 37 may, 46 will。

[①] 后两组引自 Wilfred L. Guerin, Earle Labor, Lee Morgan, Jeanne C. Reesman, and John R. Willingham. 1999. *A Handbook of Critical Approaches to Literature* (4th edition). Oxford:Oxford University Press, 1999. 北京:外语教学与研究出版社,2009 年,第 152 页。

[②] 另见 Wilfred L. Guerin 等(见上一脚注)第 95 和 151 页。

四、评价文体学模型建构

最后是级差成分。在《女友》中，只有跨度和聚焦性成分没有出现；其他一共（11＋19＋7＋50＝87）个。数量范畴有 11 个成分：12 more，17 at least，15 each，17 every，23 all，25 more，30 all，36 every，41 all，41 all，42 one。跨度链涉及 19 个成分：4 long，8 you ten years before the Flood，10 Till the conversion of the Jews，12 Vaster，13 An hundred years，15 Two hundred，16 thirty thousand，17 An age，18 the last age，22 near，23 yonder，24 vast，24 eternity，25 no，28 long，33 Now，37 Now，38 now，39 at once；大多数是时间性的。对质量作级差操作的强度有 7 个成分，构成一个相对独立的功能链：1 enough，12 Vaster，20 lower，22 winged chariot，34 like morning dew，36 instant，43 rough。

还有对过程加工的效力级差特征 50 个。其中词项 28 个，这是《女友》中除反应链之外的又一个词项长链：1 but，2 no，3 would，6 Shouldst，7 would，7 would，9 should，11 should，12 slow，13 should，18 should，20 Nor，20 would，20 at lower rate，21 always，22 hurrying，25 shall，26 Nor，26 shall，27 shall，32 none，32 I think，32 do，37 may，38 like am'rous birds of prey，39 our time devour，45 not，46 will。其中一些成分同时有接纳特征；属于这一范畴的还有夸张和排比（各 11 个；见前文）：均有增强相关过程的作用。

以上分析表明，《女友》共有评价特征（163＋28＋87＝278）个。全文词项 301 个，小句 39 个，总计 340。评价特征在《女友》中的分布密度为（278/340＝81.77％）。

注意，这些特征是通过两条线索组织起来的：文本的时间走向、伴随这一过程出现的评价范畴，从而构成一个评价平面——这就是由前景化手段组织的文本评价维度。描述方式也可以按照图 8-2 那样画出一个总图来；只是太复杂，也太占篇幅。

这里就前景化研究法作一点说明。第 1 章引述的《窗口的年轻女人》，是体现隐含作者评价宗旨的典型实例，采用的是诗歌创作的客观主义原则："诗……是一个客体……它自身通过它设定的形式本身符合规范地表征相应的特点和意义"[①]。正是基于这一理念，文本中载入的评价成分有限；尽管有一个关键成分 tears，但它本身也不是铭刻而是引发性的，是通过经验意义在相应语境干预下唤起的。即便如此，我们仍把它看作一个文体成分，正是它为重构文本间接表达的评价意义提供了依据。

而《女友》一文充满了评价性成分，可以计数的词汇语法密度高达 81％，其中有大量铭刻性成分。而《窗口的年轻女人》中的词项语法成分 27 个（词项 23 个，小句 4 个）；这样，该文本的评价成分密度为（1/27＝3.7％）；而（2）没有一个类似

---

① 转引自 James D. Hart (ed.). *The Oxford Companion to American Literature* (5th edition)，Oxford：Oxford University Press，1983，p. 831.

tears 的成分：前景化评价成分密度为 0%。可以说,本章例(1)跟第 1 章例(1-2)代表了两种截然不同的评价风格：前者是典型的传统抒情诗,诗行之间洋溢着隐含作者丰富而直白的情感；而前引(1-2)是尽可能疏离评价对象,以客观化的经验意象为手段来间接体现相应的评价主旨。这正是传统文本与现代文本在表征评价意义的叙述方式上存在的本质差异($X^2 = 0.000, p<0.01$),从而形成两个极端；还有一些文本的前景化评价成分在数量上介于上述两者之间。

评价成分的分布差异存在于不同时代、不同隐含作者、不同审美观念上。总起来看,20 世纪以前的作者倾向于采用铭刻性表述：他们在表达评价意义时往往是多视角的直接介入,只要回忆一下英国文学史自《贝奥武甫》和《坎特伯雷故事集》以后到 17 世纪历史小说的兴起、到 19 世纪末的批判现实主义小说,大都以这种方式建构隐含作者的评价立场；20 世纪初,尤其是在艾略特主张客观叙述之后,主流文本的评价意义在表达方式上逐渐发生了变化：文本评价意义往往是间接表征的,所以不便采用量化分析方法。当然,这一点不仅体现在前景化评价意义的构建方式上,也存在于小说题材和故事的设计上。此时,非量化的描述方法就显得尤为重要。

8.3 走向背景——评价意义成分的话语组织

这里涉及典型的经典文体学方法往往无能为力的现象,它们是和整体的评价主旨有关的一系列话语组织方式,不在前景化范围内,所以不便再作计量,毕竟"仅靠数字显然是无法完成对文体的分析、解释或评估的"[①]。为此,描写手段将转向叙事学关注的内容。具体而言,接下来讨论的现象缺乏明确的前景化词汇语法特征；这是叙事策略关心的议题。但此处的分析必须以前景化分析为参照,以此提供解释依据。讨论将涉及三类现象：一是整体的对话性介入意义：这一点是作为广义的文化现象(社会交往与人际互动)来理解的；二是相关隐含修辞手段从历史文化角度对文本评价意义的作用,以此揭示它们对《女友》中前景化视角下评价特征的整体表征作用；三是上述两个维度的评价链,如何通过底层的宏观评价主旨,把前景化视野里的所有评价特征组织成一个有机整体：这是人类通过复杂的语言使用过程获得的特定言语行为模式。

先看第一种组织手段：整体的对话性介入意义。这是评价范畴最具特色的部分。介入概念是从巴赫金的异质性对话理论发展来的,讨论话语的主体间性,即作者或说话人在关注读者或听话人的前提下介入话语过程的方式,具体体现为态度的来

[①] Michael A. K. Halliday, "Linguistic function and literary style: An inquiry into the language of William Golding's *The Inheritors*". In Seymour B. Chatmann (ed.) *Literary Style: A Symposium*. New York: Oxford University Press, 1971, pp. 330—368.

源及话语过程中不同声音对相关主张的作用。

　　前面集中分析了《女友》中的离散性介入成分及其在文本过程中的组织链;但从整体上看,介入的对话性具有进一步整合那些离散成分及其组织链、甚至所有态度和级差成分的作用,因为它们都是在对话性质的话语过程中次第分布开来的。这一点主要体现在两个方面。一是作为第一人称的叙述者直接介入文本过程,向叙述对象倾诉自己的愿望。且看以下代表性诗行所体现的总体对话性及其柔化性质的级差口吻。

　　(7) 1—2 我们如有足够的天地和时间,/你这娇羞,小姐,就算不得什么罪愆。21—22 但是自我的背后我总听到 /时间的战车插翅飞奔,逼近了。31—32 坟墓固然是很隐蔽的去处,也很好,/但是我看谁也没有在那儿拥抱。33[因此啊,趁那青春的光彩还留驻]37 让我们趁此可能的时机戏耍吧。

　　整个文本涉及的逻辑推理过程(见后文)通过上述言语行为得到体现。因此,这种对话性是《女友》中介入范畴的特点。1—2 采用了一个条件结构,语气委婉,为其他可能性留下余地。即是说,这种介入话语过程的方式蕴涵了叙述对象自己可能持有的见解,是接纳性的[18]。21—22 涉及一个转折成分"但是"(but),对前面整个第一节的假设给予对立性否认[14],是对 1—2 行以及整个第一节所留余地的明确化。31—32 从另一角度重复使用了 1—2 和 21—22 采用的话语策略(假设—对立)。33—37 是第三组条件关系,但不再是对立否认前提下的条件—转折关系,而是基于因果关系的提议,仍然是接纳性的[18]。这些都带有一定的局部特点,后文将对相关现象做进一步分析。

　　二是通过一系列情态成分来调节叙述者的言语行为口吻,涉及一些典型的介入和级差意义。在《女友》中,隐含作者以叙述者的身份陈述自己的观点;而这里的叙述者为第一人称,叙述对象为第二人称。由于叙述者相对于叙述对象来说处于相对被动的地位,因此他的话语充满了调节性成分,集中体现在 18 个接纳性成分上:1 Had, 3 would, 6 Shouldst, 7 would, 7 would, 9 should, 9 if, 11 should, 13 should, 18 should, 20 would, 21 always, 25 shall, 26 shall, 27 shall, 32 I think, 37 may, 46 will。从级差意义的角度看,这些成分中除 21 always 外,其余 17 个均系中值——柔化性的意态成分,使整个话语过程显得委婉、间接,没有颐指气使的口吻;这也在 4 个对立性成分 but 和 yet 中有所体现:它们都是"小词",只有一个音节,在节奏中所占时间短,语气程度相对于它们的高语体成分(诸如 however, nevertheless 或 nonetheless)要柔和许多。而在 6 个否定成分中,2 no 和 25 no 是直接针对叙述对象的,但前者是为了免除听者的负疚感,有益于听话人;后者虽然是一个极端成分,但它修饰的是柔性成分 more。20 Nor, 26 Nor 和 32 none 也是极致成分,但都是针对说话者本人的;45 not 前面有 can,表征的是双方的现实能力,却出现在条件性语气结构中。总之,所有这些锐化成分对听话人来说都没有直接的挑衅性或侵略性;而那些极度夸张的表述方式(第 7—18 行)更多的是说话人向听话人的示爱行为,仍然是对方受益。可见,说话人和听话人之间的角色关系确定了说话时的柔性特点。正是这样的介入成分体现了发话人和受话人之间的角色关系。这种贯穿全文的柔性介入方式,也是统摄其他评价成分的组织手段。由此可见级差成分对介入(当然包括态度)的调节作用。最后,介入范畴还为合理纳入隐含读者提供了理论基础:通过不同方式设定潜在的阅读对象或听话人。

接下来看第二种组织方式:相关隐含修辞手段从历史文化方面对表达评价意义的作用。先看典故,这在《女友》中有以下几例:红宝石(6 rubies),这是民间传说的贞操护身符;8 the Flood,《圣经·旧约》中说的大洪水;10 the conversion of the Jews,指《圣经·新约》对犹太人的预言:他们到世界末日才会皈依基督教;22 Time's winged chariot,典出希腊神话;39 our time devour,据 Guerin 等人①,众神之主嗜血者克洛诺斯(巨神之一,天神 Uranus 和地神 Gaea 之子,篡位统治世界)为防止被儿子推翻,便吞食他们,惟宙斯幸免,后被废黜;此外,原诗最后两行,至少有三个可能的出处。

(一)《圣经·旧约·约书亚书》第 10 章 12—13 节:

(8)当耶和华将亚摩利人交付以色列人的日子,约书亚就祷告耶和华,在以色列人眼前说:日头啊,你要停在基遍;月亮啊,你要止在亚雅仑谷。于是日头停留,月亮止住,直等国民向敌人报仇。②

(二)古罗马诗人奥维德(Ovid, 43BC-17AD)在其代表作《变形记》(Metamorphoses)中描述的故事:费登(Phaeton)取代其父(太阳)驾驶一辆带翅膀的双轮战车横跨天宇而狂奔,至极而亡;这同时和第 22 行(winged chariot)有关。

(三)宙斯命令太阳站住不动,以延长他和阿尔克墨涅(Alcmene,即 Amphitryon 之妻,受宙斯诱惑而生 Hercules)的温柔之夜③。

从态度意义的角度看,这些典故丰富了相关意象,能够对读者产生心理上的冲击,属于鉴赏范畴之下的反应特征[+10]。

再看仿拟,叙述者使用的仿拟源自别的故事或情节;这在《女友》中有 2 例。一是 13—18 行。被仿拟的诗行出自亚伯拉罕·考莱(Abraham Cowley):

(9)你的怜悯和叹息够我一年消受,

　　一滴泪至少够我生活二十年,

　　温存地看我一眼够我活五十个春秋;

---

① Wilfred L. Guerin, Earle Labor, Lee Morgan, Jeanne C. Rem﹛man, and John R. Willingham. 1999. *A Handbook of Critical Approaches to Literature* (4th edition). Oxford: Oxford University Press, 1999. 北京:外语教学与研究出版社,2009 年,第 31 页。

② *Holy Bible*(《圣经》,中英对照·和合本),Colorado Springs: International Bible Society, 1984, p. 365.

③ Wilfred L. Guerin, Earle Labor, Lee Morgan, Jeanne C. Reesman, and John R. Willingham. 1999. *A Handbook of Critical Approaches to Literature* (4th edition). Oxford: Oxford University Press, 1999. 北京:外语教学与研究出版社,2009 年,第 31 页。

四、评价文体学模型建构

一句和蔼的话抵得上百年的盛筵；
如果你对我表示一点点倾心，
就等于又加上一千年的时辰；
这以外的一切是无垠的永恒。①

鉴于被仿拟的是马维尔的同代诗人，这再一次为评价文体学的框架纳入隐含作者的概念提供了依据，即隐含作者注入《女友》这一文本的相关评价意义，同时取决于隐含作者熟知的同时代文本，从而构成一种文本间性。可见，保留隐含作者的概念是必要的。而从评价范畴的角度看，仿拟可以拓展阅读空间，丰富相关意象，具有鉴赏性的反应意义[+10]。

另一个仿拟涉及整个诗歌文本：对象是"公元前3世纪希腊诗人阿斯克勒庇亚底斯（Asclepiades）的一首诗"：

(10) 你吝啬你的贞操，有何益处？当你来到冥府时，姑娘，你将找不到爱人。活人中间有维纳斯的欢乐；但是，姑娘呵，我们将躺在黄泉之下，只成为一堆白骨和尘土。②

显然，评价成分及其组织链均受这样的整体性典故和仿拟性文化因素支配。以阿斯克勒庇亚底斯的诗为例，前面分析的前景化成分均在他确立的主题范围之内。这样会降低《女友》的新颖性，但由此引发的文化性关联，则可以增加解读的信息量以及由此构成的复杂程度[11]，抵消非新颖性带来的负面价值。同时，这种不同历时阶段的主题关联也对相似文化特征的传承有积极作用。正是在这个大的文化背景下，《女友》找到了它的社会历史归属，从而为其统摄。下面是示意图（图8-3）：粗体椭圆之外是《女友》各行的序码，再往外是以Asclepiades所作一诗为例的文化性语境。

总之，文化因素通过介入方式进入文本过程，对评价成分的整体组织具有不可忽视的意义；它们比单纯的语词成分能够传递更多的评价信息。事实上，所有典故等文化特征均具有类似评价功能：可能是态度的，也可能是介入和级差的。

第三类策略即整体评价主旨的表征与组织；依据是《女友》这一文本的前中后三个诗节。这里拟以本章第一节提出的综合模型为依据，以言语行为理论为框架，结合格雷恩等人的研究发现，从而阐述隐含作者通过《女友》的"劝说性的提议"（行事行为）表达的有关叙事者的性爱意图（言外之意：意愿，范畴+1）、达到劝说目的（目的行为）。读者将会看到，通过引入言语行为模式，可以揭示叙述者的劝说方式和意愿主旨。

---

① On a sigh of pity I a year can live. /One fear will keep me twenty at least. /Fifty a gentle look will give，/An hundred years on one kind word I'll feast；/a thousand more will added be /If you an introduction have for me；/And all beyond it vast eternity. 引自胡家峦：《英国名诗详注》。北京：外语教学与研究出版社，2006年，第122页。

② You spare your maindenhead, and to what profit? For when you come to Hades you will not find your lover, girl. Among the living are the delights of Venus; but maiden, we shall die in the underworld mere bones and dust. (同上，第121页)

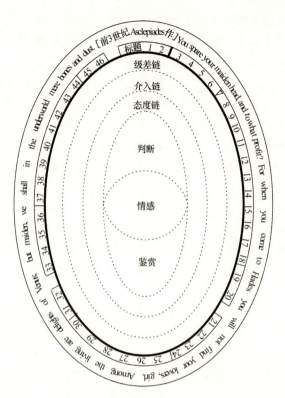

图 8-3　文化因素统摄下的评价意义及其文本组织

下面先考察叙述者的评价主旨在每一诗节中的组织特点。第一诗节的第一、二行包含了两个要点：(一)说话人在假设前提下("我们如有足够的天地和时间")对女友娇羞态度的容忍性转折介入(我不怨你："你这娇羞，小姐，就算不得什么罪愆")；(二)叙述者和叙述对象之间的恋爱关系：这是两个诗行所蕴涵的(Entailed)：叙述者向叙述对象提出相关要求，意味着他们已经进入了两情相悦的阶段；叙述者眼下希望在既有关系的基础上做纵深发展。这也是推进第三节的基础。

在这里，由于第一个要点是建立在假设前提下的，这就为叙述者在随后第3—7行抒发感情提供了依据：我们可以慢悠悠地讨论并设计我们散步的去处，一分一秒无聊地渡过我们冗长缓慢的恋爱时光(3—4 our long love's day)。这里实际上包含两层评价意义：第一层是缓慢时光带给叙述者的消极反应[−10：是否吸引我？]；第二层是由此隐含的不快情绪[−2：对叙述对象是否愉悦？]。这两点在随后第5—7行得到延续：你可以远远地跑到印度恒河边去寻找红宝石(固守贞操)；我则待在家乡的亨伯河岸(Humber)任凭潮声阵阵拍打我的相思情怀。这里不一定确指姑娘跑到了东方的印度、怀揣闲心寻找宝石，而可能是通过这种横跨东西方的空间距离来类推性地暗示叙述对象矜持犹豫、总是保持一定距离的态度，以此体现叙述者对姑娘行为的一种消极满意心理[一3]。这种空间性的类推,既和后面的一系列夸张对应(第10—18行),也可以匡谬性地夸大姑娘拒绝自己的要求可能带来的严重后果(第二个诗节)。

有趣的是,第1—2行既是第一个诗节的假设性出发点,也是随后第3—7行的前提;而随后第7—20行又以前面的1—7行为基础。即是说,即便在这样的情况下,"我"仍不会更改初衷,"我"对"你"的爱在时间和空间上无限蔓延。在这里,读者解读时无法完全排除第11—12行中 my vegetable love(不断生长的爱)这一语场具有男性生殖器意象的可能;这也和第二、三诗节的一系列对女性性器官的暗示呼应。这与隐含作者所处时代的类推使用习惯相仿(对比约翰·多恩的大量不同寻常的比喻)。第19—20行是对第9—12行的回应:

(11) 9—12 你也可以拒绝,如果你高兴,/直到犹太人皈依基督正宗。/我的植物般的爱情可以发展,/发展得比那些帝国还辽阔,还缓慢。

(12) 19—20 只有这样的气派,小姐,才配你,/我的爱的代价也不应比这还低。

中间第13—18行使用排比和夸张手法,对第11—12行表达的海枯石烂的决心做逐步升级加工([23];这是针对爱恋过程的,属于言外之意),试图达到打动对方的目的,以便取得言后之果。这最后两行是对第13—18行的总结性评述,以此表明自己的热情非一时冲动,而是真诚、永恒的。这也是叙述者抱怨的理由:怨因情生,情随意浓。显然,第7—20行一系列设想出来的行为,都是针对姑娘因羞赧矜持(coyness)而拒绝(refuse)他的请求的。

类似组织模式在第二节有充分体现,只是开始数行(21—24)提供的与第一诗节开始两行假定的情景相对:假设在此破灭,代之以可怕后果——时光战车从身后飞奔而来;眼前是一片巨大无垠的永恒荒漠。处于这种腹背夹击的尴尬情形下(第25—32行),你的美貌消逝,迎接你的只是冷冰冰的墓地;虽然有漂亮的大理石墓穴,但我的歌声不再回响;善待你贞操的将是饥饿的蛆虫。这种对比可以加大叙述对象的恐惧感[一4],实现自己的劝说意向。而这种恐惧感在接下去的第29—30行、第30—32行通过两组对照叙述得到进一步锐化:

(13) 29—32 你那古怪的荣誉将化作尘埃,/而我的情欲也将变成一堆灰。/坟墓固然是很隐蔽的去处,也很好,/但是我看谁也没有在那儿拥抱。

这是关于可怕状态的锐化,可以归入属性级差范围[23];这四行也可以看作是总结性评价,表明说话人在相关状况下的态度:这个后果很严重,即使我想,也没有办法再爱你——你复归于泥土,我的激情也成了一堆灰烬!可见,第二个诗节仍然是条件—结果关系的组织模式;而整个第二诗节也是对第一诗节开始两行的回应。

第三个诗节属于同一结构:趁你青春貌美、激情满怀之际(第33—36行),我们及时行乐吧(第37—46行)。前者仍然是条件,后者是相关条件下的明确提议:

通过生理行为来满足他们的欲望。最后两行中 sun 与 son 谐音,既指双方由热情推动太阳奔跑,支配宇宙,也指由爱的结晶(son)延续的生命之火,后继有人(make him run)。这也是文本发展到此的一种戏剧性结尾,虽然充满单方面幻想。这与前一诗节相对照,也是对第一诗节相关假设的否定性回应。这种效果就是反高潮或突降(anticlimax)①,以达到说服对方依从自己的目的[+3]。

总之,文本的三个诗节均以条件开始,然后提供相应的评论性总结;而第一诗节的第一二句设定的条件(A)又成为整个文本表征的暗示性劝说前提,只是第二个诗节否定了这种条件(B),第三个诗节在此基础上提出解决问题的方案(C)。现在来把上述组织性成分按照诗行的顺序放到一个椭圆形的外缘(注意弧形箭头所示的条件—结果关系),以此揭示文本的宏观组织模式,是文本在线性质的动态过程(见图 8-4)。

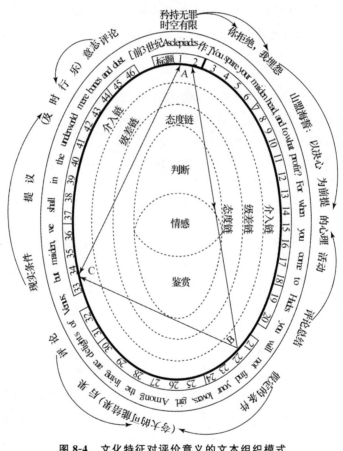

图 8-4　文化特征对评价意义的文本组织模式

---

① Wilfred L. Guerin, Earle Labor, Lee Morgan, Jeanne C. Reesman, and John R. Willingham. 1999. *A Handbook of Critical Approaches to Literature* (4th edition). Oxford: Oxford University Press, 1999. 北京:外语教学与研究出版社,2009 年,第 151 页。

格里高利①曾经用一个三段论来描述《女友》的叙述者在暗示性劝说过程中使用的逻辑推理:"如果我们有足够的 X,那么我们就可以 Y(第一诗节);但我们没有(第二诗节),所以让我们 Z(第三诗节)"。注意三个次要主旨的评价意义以及开篇第一、二行的假设,暗示了叙述者对女友矜持表现的无奈和忍耐态度。这种忍耐以假设为前提,由此设定两种可能的发展方向:(一)你没完没了的、保守的态度以及我永无止境而不断增长的爱;(二)由你的矜持娇羞可能带来的严重后果。两者形成一种劝说背景,为提出自己的想法设下伏笔:"让我们把我们全身的气力,把所有我们的甜蜜的爱情揉成一球"。这正是《女友》这个文本的中心意愿主旨。图 8-5 是对整个文本劝说过程的直观描述。

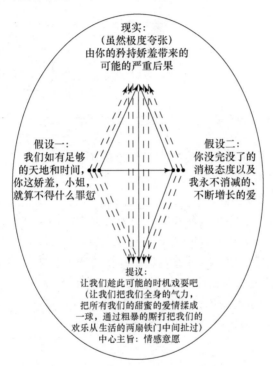

图 8-5　中心主旨:意愿主旨和劝说目的

注意,"提议"不仅是第三个诗节的主旨,也是全篇的语用目的——积极的意愿主旨[+]。这个主旨源自前两个假设以及由此带来的贞操守护后果。图 8-6 是另一种表述模型。

---

① Michael Gregory, "Marvell's *'To His Coy Mistress'*". *Poetics*, 1978: 7(4), p.103.

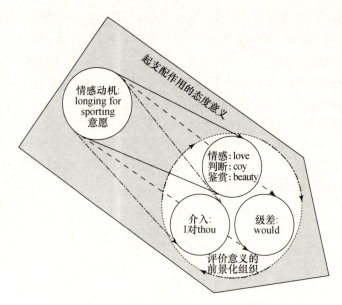

图 8-6 '意愿'意义在《女友》中的组织功能

以上对《女友》中评价意义的文本组织给予了描述。这个过程表明,由于整体组织和局部成分具有或松或紧的关系,前景化和非前景化的区分方法仅系权宜。此外,《女友》由意愿情感主导——这是叙述者注入整个话语过程的潜在主旨,也成为潜在的组织手段。还存在判断和鉴赏作为贯穿文本的潜在组织:英雄主义和道德理性文本中往往是潜在的判断意义统领全文;而抒情写景一类的文本则以鉴赏意义为基本主旨。但无论以哪种方式组织本文的评价意义,它们都不是孤立现象,而是由(一)成分构成整体(自下而上)以及(二)整体性文化因素统摄成分(自上而下)两个方向的互动作用互构而成的。同时,文本的评价意义是分层次的,可以通过言语行为理论的三种语用行为和取效来加以解释。

8.4　常见修辞格的非前景化整体评价主旨

前文的分析涉及大量辞格;本节拟从文本的整体高度就这些修辞格的评价组织做一延伸阐述,具体类别涉及比喻、反讽、对照、高潮、引发性表述、书写组织等产生的评价效应。分析将会表明,严格区分语词和话语的表达手段缺乏实质性意义,因为这一类现象可能二者兼顾,从而消解文体学和叙事学关注的表达手段之间的对立和分别,从而走向基于二者又高于二者的一种文本分析途径。

先看比喻。下面是托马斯·怀亚特(Thomas Wyatt, 1503? —1542)的《别了,爱》(Farewell, Love);其中的类推是整体性的。

(14) 别了,爱,永别了你所有的法则,/你上饵的钩子不再能把我缠绞,/塞内加和柏拉图叫我离开你那套,/并尽我才智把完美的财富获得。/我曾经走入迷途,不知返折,/你严厉的拒绝刺得我心痛难熬,/却教我懂得,小事别看得太重要,/须脱然无累,因自由更使人快乐。/别了,去把年轻的心儿搅荡,/在我这里,你不再能自称权威;对懒散的年轻人把你的本领发挥,/将你的利箭耗费在他们身上。/迄今我虽然失去了全部的时日,/却不再喜欢去爬那枯树烂枝。——胡家峦译①

根据胡家峦教授的解释,本诗的隐含作者是在发表一种声明:和中世纪文学决裂,赞赏古希腊古罗马学问。这里涉及篇章级阶的语法隐喻:一个语场是人,即爱人,另一个是中世纪文学风格,从而形成由人和风格意义的叠合②。注意,从整体上看,叙述对象(love,直接言语行为)被看作"枯树烂枝",是又一个比喻类推,从而出现类推中套类推的叙述方式。这是鉴赏态度之下的反应范畴[−10];该类推也适合间接言语行为指向的中世纪文学风格。即是说,同一评价意义同样适用于语场一(叙述者的评价对象)和语场二(隐含作者的评价主旨)。

虽然整个文本以爱人(love)为叙述对象,其中仍然有一些成分显然和爱人无关,如 thy laws(法则),Senec(塞内加)③,Plato(柏拉图),wealth(财富),my wit(智慧),blind error(因失明导致的谬误),liberty(自由),rotten boughs(枯树烂枝)等。在这种情况下,文本内容的理解显然不是自足的,在很大程度上需要和隐含作者所在的特定历史语境——文艺复兴关联!这是对特定题材在特定时期产出的文本给予恰当理解面临的问题(如白岛的诗)。

第二个修辞手段是文本性的反讽。下面的例子摘自斯威夫特(Jonathan Swift,1667—1745)的《一个小小的建议》(A Modest Proposal,1729)

(15) 现谨建议如下,请公众垂鉴。上面已经统算的十二万儿童中可留下两万名做种,其中四分之一是男性,此比例比我们为牛羊猪所留的多;而我的理由是这些儿童大都不是婚姻的产物,粗鄙之人对婚姻亦不大重视;因此一男已足可配四女。其余的十万名可在一岁时卖给全国的达官贵人。建议母亲们在最后一个月一定要让他们吃饱奶水,把他们养得肥肥墩

---

① Farewell, Love, and all thy laws forever, /Thy baited hooks shall tangle me no more; /Senec and Plato call me from thy lore, /To perfect wealth my wit for to endeavor. /In blind error when I did persever, /Thy sharp repulse, that pricketh aye so sore, /Hath taught me to set in trifles no store /And 'scape forth since liberty is lever. /Therefore farewell, go trouble younger hearts, /And in me claim no more authority; /With idle youth go use thy property, /And thereon spend thy many brittle darts. /For hitherto though I have lost all my time, /Me lusteth no longer rotten boughs to climb. ——胡家峦:《英国名诗详注》。北京:外语教学与研究出版社,2006 年,第 3 页。

② George Lakoff and Mark Johnson, *Metaphors We Live By*. Chicago: University of Chicago Press, 2003[1980].

③ Lucius Annaeus Senec (4BC—65AD),古罗马哲学家、政治家和剧作家,Nero 的老师,因受谋杀 Nero 案的牵连而自杀,哲学著作有《论天命》《论忿怒》《论幸福》等,悲剧有《美狄亚》《奥狄浦斯》等 9 部。——引自《英汉大词典》。

墩，方可上得宴。若是招待亲朋，一个小孩可做两道菜，若是家人自用，一臂或一腿便可做一道菜，若调些胡椒和盐，四天后煮吃仍佳，冬季犹然。——索全兵译

隐含作者通过叙述者提议的和自己的立场正好相反：叙述者主张，为了解决穷人养家糊口的难题，"减轻国家这一难堪的负担"，爱尔兰天主教穷人应该把孩子销售给作为清教徒的富人，建议他们通过各种方式来享用这些养到一岁左右而变得白白胖胖的婴儿。隐含作者希望通过这种令人作呕的解决贫穷问题的办法，来提请人们严肃地、有人性地关注社会问题，也只有走向对立极致的主张才会让读者通过大众和传统的伦理标准来重新审视爱尔兰穷人的现状，给予应有的同情和帮助。这种评价主旨是通过文化语境发挥作用的。在这里，隐含作者的评价主旨和叙述者主张的观点截然对立：叙述者的口吻是劝说性的，属于意愿情感范畴[＋1]（见前文），但实际上是一种恰当性评判[－9]，从而出现不可靠叙述。

第三个典型叙述策略是对照。柯林斯（Wilkie Collins，1824—1889）的小说《穿白衣的女人》中有下面一个段落（选自第2章第5部分）：当故事的叙述者华尔特·哈特莱特（Walter Hartright）来到费尔利先生（Mr Fairlie）家里教画画时，碰上了菲尔利先生的侄女玛利亚·哈尔孔小姐。

(16) The instant my eyes rested on her, I was struck by *the rare beauty* of her form, and by *the unaffected grace* of her attitude. Her figure was *tall, yet not too tall*; *comely and well-developed, yet not fat*; her head set on her shoulders with *an easy, pliant firmness*; her waist, *perfection* in the eyes of a man, for it occupied its *natural* place, it filled out its *natural circle*, it was *visibly and delightfully undeformed* by stays... The *easy elegance of every movement* of her limbs and body as soon as she began to advance from the far end of the room, set me in a flutter of expectation to see her face clearly... The lady is *ugly*! §... The lady's complexion was *almost swarthy*, and the dark down on her upper lip was *almost a moustache*. She had *a large, firm, masculine mouth and jaw*; *prominent, piercing, resolute brown eyes*; *and thick, coal-black hair*, growing unusually low down on her forehead. Her expression — *bright frank, and intelligent* — appeared, while she was silent, to be altogether wanting in those *feminine attractions* of *gentleness and pliability*, without which *the beauty of the handsomest woman alive is beauty incomplete*. To see such a face as this set on shoulders that a sculptor would have longed to model—to be *charmed* by *the modest graces* of action through which the *symmetrical* limbs betrayed their *beauty* when they moved, and then to be almost

repelled by the *masculine form and masculine look* of the features in which *the perfectly shaped figure* ended—was to feel a sensation *oddly* akin to the *helpless discomfort* familiar to us all in sleep, when we recognise yet cannot reconcile the *anomalies* and *contradictions* of a dream.①

　　这个段落中存在大量鉴赏性成分(斜体)。显然,这些成分是按对照方式加以叙述的:其中一些是积极的,另一些是消极的。而所描述的丑陋的一面[ugly;-10,反应:-品质]衬托出玛利亚·哈尔孔小姐超乎寻常的优雅气质[+10,反应:+品质](见最后一句)。

　　高潮手段也有整体组织文本态度的作用。典型实例在柯南·道尔(Arthur Conan Doyle)、阿加莎·克里斯蒂(Agatha Christie)的侦探小说,以及爱伦·坡(Edgar Allen Poe)和欧·亨利(O'Henry)的短篇小说中常见。在莎士比亚的悲剧《李尔王》中,暴风雨之夜的老国王极度悲伤而近乎疯狂的场面,就是对他先前偏袒大女儿、二女儿而做出错误决定的自责[-9;消极恰当性]、对自己可怜现状的悲悯[-2;消极愉悦]。在喜剧《威尼斯商人》的结尾处,当夏洛克在法庭上坚持按照契约所写,从借贷人安东尼奥身上割下一磅肉时,法官巧妙地提出了"一点不能多、一点不能少"(no more, no less)的要求,使夏洛克立刻陷入困境,从而扭转局面——一种让读者深感"柳暗花明"的吸引力[+10]。显然,类似过程受特定评价主旨驱使,离不开巧妙的叙事策略。

　　再看一个引发性的叙述评价方式,文本是露易丝·格鲁克(Louise Glück)的《幸福》(*Happiness*, 1980):

(17) 一个男人和一个女人躺在白色的床上。/时值清晨。我想/很快他们就会醒来。/在床边的桌子上放着一只花瓶/里面插着一束百合;阳光/积留在他们的脖颈处。/我看着他转向她/好像要说出她的名字/但静静地,在她嘴的深处——/在窗棂上,一次,两次,一只鸟儿在鸣叫。/随后她动了一下;她的身体/充满了他的气息。//我睁开双眼;你在看着我。/几乎整个屋子里/太阳斜斜地照耀着。/看着你的脸,你说,/把你的脸靠近我/做一面镜子吧。/你多么平静啊。燃烧的轮子/轻轻地碾过

---

① 她体态美丽,举止优雅自然,使我深为惊叹。她的身材颀长适中,丰满得体,双肩匀称,骄傲地昂着头颅。她那灵活苗条的身材,在男人的心中堪称完美,因为她的腰身合适,不受紧身衣的拘束。……她并不美丽!§……她的容貌使人们在遇到优美身材时所产生的期望落空了。她面孔黝黑,嘴唇上面长着黑色的汗毛;她的嘴大而厚实,几乎同男子一样;深棕色的大眼睛炯炯有神,浓密漆黑的头发垂落在低窄的额头上面。她沉默时,那聪明、活泼、开朗的脸庞上完全失去了女性的温柔,纵然是世上最美的女子也要黯然失色。在值得雕刻家镂刻的那美丽的肩膀上,竟看到这样的容貌,在被优雅举止吸引的同时,又感到不满足,因为在无可挑剔的漂亮身材上面,竟是一个男性轮廓的头颅——这种年轻的感觉只有在充满矛盾又无法解释的梦境中才能体会到。——庄凯勋译

我们。①

初读此诗时,我马上联想到一幅令人撕心裂肺的传真照片:一个衣衫褴褛、满脸污垢的小女孩,哭着叫着拼命狂奔,背后是不断爆炸的炸弹和飞梭的子弹。两相对照,读者就会明白什么是幸福:一个早晨,一对男女躺在洁白的床上,还没有醒来;床边的花瓶里插着百合;窗外有阳光,斜斜地照进来,驻留在他们的脖颈上,女的咕噜着,如鸟鸣。这是何等美满的场景!但就这个文本本身而言,它没有一个字提到幸福,而是通过一种恬静的画面来间接引发的评价效果的,即话语性质。

下面这个选段出自华盛顿·欧文(Washington Irving,1783—1859)的《魔鬼与汤姆·沃克》(*The Devil and Tom Walker*, 1824),其中铭刻和引发两种叙述方式都用到了。

(18) He had a wife as miserly as himself; they were so miserly that they even conspired to cheat each other. *Whatever the woman could lay hands on she hid away; a hen could not cackle but she was on the alert to secure the new-laid egg. Her husband was continually prying about to detect her secret hoards*, and many and fierce were the conflicts that took place about what ought to have been common property. *They lived in a forlorn-looking house that stood alone and had an air of starvation. A few straggling savin-trees, emblems of sterility, grew near it; no smoke ever curled from its chimney; no traveller stopped at its door. A miserable horse, whose ribs were as articulate as the bars of a gridiron, stalked about a field, where a thin carpet of moss, scarcely covering the ragged beds of pudding-stone, tantalized and balked his hunger; and sometimes he would lean his head over the fence, look piteously at the passer-by, and seem to petition deliverance from this land of famine.* ②

---

① A man and a woman lie on a white bed. /It is morning. I think /Soon they will waken. /On the bedside table is a vase /of lilies; sunlight /pools in their throats. /I watch him turn to her /as though to speak her name /but silently, deep in her mouth-/At the window ledge, /once, twice, /a bird calls. /And then she stirs; her body /fills with his breath. //I open my eyes; you are watching me. /Almost over this room /the sun is gliding. /Look at your face, you say, /holding your own close to me /to make a mirror. /How calm you are. And the burning wheel /passes gently over us. (www. poemhunter. com/p/m/poem. asp? poet=38566andpoem=476999)

② 他有一个和他一样吝啬的老婆,他们两人甚至吝啬到互相耍手腕儿欺骗对方的程度。这女人把所能到手的东西都藏起来。母鸡刚下了蛋,还来不及咯咯叫,她就忙不迭地把新下的蛋收走了。她丈夫则总是精心窥测她密藏起来的东西。两口子经常为哪些财物应属于个人所有,哪些属于两人共有而发生激烈的争执。他们住在一所左右没有人烟的孤零零的房子里,那房子本身也显出一副挨饿的样子,旁边长着几棵低矮的灌木,恰似贫瘠的象征,烟囱里从来没有冒出过炊烟,过路的游客也从未光顾过他们的门前。一匹可怜的弱马,瘦得肋骨像烤架上的铁条,在荒地里溜着步子。一层薄薄的苔藓可怜巴巴地覆盖着凸凹不平的嶙峋石床,既诱惑而又阻碍着他的贪欲。有时,他的脑袋斜靠在篱笆上,无可奈何地望着过路人,似乎在祈求人们把他从这贫瘠的土地上解救出来。——刘燕英译

除了第一、二句（即该段落[w]hatever 之前的部分），以及由 and many and fierce 开始到 common property 结束的句子，所有其他话语中都充满了责备，却并没有用到一个明确的词项成分。即是说，这里的消极恰当性判断意义[−9]是通过直白的经验特征表征的，伴随其他态度成分，如 secure, alone, starvation, miserable, articulate, tantalized, balked, hunger, piteously, petition, deliverance, famine, straggling, sterility, thin 和 ragged 等。

既有研究表明，语音组织可以体现评价意义；而书写方式也具有组织评价意义的作用，这主要是指那些图形诗。如人们常常引用的赫伯特（George Herbert, 1593—1633）的《复活节的翅膀》（Easter Wings, 1633）、康明斯（E. E. Cummings, 1894—1962）的《蚱蜢》（r-p-o-p-h-s-s-a-g-r, 1935）、斯文森（May Swenson, 1913—1989）的《一切何以发生》（How Everything Happens, 1967）[①]。这样的诗在外形上和相应的表述对象或相关意义具有某种一致性。无论在外形还是跟意义的对应上，它们均可获得意想不到的反应意义[+10]。只是这一特点在评价意义的文本组织上缺乏普遍性。

文本过程当然还有大量其他叙述方式，都是叙述学的核心内容；这些修辞策略具有多种评价机制，是评价的有效手段。它们是隐含作者选择的，在语境依托下，针对潜在或现实读者，充分利用语言资源，在文本中精心安排的。

8.5 抒情性散文与小说中的整体评价主旨

上面详细演示了前景化成分的组织与整体评价主旨及其相互关系，尽管它们并不直接，但终究彼此关联。接下去我们探讨另外两种次语类，即抒情散文和小说的整体评价主旨，但侧重点将有所转向，而推理也以结果为导向。对抒情散文的分析立足于个案考察；对小说文本的分析则从代表性文本的角度从总体上加以概述，后文第 10—14 章再做详尽讨论。

对于抒情性散文，笔者选择了中国现代作家碧野的《天山景物记》（引自《评价语料库》）。这篇短文有 9 个情感成分，11 个判断成分，但有 200 个鉴赏成分。即是说，绝大部分前景化成分是鉴赏性质的。在这 200 个鉴赏性成分中，184 个是反应性的。不妨将所有这些抄录于下，给读者以直观印象（带下划线者系表达同一评价意义的整体成分）：

(19) 炎暑逼人，炎暑，像秋天似的凉爽，矗立，巨大的，蓝天衬着矗立的巨大的雪峰，就像白缎上绣上了几朵银灰的暗花，飞泻，闪耀的，象千百条闪耀的银练，飞泻，冲激的，形成千万朵盛开的白莲，跳跃，清澈的，五彩斑斓，闪闪的，清流，寂静的，无限生机，优美，白，无尽的，翠绿的，密密的，重重

[①] 另见蒋元翔编《中国历代图形诗》：http://ishare.iask.sina.com.cn/f/566937<.html?from=like。

叠叠,斑斑点点,细碎的,漫流,密,幽静,在这林海深处,连鸟雀也少飞来,只偶然能听到远处的几声鸟鸣,阳光灿烂,秋天,春天,柔嫩,柔和,很有一伸手就可以摸到凝脂似的感觉,缓慢,荡漾着,高过马头,红、黄、蓝、白、紫,五彩缤纷,像绵延的织锦那么华丽,像天边的彩霞那么耀眼,像高空的长虹那么绚烂,密密层层,花海,花海,大,繁花无边,奇丽,千里,墨绿的,鲜艳的,辽阔的,千里,富丽,一色青翠的,清清的,漫,无边,平展,像风平浪静的海洋,点点水泡似的,闪烁着白光,膘肥体壮,发亮,冒着油星,碧绿的,就象绣在绿色缎面上的彩色图案一样美,银铃似的丁当声,健美,蓝天,雪山,绿草,绿林,千里,这雪峰、绿林、繁花围绕着天山千里牧场,云脚总是扫着草原,洒下阵雨,牧群在雨云中出没,加浓了云意,清新,像块巨大的蓝宝石,缀满草尖上的水珠,却又像数不清的金刚钻,特别诱人的,落日映红周围的雪峰,像云霞那么灿烂,辽阔,金碧辉煌的世界,镀上了一色的玫瑰红,温暖的,冬不拉的弦音,婉转,嘹亮的,幸福,静,看见牧群在夜的草原上轻轻的游荡,宁静,安详,漫流的,闪烁下,月光的披照中,动人,长长的,就像许多飘曳的缎幅,一直披垂到膝下,美丽的,千里通明,大,肥厚,鲜嫩无比,翠绿的,沁绿的,像夏天夜空里的繁星似的,雪白的,碧绿的,新鲜的,最快乐,鲜,特别鲜甜的,鲜甜,浓香,胖墩墩,圆滚滚,胖墩墩,圆滚滚,麻黄,发亮,肚子拖着地面,短短的,迟缓,青凛凛的,寒光,挺立着,玉琢似的,蓝洁,晶莹,柔静,多姿,巨大,明净如镜,水清见底,高空的白云和四周的雪峰清晰地倒映水中,晶莹的,幽静的,洁白,明净,增添了湖面的幽静,山色多变,多变的,爽心悦目,茫茫的,碧水,闪闪的鄰光,像千万条银鱼在游动,平展如镜,银白、淡蓝、深青、墨绿,爽朗,清净,阳光,幸福的,象被一刀劈开的,泻落,像条飞练似的泻下,惊心动魄的震撼,水练,冲泻,水练冲泻,蒙蒙,瑰丽的,彩色,急湍的,洁白,繁花开遍峡谷,压满山腰,乐园,连绵五百里,五百里的,五百里的,累累的,芬芳的,美酒。

第一、二个成分"炎暑逼人"和"炎暑"是消极性的,但为后面的积极性成分"像秋天似的凉爽"提供对比条件。这些成分有描绘颜色的,有刻画速度的,有延伸宽广度的,还有味觉和嗅觉方面的,等等;有直接说出感受的,但大都描述事物本身,系典型反应性成分,或描述景物,或直陈相关景物对感官的冲击,以此体现天山之美。

有两个成分属于构成范畴,但也与景致有关:

(20) 在天山的高处,常常可以看到巨大的天然湖。湖面明净如镜,水清见底。高空的白云和四周的雪峰清晰地倒映水中,把湖光山色天影融为晶莹的一体。

(21) 湖色越远越深,由近到远,是银白、淡蓝、深青、墨绿,非常分明。

还有 14 个成分是估值性的,抄录于后,连同它们在所有鉴赏成分中的顺序,以揭示在分布上的疏密距离:[2]理想的,[3]良,[4]爬山就像走平川,[52]矫健,[77]骏马,[128]奇珍异品,[137]奇珍异品,[146]灵花异草,[147]稀世之宝,[148]良药,[172]滋润,[173]喂肥,[174]哺育着,[200]珍品,同为天山诱人之处。它们直接和体验者的情感发生关联:美景使人愉悦,即 9 个愉悦性成分出现的依据:用不着,心爱,歌唱她们的爱情,欢度,惊喜,嘻逐,哀愁,弹琴歌唱。其中 8 个是积极性的,只有"哀愁"系消极特征。且看相关语境。

(22) 在马上你<u>用不着</u>离鞍,只要一伸手就可以捧到满怀的你<u>最心爱</u>的大鲜花。

(23) 传说中有这么一个湖,湖水是古代一个不幸的哈萨克少女滴下的眼泪,湖色的多变正是象征着那个古代少女的<u>万种哀愁</u>。

两个引例代表各自的语境:前者是非标记现象;后者则是神话穿插,一种美丽的消极评价,并不影响读者的积极愉悦心理。

而 11 个判断成分也和积极愉悦相关联。态势性成分 1 个:显得格外精神;能力性成分 2 个:膘壮,善跑;恰当性成分 1 个:好客的;可靠性成分 7 个:辛勤的、热情地接待你,机警,公野马总是掩护着母野马和野马驹远离人们,屹立护群,用头亲热地摩擦,不幸。可靠性成分居多,评价对象涉及当地的人和野马;有一个消极性成分"不幸的",其语境正是(10)的传说,也不影响整体的积极判断情绪。

根据以上分析,我们得到下面这个关于整体评价主旨的指向模式:
● 鉴赏:反应+构成+估值/判断→情感:愉悦

但这只是"表面"现象,隐含作者的真实评价主旨在于歌颂时代,就像当时出现的大量以暖色调为主的绘画作品一样,其实都是对党对组织的歌颂,最终是针对组成这些组织的人的,是对一群人的行为,以及由此获得的行为结果(建立新中国)的颂扬。所以上述模式应修正为:
● 鉴赏:积极反应+构成+估值/积极判断→情感:积极愉悦→判断:积极恰当性

可见,抒情散文也存在整体评价主旨。

再看叙事文本。其实,传统文学批评的任务之一,就是昭示文本承载的这种主旨意义;只是在这里我们试图根据自身的体验来做出自己的理解。经典小说往往有明确的提示性陈述,如《双城记》《爱玛》《安娜·卡列尼娜》,其第一句话多少带有这样的性质。《老人与海》的类似语句在小说接近尾声、老人行将结束海上航程之前出现的(见前文)。

但在现当代文学文本中,整体评价主旨往往复杂;下面根据故事情节和相关事件来做尝试,分析涉及两类文本,一类带现实主义特点,以美国当代畅销小说《廊桥遗梦》(梅嘉译,人民文学出版社,2003 年合订版)为代表;另一类带后现代特点,涉及两个短篇小说:澳大利亚的《家庭影院》和美国的《地狱》。

先看《廊桥遗梦》。这是一部当代美国现实主义言情小说。一位《地理》杂志的专业摄影师罗伯特·金凯,于 1965 年炎夏,受指派到南衣阿华一个叫麦迪逊的小镇去拍摄一组关于郊外廊桥的照片。金凯到那里寻找廊桥时迷路,遇上了当地一位颇具魅力的中年农妇弗朗西丝卡·约翰逊。丈夫和两个孩子刚好到外地参加博览会去了。两人一见钟情,弗朗西丝卡主动提出为金凯带路,金凯大喜过望。之后两人感情迅速升温,直至冲破伦理底线,一起度过了如胶似漆、缠绵悱恻的四天三夜。但在她家人回来之前,他们面临分合抉择:金凯提议弗朗西丝卡随他远走他乡,而面对家庭责任她毅然做出决定而选择了小镇和家人;金凯就此痛苦离去。此后,两人天各一方,彼此思念,痛苦不已,直至相继终老;其间金凯给弗朗西丝卡写过一封信,离世后经律师之手将遗书和用旧了的照相机一起邮寄给弗朗西丝卡。弗朗西丝卡不堪情困,在丈夫去世后记录了两人交往的主要经过作为怀念。他们的故事在孩子们整理母亲遗物时被发现,伴随母亲留给他们的遗书。哥哥迈克和妹妹卡洛琳为他们的故事深深吸引,更为母亲爱自己、爱他们的家、将余生留在农场的牺牲精神而感动;为此,兄妹二人随后将故事告诉了当地一位作家,即叙述者;作家经过深入调查,将故事按下面的线索组织成文——

全文十二章。由故事外叙述者以第一人称的方式展开(第一章),然后改为第三人称全知叙述(第二至十章),最后回到第一人称,但先后涉及故事外叙述者和故事内叙述者卡明斯(金凯生前好友)两个视角(第十一至十二章)。第二章聚焦于男主人公罗伯特·金凯的过去与现在;这是叙述者通过"走访"获得的片段性信息。第三至九章讲述男女主人公不期而遇的情感经历,是女主人公通过回忆方式展现的。第十章是弗朗西丝卡的孩子们整理母亲遗物、发现母亲遗书和情爱笔记的过程,回应第一章他们联系叙述者"献故事"的情节,从而使母亲的情爱故事昭然天下。

但小说的情节是按照下面的主线推进的:

(一)两人偶遇相识→

(二)因相互吸引而继续交往→

(三)情感迅速升温、突破伦理藩篱达到两情相悦的最高境界→

(四)因责任意识女主人公毅然提出分手→

(五)金凯怆然离去、生活失去寄托、痛苦终生/弗朗西丝卡强作欢颜回到过去的生活中、操持家务、照顾家人、将孩子们抚养成人、为丈夫送终、自己在思念的折磨中慢慢度日,直至终老。

这是一个受意愿和愉悦情感支配的过程(见第 10 章):第一至三阶段以积极意愿性和愉悦性为主,分手时刻和分手后的第四、五阶段以消极意愿性和消极愉悦性为主,从而构成整个故事的情感基调:

[积极(意愿性+愉悦性)]+[积极意愿性+消极愉悦性]。

当然,这并不是说两人分手后就没有积极愉悦性可言,由记忆将两人的恩爱情感带入现实生活的分分秒秒总是让当事人回味兴奋,这也是丈夫过世后女主人公拒绝孩子们的邀请而留在南衣阿华丘陵农场的原因之一;但更重要的是希望自己的意愿能够最终得到满足——与金凯重逢。事实上,两种情感是交替出现的。

从更深的层次上说,两种彼此关联的情感因素与一系列相关前景化成分相呼应;这些前景化成分集中在对男女主人公的刻画上,包括从能力性、可靠性、恰当性、态势性四类判断成分以及反应性和构成性两类鉴赏成分,主要目的在于建构男女主人公吸引对方的一系列要素;这一点将在后面按范畴类别从不同侧面给予详细解答。

即是说,彼此产生的积极意愿是有生理(鉴赏)与社会(判断)标准的。金凯的心理行为不同寻常(态势性);专业和生活能力超常(能力性);为人体贴、做事有担待、行动灵活敏捷(可靠性);对后现代社会的过分高度组织化、商业市场化、缺乏生态人文意识等等因素持批判态度(恰当性);50多岁的人身体不仅"精瘦硬"(反应性与鉴赏性),而且行动灵活"如游魂"。弗朗西丝卡善解人意(可靠性),与金凯之前遇到的女人大异其趣;已然45岁却光彩照人(反应性),且体态匀称(构成性);尤其重要的是,弗朗西丝卡厌倦了小镇(包括丈夫)的诸多生活陋习,如惯于吃肉(不健康的饮食习惯:不可靠、无品位、体态臃肿(构成性)、思想狭隘(小市民习气、性别歧视、夫妻生活质量低而沉溺于惰性、同床异梦:恰当性)如此等等。所以,《廊桥遗梦》的情节构成有以下评价模式:

● 判断+鉴赏→情感(意愿+愉悦)

还有一层因果关系。文本仅仅是为了情感而情感吗?电影《爱情故事》基本上停留在这一层次,那毕竟发生在年轻人之间;《廊桥遗梦》如果仅仅停留在两性情爱描写上,又是婚外交往,那就只是一部色情作品;如此行文,必遭世人唾骂而沦为地下读物。相反,它回避了露骨的、对性的直接描写,采取了大量诗性语言来陈述精神体验,还有更为重要的评价主旨:对真爱的歌颂、对无爱婚姻的批判,这是基于性而又超越性的升华,是一种恰当性的褒扬与贬抑。请看文本第一章的两个片段,这是叙述者直接站出来说给读者的:

(24) 从开满蝴蝶花的草丛中,从千百条乡间道路的尘埃中,常有关不住的歌声飞出来。本故事就是其中之一。

(25) 在一个日益麻木不仁的世界上,我们的知觉都已生了硬痂,我们都生活在自己的茧壳之中。伟大的激情和肉麻的温情之间的分界线究竟在哪里,我无法确定。但是我们往往倾向于对前者的可能性嗤之以鼻,给真挚的深情贴上故作多情的标签,这就使我们难以进入那种柔美的境界,而这种境界是理解弗朗西丝卡•约翰逊和罗伯特•金凯的故事所必需的。

这种经典开篇和叙述者直接进入文本点题的评论方式,对于《廊桥遗梦》来说是必要的,甚至是必需的。对于看惯了后现代作品的读者来说,这样的叙述方式未免太过直白,但它们为整个文本的评价性主题定下了基调,对于涉及性描写的文本来说,在相当程度上避免粗俗格调。何况,叙述者的用意就是要用这种传统方式来反对后现代思潮。因此,它的基本文学价值不在于叙述技巧,而在于叙述内容,因为后者同样具有伟大的现实意义。可见,文本还涉及更深层次的评价主旨——恰当性社会批判,这才是隐含作者的终极目的。于是我们得到下面的评价层次模式:

● 判断＋鉴赏→情感(意愿＋愉悦)→恰当性判断

最底层的恰当性判断,也有前景化判断成分给予明示。我们不妨引用其中最关键的一部分来说明。

(26) 所有的婚姻,所有的固定的关系都是有可能陷入这种惰性的。……为什么要树起这些围墙,篱笆来阻挠男女之间自然的关系？为什么缺少亲密的关系,为什么没有性爱？……像理查德这样的男人——她猜想大多数男人——受到这种期待的威胁。从某种意义上讲,女人正在要求男人们既是诗人同时又是勇猛而热情奔放的情人。女人看不出二者之间有什么矛盾,男人们却认为是矛盾的。他们生活中的更衣室,男人的晚会,弹子房和男女分开的聚会都定出一套男性的特点,这里面是容不下诗歌或者任何含蓄细致的情调的。所以,如果性爱是一种细致的感情,本身是一种艺术……那么,在他们的生活结构中是不存在的。于是男女双方在巧妙的互相应付中继续过着同床异梦的生活。与此同时女人们在麦迪逊县的漫漫长夜只有面壁叹息。

但这里所引的消极"恰当性评判"只是上述模式的一个侧面;还有一个侧面,即文本的开篇一句(见引文 24),系积极的恰当性评判。两者并生:对男女主人公婚外情爱在特定视角下的颂扬,就意味着对现状非人性化惰性婚姻的贬抑。概言之,作者煞费苦心——以婚外情感作为基本主线,但这种尝试的正面价值总归得到了凸显和张扬,而两性交往需回归初元、回归本性、回归自然的伦理观由此得到表达,这也应该是婚姻生活的真谛——正如马克斯·舍勒(Max Scheler, 1874—1928)所说:"生命主要地不是权力意志,而是繁殖的欲望"(对比康德和尼采)[①];而这就是性爱的真谛,是《廊桥遗梦》、也是《致他娇羞的女友》间接体现出来的行为意义。所以,没有真爱、不加经营、缺乏激情的婚姻,是缺乏生命意义的,是不道德的,压制人性,有违人伦。但对于不少人来说,这一点太遥远了,在主流文化中出现了《廊桥遗梦》这一让人深思反省的声音,仍然值得称道。可见,上面两段引文在原文中正好构成题解关系:对于不为既定伦理所接受的婚外情爱,在更深的层面上自有其积极的伦理价值,至少给人以启迪,让人思索婚姻的真谛。因此,这里同时伴随着由劝说目的带来的意愿主旨。于是,上面的模式需做适当修改:

● 判断＋鉴赏(情感(意愿＋愉悦)→意愿性/恰当性判断

---

① 舍勒为现象学大师。有关思想国内研究已经较多;引文出处:高宣扬《马克斯·舍勒:不遗余力地探究人的奥秘》,上海《社会科学报》,http://www.shzgh.org/shekebao/rw/rw/u1a1285.html。

四、评价文体学模型建构

《廊桥遗梦》毕竟是一部带现实主义特点的作品;对于后现代文本的评价主旨往往很难通过情节推进来加以梳理。这就需要转向故事事件。考察表明,即便是大大淡化情节、甚至淡化故事性的现代和后现代文本,同样可以梳理出相关文本的整体评价主旨。我们先来看看当代澳大利亚作家科侃(Peter Cokan)的短篇小说《家庭影院》(*Home Movies*)所体现的整体评价模式[①]。

故事是这样开始的:夏末某个周日,一男一女相随去公园散步;女的用手推车推着襁褓中的婴儿,男的拿着一架小型摄像机四处拍摄。小说是这样进行下去的:

(27) 他在椅子上坐下,通过取景孔向妻子望去,她耐心地看着他。他调了调焦距,然后向她挥挥手,眼睛仍然贴在取景孔,她则沿小道慢慢向前走去了。当她走到穿过步行桥的另一条小道的岔口时,停下了,把孩子从婴儿车里抱起,绑到后背上,转了一个360度的大弯,好像拿给公园内四周的一切看似的。

随后,甚至还有人走过来捏了捏小家伙胖乎乎的腿;她又把孩子放回童车,走向一排棕榈树,渐渐消失了。他在磨蹭一段时间之后发现妻子和童车再也没有出现。之后,他苦找不见报了警。警察通过各种渠道帮忙寻找;他本人也要曾经请他帮忙的人来证实。结果大出意外:所有相关的人,包括他家里的一切(如合影照片)、亲人、单位同事,都证明他还是单身;连他拍的照片也没了妻儿的踪影。警察认为他精神异样;但他本人坚持认为自己正常,却没有任何积极证据。经过一番大大的折腾之后,他只好承认自己从来没有妻子和孩子。小说以下面的方式结束全文:

(28) 他让目光扫过那个很大的池塘,跟从前一样,一种自由感再次涌上心头。他抬眼望向天空,那里,他高兴地看到一大块纯白色的云团凝靠一处,他张望着,云团蓬松张开,迅速变着样儿。"哦,一切真是太美了,特尔!"他发现自己大声地说。他把照片放回信封,装进兜里,匆匆赶回家去取摄像机。

读完整个小说,读者看不出这名男子确曾出现过幻觉,还是真有妻儿却无法证实。显然,叙述对象经历了一场情感炼狱:从周末的休闲时光开始,很快进入寻找亲人的痛苦和焦灼过程,到最后梦醒一般地满足于被证明是单身的轻松心境,很有些老年痴呆的症状(对比德里达的解构主义基本思想)。

在故事发展中,叙述者一直隐藏在背后,这也符合当代小说创作的普遍原则;我们可以据此认为叙述者为中性评价立场(见第 7 章)。与此相对,隐含作者试图通过这种方式表明后现代人梦一般的心理与生活状况[②]:生活是虚幻的,人生是虚幻的,过去的究竟是否发生过,已经从记忆中抹掉了!或者,人类退化了,走到了尽

---

① 载 Peter Cokan, *The Treatment and The Cure*, NSW:Angus and Robertson Publishers, 1987, pp. 3—30.

② 小说的主角没有姓名、没有年龄、没有明确的职业和亲朋好友,这正是后现代人的代表。

头?相关信息已被上帝从人类的集体记忆中给删除了!

但无论如何,这个小说的情节和故事被大大淡化了。要说有情节,可以从两处看到:一是一家三口(丈夫、妻子和婴儿)到公园散步(事件一);而妻儿梦幻般地失踪(事件二)之后,男主人公因此而四处找寻(事件三);二是在大家帮忙证明男主人公从来没有过妻儿之后如释重负的心理。字里行间未曾出现过任何类似《致他的娇羞的情人》那样可以梳理出来的整体评价主旨;但三个事件放置在同一个文本过程的不同阶段,会让人若有所思:当事人正常吗?如果正常,问题究竟在哪里?如果不正常,原因何在?此时,仅靠文本本身已经无法说明。解读者需要提供自己的美学阅历和生活体验才能做出解释。

如果男主人公周围的人都正常,那么他就不正常了——正如大家证明的那样,他根本没结过婚,更不用说有妻有儿了;第一个阶段涉及他陪妻儿散步的事件就只是他的一种幻觉。即是说,他的认识能力出了问题,他给警察报告妻儿走失的行为,以及他为此而反驳他人的证明,都是非常态的和不可靠的。再者,现代社会中某一成员出现如此幻识,如同《变形记》中的主人公一夜之间变成甲壳虫一样,都是特定社会因素带来的,是一种社会问题;而一个社会竟然给个体带来如此严重的心理问题,责任显然在社会:隐含作者的创作主旨在于通过类似行为来对相关社会做出批判:社会互动或管理行为的消极恰当性。据此,我们可以得到下面的推理模式,其前后两项都是判断性质的:前者属于社会评判范围,后者属于社会约束性质。

● 个体的非常态与不可靠行为→社会互动机制或管理方式的非恰当性

上述推理是根据笔者自身的体验做出来的;社团成员的个体体验可能在相当程度上具有代表性,因为各个成员的大脑结构、文化传统所塑造和赋予的大脑加工习惯、彼此分享的日常社团文化和生活经历等等,都可能为个体体验提供正面依据和认可支持。因此,上述推理模式绝不是解构主义意义上的主观发挥,从而为相关能指进行的随意赋值。

再看另一个后现代文本《地狱》(*Gehenna*)。这是当代美国短篇小说家巴里·马尔茨贝格(Barry N. Malzberg)1971年的作品①。故事分四个部分,各涉及一个主要人物:爱德华、朱丽叶、朱丽叶的前男友文森特以及前两人的女儿安。每个部分开始,相关人物在不同时间、从同一个站点、乘坐同一趟火车(可能是不同班次),去纽约市区参加聚会,前三人在特定时空点上相遇相识、争风吃醋、结婚生子、自我毁灭;十多年后,安正值妙龄,但学无所成,在故事中也乘同一趟市区火车去同一地点参加聚会——叙述手法很像劳伦斯在一系列小说中尝试的那样。故事到此戛然而止。文本以聚焦于人物的方式分别加以叙述;以爱德华、朱丽叶和文森特三人相

---

① 可见相关网页材料:http://www.isfdb.org/cgi-bin/ea.cgi?Barry_N._Malzberg;郭国良、陈才宇译,收入《读点科幻》,2001年上海科技教育出版社出版;后文所引汉译文从此。

遇开始产生纠葛,文森特出局自杀;爱德华和朱丽叶同居结婚,双方一起度过了三年,有了一个女儿叫安;一家子看上去美满融洽,故事却以三个大人似是而非描述对方的自杀场景而告终。

阅读文本给人的感觉是:各当事人生活杂乱,缺乏目标,没有追求;有的只是享乐,执着于眼前的一时之欢,结果人人空虚,其中的不少叙述效果很有些魔幻现实主义特点,跟《百年孤独》中的不少场景相仿,也跟《廊桥遗梦》中金凯回到远古人类的体验描述相似。其中至少涉及四个判断次范畴:(一)非常态性——无缘无故的自杀;(二)缺乏能力性和可靠性——文森特无力保住女友、爱德华无法让朱丽叶幸福或朱丽叶无法让爱德华守住他自己、安未能学有一技之长从而让人觉得社团没有希望、后继乏人;(三)没有真诚性可言——朱丽叶委身于文森特仅仅是为了逃避孤独、解乏,一旦遇上意中人便即刻丢开文森特而投入爱德华的怀抱;(四)所有这些消极评价都指向非恰当性意义——他们的生活态度和生活方式应该受到谴责,因为与常规相去太远。

可见,无论是经典小说,还是现代、后现代文本,我们均可梳理出其中的整体评价主旨。有了这一准备,我们就可以通过实例来具体揭示前景化评价成分与整体评价主旨之间的对应关系,尤其是相关前景化成分是如何明确体现相关整体评价主旨,而其他评价成分是如何围绕它而组织起来的。这就是下面第10—14各章的基本目的。

8.6 总结

本章着力点有三:(一)以前景化评价成分为依据确立文本背后的评价主旨;(二)阐述评价主旨在体现中的分层模式;(三)对经典文体学和文学批评与审美中关涉的文本主旨的具体范畴化。首先,笔者集中探讨了文学文本的整体评价主旨,即文本的潜在评价意义,分析样本包括诗歌、抒情散文和叙事文本。读者也许已经注意到,分析的主体落在整体评价动机上。

其次,整体评价主旨是分层的:有前景化"表层"的——通过前景化评价成分直接揭示,如抒情散文《天山景物记》的反应性鉴赏成分;但往往都有更深层次的终极主旨,甚至多达2至3个,如《廊桥遗梦》。正是这些底层的整体评价主旨统摄着表层的前景化评价成分,这在《致他的娇羞的情人》的分析中得到了充分体现,也将在后文的详细文本分析中获得进一步支持。图8-7是在图8-1的基础上的细化模型。

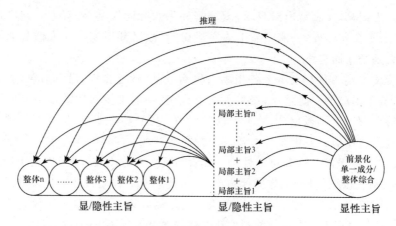

图 8-7　显性与隐性评价主旨关系示意图

其中的总体主旨正是潜在的文化因素,是作者对特定文化的贡献。

总之,本章是在有明确'作者－文本－读者'三位一体意识的前提下所做出的具体尝试,基础是现在主义的基本观点,批判以客观主义为立足点的传统文体学方法和以主观主义为依据的读者解构论。其实,经典文学文本分析通常就是这么做的,但缺乏足够的理论支撑,所以受到现代、后现代主义者病诟。我们将作者、文本、读者三个视角整合一体,并提供平台依据,吸收先前主要分析途径的优势,有助于文本分析的全面性与合理性。

9 评价文体学的批评—审美观
——超越评价范畴的波动平衡模式

一阴一阳之谓道,继之者善也,成之者性也。仁者见之谓之仁,知者见之谓之知,百姓日用不知,故君子之道鲜矣!

——《易经·系辞上》

9.1 引言

本章拟从小处(成分)着手大处着眼(文本整体),确立评价文体学的批评与审美理论:基于评价意义诸范畴,但又高于它们,依据是跟评价主旨有关的(一)思想内容(包括意识形态和价值观念)、(二)话语修辞手段、(三)语词选取策略;它们分别是经典文论、叙事学和文体学的基本关注对象(第 9-2、9-3 节);高于评价意义诸范畴,是因为它拟从现在主义的泛时角度思考文学批评与审美的相关行为现象,因而同时是一种元理论(第 9-4 节)。其实,相关思想由来已久,文献中俯拾即是,且与文本的评价意义直接相关;但我们需要一个合理模型来加以统摄;这便是本章的目标——建构评价意义的波动平衡模式。这是对现在主义的一维过程性、轨迹在线性与层次结构性的进一步综合运用。

所谓"波动",在物理学上指"震动传播的过程,是能量传递的一种形式","最普通的是机械波(如水波、声波)和电磁波"。这里将类推性地使用这一概念,指文本过程中隐含作者投入的、能够为读者识别的评价意义的变化过程;这也是一种"能量传递"形式:通过文本这一社会符号结构、把评价主旨"传递"给读者;读者则以社会共同体内集体规约形成的信息解读方式,建构相应的评价意义,从而获得美感。

下面的论述基于三种一体观。第一,评价特征选择的整体效果是一体的。这又分两个小类。一是评价者在积极和消极特征之间来回往复的不断选择:它们在话语过程中有对立特点,也有互补性;由此体现的积极—消极特征及其更替过程可称为对立波动(Contrasting Swing)。为了指称上的方便,对立特征拟按习惯称为褒贬特征,只是外延扩大了——不再局限于传统修辞学意义上的、仅相当于评价概念中某些态度意义的正负值,而是指任何具有对反对立意义的评价特征(态度、介入和级差),故对立波动亦即褒贬波动。其中,"对立"只是一种极端现象,而大多数情况并不突出,只是对比对照,故英文对应词拟为 contrasting 而非 antagonistic。

这是一种原型思想，从典型到非典型逐渐过渡①，以便消解传统文学批评和美学研究的二分对立观（见前面第6章）。二是话语过程中评价者在不同范畴之间进行的来回选择，且称为穿梭波动（Shuttle Swing）。根据常识，任何波动都意味着原有平衡的丧失；但笔者拟在波动发生过程的整体意义上来使用一种平衡概念，包括平衡与不平衡两个并生的方面：评价特征来回往复构成一种在线加工模式。因而，平衡在这里包括对立、趋离和中和三个相位。

第二，这种"动态平衡模式"是一种融共时和历时于一体的泛时立场②：既涉及个体文本内部不同评价特征的分布方式，也关注相关共同体、甚至整个人类文明史上出现的文学文本的总和，即本书意义上的文本间性。（一）前者是一种共时观，即文本发生过程（logogenetic）中评价意义的波动平衡模式；而只有同时关涉文本推进的整个过程，这一模式才可能成立。（二）个体发生发展过程（ontogenetic），指相关社会人在生命存续的不同阶段发生的评价立场的变化，可能散见于同一个体产出的多个文本中，这正是隐含作者这一概念存在的依据和必要性。（三）种系发生过程（phylogenetic），即泛时观：关注共同体甚至整个人类历史，即从主体间性和文本间性角度获得评价意义的波动平衡③。共时是历时的积淀，历时在共时中获得创造性再现。这种共时—历时综观是以一体化的现在主义思想为依托的。依据主体间性和文本间性，人类历史长河中产生的所有文本，从社会历史符号学的角度，均可在相关主体的解读加工中发生关联。这里的"平衡"概念源于评价意义鉴赏范畴中的"构成性平衡"，但它已经超越了那个具体而狭义的构成意义（"是否平衡""是否复杂"），统括所有评价特征的在线波动效果；因此，这是一种关于文学批评和审美观念的思维方式。

第三，在本书的体系中，批评和审美也是一体的。这里需要特别提到比尔兹利（Monroe C. Beardsley）关于文学批评和审美的一体化思想。它有三个层次：描述、解释和评估④。描述性陈述是对艺术作品做非规范性说明，是任何具有足够敏

---

① 原型思想可见 Eleanor Rosch, "Cognitive representation of semantic categories". *Journal of Experiential Psychology: General*, 1975（105）: 192—233. 另见 George Lakoff, *Women, Fire, and Dangerous Things*. Chicago: University of Chicago Press, 1987.

② 这一思想的直接来源是中国经典哲学中的"宇宙"时空一体观和整体思想；西方学界现当代各种主体间性概念、文本间性概念，尤其是海德格尔和伽德默尔等的历时—共时关联思想对加深我们对相关思想的认识给予了很大启迪。韩茹凯教授向笔者指出：这种关联在相当程度上是一种理论取向，一种认识论的思考（2013年7月私下交流）。

③ 也见 Michael A. K. Halliday, "The history of a sentence". In V. Fortunati（ed.）*Bologna: La Cultura Italiana e le Letterature Stterature Straniere Moderne*, Vol. 3. Angelo Longo Editore: Ravenna, 1992, pp. 29—45. 关于第三把语境等同为历史的观点，可见 Peter Stockwell, "(Sur)real stylistics: from text to contextualizing". In Tony Bex, Michael Burk, and Peter Stockwell（eds.）*Contextualized Stylistics*. Amsterdam: Rodopi, 2000, pp. 15—38.

④ Monroe C. Beardsley, *Aesthetics: Problems in the Philosophy of Criticism*. New York: Harcourt, Brace and World, 1958.

感性、注意力和相应经历的人均应具备的基本素质,如"这首诗很长"。解释性陈述也是非规范性的,对艺术作品进行识别或定位,解读作品的"意义":"作品与作品之外某物之间的语义关系,或至少是意图性的",如"这是齐白石的作品",既涉及作品本身"这(幅画)",也有对作品的解释性陈述"齐白石的作品",更有作品外的主体"齐白石"。评估性陈述指作品是否符合规范、对作品进行优劣及优劣程度的评判,如"这首歌很动听"、"这幅画没什么品位";这是典型的元批评行为,是在批评性陈述基础上的审美定位。从理论上讲,笔者会涉及上述三个方面;但在阐述中会根据需要有所侧重。因此,"美"在这里虽然和鉴赏态度之下的"品质美"有关,但不再是同一个概念,而是一个基于它但又高于甚至超越于它的、符合认识论性质的范畴。

根据以上思路,本章讨论两个基本议题:(一)个体文本中积极和消极评价特征之间的对立波动平衡模式:共时视角,主要关注态度和级差意义;(二)评价意义在个体和历史文本中的穿梭波动平衡模式——统摄共时—历时的泛时视角。需要特别说明的是,评价概念分态度、介入和级差三大范畴,但波动平衡模式的建立拟以态度和级差现象为主,必要时考虑介入现象,因为介入一般不存在上述意义上的对立对比性,尽管不尽然,如'接纳'。

这里采取的是现在主义的在线过程观。概言之,无论是共时文本还是历时文本,均从现在中的过程着眼:过去是现在的基础和前提,现在是过去的累积和发展;两者均处在分析者的"视野"里;隐含作者—文本—读者的一体化模式消解了过去与现在的隔阂与分离。正是基于这一认识,超越时空跨度的主体间性和文本间性,以及同一文本内相关评价成分的成分间性(仿主体间性)才成为可能,历时语境和历时文本才构成共时基础上可以分析操作的依据和加工对象。历时与共时关系的消失,意味着所有文本均具有潜在的可能性再现于当下、呈现给分析者和鉴赏者。评价在历史的长河中反复发生,又在此刻上演;是评价铸就了历史,也是历史提供了评价契机;文学及其批评活动是以评价为特点、手段和目的的互动性艺术话语行为,文学性就是评价性、就是评价特征的波动性和互补平衡。

这里需要对文学文本的叙事类别做一概括性说明。对于叙事方式,笔者根据原型理论(范畴构成的典型性到非典型性逐渐过渡)确立两对具有连续特征的叙事范畴:典型与非典型、一致与非一致。第一对涉及故事、情节、事件、人物的丰满与扁平性;这个连续统可由以下代表性叙事类别体现:英雄史诗、浪漫主义、现实主义、现代主义、后现代主义。第二对范畴是指作者的评价主旨在整体上的直接和间接表述方式:经典文学作品倾向于直接表述,即便像斯威夫特《一个小小的建议》那样的反讽性文本,隐含作者的评价主旨也是明确的;但现代和后现代文学则倾向于象征性的间接叙事,如上一章末涉及的《地狱》和《家庭影院》;两个极端之间存在大量过渡情况。显然,两者均与传统与非传统叙事方式有关;前一个连续统主要关注内容的叙述方式,后一个集中于体现形式,虽然形式也会影响到内容。

9.2 对立波动平衡——共时视角

这里讨论对立波动的共时现象,但并非说它无关乎文本间性,而是尽可能在同一文本、尤其是局部片段之内做阐述,获得直观认识,也为建立评价意义的穿梭波动平衡模式做铺垫;分析过程也会涉及多个文本片段。

我们首先需要明确对比波动平衡的含义。下面是一个广为引用的文本片段,系狄更斯(Charles Dickens)的《双城记》(*A Tale of Two Cities*)开篇第一段。笔者为相关语句标上序号(与引例序号"()"区别),便于后文分析时指称使用;态度成分用斜体标出,介入特征用粗体,级差意义带下划线。

(1) 1 **It was** the *best* of times, **it was** the *worst* of times, 2 **it was** the age of *wisdom*, **it was** the age of *foolishness*, 3 **it was** the epoch of *belief*, **it was** the epoch of *incredulity*, 4 **it was** the season of *Light*, **it was** the season of *Darkness*, 5 **it was** the *spring of hope*, **it was** the *winter of despair*, 6 **we had** everything before us, **we had** nothing before us, 7 **we were** <u>all</u> going <u>direct</u> to *Heaven*, **we were** <u>all</u> going <u>direct</u> *the other way*—8 in short, the period was so far like the present period, that <u>some</u> of its *noisiest* authorities **insisted on** its being received, **for** *good* **or for** *evil*, in the <u>superlative</u> degree of comparison **only**.①

先看态度性对立特征。句 1 中 best(最好)与 worst(最糟)是一对鉴赏性的估值范畴,它们修饰事物 times(时代):某物是否有价值[±12]。句 2 中 wisdom(智慧)与 foolishness(愚蠢)属于判断性的能力范畴[±6]:虽然说的是 age(时代),但只有人类才有贤愚。句 3 中 belief(信心)与 incredulity(怀疑)说明一个时代内人们或者充满信心[+4],或者"疑虑重重"[−4](理由同上)。句 4 中 Light(光明)与 Darkness(黑暗)均大写,表明这不是通常意义上的"明"与"暗",当指圣灵在位与缺失的特定历史时期,应为(鉴赏)估值性的褒贬意义[±12]。句 5 中 the spring of hope(希望的春天)与 the winter of despair(绝望的冬日)属于情感性的愉悦范畴[±2],即愉悦与否的心理状态。句 7 中 Heaven(天堂)与 the other way(另一条路,即 Hell 地狱)是两个估值性的对立处所[±12]。句 8 中 good(好)与 evil(坏)是恰当性意义[±9];还有一个成分 noisiest(最闹人的),是跟行为有关的态势性[−5],句中没有出现对立成分,但从阴阳互生角度看,它蕴涵(entail)一个积极态

---

① 那是好得不能再好的年代;那是糟得不能再糟的年代;那是闪烁着智慧的岁月;那是充斥着愚蠢的岁月;那是信心百倍的时期;那是疑虑重重的时期;那是阳光普照的季节;那是黑夜沉沉的季节;那是充满希望的春天;那是令人绝望的冬日。我们拥有一切,我们一无所有;大家都在升天堂,大家都在下地狱——简言之,那时候和我们现在非常相似。因此,专门研究那个时代的吵吵闹闹的权威们,不论他们是褒还是贬,都认为只能用最极端的字眼来评论它。——宋兆霖译

四、评价文体学模型建构

势特征,这里提供一个对立成分[quietest](最安静的)。据此,那些在文本中明确出现的对立对比特征之间,则是预设性的(presupposed):一者预设另一者的存在。

我们再看其中分布的级差特征。句1中best(最好)与worst(最糟)是一对针对属性的锐化级差成分[23]。句6中Everything(一切)与nothing(一无所有)是一对锐化性的数量级差成分[+21]。句7中两个all(都)系同一作用[+21];两个direct(直接)是对go(去)这一过程效力的锐化加工[+24]。So far(迄今)是时间跨度[22],还有接纳性[18];some(一些)是数量[21];noisiest(最闹人的)是属性级差[+23];for...or for有whatever(任何状况)之意,仍系属性级差[+23];superlative(最高级)表强度的极端性[+23];only(仅仅)系柔化属性[+23]。1—7句式是对偶性排比,它们在上述特征之外有锐化作用;这是由句式引发的,姑且把该句式归入过程性的效力范围[24]。

图9-1是一个静态模式;其实,评价的钟摆是随着文本推进在积极与消极特征之间不断来回摆动的。这种变化才是笔者说的波动模式。图9-2是对图9-1的在线演示:既有正负值之间的对立,也有随话语过程的更替推进;既有对立性,也有趋向或背离平衡,更有中和状态;它们合力构成评价波动的内涵。这里涉及两种波动:态度波与级差波。图中虚线箭头那一端的成分,是表示箭尾成分蕴涵的评价特征;如果这个蕴涵特征前后也是蕴涵性的,则改成实线(如从indirect到forever),否则仍用虚线(如从none到direct)。级差波中有一条从开始到all的上升箭头,表示由(1—7)的对偶排比带来的锐化级差意义为逐步推进之意。"( )"之内的成分系隐含的相关特征。评价成分随文本时间出现有随机性,无法判断它们可能在哪里开始、到哪里结束;但相关意义的出现带有一定的必然性;偶然与必然——这本身也是一种发生学意义上的平衡性。因此,笔者不赞同福柯等人那种缺乏必然性的纯粹"随机性"见解(也见前面第6章有关阐述)。

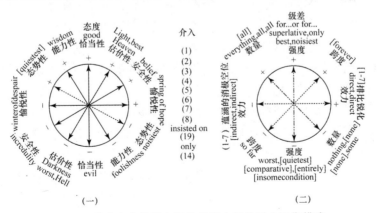

图 9-1 所选文本片段中评价特征之间的对立平衡模式

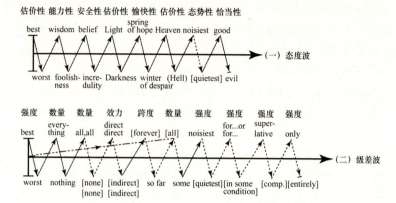

图 9-2 对立评价特征随文本展开的波动过程示意图

这里的态度和级差两种波动过程可以通过下图的方式加以整合表征(第二条波动线代表级差变化):

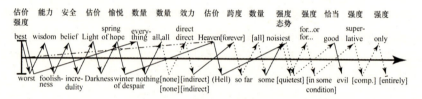

图 9-3 对立评价特征随文本展开的波动过程示意图

至此笔者只分析了(1)这个文本片段中的态度和级差特征,没有涉及介入,因为它们对揭示波动平衡的特点帮助不大,尽管也具有类似特点,这将在下一节讨论。现分析如下:从(1)到(7)有对偶性排比,它们有明确而直接的作者介入,具有排他性,当为收缩性的断言范畴[16];这一点同样体现在(8)中 noisiest 和 for...or for...上,没有余地。此外,(8)中的 so far 及 some 有接纳特征[18],说话留有余地;过程成分 insisted on 是一个有关他人见解的介入成分,即宣称性[19]; only 同时有收缩意义[14]。

为了对评价文体学的对立波动有一个基本认识,下面为(1)中未出现的范畴逐一补充举例说明。鉴于前面已经涉及愉悦和安全意义,这里先看态度情感中的意愿和满意范畴。

(2) 丑恶的阴暗面由于使人面对现实而一度为他所憎恨,如今却由于同样的原因而使他感到亲切……这正是他追求忘怀所需要的。——荣如德译①

---

① The coarse brawl, the *loathsome* den, the disordered life, the very vileness of thief and outcast, were more vivid… than all the gracious shapes of Art, the dreamy shadows of Song. They were what he *needed* for forgetfulness. (Oscar Wilde: *The Picture of Dorian Gray*)

其中"令人厌恶"(loathsome)和随后出现的"需要"(needed)相对;两者正好构成意愿的正反两个对立因素[±1]。

(3) 有些运动是很吃力的,可是其中的趣味可以抵消它;有些低贱的事,却被人高贵的担当起来,并且顶贫贱的事往往有造于丰美的结果。——梁实秋译①

此例中有两对对立的态度成分:"吃力"(painful)与"趣味"(delight)、"贫贱"(poor)与"丰美"(rich)。前一对为满意性褒贬成分,即对某种行为或环境的心理感受,因为它们是针对情感的:让人痛苦[-3]和让人满意[+3];后一对成分表达构成性的鉴赏意义:单纯还是复杂[11]。

至于判断态度,例(1)提供了态势性、能力性和恰当性实例;下面是有关可靠性和真诚性的例子。

(4) 主人虽已到垂暮之年,但腰板挺直,动作敏捷,手脚稳健,虽然并没有一般老年人常有的那些疾病。——饶健华译②

人到"垂暮之年"(the decline of life)必是疾病缠身,不中用了[-7];可这位老先生"腰板挺直"(erect carriage)、"动作敏捷"(quick movements)、"手脚稳健"(steady hand)[+7],这些都是可以依靠的素质。

(5) 她一见到别人谄媚、卑鄙、欺骗,那双明亮的眼睛就露出一片真诚,带着戒备的神情挺身而出,闪闪地发出鄙夷或拒绝的神情来,这种反应也许未免太快了一点。——王培德译③

这里不是一对一,而是一对多,即"真诚"(truth)对"谄媚、卑鄙、欺骗"(flattery, meanness 和 imposture);而后三者中只有"欺骗"(imposture)才与"真诚"(truth)构成真正意义上的对反关系。两者表达的是真挚性[±8]。从原文看,Truth(真理;真心实意)在这里就是 sincerity(诚恳)的意思;imposture 是 deception(欺骗);这种遣词变化,既有经验意义表达上的需要,更有评价动机。再看一个关于态势性的例子,加深认识(对比 noisiest)。

(6) 我们的故事发生在繁华的维洛那,那里有两大家族,有相等的声望,/从宿仇中又有新的嫌怨爆发,/使得市民的血把清白的手弄脏。——梁实秋译④

其中"宿(古老)"(ancient)与"新"(new)涉及的是:相关行为有何特别之

---

① There be some sports are *painful*, and their labour / *Delight* in them sets off; some kinds of baseness / Are nobly undergone, and most *poor* matters / Point to *rich* ends. (William Shakespeare: *The Tempest*)

② This gentleman was in the *decline of life*, though his *erect carriage*, *quick movements*, and *steady hand*, equally denoted that it was an old age free from the usual infirmities. (James F. Cooper: *The Pilot*)

③ *Truth* looks out of her bright eyes, and rises up armed, and flashes scorn or denial, perhaps too readily, when she encounters flattery, or meanness, or *imposture*. (William M. Thackeray: *The Newcomes*)

④ Two households, both alike in dignity, / In fair Verona, where we lay our scene, / From *ancient* grudge break to *new* mutiny, / Where civil blood makes civil hands unclean. (William Shakespeare: *Romeo and Juliet*)

处?——旧恨与新仇。可见,这是一对态势性的判断成分[5]。通常情况下,"古旧"(ancient)当与"时髦"(modern)同出,"新"(new)与"旧"(old)共现;但"古旧"(ancient)有时间久远、不复存在之意,"旧"(old)无法满足这一需要;"新"(new)指从前没有、现在出现者,而罗密欧与朱丽叶的爱情事件正是两个家族以往矛盾类别中不曾有过的。从评价意义看,ancient 与 new 的确存在"旧"与"新"的对立特征。两者搭配是为了同时满足经验意义和评价意义的体现配置的。

对于鉴赏态度,(1)涉及估值实例,(3)中"贫贱"(poor)和"丰美"(rich)带构成性的鉴赏意义;下面看有关反应性鉴赏实例。

(7) 我原想问问为什么丁恩太太会丢下田庄走了。但是她正紧张得要命,怎么能去跟她打岔呢。所以我也就转身走了,一路上悠闲地信步走去,我的身后是一片红霞夕照,我的前面,一轮吐着清辉的明月正在升起——一个渐渐暗淡,另一个渐渐亮起来……在我还没能望得见山庄的宅子之前,西天只剩下一片朦胧的琥珀色的光彩了,但是借着皎洁的月光,我还可以看清楚小路上的每一颗石子和每一片草叶。——勃朗蒂《呼啸山庄》,方平译①

首先,这个片段中涉及一组对比特征:"一片夕阳红霞"(the glow of a sinking sun)与"一轮正在上升的吐着清辉的明月"(the mild glory of a rising moon)、"身后"(behind)与"面前"(in front)、"暗淡"(falling)与"亮起来"(brightening)、"朦胧的琥珀色的光彩"(a beamless amber light)与"皎洁的月光"(that splendid moon)。两相对比,吸引读者,这正是鉴赏范畴之下的反应特征[10]:是否吸引我? 该例还涉及对比的程度问题:glow 指光强而耀眼;mild glory 的光照清亮、柔和。其级差特征应为属性描述,即强度[23]:前者是和相关特征融在一起的;后者的柔和特征则以另一个词的方式出现(mild)。falling 与 brightening 包含渐变性,是针对效力的级差性[24]。最后一对成分 a beamless amber light 与 that splendid moon 则具有较为明显的对比聚集特点:前者淡,后者强,都是效力性的[24]。

上面几乎讨论了所有的级差范畴,但跨度尚不明确,而聚焦还未出现。(8—9)是有关体积跨度的。

(8) 他的躯体,就马来人说,是硕大无比的,但他并不是单单显得胖;他看上去魁梧而且雄壮。——梁遇春、袁家骅译②

---

① I would have asked why Mrs. Dean had deserted the Grange, but it was impossible to delay her at such a crisis, so I turned away and made my exit, rambling leisurely along with *the glow of a sinking sun behind*, and *the mild glory of a rising moon in front*—one *falling*, and the other *brightening*... Before I arrived in sight of it, all that remained of day was a *beamless amber light* along the west; but I could see every pebble on the path, and every blade of grass, by *that splendid moon*... (Emily Brontë: *Wuthering Heights*)

② His bulk for a Malay was *immense*, but he did not look merely fat; he looked imposing, *monumental*. (Joseph Conrad: *Lord Jim*)

其中,"硕大无比"(immense)和"魁梧而且雄壮"(monumental),表示体积大小,但该例只有这样两个表锐化级差意义的词,没有同时出现具有相反特征的成分。而从历时看,这种情况显然是有的,如以下实例中的"矮小"(small)和"瘦弱"(thin)。

(9) 她个子长得非常矮小,身高不会超过五英尺三英寸,依旧像少年人那么瘦,但抡锤子的工作使她的胳膊上的肌肉结成了一块块硬疙瘩,暗淡而又光滑的皮肤上闪着汗光。——晓明、陈明锦译①

至此,行文讨论了态度范畴之下所有子范畴的褒贬对立特征。注意,这些对立特征成分大都是在相关语境下同一句子之内出现的,都存在局部范围之内同一范畴中褒贬特征之间的对立波动现象。这样的关注对象和分析方法,是经典文体学常用的。

下面的例子关涉级差性的聚焦意义,引自赫利《最后的诊断》(Arthur Hailey: *The Final Diagnosis*)

(10) 迈克碰了碰她的胳臂。"咱们到花园转转。"费雯笑了。"我听见过这句老词儿。"可是当他引她到门口进花园时,她没有拒绝,在黑暗之中她看得出两旁的白杨树,脚下是柔软的青草。"我搜集了不少的老词儿,这是我的专长之一。"他拉起了她的手。"你还想听吗?""还有什么?说一个。"尽管她很自信,现在声音却有一点发颤。"像这个。"迈克站住脚,两手扳着她的肩,扭过她的身体。然后他吻了她的嘴唇。　——舒逊译②

第一个带点的成分"自信"(self-assurance)[+4]表达积极安全情感;与之相对的是"发颤"(tremors),指向相关心理变化;"有一点"(the slightest,即对没有等级特点的范畴做人为的等级处理)是一个聚焦成分[26];蕴含的对立特征应由 big 或 considerable 之类的反义词表达。

对立波动平衡有时不一定在不同范畴之间发生。上一例中 self-assurance 与 tremors 就是典型实例。又如,

(11) 在那高地的岩石中间,他痛苦地挣扎在矛盾的心情中,一方面有一种强

---

① He was very *small*, not above five feet three inches, and *thin* still as striplings are, but the bare shoulders and arms had muscles already knotted from working with the hammer, and the pale, flawless skin gleamed with sweat. (Colleen McCullough: *The Thorn Birds*)

② Mike touched her arm. "Let's go through the park."
Vivian laughed. "That's an old line I've heard before." But she offered no resistance as he steered her to a gateway and into the park beyond. In the darkness she could make out a line of poplars on either side, and the grass was soft underfoot.
"I've a whole collection of old lines. It's one of my specialties." He reached down and took her hand. "Do you want to hear more?"
"Like what, for example?" Despite her self-assurance her voice held the *slightest* of tremors.
"Like this." Mike stopped and took both her shoulders, turning her to face him. Then he kissed her fully on the lips. (Arthur Hailey: *The Final Diagnosis*)

烈的欲望，要趁这满腔新的春意尽情欢乐一番，一方面又有一种模糊而又确实存在的不安。一会儿，他完全沉湎在自豪之中了：他俘虏了这个美丽、任性、眼睛水盈盈的小东西！一会儿，他又矫饰地严肃地想到："不错，好小子！可是当心你干的好事！你知道会有什么后果！"——黄子详译①

注意"强烈的欲望"(the passionate desire)与"一种模糊而又非常真实的不安"(a vague but very real uneasiness)相对，"陶醉在这种对春意的新感觉之中"(revel in this new sensation of spring)与"自豪"(pride)跟"做作的严肃性"(factitious solemnity)相对。前者分别属于意愿[＋1]和安全[－4]的对比；后一组中前两个成分表达的是满意性[＋3]，还有非安全心理[－4]，后一个是非常态表现[－5]②。

还有同一范畴内褒贬特征发生对转的，例如(引自《哈姆雷特》第一幕第五场，前国王以鬼魂方式出现诅咒谋害自己的胞兄)：

(12) 唉，就是那乱伦通奸的畜类，他有的是蛊惑的机智和奸佞的才干——具有这样引诱力的机智才真是好阴险啊！——竟把我的最貌若坚贞的王后引动了心去满足他的可耻的兽欲；啊哈姆雷特，这是何等的失节！我对她的爱情是和结婚时我向她发的誓约一般的庄严，而她竟被诱得悖了我去嫁给那个才能远不及我的坏蛋！但是至贞是不移的，虽然淫欲变做天神的形状来诱惑她，至于淫妇，难与神明婚媾，在天床上恣意寻欢也要感觉厌倦，还是要到腐臭的堆里去取乐。——梁实秋译③

其中一些成分的系统特征是褒扬性的[＋12]，如 wits, gifts, power，但由于受搭配影响，它们均变成了相应的消极贬抑成分[－12]：语境因素促成了它们在同一范畴之内走向对立。显然，其间的对立性减弱了。而在(13)中，对立的典型性似乎进一步降低了：

(13) 春天姗姗来迟：它实际已经到来了；冬季的严寒已经停止，雪已经融化，

---

① And up there among the tors he was racked between *the passionate desire* to *revel in this new sensation of spring* fulfilled within him, and *a vague but very real uneasiness*. At one moment he gave himself up completely to his *pride* at having captured this pretty, trustful, dewy-eyed thing! At the next he thought with *factitious solemnity*："Yes, my boy! But look out what you're doing! You know what comes of it!" (John Galsworthy：*The Apple Tree*)

② 顺便提一句，两对意义的表达均涉及级差因素：前一对由孤立的(Isolated) passionate 和 vague 体现的；后一组则被融入到(Fused) spring、pride 和 solemnity 这样的词项中。这里同时涉及范畴和褒贬特征之间的波动，但它们之间主要是积极和消极情感特征的更替变化。

③ Oy, that *incestuous*, that *adulterate beast*,/With *witchcraft* of his *wits*, with *traitorous gifts*—/O *wicked wit* and *gifts* that have the *power*/So to *seduce*！—won to his *shameful lust*/The will of my most seeming *virtuous* queen. /O Hamlet, what *a falling off* was there,/From me, whose *love* was of that *dignity*/That it went *hand in hand* even with the *vow*/I made to her in marriage; and to *decline*/Upon a *wretch* whose *natural gifts* were *poor*/to those of mine! /But *virtue*, as it never will be moved,/Though *lewdness court* it in a shape of heaven,/So *lust*, though to *a radiant angel* link'd,/Will sate itself in a *celestial* bed/ And *prey* on *garbage*.

四、评价文体学模型建构

砭人肌肤的冷风已渐温和。——勃朗蒂《简·爱》，伍厚恺译①

这里是冬春气候特点的对比，但除了"春"(spring)和"冬"(winter)的对立外，对立方式和前面各例也有很大不同：不再是词与词的一一对应，而是通过变化过程来实现的："霜"(frosts)已经停止了(ceased)，"雪"(snow)融化了(melted)，"刺骨的寒风"(cutting winds)减弱变温和了。动词使用(表事件)与名词(表事物)形成对立关系：一是春天的象征，一是冬天的特点；"冬"与"春"时令推移是基础。不过，"春"(spring)与"冬"(winter)亦非完全对立，毕竟与两者严格对立的分别是"秋"(autumn)和"夏"(summer)；盛行的风霜雪与处于过渡状态的减弱和消失特点也非严格对立。从这样的过渡关系变化到对立关系，有趋离平衡的动态性，语境使然。

(14) 云对雨，雪对风，晚照对晴空；来鸿对去雁，宿鸟对鸣虫；三尺剑，六钧弓；人间清暑殿，天上广寒宫。（引自《声律启蒙》）

其中"云"与"雨"、"雪"与"风"、"晚照"与"晴空"、"宿鸟"与"鸣虫"、"三"与"六"、"人间"与"天上"、"清暑殿"与"广寒宫"，它们在相当程度上只是对比；当然，《声律启蒙》中也不乏对立的例子，如此例中的"来"与"去"。

上述例子包含的评价特征大都出现在同一句子之内，是笔者经过精心挑选的；对于诗歌来说，尤其是古典诗，如汉语绝句、英语中的十四行诗，褒贬评价意义有规律的次第分布是常事；但在实际话语中，成对出现的情况毕竟是标记现象；散文、尤其是小说文本，往往需避免诗化节奏和韵律（也见前文赫尔摩吉尼斯的有关论述；但中国近现代的章回小说的标题和诗词例外）。以下片段出自英国小说家奥维尔(Flannery O'Conner)的短篇小说《绿叶》(*Greenleaf*；分析针对具体成分，故引原文；带下划线：级差；粗体：介入；斜体：态度)。

(15) In a few minutes [22] **something** [18, 23] emerged [+10, 24] from the tree line, *a black heavy shadow* [+10] that *tossed its head* [+10] several times [21] **and then** [15] *bounded forward* [+10]. After a second [22] she saw *it was the bull* [+10, 24]. He was crossing the pasture toward her [22] at a slow [−5, 23] *gallop* [24], *a gay* [+2] **almost** [18, 26] *rocking* [−5] gait **as if** [18, 25] he were *overjoyed* [+3] to find her again [15, 24]. She looked beyond [22] him to see **if** [18] Mr. Greenleaf was coming out of the woods too [15, 24] **but** [14] he was not [13]. "Here [22] he is [24], Mr. Greenleaf!" she called and looked on the other side of the pasture [22] to see **if** [18] he could [18, 24] be coming out there [22] **but** [14] he was not [13] in sight. She

---

① *Spring* drew on: she was indeed already come; the *frosts* of *winter* had ceased; its snow were melted, its *cutting winds* ameliorated. (Charlotte Brontë: *Jane Eyre*)

looked back and saw that the bull, his head lowered, was *racing toward her* (invoked, −4). She remained perfectly [26] *still* [−4], **not** [13] in *fright* [−4], **but** (14) in a *freezing* [−5, 24] *unbelief* [−4]. She stared [−4, 24] at the *violent* [−5, 23] black streak *bounding toward her* [−5, 24] **as if** [18, 24] she had **no** [13] sense of distance, **as if** [18, 24] she **could** [+6, 18, 24] **not** [13] decide at once [22] *what his intention was* [24], and the bull had *buried his head in her lap* [−5], like a *wild* [−5, 23] *tormented* [−2] *lover* (+2), before *her expression changed* [−4]. One [21] of his horns sank until [22] it pieced her heart [−5, 24] and the other *curved around her side* [−5, 22] and held her in an *unbreakable* [−5] grip [24]. She continued [22] to *stare* [−4, 24] straight [−5, 23] ahead **but** (14) the entire [22] scene in front of her had changed—the tree line was a *dark wound* (+10) in a world [22] that was **nothing but** [14, 24] sky—and she had the *look* [invoked, −5] of a person whose sight has been suddenly [14, 22] restored **but** [14] who finds the light *unbearable* [−10]. ①

这里不但没有褒贬更替的规律,而且其中可识别的消极态度成分所占比例达 19/36≈53%(只涉及显性成分)。

这些大都是语词成分表达的褒贬特征。但许多时候发挥主要评价作用的不是词语,而是句子或以上的级阶单位,如句群和段落。下面是菲尔丁(Henry Fielding)的《汤姆·琼斯》(*The History of Tom Jones*)中的一段话。

(16) 他向来对任何人的痛苦或幸福都不是个漠不关心的旁观者。当他促进了旁人的幸福时,就感到极大的快乐;当他加重了旁人的痛苦时,也感到极端苦恼。既然由于他的奔走,使这一家人从痛苦的深渊一直升到幸福的顶巅,他本人自然也无法不感到莫大快乐——这种快乐,也许比世人经历了最辛苦的劳动并且往往还得干一些最卑鄙的勾当而取得的,还要

---

① 几分钟后,从树林那边出现一样东西,一个黑糊糊的影子扬了几次头,接着就冲她这边晃晃悠悠奔来。她过了一会儿才看出是那只公牛。它正踩着一种近乎摇摇晃晃的欢乐步伐,慢悠悠地穿过牧场朝她跑来,好像它十分高兴又见到她似的。她朝它身后望去,看看格林夫先生有没有从树林里出来,可他没露面。"它在这儿呐,格林夫先生!"她喊道,又朝牧场另一边望去,心想他也许会从那边出现,可也没有他的踪影。她回过头来,看见那头公牛正低着头朝她奔来。她一动也没动,毫不畏惧,只是诧异地僵立在那里。她呆视着那个疯狂的黑糊糊的东西向她飞快地冲来,仿佛她对距离一点没有概念也没有似的,好像她不能立刻断定它究竟有什么意图似的;在她的表情还没改变之前,那头公牛已把头埋在她的膝间,活像一个狂热的情人。它的一个犄角朝前一顶,刺穿她的心脏,另一个犄角绕住她的腰,把她夹得没法挣脱。她继续瞪视着前方,可是眼前的景象彻底变了——那一排树障在那只剩下天空别无他物的人间变成一道黑色的伤痕——她本人像一个突然恢复视觉的人,可又感到亮光亮得叫人无法接受。——屠珍译。

大得多。——萧乾、李从弼译①

仅从文字看,陈述内容集中在叙述对象的喜乐情感变化上(注意加点的成分);但有一个提示性成分"(从来)不是个漠不关心的旁观者"(never an indifferent spectator),叙述的则是当事人的可靠性品质,一种让人可以依赖的人格魅力[+7],与indifference的秉性形成对比关系。注意,never indifferent包含对品质的锐化级差性[+23],增强叙述对象的可靠性,与由此蕴涵的对立人格拉大距离,达到褒扬目的。

下面的片段引自大仲马的《基度山伯爵》汉译本。

(17) 唐格拉尔点了点头,表示感到满意。当着仆人的面,甚至当着手下人的面,唐格拉尔总是装出一副好好先生和宽容父亲的样子:他给自己派定的是通俗戏剧中的一个角色,他给自己设计摒弃自以为挺适合自己的那副面具,从右边看过去是古典戏剧中咧开着嘴笑嘻嘻的慈父的尊容,而从左边看过去则是耷拉着嘴角的一张哭丧脸。　　——韩沪麟、周克希译

文字再现的是一个伪善角色[−8],但表面上给人的印象是"好好先生"和"慈父"。两种面孔同样构成对比和对立关系。

上述例子的评价意义都是通过明确的语词表达体现的,是经典文体学关注的对象;有另一种波动平衡,即由前景化成分构成的、评价成分组织之上的波动平衡效果。

其实,(15)在语词范围内呈现的仅仅是一个场景,叙述者没有投入任何个人感情或判断,受害的当事人缺乏应有反应,也无评论,有的只是一种茫然失措的心理(unbelief)。然而,这个片段让人极度惊恐[−4, 23]:叙事者先采用当事人的视角,让读者把自己投射到角色位置上,然后是外聚焦:她的反应;因为聚焦者面对突然出现的公牛失去应对意识。行文无一字关乎恐惧;这种心理是经验提供的。潜在的非安全心理与本来无关的评价成分之间也构成一种对立平衡。

(18) 他心中充满了一些痒得难熬的念头,老想着他如果能紧紧地拥抱她,吻她的嘴,甚至咬她,那该是多么美妙啊。那个自己的嘴吻着她的嘴!吻得她喘不过气来!搂紧她那娇媚的身子,抚爱她!　　——许汝祉译②

第一个成分"难熬"表消极满意[−3];第二个"美妙"指行为的态势性[+5];但这里引述的三句话让我们解读到的是叙述对象的积极意愿[+1]:希望能够成为

---

① He was never an indifferent spectator of the *misery* or *happiness* of anyone; and he felt either the one or the other in greater proportion as he himself contributed to either. He could not therefore be the instrument of raising a whole family from *the lowest state of wretchedness* to *the highest pitch of joy* without conveying great felicity to himself; more perhaps than worldly men often purchase to themselves by undergoing the most severe labour, and often by wading through the deepest iniquity.

② He was full of the most *tantalizing* thoughts about how *wonderful* it would be if only he were permitted to hold her close, kiss her mouth, bite her, even. To cover her mouth with his! To smother her with kisses! To crush and pet her pretty figures! (Theodore Dreiser: *An American Tragedy*)

"他"视角里的聚焦对象。这是整个文本片段承载的评价主旨。在这里的语境中，tantalizing 这一消极满意成分与潜在的积极意愿构成对立平衡关系。

再看《带刺青的女人》的情感变化模式。该文从第 1 句到第 14 句是一个阶段，第 15 句到第 33 句为第二阶段；余下的 4 句为最后阶段。第一阶段两个角色被爱情占据整个心思，彼此处于急切的渴望状态，可用意愿情感范畴来描述[＋1]。在第二阶段，第一人称叙述者热情回落，原因是女友臀部上的异样刺青——一幅中国道教/道学的阴阳鱼图案"☯"；看到这个充满异域意味的图案，叙述者的热情一落千丈，于是围绕这个敏感图案和女友展开了三轮对话。对于久别重逢的恋人，此时任何话语都是多余的，更不应该出现这种看似温和的口舌是非；但出于某种酸涩的原因——她曾经把这个敏感部位暴露给了刺青的人！那人是男是女？有没有别的行为？——叙述者终究没能抑制自己的不满情绪[－3]。对方察觉出了男友的情绪变化，在自己的话轮上不但说得多，句子也相对较长，而男友的相应话轮总是只有一句。虽然女方的应答都在情理中，但这个图案毕竟影响了两人的热情。于是，女方设法通过行为来给予弥补(She wrestled me to the mattress，laughing. Silly, she said. 她把我摔倒在床上，笑了起来。真傻，她说)：laughing 行为以及 silly 评价可以起到掩饰尴尬的作用，对话由此终止，至少文本是这样呈现给读者的。在这里结束口舌之争恰到好处；接下去没有关于两人行为的进一步描写，但可以想象，或许是通过亲热行为化解了冲突，获得了一种暂时的和解，毕竟这一行为具有实质性意义。

最后四句涉及意识形态。叙述者描述的是自己清醒的意识状态：对方旅途劳顿，恩爱之后疲倦地睡着了，自己反倒冷静下来陷入沉思，包括从那个刺青图案联想到的、带有升华性的哲学思考：相爱的异性之间因生理需要、像一对阴阳鱼那样结合在一起；这正是阴阳两鱼的头部内含对方颜色的启示——你中有我、我中有你；此话虽无新意，但揭示的生活经验带有终极价值。同时，男女毕竟是不同个体，有自己的主体空间，双方又总是存在难以逾越的界线。彼此因为生理需要走到一起、产生隔阂、通过身体接触得到化解、又出现新的芥蒂，再受伤，再愈合；倘若彻底分开了，互动结束，相守的意义也就消失了；而情绪波动不断，循环往复，才是二人世界的真谛。这是该文本描述的起伏现象，也是男女情感和关系的再现。

可见，文本存在一条情感波动主线，是由文本的语词直接表述的：生理需要(意愿)→是非口舌(消极愉悦)→理性思考(情感消失)。而由文末的理性思考点明的是该叙述文本的主旨：男女共同生活的意义→人生的意义→生命的价值。这一点再一次表明，评价范畴从本质上讲应该是文化性的。

上面从语词分析走向了话语组织；下面需要对此做进一步阐述。(19)引自莎士比亚(William Shakespeare，1564—1616)的悲剧《哈姆雷特》(*Hamlet*)第一幕第二场，是克劳狄斯(Claudius)杀死胞兄(前国王)、篡夺王位后迫不及待把兄嫂变成妻子时说的话。

(19)虽然我的亲兄哈姆雷特崩驾不久，记忆犹新，我应该深为恰悼，全国臣民亦宜有同悲,但是,理性与情感冲突,我不能不勉强节哀,于怀念亡兄的时候,不忘珍重朕躬的意思。所以我从前的嫂子,如今的王后,这承继王位的女人,我现在把她娶做妻子,这实在不能算是一件十分完美的喜事,一只眼喜气洋洋,一只眼泪水汪汪,像是殡葬时享受欢乐,也像是结婚时奏唱悼歌,真是悲喜交集,难分轻重……——梁实秋译①

这种"悲""喜"表白,实则揭示的是暗藏之"喜",即积极愉悦心理,毫无悲痛因素。换言之,语词表达的"悲喜交集"在话语层面只有"喜"而无"悲",因为这种他人之"悲"是他蓄意造成的,而主旨之一就是眼下他说的"大喜"[＋2,24]。因此,这里的模式是:＜悲 ＋ 喜＞⇆＜大喜＞,表与里的对立波动。

前文分析过凯特·肖邦(Kate Chopin,1851—1904)的微型小说《一小时的故事》(*The Story of an Hour*,1894)②。故事的表层情感走向是:女主人公患有心脏病。当家人小心翼翼地告知她丈夫车祸丧命的消息时,她先是大哭,然后把自己反锁到自己房里。而当她看到窗外景色、逐渐清醒过来之后,她顿感身心自由。可是,丈夫随后意外出现,她突然毙命——"死于致命的欢欣"。这个结局和她把自己关进房间后的轻松心理大不协调,促使我们对她的死做出相反的解释:她不是因为"欢欣"而死,而可能是重新看到丈夫后的极度失望而殒命的。因此,由(一)文本的语词结构表达的情感状态"极度的欢欣"、与(二)话语组织背后潜在的评价主旨"极度失望"形成对比,从而让读者发生诸多联想,包括夫妇二人此前可能的关系。这是反讽手段组织评价立场的典型实例:其前景化评价成分形成的仅仅是一个表层的波动平衡模型;相应的背景位置可能存在一个对立的评价主旨。

莎剧《威尼斯商人》有两条情感变化主线:一条是犹太人夏洛克(Shylock)由志在必得的复仇心理[＋3]③落入失去女儿、失去全部家财的极度痛苦状态[－3];相对的是基督徒威尼斯商人安东尼奥(Antonio):从听说自己商船失事、无法按期偿还夏洛克的贷款、将面临被割下一磅肉的极度痛苦与羞辱[－3],到最后法庭巧使妙计使夏洛克倾家荡产[＋3]、再到商船安然返回的好消息[＋3]。夏洛克的心理由起而落,安东尼奥则由落而起。当然,这个文本还有判断因素:夏洛克的负面人格特点、安东尼奥的"朋友们"在他落难时坐视不管的自私冷漠心态、基督教社团对犹太人的种族敌视心理,从而实现对双方恰当性举止的消极评判[－9]。《驯悍记》中姐妹两人结婚前后性格的巨大变化,当为波动平衡从权势性角度给予的诠释。《巴

---

① Though yet of Hamlet our *dear brother*'s <u>death</u>/The memory be green; and that it us befitted/To bear out hearts in <u>grief</u>, and our *whole* kingdom/To be contracted in <u>one brow of woe</u>;/Yet so far hath <u>dis-cretion</u> fought with *nature*/That we with wisest *sorrow* think on him,/Together with *remembrance of ourselves*./Therefore our sometime sister, now out queen,/Th' imperial jointress to this warlike state,/Have we, as 'twere with a defeated *joy*,/With an auspicious and <u>a dropping eye</u>,/With *mirth* i0n <u>funeral</u>, and with <u>dirge</u> in *marriage*,/In equal scale weighing *delight* and <u>dole</u>...

② 见 http://www.wsu.edu:8080/~wldciv/world_civ_reader/world_civ_reader_2/chopin.html。

③ 按照亚里士多德的见解,复仇是一种愉悦的满意心理(见前一章)。

黎圣母院》中的驼背敲钟人,外表丑陋[-10]却心地善良[+9];他对美丽的吉卜赛姑娘[+10]的爱可以看作另一种意义上的伦理冲突,但用行动和生命谱写了一曲感人的人性颂歌[+9];艾斯梅拉达热情、美丽、善良,却死于非命,可是生活环境能让她活下去吗? 这也是一种动态平衡。

在上述各类波动关系中,新引入的人物、新发生的事件,会在局部范围内打破既有平衡,如人物命运的突然变故,情节的起伏,从而使评价设计走向一种新平衡。同样,故事结尾意料之外的悲喜效果,如夏洛克的悲惨命运(对比《麦琪的礼物》),会让阅读者的心理在相当时段之内保持在同一高度,产生联想;而《红楼梦》那样的结局,能让读者跨越小范围内的悲喜同情而思考人生甚至整个人类变动不居的命运,冲击力持久而深远,可能由此接受并形成一种世界观。而这正是文学的魅力所在。这样的波动现象,可能只有情感的,也可能同时涉及判断和鉴赏意义。

总之,任何一部文学作品都有评价立场,尤其是态度意义的起伏变化,伴随相应特征推波助澜;没有评价波动的文本就会缺乏文学性。同时,各范畴及其正负值之间的波动选择构成的动态平衡,能满足阅读者的消费心理,余"味"久驻,这也是文学文本阅读的动因之一。至于现当代小说将强烈的对比大大弱化的表现手法,如故事和情节、时空处所、情感倾诉、人物个性等等,只是向柔化方向转移罢了,与现代派绘画中的"平面化"技巧同类。这是接下去讨论的问题。

9.3 穿梭波动平衡——泛时/现在主义视角

在上一节的基础上,这里从泛时(共时和历时一体化)角度考察评价范畴在文本中的分布模型——穿梭波动平衡。先看共时波动,尤其是同一文本内的波动平衡现象,方法是细读与解析;然后是模式建构,途径是整体性的综合思考,从而确立评价文体学的批评—审美范畴体系——八对常见的波动平衡范畴。

我们先做实例分析。这里关注文本过程中出现的评价意义成分,考察它们如何受时间流程的成就而延伸成为范畴链[①];由于评价成分是在各个评价范畴之间穿梭推进的,时间流程与范畴链的走向形成波动状态,进而体现出一种整体平衡。分析样本是《带刺青的女人》(The Illustrated Woman;见附录;笔者给句子标上序号);由于前一章的相关分析思路已经比较具体,这里只陈述分析结果。

[①] 见 M. A. K. Halliday 1971 年论文"Linguistic function and literary style: An inquiry into the language of William Golding's The Inheritors"。收于韩礼德文集第 2 卷《文本和话语的语言学研究》,London: Continuum, 2002 年。北京:北京大学出版社英文影印版,2007 年,第 88—125 页。

四、评价文体学模型建构

情感——意愿：2 hunger，7 pressed her lips to my ear，10 rush，10 led me into the bedroom，12 We fell together，14 she lifted her hips and slid them down，16 what is that?，17 (she) gathered the hem of her sweater up with both hands，19 do you like it?（修辞性问题：寻求对行为的认同），23 hated，24 hate，25 wanted (tattoo)，28 think of (you)（想念某人），29 like，32 wrestled (invoked)（引发性的）；愉悦：3 vacuumed，scrubbed，and laundered（并列成分表达激动心理），13 The front of her jeans gave way to my fingers（引发性的）；满意：3 I waited at the gate（迫不及待的焦急心理：着急、不满意），17 smiled；安全：7 surprised。

判断——态势性：15 unfamiliar，18 It's Chinese（不同寻常的东西、异域的），30 (Can you imagine me with) a sunflower on my ass?（太离谱了），32 Laughing（与先前有别）；能力性：6 could，10 could，33 silly，34 could(n't)；可靠性：9 splurged（大胆奢侈一次）；恰当性：10 cursed（行为不符合约定的社会准则）。

鉴赏——反应：6 loud，6 (comparing) a lover to the explosion of dying star（让人感觉新奇），10 her clenched thighs（引发性的，尤其对恋人而言），37 indelible；构成：22（form) a circle（完满），26 simplicity，27 opposition，27 (make) a whole，27 discrete，27 inseparable；估值：1 this was during better times（引发性的：一对恋人终于等到了假期，彼此迫不及待想见面），4 bouquet（有价值的美好的东西），26 wisdom，27 necessary。

介入——否定：22 tailless，29 didn't，34 (could)n't；对立：27 yet，27 yet，29 other；认同：10 While...I...（肯定认同；与让步认同相对），12 together，22 each other，29 Besides；接纳：6 could，10 could，11 barely... when...，15 just，23 I thought，25 always，30 Can you imagine me (with a sunflower on my ass)?，31 what about my name?（用修辞性提问表明自己的看法）。

级差——数量：3 two，12 a tangle of，17 both (hands)，22 two，22 one，one（数列方式），22 each other，26 centuries of，27 two，29 any，37 every，37 two；跨度：5 Next to me，22 next to(这两个是空间跨度)，34 later(时间跨度)；频次：25 always（锐化），37 rose and fell（锐化）；属性强度：6 so (loud)，20 closer；效力：3 vacuumed，scrubbed，and laundered（锐化），11 barely... when...（锐化），12 together（锐化）；提议性意态：6 could，10 could；聚焦：15 just（柔化），23 I thought（柔化），30 can you (imagine me...)（柔化）。

除了判断中的真诚性、介入中的断言和引证 3 个范畴外，其他 23 个评价特征都出现了。

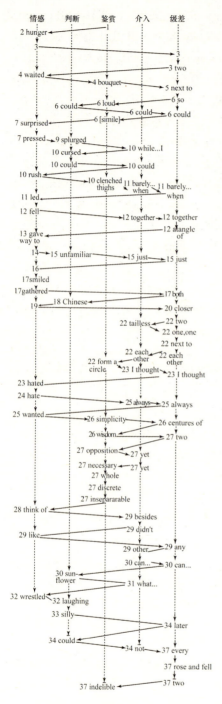

图 9-4 《带刺青的女人》评价范畴
成分波动示意图

现在可以按照这些成分出现的先后顺序（时间流程）、用图 9-4 的方式加以表征（对比前文图 8-1、8-2、8-3 的环状表征法）。

相关同类成分之所以具有相关特征，是语言史上人们不断使用积累下来、经由写作者的个体体验而运用于文本过程的，因此涉及相关成分的历史、作者通过学习使用积累的个体经验，以及具体文本过程的三个时间流程，是历时的共时在线，是该模式得以确立的基础。

这里采用的是事物间性思想，即类聚原则：同一类成分之间随时间流程在范畴链上次第推进（向下的虚线箭头表范畴链的走向；各范畴之间穿梭的实线箭头表话语过程（时间流程）；两者合力体现"作为过程的文本"，即现在主义的在线语言哲学观，见第 5 章）。

如果相关成分有 3 个或以上而不便表征的，笔者直接用相应的句子序号指代。如果一个句子中有一个或以上的评价成分、而整个句子同时带有某种一致或者完全不同的评价意义，由于这是在整个句子的信息被解读以后才能获得的，所以流程中将先标离散的小成分，然后才是整个句子的评价意义。这里有一点人为处理方案：对于同一成分具有一个以上评价特征的，表流程走向的箭头则按波动的最佳效果加以标示。注意，我们只把态度按情感、判断和鉴赏分开，不再细分；介入和级差分别处理成一个流程链。

这个实例分析清楚地表明了文本过程中评价意义在不同范畴特征之间的往返变动流程，从整体上构成一种平衡模式。这就是笔者说的穿梭波动平衡。

接下来我们从美学角度考察评价立场在文学史上的分布走向，从而建立一种审美模型。这里涉及三个原则性思想：历时文本间性、美学意义上的美丑内涵、对立与非对立性质的原型思想——后者要么走向极端而出现对立,要么趋于中和而消解张力。第一个概念涉及整个文学史:隐含作者、叙述者和叙述对象三种评价者(第7章)在文本中采取的评价立场及其之间的互补性分布方式;第二点跟审美范围或内容有关:美学必须同时关注评价者在文本中表现的"美"、"丑"现象;第三点的意思是:积极与消极(褒贬)意义的分布并不总是对立的,还有程度问题,包括趋向或背离两个方向相对的动态变化。下面重点讨论第一点。

文本间性由茱莉亚·克里斯蒂娃(Julia Kristeva)1966年提出,指文学文本之间的相互依赖关系,即任何一个文学文本都不是孤立的,它跟之前的所有文本均有依赖性:它由引用文字镶嵌而成,是对另一文本的吸收同化与转化;就像现在做的这样[①]。笔者将扩大这个概念的外延,指一个民族、甚至整个人类创造的所有文学文本之间的相互关系:它们是不同的社会人、在相同或不同历史时期创造的,在思想内容、意识形态或价值观念上具有相当、相近、相关、甚至相互对立的文本群,彼此具有互补特点,前提是一个社团甚至整个人类共同的生理和物理基础,由此确立人与人、文本与文本的共性和互补关系(见第6章)。

据此,在文学发展过程中,各种评价者在文本中采取的评价立场之间,不仅存在历时的动态互补性,还有积极和消极立场之间的对立及其过渡现象。举例来说,在历史相对悠久的民族的文学作品中,几乎都有关于英雄史诗或相关传说的基本主题[②]。人们赞赏神一般的英雄,歌颂他们举止的超常性(判断范畴+5)、卓越不群的才能与智慧[+6];这样的角色有胆有识,从而成为众生期待中的依靠[+7];他们坦诚单纯[+8],为人景仰;在伦理道德方面具有完美性与得体表现[+9],因而被尊为楷模。同时,他们都是高大、英俊之辈,仅在外貌上就能打动读者[+10];它们体态均称协调[+11];他们的名字就是积极意义的象征,因为他们的存在对常人来说尤为重要[+12]。

与此相对的是20世纪文学,特别是反英雄形象,包括二战以前的《尤利西斯》和《变形记》,以及二战以后垮掉派作家的作品、荒诞派文学与黑色戏剧,这些后现代文本中的人物往往与上述英雄形象截然相反,走向评价钟摆的消极一端。

此外,文艺复兴文学对人的歌颂、浪漫主义文学对情感的抒发、启蒙运动文学和批判现实小说对社会生活的广泛描写、20世纪的各种文学现象,从不同视角、采用不同手法、针对不同社会阶层建构了文本的各种评价立场、阐发了彼此对立而程度有别的褒贬思想。

[①] *The Penguin Dictionary of Literary Terms & Literary Theory*, ed. by J. A. Cuddon (1928—1996). London: Penguin Books. p.424.

[②] 如犹太人在《圣经》中记载的摩西;古希腊文学史上的《伊利亚特》和《奥德赛》;英国文学史上的《贝奥武甫》;法国文学史上的《罗兰之歌》;德国文学史上的《尼布龙根之歌》;西班牙文学史上的《熙德之歌》;俄罗斯文学史上的《伊戈尔远征记》;中国少数民族文学史上的《格萨尔》(藏族民间说唱体长篇英雄史诗)、《江格尔》(蒙古族英雄史诗)、《玛纳斯》(柯尔克孜族传记性史诗);印度文学史上的《摩诃婆罗多》和《罗摩衍那》;伊朗文学史上的《王书》等等。

对比下面两个文本片段：前者引自乔治·艾略特（George Eliot）的《仲三月》（Middlemarch）；后者是查尔斯·狄更斯 Charles Dickens 的《匹克威克外传》（The Pickwick Papers）。

(20) 卡德瓦拉德先生是大个子，嘴唇厚厚的，脸上挂着亲热的笑容。他的外表朴实无华，有些粗犷，但神态安详，泰然自若，流露出一种感人的忠厚气质。他有些像阳光下一片苍翠欲滴的青山，使你眼前仿佛豁然开朗，尘念顿消，还为自己的私心杂念感到可耻。　　　　　　——项星耀译①

(21) 劳顿所指的人是一个矮小的、黄色的、耸肩膀的人，他的脸在沉默的时候有向前垂着的习惯，所以匹克威克先生先前没有看见。可是当老头子抬起皱脸，灰色的亮晶晶的眼睛发出锐利的探究的光芒……他的头歪在一边，眼光从毛茸茸的灰色眉毛下面对外锐利地扫射的时候，他的睨视里显出一种奇怪而狂暴的狡诈神情，看上去叫人十分讨厌。　　　　　　——蒋天佐译②

两个片段表明：从文本间性的角度说，对(20)中相关人物的积极判断评价、实则相对于(21)中对那个老头的消极判断，两者可谓相反相对：前者年轻高大、后者衰老矮小；前者淳朴忠厚，后者狰狞狡诈；前者神态安详，后者锐目乖张。为此，笔者从现在主义角度提出下面这个阴阳对立的平衡模式。

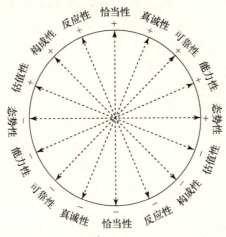

图 9-5　褒贬判断特征对立的系统性和对立平衡

---

① Mr. Cadwallader was a large man, with full lips and a sweet smile; very plain and rough in his exterior, but with that solid imperturbable ease and good—humour which is infectious, and like great grassy hills in the sunshine, quiets even an irritated egoism, and makes it rather ashamed of itself.

② The individual to whom Lowten alluded, was a little yellow high—shouldered man, whose countenance, from his habit of stooping forward when silent, Mr. Pickwick had not observed before. He wondered though, when the old man raised his shriveled face, and bent his grey eye upon him, with a keen inquiring look... and as he inclined his head to one side, and looked keenly out from beneath his ragged grey eyebrows, there was a strange, wild slyness in his leer, quite repulsive to behold.

同时,不同时期的文本表明,评价概念的态度意义具有分层性,即那些从前景化语词表述的角度确立的判断和鉴赏立场,背后往往潜存着褒贬情感因素(见第 8 章)。例如,贝奥武甫高大英武[＋6,＋7];《人间喜剧》和《死魂灵》描述的主人公都是极其自私贪婪之流,这是对人物品性的鞭挞[－9];而读完此类作品的心理体验是我们对相关社会角色的满意心理(情感中的满意±3);鲁迅对阿 Q 的总体评价("哀其不幸、怒其不争")是消极的。摩尔人听信奸人谗言、无端猜忌、杀死年轻貌美而柔弱贤淑的妻子,麦克白夫妇居功自傲图谋王位[－9],留给我们的除了遗憾[－3],还有愤怒[－3]和同情[消极和积极愉悦,±2]。福尔摩斯在揭露谋杀真相的同时,让我们恐惧[－4]。而阅读谢尔顿(Sidney Shelton,1917—2007)小说中那些智力卓然的男盗女娼形象(如《血统》《假若明天来临》《午夜情》),虽然理性让我们抵制他们的所作所为,却在情感上给人积极倾向[＋1]：这是叙事的聚焦效果①。如果说我们能够欣赏下面的片段,那是因为除了鉴赏心理,还有满意情感。

(22) 果实一刻不停地长大,葡萄藤上的花一长串一长串地开放了。在这成长的季节,天气渐渐热起来,叶子便变成了深绿色。梅子像绿色的小鸟蛋似的,长成长形,纸条让果实压弯了,坠在撑杆中。又硬又小的梨子成形了,桃子上也开始长出了绒毛。葡萄花洒落了细小的瓣子,那些又小又硬的小珠子变成了绿色的纽扣,那些纽扣又渐渐地大起来……小小的酸苹果也长得又大又甜,在果树中间生长着的老葡萄树,原来只能把它那小小的果实给鸟儿啄来吃,现在它却成了母树,嫁接了无数的新品种,有红的和黑的,绿的和淡红的,紫的和黄的;每一种都有各自的香味。——胡仲持译②

这里描写的是各种水果,给人以美的冲击和积极价值期待[＋10,＋12];但它们又给人以满意之感[＋3]。这样的例子我们可以毫无限制地列举下去;而大多数判断或鉴赏陈述都可能蕴含意愿、愉悦、满意和安全四种情感中的任何一种。当然,如果文本直接呈现给读者的就是情感意义,那就不一定有明确的判断或鉴赏动因。

从构建评价审美机制的角度看,无论是判断或鉴赏态度、还是情感,都受介入

---

① Booth, Wayne C. *The Rhetoric of Fiction* (2nd edition). Chicago: The University of Chicago Press, 1961/1983. 付礼军译,《小说修辞学》,南宁：广西人民出版社,1987 年。

② And all the time the fruit swells and the flowers break out in long clusters on the vines. And in the growing year the warmth grows and the leaves turn dark green. The prunes lengthen like little green birds' eggs, and limbs sag down against the crutches under the weight. And the hard little pears take shape, and the beginning of the fuzz comes out on the peaches. Grape-blossoms shed their tiny petals and the hard little beads become green buttons, and the buttons grow heavy…Little sour apples have grown large and sweet, and that old grape that grew among the trees and fed the birds, its tiny fruit has mothered a thousand varieties, red and black, green and pale pink, purple and yellow; and each variety with its own flavour. (John Steinbeck: *The Grapes of Wrath*)

支配,后者是主体间性在语言中的具体体现,更是人际互动在文本中再现的评价人际意义。我们在《带刺青的女人》中就看到了这种太极推手式的接纳现象[18]:男方对女友在臀部上刺青其实是不满意的,但女方试图让对方接受。所以,男方有两次以问题的方式阐明自己的立场:What is that?(那是什么?)What about my name?(刺上我的名字不好吗?)一次是温和的抗议:I thought you hated needles!(我以为你讨厌针刺呢!)这都是典型的接纳互动表达方式。而对于女方来说,也有两次用了修辞性疑问句:Do you like it?(你喜欢吗?)Can you imagine me with a sunflower on my ass?(你能想象我屁股上刺一朵葵花?)前者有劝说动机;后者以"矫枉过正"的方式,即提出一个对方可能更反感的方案来促使对方调整心态、做出"两害相权取其轻"的选择、最终接受自己。这个问题涉及同一语用策略的两个方向:一者把对方往里拉,一者向外推:以突破对方的可接受范围,消解分歧,维系感情。所以,介入有调节态度意义的作用。这也是一种波动现象。分析还表明,有些成分同时涉及介入和态度,如修辞 wanted(第 25 句)的 could 和 always 就属于这种情况。

在此,笔者提出下面这个关于评价意义的审美模式图(见图 9-6)。在该模式图中,"判断+鉴赏"与"情感"和"介入"之间存在蕴涵关系:出现判断和鉴赏者,大都涉及潜在的情感因素;二者又蕴涵着介入操作;它们同时受级差调节。注意,介入之于情感,以及情感之于判断—鉴赏,不存在从外向内的反向蕴涵关系:文本中有介入或情感出现,不一定同时存在可资因循的判断—鉴赏特征。此外,左边的级差范畴,可以同时对右边的态度和级差意义发挥锐化、柔化作用(注意箭头方向)。该图不仅可以用于分析话语中的评价意义,还能作为元理论考察批评与审美自身。

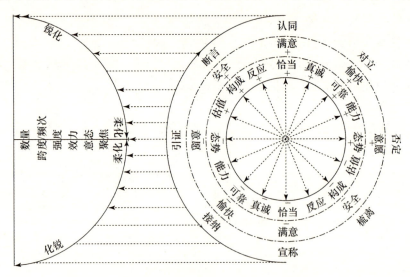

图 9-6　各评价审美范畴之间的关系示意图

第二,级差范畴对于积极和消极评价关系的对立,可以做出程度上的解释。(一)极端的冲突对立只是传统文论关注的基本现象;而那种典型性、个性化的叙述方式只是多种评价策略中的一种,远非全部,如我国的章回小说。(二)不少时候文本表达的评价因素非常温和,如《带刺青的女人》中那种微妙的情感变化,冲突并不明显;《儒林外史》《受戒》等也属于这一类。(三)还有的居中,没有大起大落,如《围城》或凯瑟琳·曼斯菲尔德的作品的叙述方式(后者许多时候的"无情节"组织策略尤能表明这一点)。这一点人们早有认识,只是缺乏理论高度来做解释。

第三是关于"美"和"丑"的问题。对于这个问题、尤其是"丑"的问题,有一种观点是,"丑"不属于美学范围,如莱辛等;但亚里士多德、索尔格、韦塞、罗森克兰兹、卡里尔、夏斯勒、哈特曼等人则认同丑对于建构美的积极作用①。他们的论述告诉我们,"丑"和"美"基本上是一对狭义的概念,或者对于"美"的认识需要做二分处理:一种是和"丑"相对的狭义概念;一种是容许"丑"参与的广义概念。罗森克兰兹则认为:"丑本身是美的否定"(二元对立思想)②。但鲍桑葵认为:"由于否定本身不可能采取感性形式,我们倒愿意称之为美的倒错,因美的各种组成要素在丑里面是倒错了的。"③

笔者不赞同克罗齐所谓的"表现主义思想",那是一种主观主义立场;也不认可鲍桑葵认定的"客观唯心主义"对"丑"的作用的认同,那是客观主义的窠臼。笔者在体验哲学的基础上关注在线过程或泛时意义上的"美"的概念:文本动态生成过程中创造的波动平衡。在这里,笔者区分狭义的和广义的美;狭义的美就是评价概念中鉴赏态度之下的"反应"概念之一:"品质"(我是否喜欢?);而广义的美包括狭义的"美"和狭义的"丑",亦即我们所说的各种"积极"和"消极"评价因素,包括柔化和锐化调节作用④。显然,评价概念可以使我们对审美内容获得既宽泛又具体的认识,这就是关于波动平衡对立关系的一体化批评审美模式。

9.4 构成平衡关系的主要范畴

现在,笔者根据前面的论述总结八对常见的波动平衡对应关系,这些关系

---

① 见鲍桑葵:《美学史》,张今译,北京:中国人民大学出版社,2010年;特别是其中的第十四章。
② 同上书,第359页。
③ 与此相对,克罗齐认为,"我们不承认有丑,只承认有反审美的,或不表现的,这永远不能成为审美的事实的一部分,因为它是审美事实的冲突";他不赞成以下观点:"丑先要被征服,才能收容于艺术;不可征服的丑,例如'可嫌的'和'令人作呕的',就不能收容于艺术",其"职责在借反称来加强美的效果(美的就是起同情),起快感的事物借这些反称而显得更有力,更叫人欢喜。见克罗齐:《美学原理》,朱光潜译,上海:上海世纪出版集团、上海人民出版社,2007年,第120—121页。
④ 这种级差观念(原型观念)也见于鲍桑葵:对于二分对立,鲍桑葵认为:"美的各种形式当然是由三个或三个以上的类型组成的一个序列,而且这些类型还可以通过细致的分析随意增加。"(鲍桑葵:《美学史》,张今译,北京:中国人民大学出版社,2010年,第365页。)

不仅是基于评价概念针对文学文本的,同时可以从泛时角度反观文学批评与审美行为本身。

这里讨论八对基本范畴:(一)积极与消极;(二)频次(分布的远近与多寡);(三)直接与间接;(四)对应与错位;(五)主与次(中心与边缘);(六)显与隐;(七)共时与历时;(八)虚位与补偿。可能还有其他情况,读者在阅读实践中可自行归纳。其中主次是核心(见后文)。从文本间性的历时角度看,它们可能进入以下三种情况中的某一种或几种:对立平衡、缺席平衡、非对称平衡。第一点好理解,如(一);第二点在(三)、(六)、(七)、(八)中具体体现,而断臂的维纳斯就存在这种平衡性,需要读者的完型心理来补足;第三点体现在(二)、(四)、(五)中。因此,"平衡"在这里是一个广义的概念。其中涉及与常理的比较问题,所以离不开阅读者的积极参与。事实上,潜在对比伴随着所有的阅读过程,只是这一点往往为人忽略。

第一对范畴在前面已经给予了充分阐述。但有一点需要明确,这就是积极(正)与消极(负)对立的匹配问题。举例来说,"聪明"、"狡猾"与"愚笨"三个成分中,后二者都是前者的对反意义。但"聪明"与"狡猾"在经验意义上是同义的,均指脑子反应灵敏迅捷,两者构成的是一对恰当性对反关系;"聪明"和"愚笨"则是能力性的对反关系。因此,三者并不同时构成对反平衡。

第二对是从前景化角度、就同类评价特征说的。例如,在《带刺青的女人》这个文本中,一个态势特征(由句 18 It's Chinese 体现)到接下去的另一个态势性特征(30 Can you imagine me with a sunflower on my ass?)之间相隔 35 个其他范畴特征;而有的同质特征之间没有任何别的范畴特征插入,如第 27 句中的 necessary, make a whole, discrete。据此,这里存在一个间隔模式,即从 0 间隔到 n 个间隔。从功能上讲,同质范畴特征的距离越近、数量越多,该评价意义就越稠密明显,相关感情就越强烈;越远,就越稀疏,越淡薄。这种分布情况在小说文本中常见:时而稠密强烈,时而疏远轻淡,这是评价分析的一个指标。

第三对范畴涉及语用学的蕴涵概念,即直接与间接。所谓直接,即那些具有明确前景化身份的语言成分(语素的、词的、词组短语的、句子甚至段落的,如排比性平行段落);间接有两层含义:(一)积极评价的出现就意味着对消极评价的蕴涵;或者反之,对丑的贬抑就在于对真善美的褒扬;二是与显性波动对立的间接或潜在评价意义,包括意识形态和价值观念。前者如:一个文本赞美良善,它同时在间接批驳邪恶;崇尚美景则蕴涵着对丑态的鞭笞;描写积极情感就意味着规避消极情感。后者如:当斯威夫特在《一个小小的建议》中振振有词地建议爱尔兰的富人们如何享用穷人的小孩时,他实际上是在强烈地谴责当时那人吃人的社会制度[−9]。说到底,这里涉及评价意义表征的前景化与潜在主旨问题。因此,如果把评价主旨与文本主题(主旨)联系在一起,那么文学文本就不存在没有主题的问题:经典叙事文本往往是直接的;当代小说则倾向于间接甚至隐晦表达;《等待戈多》这样的荒诞剧似乎不知主题为何,其实"等待"[＋1]本身就构成该剧的主旨,至于等待什么、"戈多"是谁,则不是隐含作者与文本关注的对象,或者说是对象不明确,从而说明后现代生活的盲目性。

第四对是直接与间接对立的衍生范畴,即对应与错位。这里有三种情况:叙述与感情一致:或张扬或平实;叙述平实而感情张扬;叙述张扬而感情平实。第一类在传统文学中常见,张扬一致类如《傲慢与偏见》和《水浒》;以中国的经典章回小说为例,叙述中动辄"大惊",与实际情况可能有出入,至少从当代叙事的常规方式看可以做这样的推断。而平实一致类如凯瑟琳·曼斯菲尔德的短篇小说、张爱玲的长篇小说,甚至沈从文、汪曾祺、阿城的作品。第二类为现当代文学遵从,至少是福楼拜或詹姆斯之后,T. S.艾略特对此有过理论上的指向;第三类在英国浪漫主义文学中有典型表现:丰富的态度评价成分往往对应于平实的感情主旨。这些对立情况均属于动态平衡的范围。

第五,无论是远近还是直接或间接,均涉及主次问题。在《带刺青的女人》中,(一)情感之下的愉悦(13 the front of her jeans gave way to my fingers)、满意(4 waited, 17 smiled)和安全(surprised)相对于意愿(15 个特征);(二)判断之下各次类(态势性: unfamiliar, 18 it's Chinese, 30 sunflower, 33 silly;能力性:三个could,一个可靠性 9 splurged 和一个恰当性成分 cursed);(三)级差中的跨度(两个空间性的 next to,一个时间性的 34 later)、强度(6 so, 20 closer)和聚焦(15 just)相对于数量和效度(即带评价特征的过程成分),无论是数量还是和主旨的相关性,均居次要地位。而从表征的直接性看,文中所有的前景化成分都是相对次要的,为男女之间深层次的感情变化做铺垫。而根据考察,对于大多数文学文本来说,由语词成分代表的前景化评价意义都是次要的,背后潜在的评价主旨才是主旨,后者是隐含作者通过表层评价手段实现的。这一点尤其体现在那些不出现明确评价成分而评价主旨突出的文本中,如第 1 章例(2)。当然,这并非说,所有的显性评价成分、或者所有在数量分布上不占优势的前景化成分,相对于一个文本的评价主旨而言都是次要的,想想《老人与海》中圣地亚哥老人在经过 84 天的海上经历后说的那句话(one can be destroyed, but cannot be defeated),或者《廊桥遗梦》的隐含作者在一开始就申明的评价立场。

第六是显隐问题。相对而言,前景化成分给人以具体印象,而体现隐含作者真实主旨的潜在评价立场就要抽象一些,往往需要阅读者通过具体的评价成分来加以推断。夏洛克受人同情的评价主旨,并没有在文本中明确展现;安东尼奥的酒肉朋友见死不救也没有得到直接批判,但稍有生活阅历的读者,都能从文本中读出上述间接的情感[对犹太人的消极愉悦情感,−2]和判断[消极恰当性,−9]主旨。同样,《带刺青的女人》中由那个阴阳鱼刺青图、通过男女主人公前后情感变化所揭示的男女相互关系之道(一种时而疏离时而彼此拥有的整体平衡关系),也是抽象的。这里仍然存在前面提到的问题:前景化成分所体现的也可能具体明确,只是这样的情况在当代叙事文本中出现的几率很低。(对比一下《爱玛》开篇的那个长句的前一部分：爱玛·伍德豪斯，帅气，聪颖，富足，有一个舒适的家、一副快乐的天性；她好像同时具备一些最美好的恩赐；在这个世界上她已经生活了快 26 个春秋了，几乎没什么忧虑或烦恼走近她。）

第七是共时与历时的互补。从古希腊罗马神话对人性的极度褒扬（英雄史诗）、到中世纪极度贬抑、到文艺复兴的再度歌颂，而在笛卡尔的理性主义思潮冲击下，相应的新古典主义文学把人对自身的认识拉回到一个相对居中的认识水平上；这一过程主要是判断性的波动，是一个对人性的认识反复。之后的浪漫主义文学则把感情的主体集中到人和自然上，此时，评价的钟摆从先前的判断态度极大地甩向鉴赏和情感一边。而从 19 世纪的批判现实主义、到 20 世纪的各种评价立场、尤其是后现代后工业化时代，人们面对残酷的生存问题热情迅速降温，钟摆似乎又回到、并长时间停留在判断态度一边，尽管这一阶段同时广泛涉及情感问题，但重点是人们在社会、在宇宙中的位置；即是说，从 19 世纪的工业革命为机器束缚、到 20 世纪的两次大战受人性摧残、再到后工业时代被体制左右，人类已经变得十分渺小和无助。当然，20 世纪以来的文学以一种迥异的面貌延续了 19 世纪的判断立场，但它逐渐丧失了《远大前程》或《鲁滨孙漂流记》中的希望和理想，美梦一点一点地破灭，虽然有《廊桥遗梦》回归情感（婚外真情）和鉴赏（大自然的美景：近处的廊桥小镇、遥远的非洲和印度）的照片，但毕竟理性战胜了情感（对比新古典主义）、创造性屈从于管理体制，违背这两点都会被社团抛弃而被边缘化（后者包括男女主人公本身以及黑人歌手卡明斯）。从叔本华到尼采、到胡塞尔和舍勒、到海德格尔和萨特，无不是或多或少为类似消极抑郁的情绪困惑着；这也和古希腊古罗马的英雄主义形象唱对台戏。21 世纪似乎会在相当长时间内延续这一趋势。

最后是虚位与补偿填实的评价行为，这是一个与蕴涵有关的具体问题，即评价补偿的心理平衡在文本中的运用。前面谈到了英雄史诗；其实，这跟古人生存能力受限有关；通过创造出在智力、能力、品德等各方面远超常人的英雄人物（如普罗米修斯或贝尔武甫），既可以此为共同体中的后人确立精神标杆，又可以为自身能力不足做心理补偿。《百万英镑》的主角、《雾都孤儿》中相关角色后来命运的意外改变、《金银岛》《基度山伯爵》《水浒传》《西游记》、进入文学文本中的诸葛亮、《天仙配》、卓别林塑造的一系列角色、《哈利波特》《蜘蛛侠》《喜羊羊与灰太狼》等等，都带有这一特点——或者通过神、神化英雄、或者常人通过神器或超常的智慧来填补。而人类不断试图建立通天塔的举动（中国古代的嫦娥奔月故事、当代中外的航天科技和太空计划），也是这种心理满足的现实表现。

这种心理还有另外两种外在形式。一是与对立面的妥协或和解，如《狮子王》《人猿泰山》甚至《阿凡达》；要不就是自我陶醉，如阿 Q 的形象。二是从积极和消极两个方面加以极端化，如高大全式的角色和反英雄形象（如卡夫卡的《变形记》主角、小职员格里高里·萨姆沙）。西方文学中有一种变相的处理方案，人类通过自身的努力战胜自然或自我拯救获得平衡，如《鲁滨孙漂流记》《白鲸》《红字》。其实，现实主义小说对人类非恰当性行为举止的贬抑[-9,-1],正好揭示了隐含作者对德性的心理倾向[+9,+1]。我们总是希望从远古的神话或文本中获得思想深度,甚至虚构古人成就,也有补偿当下的作用;文学史在发展中的各种叙述内容、叙述风格和方式的改变,也是为了潜意识地追求这种动态平衡。人们欣赏《西厢记》《墙头马上》《红字》甚至《廊桥遗梦》中描写的"越轨"行为,并非真正意义上的颂扬,而是通过这样的反社会、反道德途径,回到身体哲学上去展现人性本身,从而实现自我意愿。苔丝最终杀死阿力克,同样表明了自我拯救的愿望;富有而吝啬的欧也尼·葛朗台,让人看到人性中"丑"的一面以及慈善的巨大空间;《穿破裤子的慈善家》则通过揭露社会现实来提醒工人的阶级觉悟;这与我国上个世纪八九十年代盛行的伤痕文学、知青文学相近。

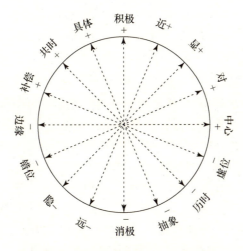

图 9-7 批评与审美的评价波动平衡模式

从阅读角度看,我们可以根据故事内容揭示的文化性距离来确定读者的感知体验。从总体上看,阅读自己民族的故事总会给读者身份认同和识别的亲切感,一种安全心理[+4],容易随人物命运之悲喜而出现情绪起伏[1—4];阅读异域风情之作则有新奇感[+10],甚至非同寻常的陌生体会[5],如中国读者初次接触《伊利亚特》和《奥德赛》那样的文本。而即便是同一民族,如果故事久远,也会有相似体验。今天,我们总是在一种距离关系上审视《桃花扇》《水浒传》《三国演义》中的那些故事情节、那些有别于当下的人物形象;西方人则把我国的四大名著称为四大奇书,但作为本族人我们多少都有些身边人身边事的感觉。这些都是由读者与作者的时空距离决定的——作者通过文本构拟的故事事件会让读者在一个不同于常规的经验背景下(长时工作记忆)进行故事建构,从而产生距离性的积极态势意义①。从类比的角度看,这种情况跟因聚焦方式的不同而带来的心理距离变化有异

---

① 另见伽德默尔:《诠释学:真理与方法》,洪汉鼎译,北京:商务印书馆,2010[1960]年,第二部分。

曲同工之妙。这也是一种平衡，一种由远距离时空下的故事事件与当下常规故事事件的不同体验带来的、元思维性质的感知差异平衡。不过这是从读者角度确立的，单纯从读者、文本或作者角度则无法说明。可见，第 6 章建构的'作者—文本—读者'一体化解读模式是必要的，甚至是必需的。

上述两两特征之间的互动关系，也可以用阴阳鱼的模式加以归纳，它可以避免传统西方哲学、文论和美学中的唯二元对立思想。再次强调一句：对立的仅仅是极端，其实它们始终处于伴生消长状态。

解构主义以及其他一些后现代思潮本身，在瓦解世界秩序、打破逻各斯中心、挣脱种种制约的同时，又建立起来了另外一类中心、确立了另一类桎梏，由此表明了一种蕴涵平衡，因为文本通过情景化手段所描绘的，蕴含了隐含作者所代表的群体心声。

9.5 总结

笔者受评价概念启发，在具体文本分析的基础上，试图建立一个文学批评与审美的一体化模式——文本中的评价意义波动平衡模式。从理论上看，笔者从狭义和广义的文本概念出发，建立了两种彼此关联但各有侧重的波动模式：共时层面上评价特征的对立波动和泛时层面上各种评价范畴之间的穿梭波动；前者着眼于积极和消极评价特征的往返变动，后者关注不同评价范畴的次第更迭；两个方面是交叉推进的，不存在其中一方的单一发展，从而在共时文本和历时文本的时间流程中同时构成一体化模式——评价意义的动态平衡模式。

从具体操作看，波动平衡模式能同时针对比尔兹利说的描述、解释和评估三个层次的工作；它们还可以对前景化和背景化层次上体现的相近、相关、相对、相反的评价立场做定性加工，包括起支配作用的潜在意识形态和价值观念，从而实现同一模式的多种用途，包括经典文体学、叙事学和文学关注的语词手段、话语修辞和思想意识，以及批评的和审美的方法。各范畴及其褒贬特征之间具有对立协和、互根互动、彼此消长、相互转化、动态平衡等特性；这些特点的基础是主体间性：是它通过介入范畴而促动评价意义在态度及其级差方面的波动推进的。

本章附录：*The Illustrated Woman*，by Pedro Ponce

1 **This** was during better times. 2 **She** called with her itinerary, reciting airline and gate numbers, **her voice** edged with hunger. 3 **I** vacuumed, scrubbed, and launched, shopped for two at the grocery store. ♯ 4 **I** waited at the gate, bouquet in hand. 5 **Next to me, a man** was listening to the radio. 6 **The volume on his headphones** was so loud, **I** <u>could hear</u> Liz Phair comparing a lover to the explosion of a dying star. ♯ 7 **She** surprised me from behind and pressed her lips to my

ear. 8 **We** collected her bags and left the terminal. 9 **I** splurged for a cab. 10 **While the driver cursed between lane changes**, <u>I could feel</u> the rush of the chassis through her clenched thighs. ♯ 11 **We** were barely through the door when she led me to the bedroom. 12 **We** fell together, a tangle of hair and tongues. 13 **The front of her jeans** gave way to my fingers. 14 **She** lifted her hips and slid them down. 15 **An unfamiliar mark** appeared just above her hip bone. ♯ 16 **What** is that? <u>I</u> asked. ♯ 17 **She** smiled and gathered the hem of her sweater up with both hands. 18 **It's** Chinese, <u>she</u> said. 19 **Do you** like it? ♯ 20 **I** leaned closer. 21 **It** was a symbol I recognized from bumper stickers and New Age bookstores. 22 **Two tailless fish—one black, one white**—curled next to each other to form a circle. ♯ 23 **I** thought you hated needles. ♯ 24 **I** hate getting shots, <u>she</u> said. 25 **I've** always wanted a tattoo. ♯ 26 She was drawn to its simplicity, centuries of wisdom inscribed on her skin. 27 **Two sides** in opposition yet necessary to make a whole, discrete yet inseparable. ♯ 28 **It** made me think of you, she said. 29 Besides, **I** didn't like any of the other designs. 30 **Can you** imagine me with a sunflower on my ass? ♯ 31 **What** about my name? <u>I</u> said. ♯ 32 **She** wrestled me to the mattress, laughing. 33 Silly, <u>she</u> said. ♯ 34 Later, **I** couldn't sleep. 35 **I** got out of bed and sat by the window, watching her. 36 **Her legs** kicked free of the sheets. 37 **With every breath, the shapes inked on her skin** rose and fell, two halves and the indelible border between.

译文：1 又可以见面了①。2 她买到机票后给我拨了电话,念着航班号和登机口,声音里充满了迫不及待。3 我除尘、擦洗、全方位动起来,还从食品店里买了两份吃的。♯4 我等在出站口,手里拿着鲜花。5 旁边站着一个伙计在听收音机。6 耳机声音真大,我能听见里兹·菲尔的歌声,把情人比作一颗爆炸的流星。7 她从我身后冒出来,让我吃了一惊,双唇贴到了我的耳朵上。8 我们取了行李,离开了。9 我放血似的打了一辆出租车。10 就在司机变道不满而出粗口时候,我感觉到一团烈火从她夹紧的两腿之间喷发而出。♯11 我们刚进门她就拉起我进了卧室。12 我们一同倒在床上,头发散乱,一阵狂吻。13 她的牛仔裤前面部分给我手指拉开了。14 她抬起臀部退了出来。15 一个陌生的记号正好出现在髋骨之上。♯16 是什么? 我问。♯ 她笑了,用两手收拢毛衣边脱了上衣。18 是一个中国标记,她说。19 你喜欢? ♯20 我凑近看着。21 是一个标志符号,我在汽车保险杠上的小广告和新世纪书店见过。22 两条无尾鱼,一黑一白,彼此卷曲缠在一起,形成一个圈。25 我一直想做一个刺青。♯26 她被它简单明了的构图打动了,把几个世纪的智慧文在了皮肤上。27 两方对立,但构成一个整体,分而不离。♯28 它让我想到

---

① 原文意义宽泛,指任何可以自由支配的时光;这里根据语境灵活处理。

了你,她说。29 再说,我也不喜欢别的。30 你能想象我的屁股上刺一朵葵花?31 我的名字呢?我说。♯32 她把我摔倒在床垫上,笑了起来。33 真傻,她说。♯34 后来,我睡不着了。35 我下了床,坐到窗边,看着她。36 她的腿已经把被单踢到了一边。37 随着她每一次呼吸,那个刺在皮肤上的图案一起一伏,两半儿,中间是一条抹不去的边。

五

《廊桥遗梦》文本分析

> 一个新理论总是与它在自然现象的某种具体范围的应用一道被宣告的;没有应用,理论甚至不可能被接受。
>
> ——库恩《科学结构的革命》

10 整体中心—边缘
成分的文体分布模式
——以意愿和愉悦为整体中心的情感意义*

> 人有肉体,这肉体同时就是人的负担和诱惑。人拖着它并受它的支配。
> ——雨果《悲惨世界》①

10.1 引言

有了上一章的论述作为基础,接下去的第10—14章拟在参照整体评价动机的前提下,以《廊桥遗梦》为例,分析其中各主要类别的前景化评价成分及其背后的相关因素。基本原则是主体间性,即前文说的同类评价特征随文本过程的累积效应(Accumulative Effect),从而构拟相关文体价值,在《廊桥遗梦》中则集中体现在人物的刻画上。副标题所说的整体中心—边缘评价成分,正好落在其中的情感类成分上;具体而言,情感成分中的意愿性和愉悦性成分既是情感类的中心,也是整个文本的评价中心。从全局看,选择该文本有四个方面的考虑:一、在我们研制的评价语料库中,有这个长度的叙述文本只有《廊桥遗梦》;二、前面分析过的完整文本《致他的娇羞的情人》已经涉及两性交往,选择同一主题便于彼此对照;三、《廊桥遗梦》是情感主题,而情感性又是评价范畴的核心范畴'态度'的第一个次类,有先后顺序上的考虑,更是判断和鉴赏类成分指向的终极潜在特征,为以其他态度为中心的相关后续研究设定了方向;四、《廊桥遗梦》的故事和情节有利于说明以身体为基础的体验主义认识论与现在主义观念,为建设性后现代思想提供以人和人性为立足点的演示实例。

上一章在分析《致他的娇羞的情人》的过程中,我们只是尽数列出了各类评价成分;至于这些成分如何分类发挥各自的文体功效,则没有细究;从这里开始到第14章,笔者将选择评价意义的主要范畴逐一阐述它们同整体评价主旨、各类中心评价成分、类推、意识形态等的关系,并在结束语部分分别从人物刻画、个性心理、抒情写景等角度给予总结,说明上述分析的最终目的,便于为具体文学语篇的单项

---

* 感谢刘立辉教授审读本章并提供宝贵意见和建议。所用语料源自北京师范大学功能语言学研究中心研制的"汉英对应评价意义语料库"(国家社科基金项目子课题,YYB07063)。其母本是北京外国语大学中国外语教育研究中心王克非教授领衔开发的"通用汉英对应语料库",作者谨此致谢!

① 雨果:《悲惨世界》,李丹、方于译,北京:人民文学出版社,1992年。

议题提供分析途径与启示。

《廊桥遗梦》篇幅不大,故事情节简单明了,行文有如散文诗,叙述细腻,情感急缓错落。不过,小说自上个世纪90年代面世以来,虽然影响巨大,但研究不多,做深入分析者少见。这种状况可能与作品的主题有关:无论是东方还是西方,突破道德底线的两性交往一向为社会所诟病,伦理道德毕竟是保护正常两性关系(尤其是婚姻生活)的有效防线,更是支撑社会秩序的一块重要基石,当今如此,古往尤甚。但《廊桥遗梦》的作者不仅对男女主人公婚外情感给予了直接的正面叙述,更重要的是通过与24"方今这个千金之诺随意打破,爱情只不过是逢场作戏"[①]的纷乱世道做比较[②],将一段非常态的交往故事以积极立场演绎成旷世之恋,令人荡气回肠,从而用真情至上原则来提升这一特殊情爱的伦理意义,警示甚至鞭挞那些因惰性使然的"没有浪漫情调,没有性爱"的婚姻生活现状。

上一章分析指出,《廊桥遗梦》立足于情感主旨(即整体评价主旨),更确切地说是基于中年两性交往的积极意愿和积极愉悦、分手后彼此思念的消极愉悦的。本章拟以"情感者"为着眼点,集中从意愿性和愉悦性成分在文本中的主次价值的分布角度,对该文本做具体分析。情感者主要涉及弗朗西丝卡、金凯、迈可与卡洛琳、卡明斯、叙述者;评价对象范围较广,但跟主要故事情节和人物有关;情感主旨的主次价值涉及两个方面,一是意愿、愉悦、满意、安全四类成分的分布模式及其和情爱发展与交往的关系,二是每一次类之下的中心—边缘分布模式(见前一章)。就前一模式而言,意愿和愉悦情感既是整个《廊桥遗梦》的基本主旨,也是四个情感子范畴的中心主旨,所以相对于意愿和愉悦成分而言,情感态度之下的满意和安全成分便是次要的。就后一模式而言,我们拟根据《廊桥遗梦》的具体情况区分两个极端、中间有过渡现象:一个极端是直接为中心情感服务的成分,另一个则毫无关系,从而出现跟两性情感、从直接相关到间接相关到不相关的渐变和过渡现象。中心—边缘模式的确立涉及与中心情感的相关度、情感的强烈度、人物之间彼此的心理距离、表述的直接性等因素。我们将会看到,上述两个模式是宏观的。

评价成分的主次之分是就它们与情爱的相关度和密切性而言的,但边缘性的次要成分并非不重要,它们或者为中心意义提供背景或伏笔,或者形成局部情趣以此丰富整个行文的文学性,从而使话语过程显得主次有别、故事内容充实、情节错落有致、人物性格丰满而特点突出。这些见解虽然早已为学界共识,但此前的论述或多或少带有感想特点;这里将逐一落到具体语言成分上。传统文评的优势在于整体思考;但评价文体学拟在直接与间接、整体与局部之间求取平衡,显隐有据。这是对文本意义解读的评价导向,也是文学分析的评价原则。当然,具体

---

① 引文前的数码为该句在原文中的句子序号;如果使用'[ ]',则说明其中的数码是相关评价范畴(见第1章)。

② 引文后方括号内的数码即该句在原文中的句子序号;如果例子单列,则直接放在引文和例子序号之间(见后文)。

的评价成分分析在操作上很容易走向琐碎，并且和文本主题、人物性格、意识形态、价值观念等整体思想剥离，但其行文措辞的文学性价值、表述安排的审美要求仍不容忽视。

由于情感是男女主人公双方的，所以相关情感成分在分布上有对应性。《廊桥遗梦》的情感成分存在一个蝶状分布模式——以意愿和愉悦范畴中跟男女主人公的情爱有关的成分（268个）为本为主，其他边缘性意愿和愉悦以及相关满意和安全成分为翼为辅（119个），不相关者计248个。当然，由于各自的生活面不同，男女主人公之间的情感要素存在错位情况；再者，整个过程都是弗朗西丝卡主动，金凯相对被动，这就必然在有关成分的数量分布上有所不同——这两点也是整个《廊桥遗梦》的特点。而对中心情感成分及其价值进行具体而细致的分析，可以明确文学文本分析中语言成分与美学价值取向之间的潜在关联。此外，前景化成分是依据，是考察说话人在文本中注入评价动机的基本线索。因此，这一分析途径并没有过时；相反，其重要性在下面的分析中将得到具体彰显；但需要提醒的是，如果局限于前景化成分而不做整体思考，就无法揭示文字背后的评价动机，下面的有关分析会反复体现这一点。

这里的分析对象是《廊桥遗梦》的汉语译文；对于英汉语不对应之处，则以夹注方式标出英语原文。我们按照《廊桥遗梦》在《汉英对应评价意义语料库》中的中英文语句对齐切分原则①，逐一标上了序号。这样，一个英文原句可能对应于一个到多个汉语译文句子，或者多个英文原文句子对应于一个汉语译文句子；对应组都依次标上序号；全文共计2480对。这样既便于读者了解相关语句在行文中的大致位置，由此确定它们与故事情节发展的阶段性的关系，也便于分析时指称表述。此外，行文将适当采用统计数字说明问题，但尽可能点到即止，以免给人突出的科学印象而影响阅读的审美情绪。

10.2 男女主人公为情感者的意愿成分

本节拟将男女主人公分开来讨论，便于比较说明，也能为初次接触评价范畴的读者有更多直观了解的机会。从分布的数量上看，意愿性成分在《廊桥遗梦》的情感成分中是主体，虽然数量不是唯一依据，但在这里的确能体现其核心地位；这一点也体现在愉悦性成分上；两者一同构成《廊桥遗梦》情感意义的中心，也构成整个文本评价意义的中心，其他情感意义，以及其他评价意义，都是围绕意愿和愉悦成分展开的，从而形成辐射状分布模式。

---

① 这里"句"的概念指"以句号、问号、感叹号、分号结尾的一串字符，或以句号＋引号、问号＋引号、感叹号＋引号等结尾的一串字符"。

10.2.1 以金凯为情感者的意愿成分

这在《廊桥遗梦》中一共 81 个,与两性交往有关的意愿成分 53 个,而<u>直接涉及情爱</u>的只有 31 个,边缘情况 22 个,无关的 28 个。但正是其中那 31 个成分奠定了整个故事的情感基调,至少读者会受这一类成分引导。为了直观起见,笔者把金凯想望弗朗西丝卡的意愿作为中心,按意愿的直接程度分组加以讨论。

(1) 900 他<u>寻思</u>她头发在他抚摸之下会有什么感觉,她的后背曲线是否同他的手合拍,她在他下面会有什么感觉。

(2) 901 古老的生活方式在挣扎,<u>想要</u>挣脱一切教养,几世纪的文化锤炼出来的礼仪。文明人的严格的规矩。

(3) 904 但是还是<u>在想</u>触摸她的皮肤会是什么感觉,两个肚皮碰在一起会是什么感觉。

这是相识当晚两人吃过晚饭、出去散步回来后、她为他做饮料时他产生的想法。但此时刚认识,由于她的某些暗示,如主动为他带路、接受他递过来的香烟和他送的野花、邀请他到家里吃晚饭等等,他看到了某种进一步交往的可能性,所以开始舒展自然本性。不过,此时他只是私底下这么放肆;间或偷偷看她,不过 908"他目光一直是含蓄的,从不是公然大胆的"。注意,这里都是叙述者转述的,针对的是他的内心活动,系间接引述范围,情感强度偏低,但和"性"的相关度和直接性高。

(4) 1141 我要说的是我可能不该请你出来,所以你无论如何不必勉强来,尽管我<u>很愿意</u>你跟我一起去。

(5) 1749 我可以给你写信吗? 1750 我<u>想</u>至少给你寄一两张照片。

(6) 290 一张是在牧场上日出时刻我给你照的,<u>希望</u>你跟我一样喜欢它。

(7) 2116 在雾蒙蒙的早晨,或是午后太阳在西北方水面上跳动时,我常试图想象你在哪里,在做什么。

这里有明确的言语表达成分"很愿意""想""希望"。由于它们涉及"客气"程度(远同盟关系),所以金凯的口吻揭示出两人之间一定的心理距离。只是这些成分的出现背景有所不同。(4)是两人认识第二天他对她说的话,所以委婉客套。(5)是分手时说的,有试探性。(6—7)是后来金凯先后写给弗朗西丝卡的信和遗书:(6)是他 1965 年 8 月离开后一个月内写给她的;(7)是分手二十多年后她收到的遗书,是在天各一方而担心打搅她正常生活的情况下写成的,自然有一定距离。下面三句情况相当,是对弗朗西丝卡的请求(必要时关键成分着下划线;引文结束处无句号者,原文尚未结束;下文同此)。

(8) 313 你无论有何需要,或者只是想见见我时,<u>就给我打电话</u>

(9) 315 如果任何时候你能到这里来,<u>请告诉我</u>。

(10) 321 如果你要我寄给你刊登这组照片的那一期,<u>请告诉我</u>。

五、《廊桥遗梦》文本分析

但下面两句与(4—10)有很大不同。

(11) 1690 <u>跟我一起走四方吧</u>,弗朗西丝卡!

(12) 1735 <u>我只有一件事要说,就这一件事……我要你记住……</u>

(13) 2283 如果在他与我面对面<u>要求我跟他走</u>时我已真正了解这一点,我也许会跟他去了

(14) 312 不论怎样,<u>我们必须再见面</u>,不管是何时何地。

第一句是在两人情感的巅峰时刻他的提议,第二句是临别前再次劝她跟他一起离开而说的。这是生离死别的决策,他又是男性,所以直截了当,意愿程度显然比(4—10)强。只不过,后两句离中心情感有一定距离,毕竟是对弗朗西丝卡的要求而非直接示爱。(13)的评价者不再与情感者一致:说话人是弗朗西丝卡,是转述;不过,情感者仍然是金凯。对比下面一组直接关涉中心意愿的句子。

(15) 2095 我接受所有我谋求得到的海外派遣,只是为了抵挡给你打电话或来找你的<u>诱惑</u>,而事实上只要我醒着,生活中每时每刻都有<u>这种诱惑</u>。

(16) 296 我从镜头望出去,<u>镜头终端是你</u>。

(17) 297 我开始写一篇文章,<u>写的又是你</u>。

(18) 309 于是我现在<u>内心里装着另外一个人</u>到处走。

(19) (310 从我们两个人身上创造出了第三个人)311 现在<u>那个实体处处尾随着我</u>。

(20) 2132 所有我能记起的一切哲学推理都不能阻止<u>我要你</u>,每天,每时,每刻,在我头脑深处是时间残忍的悲号,那永不能与你相聚的时间。

(21) 2096 多少次,我对自己说:"<u>去它的吧,我这就去衣阿华温特塞特,不惜一切代价要把弗朗西丝卡带走。</u>"

(22) 2273 他<u>要我走,求我走</u>

在这里,愿望是强烈的,也是直接相关的,彼此再无心理距离。这种似乎只有年轻人才有的强烈意愿,居然在一对仅仅相处四天的陌生中年男女之间产生了,而且在他们之间持续了整个后半生。

从(1)到(22),这个顺序基本上体现了金凯对弗朗西丝卡的需求意愿在强烈程度、相关性、心理距离和直接性上的递增趋势,中心意愿逐渐明朗。

我们想知道金凯对弗朗西丝卡产生想法是从什么时候开始的。行文中有三个关键之处。一是她随他去罗斯曼桥途中,他递烟给她;二是实地考察结束后他送她一束野菊花;三是在她邀请他到家里喝茶时他对她的观察与感受。

熟悉弗洛伊德理论的读者清楚,香烟是一种男性性器官的典型象征符号。他主动递烟,这个举动既出于礼貌(在美国女性抽烟大有人在),也有试探性,是意愿情感的自然流露,是一种潜意识。《廊桥遗梦》是业余创作,在创作中有意识地运用一些大众化的文艺学理论也不是没有可能性;再说,文本中类推手段使用广泛,以香烟作为象征符号也在理。何况,这个举动并不唐突:两人第一次见面,短短一两

295

分钟之内,对一个陌生异性她竟然主动提出带路,这使她自己吃惊,也让金凯意外。其实,他是可以推断出她对他的积极意愿的,至少不反感。

而此时他送她鲜花,有些介乎正常与非正常男女交往之间:正常,因为女性大都喜欢花,顺手采一束野花作为回谢既自然,也在情理中;但稍嫌暧昧,因为行为方面的感激程度表达总是比纯粹口头强一些,何况是花,虽然不是玫瑰,也是有寓意的,至少具有某种示好的作用。可她欣然接受了,一路抱得紧紧的,回家后竟然当着他的面插进花瓶,这一点多少也有些性暗示。

于是,有了他"含蓄的、从不是公然大胆的"窥视她的举动:先是她的姿容,然后是跟他交往过的同样漂亮女人的比较,最后是她与众不同之处(原文第523—234句)。这是叙述者第一次直接呈现金凯对弗朗西丝卡感兴趣的场景,然后是(1—3)所述的情形。这为他后来对她的积极意愿心理提供了应有的铺垫。而对比(14—22)最后几句表达的强烈欲望,这个过程首先是逐渐递增的,随后是几十年维持在大致相当的水平上(例4—22),尤以例(15—22)直接。这种水平已经超越了"性本能",升华到了叔本华说的一种纯粹境界。这是由时间提炼和累积的现在性,是一种潜意识的理想化记忆加工状态,成为金凯余生一切行为的主导(18—19)。

下面这个句子直接以理查德为评价对象,却间接表达了金凯对弗朗西丝卡的倾慕心态。

(23) 963 他当时真想对着厨房的四壁大喊,把以下的话刻进白灰中:"看在耶稣的份上,理查德·约翰逊,你真是像我认定的那样,是一个大傻瓜吗?"

而在两人关系进入实质性阶段前,金凯也有意识地做过自我控制,或者表明他对待她的方式:

(24) 902 他试图想点别的事(Anything but how she looked just now)

(25) 903 就是别想现在她是什么样。

(26) 905 这是永恒的问题,永远如此。906 该死的古老方式正挣扎着冒到表面上来。907 他把它们打回去,按下去,吸一支骆驼烟,深深地呼吸。

(27) (1464 他本来可以早点退出这一切,现在还可以撤)1465 丢下这一切吧。1466 金凯,回到大路去,拍摄那些桥,到印度去,中途在曼谷停一下,去找那个丝绸商女儿,她知道所有古老的令人迷醉的秘方。

(28) 1685 至少我并不想拥有你。

这是消极意愿,或者说是抵制欲望的反意愿。不过,情感最终还是战胜了理智。下面一例是另一种表达方式,由弗朗西丝卡陈述,但情感者仍是金凯。

(29) 1682 我原来不想让人拥有,也不需要,我知道这也不是你的意图。

上面讨论的均系中心意愿成分;还有一组边缘或者接近边缘的情况,它们对中心意愿意义具有辅助作用,这样的成分全文一共22个。且举数例。

(30) 386 如果你愿意的话,我可以领你去。

(31) 1648 我要照一张相留下你今天早晨的样子,一张只给我们俩的照片。

(32) 651 <u>为</u>午后傍晚的廊桥,或者更恰当地说,为在温暖的红色晨光里的廊桥。

(33) 1572 弗朗西丝卡,我<u>要求</u>你为我做一件事。

(34) 1648 我<u>要</u>照一张相留下你今天早晨的样子,一张只给我们俩的照片

(35) 337 他……<u>要</u>她靠着篱笆桩

在这 21 个成分中,有的是假定性意愿,是弗朗西丝卡推定的、他可能接受或具备的;这样她就为他留下了选择余地,也是成就他意愿的一种方式。这种情况下还有一个关于消极意愿的表述:

(36) 1398 他端坐在那里一动不动,<u>不愿</u>出任何足以引起玛吉怀疑的声响。

这个句子表面上跟两人情感无关,但他不愿出声是担心她遭遇闲话,是为了保护她,因此存在一定的间接相关性。

(37) 141 <u>有</u>个伴多好,一个女人。

这个祈愿句已经和弗朗西丝卡无关了,因为他的这一想法发生在认识她之前。不过,它具有某种暗示作用,一种生理需要,也是第六感,和后文陈述弗朗西丝卡的相关情形一致(见例 38)。

行文中和金凯有关的意愿成分还有 28 个,但均不关涉金凯与弗朗西丝卡的情感生活,如 90 "他一生中曾千百次私心<u>窃</u>望有一条狗"。

10.2.2 以弗朗西丝卡为情感者的'意愿性'成分

针对弗朗西丝卡的叙述与针对金凯的叙述有很大不同。事实上,以弗朗西丝卡为情感者的所有意愿成分都或多或少与情爱有关。下面从情爱相关度最低的一个句子开始,便于说明相关考察结果。

(38) 779 她有一次忽然心血来潮,隐隐地<u>希望</u>在乡村生活中有点浪漫情调而买的。

其中和意愿有关的部分与《廊桥遗梦》的情感主旨无任何直接关系,但这是后来婚外情感发展的先兆。这跟(37)对应。可见,两人事前都有某种直觉和预期。

第二个表面上和中心意愿无关的句子是由金凯引起的:金凯离开数天后,弗朗西丝卡和丈夫进城返回途中遇上了金凯的卡车。此时,她再也无法控制自己的情绪,"公然地哭了";而丈夫茫然,问她究竟,她敷衍道:

(39) 1936 理查德,我只<u>需要</u>自己待一会儿,过几分钟就会好的。

显然,她不得不把自己关进一个狭小封闭的天地里独自承受痛苦,这也是处理问题的唯一办法——自我消解。因此,(39)是间接相关。

下面这一组句子涉及的积极意愿情感均可看作对(38)的回应与演绎,只是它们是针对金凯的,但都是边缘情况,毕竟都没有涉及性爱因素。不过,她自始至终都很主动。

(40) 386 如果你<u>愿意</u>的话,我<u>可以</u>领你去(glad to)。

(41) 500 热得很,你要喝杯茶吗?(请他喝茶)

(42) 595 你愿意留下来吃晚饭吗?(请他吃晚饭)

(43) 1076 如果你还想吃晚饭,今晚你事毕之后可以过来,什么时候都行。

(44) 1245"需要什么就随便用,"她轻轻咬着下嘴唇微笑着说。

(45) 1450 我晚饭已经做好了,你什么时候想吃都行。

在这之前以及穿插其间的心理活动是上述举动的潜在因素:

(46) 363 他是谁?

(47) 489 再多了解一些罗伯特·金凯,这位摄影家——作家,这就是她想要的。

(48) 490 她想多知道一些,同时她把花竖起来紧紧抱在怀里,好像一个刚外出回来的女学生。

注意(46),这是某种预期的直觉反应,符合常理,也跟例(38)对应;例(47—48)是认识金凯、尤其是在他送她野花后、她对他的好奇心:前者是"想要"的内容(原文 more of),而后者是意愿(原文 wanted)及意愿内容(原文 to know more)并存。

(49) 620 她原该告诉他如果需要可以用房子里的蓬蓬头洗澡,她原是想说的,又觉得这样似乎超过了熟悉的程度,以后自己心情恍惚,把这事忘了。

(50) 895 虽然她知道他生活中用惯了带缺口的杯子,但是这回她要完美无缺的。

第一句有追悔之意:先前想为他做点事,可惜后来忘了;该句表明一种心态,一种为他考虑的积极意愿;第二句同此,要为他不完整的生活提供补偿,她觉得她有这个义务和责任,所以有她后来给儿女遗书中的话(2318 罗伯特是孤身一人。2319 这不公平,我当初就知道)。两句均涉及格式塔完型心理;不过,也只有在自己有好感的人面前才会这样。所以,他们相识第二天晚上,当罗伯特问她是否愿意陪他喝一杯时,她开始琢磨他的心思:她认为 1454"他在支吾其词,寻找自己的重心,而每时每刻都在失去重心"。她聪明得很,这样的机会怎能放过呢?所以,作者在这里采用了间接引语:

(51) 1455 她愿意喝一杯。

因为直接引语多少会暗示礼数,而通过叙述者陈述的信息,可以减少其他可能性——这里只有唯一解!其实,这是金凯的进一步试探,因为先前他送她野花而她又欣然接受的举动,已经给了他某种启示。但对于弗朗西丝卡来说,出于女性的矜持,她的反应耐人寻味:这种行为似乎应该是中国传统女性的通例(对比《莎菲女士的日记》中的莎菲和《红楼梦》中的林黛玉对待意中人的方式)。

(52) 503 她引导他把卡车停到屋后面——她希望自己做得很随便。

这种自我意识也体现在下面一句中,只是以另一种方式更进了一步:她不仅在意自己的举止,还开始关注自己的外表,包括指甲这样的细节问题:

(53) 916 她看见自己的指甲,希望它长长,保养得好一点。

弗朗西丝卡在沃勒的生活中似乎有原型,这种微妙的心理只有对主动、聪颖、敏感的女性的直接接触才会有明确体验,这既说明确立隐含作者的必要性,也符合弗朗西丝卡这个角色的性格特点。这与后文描述她尽心打扮自己相吻合(1360"她想,我已是尽力而为了"),也与她对金凯的期盼联系在一起:

(54) 825 她……对……罗伯特·金凯产生一股温情,希望他不要走得太早。

但有两次她犹豫不决。一次是晚饭后她试图营造某种氛围,对于太亮的厨房顶灯是开着还是关上,她琢磨开来:

(55) 924 弗朗西丝卡·约翰逊,理查德·约翰逊之妻,要让它打开。925 弗朗西丝卡·约翰逊,一个走过晚饭后的草地重温少女时代的旧梦的女人,要把它熄灭。

跟金凯不同,这里没有相反方向的隐含意义:让什么打开?让什么熄灭?因为这小半天来她对他的好感有增无减。她还是关掉了顶灯,点上了蜡烛!

第二次是他们喝完咖啡和白兰地后,她再次矛盾了:

(56) 948 她心里来回翻腾 949 是的,请你走吧;950 再留下来喝杯白兰地;951 走吧。

按理,她先前是希望他不要走得太早的(见例54);而吃完饭、散完步、喝过酒和咖啡之后,她再一次踌躇了。在此,我们看到了一个活脱脱的女人,一个典型的坠入情爱中的女性角色,与金凯处理问题的方式相对照(1762"干脆利落地解决问题")。

接下去是情感的进一步发展,她对他的积极意愿有更明确的正面回应:

(57) 1095 不行,她不愿等这么长。

(58) 1099 她愿意跟他一道去,但是有人看见怎么办,假如理查德知道了,她怎么跟他说?

(59) 1103 好吧,我愿意。

(60) 1144 不,我想看你工作,我不担心闲话。1145 她实际是担心的,但是自己身上有某种东西在主宰着,要做冒点风险的事。1146 不管付出什么代价,她就是要到杉树桥去。

(61) 1171 我想看你制作照片,你不管它叫'拍'。

(62) 1181 她希望她到这儿来的本身也能使他体会到同样的意思。

(63) 2087 亲爱的弗朗西丝卡:2088 希望你一切都好。

这是同一情节内的一组意愿句。相识后第二天早上,金凯见到了她给自己的纸条,是她前一夜特地驱车到罗斯曼桥留给他的,邀请他第二天晚上再过去吃饭,他便打电话邀请她去杉树桥,陪他拍照。她虽然犹豫了两秒钟,怕被熟人看见(例58和60),但还是很快做出了决定:她不能等一整天、在他干完活儿之后才能见到他,所以她有一种不愿"等待"的消极意愿(例57)。事实上,她要见他的积极意愿得到了充分展示(例60中的1144),态度坚决(1146)。她对他说了理由(例61)。

当然，其真正的目的到(62)再明显不过。(63)是他留给她的遗书，情意浓烈。

其实，对于她对他的积极意愿，刚认识不久她就产生了。

(64) 388 也许是在这么多年以后，少女的心镜像水泡一样浮到水面上，终于爆开了。

随后有原因说明，这也是叙述者的第一次正面叙述：

(65) 390 她唯一能解释的是，只见了几秒之后，罗伯特·金凯就有某种吸引她的地方。

而当他们在她家厨房做晚饭、了解到他结过婚时，作为一个有心思的女人，想法出现了：

(66) 715 她不愿意他结过婚。

这是情感中的男女常有的消极心理，却发生在一位中年妇女身上。这不寻常：她并没有意识到自己有家有室。如果这一点可以作为一种案例看待的话，这种本能反应显然跨越了年龄界限，意味着真爱和真情。

(67) 1421 她不想从他身上把手抽走，但是现在没有借口不挪走了（disliked removing her hand from his shoulder）。

(68) 1495 她不情愿地从他手里抽出了自己的手

(69) 1397 这股热气进入她的手，传到她的胳膊，然后散到全身任意流动，到处通行无阻，她也的确丝毫没有想加以控制。

这三句存在意愿强度上的变化：在(67)阶段彼此还不熟悉，但她已经做出了超常举动；(68)是两人认识后第二天晚上即将跳舞、她准备点上蜡烛时的心理：不是外在原因迫使她抽身，而是她要营造更好的环境氛围。这个消极意愿是出于浪费时间的考虑，而非别的原因打搅他们。因此这比(67)表达的心理距离缩短了不少。(69)则没有任何距离，她已经开始释放自己的意愿而无所顾忌。到此，两人的情感发展算是成熟了。这一点也体现在从当初彼此礼貌交往、到此后无距离的要求上：

(70) 1654 有两次，应她要求为她弹唱吉他歌曲

显然，这一情况只有非常熟悉的人之间才有。同样的情况出现在以下两例中。

(71) 1701 你就是那旧背包，那辆叫作哈里的卡车，那飞向亚洲的喷气式飞机。1702 我也愿意你是这样（that's what I *want* you to be）。1703 假定如你所说，你的物种进化的分支是一条死胡同，那我也要你以全速冲向那终点（I *want* you to hit that end at full speed）。

这是分手前她对他的生活方式的积极表态。从英文的表达方式（want）看，两人之间也显示出非同寻常的关系（注意两句的汉语翻译有程度上的不同）。

当然，最为核心的应该是那些直接展示性爱身心需求的叙述内容，这在文本中有31处，都是积极性的。首先是一组跟冲动有关的表达：

(72) 373 他两眼望着她，她感到自己体内有什么东西在跳动。

(73) 480 她又感到体内有点什么动静。
(74) 1086 她体内又跳动起来，像昨天一样。
(75) 1087 好像有一根东西从胸部插到腹部。
(76) 1219 长久以来第一次，她单是由于注视别人而两腿之间湿漉漉的。
(77) 1256 他现在是光着身子，她想着，感到下腹有异样的感觉。

这些表达方式都是引发性的，通过弗朗西丝卡的生理反应来间接说明她的欲望。尤为重要的是，它们再现了体验哲学的基本精神——思维源于身体，身体在外在世界和脑神经加工之间发挥着调节作用，它是思维的基础。同时，这是在意识之前就已经出现的，或者说是前概念化阶段。这一点符合评价心理学的相关发现（见第5章最后部分有关介绍）。

下面的信息间接性开始拉大：

(78) 981 但是她身上还有另外一个人的骚动，这个人想要淋浴，洒香水……982 然后让人抱起来带走，让一种强大的力量层层剥光（她想要的；引发性意愿）
(79) 995 她开始在脑海里翻腾叶芝的诗句："我到榛树林中去，因为我头脑里有一团火"。
(80) 1561 弗朗西丝卡紧紧贴在他的胸前，心想不知他隔着她的衣服和自己的衬衣能否感觉到她的乳房，又觉得一定能的。

还有几个意愿是通过否定方式表达的，也是间接性的：

(81) 1768 别走，罗伯特·金凯。
(82) 1920 哦，基督……哦，耶稣基督，全能的上帝……1921 别！
(83) 1947 为了他，她什么都愿意做，除了毁掉她的家庭，或者连同把他也毁掉。
(84) 2023 在此之后，她停止了搜寻，主要是害怕可能发现的情况。

而下面这些句子表达的则是直接的：

(85) 1562 她觉得他真好，希望这一刻永远延续下去。
(86) 1593 他就是一只动物，是一只优美、坚强、雄性的动物，表面上没有任何主宰她的行为，而事实上完完全全的主宰了她，此时此刻她所要的正是这样。
(87) 1601 她自从见到他以来，一直有预期……享受某种快感摆脱日常千篇一律的方式。
(88) 1646 她有点把握不住自己，还想再要他，永无止境。
(89) 1683 我现在……在你的身体内，属于你，心甘情愿当一个囚徒。
(90) 1708 假如你把我抱起来放进你的卡车，强迫我跟你走，我不会有半句怨言。
(91) 1722 我多么想要你，要跟你在一起，要成为你的一部分。

(92) 1725 尽管我说了那么多关于不该剥夺你以大路为家的自由的话,我还是会跟你走,只是为了我自私的需要,我要你。

(93) 2277 我从来没有停止过想他,一刻也没有。

(94) 2339 迈可,想想他们两人这么多年来这样要死要活地互相渴望。

有一句是有关弗朗西丝卡和金凯两人的:

(95) 1571 托马斯·沃尔夫曾提到"古老的渴望的鬼魂"。1572 现在这鬼魂在弗朗西丝卡身体里,在他们俩的身体里蠢蠢欲动。

还有一个与此相关、却由叙述者直接表达出来:

(96) 377 必须传宗接代

这是她第一次见到他后叙述者站出来发表的一句评论,是有关物种演变的,也是性爱的实质。从语境看,这不可能是弗朗西丝卡的内心独白,但可以看作是她对他的潜意识生理需求。

文本中还有几个有关消极意愿的实例。

(97) 1682 我原来不想让人拥有,也不需要,我知道这也不是你的意图

(98) 1726 不过,求你别让我这么做,别让我放弃我的责任。

(99) 2273 他要我走,求我走,但是我不肯。

它们虽然与前面涉及的积极意愿强度相当,但不是对两性情感的进一步要求,而是家庭责任感迫使她做出中断交往的决定,这显然与(81—84)的消极意愿截然不同。

还有一组意愿实例,不是从人物弗朗西丝卡或叙述者的角度、而是以男主人公作为评价者、女主人公作为情感者(意愿者)的方式出现在行文中:

(100) 1097 如果你愿意来看我拍照也很好

(101) 1474 如果你愿意,我们可以跳舞,这音乐跳舞挺不错的。

(102) 1475 不过如果你愿意,我也许在厨房里还可以应付

(103) 1670 这样好吗,如果你愿意,我就呆在这里,或是城里,或是随便什么地方。

(104) 1758 你如果想见我,或者只是想聊聊天,千万别犹豫。

这些全是假定性的:评价者是说话人金凯,而情感者仍为弗朗西丝卡。它们的相关性有弱有强。有趣的是,这些在一定程度上带有金凯的接纳性意愿:对对方的容忍程度。

(105) 2197 母亲爱上了一个叫罗伯特·金凯的人。

这里的"爱"是通过儿女转述来的,无论是强烈程度和直接性都相对较低,但相关度高。

最后,以弗朗西丝卡为情感者,以她的家人和邻居为对象的意愿成分有 25 个,其他大多数都是她留给孩子们的遗书中的内容。且举数例。

(106) 346 她在理查德面前决不会这样穿法,他不会赞许的。

(107) 2229 <u>请</u>你们理解,我一直平静地爱着你们的父亲。

(108) 2294 我<u>只要</u>你们知道我多爱罗伯特·金凯。

(109) 2329 如果你们是爱我的,那么<u>也该</u>爱我做过的事。

(110) 2332 他美,热情,他肯定值得你们尊敬,也许也值得你们爱)我<u>希望</u>你们两者都能给他。

这些意愿实例或多或少跟两人的婚外情爱间接有关。这与金凯为情感者的意愿实例不同。

总之,以男女主人公为不同情感者的意愿成分,在《廊桥遗梦》中有不同分布方式:以男主人公金凯为意愿者的评价对象有相当一部分与性爱无关;但以女主人公为意愿者的评价对象、或者说其中涉及的评价内容,均与男女主人公的性爱有关,只是相关度有差别,从而形成一个以男女主人公为着眼点的中心－边缘蝶状模式。这里既涉及隐含作者的叙述策略,也跟男女主人公的生活方式一致。即是说,男女主人公相处仅仅四天,以性爱为基本内容,2298"两人共同创造了第三个生命";此后大半生则以彼此思念为主线,2299"被放出去到处游荡"。我们无从得知作者是否了解或阅读过《梁山伯与祝英台》的故事,但男主人公的上述比喻,确与梁祝肉身死亡而化作"第三个生命"的彩蝶相似,由此也确立起以意愿为主体、相思的男女主人公为两翼的另一个蝶状模型。可见,《廊桥遗梦》可谓现代西方的《梁祝》:无论是感人的故事情节还是精美的叙述文句,均似一首散文长诗,大有《孔雀东南飞》那"守节情不移"、《长恨歌》那"绵绵此情无绝期"的韵味。

10.3 以男女主人公为情感者的愉悦成分

有趣的是,上述分布模式也存在于愉悦类现象中。下面拟以两人的情爱强度为着眼点、通过比较来梳理愉悦性成分的等级价值。先看三个和金凯的愉悦情感有关的句子。

(111) 402 他看了她一眼,仅仅是一瞥,<u>微微一笑</u>,问道向哪边走。

(112) 652(祝酒之后)他咧开嘴<u>笑</u>了。

(113) 891 他的话从黑暗中传出来,她知道他是<u>笑</u>着说的。

第一句是弗朗西丝卡带金凯去罗斯曼桥途中金凯的反应,是外在因素("她")引出的愉悦情感。由"微微一笑"(smiled slightly)这一行为表现出来。不过,这一笑的情感强度毕竟很低。相比较而言,第二句则有所不同:原文是 with a little grin;grin 为咧嘴露齿之笑。第三句更不相同:两人晚饭后去牧场散步,返回途中她问他是喝酒还是咖啡,想多留他待些时间,他却问"存在两样都要的可能吗?"这种美国式的幽默可以恰到好处地营造轻松感,使她在兴奋中略有失态:892－893"她回答说:'那当然,'自己听着声音有点感到不安。是那不勒斯咖啡馆里那种<u>有点放荡的笑声</u>。"她来自意大利那不勒斯,年轻时轻松快意地跟当地一个绘画的艺术教授"疯玩了一阵"(第269句)。所以,这让她多少有些跳出家里和小镇死气沉沉的氛围、回到年轻时代的感觉。这也是两人关系走近的一种契机。

不过,对比这一阶段的弗朗西丝卡,她从一开始就把自己放到了情人位置上。例如,她十分珍视金凯送她的野花,毕竟生活在乡下,估计从来没人为她这么做过:

(114) 490 她把花竖起来紧紧抱在怀里,好像一个刚外出回来的女学生。

看来,爱情没有年龄限制:中年女人遇上真爱仍是少女的心理和举止。而这样的心态显然比金凯的早半拍:此时,弗兰西丝卡已经进入状态了。

接下去看第二级愉悦性,一共7个成分,其中一个是消极愉悦性的。需要首先比较的是,第二天一大早,当金凯从罗斯曼桥拍完照片返回而经过她家时,他有些失落:

(115) 1047 没有她的影子。

他随后直接驱车去了杉树桥。完事后他无意间被兜里的一颗大头针扎破了手指,这才想起自己在罗斯曼桥取下的那张纸条,大有柳暗花明之感:

(116) 1077 他禁不住微微一笑,想象弗朗西丝卡·约翰逊带着这张纸条和大头针在黑暗中驱车到桥头的情景。

这显然已经超出了一般男女的正常交往范围,却也是他期待的。所以,当他试探着邀请她去猪背桥拍照时,她爽快地答应了;他则冲口而出 1147 "好极了。"他见到她时第一句就是 1163 "真高兴看见你。"随后不久又因局促而没话找话 1177 "太欢迎你来了,事实上你来了我很高兴。"而从她的角度,叙述者补充了一句:1180 "他是真诚地高兴看到她";拍照过程中他对她的帮助给予了肯定:"1203 他在拧紧新相机时回过头来向她笑着说:'谢谢,你是一流的助手。'"这里的"笑"既有愉悦特征,也有满意心理;当然,表面上更有礼貌因素。跟例(111-113)相比,两人又向对方迈进了一步。

而此时的弗朗西丝卡早已看到了金凯的潜在心迹,也表现出一种特有的情意:

(117) 338 她对他用了这么多胶卷有点于心不安,但是对他给予她这么多关注感到高兴。

(118) 593 弗朗西丝卡向他笑了,她第一次笑得热情而深沉。

不仅如此,她那种为悦己者容(119-121)、因悦己而自私(122)、而温情(123)、而诗化(124)的情怀已经出现,并散发出芳香:

(119) 345 知道他透过镜头能这样清楚看到她的胸部,她感到高兴。

(120) 1360 她想,我已是尽力而为了,然后又高兴地说出声,"不过还是挺不错的。"

(121) 1462 她很高兴他注意到了她的腿。

(122) 725 但是她感觉良好了一些,挺自私的(她再次奇怪自己为什么要在乎他结过还是没结过婚)。

(123) 827 她站起来在开水里放进几个饺子,搅了搅,靠在洗涤池上,对这位从华盛顿贝灵汉来的罗伯特·金凯产生一股温情。

(124) 938 弗朗西丝卡正享受着美好的情怀,旧时情怀,诗和音乐的情怀。

这仍然比金凯先半拍。最后一句是引发性的愉悦现象,是陶醉,是20来岁时的心态和举止,更有少女的憧憬。由于这个前提,她自己的感觉、对他的态度,自然也就不同寻常了:

(125) 1213 她带着蓝背包从桥上穿过去站在他背后,感到很快活,快活得奇怪,这里充满活力,他工作方式中有一种力量。

(126) 1245 "需要什么就随便用,"她轻轻咬着下嘴唇微笑着说。

后一句说的可是她引他到自己的浴室洗澡! 远比前一句描述的举止离谱。不过这正是她想要的。这里和弗朗西丝卡相关的愉悦成分一共11个。

第三等级(阶段)的幸福感发生在上述情形之后不久,而且过程很短:是从他欣赏沐浴后光彩照人的她开始的,具有实质性意义的跳跃与升华:

(127) 1365 于是他爱上了弗朗西丝卡·约翰逊

(128) 1369 她可以感觉得出来他的倾慕是真诚的。

(129) 1370 她尽情享受这欢乐和得意,沐浴其中,听凭漩涡没顶,像是多年前抛弃了自己今又归来的不知何方仙女双手洒下的甘油浸透每个毛孔。1371 就在这一刹那间,她爱上了罗伯特·金凯——来自华盛顿州贝灵汉的、开着一辆名叫哈里的旧卡车的摄影家——作家。

(130) 1373 在一九六五年八月那个星期二的晚上,罗伯特·金凯目不转睛地盯着弗朗西丝卡·约翰逊,她也牢牢地看着他。1374 他们在相距十英尺外紧紧拴在一起,牢固地,亲密地,难分难解。

两人一同提升到了爱的境界,两颗心融到了一起,不再有间歇,不再有羞赧,不再停留在分寸和礼数上。不过,故事在这里有两个插曲。一是弗朗西丝卡的朋友玛吉在他俩沉醉的当口打来电话,二是待他俩随音乐起舞之时,收音机突然插播广告。打电话时,

(131) 1383 她右手伸过去随便地搭在他的肩膀上,这是有些妇人对她们心上的男人常有的姿态。1384 仅仅不到二十四小时,罗伯特·金凯已经成了她的心上人。

广告之后,他们跳舞了。而感情发展到这一步,要回流的可能性基本上没有了,只可能直线上升,所以自然而然地出现了进一步的行为:

(132) 1568 她挪开了脸颊,抬起头来用黑眼睛望着他,于是他吻她,她回吻他,长长的,无限温柔的吻,如一江春水。

接下去是最高境界,也是幸福感最强烈的阶段:他们跨越禁区,奔向对方深处。不过,叙述者并不是满足于低级陈述,而是从境界上加以升华:

(133) 1594 这远不止于肉体——尽管他能这样长时间不疲倦地做爱本身也是其中一部分。

这种升华感可以脱俗(1595"(他)爱她是精神上的"),可以避免耽于寻乐的低级趣味,可以超乎寻常,使他们的爱在道德上得到读者认可,给予他们观念上的支持。下面的相关例句可以说明,尤其是叙述者揭示的金凯的内心活动(注意136—139)。

(134) 1608 他们连续做爱一小时。

(135) 1633 他以最完美的姿势在她身上,沉浸于终生不渝的、全心全意的对她的爱之中。

(136) 1629 所有的孤寂之感一下子溶解了

(137) 1630 终于,终于……他走了这么远

(138) 1634 终于!

(139) 1637 不是为旅行摄影,是为爱你

(140) 1658 随后他带她到一家谊华饭店吃午饭,在餐桌上握着她的手,以他特有的方式目不转睛地看着她。

(141) 1665 他们做爱之后进行了谈话

(142) 1689 天哪,我们就是在相爱

(143) 1736 星期四夜里又做爱,在一起躺着互相抚摸,悄悄耳语

(144) 2118 还有在我爱着你时你说悄悄话的声音。

(145) 2133 我爱你,全身心地爱你

(146) 2417 跟你爱的一个女人做爱也是这样

对照上述模式,文本中有两个倒叙句,同(133—146)的愉悦程度相当:

(147) 317 我爱你

(148) 341 他……一边工作一边……总是告诉她他觉得她多么好看,他多么爱她。

第一句是弗朗西丝卡阅读金凯当年离开后写给她的信;第二句关涉的事件发生在周三早上,只是以倒叙形式出现在文本的开始部分。

而处于同一水准上的弗朗西丝卡更是愉悦之至、陶醉之至、忘我之至,这是她一直以来期盼的境界。值得注意的是相关成分一共31个,而与金凯有关的只有18个。这些成分之中,有的是称名性的,只有概括性表述,无具体内容,最典型的是直接说"爱":

(149) 1646 她看着他,心里想着,天哪,我多爱他。

这跟(147—8)对应。而这样的成分全文一共5个。其他的具体一点,但也相对空泛。悉数列举如下:

(150) 1559 这正是使她迷茫而又倾心之处——惊人的激烈,而又掌握得极有分寸,激烈得像一支箭,伴随着热情,没有丝毫低级趣味。

(151) 1724 我对你感情太深,没有力气抗拒。

(152) 1908 她原来自以为对他多么一往情深。

(153) 2026 在这些白纸上记下她同他恋爱的详情<u>对他的思念</u>。
(154) 1596 但是<u>她爱他是精神上的</u>,绝不是俗套。
下面的是具体内容。当然,这样的成分直接性相对低一些。
(155) 1574 她拿着白兰地到厨房去,停下来凝视着他们两人曾经站过的那块地方,<u>内心汹涌澎湃不能自己</u>。
(156) 1576 这感情太强烈……不然单是那感情的冲力就会使她精神崩溃。
(157) 2255 罗伯特和我在我们这间老厨房里一起度过了许多小时。
(158) 2256 我们聊天,并在烛光下跳舞。
(159) 1655 她听了笑着吻他,然后往后仰,躺在自己的感觉之中,尽情听他歌唱那捕鲸的船和沙漠的风。

而最直接的,莫过于使用"做爱"这个词,这在行文中出现了 8 次。例如,
(160) 1653 两人所有的时间都待在一起,不是聊天,就是做爱。

两相比较,他有回家的感觉(句 136—139),这是弗洛伊德理论的基本精神;她则实现了把"空杯子"装满的夙愿。对比年轻时离开艺术教授,270"她在黑头发上系着红缎带,<u>恋恋不舍自己的梦</u>";衣阿华沉闷的人文环境,882"正是她灰心丧气之处。她感到受伤害,感到<u>孤独</u>"也是潜在的 377"必须传宗接代"的伏笔。

而下面两句应该属于次一级程度:它们均与性爱的愉悦感受有关,但隔了一层:前一句指他们在相识第三天早晨他为她拍摄的那张具有特殊意义的照片,后一句说的是孤独的晚年金凯喜欢围绕皮吉特海湾拍照。
(161) 290 一张(照片)是在牧场上日出时刻我给你照的,希望你跟我一样<u>喜欢它</u>。
(162) 2102 我的许多作品都是围绕着皮吉特海湾。2103 我<u>喜欢</u>这样(2104 似乎人老了就转向水)。

中国文化中对情爱有"柔情似水"的比喻;《廊桥遗梦》中也有,如(132)(long-time soft kissing, *a river of it*);老人常在水边逗留,守着水,是否意味着守着情、守着追忆呢?追忆的主要内容可能是他和弗朗西丝卡一起相处的四天三夜。

对金凯来说,还有三个带假设性的愉悦实例:
(163) 1692 我们可以在大漠的沙堆里做爱
(164) 1694 如果你<u>不喜欢</u>大路上的生活,那么我就找个地方,开个店,专摄当地风光,或肖像,或者干一行随便什么能维持我们生活的营生。
(165) 1728 不再是你所<u>爱</u>的那个女人(弗朗西丝卡为评价者)

前一句是金凯劝说弗朗西丝卡离开小镇随他 1690"走四方"后可能的生活方式;中间一句是设想两人的生存方式问题;后一句是在肯定金凯爱她的条件下、以后自己很可能完全丧失值得他爱的理由,其中"所爱"带有一定的当下性。因此,两句都有愉悦程度降低的趋势;从叙述方式看,也与中心愉悦情感有所不同。

弗朗西丝卡则处于另一种心境,虽然同样是回味——守着相思度日:

307

(166) 254(儿女不来打搅她的思念)这一点却使她私下里感到<u>高兴</u>

(167) 260 她留在了南衣阿华的丘陵之中这片土地上,为了一个特殊的原因保留着老地址。她很<u>高兴</u>自己这么做了。

(168) 285 她坐在靠窗的椅子里,看着地址,全神贯注,因为信封里面是他的手的动作,她要<u>回味</u>那二十二年前这双手在她身上的感觉。

(169) 334 每年她都在脑海中把所有的影像过一遍——<u>细细地回味一切</u>,刻骨铭心,永志不忘,就像部落民族的口述历史,代代相传直至永久。

(170) 332 那是一个<u>疯狂地爱上了</u>正在照相的男子的女人的脸(It was the face of a woman desperately in love with the man taking the picture).

显然,她仍然是他的家,是他可能的归宿;因此,她在回味中守着那个只属于他们两人的"家"(168—169),通过照片陶醉于往日的温馨(170)。

上面的实例都是单一性的;有积极愉悦与消极愉悦并存的现象:

(171) 292 我坐在这里,在我的脑海中搜索我们在一起度过的时光的每一个细节。

(172) (1739 她到厨房时他已煮好咖啡,坐在桌子旁抽烟)1740 他对她<u>笑笑</u>。

(173) 2097 可是我记得你的话,我尊重你的感情

第一句是回忆,有甜蜜也有痛苦;第二句有同样程度的积极愉悦因素,不过也带消极愉悦心理,因为他就要远走高飞,且一去不回;第三句同样无奈。

而最具边缘特点的莫过于下面这个例子,仅此一例。这是金凯和弗朗西丝卡在厨房里跳舞的音乐,是收音机里播放的。

(174) 131 他唯一<u>喜</u>欢过的迪伦的歌是《北方来的姑娘》。

不过,这支曲子是他俩爱情的见证,也是他背负抑郁情结远走四方的慰藉;所以他在西雅图的萨克斯朋友卡明斯送给他的礼物之一,即演奏这支具有特殊意义的歌,并以此结束全文。

最后来看两组无直接关系的消极愉悦实例。先看第一组。

(175) 301 也许内心深处并<u>不快活</u>,也许有些<u>寂寞</u>,但是至少是满足的。

(176) 910 她也知道,凭他的爱尔兰人对悲剧和敏感性,他已感觉出一些这种<u>空虚</u>。911 不是怜悯。912 这不是他的事。913 也许是<u>悲哀</u>。

(177) 1543 对这我不感到<u>悲哀</u>,也许有一点怅惘。

(178) 46 他有一次谈到他头脑中时光的"<u>残酷的哀号</u>"。

第一句是描述他在认识弗朗西丝卡之前不时出现的消极愉悦心理;第二例则出现了三个消极愉悦成分,其中两个是他可能的心理状态;第三例跟第二例相当;最后一例与前一句相关,只是程度更强。这些成分体现了金凯的悲剧性格。注意,例(176)中的"空虚"一词,之前的行文中有一个比喻:909"她知道他知道白兰地从来没有倒进过这两只杯子",说明两人情爱心理的"虚空"状态,这跟例(176—178)一致。这是比照,所以有弗朗西丝卡要把这两个空虚的"杯子"用白兰地(酒:爱

情)来填满——在这里可以看作浪漫情怀的象征性转喻。总之,虽然例(176—178)三句与两人的情爱愉悦心理无直接关系,但它们可以起到陪衬作用。

再看第二组。注意例(180)和例(182):前者句末有一个"微笑",它在这里的语境中指行为的态势性,属于判断的第一个范畴;例(182)"咧嘴一笑",不再是积极性的,而是苦笑,与例(174—176)相仿:苦甜参半。

(179) 1732 他望着窗外,<u>内心进行着激烈斗争,拼命去理解她的感情</u>。

(180) 1748 她看见他<u>眼中有泪</u>,但是他一直保持着他特有的微笑。

(181) 1774 <u>泪水从他的两颊流下来</u>。

(182) 1777 然后<u>微微咧嘴一笑</u>。

(183) 1795 他转到大路上时又<u>哭</u>了。

(184) 2132 时间<u>残忍的悲号</u>。

(185) 2108 <u>我心已蒙上了灰尘</u>。

(186) 2123 <u>我不喜欢自怜自艾</u>。

(187) 2436 他一边说儿一边儿<u>哭</u>。

(188) 2437 他<u>大滴大滴眼泪往下落</u>。

它们与(133—148)相反相对:是中心愉悦成分,却是极端消极性的。因此,(178—188)与(133—148)一起构成愉悦主旨的核心部分,正好对立。其中,(179)和(184—188)都是心理叙述,其余的是行为描写——痛哭流涕。对比金凯早年那些逢场作戏的两性经历、尤其是那些与一时之欢有关的愉悦成分:

(189) 145 但是他不爱她,永远不可能爱上她(女导演)

(190) 146 然后不失体统地<u>做爱</u>

(191) 148 每次他们<u>做过爱</u>

(192) 225 在海滩上同一个从卡梅尔来的低音提琴手<u>做爱</u>

这种比较从另一角度说明他爱弗朗西丝卡的真挚程度。余下的跟他们的爱情没多少关系,如"87 他爱这国土",一共30个成分,包括消极成分4个。这种对比与(175—178)构成一种三角对立关系。

而对于弗朗西丝卡来说,也存在两个阶段:一是相识第一夜金凯告别离开前的矛盾心理。

(193) 948 她心里来回翻腾(希望他多待一会儿,又想他离开)

(194) 974 她松了口气,又深深地<u>失望</u>。

二是面对生离、面对自己追求的结果的极度痛苦,大有"执手分道去,各自还家门。生人作死别,恨恨那可论"的旧时意境——

(195) 1669 她默不作声,是<u>内心极度矛盾的沉默</u>。

(196) 1746"我该走了。"1747 她点点头,<u>开始哭起来</u>。

(197) 1733 她<u>哭</u>了(she began to cry)

(198) 1774(泪水从他的两颊流下来)<u>泪水也从她两颊流下来</u>。

(199) 1780 她说<u>不出话来</u>,不过摇摇头表示不要。

(200) 1788 阳光映着她的泪水照着各种奇怪的折光。

(201) 1796 望见她交叉着双腿坐在小巷口的尘土里,<u>头埋在双手中</u>。

(202) 1932 她轻轻说道,然后公然地哭了。

在得知罗伯特去世的消息后,其绝望之情无以言表:

(203) 2002 弗朗西丝卡心沉下去了

(204) 2052—54"哦,罗伯特,罗伯特……2053 别……"。2054 她轻声说着,<u>低下了头</u>。2055 <u>一小时之后她才能继续读下去</u>。2056 那直截了当的法律语言,那准确的用词使她愤怒。

他去了!但留给她的是温馨话语——他的美好意愿("希望")、她的愉悦生活("喜欢"):

(205) 290 希望你跟我一样<u>喜欢</u>它。

曾几何时,她找到了浪漫(206),找到了知音(207),然后守着见证物慢慢度日(208—209):

(206) 538 香烟味道<u>美妙无比</u>,她微微笑了。

(207) 607 我也不大吃肉,不知为什么,就是<u>不喜欢</u>。

(208) 1952 从来没有问过<u>她为什么要拿这张旧桌子换那新的</u>。

(209) 2227 现在你们知道我为什么突然对它<u>感兴趣</u>了。

最后,也是最外围,出自金凯的有 30 个不相关的愉悦成分,在弗朗西丝卡那里只有 3 个,均跟"凉快"有关。这些成分衬托往事,烘托气氛,还能让内容丰满。

10.4 以男女主人公为情感者的满意和安全成分

两类成分中前者数量相对较少,后者较多;这些成分仍按男女主人公对称的方式分布,但总是以弗朗西丝卡居多。这一分布模式跟叙述者的特定意图相关,有利于刻画两位主人公的个人魅力、性格差异以及故事的艺术真实性。我们还是以中心—边缘关系来梳理这些成分;跟意愿和愉悦类成分一样,由于讨论的重点是作为情感者的男女主人公,所以基于其他情感者的相关成分不在讨论之列,况且这样的成分相对较少,忽略它们不至于影响我们对整个文本的理解。

10.4.1 以男女主人公为情感者的满意成分

金凯对弗朗西丝卡的满意成分不多,全文只有十来个;其中分布最多的是感激类:谢谢她为他带路(句 391、句 478)、给他倒茶(句 566)、请他吃饭(句 698、句 956)、给他做助手(句 1204)、提供洗发水(句 1250)、由命运的安排遇上了她之类的情景(句 2126)。例如,

(210) 956 <u>谢谢</u>今晚、晚饭、散步,都好极了。

感激类成分何以跟满意发生关联？这是不熟悉该范畴的读者可能面临的困惑。其实,感激是对友善、慷慨、体贴等品质的认可和回应,这些品质让受益人感到满意、获得满足;如果当事人希望从对方身上获得这种关照而落空,就会出现失望甚至愤怒情绪,从而走向反面,可见感激是一种比较典型的满意心理。在《廊桥遗梦》中,金凯对弗朗西丝卡的感激成分8个;而后文将会说明,弗朗西丝卡对金凯的感激成分只有2个;仅从数量就可以判断出弗朗西丝卡为金凯提供了更多帮助,由此可见女主人公在两人交往中的主动性。这种主动性意味着什么呢？笔者在后文给予总结性说明。

文本中有两个跟"吸引"相关的成分属于满意范畴:

(211) 523 弗朗西丝卡·约翰逊身上确实有足以吸引他的东西

(212) 667 他被她吸引住了,正为克制自己而斗争。

前一句原文是 interest him,后一句是 He was drawn to her;虽然两句的相关用词不同,意思却相当,都是对对方感兴趣或被吸引住。这同样是一种对对方的满意心态,即对方有某种让人愉悦的东西,所以被吸引住;不过,都是称名性行为,具体内容体现在行文的其他地方。

文本中有两处满意性对比。一是理性和情感对比,二是前后心理状态对比。对于前者,有两个消极满意成分,彼此方向相反:

(213) 1053 就让它这样吧

(214) 1467 你昏了头了

此二句是金凯对自己受情感左右的行为和思想不满。前者是金凯克制自己的情感:他要认命,让自己的积极情感就此打住;后一句是两人在厨房跳舞、即将进入交往的实质性阶段前的理性呼唤,是自责,对自己缺乏足够理性不满。相反,也有对理性自制的否定态度:

(215) 2096 去它的吧,我这就去衣阿华温特塞特

当初他遵从弗朗西丝卡的决定,毅然离开了衣阿华;但离开之后才后悔。所以在回到华盛顿州一个月以后,他写信给她;2096是其中一句,表明他再也无法控制自己的情绪。

另一处对比成分涉及两人认识前后的状况,当然也和两人情爱有关:

(216) 300 几星期之前,我感觉自己很有自制能力,也还很满足

(217) 301 也许内心深处并不快活,也许有些寂寞,但是至少是满足的。

(218) 302 现在这一切都改变了

前两句是金凯对他们认识前自己心态的回忆;但第三句的情形相反:激发而来的欲望使他失去了过去的平衡心理。失衡意味着消极情感,所以302是贬抑性的,尽管句中没有一个字来直接陈述这一点。这是语境为上述解释提供的可能性。

下面三句跟弗朗西丝卡有关,但相关度低:

(219) 597 我确实对杂货铺、饭馆已经厌倦了

(220) 2092 我实在无法忍受让这些相机躺在相机店的二手货橱窗里
(221) 2110 只是不感兴趣

三句都是消极满意：对象分别是外面的饭食（句597）、他人可能对待自己所用照相器材的方式（句2092）、别的女人（句2110）。597是金凯向弗朗西丝卡的表白，暗示出他对她邀请自己吃晚饭的感谢之情。2092是遗书中的一句，是把相机托付给弗朗西丝卡的理由，而对二手货商店可能对待他的相机的自然反应，就意味着对弗朗西丝卡的信任，这对情人来说无疑是一种精神奖赏。2110表白自己在弗朗西丝卡之后不再对别的女人感兴趣。所以，不管怎么说，三个句子跟女主人公都有些关系，通过消极满意来暗示对受话人的积极意愿情感。可见，即是在情感现象之内也可能出现叠加现象。

而下面这些成分，虽然都是积极性的，却跟两人的情爱没有多少关系了：
(222) 245 即使那女人对他只是隐约有些微吸引力
(223) 1062 这是最后的旧式老乡了，金凯想着，笑了
(224) 1064 自我感觉良好
(225) 2457 我吹完之后，他笔直地站在桌边儿，笑着点点头，付了账，走了。
(226) 2459 他为报答我写那曲子

这些成分跟两人的情爱缺乏直接关联。第一句说明金凯的性格：在女性面前多少有些腼腆，包括对自己吸引力很低的异性，所以在弗朗西丝卡面前自然有些"手足无措"。1062是对乡下见到的情形的态度，金凯欣赏这种具有淳朴风格的情景，所以笑了，这也是一种满足感。1064是金凯完成拍摄任务后的心理。2457和2459是他对朋友卡明斯的感激之情：卡明斯为他们的爱情故事特地谱写了一曲颂歌，金凯"笑着点点头"，说明卡明斯写得贴切，能够反应金凯的情感心理；为此，他送了卡明斯一张放大了的廊桥照片以示谢意。可见，只有最后两例跟他们的爱情故事多少有些关系。这是小情趣，但可以暗示金凯的为人，也跟前面金凯对弗朗西丝卡一连串的感激有呼应作用。

下面两句是金凯早年和晚年入迷的东西：
(227) 183 读遍了当地图书馆有关探险和旅游的书籍，感到心满意足
(228) 2422 他把所有时间都花在这把音乐变成形象的工作上，简直着了迷

早年喜欢读书，晚年喜欢超常的创造性工作，体现了金凯一贯的执着精神，也是他的作品能够达到"精美绝伦"这一境界的潜在素质，体现了专一、严肃、认真的性格（具体讨论见下一章）。

与此相对，他对那些一般人乐于沾沾自喜的事物毫无兴趣。下面两句是他年轻时候的兴致取向和人性意识（另见鉴赏部分有关分析）：
(229) 183 对舞会、橄榄球赛这些他感到厌倦的事都不屑一顾
(230) 223 但是从来没有为战地摄影的所谓荣耀和浪漫吸引住

还有一组消极满意成分，再现了金凯的人格（句716）、追求精神（句747）、工作

状态下的自然反应(句1016、句1071、句1036、句1220):

(231) 716 我不怪她

(232) 747 这是我烦恼之处,尽管是他们决定采用什么,摈弃什么。

(233) 1016 那桥入口处挂着什么鬼东西?

(234) 1071"妈的!"大头针扎了他一下手指

(235) 1036 树皮扎破了手臂——"去他妈的!"

(236) 1220 他轻声骂了一句

因职业需要,他常年在外,新婚妻子难耐寂寞,婚后不久两人便分道扬镳。对于前妻提出的分手要求,他表示理解,于是有716这样的表白。747是他跟编辑之间在用稿理念上的冲突。1016是他在罗斯曼桥拍照的关键时刻发现桥头别着一张纸条,而头一天下午并没有在那儿,这会影响他的拍摄效果和进度;别住纸条的大头针后来扎破了他的手指(句1071)。还有1036树皮扎破了他的手指;注意,两处骂人的话译文处理不雅,它们在原文中都是damn,常见的对等处理是"见鬼"之类的表述方式。1220是关键时刻照相器材卡住了;但这里只有称名,"骂"的具体内容没有陈述出来。有趣的是,这些消极满意成分却间接体现了金凯的良好素质,可以在一定程度上增加读者对这个角色的好感程度。可见,局部评价成分并非可有可无。

综观以上满意成分及相关语境,跟两人情爱直接有关的只有19%;间接相关的占42%。它们之间有相关度的递减关系,而所有这些成分与直接描写两人情感的成分相比又是次一级的,当然也包括那19%的直接相关成分,它们毕竟从属于意愿和愉悦意义。

现在转向跟弗朗西丝卡有关的满意成分。其中,与情爱直接相关的10个,间接相关的8个,外围成分6个。余下的相关度低。先看10个相关度高的满意成分。

(237) 390 罗伯特·金凯就有某种<u>吸引她的地方</u>

这与前文引述的532和667她吸引他的情形正好对应,用词一样,都是draw。

(238) 624"一条毛巾,"她<u>自责</u>地说,"至少一条毛巾,我这点总可以为他做的。"

(239) 1208 我为什么不能简单地说一句"不谢"?

两句都是心理活动。624是她自责的原因:她看见他在屋外的水龙头上洗浴。这个句子有两个满意成分:一是"自责"称名,二是引号内的自责内容。1208是他感谢她帮忙时她木讷不言的自责,她意识到自己行为欠妥,由整句话表达。

与此相对,到家后她似乎要自在得多,从她简短的答谢方式可以看出来:

(240) 643 <u>那好,谢谢</u>。

(241) 1508 <u>谢谢</u>。

他问她是否需要啤酒,他卡车的冷藏箱里有,她似乎"不那么客气"了;1508的背景是：他间接赞美她"香水很好闻"；此时，他们即将跳舞（"一面把他俩握着的手放到他的胸前靠肩膀处"）；她回谢他（句1508），距离消失了。对比前文，弗朗西丝卡对金凯只说了2次"谢谢"；还有一次她没能说出口（句1208）。

(242) 725 她再次奇怪自己为什么要<u>在乎</u>他结过还是没结过婚

"在乎"说明她对他的婚史这一事实多少有些失望；但725说明她还有理智，开始反思自己的妒忌心态。

(243) 764 弗朗西丝卡轻轻地<u>笑</u>了

金凯针砭时弊，形象地描述当今某些商人的形象，弗朗西丝卡<u>笑了</u>（句764）。这个"笑"态更多的是一种赞同金凯观点的满意心理，或者说是对金凯这个人的好感。不过，也很难说她缺乏愉悦情感，这应该是愉悦与满意彼此相连的现象。正是基于这个原因，764在相当程度上暗示了她对他的倾慕之意。

(244) 1370 她尽情享受这欢乐和<u>得意</u>

这个句子前面已经分析过了，这里的着眼点是"得意"：他赞美她给她心理带来的满足感。

(245) 1708 强迫我跟你走，我不会有半句<u>怨言</u>

她在试图说明自己不能跟他一起离开的理由：1708的根本意思是：他对她已经有了足够的魅力，她爱他是全心全意的；她不能跟他走，因为有比爱情更重要的东西。

下面的成分间接相关。

(246) 329 不过她还是对照片上所见感到<u>满意</u>

(247) 355 我当时是挺好看的，她心里想，为自己的<u>自我欣赏</u>不禁莞尔

(248) 1457 弗朗西丝卡对自己的外表的感觉都很<u>满意</u>

她的满足感来自金凯为她拍摄的那张带有传世特点的杰作（句329）（至少行文给人这样的解读引导），还有自己的打扮（句355、句1457）。

(249) 1295 她对凉鞋感到<u>新奇</u>

跟金凯有关的一切她都感兴趣，包括他穿的凉鞋。

(250) 1306 为什么她的理查德就不能有这样的生活？

叙述者通过她责备自己的丈夫、间接说明金凯让她何等满意。整个反问句隐含了她的消极情绪。这是一种评价性修辞手段。

(251) 1717 我有那该死的<u>责任感</u>

这种纠结心理跟1708属于同一组：她无法摆脱肩上的家庭责任，所以对于眼前的意中人，她满心痛楚却无可奈何。

(252) 1791 他站在那里凝视着，听凭哈里不耐烦地在热浪中转动

这是金凯周五早上离开她时的情景：他把车开出一百码之外停下了，恋恋不舍。叙述者以金凯行道迟迟和卡车哈里的马达声来烘托不愿离去的心情，这是一

个黑色星期五①,大有"孔雀东南飞,五里一徘徊"的比兴意味。

接下去的这些成分相关性就更小了,但多少还有些关系:

(253) 770—772 <u>这里的话题是天气。农产品价格。谁家生孩子。谁家办丧事还有政府计划和体育队。不谈艺术,不谈梦。也不谈那使音乐沉默、把梦关在盒子的现实。</u>

(254) 885 <u>可这是大人成长的好地方吗?</u>

(255) 1340 <u>为什么要树起这些围墙,篱笆来阻挠男女之间自然的关系?</u>

(256) 1341 <u>为什么缺少亲密的关系,为什么没有性爱?</u>

(257) 855 <u>她烦电视</u>

句群 770—772 是两人交谈中她对当地日常生活的描述,间接表达了她的消极情绪,这种情绪可能因为金凯的出现而加剧。这些情绪体现在随后的 885、1340、1341 和 855 上,而 855 也跟前面出现的 1306 关联:丈夫也是其中的一部分。

下面一句说的是丈夫去世后她试图寻找金凯下落时处处失望的情形之一:

(258) 2003 <u>她谢谢她,挂了电话</u>

总之,与弗朗西丝卡有关的满意成分多于跟金凯有关的成分。这个分布比例绝不是偶然的,在前文分析意愿和愉悦成分的模式时已经给出了解释。但其中只有少数和金凯-弗朗西丝卡的情爱有关,大多数则逐渐疏远开去,再一次体现了意愿和愉悦成分的中心地位。

《廊桥遗梦》还有 17 个其他的满意成分,但涉及他人,包括男女主人公对别的事物、叙述者、朋友等的评价。它们的地位是局部的、跟局部中心主旨关系不大,自然跟全文的中心议题相去较远。

10.4.2 以男女主人公为情感者的安全成分

评价范畴的安全范畴包括任何疑惑、意外、胆怯、为难心态。例如,

(259) 293 <u>我一遍又一遍问我自己,"我在衣阿华的麦迪逊究竟遇到了什么事?"</u>

(260) 295 <u>这是作为清理我困惑的思路的一种方法。</u>

(261) 298 <u>我简直不清楚我从衣阿华是怎么回到这里来的</u>

这三个句子是金凯离开衣阿华回到西雅图后的反思,再现了金凯失魂落魄的状况,所以是一种安全心理,它们在这里的语境中是疑惑性的消极成分。

在《廊桥遗梦》中,以男女主人公为情感者的安全性成分,也存在着对应分布特点;但对应的平衡性弱:与弗朗西丝卡有关的安全性成分,远远高出跟金凯有关的安全性成分,这跟叙述者的聚焦方式和聚焦对象有关。

从性格上看,金凯有些腼腆,这是他给弗朗西丝卡的印象,也反映了某种心态:

---

① 金凯周一与弗朗西丝卡相识,周五离开;这是一个很有象征意义的时间安排。

(262) 245 他立刻又开始有那种手足无措的感觉,他在女人面前总有这种窘态,即使那女人对他只是隐约有些微吸引力

(263) 394 他有点慌乱,对整个这件事有点不好意思

(264) 641 他抬头看她,脸上又严肃起来,怯生生的

(265) 1166 在一个他有所动心的女人面前的老感觉又来了(害羞)

(266) 1474 他以他特有的认真而怯生生的神情说

这样的表现可以从外表上看出来,却是脑神经的一种本能,往往不受意识控制(见第5章),是异性面前常见的"情怯"表现。

(267) 391 他对她的自告奋勇有点意外

初次见面一两分钟,她竟主动提出为他带路,这自然是他这个异乡人事先没有想到的,所以会"意外",但这种消极安全性显然需做宽泛理解。

(268) 1501 她感到有点尴尬,他也是

关键时刻,他们先是给好友来的电话打断,然后是收音机里插播的广告;当音乐再一次响起时,他们倒有些尴尬了;不过,这样的局面在他拿起她的一只手、她的另一只手搭上他的肩头、随着《秋叶》慢舞而消失。

(269) 1454 他在支吾其词,寻找自己的重心,而每时每刻都在失去重心

这里显然存在着一种微妙的斟酌心理:不能说透、不能说过、又不能不说,以免失当而难堪;同时,类似行为多少带有试探性:往前走还是就此打住。

(270) 1363 "天哪,"

这是他惊奇于她的美时的自然反应,在他意料之外。

(271) 1684 我不能肯定你是在我体内

(272) 2100 我怀疑有多少男人曾做过这样艰难的事

句1684之后有一个转折,说他们二人创造出了第三个个体;2100是金凯毅然离开弗朗西丝卡这样的艰难决定,昏昏沉沉回到西雅图。

所有这些成分在一定程度上涉及两人情感;当然其中一些更为直接,如1363、1684、2100,另外一些为间接成分,如前面的293、295、298,还有一些体现了两人如何逐渐走向对方、跨越消极安全心理而融为一体。在这样的情景中他产生了某种幻觉:

(273) 1470 也许是很久很久以前,也许是很久很久以后,他不能确定

即是说,他仿佛听到了风琴的演奏声;而此时,他已经和弗朗西丝卡跳起了慢步探戈。

其他成分则是边缘性的,跟情爱无关。例如,

(274) 214 他意外得知,他的父母婚后住了一辈子的那所小屋居然是付清了抵金的一小笔财产。

类似成分涉及的范围很广,包括他准备出发到衣阿华麦迪逊县拍照的准备工作(句80)、沿着漫漫高速路行驶时的状态(句87)、太平洋战争中他和战友的恐惧

心理(句222)、小时候向往的地方后来居然去了(句228)、弗朗西丝卡问他要在当地滞留的时间(句684)和心态(句685)、酒馆里的当地人不礼貌的行为带给他的感受。跟中心成分相比,这些成分往往在局部空间发挥作用,或者间接体现主人公的性格,或者说明他某个时候的心态,这样的成分可以提供一些必要信息:如228是他过去的经历;685为两人情感发展提供了时间;1112则是影响当事人的行为和决策的,他意识到自己不该叫她出来跟他在一起。

再看与弗朗西丝卡有关的安全成分。相比较而言,以弗朗西丝卡为立足点的相关成分要多得多。同样,这跟叙述者主要聚焦于女主人公的叙述策略有关。先看他们最初见面时她表现出来的无意识举动。

(275) 386 这连她自己都感到<u>吃惊</u>
(276) 387 为什么这样做,自己始终也<u>说不准</u>
(277) 434 在五分钟内,她第二次使自己<u>意外</u>,竟然接受了
(278) 435 <u>我在干什么?</u>
(279) 930 这些话让她<u>倒吸一口气</u>

这一组成分跟前面介绍的金凯那种腼腆羞怯反应刚好对立,再一次说明她在两人交往中的主动性。这在下面的句子中有更充分的体现。

(280) 434 很奇怪,她竟然对自己隔着衣服这样曲线毕露并<u>不发窘</u>

妇为悦己者容:她对自身有充分的信心,燃烧的激情让她完全打开自己、献出自己、等待对方拿取。

不过,她也有不安甚至发窘的时候,但这种状态跟金凯的情形不同:
(281) 338 她对他用了这么多胶卷有点<u>于心不安</u>
(282) 471 她看见他同她挥手,<u>吃了一惊</u>
(283) 483 她……感到自己有点<u>发呆</u>
(284) 491 <u>血涌上她的脸颊</u>
(285) 498 弗朗西丝卡<u>有点喘不过来</u>
(286) 653 <u>犹犹豫豫</u>地,有点<u>不知所措</u>
(287) 806 跟他在一起使她感到<u>不自在</u>

她发现他有着她无法企及的能力和处理问题的方式,这使她无论是行为还是言谈,都有些迟钝(见下一章),而即便在进一步交往中仍不时有一些羞怯:
(288) 1205 她<u>脸微微红了一下</u>
(289) 1206 <u>天哪,他是怎么回事!</u>
(290) 1224 她觉得自己有点<u>不好意思</u>地笑了笑
(291) 1478 弗朗西丝卡只<u>微微红了一下脸</u>
(292) 1501 她感到有点<u>尴尬</u>

在周一下午从罗斯曼桥返回途中,
(293) 488 她浮想联翩,有一种异样、<u>释然的感觉</u>

这里有两方面的信息：一是第一小句揭示的：某种想法出现了；二是没有遇上邻居，让她获得了一种安全感。罗伯特·金凯理解她，

(294) 1350 这点她能肯定

这是一种默契。而当他们坐在她家厨房、他问及她的生活现状时，

(295) 556 她支吾了一会儿

(296) 584 "但是，"——她犹豫了

不过最终还是说出了自己对小镇人的生活及其思想境界的看法，于是出现了下面的内容，有一种释然之感：

(297) 585 她对一个从华盛顿贝灵汉来的终于坦白了

(298) 587 有一辆绿色卡车的男人说出来了

两人相处，做饭，交谈，她观察他的行动：

(299) 678 他行动特别轻盈，她简直惊讶他怎么这么快

(300) 725 她再次奇怪自己为什么要在乎他结过还是没结过婚

这一过程逐渐缩短了彼此之间的心理距离：

(301) 783 厨房里渐渐洋溢着淡淡的亲切感

(302) 786 既然失去了陌生感，就为亲切感腾出了地方

当他谈到自己不大吃肉时，她遇上了知音：

(303) 607 我也不大吃肉，不知为什么，就是不喜欢

而对金凯问她是否可以同时喝酒和咖啡的美国式幽默，她回答爽快，但也听出了自己声音中的某种消极因素：

(304) 892 自己听着声音有点感到不安

酒馆里的人当着他的面谈论他的打扮和装束，使他明白了小镇人爱讲闲话的陋习，于是打电话给她，担心邻居看见他俩在一起会出现闲言碎语。她接到电话的第一个反应却是：

(305) 1137 她立刻胃里一阵紧缩

担心金凯拒绝自己跟他一同去拍照。他说明意图后她有一系列言语行为和心理活动：

(306) 1144 我不担心闲话

这与下面两句描述的心理状况抵触，揭示了她的矛盾心情：

(307) 1145 她实际是担心的(闲话)

(308) 340 不过在那个特定的早晨她并不在乎邻居以及他们怎么想

金凯对她来说，就是一个谜；事实上，她对金凯的言行有太多的不了解：

(309) 1446 "什么？"

(310) 1559 这正是使她迷茫而又倾心之处

(311) 1616 她对他这个人和他的耐力感到惑然不解

(312) 1660 还能处之泰然，感到不可思议

五、《廊桥遗梦》文本分析

1446 的情景是：当收音机里播放一支曲子时，他说出了曲子的名字，她却茫然；1559 指金凯既有一种进攻性，又能适当控制，这使她无法理解，而这种神秘性同时让她倾心；1660 指即将分手时他的镇定表现。四个句子均间接体现了金凯的过人之处。

当他起身离开时，
(313) 1767 她已<u>失魂落魄</u>，脑子<u>一片空白</u>
她决定不跟他走，原因很简单，她有责任意识，所以她说：
(314) 1727 我不能，不能因此而毕生为这件事所<u>缠绕</u>
但她对他们两人的感情，
(315) 1604 从一开始她从来没有<u>怀疑过</u>不管他们俩做什么
下面的成分及相关句子描述的情景是：他离开后她从杂志上看到他胸前佩戴的东西上面有她的名字：
(316) 1987 "天哪，"她<u>倒吸一口气</u>
在她通过各种可能的途径寻找金凯下落时，几乎不能自已：
(317) 1999 电话铃响时她<u>心脏几乎停止跳动</u>
似乎只有小姑娘才有的心理，再一次出现在她身上，这是因为，
(318) 2325 我<u>担心</u>他出了什么事
下面是她收到由律师事务所转来的金凯的遗物，当时她一片茫然：
(319) 2036 她并没有邮购什么东西，感到<u>惑然不解</u>
而当她从律师的陈述中明白包裹的内容后，
(320) 2042 她拿掉公函上的带子，折开信封，手在<u>颤抖</u>
她在遗书里设法向儿女们解释自己跟金凯的隐私；她担心自己能否向他解释清楚，实际上是担心他们能否理解她的真实意图：
(321) 1699 我<u>不知道我能不能说清楚</u>
她对他的深情也体现在她曾特地为他穿过的一条连衣裙上：
(322) 2305 这件连衣裙是我对那段时光的小小的、<u>傻傻</u>的纪念
她在儿女面前对自己的行为做出了积极评价：
(323) 2322 我当然决不以同罗伯特·金凯在一起为耻。<u>恰恰相反</u>。
但这之前有一个转折性陈述，以此衬托自己留在小镇这一举动的恰当性：
(324) 2280 我<u>不敢肯定</u>我做出了正确的决定
她对他一往情深，在没有他的那些漫长岁月里靠回忆度日，然而
(325) 1576 多年来她只<u>敢</u>每年详细回忆一次
在认识他的那天晚些时候，当她看到他在屋外的自来水龙头边洗浴时她埋怨
(326) 620 自己心情<u>恍惚</u>
她感到有些内疚。而当朋友玛吉打来电话聊及金凯时，她说：
(327) 1413 我<u>不太知道嬉皮士是什么样儿的</u>

319

(328) 1417 我想我就是看见了也不一定知道那就是嬉皮士

这是她掩饰自己跟金凯接触的托辞。

行文中还有些关于弗朗西丝卡的安全心理成分，其中一些仍然跟他们的情爱有关。前面已经提到，当初她对于自己邀请金凯到家里吃饭、跟他谈天说地，

(329) 821 心里有点内疚

(330) 822 她还是感到内疚，是从一种遥远的可能性而来的内疚

这是后来她毅然提出分手的一个伏笔。此外，她猜到家里人可能对她提出自己的尸体火化、把骨灰撒到罗斯曼桥的要求迷惑不解：

(331) 2286 我相信你们一定认为我对自己葬法的遗嘱不可理解

显然，以上成分，既有接近中心的成分，也有边缘性的；但它们或多或少跟两人情感联系在一起。这些成分远远超过叙述者聚焦于金凯的安全成分，从而出现分布的不平衡性，但正是这样的分布模式确立了两人情感发展的可能性：如果反其道而行之，叙述者把聚焦对象更多地转向金凯，容易给人以金凯到乡下寻开心的印象。而她对这个异乡客处处留心，主动有加，才能从她的角度观察他的品质，了解这个半人半兽的神秘陌生客，也为她把自己的故事告诉后人确立了某种依据，让孩子们接受。

总之，《廊桥遗梦》的满意性和安全性成分也是按照对应方式、从中心到边缘分布的，虽然缺乏意愿和愉悦意义那样在数量上的对称性和平衡性，毕竟揭示了情感发展的相互关系。此外，男女主人公交往中的满意和安全心理揭示了从彼此陌生到零距离接触的自然情爱过程，既符合常理，也再现了这一过程中男女主人公的心理变化，这一点带有普遍性：年轻人有，中年人也有。而中心－边缘成分分布模式体现了文本在基本主旨和次要主旨之间的相互配合关系：无疑，中心成分重要，但缘边性成分同样重要，只是各自的角色地位不同而已：前者直接，后者使内容丰满，使中心成分体现的评价意义获得更多的背景支持，相得益彰，这就是一部好作品的整体构成特点和美学价值。

10.5　总结

至此，行文全面考察了《廊桥遗梦》中与男女主人公有关的情感成分及其分布特点。有趣的是，全文总体情感成分635个，跟金凯和弗朗西丝卡的情爱相关的约387个，后者约占61％。这个比例似乎并不如预期的高，但它们所关涉的对象相对集中，而余下的涉及面广。情爱情感的相互性决定了上述模式在人物心理和行为上的基本对应关系；而出于移情，读者未尝不为之动容。这正是隐含作者从积极评价角度褒扬真情真爱的动机，屏蔽了两人交往的非恰当性。也许，这是能够达到这一目的的有效的甚至是唯一途径。

可以设想另一种情形，即年轻人的纯情交往，如《罗密欧与朱丽叶》《爱情故事》

《人鬼情未了》等作品，这样的题材在一定程度上达到了前所未有的艺术高度，震撼过无数人的心灵，但都是人伦世道界域内的现象；《廊桥遗梦》则以特殊环境和特殊对象为着眼点，演绎了一出地老天荒的纯情故事。《安娜·卡列尼娜》是一个悲剧，安娜追求纯情的结果是一剂苦汤、一杯绝命的毒酒，最终卧轨而去；《廊桥遗梦》是一支颂歌，是情感与理性共同铸就的咏叹调。从这个角度看，《廊桥遗梦》与《简·爱》和影片《爱情故事》有共同之处：《简·爱》是有意把好端端一个罗切斯特弄成残废后来测试简·爱之真意，但不涉及伦理问题；《爱情故事》诉诸热恋时刻让女主人公猝然离去，通过生离死别来提炼情爱之伦理价值；跟 D. H. 劳伦斯诸多作品和影片《本能》等的主要差别在于，《廊桥遗梦》的性爱描写充满诗意，试图揭示生理与精神境界的高度统一与融合，而非仅仅对人类本能等低级层次的展示。因此，这也是《廊桥遗梦》区别于那些通常意义上的畅销小说的高妙之处（对比谢尔顿的作品）。

历时地看，《廊桥遗梦》与《红字》代表了两种截然不同的创作思路，也代表了两个不同时代、不同社区（城市和乡间）的女性个体：《红字》的女主人公忍耐、抗争、自强，为教区瞩目，是女性文学批评家们钟爱的那种形象，但缺乏《廊桥遗梦》那样的意愿和愉悦成分在分布上的蝶状对应模式，因为它的评价主旨之一是伦理的而非情感的。《廊桥遗梦》讲述的是一个普通的美国农妇：洗衣做饭，相夫教子，常年待在农场，只有邻居认识；这种环境下的女性缺乏应有的性爱情调，日常生活中接触的异性少，中意的更少，几十年都是些大致不变的面孔，再加上与年轻时候的梦相去太远，一旦条件成熟而遇上自己满意的异性，积极意愿自然就成为中心情感，而实现意愿的愉悦心理也就会占据主导地位。在这种情况下，作者倡导的就是另一种伦理，一种以真情为价值取向的基本评价立场，从而演绎出了这个意义上的当下《红字》。

就女性解放而论，《廊桥遗梦》涉及的相关议题仿佛是对斯坦贝克《菊花》基本主题的回归；福克纳笔下的女人大都遭男人抛弃，而《廊桥遗梦》中的女主人公比男主人公有更多的主动权，整个故事由此得以确立，其艺术可信性由此获得了保障。

11 局部中心—边缘成分的评价文体分布模式(一)
——以能力与可靠性为局部中心的判断意义

> 但是,什么也不能稽延特恩纳斯,束缚他,或抑制他。他精神饱满,动作迅速,急忙将对付特洛伊人的前线队伍全部调过来,部署在岸上,以迎战敌人。
>
> ——维吉尔《埃涅阿斯纪》①

11.1 引言

性爱情感是随着男女双方相互吸引而同时逐步增长起来的,所以有蝶状分布模式;但基于社会评判和社会约束的判断成分,其分布则不具备这种对称性,毕竟同一文本中的不同个体,即使判断取向基本一致,也很难获得同等程度的叙述关注,何况《廊桥遗梦》这样以情感发展为基本主旋律的文学文本。不过,其中的判断成分、甚至下一章讨论的鉴赏成分,其分布不仅也有主次之别,同样为情感发展服务。

本章拟从两个角度来考察《廊桥遗梦》判断意义的分布特点:一是以金凯和弗朗西丝卡为评价对象的判断意义的特点,此为本章主体部分;二是以男女主人公和叙述者为判断者、对男女主人公以外的事件做出的判断。在前一类成分中,围绕二人做出判断最多、也最具特色的是能力性和可靠性成分。具体而言,在《廊桥遗梦》中,判断成分总数为754个,'能力性'和'可靠性'成分分别是265和277个,各占35%和37%,大致相当;两者总计72%,构成主体部分,这个数字本身就能说明问题。此外,两类成分中聚焦于金凯和弗朗西丝卡两位主人公的能力性与可靠性成分分别是129和129(金凯)以及76和75(弗朗西丝卡),分别占各自总数的49%和47%,以及29%和27%;它们又分别占各自类别总数的77%和74%,两个数字也具有某种前景化的意义。

前一个角度将分别涉及针对金凯与针对弗朗西丝卡的判断意义;后一角度则逐一考察叙事者和男女主人公做出的相关判断。不过,这样的分类只是权宜之计,因为不少地方很难确定究竟是男女主人公做出的还是叙述者做出的,毕竟所有这些成分均由叙述者甚至隐含作者安排设计,以此向读者展示写作的评价指向。分

---

① 曹鸿昭译,长春:吉林出版集团有限责任公司,2010年,第264页。

析过程仍以金凯与弗朗西丝卡的情爱发端发展这一基本主旨为立足点,分析对象是整个文本过程出现的相关前景化成分,以便说明它们与文学话语主旨的关系,特别是男女主人公的不同角色以及情爱发展过程。

11.2 男女主人公为判断对象的能力性成分

这里将对二人的能力性成分做出对比分析,判断者分别涉及男女主人公双方、叙述者及他人对他们二人做出的判断。具体讨论包括三个方面:(一)男女主人公对自己的积极性能力评价及特点;(二)弗朗西丝卡对金凯的积极性能力评价及特点;(三)有关二人的消极性能力评价及特点。

11.2.1 男女主人公对自己的积极能力评价

就自己对自己的能力性判断看,金凯与弗朗西丝卡有一定程度的不同。金凯对自己的能力性判断成分一共 24 个;其中积极成分 11 个。先看这些积极性成分,并进行比较。在下面的(1—10)个陈述中,除了(8)的前一个成分和(9)的"强壮有力"系生理方面的能力,其他 8 个都可以称为社会性能力,其中(3)为行为能力,余下 7 个是智力方面的,包括一个移情(1)和一个预测(2)成分。

(1) 592 所以我想我<u>能</u>理解你的感觉。
(2) 1001 桥后面的电话线也是个问题,但是通过精心确定框架<u>也可以处理好</u>。
(3) 702 "<u>我很会切菜的</u>。"他自告奋勇。
(4) 1542 <u>我的职业给了我某种自由驰骋的天地,是当今能得到的最大的天地了</u>。
(5) 1554 真见鬼,我<u>认识到了</u>这一点,我承认这一点。
(6) 1616 他告诉她,他<u>能</u>在思想上和肉体上一样达到那些地方。
(7) 2132 所有我<u>能</u>记起的一切哲学推理都不能阻止我要你
(8) 2152 这下到了大冰原,我乱缠头发,身披兽衣,手拿长矛在杂草中行进,<u>身体精瘦像冰一般坚硬,浑身肌肉,狡黠莫测</u>。
(9) 2164 于是我在这世外的现实之上,之旁,之下,以及周围缓缓运行,总是<u>强壮有力</u>,同时也不断献出我自己。
(10) 199 如果光线好,你<u>总可以</u>找到可拍摄的物件的。

这里需对其中一些语句的背景做些交代。例(1) 的语境是:弗朗西丝卡对衣阿华的失望:"这不是我少女时梦想的地方"(句584);此处是金凯对她的安慰性回应。这个转折透露出一个重要信息:她对自己的生活环境并不满意,尽管生活了二十年了。毕竟,她的故乡是意大利的那不勒斯,那是欧洲现代艺术的圣地,充满了浪漫气息;而南衣阿华丘陵农场相对闭塞,人们自然缺乏诗情。这正是她多少有些不大安心的原因,也是她引导《廊桥遗梦》这场婚外情感发生发展的潜在心理依据[①]。例(4)指过度市场化环境下摄影职业留给他的这种潜意识心态和自由;(5)跟(4)为同一语境,但侧重于当代社会的过度理性状态,而他认识到这一点自然很痛苦。(6)"那些地方"指上文提到的"他生活的地方"——"他生活在奇怪的、鬼魂出没的地方,远在达尔文的物种起源之前"(句1611),只有他才能让弗朗西丝卡在肉体和精神两个方面都能抵达那样的地方。例(8—9)是他写的一篇题为"从零度空间落下"的散文(第九章),他想象自己回到亘古时空里的感觉。最后一例带假设性,表面上是针对听话人的,其实指说话者本人。

总之,(1—10)涉及的情景从某种意义上说就是金凯的生活空间:有些飘忽,有些诗意,更有些超现实主义甚至魔幻现实主义特点,但似乎也很具体、现实。从这个角度看,弗朗西丝卡的世界却不是这样的。下面是《廊桥遗梦》中弗朗西丝卡对自己的积极能力的所有判断成分。

(11) 596 我全家都到外地去了,所以家里没什么东西,不过我总可以弄出一点来。

(12) 908 她一直感觉到他的目光盯在她身上

(13) 1229 不过一条毛巾,一次淋浴,或者那水泵或者随便什么东西,我总还可以提供的。

(14) 1369 她可以感觉得出来他的倾慕是真诚的。

(15) 1475 我是不大会跳舞的,不过如果你愿意,我也许在厨房里还可以应付。

(16) 2213 虽然我现在还感觉良好,但是我觉得这是我安排后事的时候了。

(17) 2239 我能说的最清楚的就是这样了。

(18) 2282 我想我只是随着时间的推移才逐步理解这意义的。

(19) 2283 如果在他与我面对面要求我跟他走时我已真正了解这一点,我也许会跟他去了。

除了个别成分,如(16)和(18),这里大都是推测性的,强度上偏弱。这跟金凯的自我评价全然不同,毕竟男女有别,能力范围相异。就(11)看,弗朗西丝卡向金凯介绍家中成员外出;这里涉及十分具体的生存程序——要吃晚饭,就得有做饭的原材料;而从另一角度看,这种表白可以揭示说话人的自信心,即一种潜在的安全意义,于是596含有显性的能力性与隐性的安全性。(12)的原文是She could feel his eyes on her constantly,是女性的直觉感知能力,也只有在意别人时才会如此敏感。(13)是她看见金凯在屋外水龙头下擦洗身体时的自责,为后来把金凯直接引到自己的浴室洗澡提供了某种前期信息。(16—19)是她写给孩子们的遗书。其中,(18—19)的背景是:金凯曾经告诉她,他俩是天设地造的一对。这里大都涉及她跟金凯的情感问题,能力指向受其兴奋点左右。

---

① 对比弗洛伊德:《少女杜拉的故事》,钱华梁译,北京:九州出版社,2004年。

以上是男女主人公对自己的能力判断;再看叙述者直接引入的相关评价信息。

(20) 44 他的作品表现出精美绝伦的<u>专业修养</u>。
(21) 193（跟师傅学摄影的）技术细节对他说来<u>十分容易</u>。
(22) 203 他二十二岁离开军队时已是一名<u>相当不错的摄影师</u>。
(23) 219 同他们谈了话,接受了个不太重要的职务,<u>完成得很出色</u>,他从此<u>上了路</u>。

叙述者直接评价金凯的专业能力,既涉及对金凯总体摄影水平的评价,具有盖棺定论性质(例20),也有金凯早年学习摄影的经历(例21—23),后三句间接说明金凯年轻时表现出来的职业潜力,出现例(21)这样的评价成分便在情理之中。而这四个句子中有五个成分为金凯在读者心目中的印象定下了一个总体能力基调,即高水准的积极评价;而其他叙述,包括弗朗西丝卡观察他拍照时一丝不苟和专心致志的举止,则是辅助性的。正如前文所说,金凯的能力在一定程度上可以抵消他跟弗朗西丝卡的婚外情感的负面作用,因为这是他们的感情得到读者认可的一个重要砝码。因此,能力因素在《廊桥遗梦》中是为情感服务的。这在下面一句中有更直接表述：

(24) 156 从……孩提时代,他就有这种漫无边际的想法,一种难耐的渴望和悲剧意识同<u>超强的体力和智力</u>相结合。

它介绍了金凯的生理和智力素质,也谈到了潜在的情感需求("渴望")以及因长期无法满足而形成的心理特征("悲剧意识")。

注意(25),含四个表能力的成分,既有专业方面的,也有生理和技能方面的。

(25) 1032 动作没有一点<u>不灵便之处</u>,一切都是那么<u>娴熟</u>,每个动作都有道理,意外情况都得到效率的<u>专业化的处理</u>,<u>不落痕迹</u>。

而(26)更多的是专业方面的,是以光影为对象的职业能力,对应于金凯的专业水平。

(26) 514 柠檬汁沿着一只玻璃杯的边慢慢流下来,这他也看见了,他眼睛<u>很少放过什么</u>。

例(25)的第一个小句表述的情况,在(27)中有进一步体现;(27—28)描述的跟他长期的野外作业有关。

(27) 843 他穿靴子的脚<u>轻松地</u>迈过铁丝网。
(28) 2095 我接受<u>所有我谋求得到的海外派遣</u>。

还有一组例子,也是表达金凯超常能力的,它们跟他与弗朗西丝卡交往有关,说明能力的迁移性。

(29) 391 显然,他对她的自告奋勇有点意外,不过<u>很快就过去了</u>(recovered quickly)。
(30)（晚饭之毕,相对而坐,彼此有些尴尬）836 这个问题他<u>解决</u>了。
(31) 1349 金凯的头脑中有某种东西对这一切<u>心领神会</u>。

(32) 1168 他很有幽默感

(33) 1603 他占有了她的全部

(34) 1629 像一个老猎人远行归来(a great hunter)

(35) 175 他三岁以前一个字也没说过,然后就整句话,整句话地说了,到五岁时已经能看书。

前二例(29—30)说明金凯当初如何打破僵局;(31—35)指他内含的各种魅力:(31)"某种东西"指惰性婚姻生活;(32)是基本素质;(33)是对征服她的结果表述;(34)是他在得到弗朗西丝卡的爱以后的心理归属感;(35)揭示他从小就具有的超常能力。在这里,所有能力信息都是间接表达出来的。

需要强调的是,从(20)到(34)这15个句子的19个成分,在于说明金凯的特殊才能,为金凯独有。

接下去则是有关金凯的其他能力性成分,一共11个。先看三句。

(36) 345 他透过镜头能清楚看到她的胸部。

(37) 533 然后(她)……拿下一个烟灰缸放在桌上他能够得着的地方。

(38) 1790 他看见她在一百码之外(could see her)

这些都是一般能力:第一句的背景是彼此认识并跨越藩篱后的第二天早上,应该是周三;第二句所述的是他们认识当晚在她家厨房里发生的;第三句是金凯与弗朗西丝卡分手离去时的情形。但下面三句表述的能力似乎不同寻常:

(39) 121 他躺在床上读《非洲的青山》,喝一杯啤酒,能闻出当地造纸厂的味道。

(40) 184 他经常钓鱼、游泳、散步,躺在高高的草丛里聆听他想象中只有他能听到的远方的声音。

(41) 1469 他能听见在某个地方有手风琴正在奏这支舞曲。

第一句是说,他在阅读过程中能嗅到某种味道,这对常人来说不可思议:毕竟书的出版地与造纸厂相去甚远,何况中间有印刷加工。第二三句是他小时候的特殊能力。第三句是两人情感发展顶峰时刻出现的。从常理看,所有这些更像幻觉。

(42) 81 其他东西如果忘了带,他都可以在路上买。

(43) 110 他们隐隐约约地觉得可以设法处理。

(44) 132 他会弹唱这支歌,他离开到处挖着巨大红土坑的地方时哼着这首歌词。

(45) 524 她善解人意,这他看得出来。

(46) 1782 她知道罗伯特能理解。(不要他邮寄明信片,以免丈夫看到)

例(42)是他常年外出积累的能力;(43)是对长年分居生活的处理预期;(44—46)是真正意义上的社会能力,包括技艺(44)和交际(45—46)两个方面。

总之,这些大都是社会性的,也有特殊本能。

现在转向女主人公。对比叙述者对弗朗西丝卡的相关积极评价。这类句子全

文一共 33 个,涉及成分 35 个。其中,有关其感知觉能力占到了 18 个,如,

(47) 325 她从窗外的雨帘望出去可以看到那根篱笆桩。

她看见的其他对象包括:他的"胸肌"(句 369)和"胸部"(句 937)、照片上他胸前"银项链上系着一个小小的圆牌"(句 1985)、他放在卡车里的相机及其商标(句 418)和(句 420)、他在桥另一端的影子(句 466)、放在透明盒子里的胶卷(句 645)、他在远处随风飘起的头发(句 1919)、照片上的金凯逐渐老去(句 93;包括"他眼角的纹路",句 1977);其他感知能力成分 7 个:两个听觉(鸽子的叫声;句 467;他脚踩油门的声音;句 1776)、一个嗅觉("他的气味";句 1505)、一个触觉(彼此身体接触;句 1510)、两个感知觉(血涌上脸颊;句 492);酒精的作用(句 777)、一个行为能力("能挪步";句 1378:was able to)。

还有 17 个是认识能力和处理问题的能力,以想象居多。例如,

(48) 333 沿着记忆的长河,她也能清晰地看见他。

(49) 914 她几乎可以听到他在脑涨中形成以下的诗句

333 是回忆;914 是幻觉,应该是按照金凯的思路拟就的。

所有这些基本上都是自然本能:看见、感知和想象,正常人都具备。尤其重要的是,这样的成分是有关金凯的同类句子的 3 倍(35:11),比叙述者描述金凯的所有能力成分(30 个)多出 5 个。主要原因在于:整个交往过程是弗朗西丝卡主动,她也是聚焦对象,她观察他的叙述机会多。而纯粹描写她的高层次非自然本能的只有四句:

(50) 390 她唯一能解释的是,只见了几秒之后,罗伯特·金凯就有某种吸引她的地方。

(51) 1597 在他们做爱的当中,她用一句话概括了她的感受,在他耳边悄声说:"罗伯特,你力气真大,简直吓人。"

(52) 1910 她开始理解他早已理解的事情。

(53) 2002 弗朗西丝卡心沉下去了,不过还能恢复得过来。

390 的语境是:弗朗西丝卡主动提出带金凯去目的地,这是一种潜意识,是本能。1597 的相关部分是一种引发性的能力再现。1910 跟原文后面的 2282(前文所引 18)指同一回事。2002 是她打电话寻找金凯,对方却是一位女士,所以 2002 前半句是一种失望心态,后半句则是对她恢复理性和神智的陈述。显然,这些无法同描写金凯的同类成分(20-26)相提并论。彼此显然不对称:弗朗西丝卡有的,金凯有;弗朗西丝卡没有的,金凯也有,而且是常人不具备的。这种差别在弗朗西丝卡眼里就是魅力。

11.2.2 弗朗西丝卡对金凯的积极能力评价

上面从两个角度考察了有关金凯和弗兰西丝卡的积极能力成分,是他们对自己、叙述者对他们分别做出的。还有两个角度:是男女主人公对对方以及其他角

色对他们二人做出的。有趣的是,金凯对弗朗西丝卡没有一个字的能力评价。这一点符合情节发展的逻辑,但弗朗西丝卡对金凯的能力评价竟有 54 个之多。下面对这些成分作分类说明。

首先是对金凯身体等自然素质方面的直观描述,包括身体的柔韧性和灵活性。

(54) 351 他很轻捷,当时她望着他时想到的是这个词。

(55) 352 他年已五十三岁,而浑身都是瘦肌肉,行动敏捷有力

(56) 374 那眼睛,那声音,那脸庞,那银发,还有他身体转动自如的方式。

(57) 472 他跳回岸上,自如地走上陡峭的台阶。

(58) 678 他行动轻盈,她简直惊讶他怎么这么快。

它们都是直接叙述;注意 352"轻捷有力"的原文是 intensity and power,宜作两个成分看待。下面各例属于同一类别,但都是比喻性的;除了前三例,其余 6 个跟动物有关。

(59) 680 他行动多像游魂。

(60) 867 他就像一阵风,行动像风,也许本身就是风中来的。

(61) 2260 他激烈时像一支箭。

(62) 1193 他有一种羚羊般的素质,柔韧而坚强。

(63) 1194 也许他更像豹而不像羚羊。

(64) 1195 是的,豹,就是它。

(65) 1593 他就是一只动物,是一只优美、坚强、雄性的动物。

(66) 1613 那豹子一遍又一遍掠过她的身体……

(67) 2267 现在我想起来他身兼所有这些特征:一个陌生人,广义的外国人,远游客,而且也像鹰隼一般。

从(63)到(67)的比喻,喻体都是猛禽猛兽,这跟故事第九章"从零度空间落下"金凯描述自己回到进化起点阶段的思想是一致的:寻找和思索人类的本源和天性,与《廊桥遗梦》整个话语的主旋律相得益彰;而在弗朗西丝卡眼里,金凯身上闪现的男人的原初能力,正是她生活中所缺失的(更确切地说是她丈夫欠缺的),从而为她预备了填补的欲望。这些喻体带给读者的意象本身,在一定程度上具有鉴赏范畴之下的反应特点,即有关事物对人的心理冲击,从而产生吸引力并使主体获得美感体验。因此,这些比喻同时带有反应性意义。表面上,例(61-65)似乎都是静态描写,这样它们表达的便是典型的鉴赏特征;但这些表述都是关注金凯的行为、是他在行动中表现出来的,从而出现反应一能力兼备的特点:反应的是美感,能力体现的是金凯的魅力与素质。(66)是动态描写,似乎是对里尔克相关描写的另一种援引:里尔克在《豹——在巴黎动物园》一诗中由动物园里栅栏后被圈起来的豹

子浮想联翩①。在《廊桥遗梦》中,金凯如同一只豹子,被弗朗西丝卡、被他自己的感情束缚了。

还有间接描述,大都带有一定的抽象性:

(68) 1594 但是这远不止于肉体——尽管他<u>能这样长时间不疲倦地做爱本身</u>也是其中一部分。

(69) 1616 她对他这个人和他的<u>耐力</u>惑然不解。

(70) 1598 他<u>力气的确大</u>,但是他十分小心地使用它。

(71) 1602 但是她没有预料到他<u>这种奇妙的力气</u>。

(72) 1696 你<u>力量多大</u>,天哪,你可真是<u>强有力</u>。

(73) 2242 他能集<u>极度激烈</u>与温和、善良于一身……

前两句指同一现象,但前一句是具体内容,即金凯的某一行为持续时间长;后一句是称名;两者之间有一致性。余下的也都是称名性的,分别陈述金凯的力气和激烈程度,没有具体内容。这一点符合女性的认识特点:直觉、整体性。

其次是他具有的潜在力量,主要是魅力:

(74) 2261 他对我做爱时我完全不由自主,不是软弱,这不是我的感觉,而是纯粹被他<u>强大的感情(和)肉体的力量</u>所征服。

(75) 2270 我的确认为一个女人不可能拥有像罗伯特·金凯这种<u>特殊力量</u>。

(76) 1213 他工作方式中有一种力量。

前两句指性爱过程带给她肉体和精神上的力量感受。2261中的"征服"对于弗朗西丝卡来说就是消极能力特征,与金凯的积极特征形成对立平衡;2270是说话人把自己摆到了所有其他女性的对立位置上,以此说明金凯的潜在生理能力;1213描述金凯的职业潜质,与前两句表述的能力构成互补平衡关系。

第三是智力因素,这在下面这一组实例中有充分体现。前三句是能力性的具体内容,后三句系称名:

(77) 875 用五个词<u>概括了</u>(叶芝诗歌的基本精神)

(78) 2281 从一开始,罗伯特比我更<u>了解</u>我们两人怎样是天造地设的一对。

(79) 910 她也知道,凭他的爱尔兰人对悲剧和<u>敏感性</u>,他已感觉出一些这种空虚。

(80) 1211 我就是不习惯和他这样思想敏捷的人在一起。

(81) 1216 他不是单纯地同自然作斗争,而是用<u>技巧和智慧</u>来主宰它。

(82) 2309 但是他有一种质朴的,原始的,几乎是神秘的聪明智慧。

这里涉及的能力因素显然跟(54—71)有本质上的差别,也与(1—19)和(36—

---

① 它的目光被那走不完的铁栏/缠得这般疲倦,什么也不能收留。/它好像只有千条的铁栏杆,/千条的铁栏后便没有宇宙。/强韧的脚步迈着柔软的步容,/步容在这极小的圈中旋转,/仿佛力之舞围绕着一个中心,/在中心一个伟大的意志昏眩/只有时眼帘无声地撩起。——/于是有一幅图像浸入,/通过四肢紧张的静寂——/在心中化为乌有。——冯至译

49)关乎男女主人公的感知能力和社会能力相异,但与(18-35)中的一些成分同类,如(18-23)。

第四是他在专业功力、生活经验和心理素质方面的能力。

(83) 1214 他不是等待天然景色,而是轻柔的地把它掌握过来根据自己的想象加以塑造。

(84) 1558 他有一种一往无前的进攻性,但是他好像能够控制它,能够随自己的意愿加以发动或释放掉。

(85) 920 罗伯特对晚饭后的白兰地是有经验的

(86) 649 他把那把瑞士刀从刀靴中抽出来。弹开瓶扳,用得很熟练。

(87) 870 他用男中音中区声部像一个职业演员那样朗诵这两句诗

(88) 1196 他不是被捕食物,而是相反。

(89) 1605 他就这么拿走了,全部拿走了。(对象是她的精神)

(90) 1607 那时他就像沙漫教的巫师……

(91) 1660 她对罗伯特·金凯这样意识到自己的生活方式正在逝去,还能处之泰然,感到不可思议。

(92) 1709 你用语言也能达到这个目的(说服她离开跟他走)

(93) 1764 她知道他能干脆利落地解决问题

只有最后一句相对抽象。前三例同时刻画心理和社会能力:第一例是职业方面的,第二例是生理方面的;例(85-86)是生活经验;例(87)是整体素质的某一方面;例(88-89)是通过肉体和精神对弗朗西丝卡的征服;例(90)间接说明金凯给弗朗西丝卡的第一印象,那是一种魔力;例(91)指金凯自己面对命运时的心理素质;例(92)指自身魅力为语言表达带来的积极效果;例(93)表明金凯面对障碍时的态度和能力。总体说来,这里既有优秀的体能,也有高超的智力,还有跟后者有关的处理现实问题的能力。金凯在弗朗西丝卡眼里近乎完人、全人,这些不同方面都是吸引她的素质,是吸引她的魅力,包括后面还会谈到的其他特点。

故事中的其他人物也对金凯的能力做出过相应的评价,只是数量有限。

(94) 176 他们看了他的智商,跟他谈成就,谈他有能力做到的事,说他想成为什么人都可以做到。(小学老师)

(95) 180 老师们谈到罗伯特不开口的犟脾气和他的能力成对比……(小学老师)

(96) 148 你是最好的,罗伯特,没人比得上你(女导演)

(97) 2018 但是他是好样的。(报社同事)

(98) 2395 那个吹铜管儿的告诉我有个家伙住在那儿一个岛上,照得不赖,他没有电话,我就给他寄了一张明信片。(朋友卡明斯)

(99) 2414 他懂魔力,搞爵士音乐的也都懂魔力……(卡明斯)

(100) 2433 罗伯特·金凯讲她的时候真是个诗人。(卡明斯)

五、《廊桥遗梦》文本分析

这里既有对金凯小时候的叙述(94—95),还有中年(96—97)和晚年的(98—100)。看来,金凯虽然性情孤僻,但跟他接触过的人都认可他的能力,无论是智力智慧方面的(94—95,97—100),还是生理方面的(96);这就更不用说从弗朗西丝卡和叙述者角度陈述的方方面面了。因此,弗朗西丝卡强烈地爱上他,绝非一时心血来潮。当然,积极性能力因素对于爱情来说只是必要条件。

11.2.3 有关二人的消极能力评价

这里涉及男女主人公的自我判断以及叙述者和其他人对他们二人的相关评价。下面 8 例是有关金凯的自我贬抑成分及其局部语境。

(101) 311 我是在找此地附近一座廊桥,可是<u>找不着</u>,我想是暂时<u>迷路</u>了。

(102) 2154 再往远处我就什么也<u>看不见</u>了。

(103) 2109 我<u>想不出来</u>更恰当的说法。

(104) 1527 有的人不一样,有些人在即将到来的世界里可以如鱼得水;而有些人,也许就是像我这样的少数人<u>不行</u>。

(105) 1467 现在那声音已经是牙缝中迸出来的嘶嘶声:"你<u>昏了头</u>了。"

(106) 2104 似乎人<u>老了</u>就转向水。

(107) 141 人<u>老了</u>就陷入这种思想状态。

这 8 个成分涉及不同侧面。例(101—102)指客观原因;例(103—105)与之相对,指主观因素,也是一种社会性能力,是个体通过阅历或训练获得的,包括体魄和自制力;例(106—107)乃自然生理能力。

对比弗朗西丝卡对自己能力的消极评价,一共 16 个,是金凯的 2 倍。这些成分可以分成五组。

(108) 432 立刻又责备自己这种注意<u>鸡毛蒜皮</u>的<u>小镇习气</u>

(109) 1722 我多么想要你……同样的我也<u>不能</u>使自己摆脱我实实在在存在的责任。

(110) 2326 我就是<u>无法</u>面对这样的现实。

这三个成分指外在环境的制约使弗朗西丝卡无能为力。例(108)小镇习气是一股根深蒂固的强大力量,个人很难摆脱(原文是 caught up:绊住了脱不开)。例(109)家庭责任似乎是一个空泛的东西,但它涉及丈夫和儿女每天都得面对的周围人的眼光,十年二十年如故,从而让他们承受巨大的精神压力。815"迈可十七岁,卡洛琳十六岁",由此推断她和理查德已经共同生活了二十年,虽然缺乏情调,却也平稳实在,彼此之间已经形成了相对稳固的亲情关系,更不用说一位母亲对儿女的感情了,她要抽身离开谈何容易。显然,在这样的背景下亲情重于爱情。例(110)指金凯可能离世的现实,是人力不济的自然规律。

第二组跟情感有关,她对爱的抗拒无能为力,包括智力因素的自然下降:

(111) 655 这一切她已经几乎<u>应付不了</u>了。

(112) 1614 于是她屏息轻声地喃喃细语:"罗伯特,罗伯特,我把握不住自己了。"

(113) 1724 我对你感情太深,没有力气抗拒。

(114) 2261 他对我做爱时我完全不由自主。

其中,第二句(1614)在原文中有些不着边际:既然自己已经完全把感情托付给了金凯,还有什么是"把握不住"的呢?不过,联系后文她提出理性分手的情景,便可明白这句突然冒出来的话所指为何。

第三组(115—117)同时跟情感和行为能力有关:情感是原因,行为能力是表现形式。

(115) 1210 我在他面前有点迟钝,但是这不是由于他的所为,是我自己,不是他。

(116) 788 她抖落出一支来,摸索着用打火机,觉得自己笨手笨脚的,就是点不着。

(117) 1475 我是不大会跳舞的,不过如果你愿意,我也许在厨房里还可以应付。

其中第一句应该介于情感和行为之间,或各占一半,因为"迟钝"有生理原因。这种感觉与第二句的"笨手笨脚"相类,前后呼应;第三句同前,是行为现象的自我评价:侧重点显然不是自谦,更多的是自信心不足带来的,尽管三个例子均涉及这种心理——这是女性在真情面前的自我意识和表现。

第四组跟智力有关,是就理解和表达力说的:

(118) 1617 她完全不懂他是什么意思

(119) 1699 我不知道我能不能说清楚,从某种意义上说你本人就是大路。

(120) 2297 我找不出言词来充分表达这一点。(说明两人情深意笃)

第一句是叙述者转述的心理活动,她毕竟对外面的世界知之不多,缺乏见多识广之智,突然之间要完全明白走南闯北的金凯,自然有困难,所以她试图理解他,理解他身体魅力背后的智慧,尤其是这种带有哲学意味的比喻;而这也与第三句合拍,她无法准确表达出两人感情深厚的现状,也可能真跟自己的智力水平和理解力有关:回想金凯对叶芝诗行的理解,她说她当年费了九牛二虎之力没能向学生解释清楚叶芝的基本思想,而他只用了短短五个词就阐明了(873"现实主义,简洁精练,刺激感官,充满美感和魔力")。

最后一组是假定性的:

(121) 823 她也不知道如果她陷入了她无法处理的局面,今晚结束时该怎么办。

(122) 1723 假如你强迫我跟你走,不论用体力或是用精神力量,我说过的,我都无力抗拒。

(123) 2275 如果没有罗伯特·金凯,我可能不一定能在农场呆这么多年。

她提到了丈夫理查德的名字,突然感到"内疚"(句822),但又无法抑制自己的情感需要,所以出现1723这样的矛盾心理。句823中有一个明确的能力成分,受生理反应的驱使所致。这说明她还没有完全陷入情感漩涡,还有部分理性。这与1723完全不同,后者是无力自拔。2275说的是一则悖论,却是一种合理的、可以理解的平衡关系:因为她深爱金凯,找到了精神寄托,从而储存了足以维持她长期滞留于农场所需要的情感能量。

对比围绕金凯和弗朗西丝卡的一组消极能力成分:女主人公能力低下问题基本上都是为情所困而引发的,男主人公的消极能力主要是客观原因所致,如外在环境或健康因素。

最后来看叙事者视野里男女主人公的消极能力。其实,这些都可以看作是他们各自的心理活动。

(124) 93 再过几年,他就要老了,不能再做这种艰苦的野外作业了

(125) (当初他们决定结婚时,她是知道他的工作的,他们隐隐约约地觉得可以设法处理)111 结果不行

(126) 149 他自己没有多少经验,无法知道她是不是在说真话

(127) (他含糊地懂得她指的是什么)155 但是他自己也抓不住

(128) 255 他画出了拍摄路线,前几桥比较好找,而第七座叫做罗斯曼桥的一时找不到。

(129) (他试图想点别的事……就是别想现在她是什么样)904 但是他失败了

(130) 1470 也许是很久很久以前,也许是很久很久以后,他不能确定。

(131) 1472 那声音模糊了他的一切行为准则,使得除了合二为一之外,其他一切选择都逐渐消失。

(132) 2092 我实在无法忍受让这些相机躺在相机店的二手货橱窗里……

它们涉及的范围较广:有年龄因素(例124)、与前妻的婚姻生活(例125)、女导演对他的性能力的评价(例126-127)、在陌生之地寻找拍摄对象的暂时失败(例128)、对弗朗西丝卡的性需求(例129)、开始跟弗朗西丝卡在厨房跳舞时听见手风琴演奏的幻觉(例130-131)、把自己使用多年的心爱照相机出手给他人的心理接受能力(例132)。

也有弗朗西丝卡对金凯的消极评价,分两组:一是他晚年的身体外观,由相片显现:

(133) 1975 她像一个远方的观察者年复一年跟踪观察罗伯特·金凯,眼看他渐渐老起来

(134) 1977 但是她看得出他眼角的纹路,那健壮的双肩微微前俯,脸颊逐渐陷进去。

(135) 1979 他逐渐变老反而使她更加强烈地渴望要他

另一组带猜想或假设:

(136) 1137 她想,他来不了啦。

(137) 1704 可是同我在一起你就不一定能这样做(即以他特有的方式生活)

(138) 1706 这样做等于把你这个野性的、无比漂亮的动物杀死,而你的力量也就随之而消亡。

不过,这些消极能力成分无损金凯的形象,她反而"更加强烈地渴望要"他(135)。对比前文弗朗西丝卡对金凯的所有评价成分,对他们相处四天的描述都是积极的,而且级差程度很高。

此外,卡明斯有一句对金凯的生理评价,是推测性的:好久没见到金凯了。

(139) 2463 我想他可能病了

这些成分与叙述者对弗朗西丝卡的评价有所不同(也可看作弗朗西丝卡对自己的评价):

(140) 976 在镜子里看不见双腿,但是她知道还是保持得很好的。

(141) 323 她很难回忆起自己22年前长什么样

(142) 1582 她无法想象罗伯特·金凯已经七十五岁。

(143) 876 弗朗西丝卡曾想方设法向温特塞特的学生解释叶芝,但是没能让大多数人理解。

(144) 1258 她对酒没有经验,向售货员要好葡萄酒。

(145) 1811 她其实很累了,她今夜应付不了。

(146) 1814 说实在的,如果她见到他就很难管住自己。

例(143—145)涉及她处理日常生活中相关问题的能力;例(140—142)是自然原因造成的能力失效:例(140)是镜子的反映范围限制;例(141—142)是时间造成的。只有例(145)和例(146)相当,前者源自身心因素,后者指诱惑力。

有一句是丈夫理查德在电话里询问她的:

(147) 1804 你好像有点累,或者有点精神恍惚,还是怎么的?

还有一句是她在遗书中道出、儿女们可能存在的疑惑,而这也的确让他们不解:

(148) 2286 相信你们一定认为我对自己葬法的遗嘱不可理解,以为那是一个糊涂了的老太婆的主意。

下面一句同时包含积极和消极两个方面的能力特征,这是金凯针对他们自己做出的:

(149) 我们都丢掉了自己,创造出了另一样东西,这东西只能作为我俩的交织而存在。

"丢掉"和"创造"从不同角度言说同一现象。

至此,前面的讨论分别从积极和消极两个方面梳理了《廊桥遗梦》针对男女主人公的能力成分。对比分析表明,针对金凯的积极能力成分集中在他的自然素质、处理问题的能力、特别是专业技能上;而针对弗朗西丝卡的积极能力成分基本上都是感知方面的,为常人所有,所以在相当程度上不所谓真正的能力因素;叙述中有很大一部分从她的视角观察他的评价,这是又一个不同之处。

11.3 男女主人公为判断对象的可靠性成分

这里仍然从三个方面展开:(一)金凯或弗朗西丝卡针对自身的可靠性判断;(二)叙述者分别针对二人的可靠性判断;(三)男女主人公针对彼此或他人针对他们二人的可靠性判断。这样的分类仍然是权宜之计。

11.3.1 男女主人公对自己的可靠性判断

两者之间有相似之处,但差别明显:不仅数量相差甚远,内容也各有侧重。首先是金凯对自己的可靠性判断。这一类成分全文 29 个,可以分为三类:一类体现当事人的意志力;另一类是临时性的可靠行为或举止;第三类与消极因素联系在一起,却在相关语境中协助表达积极意义。先看第一类,共 10 个成分。

(150) 1555 我<u>正努力</u>拍摄一些好照片。

背景是金凯对时事的评论,针砭当今整个人类行为的幼稚一面(具体讨论见后文);对此,当事人认识到了自己的历史责任,并通过自己认定的成熟行为("拍摄一些好照片"),在有效的生命历程之内(before I'm totally obsolete or do some serious damage)履行自己的职责,从而对照并抗衡于当前社会因男性荷尔蒙给人类带来的破坏性灾难。

(151) 744 我<u>设法</u>从形象中找到诗。

这是金凯的工作方式:摄影艺术不是传统上说的"反映";相反,经过主体参与处理的对象在制作(原文是 make)过程中注入了主观因素,尤其是价值取向和意识观念,这种认识问题的境界与处理问题的方式,只有思考问题深入、工作经验丰富、洞察力强的个体才可能具备,这与"他的作品表现出精美绝伦的专业修养"(句 44)相呼应。所以,一帧好的摄影作品不乏诗意和韵味,可见 744 也是金凯追求的境界,但它同时点明了前一句 1555 所述行为的目的。

(152) 294 <u>努力想把它想清楚</u>(在衣阿华究竟发生什么事了)

(153) 667 他被她吸引住了,<u>正为克制自己而斗争</u>。

两句均涉及情感因素;两相对照,前一句指金凯离开弗朗西丝卡回到西雅图后暗无天日的境况,此时他恢复了一些神智,但仍不能自拔,所以,他处于挣扎状态,试图找回自己;后一句是他完全陷入婚外情感之前理智与情感的纠葛,从一个侧面表明他不是"一个到处占乡下姑娘便宜的浪荡人"(2249;弗朗西丝卡语)。

(154) 2095 <u>为了抵挡给你打电话或来找你的诱惑</u>

这里表现了金凯的决断力,也间接揭示了金凯处理问题的方式,而这正是西方文化中关于人格素质的一个重要方面,从古希腊神话故事到贝尔武甫,到当代的文艺影视作品都有充分体现(像《红字》的男主人公早先那样不敢公开认罪的表现实不多见,至少不典型)。

(155) 300 几星期之前,我感觉自己很有自制能力,也还很满足。

(156) 1671 你家里人回来之后,我就径直跟你丈夫谈……这事不容易,不过我会做到的

(157) 1552 我们需要以某种方式使这种荷尔蒙升华或者至少把它们控制起来

第一句是金凯回到西雅图后写给弗朗西丝卡的信中的一句话,对比陷入情网前的感受。第二句是行将分手前商议处理两人感情问题的方案之一,表现出金凯处理问题的决断力。第三句是两人交往期间金凯对世事的看法,说明人类应该履行的社会职责:这里虽然是针对集体和社团的,但包括金凯本人,而他正是朝着这个方向努力的,所以能提供可靠性。

(158) 312 不论怎样,我们必须再见面,不管是何时何地。

312 跟前面引述的 294 和 300 为同一语境,金凯在此表明一种决心,一种能让弗朗西丝卡认同的意志力。

总之,这 10 个成分从不同角度体现了金凯的可靠性,关涉不同阶段。第一、二句的基本动词"努力"在原文中是 try,意为通过某种尝试或努力去做某事。第三句(152)的相关动词是 struggle,程度比 try 强,也比译文"努力"强。(153)的原文是 He was drawn to her, fighting it back,其中 fight 与 struggle 程度相当。(154)的核心成分是 self-contained,指自己把自己控制在一定范围之内。(155)的原文是 I'll get it done,也有确定不移的决断口吻。(156)用了情态动词 have to,暗示了一种责任意识;相对于其他成分,(157)较弱,但可靠性仍然明显;而(158)最强。这些成分刻画了当事人为实施或完成某事而投入的倾向、决心与坚定性,它们都是意志力的表现,是可靠性的典型承载项。

上面讨论了第一类 10 个成分;现在看第二类 15 个成分。

(159) 185 那边有巫师……如果你保持安静,侧耳倾听,他们是在那儿的。

(160) 314 我将立时三刻到来

(161) 315 机票钱若有问题,我可以安排

(162) 612 我的冷藏箱里有一包胶卷,我得去倒掉化了的冰水,整理一下。

(163) 696 我已学会凑合了

(164) 1132 不能低估小镇传递小消息的电传效应。

(165) 1138 我直截了当说吧

(166) 1140 我晚些时候会到你这儿来的。

(167) 1758 你如果想见我,或者只是想聊聊天,千万别犹豫。

(168) 2110 我没有发誓要独身

(169) 756 我准备写一篇文章……专门写给那些想以艺术谋生的人看。

(170) 812 他听着,不说话,有时点点头表示理解。

(171) 1030 调整,对好,核对光线,拍三张照,再照几张备用作为保险。

(172) 1001 桥后面的电话线也是个问题,但是通过精心确定框架也可以处理好。

这些大都不是对现状的叙述,而是言说内容可能带给他人的相关感受。注意其中一些例子。(159)所在的语境是金凯小时候异乎寻常的行为,他好像有常人看不见听不到的能力;该句提供了一种条件,是达到一定目的的前提和保障。(160—162)是金凯离开后写给弗朗西丝卡的话,这里又一次涉及情感动机。(163)是金凯平时对待吃饭问题的态度,是一种内在需要(need to)。(164)指金凯的生活方式,是应付人际环境的可靠性本领。(164)的"低估"本身是一个消极性成分,却是金凯告诫自己的心理活动。(165)描述了金凯处理问题的方式,与前一句系同一语境。(167)对弗朗西丝卡来说是一种安慰,这种承诺对一位存有某种期待的女人来说再踏实不过。(168)是分手前金凯对弗朗西丝卡的嘱咐,多少有些宽慰作用。(169—172)无论对人对己均可实施一定的言语行为,给人以可靠感。

总之,(150—172)中的相关成分可以拼凑出一幅完整的人物个性图景——金凯对弗朗西丝卡来说可靠可依,能让人获得安全感和满意感。正如前文所说,这样的情感直觉又能从另一角度提升女主人公对男主人公的倾心度。

上面两类已经涉及 25 个成分;第三类只有 4 个:

(173) 1129 也许他请弗朗西丝卡出来是犯了一个错误,为她着想,不是为他自己。

(174) 1176 你今天要看到的只是大量的胡摆乱弄

(175) 1225 我绝不会把这些照片用在任何地方

(176) 2123 我不喜欢自怜自艾

有趣的是,虽然这些成分都是消极的,却意在引发积极信息:金凯体贴(173)、专业技能娴熟而不致损坏器材(174)、有责任心(175)、心理承受能力强(176),都是让人放心的品质。如此,金凯的自我可靠性评价都是积极的。这也间接透露出,作为一个强烈吸引弗朗西丝卡的男人,金凯自有其过人之处,在可靠性方面也不例外。

接下来看弗朗西丝卡对自己的可靠性判断及其分布特点。但弗朗西丝卡对自己的可靠性评价,与金凯的自我评价相比,则存在明显差异。这里也分三组讨论。下面是第一组。

(177) 1143 但是她已下定决心(跟他去杉树桥看他拍照)

(178) 1360 我已是尽力而为了。

(179) 2219 要给我的孩子们写信讲这件事对我极为艰难,但是我必须这样做。

(180) 2268 我在试图表达很难用语言表达的东西。

(181) 2295 每天都在对付这件事,他也是。

(182) 2323 我只有过一次设法同他联系。

这一组成分跟例(150—158)相当,都是体现意志力的。其中,有的程度强一些,如第一、二例;有的弱一些,如最后一例;其余两例"试图"(trying to)、"对付"(dealt with)似乎居中,后者更弱。

第二组的可靠性是间接体现出来的,包括对他人的告诫(例183)、提议(例184)、安慰(例185—186)、行为方式(例187—188)。

(183) 848 当心脚底下牛粪

(184) 1245 需要什么就随便用

(185) 1290 好,我会的(理查德在电话里嘱咐向她家的小狗杰克问好)

(186) 1936 过几分钟就会好的

(187) 1198 她打开背包,拿出相机,对这些他随随便便摆弄的昂贵的器材特别小心翼翼。

(188) 1096 我来做一点很方便的东西

第三组跟消极可靠性有关,似乎接近恰当性(见后文):

(189) 609 我已放弃尝试了。

(190) 632 穿太正式了不大合适。

(191) 1723 假如你强迫我跟你走,不论用体力或是用精神力量,我说过的,我都无力抗拒。

(192) 1922 我错了,罗伯特,我不该留下。

(193) 2285 我在作出决定时是否太理性了。

(194) 818 这是我永远没法习惯的事,没法理解他们怎么能对这牲口倾注这么多爱心和关怀之后又眼看着它出售给人家去屠宰。

注意,第一句是对现象的描述:家人喜欢吃肉,她曾设法做些素食,却遭到家人反对,所以被迫屈服;而其他几例都是对自己(190—193)和他人行为(194)的判断。

还有一例,同时从正反两个方面对自己的行为(决定)做出了可靠性评价,这是自我点评,但也是全文的核心评价句:

(195) 2280 在只想到我自己一个人时,我不敢肯定我做出了正确的决定,但是把全家考虑在内时,我肯定我做对了。

前后对比,金凯与弗朗西丝卡的自我可靠性评价既有性格上的不同,更有各自的角色和所处位置决定的思维方式,如与弗朗西丝卡相比,金凯明显果断利落,而弗朗西丝卡要么后悔(例192)、要么犹豫不决(例193)。金凯说话方式直截了当;弗朗西丝卡则更显阴柔,因而更多的是斟酌、是被动接受,与上一节讨论的现象相呼应。

11.3.2 叙述者对男女主人公的可靠性判断

叙述者直接站出来对男女主人公的可靠性做出判断,其间差异也是明显的。下面以二人的积极和消极可靠性为着眼点、从三个方面来加以分析。

先看有关金凯的积极可靠性。这些成分内容广泛,涉及金凯相对稳定的韧性品格和临时表现出来的可依赖性。这种相对稳定的素质穿越生命中的几十年。

(196) 189 他十八岁时父亲去世了……他报名参军以糊口和养活母亲
(197) 53 我们只知道他有几年在西雅图靠肖像摄影勉强维持生活。

这两句系金凯早年和晚年的生活状况:早年处于"大萧条"时期,他肩负起了养家糊口的责任,所以上了战场;由于晚年跟杂志社的业务关系没有了,外出的机会少了,好像也没什么积蓄,挣一点花一点,多少有些凄凉,但还能"维持"。

(198) 192 他发现了自己的业务专长
(199) 195 罗伯特……从图书馆借出照相和美术书籍来学习钻研。
(200) 99 他还同几家杂志编辑有着正式的业务关系。
(201) 221 他肩上晃荡着照相机,随海军陆战队艰苦跋涉

这四个句子是他第一次服军役期间(例198—199)和退役之后(例200)、第二次入伍参加太平洋战争(例201)的生存状况。例(199)和例(201)表现了金凯的韧性,为了生存和职责而坚持;例(198)描述他找到了自己的职业兴趣;例(200)是专业范围内受欢迎的程度,暗示他有稳定的收入和良好的生活保障。

(202) 122 早晨起来跑步四十分钟,做五十个俯卧撑,把相机当作小举重器完成日常锻炼的功课
(203) 1192 但不是他行动匆忙,相反,他完全从容不迫。
(204) 1794 那双摄影师的眼睛没有漏过任何细节
(205) 1069 这是金凯得以委任的原因

第一句是金凯53岁遇到弗朗西丝卡前生活方式的一个侧影,是保持体能和体力的有效途径。第二三句说明金凯做事的风格和业务修养,沉稳有素;良好的身体和业务素质揭示了第四句表达的内容。

如果说上面的成分基本上反映了金凯某些相对稳定的特质,下面一组则是一时性的行为举止,也给人可靠感。

(206) 702 "我很会切菜的。"他自告奋勇(offered)。
(207) 887 这回是他为她拉下铁丝网。
(208) 840 金凯推开后廊的门,给她撑着,然后跟在她后面走出去,轻轻关上门。
(209) 789 他小心地从她手里把打火机拿过来。
(210) 463 仔细观察那椽子的天花板(studied)

综观(196—210),相关核心成分充分展现了金凯行为的现实意义:生计(196—197)、生存(198—200)、职责(201)、健康(202)、交往(206—209)、超常的业务素质(203—205,210),全方位地反映了金凯的可靠性。对比下面的现象。

(211) 88 有些地方他可能还想重游,作更认真的采访。
(212) 902 他试图想点别的事

(213) 907 他把它们<u>打回去,按下去</u>。

(214) 1612(她能够看见他)<u>坚定地披荆斩棘向着天尽头走去</u>。

(215) 391 显然,他对她的自告奋勇有点意外,不过很快就过去了,<u>认真地说</u>,那他很感谢。

(216) 1168 他的思想本质上是<u>严肃</u>的,<u>处事认真</u>

(217) 1679 他很<u>严肃</u>,没有笑容。

(218) 1782 她知道罗伯特能<u>理解</u>。

它们不再涉及现实行为,而是意志力(211—214)、严肃性(215—217)和理解力(218),同样具有可靠性。

顺便提一句,还有一个关于金凯和前妻的可靠性判断句:
(219) 110 他们隐隐约约地觉得可以<u>设法处理</u>

再看叙述者陈述的有关弗朗西丝卡的积极可靠性。对比前一小节讨论的分布情况,有关女主人公的积极可靠性成分主要跟情爱有关,因而远不如金凯的可靠性涉及的面广泛,半数成分都是非情爱的。这一点应该是两者最大的不同。下面 10 个成分中,大多带有转述性质,特别是心理投射。

(220) 379 这方式<u>坚定不移</u>,目标明确。

该例是叙述者的,因为这种潜意识的记忆活动(她见到他第一眼后就有了某种感觉和需要)不可能为主体明确认识,这一点符合心理学的评价原理。显然,这些叙述均与性爱有关,同时揭示了一种体验感知,评价性心理活动是在意识之前就可能产生的。

(221) 285 她<u>全神贯注</u>

晚年的弗朗西丝卡在每年生日送走朋友后都要阅读金凯曾经写给她的信;"全神贯注"的神态折射出这封信对女主人公的价值和她对它的珍爱程度;而年复一年的重复行为本身再现的是她的执着精神。

(222) 1607 她<u>最初的判断是对的</u>

这里说的是金凯占据了弗朗西丝卡的全部精神领域;这是后来她回忆时的自我反思内容。

(223) 1102 不到两秒钟,她<u>决定了</u>

(224) 1146 不管付出什么代价,<u>她就是要到杉树桥去</u>

(225) 1577 她<u>必须克制自己不去回忆</u>

所陈述的内容显示了弗朗西丝卡的意志力:前两例是她"决定"随他去杉树桥看他拍照的意愿;后一例是她晚年的心态,不过也存在矛盾:她总是在每年生日阅读金凯曾经写给她的信,但又承受不了回忆带来的痛苦,便尽量回避。

(226) 1998 她<u>集中思考了一星期,最后……找到了电话号码,拨了号</u>。

这是弗朗西丝卡在丈夫逝世后设法寻找金凯下落的一个情节,说明她对待相关事件的谨慎态度(相关原文是 thought hard)。

(227) 2002 还能恢复得过来

这个结果令人失望,但她没有失态。

(228) 1662 她开始理解为什么他说他是处于物种演变的一个分支的终端

(229) 1989 她笑着原谅了他

两句均含理解之意。前一句是她对金凯使用类推方式做出自我评价的逐渐理解。后一句是她在照片上发现他佩戴的项链上有她的名字,认为他不够细心,但又觉得可以理解。所有这些成分间接表明她对他情深意切,即使相别多年。

上面的例子都是直接相关;下面三句系间接相关:

(230) 465 她张望了一下确定没有邻居的车向这里开来。

(231) 916(希望自己的指甲)保养得好一点

(232) 1911 她的责任把她冻结在那里

第一句描述的是:第二天午后她陪他去杉树桥拍照担心邻居看见,此时她还有些顾忌。随后一句是她对自己的希望以及尽心打扮后的自我欣赏。第三句是她的家庭责任意识让她做出理性选择的结果。

接下去的五句与爱情的直接性更远,但仍然相关:

(233) 1240 这是极少数他拗不过她的要求之一(stand firm)

(234) 1950 她仔细地用塑料薄膜包好

(235) 2039 她把它放在厨房桌子上,小心地打开

(236) 2073 她小心打开信封

(237) 2362 那衣服叠得好好地包在塑料纸里

开始两句表明:弗朗西丝卡对见证她和金凯爱情的餐桌情有独钟,所以不顾丈夫反对,坚持把它保存起来;第三、四句是阅读来信时的行为状态;最后一句说的是另一见证物——她当年特地买来穿给金凯看的那条裙子。

还有两个句子,跟她和金凯的爱情无关,是她当姑娘时的心态:

(238) 270 她在黑头发上系着红缎带,恋恋不舍自己的梦。

(239) 272 严酷的现实迫使她认识到自己的选择有限。

另有六个表达可靠性意义的例子和爱情毫无关系:

(240) 253 她能理解,一如既往,今后也如此。

(241) 432 多年来她一直在默默反抗这种习气。

(242) 437 在理查德严厉批评下戒掉了

(243) 630 现在节省地用了一些。

(244) 876 曾想方设法向温特塞特的学生解释叶芝

(245) 966 她轻声而又严厉地命令它

第一句的背景是:对于自己每一年的生日,孩子们都不能回家来祝贺陪伴,但她表示"理解";第二句是她对小镇人拘泥于细节的习气采取的对抗立场;第三句补叙她被迫戒掉生活陋习(吸烟)的可靠性意义,但也折射出她的无聊生活源于某种

无奈情绪；第四句描述对待自己喜欢的一种香水的行为；第五句是回忆自己做老师时向学生解释叶芝的诗句的努力；最后一句是她对小狗杰克发出的命令，希望它不要调皮，这是两人相识第一天晚上她出门送他离开时说的。从中心评价主旨的角度看，这些都是边缘性的，有辅助价值，也有小情趣。

上面逐一考察了叙述者对金凯和弗朗西丝卡的积极可靠性成分及其总体价值；现在来看有关二人的消极成分。与金凯相关的有4句7个消极成分（例246—249）：

(246) 97 罗伯特·金凯真是名副其实的孑然一身——他是独生子。父母双亡，有几个远亲久已互相失去联系，没有亲密的朋友。

(247) 175 在学校里是个不专心听讲的学生，让教师们感到泄气。

(248) 1652 罗伯特·金凯在以后几天中放弃了摄影。

(249) 50 我们猜想……（一定有成千上万帧照片）他在临死前都给销毁了

第一句有四个成分，是评述他整个一生的；随后三句分别讲到金凯早年（句175）、中年（句1652）和晚年（句50）的消极处境：早年上学让老师头疼；中年遇上真爱，在短暂的四天内整日耳鬓厮磨、缠绵悱恻而暂时停下工作（对弗朗西丝卡也有相似叙述）；而临终前把一生的心血都销毁了，"这是与他对自己在这个世界上的地位的看法一致的"（句50）。

针对弗朗西丝卡的一共是14个。

(250) 267 他们认识时她二十五岁，大学毕业了三年，在一家私立女子中学教书，生活漫无目的。

(251) 389 她不是个很腼腆的人，但也不大胆主动。

(252) 594 赌徒的冲动占了上风。

(253) 1145 但是自己身上有某种东西在主宰着，要做冒点风险的事

(254) 1816 她曾经不顾风险地跑到杉树桥去会他

(255) 1652 弗朗西丝卡……也放弃了农场生活

(256) 1908 她还是大大低估了自己的感情

(257) 1814 如果她见到他就很难管住自己

(259) 1578 她已停止设法制止他钻进她的身体

(260) 1959 她从来没有设法给金凯打过电话……

(261) 2024 她听其自然，允许自己越来越多地想……

(262) 1397 她也的确丝毫没有想加以控制

除了第一句说到弗朗西丝卡年轻时候的生活态度外，其他的都跟她和金凯的情爱有关，这是有关金凯的消极可靠性成分中没有的。

11.3.3 弗朗西丝卡及他人对金凯的可靠性判断

最后讨论以金凯和弗朗西丝卡，以及他人为评价者、着眼于男女主人公的可靠

性评价内容。有趣的是,这一点跟能力部分的分布模式基本一致,都是金凯对弗朗西丝卡的评价少,弗朗西丝卡对金凯的评价多。金凯对弗朗西丝卡的评价只有 9 个成分,有的在不同部分重复出现:"她<u>自告奋勇</u>"(句 391;给他带路)、"她<u>善解人意……也有激情</u>"(句 524)、"她是多么<u>善解人意</u>"(句 666)、"你不会妨碍我的"(句 1097)、"那就<u>别勉强</u>"(句 1139)、"你不必<u>勉强</u>来"(句 1141)、"他知道她是<u>对的</u>"(句 1731)、"也许你是<u>对的</u>"(句 2098);均与两人情感有关。此外,弗朗西丝卡的丈夫曾经因为她吸烟有一句相关表述:437"在理查德严厉<u>批评</u>下戒掉了"。下面集中分析弗朗西丝卡和其他人物对金凯的可靠性评价。

弗朗西丝卡对金凯的可靠性判断 49 个之多,其中 48 个是积极意义的。先看下面一组。

(263) 1213 这里<u>充满活力</u>,他工作方式中有<u>一种力量</u>。
(264) 1214 他不是等待天然景色,而是<u>轻柔地把它掌握过来</u>根据自己的想象加以塑造。
(265) 1215 他把他的<u>意志强加于景观</u>,用不同的镜头,不同的胶卷,有时用一个滤光器来抵消光线的变化。
(266) 1216 他不是单纯地同自然作斗争,而是用技巧和智慧来<u>主宰它</u>。
(267) 1218 但是罗伯特·金凯改变大自然的方式<u>是有弹性的</u>,每当他工作完毕之后总是让事物恢复本来面目。

这些可靠性成分是以弗朗西丝卡为视角、通过叙述者转述的,例(263)能说明这一点:空间指示语"这里"指弗朗西丝卡与金凯所在的杉树桥。例(264—267)是连成一体的,中间有一句(句 1217)说明农民在田间的劳作方式,以此类比金凯的环保举止(句 1218),再现的是金凯工作的创造性。这五句涉及三个方面的可靠性内容:一是由金凯高超的工作技巧带来的"活力"(句 1213);二是创造性工作方式(句 1214—1216);三是使对象(大自然)可持续发展的"绿色"环保意识和相关行为。可见,金凯的确具有超常的人格魅力。

金凯高超的专业技能还表现在他对待摄影器材的方式上:
(268) 640 他摆弄时仍<u>很仔细</u>,但又比较随便,又擦又刷又吹
(269) 1198 他<u>随随便便</u>摆弄的昂贵的器材

只有专业人士长期"摆弄"才会有这样的举动(对比前文:弗朗西丝卡"小心翼翼";句 1988),是游刃有余的表现,跟他在日常生活方面的可靠性一致:
(270) 919 她准备咖啡时,他打开瓶子在两只杯子里斟上酒,倒得<u>倒恰到好处</u>

而即使是在两性生活中,他的行动也显得得心应手:
(271) 1559 惊人的<u>激烈</u>,而又掌握得<u>极有分寸</u>,……伴随着<u>热情</u>。
(272) 1598 他<u>十分小心地</u>使用它。

还体现在他<u>一丝不苟</u>的工作态度上;我们在叙事文本中很少见到用心不专的人有严肃表情的描写:

(273) 453 有一次转过来看她,脸上表情很严肃。

但有相当一部分是有关弗朗西丝卡欣赏金凯的。下面一句是她赞赏他精瘦灵敏的身手时做出的评价。

(274) 352 只有艰苦劳动而又自爱的人才能这样

其他成分及其语境如下:

(275) 1150 他很细致,不过这一点她已经知道了。(sensitive)

(276) 1711 你太敏感,太知道我的感情了。

(277) 800 他说的对(他说她做的菜有一种清净的味道)

(278) 1698 这是对的,你是这么感觉的,你感觉大路就在你身体里面。

(279) 338 他给予她这么多关注

(280) 478 他温柔地笑着(softly)

(281) 1964 她知道他理解她的感情,也理解他可能给她带来…麻烦

(282) 2276 四天之内他给了我一生,给了我整个宇宙,把我分散的部件合成了一个整体

(283) 1593 表面上没有任何主宰她的行为,而事实上完完全全的主宰了她。

(284) 335 设法用手把头发拢整齐

其中有智力因素(例275—278),有柔情(例279—280),有体贴(例281),有强大的吸引力(例282—283),更有爱美的一面(例284)——句335很可能是一个自然的、无意识的动作。至于体贴,还有三句话可以归到这里:

(285) 2064 如果找不到您,就予销毁

(286) 2089 这个包裹不会扰乱你的生活

(287) 2093 让你冒风险

三句均与弗朗西丝卡有关:2064金凯担心自己的遗书和遗物落入他人之手,对弗朗西丝卡不利;后两句均有冒险成分,前者是从内容上说的,后者系称名("冒风险"本身)。这样的思维方式进一步体现了金凯的为人之道。

下面这一句也可以看作金凯可靠性的一个方面:他是单身,她要他就有了合理性

(288) 1979 他逐渐变老反而使她更加强烈地渴望要他,假如可能的话,她猜想——不,她确知——他是单身。

最后是一组消极可靠性评价成分。先看下面三个句子中的五个成分。

(289) 1557 从表面上看他似乎是对的,但是他的作风与他说的完全矛盾。

(290) 2295 每天都在对付这件事,他也是

(291) 2061 这封信应该有一千页之长,应该讲物种演变的终点和自由天地的丧失,讲牛仔们在栅栏网的角落里挣扎,像冬天的玉米壳。

第一句有质疑口吻:他说的似乎与他表现出来的不完全吻合;第二句是当地人对待夫妻情感问题普遍采取的消极策略:只能是"对付"(应付);第三句是她面

对金凯写给她的遗书时的自然反应——可惜许多可能讲到的东西他省略了,有些遗憾的意味。

(292) 824 甚至有点腼腆

(293) 2251 相反,他有点腼腆

(294) 1448 他又在左言右顾了,随便说点什么都行,就为拖延时间抵制那感觉。

这是他在弗朗西丝卡面前的表现:"腼腆"、拘谨、"抵制"她对他的吸引力,在一定程度上反而增加了他对待生活的态度,在乡下占小姑娘便宜的人是绝不可能有这种举止表现的(想想阿力克初次见到苔丝时那种玩世不恭的神态)。

(295) 2313 长期不在家的生活使婚姻难以维持

(296) 2314 他把破裂的原因归罪于自己

这里涉及金凯先前的婚姻问题:前一句的确会影响一般女性对金凯的评价,不过对弗朗西丝卡来说未必是坏消息——他的前妻无法忍受空守之苦,说明她已对他失望,自己则有某种侥幸心理;后一句反倒可以让人觉得金凯有担待;这一点也与弗朗西丝卡放弃跟金凯游走四方的责任意识匹配。可见,两人走到一起是一种偶然中的必然。

金凯接触过的其他人对金凯也做过可靠性评价。

(297) 150 你身体里藏着一个生命

(298) 152 你对我很温柔

(299) 182 我要再次努力鼓励他在学校表现好些

(300) 2016 他的脾气可不好,就是非常固执,他追求为艺术而艺术,这不大合我们读者的口味

(301) 2019 他都不同意我们的编辑决策

(302) 2040 里面有三个盒子,安全地包在泡沫塑料之中。

(303) 2350 显然这些年来他没有跟她联系过。

(304) 2431 我觉得他把这事藏在心里已经很久很久了。

(305) 2440 能对一个女人这么钟情的人自己也是值得让人爱的。

(306) 2441 他跟那个女人共同有的那东西力量有多强大

(307) 2442 我一定要把那力量、那段爱情演奏出来

(308) 452 他静静地坐在那儿,像往常一样全神贯注地听

第一、二句是金凯早年同一位女导演交往时她对他的评价;第三句是他小时候母亲对老师的承诺;第四句陈述的是:弗朗西丝卡在丈夫去世后寻找金凯下落,一位老编辑开口时对他做出的褒贬判断;第五句是弗朗西丝卡视角下叙述者陈述的情形;女主人公收到金凯遗物时的行为状态;接下去一句是卡洛琳在哥哥迈可面前对金凯的判断;随后五句是金凯的朋友卡明斯对他的看法。一言以蔽之,金凯是一个有个性、有教养、有自制力、做事专注而情感强烈的角色。

本节从不同角度对比分析了金凯与弗朗西丝卡在可靠性方面的判断成分。这些成分在分布上与两人的角色地位、生活视野、性格特点等有本质差异：这既有数量上的也有内容和议题范围的。此外，这些成分虽然在判断意义中居主体地位，但也体现了它们与两人性爱情感这一中心主题的关系。

总起来看,有关金凯的可靠性成分在数量上远远超出有关弗朗西丝卡的成分,体现了弗朗西丝卡留意观察金凯的主动性及相关心理活动,由此体现了她在两人情爱发展中的主导地位。再者,尽管有关弗朗西丝卡的可靠性成分比金凯的少,但其中大都和两人情爱交往有关,揭示了女主人公的心态、甚至女性在男女交往中的作用；与金凯有关的可靠性成分虽多,但其中一些涉及他的专业领域、另一些是他的言谈举止,与两人的情爱发展无关,却体现了金凯的生活阅历、修养和潜在的人格魅力。这一点既张扬了女性眼中的理想男性形象,也成为推动两人情感迅速发展的一个核心要素。

11.4 男女主人公为判断对象的其他成分

相对于能力与可靠性而言,态势性、真诚性、恰当性成分都是辅助性的,但它们自有其文体价值。这里仍然以金凯为切入点考察有关他的态势性成分。

(309) 1697 我是大路,我是远游客,我是所有下海的船

金凯把自己比喻成"大路",因为这象征着自由,可以随意延伸走向远方,结果就成了"远游客"(peregrine；弗朗西丝卡的解释有"游鹰""异乡客、外国人"甚至"陌生人"之意),像"所有下海的船"一样自在。其实,相对于弗朗西丝卡来说,金凯就是一个远游客；而一旦他的到来变成现实,他就像所有下海的船一样就获得了自由,获得了回家的感觉,达到了终极目的(对比下文例333)。所以,这些比喻都是常人不具备的,属于非常态现象。

(310) 170 赤条条躺在蓝色鲸鱼游水处

(311) 172 在我变成人之前,我是一支箭

(312) 223 自己得以幸存

(313) 1050 你也过得不错

(314) 2101 经济比较困难

前两例说的是他的遐想：指自己在"零度空间"进入亘古时代的状态；第三句是自己年轻时得以从太平洋战争中幸存下来、而周围大批战友相继离去的惨状；第四句是金凯在认识弗朗西丝卡第二天早上从罗斯曼桥返回途中经过她家时,先惆怅,后自我安慰；最后一句是晚年金凯的生活状况,是写给她的遗书内容。各例从不同角度指向金凯自己的非常态行为与生活方式。

叙述者对金凯的相关评价与此基本一致。例如,

(315) 45 他把自己看成是一种一个日益醉心于组织化的世界中正在被淘汰的

稀有雄性动物。

原文是 he saw himself as *a peculiar kind* of male animal becoming *obsolete*，前一成分指有别于一般雄性动物的特殊种类；后者系过时灭绝状态，而非随处可见者，也是一种非常态意义；前者是称名性的，后者为内容。这在下面的相关描述中体现得更为明确。先看称名性描述：

(316) 43 有时好像很普通，有时又<u>虚无缥缈</u>，甚至<u>像个幽灵</u>

(317) 101 他<u>有点像吉普赛人</u>

(318) 174 他<u>有些与众不同</u>

(319) 1168 他<u>只是稍有点怪</u>

除了第一句中的"虚无缥缈"，其他都是称名性的，具体如何"普通""与众不同""有点怪"，什么是"幽灵"和"吉卜赛人"，我们无从直接得知，只是了解到金凯具有不同于一般人的特点。这几个句子不足以把金凯的性格写活，但至少为读者提供了某种指向，或者某种类别。对比下面的各类情况。

(320) 42 他是一个<u>让人捉摸不透的人物</u>

(321) 156 这种<u>漫无边际的想法，一种难耐的悲剧意识</u>

(322) 1793 一个是<u>物种演变终端的生命，是最后的牛仔之一</u>

(323) 157 当其他的孩子唱着："摇啊摇，摇小船"时，<u>他在学法国歌舞厅歌曲的曲调的英文歌词</u>

(324) 175 <u>他三岁以前一个字也没说过，然后就整句话，整句话地说了</u>

(325) 180 罗伯特不开口的<u>犟脾气</u>，<u>生活在他自己缔造的天地里，好像他不是从我和我丈夫身上来的，而是来自另外一个他经常想回去的地方</u>

(326) 183 他还是<u>我行我素</u>，关在自己的小天地里，一连几天待在流过村头的小河边，对舞会、橄榄球赛这些他感到厌倦的事都不屑一顾

这些陈述都触及了具体内容，比(316－319)生动：句42是性格方面的；句156和句1793指他的心理状态和对自己心理和外在行为的社会属性地位。这是性格造成的，也跟职业有关：《变形记》的男主角从心理的孤独发展到外形异常——其实，甲壳虫的外形只是一种比喻；联系《套中人》的别里科夫和《老人与海》中的圣地亚哥老人，虽然是不同种类的角色，但都是异常的，跟金凯在性格上相仿。注意，随后四句(323－326)描述金凯孩提时代的异常举止，可以看作前三例(320－322)的早期铺垫。

下面这些例子中的相关成分也是态势性的，但跟金凯的性格无关，是一时的行为举止。

(327) 525 他自己也<u>莫名其妙</u>

(328) 540 他看着他的香烟<u>静静地说</u>

(329) 1512 他<u>自然而然地带着她跟着音乐跳起来</u>

(330) 1622 他听见自己向她耳语，好像是<u>一个不属于他自己的声音</u>在说话

(331) 1748 她看见他眼中有泪,但是他一直保持着他特有的微笑
(332) 1777 他把车转过来,坐在那里踹在离合器上,起先很严肃

认识当初,金凯看到弗朗西丝卡脱鞋子而产生异样心理,句 525 是金凯回忆时的自我评价。540 是在弗朗西丝卡问及他的职业时的反应。1512 是周二晚间在她家厨房的情景之一。1622 所说内容"是里尔克的诗的片断'我围着古老的灯塔……已绕行几千年'"[①];这句话与随后金凯的一段表白有某种关联:

(333) 1630—1637 终于,终于……他走了这么远。这么远来到这里。终于!……"我在此时来到这个星球上,就是为了这个,弗朗西丝卡。不是为旅行摄影,而是为爱你……

里尔克诗歌中有不确定因素(后面几行),但金凯似乎明白了自己来到这个世界上的使命。其实,这是所有生命的使命,只是有金凯那种感觉的可能不多。这是一种体验性,是受身体经验支配的思维。可见,中世纪的禁欲主张、理性主义的行而上学观念、新逻辑实证主义者的客观主义立场,的确缺乏现实依据。弥尔顿借天使之口向亚当说的话,是带有明确的形而上学性质的理性主义思想,与他本人在生活中最终放弃宗教信仰并不相符:"爱情是件好事,情欲却不是,/真正的爱情不包括在情欲之中。/爱可以净化思想,扩大胸襟,/以理性为基础,贤明的爱,是你上升为上天圣爱的阶梯,/不致堕落为肉体的快乐。"[②]当然,这里说的"爱"范围远比"性爱"广,但真正的性爱却是一切大爱的基础,这在例 333 中得到具体表达。不过,虽然我们可以在马维尔、多恩、甚至笛卡尔以前的思想家的笔下找到根据,但《廊桥遗梦》是有基于性爱的升华的,更接近涉身现实。

例(331)是对金凯即将离开弗朗西丝卡时的描述;例(332)有"严肃"一词,前文虽然出现过,但意义不同,需要根据语境做出判断:这里是表情上的前后对比;而先前的"严肃"指金凯在工作中表现出来的认真态度,宜区别对待。

弗朗西丝卡对金凯的评价,既有直接描写行为举止的,也有性格方面的,但都涉及金凯的性格甚至深层次的内在魅力。以下两句是一时的表情和举止。

(335) 641 他抬头看她,脸上又严肃起来
(337) 867 他就像一阵风

下面的带有一定的稳定性,是气质和人格方面的:

(336) 824 他看起来挺安静,挺和善,甚至有点腼腆。
(334) 358 罗伯特·金凯可以称得上是一个魔术师,他活在自己的内部世

---

① 对比原文 I live my life in growing orbits/which move out over the things of this world. /Perhaps I can never achieve the last, /but that will be my attempt. /I am circling around God, /around the ancient tower, /and I have been circling for a thousand years. /And I still do not know /if I am a falcon, /or a storm, /or a great song。(大意是:"我围着增长的轨道活着,/这些轨道围绕世间万物运行。/也许我永远不可能达到终点,/但那将是我的努力方向。/我围着上帝绕行,/我围着古老的灯塔绕行,/我已经绕行一千年了。/但我仍然不知道/我是一只游隼,/一场风暴,/还是一首伟大的颂歌。")

② 弥尔顿:《失乐园》,韩昱译,北京:九州出版社,2000 年,第 286 页(卷八)。

界里。

(338) 1207 他像从外星骑着彗星尾巴乘风而来落在她巷子口的什么生物
(339) 1615 现在却和一个一半是人,一半是别的什么生命长时间地做爱
(340) 1681 认真地说,你已经拥有了我了(in a curious way)
(341) 1698 你感觉大路就在你身体里面
(342) 1700 从某种意义上说你本人就是大路,大路就是你
(343) 1701 你就是那旧背包,那辆叫作哈里的卡车,那飞向亚洲的喷气式飞机
(344) 2166 缠头发手拿长矛的冰纪人
(345) 2233 罗伯特·金凯是完全不同的
(346) 2238 从某种意义上说,他不属于这个地球
(347) 2240 我常常把他想成一个骑着彗星尾巴到来的豹子一般的生物
(348) 2242 他身上有一种模糊的悲剧意识
(349) 2243 他觉得他在一个充满电脑、机器人和普遍组织化的世界上是不合时宜的
(350) 2244 他把自己看作是最后的牛仔,称自己为"老古董"
(351) 2267 一个陌生人,广义的外国人,远游客
(352) 2333 他以他特有的方式,通过我,对你们很好

这些描述从不同角度体现了金凯与众不同的心理、性格、气质和生活方式,生动、具体。对同性来说就是"怪"(想想他晚年结交的音乐家朋友卡明斯对他的评价,见下面的 2396),而对彼此吸引中的弗朗西丝卡来说则与众不同,别具魅力。可见,对人物个性和气质的描写不单单是为了描写,更主要的是以此确立他们同其他人物的潜在关系,也只有这样的相关描写才能获得整体意义,由此设定他们在交往中的命运。同时,人物性格必然会落到类似具体的评价成分上——这在前面的所有描写中已有充分体现。

还有其他人对金凯的评价(引文后括号内是相关评价者):
(353) 1169 母亲常说他在四岁时就是大人了
(354) 2017 我们常说金凯有点怪,在他为我们做的工作之外,没有人熟悉他(以前同事)
(355) 2200 那个背着相机、怪里怪气的陌生人(卡洛琳)
(356) 2396 可真是个怪里怪气的外乡老汉,穿着件仔裤、靴子,橘黄背带,拿出那老掉牙的破相机,看上去简直就不像还能用(金凯的朋友卡明斯)
(357) 2408 他挺安静,话不多(卡明斯)
(358) 2412 一对老家伙随便谈谈心,都觉得自己有点儿跟不上趟,有点过时了(卡明斯)
(359) 2468 这家伙就是有点不寻常(卡明斯)

其中 2200 是直接从卡洛琳口里说出来的,但前文没有交代,说不定是听邻居

说的,可见,当年金凯到麦迪逊县一行对当地人来说还真是一件大事,但外人理解的大事和卡洛琳母亲体验的大事道若泾渭。对金凯性格的这些评价,涉及他的母亲、朋友,甚至根本没有见过面的人,但都跟弗朗西丝卡和叙述者对他的评价一致。虽然它们分布在上下文 1000 多个句子的远程范围内,但都从不同角度构拟着金凯的非常态性格。人的记忆有限,但这样零零星星反复出现,同样可以不断在心理累积,塑造出一个具有单纯性和一致个性的形象。

相对说来,针对弗朗西丝卡的态势评价要少得多,只有 21 个成分。下面分组说明。

(360) 1286 没事儿,我挺好。

(361) 1805 我挺好,理查德。

(362) 2219 要给我的孩子们写信讲这件事对我极为艰难

(363) 2270 说这话不大合乎时宜

以上四句是她对自己的评价:前两句是对丈夫说的,后两句是在遗书中跟孩子们讲的。下面是叙述者对她的评价,也可以看作是她自己的意识状态或心理活动:

(364) 360 漫不经心地看着一辆县公路上行驶的卡车

(365) 415 她的声音有点奇怪

(366) 503 她希望自己做得很随便

(367) 992 光着身子睡了一夜,这是她记忆中的第一次

(368) 1381 这回说谎的决心很容易下

(369) 1383 她右手伸过去随便地搭在他的肩膀上

(370) 1406 现在谎话来得越来越容易了

(371) 1412 弗朗西丝卡咯咯笑了起来

(372) 1503 进行得很顺利

(373) 1564 她又恢复了女儿身,还有能再翩翩起舞的天地。

这里对相关背景略作说明。360 是金凯开着卡车初次进入弗朗西丝卡视野里的情形;415 是金凯打听去廊桥的路、弗朗西丝卡提供信息后的自我意识;503 是相识第一天傍晚弗朗西丝卡领金凯到家里吃饭过程中的表现;992 指认识当晚金凯离开后、春心荡漾的弗朗西丝卡的超常之举;1381 朋友玛吉打电话来,她连连撒谎推脱,回避与她一起外出;1383 是她第一次主动而大胆的举动;1406 与 1381 相同;1412 是玛吉听说金凯的打扮像个嬉皮士,弗朗西丝卡用笑声来应付;1503 是周二晚上两人跳舞时的自然举动;1564 是弗朗西丝卡沉睡多年的活力在两人跳舞中得到了恢复;她找回了自我。

罗伯特·金凯对她的评价既有现状描述(句 1049),也有祝愿(句 2088):

(374) 1049 她是结了婚的,过得挺不错

(375) 2088 希望你一切都好

但 1049 含有自责心理,希望自己不要多事[−3];2088 是遗书中的内容,这里带有一种非现实的积极意愿情感[+1]。

儿女对她的评价前后存在反差:

(376) 2186 <u>莫名其妙</u>的行动

(377) 2347 你看她,<u>放荡不羁,自由自在</u>

前一句是对母亲火化要求的茫然;后一句是在了解母亲和金凯的故事之后看待照片的态度:这里有明确的理解和认可因素。

丈夫对她的评价涉及的都是一时性的举止:

(378) 1285 <u>声音有点不太对</u>

(379) 1804 你好像有点累,或者有点<u>精神恍惚</u>

前一句是父子三人去伊利诺参加展览会期间打回的电话;后一句是丈夫在电话里询问她的话。其实,粗心的理查德已经感觉到了妻子的反常行为。

而朋友对她的评价显然不了解内情:

(380) 2034 他们常说人老了常常变得<u>古怪</u>,也就满足于这一解释。

在所有这些态势成分中,那些一时之举以外的描述,则直指人物心理甚至性格。或者说,人物的性格和个性在很大程度上是由态势成分来表现的:毕竟能力和可靠性成分关注的是人物的内在素质和在社团中的为人和信誉问题(当然也包括即将要谈到的真诚性和恰当性成分)。可见,态势性成分自有其内在价值,值得分专题做进一步的广泛考察。

接下来看叙述过程对金凯和弗朗西丝卡的恰当性评价。先看金凯对自己的判断。

(381) 946 我得走了

(382) 1141 我可能<u>不该请你出来</u>

(383) 1366 你不介意的话

(384) 1746 我该走了

(385) 2121 我<u>不能总是这样生活</u>

(386) 2132 时间残忍的悲号

第一句发生在他们相识第一晚喝完啤酒咖啡之后;第二句的原文是 might have *made an error* in inviting you,消极可靠性评价在原文中明显;第三句原文是 if you don't mind my *boldness*,其中"大胆"能说明问题,但译文没能反映出来。随后一句是他们分手时说的。(384—385)是金凯给弗朗西丝卡的遗书内容——他适当改变生活方式以及不能与她相守一处的心理。

叙述者对金凯的评价涉及金凯与女主人公交往的不同阶段:

(387) 960 他的话一点也没<u>冒犯</u>她

(388) 1464 <u>理性</u>向他叫道

(389) 1633 沉浸于<u>终生不渝</u>的、<u>全心全意</u>的对她的爱之中第一句是相识第一晚离开她时的安慰,第二句是陷入情网的当口,第三句是两人相爱的巅峰时刻为两人后半生的旷世之恋设伏笔的。三句涉及三种不同心理:第一句是正常交往范围内的心态,符合礼貌交往原则——尽量减少他人的代价,至少金凯是这样做的。第二句是跨越藩篱之前的矛盾心理,是理智与情感之间的张力,也是一种对抗。第三句则是在冲破上述对抗之后获得的一种新平衡,隐含了情感特征。

弗朗西丝卡对他的评价最多:

(390) 616 他(把门)<u>轻轻关上</u>,不像别人那样让百叶门砰一声弹回来。

(391) 714 他当然有权结婚,但是不知怎么这似乎跟他不相称。

(392) 824 他看起来……<u>挺和善</u>……

(393) 908 他目光一直是<u>含蓄</u>的,从不是<u>公然大胆</u>的(她知道他在偷偷看她)

(394) 1302 他已经把澡盆<u>洗干净</u>(受她之邀他在她浴室洗澡)

(395) 1558 他有一种<u>一往无前的进攻性</u>(是他们相爱时她的感受)

(396) 1559 <u>没有丝毫低级趣味</u>(指他们相爱的行为)

(397) 2242 他能集<u>极度激烈</u>与<u>温和</u>、<u>善良</u>于一身(给孩子们的遗书)

(398) 2249 你们不要把他想成一个<u>到处占乡下姑娘便宜的浪荡人</u>(遗书)

(399) 2250 <u>他绝不是那种人</u>(遗书)

(400) 2274 他是一个非常<u>敏感</u>,非常<u>为别人着想</u>的人,从此以后没有<u>干扰过我们的生活</u>(遗书)

(401) 2319(罗伯特是孤身一人)这<u>不公平</u>(遗书)

(402) 2331 他<u>美好、热情</u>(遗书)

(403) 2333 他以他特有的方式,通过我,<u>对你们很好</u>(遗书)

这些都是积极的。虽然其中一些也涉及性格,但总的说来是品性、操行方面的。其中一半都是遗书的内容(例397之后),既是弗朗西丝卡对他做的盖棺定论,也是叙事者和隐含作者力图向读者展示和树立的形象。

其他人对金凯的相关恰当性评价如下:

(404) 606 理查德和他的朋友们会说你<u>破坏他们生计</u>(对金凯的告诫)

(405) 1410 那好,这最<u>不碍事</u>了(朋友玛吉在电话里说他在找一座桥要拍照)

(406) 2016 不是<u>坏</u>的意思(编辑部同事说他脾气不好后补充的一句)

(407) 2340 而他为了<u>尊重</u>她对我们的感情而<u>远远离去</u>

(408) 2408 他挺<u>安静</u>,话不多,不过确实挺<u>好处</u>的(朋友卡明斯)

(409) 2440 自己也是<u>值得让人爱</u>的(卡明斯)

其中第一句是弗朗西丝卡对金凯说的,但并非她观点,而是她所了解的小镇人和丈夫的立场。这里有观念上的冲突;而他与弗朗西丝卡之间的韵事、他的用稿思想,都存在和其他人物潜在或现实的冲突。

再来看对弗朗西丝卡的有关评价。下面是她对自己的积极恰当性态度,

五、《廊桥遗梦》文本分析

一共16个。

(410) 1705 我不忍看你有一时一刻受到约束(跟他一起就会束缚他)
(411) 1706 这样做等于把你这个野性的,无比漂亮的动物杀死(满足他的需要)
(412) 1712 我是对这里有责任的(离开家人)
(413) 1717 我有那该死的责任感(对家人的责任感)
(414) 1722 我也不能使自己摆脱我实实在在存在的责任
(415) 1718 这一件事就会毁了他(她随金凯离开给小镇人说三道四的机会)
(416) 1725 不该剥夺你以大路为家的自由……为了我自私的需要(即爱他)
(417) 1726 别让我放弃我的责任(他要她跟他走四方)
(418) 1727 我不能(离开这里)
(419) 1923 可是我不能走
(420) 1947 除了毁掉她的家庭,或者连同把他也毁掉

这11个句子可谓《廊桥遗梦》创作主旨的点睛之笔:它们不仅成了故事发生实质性转变的直接原因,也点明了隐含作者颂扬的责任意识。据此,《廊桥遗梦》改写了两性交往的判断标准:确立了以"责任"为基本伦理的新原则,淡化了传统婚姻生活的道德实质。

另有三句,都是通过遗书跟儿女们的交流,有坦然的一面,也有申述辩解,更有祈愿提议:

(421) 2220 如果你们应该全面了解你们的母亲,包括一切好的坏的方面,那么你们就必须知道这件事。
(422) 2247 我绝不是闲在那里没事找刺激(遇上了金凯)
(423) 2254 我当然希望不会破坏你们对我的记忆(告知儿女实情)

叙述者对弗朗西丝卡的评价,背景既有情感方面的,也有社会约束因素,一共18个。

(424) 23 可能引起一些粗俗的闲言碎语,并且使理约翰逊夫妇遭到无情的贬低
(425) 269 传统观念较深的父母越来越不赞成她的交往
(426) 386 二十年的封闭生活,克制、含蓄、不苟言笑的行为准则(circumscribed behavior and hidden feelings)
(427) 725 她感觉良好了一些,挺自私的
(428) 1506 一个文明人的基本的好闻的气味,可他的某一部分又像是土著人
(429) 1604 她有一部分是可以保持超越于罗伯特·金凯之上的
(430) 1911 她的责任把她冻结在那里
(431) 802 整个食物制作过程和链条上没有暴力
(432) 432 立刻又责备自己这种注意鸡毛蒜皮的小镇习气
(433) 707 她从来没有想到过……会有这种小小的歪念头

(434) 736 她感到有需要让这种中性的谈话继续下去

(435) 893 是那不勒斯咖啡馆里那种有点放荡的笑声(对金凯幽默的回应)

(436) 977 她应该经常剃剃汗毛(一种自恋心理)

(437) 1261 放荡不羁而老于世故(对自己买酒准备与金凯共享晚餐的行为的反思)

各命题和提议涉及的消极恰当性偏多,主要是关于两性交往的,也有生活习惯。而金凯对弗朗西丝卡的评价只有一句,仅此一点就有对比对立意义:

(438) 957 你是一个好人,弗朗西丝卡。

儿女对母亲的评价有两句,两个成分都是褒扬性的,尤其是后一句——通过一个消极行为体现出来:

(439) 2186 平时很通情达理的母亲

(440) 2340 她为了我们和爸爸放弃了他

丈夫对妻子的态度,体现了妻子与丈夫的价值取向:

(441) 634 理查德说她……像个轻佻女子

他人对弗朗西丝卡的评价,既有想象中的可能性,也有现实:

(442) 1719 他那意大利小媳妇跟一个照相的跑了

(443) 2183 火葬被看作是激进行为

前一句是推测性的,伦理特点突出。后一句为现实,不符合常理和惯例;这里不宜作非常态意义看,类似行为毕竟有伤常人的规范意识,所以归入恰当性范围。显然,2183涉及潜在的伦理冲突。

此外,全文对他们二人的真诚性评价只有几句。首先是弗朗西丝卡和金凯的自我评价:

(444) 2281 不过我必须坦诚地告诉你们(弗朗西丝卡对儿女)

(445) 1367 我是认真的(金凯自我评价)

以下两句是弗朗西丝卡通过叙述者转述而来的:

(446) 568 这句问话是真诚的

(447) 1369 她可以感觉得出来他的倾慕是真诚的

还有叙述者直接介入的:

(448) 391 认真地说(with a serious look on his face)

(449) 1569 他们放弃了假装跳舞

在这三类成分中,态势性和恰当性成分大致相当,真诚性只有6个。

这里还涉及一系列绿色环保要素,均以金凯为典范:素食习惯、牛仔身份认同、做饭过程的"清净"定性、随遇而安的生活习惯(如洗澡、吃饭问题)。其中一些也是弗朗西丝卡具备或者喜欢的,如素食倾向,可以看作二人走近彼此的契机。

11.5 以男女主人公和叙述者为判断者的恰当性成分

前面第一、二节从金凯和弗朗西丝卡为评价对象的角度、逐一考察了各类判断意义在《廊桥遗梦》中的分布方式；这里换一个角度，以金凯、弗朗西丝卡和叙述者为评价者，分析由此引出的恰当性意义，与前面已经涉及的内容并行，但这里不再讨论态势和真诚两类，毕竟数量有限。《廊桥遗梦》的恰当性意义集中体现在三个方面：小镇人的市井陋习、现代社会的种种弊端、女性问题；前两者主要是金凯在闲谈中发表的评论，前面已有提及，这里角度有别；后者是弗朗西丝卡叙述出来的。首先看有关市井陋习的恰当性评价成分。

(450) 1133 对苏丹饿死二百万儿童可以完全无动于衷

(451) 1134 这新闻可以不胫而走，可以细细咀嚼，可以在听的人的心中引起一种模糊的肉欲，成为那一年中他们感觉到的唯一的波澜。

(452) 1139 由于小镇人的好奇心

(453) 1156 一张张半含敌意盯着他看的脸

这里有一个鲜明的对比：一方面是小镇人对饥饿造成的灾难漠不关心（所以有叙述者的直接评价："在一个日益麻木不仁的世界上"，句60），另一方面是对金凯二人的交往长时间津津乐道。这是两种截然相反的态度取向。这种反差说明的是小镇人趣味低下、缺乏人道意识的猥琐境界（这一点对于小市民心理来说在中外叙述文本中俯拾即是）。但也触及到了人的体验性与现在主义生活心理：非洲饥民毕竟离小镇遥远，相关系数低，只有身边的人和事才会影响自己的日常生活，包括家庭伦理。这也是现在主义的：一个陌生的个体进入了一种平衡关系，会打破旧有平衡，使小镇失去人们习以为常的生活方式，很可能使现状发生改变，影响现在的现在和将来的现在，所以他们会排外欺生。

与上述情况对应的是弗朗西丝卡做出的判断，系同一件事：

(454) 1719 更坏的是他得从当地人的闲言碎语中度过余生：那人就是理查德·约翰逊，他那意大利小媳妇几年前跟一个长头发的照相的跑了。（"他"指丈夫理查德）

(455) 1720 孩子们就要听整个温特塞特在背后叽叽喳喳

(456) 2320 人们爱讲闲话的习惯（留给孩子们的遗书）

这是作为妻子和母亲的反应，因为她在当地已经生活了二十年，了解当地人的思维方式和生活习性——他们一辈子都会以这种方式生活下去。因此，从金凯与弗朗西丝卡的角度看，那种嚼舌根的市井行为是有违恰当性处事原则的，也应该是叙述者（甚至隐含作者）的鄙夷立场：

(457) 1127（有人说金凯的打扮像嬉皮士）这句话引起后边雅座里和邻桌一阵哄笑

(458) 1130 如果有人在杉树桥看见她,第二天早餐时话就会传到咖啡馆,然后由德士古加油站的小费歇尔(young Fischer)接过过往行人的小钱之后<u>一站一站传下去</u>

所以,当兄妹俩回到衣阿华要把母亲和金凯的故事告诉叙述者时,

(459) 23 迈可和卡洛琳承认,把故事讲出来很可能引起<u>一些粗俗的闲言碎语</u>,并且使理查德与弗朗西丝卡·约翰逊夫妇在人们心目中留下的印象遭到无情的贬低。

有关对现代社会种种弊端的批评直接反映在下面的相关成分及其语境中:

(460) 1531 最终,电脑和机器人要统治一切

(461) 1537 我们正在放弃自己驰骋的天地,组织起来,<u>矫饰感情</u>

(462) 1544 这是唯一我们<u>可以避免毁灭自己的途径</u>

(463) 1546 统治另一个部落或另一个战士是一回事

(464) 1547 搞出导弹来却是另一回事

(465) 1548 我们正在<u>破坏大自然</u>

(466) 1551 国家之间的战争或是对大自然的袭击……<u>把我们隔离开来的进攻性</u>

这样的观点无疑受到20世纪后半个世纪盛行的西方马克思主义、后现代主义(包括后殖民主义)、生态诗学等理论思潮影响。从故事本身看,这样的观点对于长期生活在南衣阿华丘陵中某个农场上的弗朗西丝卡来说,确有新鲜感,从而对金凯认识问题的水准和眼界给予褒扬,也反映了叙述者对当代社会的组织管理方式、殖民之道、破坏生态环境的政策的不满立场(见前文;也对比后文有关论述)。

金凯还把当前社会现状同先前一个时期做了比较:

(467) 1530 那时我们跑得很快,强壮而敏捷,<u>敢作敢为,吃苦耐劳</u>。

(468) 1531 我们<u>勇敢无畏</u>,我们既能远距离投长矛,又能<u>打肉搏战</u>。

回想19世纪资本主义上升时期的人文精神(对比《鲁宾孙漂流记》),这一点很有现实意义。

与之呼应,叙述者则从道德良知角度给予了如下评述:

(469) 24 千金之诺<u>随意打破</u>,爱情只不过是<u>逢场作戏</u>

(470) 62 给真挚的深情贴上<u>故作多情</u>的标签

这也是后现代观念下社团内部存在的普遍问题。所以,卡洛琳反省了自己的婚姻生活:

(471) 我们<u>这样随便对待我们的婚姻</u>,而这样一场非凡的恋爱却是因我们而得到这么一个结局。

弗朗西丝卡的朋友提到了一系列类似美国60年代垮掉的一代的生活方式:

(472) 1418 玛吉谈到她在什么地方读到的关于<u>性解放、群居、吸毒</u>等等。

总之,这些都是后现代的种种表现,文本从不同角色的角度提供信息,构成了

一幅相对完整的当代美国社会图景。

还有一个重大现实问题,就是文本反映的广义上的绿色观念,主要是从弗朗西丝卡和叙述者的角度陈述的。这个"广义"概念包括人们对待邻里的普遍态度、缺乏情趣的两性生活、对待女性和牲畜的态度,以及环保和素食行为方面的态度。行文中多次谈到当地人"善良""友好"(句570,句577,句580,句882)。例如,

(473) 581 我们都互相帮助……邻居就会进来帮着拣玉米,收割燕麦,或者是做任何需要做的事

这些都是当地人的优秀品质。但在这种封闭环境中长期生活,会给婚姻生活质量带来弊端:"惰性"(句1307—8),也不体面(句1316),从而对女性产生歧视(句1340、句1346);还有一些令人匪夷所思的举动:

(474) 818 他们怎么能对这牲口倾注这么多爱心和关怀之后又眼看着它出售给人家去屠宰。

所以,弗朗西丝卡认为:

(475) 820 这里面总有一种冷酷无情的矛盾

而作为叙述者,他在行文中对相关现象给予了直接评述:作为艺术的性爱在两性生活中是不存在的(句1347),甚至

(476) 1348 男女双方在巧妙的互相应付中……过着同床异梦的生活

所以,在故事一开始,叙述者在迈可和卡洛琳讲述母亲和金凯的故事之后,认识到了某些根深蒂固的问题:

(477) 60 我们的知觉都已生了硬痂,我们都生活在自己的茧壳之中

(478) 63 我自己最初在能够动笔之前就有这种倾向

随着对金凯的了解、对弗朗西丝卡生活状况的认识、对两人对待爱情的真诚态度,叙述者的某些观念发生了根本性的变化。这也是隐含作者需要读者认可和接受的:

(479) 56……减少了我对人际可能达到的境界所抱有的愤世观。

(480) 65 在你冷漠的心房里,你也许竟然会像弗朗西丝卡一样,发现又有了能跳舞的天地。

对于环保和素食习惯,金凯的相关意识在前面已经给予了说明,如原文第1218句体现的内容;两人在厨房做饭时金凯评论的"清净"的烹饪方式。这样的表述多少同时带有恰当性评价。

还有一个类似恰当性的社会问题,即金凯谈到的过度市场化,但行文叙述以鉴赏成分居多,这一点拟放到鉴赏部分去讨论。

最后,两人在情感发展的顶峰时刻戛然而止,既保全了两人的名声,更重要的是保全了弗朗西斯卡的家庭,保住了小镇的人文生态,这一举动也具有值得称道的恰当性意义。

11.6 总结

本章以金凯和弗朗西丝卡为立足点,逐一梳理分析了《廊桥遗梦》中出现的判断成分,集中在以男女主人公为评价对象的能力性与可靠性上,旁及围绕二人的态势性、恰当性与真诚性,以及金凯、弗朗西丝卡与叙述者为评价者的社会恰当性上。读者已经看到,仅从判断范畴看,《廊桥遗梦》是围绕金凯和弗朗西丝卡的能力性和可靠性展开的,它们是所有判断成分的主旨,明确揭示了男女主人公在能力、个性和处理问题的方式上的差异、相互吸引的社会评判和约束动因;同时,所有判断成分,无论是局部中心成分还是边缘性成分,又都是为全文的情感意义服务的。这一点在下一章还将有进一步论述。

从整体上看,依据判断意义之下的各个次类,我们可以考察人物整体形象的配置问题。例如,可以采用缺陷原则:用缺陷配优势。我们可以依据判断意义的不同方面来深化人物个性的塑造。金凯有着不同常人的行为举止和打扮装束,这在小镇人眼里是消极的[-5];但弗朗西丝卡眼里的金凯能力卓越[+6]、为人踏实可靠[+7]。读者通过女主人公的视角看到的金凯,不同于小镇人眼里的怪人金凯。这里存在一种彼消此长的动态平衡关系。

我们还可以通过判断范畴对故事事件的人伦性质作出评价。《廊桥遗梦》男女主人公婚外情感的发生与发展,事件本身是有违传统伦理道德的,这也是至今让一些读者多少有些耿耿于怀之处,这种芥蒂属于消极恰当性评判的范围[-9];但两人对爱情的真挚性及其持久的后继行为,又为他们赢得世人某种程度上甚至完全的谅解和广泛称颂[+9]。从这个意义上说,它与《红字》虽然在积累他人褒嘉心理的途径方面有别,却有异曲同工之妙。在积极与消极之间,这里存在一种动态的伦理平衡(见前文第9章)。

综观态势性、能力性、可靠性、真诚性、恰当性诸范畴,它们可以通过相关成分比较客观地描述人物素养的所有方面:态势性主要关注人物的性格、能力性和可靠性描述人物的品质、真诚性和恰当性则集中展示人物的伦理操行;它们各有侧重,但也彼此涵盖。对人物的描写,古今中外,尽在其中,伦理小说尤为突出。判断范畴的这种概括力令人赞叹。有兴趣者可以据此重新审视叙事文本中的各类人物举止、性格、品性、事件和故事情节发展的判断依据,尤其是其中包含的内在动因。

12 局部中心—边缘成分的评价文体分布模式(二)

——以反应性为局部中心的鉴赏意义

> 他被造成机智而勇敢,她却温柔、妩媚,而有魅力;他为神而造,她为他体内的神而造。
>
> ——弥尔顿《失乐园》①

12.1 引言

男人与女人的差别,在一定程度上代表着判断意义和鉴赏意义上的差别。上一章讨论了文本的判断意义;本章集中在鉴赏意义上。鉴赏意义属于经典美学的范围,集中在事物(包括人)的'美'上面,包括反应、构成和估值,测试方法分别是:是否吸引我或我是否喜欢?构成是否完整或是否易于明确认识?是否有价值?显然,这个意义上的美是广义的:反应性跟情感关系相对密切,它关注事物对我们的吸引程度、是否让我们高兴或满意,其人际意义突出;构成性涉及感知过程,事物构成是平衡还是残缺、是简单还是复杂,这些跟文本组织视角关系较大;估值性是思维性的,包括创造性、真假性、及时性等等,与概念意义相关。具体分析将表明,反应、构成和估值均可能涉及情感和判断因素,只是角度不同,但具体文本过程往往会隐含这样的态度意义,从而使文本广义的美学意义层次丰富,耐人寻味②。

从总体上看,鉴赏意义与情感意义的分布有相似之处:中心成分之间具有一定程度的对应性,这是男女主人公彼此吸引带来的。而就鉴赏意义而言,相互吸引的对称要素自然集中在对方的身体上,其次是跟男女主人公相关的事物,最后才是其他对象,尤其是外在事物,诸如"耳得之而为声,目遇之而成色"的"江上春风"与"山间明月"。在《廊桥遗梦》中,核心鉴赏成分是'反应',其次是'估值'与'构成'。'反应'成分相对来说是少数,但集中于金凯与弗朗西丝卡的情爱发展上,从而构成中心成分;其他成分虽然占绝对多数,但毕竟分散,处于外围。下面以中

---

① 弥尔顿:《失乐园》,韩昱译,北京:九州出版社,2000年,第128页。
② 见 Jim Martin and Peter White, *The Language of Evaluation: Appraisal in English.* Hampshire and New York: Palgrave Macmillan, 2005, pp. 56—58.

心成分为出发点,逐层梳理整个文本中的鉴赏成分在分布上的特点;所宗原则与前一章同。

12.2 以男女主人公为对象的反应性成分

对于这一现象,最自然的莫过于彼此(或通过叙述者)对对方的反应性鉴赏意义,这就是俗话说的是否有好感:初次见面的陌生人之间如此,彼此熟悉的人之间更是这样。下面拟对反应性成分的中心－边缘价值做出详细分析。

12.2.1 金凯及他人对弗朗西丝卡的反应性评价

先看下面的句子,这样的叙述方式很普通,在中外经典小说中尤其常见,如我国的章回小说在人物第一次出场时往往采用这种叙述策略,便于为读者提供一个栩栩如生的总体形象,以此给予评价定位。

(1) 518 她大约五英尺六英寸高,四十岁上下,或者出头一些,脸很<u>漂亮</u>,还有一副<u>苗条</u>、<u>有活力</u>的身材。

本句英文原文为 She was about five feet six, fortyish or a little older, *pretty* face, and a *fine*, *warm* body,有三个反应性的鉴赏成分(英文斜体)。值得注意的是,三个成分之间具有一种称名和内容的级差模式:pretty 是称名性的,至于究竟是什么样的 pretty,如鹅蛋形抑或是瓜子形,仅从此句无从得知,反正评价主体受对方吸引,从而觉得对方漂亮。即是说,pretty 是一个概括程度很高的特征成分,修饰 face。warm 是另一个极端,指身体给人的直观感受,这个词在《新牛津英语大词典》中的相关解释有三个近义成分,即相关个体体现或表现出来的激情(enthusiasm)、热忱(affection)或善良(kindness),均系原型范畴中的典型情况,至少属于积极一端,所以 warm 是有实质性个性内容的;fine 在二者之间,大致居中,即同类中具有高品质者:高品质相对具体一些,但到什么程度? 因为居间情况也可能是 fine,与之相对的是 perfect 或 excellent 这样的肯定极性成分。三个成分构成的模式正是人们评价他人的基本途径。就(1)而言,这三个有关金凯对弗朗西<u>丝卡</u>的反应成分,从总体上确立了金凯对女主人公的审美等级,这是吸引他的标志性元素。后文我们还将看到,这也是情感产生的依据,至少从评价成分分布的显隐角度看如此。

(2) 897 她得踮起脚跟才够得着,自己意识到凉鞋是温的,<u>蓝色牛仔裤紧绷在臀部</u>。

带下划线的部分不是直接陈述弗朗西<u>丝卡</u>如何吸引金凯,而是通过直接描写来引发出金凯对弗朗西丝卡的积极反应的。这一点与句 518 有所不同。

根据以上表达方式,金凯对弗朗西<u>丝卡</u>的称名性赞美还有 6 个典型成分:

(3) 341 他觉得她多么<u>好看</u>

(4) 342 弗朗西丝卡,你太美了,简直不可思议
(5) 520 这样的外形固然宜人
(6) 1160 那件白色针织圆领衬衫托得她身材倍加妩媚
(7) 1366 假如你不介意的话,我想说你简直是光艳照人,照得人眼花缭乱晕头转向

句 341 的原文是 how *good* she looked to him,介词 to 说明对方的外表强烈地吸引着他。句 342 相关部分是 you're incredibly *beautiful*,这是她吸引他后他得出的结论。句 520 是 Such physical matters were *nice*, yet, to him,与他先前认识的女性做比较,转了一个弯,但最终回到对弗朗西丝卡的积极评价上,尤其是她的魅力。句 1160 是 a white cotton T-shirt that did *nice* things for her body,跟 520 一样,只是总括性评价。句 1366 是 if you don't mind my boldness, you look *stunning*. Make-'em-run-around-the-block-howlin in-agony *stunning*;注意,原文和译文有一定出入:原文是从反应角度说的,而译文选择了对象的魅力指数,当然程度比前面的 good, nice, beautiful 可能给人的印象更强。

再看下面的例子:
(8) 1053 不过,天哪,她真迷人(God, she's *lovely*)
(9) 244 她风姿绰约,或者曾经一度如此,或者可能再度如此
    (She was *lovely*, or had been at one time, or could be again)
(10) 1368 你是绝代美人,弗朗西丝卡,是从这个词的最纯正的意义上说
    (You're bigtime *elegant*, Francesca, in the purest sense of that word)
(11) 337 他当时对她微笑着说她在晨曦中脸色真好,真滋润(He had smiled at her, saying how *fine* and *warm* she looked in early light)

这些成分多少涉及对象属性。但注意原文,1053 和 244 都是 lovely(可爱),似乎同时具有属性和对属性的反应感知,因为 lovely 的解释是 very beautiful or attractive(非常美丽或吸引人),在非正式情形下还有 very pleasant or enjoyable 和 delightful(非常令人愉悦或享受的、宜人的)之意。即便从对象属性的角度说,lovely 也应该看作 beautiful 的下位范畴,具体一些,因为 beautiful 不一定 lovely。句 1368 中的 elegant 指优雅、有风度,更具体,可与 warm 媲美。可见,(1—7)与(8—11)是在不同具体程度上来赞美弗朗西丝卡的;而后文的分析将会表明:越具体,给人的感觉越鲜明,越吸引人[①]。

[①] 不妨对比一下《诗经·卫风·硕人》对女性的有关描写:"手如柔荑,肤如凝脂,领如蝤蛴,齿如瓠犀,螓首蛾眉,巧笑倩兮,美目盼兮。"前五句相对具体,最后两句是称名性的。不过,古希腊人也并不逊色:"从她柔软的奶尖,顺着那一条曲线,露出天鹅绒的胁胖,她那细腻的肌肤,雪花一样的光滑;柳腰下圆满的腹,正当那肚子底下,爱园里开着百合花。"(罗念生译古希腊抒情诗选《醇酒·妇人·诗歌——春神》,上海:世纪出版集团、上海人民出版社,2004年,第 51 页)不过,这里显然存在文化上的差异:中国人不会像西方人那样太露。

与上述两组成分有所不同，下面几句都是引发性的，形象具体、生动。

(12) 307 我正开车蹭来蹭去时，抬头一看，就在那八月里的一天，你穿过草地向我走来

(13) 2118 你的气息，你夏天一般的味道，你紧贴我身上的皮肤的手感，还有在我爱着你时你说悄悄话的声音

(14) 1954 她身上有一种什么，使我目光很难从她身上移开。

(15) 1507 香水很好闻(*Nice* perfume)

(16) 525 那天看着她脱靴子的时候是他记忆中最肉感的时刻

(17) 1052 美好的夜晚，美好的晚餐，美好的女人

当初读到第一句时我立刻想到的是影片《爱情故事》主题曲各段最后一句：I reach for her hand—it's always there(我伸出双臂想抓住她的手——它总是在那里)；I know I'll need her till the stars all burn away, And she'll be there(我知道我会需要你直到所有的星辰烧尽，而她会在那里)。《廊桥遗梦》描述的情景何其相似——她在他的记忆中定格于八月里的那一天，她永远走不完那小小的一段距离。这是一个整体意象，包括她的身体、她的动作、她周围的一切甚至空气。第二句相对来说就具体多了，引发美好回忆的是对方的"气息"、"味道"、"手感"，还有"声音"。第三句是金凯吸引弗朗西丝卡的魅力(there's *something* about her. *Something. I have trouble taking my eyes away from her*)。1507 从她使用的"风歌牌"香水来间接体现她的魅力：尽管对香水的描述是称名性的，但总体动机在弗朗西丝卡身上。最后两例 525 和 1052 是金凯对弗朗西丝卡的感受和赞美；后一句还有对夜晚和晚餐的恭维，同样指向女主人公。

叙述者甚至弗朗西丝卡本人对自己也有一系列反应性描述。其中，称名性成分 7 个：356"这么好看"(this *good*)、636(头发梳到后面用发卡夹注，拖在背后)"这样比较对头"(That felt *right*)、976"双腿……保持得很好的"(were still *good*)、1358"(腿)十分好看"(looking just *fine*)、1360"挺不错的"(pretty *good*)、2304"一辈子都没有像那天那么漂亮过"(as *good* as)、975"乳房还很结实好看"(still *nice*)；直观描述成分 9 个：1358"两条修长的腿"(*slim legs*)、916"(指甲)长长，保养得好一点"(were *longer* and *better* cared for)、975"肚子稍微有点圆"(slightly *rounded*)、791"比他们风度优雅一点"(*graceful*)、1305"觉得多么风雅"(so *elegant*)、330"她头发是黑的，身材丰满而有活力"(*black, full, warm*)。

还有引发性成分 25 个，都是叙述者陈述的。由于这些描述具体，现引录于下，便于读者获得具体认识：

(18) 593 弗朗西丝卡向他笑了，她第一次笑得热情而深沉

(19) 633 长袖白衬衫，袖子刚好卷到胳膊肘，一条干净的牛仔裤，一双干净的凉鞋

(20) 324 她倚在一根篱笆桩上，穿着褪色的牛仔裤，凉鞋，白色圆领衫，头发在

晨风中飘起

(21) 2082 <u>一个女人在夏天的早晨倚在一根篱笆桩上,或是在落日中从廊桥走出来</u>

(22) 1354 把长长的头发拢到后面……戴上一副<u>大圈圈</u>的银耳环

(23) 1356 在拉丁式的<u>高颧骨</u>的两颊薄施胭脂,那粉红色比衣服还淡

(24) 1357 她……<u>晒黑了的皮肤衬托得全套服饰更加鲜亮</u>

(25) 1458(弗朗西丝卡对自己的外表的感觉都很满意)<u>女性化</u>

(26) 1459 这就是她的感觉,<u>轻盈</u>、<u>温暖</u>、<u>女性化</u>

(27) 1303 她<u>觉得十分性感</u>

(28) 1304 几乎一切与罗伯特有关的事都开始使她觉得性感

(29) 938 弗朗西丝卡享受着<u>美好</u>的情怀,<u>旧时</u>情怀,<u>诗和音乐</u>的情怀

其中从(24)到(29)中的有关成分,不再是外观,而是心理感受。(19)是他们认识第一天晚上她洗过澡后的装束;(20)是弗朗西丝卡的回忆;(21)是她在观赏自己的照片;最后一句原文是 Francesca was feeling *good* feelings, *old* feelings, *poetry* and *music* feelings,斜体成分都是反应性质的。

在自我描述中,有一句带消极特征:

(30) 328 照片上的她脸上刚刚开始出现第一道<u>皱纹</u>

这是她自己的视角;不过,前面那些描写她风韵犹存的成分和语境可以在相当程度上抵消"皱纹"带来的消极反应心理。从现实角度看,328更符合事实("皱纹"在原文中是复数)。

除了金凯、叙述者和弗朗西丝卡本人的评价,还有少数其他人对她的反应,都是褒扬性的。有两例是女儿卡洛琳面对母亲那张特别的照片做出的评价:

(31) 2346 她<u>真美</u>。这不是照相的美,而是由于他为她做的一切。

(32) 2347 她的头发随风飘起,她的脸生动活泼,真是<u>美妙极了</u>。

还有一句是卡明斯通过金凯的表现而做出的推测:

(33) 2433 她一定是个人物,一位<u>了不起</u>的女士

"了不起"的英文是 incredible,令人难以置信,对象是人,所以这也是一个具有反应特征的成分。

以上这些成分为读者勾勒出一个韵味十足的中年女性形象,这是金凯为之倾倒的重要因素;当然这不是决定性的,她还具有一般女人不具备的素质,这在前文已经交代过了。

12.2.2 弗朗西丝卡及他人对金凯的反应性评价

所有上述反应性成分,与其他相关成分一道(见前两章),是对金凯陶醉过程的再现;类似情况也出现在弗朗西丝卡和其他人对金凯的感知过程中;有趣的是,这样的成分要比上面的成分多,一共84个,毕竟他是弗朗西丝卡关注的对象,是

表明她主动接近他的一种叙述策略。

(34) 367 卡车里走出金凯,好像是<u>一本没有写出来的书中出现的幻象,那本书名《插画沙漫人历史》</u>

这是初次见面时他留给她的印象,其中多少也有些态势性意义——由"走出"这一举止透露出来,但描述的重心在外观上——一个与众不同而吸引自己的陌生男人,所以是反应鉴赏性的。从整体上看,这个人 427"<u>从传统标准说,他不算漂亮,也不难看</u>";而就局部看,有一个是称名性成分:425"<u>他的嘴唇很好看</u>";其他成分虽然展示局部特点,却相对具体:426 有一副酷似印第安人的鼻子,424"<u>脸上黝黑滑润,由于出汗而发光</u>"、1388 一头"<u>银发</u>"、369 胸肌"<u>紧绷绷的</u>"、1492"<u>细长的手指</u>"、628"<u>肚子平坦</u>"、457 臀部"<u>狭小</u>"、405 两腿"<u>长长的</u>",给人一种 429"<u>很老、饱经风霜的神态</u>",但 335"<u>瘦</u>、<u>高</u>、<u>硬</u>",且有"<u>风度</u>",甚至另有三处也说到他"坚硬"(455、456、626),但语言 962"<u>柔和</u>"。这些都给人以稳健、可靠、令人满意之感,所以,她说:629"<u>他不管年龄多大都不像</u>。"(He didn't look however old he was.)

下面是系列描述,分散全文,包括动作举止、穿着、神态,大都是引发性的;还有一些重复,但更具体,范围更广;表达方式上往往不限于词,还有词组、短语、句子。例如,

(35) 451 他这一动作已做过上千次了,她从那<u>流畅劲</u>可以看出来。

这说明他使用照相器材的熟练程度。不过,熟练动作不只表现在 451 一句上,还有钻进驾驶室的动作:

(36) 401 以一种<u>特殊的</u>、动物般的<u>优美姿态</u>钻进驾驶盘后面

这是一种生理反应:身体灵活是健康的标志。而这在文本中反复以多种方式出现,有明确动机。类似跟身体有关的描述还有以下诸例。

(37) 1190 他<u>优美的风度</u>,犀利的目光,正在工作的上臂的<u>肌肉</u>,特别是他<u>移动身体的姿势</u>

(38) 336 他<u>狭长脸</u>,高颧骨,头发从前额垂下,衬托出一双蓝眼睛,好像永远不停地寻找下一幅拍照对象

(39) 1976 那笑容宛在,那<u>修长</u>、<u>肌肉结实</u>的身材依然如故

(40) 374 那眼睛,那声音,那脸庞,那银发,还有他<u>身体转动自如</u>的方式。

(41) 1970 还是那<u>银长发</u>,手镯、<u>牛仔裤</u>,照相机从肩上挂下来,<u>胳膊上青筋可见</u>

这些描写跟金凯的身体直接相关。前三句有明确的积极立场;最后一句没有,但后一小句中的"转动自如"确定了前面四个成分的积极价值,与第 8 章《致他的娇羞的情人》描述"情人"身体部位的方式相似。

以上均系静态描写;下面三句是动态的,在原文中连成一体(注意句子序号):

(42) 374 那眼睛,那声音,那脸庞,那银发,还有他<u>身体转动自如的方式</u>。那是<u>古老的</u>,令人心荡神移、摄人魂魄的方式

(43) 375 是在障碍冲倒之后进入睡乡之前的最后时刻在你耳边说悄悄话的方式

(44) 376 是把任何物种阴阳分子之间的空间重新调整的方式

后两句是对第一句后面部分"身体转动自如的方式"从不同角度给出的解说，构成一个排比句式，有级差递增作用。熟悉英语的读者不妨看看原文，更流畅、更优美：

(45) The eyes, the voice, the face, the silver hair, the easy way he moved his body, old ways, disturbing ways, ways that draw you in. Ways that whisper, to you in the final moment before sleep comes, when the barriers have fallen. Ways that rearrange the molecular space between male and female, regardless of species.

注意，处于排比位置的成分，除了第一个 way(方式)，其余的都带丝音，连同这一过程中的其他丝音，有给人一丝到底的押韵感(注意最后一个词 species 物种)，而且都是"小"词。这种韵律美同样是反应性意义，至少可以增加对金凯的积极性鉴赏效果。

下面一组是有关金凯穿着的：

(46) 637 他……穿了一件干净的咔叽布衬衫

(47) 1219 她看着他跪下去时牛仔裤紧绷在他臀部肌肉周围，看着他褪色的蓝斜布纹衬衫贴在背上银发盖在衣领上，看着他怎样跪坐下来调整一项设备

(48) 1293 白色封领衬衫，袖子刚好卷到胳膊肘，浅咔叽布裤子，棕色凉鞋，银手镯，衬衫头两个扣子敞着，露出银项链

(49) 1584 他就在这厨房里同她在一起，白衬衫，灰长发，咔叽布裤子，棕色凉鞋，银手镯，银项链

(50) 1743 他穿上了旧牛仔裤，干净的咔叽布衬衫上两条橘黄色的背带，那双红翼牌靴子扎得很紧，腰里插着那把瑞士军刀

(51) 1505 她能闻见他的气味，干净，擦过肥皂，热乎乎的

(52) 1506 这是一个文明人的基本的好闻的气味

然后是有关金凯身体和内在力量的：

(53) 1592 一只漂亮的豹子

(54) 1597 罗伯特，你力气真大，简直吓人

(55) 1602 但是她没有预料到他这种奇妙的力气

(56) 2309 有一种质朴的，原始的，几乎是神秘的聪明智慧

(57) 2059 可是那力量，那骑着彗星尾巴来到这世上的豹子，那个在炎热的八月的一天寻找罗斯曼桥的沙曼人，还有那个站在名叫哈里的卡车踏板上回头望着她在一个衣阿华农场的小巷的尘土中逝去的人，他在哪里呢？

这些成分从不同角度构成一个"有血有肉的形象"(句1588),与对弗朗西丝卡的描述相比,就具体多了。质言之,金凯在弗朗西丝卡眼力,有"掷铁饼者"那样的形象和力度;更有,他虽然是最后的牛仔之一,也有些神秘,却是一个现代文明人,爱干净,穿着得体,质朴。这是典型的传统西方式男人。面对这样的优秀异性,弗朗西丝卡如何能够不动心;即使多年过去了,那形象仍然"在她脑海中"(句1588)。这里既有外表美,也有素养方面的,都是让女主人公倾心的重要因素(见上一章关于金凯的判断性描述)。可见,这里的鉴赏性描绘同时为情感服务。

在原文中,这些成分是分阶段出现的,彼此之间总是有这样那样的不同措辞,从而让阅读兴奋点不时回到金凯身上,体现了他的形象充斥于她的视觉和脑海的心理现实。所以从技巧上讲,这样的描写方式只有诗歌中常见,小说中相对较少;但在《廊桥遗梦》用得自然而优美。

还有一些成分,并不直接叙述金凯的生理和行为外观;而即便是,也是消极性质的。只是对于弗朗西丝卡来说,魅力不减:

(58) 1977 她看得出他<u>眼角的纹路</u>,那健壮的双肩<u>微微前俯</u>,<u>脸颊逐渐陷进去</u>

这一句有三个消极成分,它们描述的与记忆中的"健壮"形象形成鲜明对照。按理,这样的外貌状态无法满足一般异性的心理需要,但他们毕竟不是初次相识,已经不存在彼此初识面临的阈值问题,他们之间一直联通着,通过对方的形象可以看到从"两个人身上创造出[的]第三个人"(句310),金凯的过去与当下并存于弗朗西丝卡的长时工作记忆中。

中国有一个成语叫做"爱屋及乌";英语也有一个意义相近的习语:Love me love my dog,后者可以描绘弗朗西丝卡对金凯的类似心理;而这样的描述构成一个有关成分的集合,内容丰富:

(59) 654 他的声音<u>中上</u>

该句表达的并非金凯最擅长的技能,从原文 between fair and good 看只能算作一般水平,不过毕竟是他专业之外的才能,可以为他赢得附加值。

(60) 1919 他开始加速时<u>头发随风飘起</u>

小镇人对金凯的长头发议论纷纷;但弗朗西丝卡看到金凯驾车而去,绝望至极。当然,她在乎的是金凯本人。

(61) 735 你的工作看来<u>很有意思</u>

(62) 768 对罗伯特•金凯来说这是<u>很平常</u>的谈话

这两个例子进一步说明上述对比情形:无论是工作还是谈话,相关题材对金凯来说"平常"甚至"相当枯燥"(句1172),弗朗西丝卡却感到"很有意思"、是"文学素材"。

(63) 625 他的刮胡刀……让阳光照得<u>发亮</u>

(64) 1786 她看见他手上的银镯子在阳光下<u>闪烁</u>

如此"发亮""闪烁"现象普通平常,却同样富有魅力,因为跟他有关。对常人来

说可能嫌弃甚至避之不及的东西,她也会饶有兴趣;"几乎一切与罗伯特·金凯有关的事都开始使她觉得性感"(句1303):

(65) 396 卡车后面放着一只棕色的山姆森式的旧衣箱,一只吉他琴匣,布满灰尘,饱经风雨

(66) 991 那辆走调的小卡车

(67) 442 布满灰尘的卡车座位

(68) 430 棕色皮表带汗渍斑斑

(69) 420 两个三脚架,已经刮痕累累 badly scratched

(70) 639 这些设备已经有刮痕

(71) 2084(三部相机)都已饱经风雨侵蚀,带着伤痕

(72) 358 他活在自己的内部世界里,那些地方稀奇古怪,几乎有点吓人

(73) 1611 而他生活在奇怪的、鬼魂出没的地方

这些都是金凯的延伸,是他的物质化再现。甚至眼下炎炎夏日也成为她浮想联翩的促动因素:

(74) 440 她感觉到他手的温暖的手背上细小的汗毛

八月的衣阿华"骄阳似火"(句466),哪里是什么"温暖"(warmth)!这是超出常理的个体体验;对于她的积极心态,这里显然不是实写。这在原文随后一句中有点题之词,一语双关:

(75) 467 她把手掌放在桥栏杆上享受那暖洋洋的感觉

金凯在大热的八月天倒是很"热"。不过,当他走下卡车问路、第一次见到她时似乎就找了可以消暑的去处:

(76) 241 那里看起来很清凉,她正在喝着什么更加清凉的东西

而第二天午后见面时他的那种清凉的感觉转移到了弗朗西丝卡本人身上:

(77) 1158 不过弗朗西丝卡·约翰逊看起来挺凉快。

虽然在这里的语境中"凉快"是一个愉悦成分(见前文),但两相比较,我们能够从中看出某种联系、甚至某种端倪来。他的潜意识里再一次得到了解决问题的答案。她也意识到他的确很"热":

(78) 1396 她意识到隔着衬衫他的身体有多热

这种移情体验连同对天气的感受,一直陪伴着她的后半生:

(79) 359 在一九六五年八月那个干燥而炎热的星期一

(80) 2059 那个在炎热的八月的一天

与二例中出现的"热"有关的还有一句,不是回顾性的,却跟二者连成一体:

(81) 500 热得很,你要喝杯茶吗?

她主动请他喝茶,既出于礼貌,更多的是象征。"热"在英文中为hot,同时有欲火中烧之意,她主动为他提供茶水,深含寓意,大胆却含蓄,是基于她对他积极反应的回应。这就更不用说他递她香烟和鲜花了:

(82) 481 他伸手递上一小束鲜花……花！

(83) 538 香烟味道美妙无比，她微微笑了

而这一切，在当初相遇的一瞬间就定格了：

(84) 378 力量是无穷的，设计的图案精美绝伦

这是一种潜意识(supremely elegant)，是叙述者描述的两人相对而视的情景。从此，她对他始终保留着一块属于两人的天地，一方通过回味确立起来的空间：

(85) 1579 形象十分清晰、真实而且就在眼前

(86) 1589 她记得梦一般的脱衣的程序

(87) 1914 她开始看到慢镜头，是脑子里一种奇特的作用

或者通过叙述者来加以增补，均与情感直接关联：

(88) 1568 她挪开了脸颊，抬起头来用黑眼睛望着他，于是他吻她，她回吻他，长长的，无限温柔的吻，如一江春水

(89) 1596 但是她爱他是精神上的，绝不是俗套

(90) 2257 那是一种不可思议的，强有力的，使人升华的做爱

(91) 1613 那豹子一遍又一遍掠过她的身体，却又像草原长风一遍又一遍吹过，像一个奉献给寺庙的处女乘着这股风驶向那美妙的，驯服的圣火，勾画出忘却尘世的柔和线条

这些是弗朗西丝卡的感受，也可能带给读者，至少敦促读者去移情、理解、认可。句 1613 的原文是 The leopard swept over her, *again and again and yet again*, *like a long prairie wind*, and rolling beneath him, she rode on that wind like some temple virgin toward the *sweet*, compliant fires marking the *soft* curve of oblivion（注意它们跟译文的差别）。

而即便是她对他的时事观（见前文）做出负面评价，仍倾心于他（当然，这里她不是真的从负面看待金凯的观点，而是告诉他小镇人的立场）：

(92) 605 此地这个观点可不受欢迎

金凯说自己久不吃肉而吃素，弗朗西丝卡说自己也喜欢吃素菜，她是笑着说出来的。不过，译文容易给人判断之下的非常态意义解读；其实，原文是 Around here that point of view would not be *popular*，是对某一事物（此处为观点）的评价，所以是鉴赏而非判断。

上述成分也存在从中心向边缘的过渡分布模式，主线始终是她对他的积极情感倾向。而以弗朗西丝卡为视角的金凯，一直处于聚焦中心，这从描述彼此的反应成分的多寡得到体现，或者说她始终处于主动地位，被金凯深深吸引。

总起来看，金凯眼里的弗朗西丝卡就是一个字"美"，总的描写倾向于概括，可能也跟摄影工作的性质有关——从整体上把握对象，凭经验在一瞬间按下快门。而弗朗西丝卡眼里的金凯大都具体、细致，观察人事的方式与男性有别。

还有不少成分与男女主人公关系不大、甚至没有直接关系。下面拟换一个角

度对这些成分做出分析。

12.3 边缘性反应成分

这里包括两个方面：自然环境描写；反应性成分隐含的判断与情感特征。

12.3.1 基于自然环境的反应特征

先看跟弗朗西丝卡（叙述者）的反应有关的几处描述。

(93) 247 深秋时分…冷雨扫过她在南衣阿华乡间的木屋(*cold rain*)

(94) 249 丈夫八年前就是在同样的冷雨秋风中去世(*a day like this*)

这是第三章开篇的两句话。根据叔本华，类似外在环境反映的是当事人的心境，所以前景化成分"冷雨（秋风）"再现的是时令和气象，陪衬着弗朗西丝卡那一颗孤独清冷的心，当为情感中的消极愉悦范畴，但这是隐性的；即是说，同一成分可同时具备显隐评价功能。

如果说上述二例的喻体是深秋，那么她读到华盛顿州一律师事务所发给她的、关于金凯死亡的通知，伴随着一包金凯的遗物，相关喻体就应该是寒冬：

(95) 2049 外面风雪扫过冬天的原野，她眼望着它扫过残梗，带走玉米壳堆在栅栏的角落里。（Outside, *snow blew across the fields of winter*）

跟弗朗西丝卡有关的还有三处，但不再是与上面三句相似的消极隐含意义：

(96) 854 弗朗西丝卡通常坐在厨房看书……天气好的时候坐在前廊上

(97) 1810 外面挺舒服，所以我想再坐一会儿

(98) 2173 现在她走到前廊，用毛巾擦干秋千，坐在上面，这里很凉，但是她要待几分钟，每次都是这样。

第一句叙述的是她空闲时的生活习惯：看看书，或者到前廊坐坐。这样的方式需要雅致情怀。这是一种生活态度，更是一种境界，难于为性情外人所道；对比丈夫理查德，他是一个大兵、一个农夫，上完高中就不错了，所以农活之外除了电视还是电视！当他看得忘乎所以时，还会叫上她一起看。这样一对夫妻，要说生活情趣，甚或心有灵犀，很难想象。弗朗西丝卡的品位源自她的经历：她生长在意大利的艺术圣地，上过大学，学的还是文学，年轻时怀揣梦想等待"英俊"的追求者。可惜没有！在"严酷的现实"（句272）面前，"理查德待她好，还有充满美妙希望的美国"（句273），所以她跟他来到了南衣阿华农场，在一段短暂的教书工作之后，做起了专职家庭主妇，操持家务，照顾农场，养育儿女（275"在寒冷的十月之夜看迈可打橄榄球"）。即便她"隐隐地希望在乡村生活中有点浪漫情调"（句779），渴望"享受某种快感摆脱日常千篇一律的方式"（句1601），但丈夫跟不上她的精神需求；相反，"理查德对她浴室内的妇女用品感到……'太风骚'"（句1242）。这对她多少是有伤害的。所以，联系上下文，854虽然不是中心反

应成分,却有对立对比的动态平衡作用。

第二句是弗朗西丝卡回避理查德的托词。她刚刚跟金凯相处了四天三夜,没有精力应付理查德,所以这样的"舒服",是否真的舒服,不便从语境中做出推测。不过,根据上下文,此时的她不可能有任何心情享受夏夜农场可能的清风明月,金凯早晨才离开,对她来说正当情感低谷,哪来那样一份平静呢?

第三句叙述她晚年在丈夫去世后每年生日打发时间的方式,当然仅仅是她生活中的很小一部分。但这是她当年一个炎热的盛夏坐在这里喝着某种清凉的东西、第一次看到金凯的地方。从此,清凉、娴雅的心境给打破了,秋千只是平衡心境、消除寂寞的依托。而自从两人相识相爱,她的心就像秋千一样,一直孤寂地摇曳在南衣阿华的那个农场里。

综观这几个句子,它们都和主旨有一定关系,只是处于从属地位。有趣的是,跟金凯有关的反应性成分,连这样的从属性也没有。

(99) 84 第二踹火时卡车开始发动,他倒车,换挡,在雾蒙蒙的阳光下缓缓驶出小巷。

(100) 86 现在他朝着太阳驶去,开始了穿越喀斯喀特山脉的漫长而曲折的路程。

(101) 123 那光秃秃的平原对他来说像群山,像大海一样引人入胜。这个地方有一种特别朴实无华的美。

(102) 124 这里的景物特别迎合他的几何线条艺术的口味。

(103) 128 空气中红色尘土飞扬,那里有专为把矿砂运上苏必利尔湖双港的货船而设计的巨大机器的火车。

(104) 132 他离开这到处挖着巨大红土坑的地方时哼着这首歌词

(105) 136 苏必利尔国家森林风光宜人,的确很宜人

(106) 140 他在一汪池水边停下来,拍摄一些奇形怪状的树枝在水中的倒影,拍完以后,坐在卡车的踏板上喝咖啡,吸一支骆驼牌香烟,聆听白桦树间的风声。

(107) 305 两只孤雁飞越一片又一片广袤的草原

(108) 350 光线最理想不过了,他说是"多么透亮"

这些都是金凯即将遇到弗朗西丝卡之前经历的自然景观。第一句 84 的相关成分在原文中是 hazy,汉语译文稍微实了一点,却是等值的,补足了 hazy 在相关情景中的具体信息。第二句 86 英文是 Turning into the sun, he began the long, winding drive through the Cascades,这本身就是一支晨光曲;这是直观描述,但也可以看作带有某种预示性的陈述——他这一趟差可能漫长而曲折。第三句 123 后一成分是 fascinating,是一个典型的反应类成分。第四句 124 译文很难看出反应义,但原文 This landscape *appealed to* his minimalist leanings 清楚。随后 128 和 132 两句译文意思明确。第七句 136 的原文是一个称名成分 nice。第八句 140 是

an *odd-shaped* tree branch：如果说一个人 odd，那是态势意义；对于事物，就是鉴赏性的。305 有类推因素："广袤"既可能实指，也可能虚指。350 的原文是 *cloudy bright*，确系一番景致。

(109) 651 在温暖的红色晨光里的廊桥

(110) 861 有短暂的时间几抹红道划破天空

(111) 1038 小溪上正闪着阳光

(112) 1090 天气很好（The weather's pretty *good*）

(113) 1109 小镇挺秀丽，有一个舒服的县政府广场

(114) 1046 尘土飞扬（Dust *flying*）

(115) 1172 你会发现这相当枯燥

这些成分是金凯在廊桥附近及小镇上的感受：(109—113)都是积极的，但最后两句是消极的。1046 中的"飞扬"(flying)是一个引发性成分，描述汽车开过后掀起的尘土，暗示的却是不平静的心境，因为看不见弗朗西丝卡的影子，他很失望。

再看下面一组句子及相关成分，这是金凯认识弗朗西丝卡之后遇到的自然景观，其中不少可以从语法隐喻角度看到隐含的评价特征。

(116) 731 西天升起了云彩，把太阳分成射向四方的几道霞光

(117) 733 他从洗涤池上的窗户望出去说："这是神光"

(118) 792 太阳由白变红，正好落在玉米地上。

三句是二人认识当晚一起做晚饭时看到的景象。第一句原文是 Clouds had moved up in the west, splitting the sun into rays that splayed in several directions，后面的-ing 分词小句及其嵌入句一起体现引发性的反应义：这种美感是日常经验赋予的，薄薄的一层云挡不住夕阳的光照，似乎预示着一个掩饰不住的爱情故事行将诞生并为天下四方注目；第二句"神光"的原文是 God light，暗示着这样的霞光是神圣的，纯洁；第三句 A white sun had turned big red and lay just over the corn fields（对比例 95 句 2049），也是一种整体的经验性反应美，是作者提供给读者、由读者自己去领会的，不过这霞光落在弗朗西丝卡的玉米地上，别有一番意味。总之，从整个文本普遍用喻的惯例看，三句话所带的反应义仿佛含有某种不言自明的象征意味，对男女主人公即将演绎的情爱故事来说，也是一种美，至少从带距离的阅读效果上说如此（见第 9 章末有关阐述）。

(119) 864 太阳落山后总是有一段时候天空出现真正美妙的光和色，只有几分钟，那是在太阳刚隐入地平线而把光线反射到天空的时候。

(120) 825 夜色变蓝了，薄雾擦过牧场的草

(121) 831 夜色是蓝的（The evening was *blue*）

(122) 849 一轮将圆未圆的月亮从东方天际升起，太阳刚从地平线消失，天空变成蔚蓝色。

这里四句接前三句，是晚饭后二人去牧场散步时看到的夜景。第一句的反应

成分是称名性的 nice,但也可以作类推理解,跟上一组第一句相近;后面三句说到了天空和夜晚的颜色,跟文本接近尾声处的叙述有某种照应关系:金凯试图把音乐转换成视觉形象,这是他的朋友音乐家卡明斯陈述的信息:

(123) 2431 一只<u>蓝色</u>的苍鹭正好同时翻过我的取景器(a *blue* heron)

蓝色让人宁静,但在英语文化中同时有沮丧、忧郁之意,似乎跟 825、831 两句的口语性语境吻合。前一个成分有预示作用,后一个是对现状的描写。再看上面的最后一句(123):A moon nearly full was coming up the eastern sky, which had turned *azure* with the sun just under the horizon,整个句子体现一种引发性反应意味,也有一段情感即将孵化的暗示。

(124) 125 印第安人的保留地使人有压抑感,其原因人人皆知而又无人理会。

(125) 1625 还有印第安人那瓦荷族的太阳之歌中的词句,向她诉说她给他带来的种种幻象:空中飞沙,红色旋风,棕色鹈鹕骑在水獭背上沿着非洲的海岸向北游去

(126) 2150 一条长长的长路从马格达莱纳以西蜿蜒绕过多雨的新墨西哥,变成了人行小路,然后又变成野兽踩出来的羊肠小道。

三句描述了三种迥异的情景。句 125 是金凯开车穿越北达科他州时的内容:关键成分"压抑"(depressing)在原文中是一个属性成分,指印第安人的保留地带给人们的感受,不是直接针对人的,所以它体现的是反应鉴赏而非愉悦情感。1625 是二人进入情感顶峰时刻金凯脑海里翻腾的意象片段。2150 是金凯写的散文诗中的一句,试图揭示自己在零度空间里如何从现实回到过去的一个阶段。第一句是边缘性的,多少有些抽象,后两句是想象,第二句比第三句更接近中心反应主旨,只是带有间接性(第三句相关成分是 long 和 rainy 两个形容词以及一个动词 curve:向西蜿蜒而去)。

还有两个句子描绘的自然景观由弗朗西丝卡叙述:

(127) 458 周围静悄悄,一只红翼鸫鸟栖息在铁丝网上望着她

(128) 459 路边草丛中传来牧场百灵的叫声,此外,<u>在八月白炽的阳光下没有任何动静</u>

前一句不能不让人联想到托马斯·哈代的名诗《朦胧中的画眉》(*The Darkling Thrush*, 1901)①,那是带有寓意的写景之作,不能说对弗朗西丝卡

---

① 托马斯哈代的《朦胧中的画眉》:当森林隐入灰蒙蒙的薄雾/我斜倚在一道树篱的门上。/冬日里残存下来的景色/使白天那微弱的眼光孤寂,凄凉。/纠缠的枝藤在天下刻下道道痕迹/像破琴上断下的根根琴弦。/住在周围的人们/都已经困在他们家中的火旁。/大地鲜明的轮廓/仿佛是这个世纪歪斜的尸体,/它的墓地是多云的天空/它的挽词是阵阵清风。/胚芽和诞生的古老的脉搏/已紧紧地收缩、干枯。/大地上的每一颗心灵/似乎都像我一样失去了热情。//突然,从前方光秃秃的树枝上/飞出一个声音/似满腔热情的祈祷/充满了无限欢欣。/一只年老、瘦小、憔悴的画眉、披一身被风吹乱的羽毛。/已经选定了这种方式/将灵魂投入朦胧的怀抱。//简直没有理由/把这般迷人的欢乐之声/留给远方的、邻近的/人世间的生灵/以致我认为它那颤抖的、/幸福,告别的歌声/包含着某种神圣的希望/它知道这希望,而我却没有感知。——曹明伦译

来说没有寓意(注意原文中的"铁丝网"和诗行中的最后一句)。而后一句同样意味深长——弗朗西丝卡和金凯的爱情，如同这沉寂的农场里一首动听的百灵颂歌，唱响了空旷的夏日，也唱响了上下四方，一直延续至今，也必将延续下去。

最后，行文中还有以下一个写景之句，也可作类推性解读：
(129) 1512 窗外蝉声<u>长鸣哀叹</u>九月的到来。

该句同时隐含消极愉悦意义，夏蝉鸣噪，空响于后，秋天临近，凋零在即，两人交往即将结束。而弗朗西丝卡心中那只画眉的歌声也将永远在不为人知的空间里歌唱下去。

综观这些景物描写，有实有虚，有局部小情趣，也有深远寓意，耐人寻味，大大增加了作品的文学性，所以读起来更像是一首带故事情节的散文诗。

12.3.2 反应类成分隐含的判断和情感特征

这一点在前面的分析中已不时有所涉及。材料显示，不少鉴赏成分，既可能是情感性的，也可能是判断性的，还可能以鉴赏为主，为显性义，同时带判断和情感特征。当然，这样的情感或判断义只是一种隐性特征，一种间接意蕴。这种多层次现象在前文梳理亚里士多德的评价范畴时我们已经看到了，在马丁的模式中也有明示[①]，这里以实际文本现象为依据做具体分析说明。

先看隐含意愿动机的反应实例：
(130) 47 还有两个<u>吸引人</u>的问题没有答案

原文是 intriguing questions；《新牛津英语大词典》对 intrigue 的解释是 arouse the curiosity or interest of; fascinate(引起好奇心或兴趣；着迷)；intriguing 一方面吸引叙述者，另一方面暗示了某种好奇心、一种想探明究竟的积极意愿。但 intriguing 是一个特征形容词，修饰事物 questions，所以它是针对事物的鉴赏范畴，符合反应范畴的基本定义。但当事人的好奇心和求知欲是通过 intriguing 本身所含的惯用特征揭示出来的，说明两个问题本身的特点——吸引人，从而被吸引。两个方面应该是同时产生的；但毕竟 intriguing 针对的是 questions 这一事物，从形式上说是语言搭配赋予的，所以以反应为主。其他实例，如"吸引力"(句 521、877)、"美"(句 521)、"漂亮(女人)"(句 519)、"纤纤玉手"、"长长(的指甲)"、"蓝色圆眼睛"、"棕色长眼睛"(句 922)都属于这一现象。文本中还有五处提到一个成分"古老的(生活)方式"(句 899、901、906、2441、2442)和一个"强大"成分(句 2441)，还有几个相关的"热"字(如句 236、1164 等；见前文)，都跟生理欲望有关，也应作相近解释。三个消极成分"旧"(old："旧桌子""古旧的桥""旧桥"；句 476、1409、1951)以及一个积极成分"抒情"(lyrical；句 2442)也是。

[①] James R. Martin and Peter R. R. White, *The Language of Evaluation: Appraisal in English*. Hampshire and New York: Palgrave Macmillan, 2005, p.45.

还有反应成分中隐含愉悦特征的现象。

(131) 2079 然后她想起来,这是他唯一拥有的她的东西,是证明她存在的唯一见证,此外就只有逐渐老化的胶片上日益模糊的她的影像了。

其反应义集中在"日益模糊"(elusive)一词上,但以该词为核心,整个句子语境为读者提供了一种凄美的情感因素,让人动容(画线部分中的前两句),让人酸楚("此外"之后的部分)。

另有两个消极愉悦成分:

(132) 2099 我只知道在那个炎热的星期五从你的小巷开车出来是我一生中做过的最艰难的事以后也绝不会再有。

(133) 2100 事实上我怀疑有多少男人曾做过这样艰难的事

两者指金凯开车离开弗朗西丝卡时的痛苦心境。前一句的原文是 I do know that driving out of your lane that hot Friday morning was the *hardest* thing I've ever done or will ever do;后一句是 In fact, 1 doubt if few men have ever done anything more *difficult* than that. 两个斜体英文成分都是从金凯克服离别之难所付出的努力角度、再现其痛苦情感的。

再看隐含安全心理的反应成分。这样的例子在《廊桥遗梦》中分两组。一组跟柔性级差义有关:

(134) 62 这就使我们难以进入那种柔美的境界

(135) 1956 她点上蜡烛打开收音机,慢慢地调频道,找到播放的轻柔音乐。

(136) 2160 那是轻柔的互相缠绕,而不是这个充斥着准确性的世界上所惯见的那种齐整的交织。

(137) 2167 在柔和的乐声中——总是柔和——那冰纪人落下来,从零度空间落下

第一句的相关英文是 the realm of gentleness,后一个成分中有温和、和蔼、柔和之意,与强烈或剧烈相对,符合安全性定义;随后几句的相关成分是 quiet (music), soft (enlacing)和 adagio,隐含特征相近。其中 2160 的上文是"一种现实洋溢到另一种现实中去"(a spilling of one reality into another);2167 中的 adagio 一词,通常指音乐中的柔板或慢板乐章:轻柔舒缓,如贝多芬《月光奏鸣曲》第一乐章;或节奏以和缓为主、间或有一些稍快的节奏,如海顿《第八十七交响曲》第二乐章;也指芭蕾舞蹈中的缓慢动作(如《天鹅湖》中黑天鹅大双人舞的慢板);如此境界与意象用来指男主人公在零度空间回到冰川纪的一种恬静舒缓的心境,自然合拍,恰到妙处。

第二组是消极性的:

(138) 46 弗朗西丝卡形容他生活在"一个奇异的,鬼魂出没的,远在达尔文进化论中物种起源之前的世界里"。

(139) 151 我有时觉得你在这里已经很久很久了,比一生更久远,你似乎曾经

住在一个我们任何人连做梦也做不到的隐秘的地方。
- (140) 306 那条路真是奇怪的地方
- (141) 1111 就像在早年荒野的西部酒馆里出现了当地的枪手一样
- (142) 1603 简直好像他占有了她的全部，一切的一切，让人害怕的正是这一点
- (143) 2149 在零度空间中常有奇异的时刻

句46中的三个成分、151中的"隐秘"(private)、306中的"奇怪"(strange)、1111中的"荒野"(an old Wild West saloon)、1603中的"让人害怕"(frightening)以及2149中的"奇异"(strange)，要么不为人知，要么偏僻，要么不明就里，故给人不踏实的非安全感。

最后是隐含满意特征的反应类成分。看下面的例子，有的出自男女主人公之口，有的是叙述者的，都是积极特征。
- (144) 698 这样被请出来吃饭太好了
- (145) 956 谢谢今晚、晚饭、散步，都好极了
- (146) 1451 今天一天过得真好，真丰富
- (147) 929 为了古老的夜晚和远方的音乐
- (148) 610 现在想法儿换换口味是挺好玩的
- (149) 796 "已经闻到香味了，"他指指炉子

它们隐含的是金凯对弗朗西丝卡的感激之情：女主人公的盛情使金凯在异乡获得了家的感觉：美美地吃上了一顿、散步、聊天、音乐，还有"甜美"的"西瓜"(句829)，这一切都是一位悦己者和己悦者提供的。

有一组例子和绿色环保意识相关：
- (150) 796……他指指炉子，"是清静的气味"
- (151) 801 今天的这顿饭确实是清静的做法
- (152) 802 炖烩菜是静静地在进行，散发的味道也是静静的，厨房里也是静悄悄的
- (153) 826 弗朗西丝卡安静地炖着烩菜的时候

这样的叙述意识既褒扬了他们的环保行为(恰当性判断意义)，也体现了一种满意心理，一种对他人得体行为的积极情感，这是叙述者的，也会在读者心理引发类似回应。这种心理常常出现在符合美感、符合道德、符合接受者伦理需要的故事情节中。如果这样的成分过多、过度，就会甜腻，往往出现在二、三流作品中；《廊桥遗梦》在这里多多少少也有一些，所幸点到即止。

行文中还有其他类似的积极成分37个，消极成分23个。例如，
- (154) 576 我应该说："很好，很宁静……"(弗朗西丝卡)
- (155) 1499 这简朴的厨房从来没有这么好看过(弗朗西丝卡)
- (156) 2291 这是我们共同生活中最动人的时刻(弗朗西丝卡)
- (157) 2140 木匠说，"这匣子真考究。"

(158) 2016 我们的读者要好看的……不要太野的(金凯)
(159) 他想男人一定喜欢听这样的话(good)(金凯)
(160) 2394 我需要一张好的黑白相片做广告(卡明斯)
(161) 872—3 叶芝的东西真好，873 简洁精练，刺激感官，充满美感和魔力
(162) 1066 这是农村风味的保守的作品，但是很好，很扎实(金凯)
(163) 1610 在她耳边悄悄说些温情的话(叙述者)
(164) 2063 他明确指示把这些物件寄给您(代理律师)

这些成分在文本中分布范围广，几乎贯穿全文(从句 149 到 2413)，会逐渐累加读者的相关情感量，增加反应频次，从而获得对金凯的足够满意感。而含消极满意特征的反应成分情形相当，且看数例。

(165) 2272 坏消息是天底下这样的男人只他一个(弗朗西丝卡)
(166) 545 生活发生困难的时候我就做合作项目，不过我觉得那种工作太束缚人(金凯)
(167) 1566 天很热，很潮湿，西南方向传来雷声(叙述者)

注意其中有关天气的成分，在特定语境中可能有别的动机，但这并不排斥它们同时带有让人烦躁不安的消极满意情绪。

上面涉及的反应性成分同时隐含情感因素；行文中还有不少反应成分隐含着判断特征。例如，

(168) 2183 火葬在麦迪逊县是一件不寻常的事——多少被看作是激进行为

这一部分在原文中是 Cremation was an *uncommon* practice in Madison County viewed as slightly *radical* in some undefined way，其中 uncommon(不同寻常)修饰的是 practice(一种事物、习俗)，自然是鉴赏性的；但注意后面的 radical，一个非常态成分，指人的行为，而 practice 本身也是行为，所以 uncommon 多少涉及行为因素，从而隐含态势意义。

下面这些句子都带行为特点，或直接或间接，所以也都含有态势性。

(169) 1080 薄薄的电话簿让油污的手指翻得黑不溜秋
(170) 1125 他头发可真长，有点儿像那些"甲壳虫"的家伙
(171) 1126 嬉皮士！是不是？
(172) 1111 热闹的谈话中断了，大家都打量他。
(173) 1619 那漫长的盘旋上升的舞蹈连续着
(174) 2398 你从来没见过的最冷冰冰的蓝眼睛
(175) 2186 这座桥离家很近，但与约翰逊一家从来没有什么特殊关联
(176) 1125 他头发可真长，有点儿像那些"甲壳虫"的家伙
(177) 384 克拉克伸出车窗的那只古铜色的手

其中可能不太好理解的是 1080、1125 和 2186。1080"黑不溜秋"描述的是"电话簿"，似乎仅仅是一种状态，但这只是一个带属性的结果，行为是"翻"(原文 The thin phone book was grimy from being *thumbed* by filling station hands),即用手指头翻动造成的;当然,我们不排除消极满意特征,脏兮兮的东西毕竟让使用者不舒服。但这里毕竟是乡下,一个电话本供来来往往的人长期使用,没多少人去关心。1125 虽然说的是"头发",可整个小句跟人有关,说明一个人的生活方式。2186 所说的"特殊",关乎人的行为,所以也含有非常态意义;1125 和 384 同 2186 相近。注意最后一句,那可是长年在农场劳动造成的,与弗朗西丝卡爱美的心理不吻合。我们无从得知理查德的情况,作者没有费这样的笔墨,估计是有意回避了,以免让读者在反差中对他在这方面产生不必要的消极心理——只要说到他的思想境界就足够了;但估计也差不了多少。

行文中还有一定数量的反应成分同时含有可靠性特征。

(178) 1034 现在进入<u>紧张</u>阶段

(179) 1044 <u>紧张</u>的二十分钟

(180) 1063 拍竖镜头时他留下了一片<u>光亮</u>的天空

(181) 1151 穿上一件<u>干净</u>衬衫

(182) 1251 他把<u>干净</u>的换洗衣服扔在床上

第一句英文是 Now the *tough* one,看似一个纯粹的特征描述,可 tough 是人在行动中经历体验的,所以拟作不可靠特征看:这一过程并非轻易之举;不过该句和 1104 一样,还有非安全因素,似乎后者的情感性重一些:紧张的过程状态毕竟缺乏安全感。1063"光亮的天空"不是自然景观(那样就该含有积极意愿特征),而是人为设计的,便于编辑加工处理,所以含可靠性,体现金凯受人重用的一个原因。随后两句成分和意义都相同。

(183) 763 这东西在我心目中的形象就是<u>一个矮胖子,穿着皱巴巴的百慕大短裤,一件夏威夷衬衫,戴一顶草帽,开酒瓶和罐头的扳子从草帽上摇摇晃晃挂下来,手里攥着大把钞票</u>

此句是消极贬抑:说明这样的人不可靠;叙述者的不满情绪在这里十分突出。这跟 1526"到处都是皱巴巴的套装和贴在衣襟上的姓名卡"不同,后者侧重于对套装本身的描写,所以是纯粹非满意性质的。

最后有两个例子关乎恰当性:

(184) 1133 理查德的妻子和一个<u>长头发</u>的陌生人在一起,可是大新闻

(185) 2345 我们去参加那<u>可笑</u>的博览会

前一句是弗朗西丝卡设想的情景,但根据当地人的观念,这种可能性很大,间接说明她和金凯的行为不合伦理规范;后一句的"可笑"是卡洛琳针对他们那些不着边际的行为,与母亲常年耐着性子待在农场、操持家务、迁就和养育他们的行为相对。

还有一个成分,很难说同时含有情感或判断意义;如果没有遗漏,这应该是唯一的一个反应成分不带其他态度特征:

(186) 184 他经常……躺在高高的草丛里

总之,《廊桥遗梦》中的大多数反应成分,同时隐含一到两个判断或/和情感特征。这也是一般文本分析历来面临的问题:不便细分而缺乏应有的语言学理论做指导,就只会似是而非,动辄体现了美的意义,但美在何处,何以给人美感,从来含糊,因而成了套话。此外,无论是消极、积极成分,涉及对象的面很广,又太过分散,自然就落到分布的边缘位置,从而成为辅助特征。

12.4 其他边缘性成分:构成性与估值性

仅从数量上看,这两类成分在《廊桥遗梦》的鉴赏性成分中占相当比例;但由于这些成分针对的现象大都分散,没能构成相对集中的态度意义,所以边缘性突出。在这两类成分中,构成性成分的数量要少得多。

12.4.1 构成性成分的文体价值

构成范畴有两个子范畴:平衡性与复杂性。

(187) 286 一期完整的《地理杂志》和从这份杂志别的期上剪下的散页

这里说的"完整"性(a complete issue)相对于从各个不同期号上剪下来的"散页"(clippings)。完整性从一定意义上说意味着完美性,没有缺陷,所以是一种平衡。不过,这既可能是一致性的,也可能是语法隐喻。这在《廊桥遗梦》中有一组相对集中的成分。先看 639 句:

(188) 639 这些设备已经有刮痕,有些地方还有磕碰的缺口。

这是金凯使用的照相设备的状况。原文是 dented in places,即因磕碰造成的凹陷。这是字面意思。但还有语法隐喻义:金凯的生活本身也因各种磕碰带上了"缺口",包括他的感情生活。这在后文有回应:当弗朗西丝卡为金凯准备酒和咖啡时,她默默思索着,并下着决心:

(189) 894 很难找到两个一点没有缺口的杯子。

(190) 895 虽然她知道他生活中用惯了带缺口的杯子,但是这回她要完美无缺的。

仅从前一句看,894 似乎没什么特别的;但结合 895,类推意义就显现出来了:这里说的不再仅仅是杯子的状况本身,说不定她家的杯子根本就没有缺陷。事实上,895 不仅与 894 和 639 构成呼应关系,还明确地从字面意义指向了背后的隐含动机,这里两重意义都是由完整性构成范畴。她要通过自身为他补缺,从而达到"完美"境界。前面说过,整个交往过程都是弗朗西丝卡占主动,这是又一处体现其主动性。

这是一种完型心理,更有深层次的文化内涵。夏娃向亚当指向智慧之树和智慧之果,两人一起吃了,开启了智慧,认识并成就了完整的人。弗朗西丝卡上演着类似夏娃的角色,在短暂的四天之内,演绎出了一个伊甸园般的二人世界。读出这一象征意义并非刻意附会,后文将作进一步阐释。

有了上面的思想观念,就会有具体行动:

(191) 927 她打开洗涤池上面的小灯,把顶灯关了,这样不是<u>十全十美</u>,但是比较好。

她不能求速,所以在 927 之前她像一个女人通常那样琢磨着:她想点上蜡烛,但又担心他误会,于是退而求其次("不是……但是比较"),关掉了顶灯,这样可以使厨房的光线柔和一<u>些</u>,从而营造出某种氛围。

行文中还有四处是有关完美性的,同样深含寓意:

(192) 1124 都挺<u>破</u>的,快塌了。

(193) 2093 等它们到你手里时已是相当<u>破旧</u>了。

(194) 528 分析破坏<u>完整性</u>。

(195) 529 有些事物,有魔力的事物,就是得保持<u>完整性</u>。

第一句是小镇人质疑金凯拍摄廊桥的意义:"怎么会真有人要这些桥的照片?"弗朗西丝卡被冷落在乡下不也是这样吗?有谁欣赏她的美、关心她的存在价值?而谁要是去关注她就会招来非议,就像眼下的廊桥一样。

第二句所指的相机,其实就是金凯本人,是创造美的工具,如同他这个人一样,他把它们留给她,跟她最后把自己的骨灰留给他一样——人来自尘土,归于尘土,有价值,但只是这个期间创造的价值、吟唱的歌声;在外人眼里,自己只是过程的载体、代理和工具;但对于相爱的人来说,不管最后以什么样的形式出现,都有敝帚自珍的心理。

后两句在行文中是连在一起的:是说她对他产生吸引力时的总印象,说不出缘由,也不便说明。这符合前面有关分析时源自金凯的评价成分,毕竟他是艺术家。

不过,金凯代表的是艺术创作的一般原则,而非批评者的分析方法。事实上,传统文学批评的一种基本指导思想是否和创作原则混同了?我们已经看到,缺乏结合文本的分析,就可能是雾里看花甚至天马行空。化学把纷繁的世界切分成 100 多种基本元素,并没有影响我们看待整体世界的方式,反而使我们对整体看得更真切;生物学把活体分析到细胞,使我们更加明确地了解到有机体的工作原理和生存方式。当然,金凯对弗朗西丝卡的整体印象与笔者说的情况有所不同,但作为一种基本观点,应该具有普遍意义:我们对"有些事物""有魔力的事物"的理解,如原子弹、氢弹,并不会因为拆解性分析而失去"完整性"。

(196) 44 他的作品表现出<u>精美绝伦</u>的专业修养。

原文是 In his work he was a *consummate* professional,斜体成分在《新牛津英语大词典》中的解释很有意思:通过性交使(婚姻或关系)完整。联系 310 两人共同创造了第三个个体,44 说的情况,可能指通过两人的结合使他们都变得完整了,而他在牧场为她拍的那张绝照就是成就她的最好证明,其照其人都是他的杰作。

完美性是一种平衡;《廊桥遗梦》还有三组和平衡有关的构成成分。第一组平衡性体现在得体性(appropriateness)上面:完美的东西必定符合得体性原则,但满足得体性条件者不一定完美,彼此有交叉关系。例如,

(197) 330 她头发是黑的,身材丰满而有活力,<u>套在牛仔裤里正合适</u>。

该句的前一个小句在上文中已经分析过了,但需要跟后一小句提到的情形配合:牛仔裤配她丰满的身材"正合适",不大不小,也不存在局部松紧问题。这就是衣着大小方面的得体性,但并不是说这样的裤子谁都适合,也不是说她的身材完美无缺,事实上原文说她生过孩子臀部有点大,肚子有点圆。但毋庸置疑,她的穿着实现了一种平衡。下面是其他相关成分及其所在陈述,情形大致相当。

(198) 975 乳房还很结实好看,<u>不太大不太小</u>

(199) 672 显然一切都已落位,而且一向都是<u>各就其位</u>的(金凯整理自己的行头)

(200) 1521 <u>一切事物都各就各位,每一件事物都有它的位置</u>(世界的组织化现象)

(201) 2281 罗伯特比我更了解我们两人怎样是<u>天造地设的一对</u>

(202) 2431 那天光线照在水上<u>恰到好处</u>

(203) 2447 我每天都在那上头花工夫,直到开始<u>对头</u>了(卡明斯谱曲)

(204) 2109 我想不出来更<u>恰当</u>的说法(指他对自己的评价:我心已蒙上了灰尘)

(205) 2120 <u>说得好</u>,很接近我有时的感觉(罗伯特·华伦的一句话:一个被上帝遗弃的世界)

第二组是关于有序性的。例如,行文中有四处提到了世界在管理方面的"组织化"问题,都是有序平衡,也是金凯对这种存在方式的批评(违背判断态度中的恰当性原则),同时表明了他的不满情绪。

其实,这对金凯来说是一种两难处境:一方面他对这个世界的高度组织化多有诟病,但他自己做事的风格又总是井井有条:

(206) 645 一排排胶卷,像木材一样<u>齐齐码着</u>

(207) 1021 那张纸<u>整整齐齐</u>地别在桥上

(208) 1294 他的头发还是湿的,梳得<u>整整齐齐</u>,中分印。

(209) 1388 她望着他梳得<u>整齐</u>的分头的银发,看它怎样披到领子上。

这是个人习惯,但这种习惯已经成为社会组织的常规准则。这一点可能在相当程度上是受科学化思潮影响造成的。在西方思想史上,从古希腊以数学为基础的美学体系开始,到康德、黑格尔、罗素这样的思想家,把理想性、完美性和精确性确立为一种基本的美学准则,这是一种客观主义立场。殊不知,这种绝对性并非事物本身之属性,而是人同外界互动而获得的一种认识。其实,人是生活在从理想到

情感两个极端之间的,理想化只是一种情况。但随着计算机进入人们的日常生活,一切组织管理就在相当程度上被数字化、程序化了,即金凯说的高度组织化。金凯的生活与工作方式容不得多少散漫成分,否则,长时间在野外作业的计划就很难实现。例如,他如果不把胶卷准备充足,飞了好几千甚至上万英里之后才发现胶卷不够而当地根本没有他想要的型号,损失可想而知。所以他必须严谨、细心。此外,每到一处拍摄完毕他都要尽快把胶卷寄到编辑部,"看看他相机的快门是否运行正常"(句1657)。这样的职业习惯自然会影响他的生活方式。

但是另一方面,社会的高度组织化管理又给包含艺术和科学内涵的杂志带来了约束,成为金凯难以适应的根本原因——他面临的管理模式是一种外化了的思维方式,外加大众化的市场需求。

一些和"整齐"有关的描述出现在以下语境中:
(210) 1588 那有血有肉的形象铭刻在她脑海中,清晰得一如她边缘整齐的摄影。
(211) 2026 她买回来一个皮面白纸本,于是开始用整齐的手写体在这些白纸上记下她同他恋爱的详情和对他的思念。
(212) 2160 那是轻柔的互相缠绕,而不是这个充斥着准确性的世界上所惯见的那种齐整的交织。
(213) 1523 规章制度,法律,社会惯例
(214) 1524 等级森严的权力机构,控制范围,长期计划,预算
(215) 1525 公司的权力,我们信赖"布德啤酒"

后面三句是引发性的,即通过这样的叙述方式再现理想化的惯例体制。其中1588和2026是有关弗朗西丝卡的;2160是叙述者的;1523-1525是金凯对世事发表的看法。这里有恰当性判断批评,也有消极满意情绪。

第三组跟平衡的和谐性有关:
(216) 50 这是与他对自己在这个世界上的地位的看法一致的
(217) 1613 那美妙的,驯服的圣火
(218) 820 这里面总有一种冷酷无情的矛盾
(219) 1157 他的作风与他说的完全矛盾
(220) 1345 女人看不出二者之间有什么矛盾,男人们却认为是矛盾的
(221) 2275 事情就是这样矛盾:如果没有罗伯特·金凯,我可能不一定能在农场待这么多年。

前两例是积极性的。显然,这样的平衡性具有很高的抽象特点。前两句是叙述者的视角(句50、51),余下的是弗朗西丝卡的。

鉴赏性构成范畴的第二个子范畴是复杂性。例如,
(222) 873 (叶芝的诗) 简洁精练

这是一个典型实例,原文是 economy,汉译恰到好处地再现了原文表达的意

思,说到了叶芝的诗歌在组织上的构成特点,它至少没有枝蔓,包括大家熟悉的《驶向拜占庭》(Sailing to Byzantium)、《因纳斯弗里岛》(The Lake Isle of Innisfree)、《凯尔特的薄暮》(The Celtic Twilight)等。

仅就"简单"一词而言,文本中前后出现了 6 次:对象包括"照片"、"印刷体字"、两性交往的实质、理查德对性生活的要求程度、"饭食"、洗澡之时饮酒的行为;还有一个意思相当的成分"简朴"(plain kitchen,1499)。下面是其他两个同类成分及其相关语境:

(223) 123 这个地方有一种特别朴实无华的美

(224) 124 这里的景物特别迎合他的几何线条艺术的口味

前者原文是 austere beauty,简单到了极致,朴素得没有任何装饰成分,几近光秃;后者原文是 minimalist,最简化状态。又如,

(225) 1626 一种声音,细微的,含意不清的声音从她口里发出

(226) 1735 一个充满混沌不清的宇宙,这样明确的事只出现一次

(227) 2056 那直截了当的法律语言,那准确的用词使她愤怒

第一句的"细微"(small)有"简"意:声带发声分贝高时的情形,跟发声时声带接触的空间狭小有关。最后一句"直截了当"(straightforward)说明处理问题的简单方式。而 1735 和 2056 中的"明确"(certainty)和"准确"(precision)均含简单明了特点。

与此相对的是复杂性,描述对象包括人们对两性交往实质的误识、金凯戴的那块"手表"以及金凯与前妻没有孩子的离婚程序。这里还包括复杂性的抽象义:

(228) 194 一位摄影师……额外花时间教给他一些深奥的摄影艺术

(229) 1626 一种声音,细微的,含意不清的声音从她口里发出

(230) 1735 一个充满混沌不清的宇宙,这样明确的事只出现一次

(231) 2100 我怀疑有多少男人曾做过这样艰难的事

其中 1735 一句在后文的 1928 中重复一次;第二句"含意不清"(unintelligible)有晦涩意,所以有难以理解的特征;第三句"混沌不清"(a universe of ambiguity)也是一种让人无法直接看明的状况。

显然,这些成分中有的接近中心主旨,但大部分都是边缘性的。同样,这些边缘性成分并非不重要。事实上,它们同样大大提升了文本评价意义的丰满性,也为情感中心提供了必要的辅助信息。

12.4.2 估值性成分的文体价值

这是鉴赏态度的第三个范畴,是说话人确定某物是否有价值的一项评价指标。它也涉及称名和内容两个方面。让我们从行文中一个典型的估值成分开始。

(232) 520 但是真正重要的是从生活中来的理解力和激情,是能感人也能感动的细致的心灵

这个句子中的有关成分两个方面都包含了:"重要"是称名,后面的两个成分是该重要性的具体内容。文本中还有三个"重要"(important)成分:

(233) 526 为什么,这不<u>重要</u>

(234) 1095 把工作做完吧,那才是<u>重要的</u>

(235) 865 草场和牧场的区别似乎对他那么<u>重要</u>

三个句子代表跟金凯有关的三个生活领域:情感(句 528)、职业(句 1095)、日常生活(句 865)。第一句指他看她脱靴子时的本能反应,这是叙述者转述的金凯对弗朗西丝卡说的话;后两句都是从弗朗西丝卡投射而来的:前一句是电话里她跟他说的,尽管言不由衷;后一句是她心里嘀咕的内容。

接下来,我们按照情感、职业、日常生活三个方面来分类讨论。先看包含情感或/和判断特征的估值成分,它们基本上都是内容而非称名性的。注意,这里说跟情感或/和判断义有关,指有的成分间接表达情感特征,还有的只是为情感服务,本身不带情感因素。

(236) 29 我以下要讲的故事的依据是:<u>弗朗西丝卡·约翰逊的日记</u>

这是文本开始部分叙述者介绍的有关故事来源的话。故事在相当程度上跟弗朗西丝卡的"日记"有关,所以"日记"的价值在整个情节中占据核心地位,因为它们"记下[了]她同他恋爱的详情和对他的思念"(句 2026)。文本中还有两个"日记"字样出现(句 16 和 39),却缺乏估值特征,即缺乏 29 那样的元话语地位(元话语:引导文本进程的说明性文字),只是众多信息来源之一。与 29 不同的是,"他们认为这个不寻常的故事还是<u>值得讲出来的</u>"(句 24)和"那<u>些</u>在故事中<u>占一席之地的</u>场所"(句 28)中加下划线的成分也是元话语。

(237) 61 <u>伟大</u>的激情和<u>肉麻的</u>温情之间的分界线究竟在哪里,我无法确定。

这是叙述者在引导读者进入情感戏之前的说明性文字,目的在于让人们先放弃怀疑而读故事,这样就会有"能跳舞的天地"(第 64—65 句)。这里有三个估值成分: great, passion 和 mawkishness;前两者都是褒扬性的, passion 在文本中隐含了意愿特征——彼此对对方的强烈需要;第三个成分是贬抑性的,指一种夸大或虚假的伤感情绪——这里是作为一种事物加以概念化的,所以属于鉴赏范畴,即一种缺乏真情的消极估值意义;同时含有行为因素,是装出来的,所以也带消极恰当性。

(238) 285 信封里面是<u>他的手的动作</u>

睹物思人:看着金凯留给她的遗书,他的手曾经接触过信纸,如同信封里面同时装着他的那些行为一般(the movement of his hands),这对弗朗西丝卡来说是无价的情感宝藏,所以她每年生日都会拿出来细细品味。这里除了积极估值意义,还有意愿特征。下面的成分及相应语境均隐含意愿情感:

(239) 901 <u>想要挣脱</u>一切教养,几世纪的文化锤炼出来的礼仪,文明人的严格的规矩

(240) 378 力量是无穷的(必须传宗接代)

(241) 2442 我一定要把那力量,那段爱情<u>演奏</u>出来
(242) 1595 爱她是<u>精神上</u>的
(243) 1596 但是她爱他是<u>精神上</u>的

　　第一句中的三个成分指的是伦理道德规范,它们对于维系一个社会的正常运转来说是必须的、有价值的,所以归入估值范围;但与之对立的是潜在生理和情感需要,是隐含的意愿特征。第二句是弗朗西丝卡见到金凯时产生的"必须传宗接代"(句377)的潜意识,当然这里说的只是结果,回避了方式和过程。第三句是卡明斯受男女主人公相互吸引的"力量"和"爱情"(愉悦性)影响而产生的想法。随后两句说的是彼此对对方的精神需求。

(244) 2433 她一定是个<u>人物</u>,一位了不起的女士

　　该句的背景前文已经介绍过了,其中"人物"的原文是 something,某个东西,根据上下文,这个成分指某种具有非常价值的人物。

　　以下两句中的相关成分本身可以作隐性意愿成分看:

(245) 779 那是她有一次忽然心血来潮,隐隐地希望在乡村生活中有点<u>浪漫情调</u>而买的。
(246) 961 他是指的<u>浪漫情调</u>(没有冒犯她的意思,而是为了给她宽心)

　　"浪漫情调"(romance)指跟爱情有关的激动情感和神秘心理;在相应的语境中,前者似乎倾向于意愿义,后者是给她宽心的话,更多的是愉悦特征。

(247) 1581 慢慢地它再次成为她的<u>现实</u>,是她值得活下去的唯一的<u>现实</u>

　　这里的"现实"(reality)是她正在品味的二十二年前和金凯厮守的情景。这一点体现了前面提到的现在主义思想:过去通过记忆成为现实的一部分,这样就能解释几十年前的过去如何成为现实,时间跟空间通过长时记忆获得现实意义,这正是沃勒的零度空间概念在这里的体现。如果没有这种思想而遵循传统认识——过去的时空如同身后远离而去的脚印和里程,就无法从理论上解释 1581,更无法从逻辑上说明男女主人公分手之后何以能够维系一种永恒的思念(积极意愿)和苦甜掺杂的愉悦心理(积极与消极愉悦性)。当然,我们不能苛求作者只提出了"零度空间"这个概念而没有解释其理论原理、更没有认识到时空一体性及其"零度时间"一类的思想。1581 与 1514 相对:

(248) 1514 他是<u>实在</u>的,比她所知道的任何事物都<u>实在</u>

后者说的"实在"指彼此零距离相处的那一瞬间的感受。

(249) 2282 我想我只是随着时间的推移才逐步理解这<u>意义</u>的(他们是绝配)
(250) 2307 那几天中<u>值得注意的一切</u>(金凯的过去)

　　这两个句子也是弗朗西丝卡的回忆内容,是她通过理性思考对过去的现在的重新梳理;其实,整个故事的核心部分都是通过记忆(直接回忆或外化日记)呈现到

弗朗西丝卡 65 岁生日当下的①。

(251) 304 虽然在我们相会之前谁也不知道对方的存在，但是在我们浑然不觉之中有一种无意识的注定的<u>缘分</u>在轻轻地吟唱，保证我们一定会走到一起。

(252) 305 就像两只孤雁在神力的召唤下飞越一片又一片广袤的草原，多少年来，整个一生的时间，我们一直都在互相朝对方走去。

前者的原文是 certainty。但如果采用全息论和时空一体性的现在主义思想，是可以从理论上做出说明的②。句 305 的原文是 celestial reckoning，这种说法带有宗教性质；不过，无论哪种真正意义上的宗教，都没有鼓励跨越伦理界限的神力佑助，要说用宗教理论来解释他们的行为和情感发展的话，那也只能是魔鬼撒旦化身为蛇引诱男女双方偷食禁果的又一案例。希腊神话在男女关系上更多的倒是赞赏美而不是伦理恪守③，但远非 celestial。所以，这句话最好作为一种类推理解。

(253) 1618 她从自己身上挣脱出来的那种冲天的<u>自由感</u>

这在上下文中有些隐晦：之前是她感觉自己如脱缰之马把持不住自己情感的状态，之后是对金凯心理的描写，这一句话多少显得有些不着边际。"自由感"可能指陷于情感纠葛中的弗朗西丝卡仍然有理智和责任意识，从而使自己保持清醒，最终做出理性选择。

以下描写的是两人情感顶峰之前弗朗西丝卡的心理，是通过叙述者转述出来的：

(254) 1347 <u>性爱是一种细致的感情，一种艺术</u>

下面这些成分除了基本的估值意义，还有潜在的批判（恰当性判断）和消极满意特征——是针对整个农场环境里的生活方式和生活水平的，尤其是自己的丈夫。

(255) 978 <u>理查德对性生活不动感情</u>

(256) 1341 为什么缺少<u>亲密的关系</u>、<u>没有性爱</u>？

(257) 1346 这里面是容不下<u>诗意</u>或者任何含蓄细致的<u>情调</u>的

(258) 1318 这里拒<u>自由</u>于外的屏障是什么

(259) 1674 他根本不理解什么<u>魔力</u>、<u>激情</u>以及其他<u>我们谈过的，经历过的一切</u>

(260) 1715 <u>没有浪漫情调，没有性爱，没有在厨房里烛光中的翩翩起舞，也没有对一个懂得情爱的男人的奇妙的感受</u>

---

① 从此时的解读角度说，隐含作者则将故事呈现到笔者当下，笔者通过从过去的经历中获得的经验知识，来解读弗朗西丝卡的体验，从而丰富笔者的感情生活，并成为自己生活阅历的一部分。

② 如此，则需要加入另一维度，即思维本身的特点：人的大脑似乎具有捕捉未来信息的功能，传统上一向称为直觉或第六感知。我们在生活中多有体会，只是科学还没有发展到可以支撑这一朴素的直觉认识阶段。

③ 如《伊利亚特》因海伦有违伦理的易夫行为而受审，但众人因其倾城之美而改变态度；当然这并非说希腊神话中缺乏伦理因素：《俄狄浦斯王》展示的前因后果可说明问题，但与《旧约》、佛教甚至伊斯兰教对待此类行为的残忍惩罚相去甚远。

这很像劳伦斯的母亲的生活状况;甚或说《廊桥遗梦》是从不同角度对劳伦斯母亲一类女性角色的叙事演绎?

下面的叙述也有多重态度意义:

(261) 1133 理查德的妻子和一个长头发的陌生人在一起,可是<u>大新闻</u>

句 1133 后面一个小句原文是 that was news,指一种引发性的非常态义;而"新闻"(news)本身在口头表达中需要重读,指有价值的东西。

前面讨论的是跟情感有关的估值成分;下面转向跟两人职业有关的相关成分及其局部语境。在《廊桥遗梦》中跟弗朗西丝卡有关的有两个,其余的都跟金凯有关。先看下面的情况。

(262) 44 他的作品表现出精美绝伦的<u>专业修养</u>

(263) 745 我总是设法把它们变成某种<u>反映我个人的意识、我的精神的东西</u>,我设法从形象中找到诗

(264) 2414 他懂魔力,搞爵士音乐的也都懂魔力

句 44 是称名性质的,估值成分"专业修养"之前的构成成分"精美绝伦"确定了"修养"的顶级层次。不过,仅凭这一句,读者无法得知究竟是一个什么样的水平,而 745 给予了回应性答案:个人参与互动。这的确是一种高境界,一种一流水平之下的人达不到的认识水准和手上功夫,所以他的朋友卡明斯评价他时说出了 2414 这样的话。

不仅如此,金凯还有更高的追求境界:

(265) 1555 我正努力拍摄一些好照片,在我变得<u>完全过时</u>,或是<u>造成严重损害</u>之前退出生命

这也是作品何以能"精美绝伦"的保障,是最高境界,创作者带有强烈的使命感和责任意识。这是通过前后对比体现出来的。由此再现了金凯的职业品格。事实上,《廊桥遗梦》给读者塑造的金凯形象的确是一个有思想境界、有艺术追求的摄影家:

(266) 223 他从来没有为战地摄影的所谓<u>荣耀和浪漫</u>吸引住

因为那些血腥的场景里一个接一个的同胞(可能是新兵)因恐惧而呼喊母亲和上帝的名字,这是让人撕心裂肺的惨痛记忆,金凯可能因准确把握了士兵们的上述心理和神态而获得专业荣誉,但他又如何高兴得起来?高层次艺术家的工作基础是情感:除了个人情感,还有同胞情、民族情、人类情、甚至生态情。金凯就是这样一位艺术家(回忆他在工作之后让自然景物回复原样的举动)。

金凯这种高境界的专业素养在文本的其他地方是有回应的:

(267) 87 他……记下将来有可能<u>值得</u>再来的地点

这是叙述者对金凯旅行途中的所见所闻而做出的一句全知叙述,它点明了金凯作为一名专业摄影人员的基本素质。这一点也体现在金凯工作的思维方式上:

(268) 1066 这是农村风味的<u>保守</u>的作品,但是很好,很<u>扎实</u>

这至少说明金凯艺术追求的一个风格侧面：朴实。这在之前的行文中也有体现，如前文提到：当他经过北达科他州"那光秃秃的平原"时，对那"特别朴实无华的美他几次驻足……拍摄了一些农家房屋的黑白照片"(句123)。值得注意的是，1066这个句子中有一个转折成分"但是"，结合"保守"一词，说明这不是金凯作品的基本格调。

　　金凯的职业水平还体现在以下各成分及相关语境中：

(269) 197 如果光线好，你总可以找到可拍摄的物件的。

(270) 1062 当好镜头来到时，他是知道的

(271) 1657 看看他相机的快门是否运行正常

(272) (现在进入紧张阶段)1040(他)抓出已经装好感光速度更快的胶卷的相机

(273) 1065 一早晨的工作是有成绩的

(274) 1167 除非谈严肃的事，他总是不知说什么好

(275) 1170 作为一名专业人员，这对他很好，但是从他的思想方法来说，这种性格在一个弗朗西丝卡这样的女人面前对他并不利

　　其中，前两句是他的认识水平；第三句是他的工作方式；第四句回应1062；第五句1065是在跟第四句相同的情境下(包括罗斯曼桥和猪背桥两处拍摄)任务完成后的感觉，这也是只有经验丰富、真正了解自己工作价值的专业人士才会有的。

　　而金凯的成长经历、收入状况和对待器材的方式等，也能说明他在艺术上获得成就的必然性以及专业水平的一流性。

(276) 176 老师们看了他的智商，跟他谈成就

(277) 177 智商测验不是判断人的能力的好办法，因为这些测验都没有说明魔法的作用，而魔法就其本身和作为逻辑的补充都有自己的重要性

(278) 192 他发现了自己的业务专长

(279) 215 他用那笔钱买了一套上好的照相器材

(280) 1198 这些他随随便便摆弄的昂贵的器材

　　句176是他在小学时老师看到了他的潜力，否则不会跟他谈什么将来的发展问题；177体现的是他的叛逆精神：他对老师的智商检测不以为然，认为老师们不懂"魔法"，这既有几分趣味，也显示出金凯的人生潜力；192是他部队里的摄影老师认识他的慧眼；215的背景是：他卖掉了父母留给他的房子，那是他们一生节俭度日购下的，所以他心里有些酸楚，可见215这样的决定必定是在金凯充分认识到自己行为的价值以后才做出的；1198中的"昂贵"说明摄影器材不易获得，金凯随随便便对待他们，只能暗示他的熟练程度(见前文)。总之，所有这些成分及其语境均从侧面说明了金凯的专业水平，所以有下面这样的自我评价，而且是当着弗朗西丝卡的面说出来的：

(281) 543 但是报酬不错，不算特别优厚，可是相当不错，而且稳定。

《廊桥遗梦》还有三个积极估值成分,但都是引发性的。一是"摄影文章"(句32):叙述者从金凯的摄影文章中寻找有关金凯的职业信息,因此"摄影文章"就成为很有价值的信息来源。二是"教师执照"(句560):弗朗西丝卡给金凯介绍自己过去的教师身份;三是"文学素材":金凯随意讲出来的东西在她眼里的价值,她毕竟是文学专业毕业的,多少有些敏感性。

文本中还有两组跟职业有关的估值成分是和整个相关句子陈述的消极态度联系在一起的。一组与社会的现状有关:

(282) 757 市场比任何东西都更能扼杀艺术激情

(283) 1540 为旅游者留下的余地不多了

(284) 1533 人类操纵这些机器,但这不需要勇气和力量,以及任何我刚才说的那些特质

(285) 1537 我们正在放弃自由驰骋的天地

(286) 1539 失去了自由驰骋的天地,牛仔就消失了,与此同时山上的狮子和大灰狼也消失了

(287) 1542 我的职业给了我某种自由驰骋的天地,是当今能得到的最大的天地了

(288) 2160 而不是这个充斥着准确性的世界上

这一组成分及其语境在文本中具有重要地位,因为这是金凯世界观的一部分(对比前一章)。这些成分同时具有非恰当性判断意义和消极满意情感。

另一组跟过分市场化的管理方式有关:

(289) 751 而市场……是按平均口味设计的

(290) 758 对很多人来说,那是一个以安全为重的世界

(291) 759 他们要安全,杂志和制造商给他们以安全,给他们以同一性……不要人家对他们提出异议

(292) 760 利润、订数及其他这类玩意儿统治艺术

(293) 1538 效率、效益还有其他种种头脑里想出来的花样

(294) 2016 我们的读者要显示摄影技巧的照片(杂志编辑的话)

两组成分同上一章讨论的非恰当性呼应,只是这里侧重于对象的"事物"性质,所以为估值鉴赏而非恰当判断。这些成分均同时含有判断和情感因素。

最后来看有关生活方面的估值成分,也不在少数。

(295) 603(我不吃肉,已多年了)不是什么大不了的事

(296) 697 这个季节还不算太坏,我可以在小店里的路边小摊上买到新鲜货

注意后一句:蔬菜就成了金凯的主食。但蔬菜受季节限制,夏天这个季节倒不错,有"新鲜货"。如果说前一句跟增进男女主人公的情感多少有些关系的话,后一句则是局部中的局部,无关宏旨,顶多能给弗朗西丝卡一个留他吃饭的机会,所以之前她对他说:

(297) 693 不过餐厅一定会让你失望

译文"失望"是一个动词,应该属于情感中的消极满意范畴;但原文是 The restaurants will be a *disappointment*,失望是一个名词,代指某一事物,故为鉴赏类,指让人失望而无价值的东西。

行文中有一组成分是弗朗西丝卡对当地人及氛围的估值:

(298) 578 这些大部分都是真的

(299) 583 这里人有很多优点,我敬重他们的品质

(300) 884 此地是孩子成长的好地方

(301) 885 可这是大人成长的好地方吗?

(302) 772 使音乐沉默、把梦关在盒子里

(303) 1132 千万不能低估小镇传递小消息的电传效应

前两句是两人刚认识时她说的话,指当地人的优点;后两句是叙述者间接转述的,是周一晚上两人出去散步时出现的。772 说的是当地人缺乏艺术生活情趣。1132 则纯粹是小镇人的劣习。所以,在早理查德对她说:

(304) 265 衣阿华人有各种弱点……

这几个估值成分中有的含积极特征,也有的含消极意义,为情感主题做对比和垫底之用。

(305) 878 然而他们受对诗歌的偏见的影响太深了,把诗看作是英雄气短的产物

此句说当地学生的情形,但行为中提到叶芝本人也有类似局限。

(306) 141 有个伴多好,一个女人

这是金凯在认识弗朗西丝卡之前常年在外奔波时的想法,"好"是称名性的。

(307) 310 我们分手那一天我的说法更好:从我们两个人身上创造出了第三个人。

这是金凯离开衣阿华后写给弗朗西丝卡的信,倾诉衷肠,对自己先前的认识持肯定看法。

(308) 1241 不想让十几岁的孩子闯入她的私人地盘

(309) 1372 又有了能跳舞的天地

(310) 1564 她还有能再翩翩起舞的天地

三句都是针对弗朗西丝卡的:1241 是倒叙,说明她的生活习惯,尤其是不愿意孩子们使用她的专用浴室,那里是她的私人空间,也意味着不为家人所知的秘密或想法。后面两句是两人认识交往后她的欢愉心境。他们不仅于周二晚上在厨房跳了舞,也在心里跳舞;而心里的舞步伴随着她走完了整个后半生。

(311) 2146 对有些古老的风我至今不解,虽然我一直是,而且似乎永远是乘着这些风卷曲的脊梁而行。

2146 是一个让人觉得怪异的东西"古老的风",在这里多少有些隐晦不明,但"古老"肯定意味着价值,因为主体就是依赖这些"风"生存至今的。其实,这意味着

最原始的本性,与金凯回到零度空间、回到原始本真状态彼此呼应。

(312) 364 那梳子还是她离开故国时父亲给她的

(313) 1310 那农场……需要时时刻刻关心

这是有关弗朗西丝卡的:364指她离开意大利时父亲送她的礼物,自己远离故土,长年不见,睹物思人,弥足珍贵;后一句说的是那磨人的农场劳动,含消极满意特征。

估值成分的一大特点是直抒胸臆,点明相关人事的重要性;这跟行文中的反应和构成类成分揭示的写作风格是一致的。也许这是现实主义文本的又一大特点:毕竟,当代作品以尽量避免类似成分为己任。不过,这个归纳性议题还需要进一步证实。

12.5 总结

本章详细分析了《廊桥遗梦》中以男女主人公为评价对象的鉴赏性态度成分。这些成分仍以情爱发展为立足点,在分布上体现了两个重要的美学价值。一、围绕'反应性'构成中心-边缘分布模式——反应性内部又分中心-边缘关系;构成性和估值性与反应性相比处于边缘位置,但其内部也有中心-边缘之别。二、这些显性鉴赏成分都是围绕弗朗西丝卡和金凯的情感发生和发展而组织起来的,但它们自身几乎同时折射出隐含的情感或/和判断特征。

综观《廊桥遗梦》的情感、判断、鉴赏三类评价成分,它们以情爱为主旋律在内部和外部形成中心-边缘分布特点:情感中的意愿性和愉悦性成分中有一部分是整个文本的中心,其余的与满意和安全构成相应的边缘成分,尽管后两者自身也存在中心边缘之别;所有的判断意义以一部分能力性和可靠性成分为中心,其他的则与态势性、真诚性和恰当性一起构成边缘特点,后两者内部也存在中心-边缘层次;所有的判断成分都是为那一部分意愿和愉悦意义服务的。这样,《廊桥遗梦》的态度成分便分布成为一个以部分意愿和愉悦成分为核心、余下的所有态度成分为边缘性的辐射扩展模式;判断和鉴赏成分中的部分或全部同时隐含情感意义,从而构成一个对应对立的情感维度。

13 叙事方式：单声乎？多声乎？
——说话人介入话语过程的策略

"我不能到梅尼绍夫的牢房去看他吗？""不过,在聚会室里见面清净一点。"
"不,我觉得到牢房去有趣味。""您居然觉得这种事有趣味呢。"

——列夫·托尔斯泰《复活》①

13.1 引言

  介入指话语过程中涉及的声音来源。按照马丁的定义,对于介入涉及的语言资源,说话人或作者总会在相关文本中、根据受话对象的价值观确立一定的立场："只要受话人(或作者)开口讲话,他们都会在话语中融入自己的观点。"②具体而言,话语过程中的声音可能是单一的,也可能是多重的,而多重声音交替出现才是常态,更是文学文本的特点。这个观点最先是由巴赫金提上议事日程并进行阐述的：任何话语过程,即便是独白形式,也带有言语互动特点,都是对话或异质性的。在笔者看来,即便是艾米丽·迪金森在不与外界交往的情形下创作的大量诗歌文本,也是一种言语互动性质的社交事件。可见,这里的对话性须从宽泛意义上来加以理解,因为其发生过程总会以隐含读者或受话人为条件,会在话语中注入否定或肯定、期待某种回应或异议、寻求支持等等因素③。其实,这就是语用学研究的蕴涵现象,即潜在于命题或提议之中的相关背景信息;只是这样的背景信息是说话人根据具体情况设定的。

  介入分两大范畴：收缩与扩展。收缩指话语过程凸显说话人陈述的事实或有

---

 ① 列夫·托尔斯泰：《复活》,汝龙译,北京：人民文学出版社,2003年,第230页。

 ② Michael Stubbs,"Towards a Modal Grammar of English: a Matter of Prolonged Fieldwork". In Michael Stubbs(ed.). *Text and Corpus Analysis*. Oxford: Blackwell, 1996, p.97. 转引自 Jim Martin and Peter White, *The Language of Evaluation: Appraisal in English*. Hampshire and New York: Palgrave Macmillan, 2005, p.92.

 ③ V. N. Voloshinov, *Marxism and the Philosophy of Language*, *Bakhtinian Thought—an Introductory Reader*. London: Routledge. 见 Jim Martin and Peter White, *The Language of Evaluation: Appraisal in English*. Hampshire and New York: Palgrave Macmillan, 2005, pp.92-93. 这里姑且从迪金森的两首小诗中各引一阕,以为佐证：(一)"请允许我,是你的夏季,/当夏天的日子已经飞离！/你的音乐依然,当北国的夜莺/和黄鹂——已悄无声息！"(二)"苍天不能保守秘密/把它告诉了青山/青山,只告诉果园/果园告诉黄水仙。"注意其中加点的成分(讨论详见下文)。

效性的命题或提议,不含其他现实或潜在的对立观点,包括否定、对立、认同、断言和引证五个子范畴。扩展指话语本身暗示了其他可能性:要么不能把话说满了,留有余地(接纳范畴);要么引用他人的观点,一时无法看出说话人是赞同还是反对(宣称);要么与说话人的观点相悖(疏离)。

我们将会看到,《廊桥遗梦》中的'扩展'叙述方式有整体叙述,同时存在大量局部体现,这一点以'宣称'为主、'接纳'次之;而'收缩'往往局限于命题范围,以'否定'和'对立'为主、'认同'和'断言'次之,但均可能跨越单一句子,延伸到多个命题;而一个简单命题中不可能出现'引证',因为它在复句范围内发生;此外,相当一部分'断言'可能跨越多个句子、甚至多个段落。从整体上说,《廊桥遗梦》中绝大部分介入成分,不管是宏观的还是微观的,都是以叙述者甚至隐含作者的观点为主导、围绕人物(尤其是男女主人公)的基本立场展开的,从而指向情爱主旨以及角色之间的相互关系,即权势性;这就为分散于文本中的各类介入成分确立了分布类型及其美学价值。事实上,介入就意味着多声部,而多声部就意味着权势性、博弈互动。

综观整个《廊桥遗梦》的介入成分,收缩部分 1113 个,扩展 848 个,它们各有特点,但扩展部分往往统摄收缩部分。下面仍然以范畴为依据,以男女主人公情感发展为立足点,做系统的对比分析。

13.2 '收缩'成分

介入的收缩类范畴在对话性的前提下,排斥其他可能的声音或观点、确立说话人或作者的立场,其介入话语过程的标记性十分突出;其对话性在于,相关收缩操作以另一种声音为前提:否定蕴涵着肯定、对立蕴涵着转折、认同蕴涵着差异、申明蕴涵着自信、引证蕴涵着他为己用;其共同特点是命题操作的确定性。

13.2.1 命题框架内的'否认'成分的文体价值

否认指一种把某些对话可能性直接剔除或取代掉,对其可能性做出抵牾、挑战、颠覆或弃置处理。它有两个子范畴:否定与对立。这一介入方式的排他性最为突出。文本过程出现否认现象时就蕴涵了其相反相对方面的先行存在,从而构成一种动态平衡关系(见第 9 章)。在文本过程中,否认表达可以让读者不断调整阅读期待,从而获得丰富的阅读变换体验,避免叙述的直白性。其实,这个观点在亚里士多德讨论范畴和命题时就出现了,但直到两千多年后才获得应有的理论地位与详述,让我们看到了它特有的美学价值。

先看'否定'在分布上的美学特点。否定从对话的角度说是将一个不同的立场引入话语过程。但有趣的是,它不是一种与积极性的简单逻辑对立,而可能包含肯定方面(但肯定并非包含否定方面;见亚里士多德《论阐释》),指向一种跟别的立场相反相对的观点,让读者或听话人随作者或说话人一道进入一种对反立场。

(1) 13 毕竟这故事是属于他们的,<u>不</u>是我的。

后一小句实际上是前一小句的详述,但这不是一种简单重复,而是揭示叙述者明确介入话语过程、申明"我"跟"故事"之间的非属有关系的,从而间接肯定"我"的应有角色,把故事尽可能"准确地叙述"出来(句 27)。且看下面的例子。

(2) 767 现实并<u>不</u>像这支歌开头那样,但是这是一支<u>不</u>坏的歌。

这个句子的前一小句说明"现实"跟"这支歌"开头唱的不是一回事,从而把某种可能性从"现实"中排除出去;但后一命题通过否定的否定,间接认定"现实"的积极一面。这样的否定现象叫做隐性否定,由此确立的级差意义至少在中值或中值以上的范围内(见第 14 章)。

在所有叙事文本中,否定极其常见,以确立相关命题或提议的范围。这不仅体现了叙述者或人物的观点,也把读者引向相关方向,为文学话语的解读确立基调,影响读者的世界观:经典叙事文本如此,现代和后现代文本更是这样。

不过,否定在很大程度上是针对命题或提议本身的,往往只在局部语境中发挥作用,一般不涉及长距离控制,即一个否定成分针对的是当前或邻近相关命题/提议,一般不跨越多个命题/提议连续而直接发挥作用。当然,这并不是说:前面出现了否定命题,在意义上对后面的命题不发生关联或产生影响,这是就否定的直接管辖范围而言的。

在《廊桥遗梦》中,否定涉及的范围也是基本主题导向的。明确地说,跟金凯有关的否定,包括金凯言语行为中出现的否定和叙述者陈述的、跟金凯相关的否定,涉及范围相对分散;跟弗朗西丝卡有关的则更多地集中在两人的交往上。这一点跟态度成分涉及的范围基本一致。下面先看和金凯有关的否定命题,然后是弗朗西丝卡,最后是其他人物。

跟金凯相关的否定命题全文 140 余个,但跟两人情爱交往有关的只有 55 个,约占总数的 40%;其他的则不相关。

(3) 298 我简直<u>不</u>清楚我从衣阿华是怎么回到这里来的。

(4) 299 这辆旧卡车好歹把我驮了回来,但是我几乎完全<u>想不起来</u>中间经过的路程。

这是金凯表白自己从麦迪逊县返回前后的心理状态的——痛苦至极。这跟两人的情感相关,而且程度强烈,与他前往麦迪逊县的情形形成鲜明对比。

(5) 304 在我们相会之前谁也<u>不</u>知道对方的存在

(6) 308 回想起来,好像这是必然——<u>不</u>可能是另一样——这种情况我称之为极少可能中的高概率。

这里也存在对比性,其中的否定修辞包含了显而易见的肯定特征:现在知道对方存在、偶然遇上你却是一种必然,深含辩证观。

(7) 482"我<u>不</u>知道尊姓大名,"他说。

(8) 524 她善解人意,这他看得出来,她也有激情,不过他还说不上这激情究竟导向何方,或者是否有任何方向。

相识好几个小时后金凯才明白自己还不知道对方的名字,说明他对事业用心专一,无暇旁顾;回到现实世界后,才意识到常规交往缺失一环,才把注意力转移到眼前这位风韵独具、魅力非凡的陌生异性身上。

(9) 526 为什么,这不重要。

此处的"这"指他对她的感觉,是他事后向她坦言的,间接引语,但同样是金凯直接介入话语过程。

(10) 527 这不是他对待生活的态度。

这是金凯写给弗朗西丝卡的信,说明自己离开她之后心灰意冷的生活态度,也是间接引语。

(11) 588 他一时间没说什么。

(12) 590 旧梦是好梦,没有实现,但是我很高兴我有过这些梦。

588 的上文是"这不是我少女时梦想的地方",是弗朗西丝卡向他坦诚倾诉的,他沉稳老练,一时没有表态。而 590 的否定成分"没"与弗朗西丝卡的否定成分"不"作用相当:你的梦没有实现,我的也没有,同病相怜,间接宽慰。

(13) 2299 我们两人都不是独立于那个生命之外的,而那个生命已被放出去到处游荡。

金凯认为他们两人因为真爱而共同创造了第三个个体:两人现在只是有形的生物体,精神由情爱融合一处,获得了自由,游离而去,并随他后半生到处游走。可见,"那个生命"容纳了两个单一的个体,尤其是精神,与化蝶说的情形十分相似。

显然,在这些跟两人交往相关的否定命题中,有的比较直接,如 2299;有的只是沾边,如 482 和 527。相对集中的是在原文 1225 到 2117 之间,即两人相识当晚一起做晚饭的交流过程,到金凯从西雅图发给弗朗西丝卡的信之间的时段。下面是其他相关实例,被否定的因素同时出现在文本中,从而形成明确的对比对立关系。

(14) 1637 不是为旅行摄影,而是为爱你。

(15) 2110 在你之后一个也没有,我并没有要发誓要保持独身,只是不感兴趣

(16) 2132 一切哲学推理都不能阻止我要你,每天,每时,每刻,在我头脑深处是时间残忍的悲号,那永不能与你相聚的时间

这三句中的否定成分都是表达金凯对弗朗西丝卡的极度积极情感的:1637 是通过选择关系体现的;2110 从没有别的女人来说明他对她的兴趣的唯一性;2132 前一命题是否定之否定,后一小句说明时间带给分离的痛苦。

(17) 2064 如果找不到您,就予销毁

(18) 2093 我没有别人可以留交

两句是他写给她的遗书内容:前者本来是给代理律师的:如果找不到弗朗西

丝卡,金凯转托给她的遗物应予销毁;后一句换一个角度说明她在他心里的唯一性。两句均间接表达自己对弗朗西丝卡的真挚情感。

(19) 1647 套上你昨晚穿的牛仔裤和圆领衫还有那双凉鞋,不要别的

在金凯的专业眼光里,简单朴素最能体现她的美,所以"不要别的",尤其是装饰品;从行文中几次提到那张照片的情形看,1647 从一个侧面反映了金凯的专业水平。

(20) 1225 不得到你的允许我绝不会把这些照片用在任何地方

(21) 1694 如果你不喜欢大路上的生活

(22) 1758 你如果想见我,千万别犹豫

(23) 1398 不愿出任何足以引起玛吉怀疑的声响

(24) 1759 这样你的电话账单上就不会显示出来

(25) 2091 我把宝押在这个包裹不会扰乱你生活

(26) 1963 他再也没有来过信

这一组命题表明他对她的体谅、理解和尊重:第一、二句是尊重她的意愿;第三句意指随时准备满足她的情感需要;随后四句体现金凯善解人意的素质,以避免给她造成不必要的麻烦。可见,否定成分在相关情感表达中发挥着举足轻重的作用,从而使相关命题发挥应有的效力。

还有一些不相关,且看数例。金凯总是离群索居,他希望有一条狗;但在认识弗朗西丝卡之前他并没有养狗,因为他长期外出,无法照顾,所以,

(27) 91 这对狗来说太不公平。

对家里人来说情况相当,所以,

(28) 716 她受不了我这样长期外出拍照,一走就是几个月。我不怪她。

716 的第一个命题再现了金凯前妻对他的态度;最后一个小句是金凯自己承担责任的否定介入。91 和 716 其实是一致的,只是对象不同:金凯没有养狗,就像他跟他前妻结婚一年后就分手一样,始终是孤身一人;联系他认识弗朗西丝卡以后的情形,他有了爱,便在后来的生活中养了狗;他先去,狗孤独无依,弗朗西丝卡寡居晚岁。

(29) 97 罗伯特·金凯真是名符其实的孑然一身——他是独生子。父母双亡,有几个远亲久已互相失去联系,没有亲密的朋友。

其实,97 最后一个命题前的部分均含否定特征:没有兄弟姐妹、没有父母、没有可交往的亲戚!所以,

(30) 100 除此之外,没有什么他熟悉的人,人们也不熟悉他。

100 句首"除此之外"中的"此"指几家有业务往来的杂志社;这跟后面两个命题的否定范围构成一种对照关系。可见,97 和 100 把金凯的交往范围限制在一个非常狭小的天地内,这跟他从小就喜欢独处的性格并不冲突,所以他能进行深入的哲学思考(如第九章"从零度空间落下")。

(31) 602 我不吃肉，已多年了。

只吃蔬菜意味着环保；如果对比一下麦迪逊县那些农场上的人常年吃肉的习惯相比，读者就能看出金凯其人的品位，这一点对弗朗西丝卡认识金凯无疑意义重大：金凯具有超凡脱俗的操行，与自己情趣相投。因此，虽然 602 无关主旨，但其作用不可忽视。

与上述 40% 的比例相比较，源自弗朗西丝卡的否定成分及命题多出了 15 个百分点，占总数 170 余个的 55%。例如，

(32) 253 她在理查德面前决不会这样穿法，他不会赞许的。

(33) 254 说实在的，在遇到罗伯特·金凯之前她什么时候也不会这样穿法。

253 跟 250 形成对比，因为她穿的上衣比较暴露（250"她的圆领衫绷紧处两个奶头轮廓鲜明"），由此体现理查德和金凯在弗朗西丝卡心中的不同位置，是她对待两个男人的不同情感取向。

(34) 493 她什么也没做，什么也没说，但是自己觉得好像是做了，说了。

(35) 811 她对尼可洛只字未提。

前一句的原文是 She hadn't done anything or said anything, but she felt as if she had：她想多了解一些有关罗伯特·金凯的事，随即又脸红心跳。这里反思原因：否定成分有开脱责任的作用。后一句指她在谈论自己的过去时回避了初恋（"尼可洛"是男友名字），这是她长期的家庭生活定势导致的。

(36) 883 诗人在这里是不受欢迎的。

(37) 1251 当地男人没有穿凉鞋的。

当地人不欢迎诗人，但金凯是一位诗人！这说明，对于麦迪逊县的人来说，金凯是不受欢迎的，而弗朗西丝卡的文学气质在这里自然亦无生存空间，这种逻辑关系正是亚里士多德说的修辞三段论；1251 是针对金凯说的，由此形成对照。

(38) 896 两只盛白兰地的玻璃杯倒扣着放在碗柜深处，像那瓶白兰地一样从来没有用过。

该句具有暗示性：两人隐秘的内心（"碗柜深处"）第一次向对方真正敞开（"从来没有用过"）；以此暗示先前双方生活的浮萍性质。

(39) 1674 他根本不理解什么魔力、激情以及其他我们谈过的、经历过的一切，他也永远不会理解。

这里拿丈夫同金凯相比。两句均揭示了外乡客金凯同当地人（包括理查德）思想观念上的差异：穿凉鞋虽然只是行为，但体现的是一种思想风尚（对比弗朗西丝卡晚年时期当地人的穿着和观念变化）。对比 1251 与 1674，两个男人显然属于完全不同的类型。

理查德去世后她试图寻找金凯的下落；结果总是令人失望：

(40) 1991 一九七五年之后她再也没在杂志上看见过他。1992 他的署名也不见了。1993 她每一期都找遍了，可是找不到。

(41) 2005 登记名单上没有。2006 她试打西雅图,也没有……2008 她请他们查一查本市指南,他们查了,也没这个人。

两句之中带上了连续的否定成分,这种重复有增强效果:弗朗西丝卡从失落到失望到最后绝望的过程。

下面的 2275 中两个否定成分构成一种条件－结果关系;2330 是通过否定别的女人可能的体验来陪衬自己体验过的境界高度。

(42) 2275 如果没有罗伯特·金凯,我可能不一定能在农场呆这么多年。

(43) 2330 罗伯特·金凯教给了我生为女儿身是怎么回事,这种经历很少有女人,甚至没有任何一个女人体验过。(few women, maybe none, will ever experience)

与金凯的相关否定命题相比,跟弗朗西丝卡有关的否定意义大都集中在两人的交往上,跟情爱更密切,远不像源自金凯的那些成分及命题那样分散、和两人情爱无关。这跟两人的经历和兴趣点不同,跟各类态度成分的分布模式基本一致。

(44) 339 她希望没有邻居这么早开拖拉机出来

(45) 340 不过她并不在乎邻居以及他们怎么想

这是一对矛盾现象:一方面她担心邻居看见自己跟金凯在一起,另一方面说她并不担心,反映了弗朗西丝卡犹豫不决的心理。

(46) 1208 我为什么不能简单地说一句"不谢"?

(47) 1210 我在他面前有点迟钝,但是这不是由于他的所为,是我自己,不是他

(48) 1211 我就是不习惯和他这样思想敏捷的人在一起

这三句点明了一个女人受到异性吸引时的非自信心理,失去了她在一般男人面前高人一等的感觉。

(49) 1577 她必须克制自己不去回忆

(50) 1582 她无法想象金凯已经七十五岁

(51) 1583 不能想,不堪设想,甚至连设想一下本身也不能设想

晚年的她仍然受不了思念金凯的痛苦,所以采取回避办法。她认识他时他才五十多一点;虽然此后不时在杂志上看到他,毕竟是影像;现在他七十五岁,但只是一个推定的数字,无法跟实际状况发生关联。

(52) 1596 她爱他是精神上的,绝不是俗套

(53) 1602 她没有预料到他这种奇妙的力气

(54) 1646 她还想再要他,永无止境

(55) 1765 理查德不是罗伯特的对手

两人如胶似漆,但并无低级趣味,是他的神奇魅力所致,因此她对他欲望无限。四句均以否定形式来肯定某种积极因素。注意最后一句通过理查德来反衬金凯处理问题的能力,可能包括决斗一类的社会行为,而这也是金凯的魅力。

(56) 1768 别走,罗伯特·金凯

(57) 1780 她说<u>不</u>出话来，不过摇摇头表示<u>不</u>要

(58) 1814 她<u>不</u>认为她能管住自己

双方被迫分手时的绝望心情：1768 是她的想法；1780 是她的无奈（不让他给自己邮寄照片）；1814 则是后悔心理，设想情感会再一次越过理智的藩篱。

(59) 1923 可是我<u>不</u>能走

(60) 1925 为什么我<u>不</u>能走

(61) 1959 理查德死之前，她从来没有设法给金凯打过电话

前两句再次体现了她的内心矛盾，她在理智和情感之间挣扎；当然，正如她自己想到的，她有某种超越金凯之上的东西，所以在金凯离开后、丈夫去世前，她一直靠理智生活在麦迪逊县的农场上。而这些都是靠否定成分来对相关命题进行操作的。

其他和弗朗西丝卡相关的否定成分及命题有：

(62) 582 在镇上，你可以<u>不</u>锁车，随便让孩子到处跑，也<u>不</u>必担心。

(63) 1258 她对酒<u>没</u>有经验，向售货员要好葡萄酒。1259 售货员也<u>不</u>比她多懂多少，这没关系。

前一句说小镇环境安全，民风淳朴；后一句是她准备买酒跟金凯同吃晚饭、为过二人世界做准备的，但跟基本主旨距离太远。

《廊桥遗梦》还有一些由其他角色介入的否定评价成分。首先是纯粹由叙事者介入的情况，如例(1)；这样的成分全文一共 19 个，涉及两人交往的命题如：

(64) 931 他们两人都沉默<u>不</u>语

(65) 934 还是挺热的，<u>没</u>有风

(66) 1493 <u>没</u>有一丝风，玉米在成长

(67) 1509 向哪个方向也没移动多少

(68) 1771 两人都<u>不</u>说话

(69) 1792 两人谁也<u>不</u>移步

注意 934 和 1493，"风"在这里有象征意义，而"玉米"可能象征男性生殖器，因为"热"可能指欲火中烧。

其次是女导演针对金凯说的，金凯具有无限魅力，这正好表明否定成分包含的肯定信息，或者说这里的否定方式做到了对言语对象的高度肯定。

(70) 148 <u>没</u>人比得上你，连相近的也<u>没</u>有。150 我<u>不</u>够好不配把它引出来，够<u>不</u>着它。

那谁配呢？这是伏笔，与弗朗西丝卡登场形成对比。

(71) 151 你似乎曾经住在一个我们任何人连做梦也做不到的隐秘的地方……
　　　 153 如果我和你在一起时<u>不</u>挣扎着控制自己，我再也恢复<u>不</u>过来。

这两句揭示金凯性格中显性与隐性的一面，这和那些一眼可以望到底的角色形成对立平衡；弗朗西丝卡在理智和情感中抗争，是一种动态的心理平衡过程。

然后是弗朗西丝卡的朋友与她的内心世界的距离:
(72) 263 他们绝不会理解她,他们也不会理解。

迈可和卡洛琳介入的否定命题几乎都跟男女主人公中的一人或二人有关,以母亲为主,例如:

(73) 2186(这座桥)与约翰逊一家从来没有什么特殊关联,为什么她不依惯例要求葬在他们父亲的墓旁。

(74) 2345 我从来没有见过她这样子。

(75) 2346 这不是照相的美

第一句是儿女的看法:母亲不应该选择火葬,并把骨灰撒在罗斯曼桥附近;第二句是对母亲那张特殊照片的评价;第三句指照片上的母亲形象。

跟理查德有关的有5个句子,例如:

(76) 1951 我真不知你为什么舍不得这张旧桌子(对妻子的责备)

(77) 2290 我很抱歉我没能给你(临终对妻子的告白)

朋友卡明斯介入的否定陈述大都和金凯或金凯使用的器材有关,一共11个。例如:

(78) 2432 从来没提过那女的姓什么,也没说过这事发生在哪儿(指金凯)

(79) 2455 我把那号吹出从来没有过的声音(卡明斯因受感动而创作)

还有一些,包括编辑部、代理律师、邻居、金凯父母、模特女友、前妻等,但数量不多,大都跟金凯有关。

显然,否定对于命题来说很重要,它们是协助确定命题性质、范围及价值走向的标记成分。行文中的否定成分及相关命题,连同接纳与级差成分,构成一个从完全否定到否定之否定的肯定连续体:231 从未(到过衣阿华)/91 不(公平)→100 没有什么(他熟悉的人)/2330 很少(有女人体验过)→598 不太(麻烦)/632 不大(合适)→767 不坏(的歌)→927 不是十全十美/543 不算特别优厚→1559 没有丝毫低级趣味/265 绝不缺乏爱心/1722 不能摆脱责任。可见,命题或提议虽然以肯定或否定(归一度)为基本立足点,但操作结果可能使命题意义落在从否定到肯定的整个连续体上。这一点揭示了叙述者或介入者从直接到间接确立自己立场的方式,体现了相关角色微妙的评价动机。

接下去我们看否认范畴中的'对立'子范畴。这一点主要针对那些与当前命题相对抗的现象,所以与期待相左。'对立'成分的分布模式跟'否定'相当,也可以从二人的情爱角度着眼。作为一个相对独立的范畴,它既可发生在句内,也可在句间;前者在《廊桥遗梦》中有215个,后者100个。这比以句内为基本特点的'否定'范畴在话语延伸范围上要宽泛一些。例如:

(80) 8 他讲话很谨慎,对故事内容守口如瓶,只说他和卡洛琳愿意到衣阿华来同我面谈。9 他们竟然准备为此费这么大劲,倒引起了我的好奇心,尽管我一向对这类献故事的事抱怀疑态度。

句9中由"尽管"引导的小句(*in spite of* my skepticism about such offers)具有后补性质,跟第一个小句"他们竟然……"构成转折关系,这是句内;但"竟然"("出乎意料或常情常理")是接句8的,使两个命题产生逻辑上的衔接纽带。不过,这里是就译文说的,这个意思隐藏在原文中:That they are prepared to make such an effort intrigues me. 就这个例子而言,汉语体现了明确化、具体化的创造性过程。在下面的行文中有确定的"但是"(but)成分:

(81) 61 伟大的激情和肉麻的温情之间的分界线究竟在哪里,我无法确定。62 <u>但是</u>我们往往倾向于对前者的可能性嗤之以鼻,给真挚的深情贴上故作多情的标签。

在《廊桥遗梦》中,以金凯为介入主体的对立成分 114 个,围绕两人交往交流的仅 38 个,占总数的 33%。前面例(3—4)中的"简直""但是"都是。下面是其他一些典型实例。

(82) 402 他看了她一眼,<u>仅仅</u>是一瞥,微微一笑,问道向哪边走。
(83) 523 <u>可是</u>弗朗西丝卡·约翰逊身上确实有足以吸引他的东西。
(84) 1167 <u>除非</u>谈严肃的事,他总是不知说什么好。
(85) 1629 <u>终于</u>,他明白了一切……1630 <u>终于</u>,终于……1634 <u>终于</u>!
(86) 2115 这一比喻太浅露了,不够文学味儿,<u>可</u>这大致就是我的感受。
(87) 2126 <u>相反</u>,我有感激之情,因为我至少找到了你。
(88) 309 于是我现在内心里装着另外一个人到处走。310 <u>不过</u>我觉得我们分手那一天我的说法更好:从我们两个人身上创造出了第三个人。

有三分之二的对立成分跟两人情爱无关。例如:

(89) 44 他的作品表现出精美绝伦的专业修养。45 <u>然而</u>他把自己看成是一种在一个日益醉心于组织化的世界中正在被淘汰的稀有雄性动物。

高水平的"专业修养"意味着在社会群体中的高地位,这是 44 潜在的意义指向;45 却转向另一个方向:被"淘汰"的对象。这种反差对比暗示了金凯性格中某种与当下格格不入的东西,他明白了自己的归宿。这是句间关系。又如:

(90) 130 他花了一下午时间巡视希宾,觉得不喜欢那个地方,<u>尽管</u>这里出了个鲍勃·齐默曼—迪伦。

这是句内的。有趣的是,44 的重点在"然而"之后的命题上;而 130 的重点是"尽管"之前的那个否定命题,即金凯对希宾的印象,这里也有对立特征:按理,出了齐默曼—迪伦的地方就应该很有意思。

以弗朗西丝卡为介入主体的对立成分 156 个,围绕两人交往交流的竟达 100 个,约占总数的三分之二,比跟金凯相关的情爱成分多出三分之一。例如:

(91) 259 迈可竭力劝她去佛罗里达,卡洛琳要她去新英兰。260 <u>但是</u>她留在了南衣阿华的丘陵之中这片土地上,为了一个特殊的原因保留着老地址。

这个"特殊的原因"就是期待,系间接相关。又如:

(92) 440 点烟只需一刹那间,但这时间已足够使她感觉到他手的温暖的手背上细小的汗毛。

她有意接近他:两个对比项是:短时间与感知他的汗毛,后者似乎意味着通常需要更多的时间。叙述者要的就是这个解读的张力效果。

下面是其他相关实例,跟两人的情爱关系有的直接紧密,有的则间接疏远:

(93) 586 这句话已存了多年,但是从来没有说出来过。(现实生活与早年预期有差异)

(94) 693 不过餐厅一定会让你失望,特别是对你这种吃饭习惯的人。

(95) 1583 不能想,不堪设想,甚至连设想一下本身也不能设想。

(96) 1908 自从罗伯特·金凯上星期五从她身边离去后,她才意识到,不管她原来自以为对他多么一往情深,她还是大大低估了自己的感情。

(97) 2316 我要求你们把他看作我们的亲人,不论这一开始对你们有多困难。

(98) 2322 在我这方面,我当然绝不以同罗伯特·金凯在一起为耻。2323 恰恰相反,这些年来我一直爱着他爱得要命,虽然由于我自己的原因,我只有过一次设法同他联系。

还有三分之一是跟两人情爱无关的对立关系。例如:

(99) 1675 这不一定说明他是次一等的人。1676 只不过这一切离他毕生感受过的或想过的太远了。

(100) 2213 虽然我现在还感觉良好,但是我觉得这是我安排后事的时候了(如人们常说的那样)。

"虽然……但是"在同一结构关系内相互对应,一起构成一个完整的结构成分。这里似乎有点超常,其实她是希望孩子们能够了解自己的过去,尤其重要的是要能接受金凯。

此外,纯粹叙事者介入的对立命题 12 个,如前面的句 9(例 80)。出自女导演的 4 个,例如:

(101) 148 你是最好的,罗伯特,没人比得上你,连相近的也没有。

(102) 152 你使我害怕,尽管你对我很温柔。

"连……也"是一个结构,只算一次。这是从先前的另一个女人的口里说出来的。这样的信息有为后文做比较的价值。

来自金凯父母的 3 个,如:

(103) 181 我知道他是我的儿子,但我有时有一种感觉好像他不是从我和我丈夫身上来的,而是来自另外一个他经常想回去的地方。

源自卡明斯 11 个,跟否定类一样,大都与金凯有关,如:

(104) 2479 有点儿什么特别的因缘,我说不上来,反正我吹那曲子的时候眼睛总是离不开那照片。

迈可与卡洛琳 6 个;理查德 1 个;其他 8 个。

可见,具有对立关系的命题可以在同一个句子之内,也可能在不同句子之间,由此向篇章的方向迈出了一步。这些成分以人物为主,以两人情爱交往为中心,逐渐向间接相关、甚至不相关的方向过渡,从而构成一种原型分布模式。但不相关的命题或提议又反过来支撑相关部分,彼此对立而相得益彰。

13.2.2 '公告'成分的文体价值

公告与否认相对,它们不再是直接摈弃或否决一个对立的观点,而是在进行性话语中对其他的可能性进行范围限制。它包括认同、断言和引证三个子范畴。下面对这些成分的美学特征逐一讨论分析。

一是'认同'成分的分布。认同现象至少涉及两个命题,往往跨越单一句子走向句群,明确说话人对他人或先前的命题或观点作赞同或确认陈述。《廊桥遗梦》的'认同'成分 235 个,围绕金凯和弗朗西丝卡的分别是 82 个和 104 个,而跟两人情爱交往有关的又分别为 28 个和 58 个,各占 28/82≈34% 和 58/104≈40%。与'否定'和'对立'成分的分布模式相比,两者反而分别有所上升和下降。

以金凯为立足点、以两人情爱交流与发展为着眼点的认同成分及其命题,同样有中心—边缘之分。例如,

(105) 386"如果你愿意的话,我可以领你去。"……391 <u>显然</u>,他对她的自告奋勇有点意外。

386"<u>显然</u>(吃了一惊)"(*obviously* (taken aback))是一个典型的认同性介入成分。《新牛津英语大词典》的相关解释是:easily perceived or understood; clear, self-evident, or apparent(很容易被观察到或理解;明确、自明或清晰可见)。这一叙述方式排除了其他可能性(注意 391 的"意外(吃了一惊)"在译文中加了一个柔化性的级差成分"有点")。

(106) 902 他试图想点别的事:摄影、道路或者廊桥,想什么都行。903 就是别想现在她是什么样。904 但是他失败了,但是<u>还是</u>在想触摸她的皮肤会是什么感觉,两个肚皮碰在一起会是什么感觉。

(107) 1161 然后他<u>又</u>进入她体内,一边爱着她,一边在她耳边悄悄说些温情的话

902 比 523(前文例 83)进了一步:此时不只是弗朗西丝卡吸引他,他也在克制着自己的本能欲望,却又无能为力,相关成分在原文中为 again,表明这不是第一次;1161 用的同样是 again,表达相似的过程。显然,两个相关命题都是对先前当事人有关行为的肯定回应,而两人的情感发展由 902-904 的幻想发展到了 1161 的具体行为,是质的飞跃,更是极致。可见,认同性介入是对先期想法或行为的认可,以此减少认同成分辖域内其他可能的声音。

下面是其他相关成分及陈述:

(108) 1462 她很高兴他注意到了她的腿。他<u>的确</u>注意到了。

(109) 1464 他<u>本来</u>可以早点退出这一切,现在还可以撤。

(110) 1501 她感到有点尴尬,他<u>也</u>是。

(111) 1770 他打开司机的门,把脚放在踏板上,然后又挪下来<u>再次</u>搂抱她几分钟。

(112) 1795 他关上了门,开动引擎,在他向左转到大路上时<u>又</u>哭了。

(113) 2121 我有一次观察过一只加拿大鹅,它的伴侣被猎人杀死了。2122 <u>你知道</u>这种鹅的伴侣是从一而终的。

留意 1464 的英文是 could have walked out of this,"本来"的意思是通过时态体现出来的;而 2122 的认同意义是通过"你知道"(you know)确立的,对方是否真的知道则是一个问号,往往也无需在意,但这种叙述技巧的确能够达到引导对方认同的目的,可以拉近距离、维系既有关系。

与两人情爱无关的认同实例如下:

(114) 81 <u>其他</u>东西如果忘了带,他都可以在路上买。

(115) 740 "你制作照片,而不是拍摄照片?" 741 "是的,<u>至少</u>我是这样想……"

前一句中"其他"回应前文提到的、他已经带上的东西,包括摄影器材。后一句的肯定回答之后,"至少"可收缩命题的覆盖范围,既表明金凯确保陈述的真实性和可靠性,也是一种心迹。741 虽然在两人交往范围内,却跟情爱无关。

围绕弗朗西丝卡的认同成分情况又如何呢? 先看一例。

(116) 289 她拿出一个牛皮纸信封来,用手慢慢在上面拂拭,年年此日她<u>都这么做的</u>。

原文是 She took out a manila-envelope and brushed her hand across it slowly, as she *did each year* on this day,这里对比关系明确,但比中有同: did each year 说明今年今天的做法跟以往多年相同,是回应认同,以此揭示弗朗西丝卡对金凯持久的深情,能年复一年,直至油尽灯枯。289 是对 20 多年前自己跟金凯交往的回忆,也是对金凯本人的回忆,跟两人的情爱交往相关。这在下面一句中有更明确的体现:

(117) 333 沿着记忆的长河,她<u>也</u>能清晰地看见他。

下面是其他相关实例,有的关系紧密,有的相对疏远:

(118) 626 他很——<u>又</u>是这个词——坚硬。

(119) 782 菜正炖着时,弗朗西丝卡<u>再次</u>坐到他对面。

(120) 975 乳房<u>还</u>很结实好看,不太大不太小。

(121) 1194 也许他更像豹而不像羚羊。1195 <u>是的,豹,就是它</u>。

(122) 1233 不过有一次在绕过一个弯道时她觉得她看见了他的车灯,在一英里之外。

(123) 1567 现在他已完全陷进她的怀抱,她<u>也</u>是一样。

(124) 2222 <u>正如你们已经发现的</u>,他名叫罗伯特·金凯。

这里有频度上的回应认同,也有时间先后的对比认同;其他的还有识别对象的认同。无关情爱者,且看一例:

(125) 这里的人的确善良。

原文是通过一个主观特征成分体现的:The people are *real* nice,但相关命题与两人情爱无涉;要说有关,也只是维系两人交流现状的,或者以此衬托她对乡下生活的看法。

对比围绕金凯和弗朗西丝卡的情爱认同成分,前者的相对出现频次高出相关'否定'和'对立'成分,主要是金凯在两人交往中处于相对被动地位,他的回应性认同有所增加;而有关弗朗西丝卡的情爱成分相对降低,因为她占主动的时候多一些,因而可能涉及两人关系之外的人和事。例如,

(126) 1681 罗伯特,认真地说,你已经拥有了我了。1682 我原来不想让人拥有,也不需要,我知道这也不是你的意图,但是事已如此。1683 我现在并不是在草地上坐你身旁,而是在你的身体内,属于你,心甘情愿当一个囚徒。1684 他回答说:"我不能肯定你是在我体内,或者我是在你体内,或者我拥有你。1685 至少我并不想拥有你……"

其中,1685 是对 1682 的回应,"至少"排除了金凯"拥有"弗朗西丝卡的可能性。

(127) 1171"我想看你制作照片,你管它叫'拍'。"1172－1173"你马上就会看见的,而且你会发现这相当枯燥。至少其他人一般都这样认为……"

1171 的第一小句是弗朗西丝卡说的,直接主动;1173 是金凯对 1172 的修正性回应,以确保自己的看法站得住脚,多少给人某种斟酌、迟疑、不定的感觉。

叙述者直接介入文本过程的认同性命题 18 个,涉及范围较广,前面例(1)"毕竟"就是。又如,

(128) 29 除了迈可和卡洛琳的帮助之外,我以下要讲的故事的依据是

前文实例均系对先前命题的认同认可,此句为随后出现的诸多命题开启可能性,有悬念。

(129) 2031 风气有所开放,长头发不再惹人注目了,不过男人穿凉鞋的还是少见,诗人也很少。

原文用了一个 still 统摄跟"凉鞋"和"诗人"相关的两句话。该例认同的是否定性命题,前文尚未出现过。这里说到小镇风气跟二十多年前相比有所改变,表明她和金凯的穿戴行为有超前性,系局部小情趣。

此外,兄妹二人、理查德、卡明斯及其他角色的认同成分分别是 7 个、7 个、10 个和 7 个,但这 30 来个成分跟两人情爱事件关系不大。兹各举一例。

(130) 2339 哦,迈可,想想他们两人这么多年来这样要死要活地互相渴望。

(131) 2290 弗朗西丝卡,我知道你也有过自己的梦,我很抱歉我没能给你。

(132) 2470 我就给动物收容所打电话,可不是,"大路"就在那儿。

第一句相关认同成分的原文是 think of：这是一个提议，让对方"想想"，是在寻求认同、支持；这说明女儿已经理解母亲了，也希望哥哥做出积极回应。第二句是 I know 和 too，前者承认并认可对方的行为，后者回应别的可能性；"人之将死其言也善"，理查德临终前多少有些认命的意味。第三句是 sure enough，指向先前的猜想和预期，而见到"大路"就意味着找回了朋友，至少有某种程度的安慰意味。

总之，认同意义是对前文或后文相关命题或提议作积极或消极方面的认可或确认。肯定表达在英语中有 both…and, also, too, again, once more 等常见成分，在汉语中有"又""也""再一次""还""同样""的确"等；一致否定在英语中有 neither…nor 和 not…either 等，汉语中可能在相关成分之后出现"不"字等，如"也不"。这样的成分不仅有概念意义上的衔接作用，也具有人际性的介入特征——相关声音介入文本过程的直接性和回应作用。

可见，《廊桥遗梦》中认同成分的分布虽然与否定或对立大致相当，但也有自己的特点：跟金凯有关的情爱成分在数量上升高与跟弗朗西丝卡有关的成分相对减少，体现了女主人公控制交往过程的主动性和权势性，使金凯处于相对应承地位，涉及双方的微妙心理。

其次是'断言'和'引证'成分的分布。先看'断言'成分。断言成分在行文中相对较少，只有 53 个：跟金凯相关的 24 个，跟弗朗西丝卡有关的 13 个，纯粹叙事者 7 个，卡明斯 7 个，其他人 2 个。断言是相关角色直接出面陈述己见的介入方式，例如，

(133) 303 <u>现在很清楚</u>，我向你走去，你向我走来已经很久很久了。

原文相关部分是 *It's clear to me now* that…，其中 that 后面的内容是金凯引出来的。这个观点金凯明确，受话人弗朗西丝卡则不然，可见这里有很多金凯的主观认定因素和直接干预。

在金凯介入的断言命题中，有 7 个是详述性的：进一步阐述前文相关见解，例如，

(134) 746 杂志有它自己的风格的要求，我并不总是同意编辑的口味，<u>事实上</u>我不同意时居多。

"事实上"(in fact)引出的命题对之前"我"的立场作进一步说明，更具体。正是它断定了后面命题的内容，使说话人立场分明、直接、不容游移，体现了金凯艺高胆大的性格特点。因此，"事实上"同时具有经验性的逻辑－语义特征和排他性的人际介入意义。这个成分还可以换成 better yet：

(135) 651 为午后傍晚的廊桥，<u>或者更恰当地说</u>，为在温暖的红色晨光里的廊桥。

这里有调节性成分，意味着斟酌和揣摩，由此暗示了自己的低势地位。相近的表达方式还有：

(136) 1141 <u>我要说的是</u>我可能不该请你出来(*What I'm trying to say is that*)

(137) 742 这就是星期日业余摄影者和以此为生的人的区别(That's the difference)

(138) 1366 我想说,……你简直是光艳照人,照得人眼花缭乱晕头转向(I mean)

(139) 1545 我的论点是:统治另一个部落或另一个战士是一回事(My contention is that)

(140) 1636 我在此时来到这个星球上,就是为了这个,弗朗西丝卡(why I'm here)

(141) 1650 就在那里他给她照了这张她每年都翻出来看的照片(That's where)

(142) 1168 虽然他很有幽默感……但是他的思想本质上是严肃的,处事认真(fundamentally)

这些句子都是重述、做进一步说明的。它们之中有句内的,如 651 和 1168;但大都发生在句间,有时可能是好几个句子,如 1141 之前说的一大堆话,以免太直接而伤害弗朗西丝卡,打击她接近自己的积极性;当然,也有延后的,如 1366 和 1545;即便如此,它们也是续接前文的。注意,最后两例是间接引语。又如,

(143) 312 不论怎样,我们必须再见面,不管是何时何地(somehow)

(144) 1140 坦率地说,我对这里的人怎么想我完全不在乎(Frankly)

(145) 1735 我只有一件事要说,就这一件事,我以后再也不会对任何人说,我要你记住:在一个充满混沌不清的宇宙中,这样明确的事只能出现一次不论你活几生几世,以后永不会出现(I ask you to remember it)

(146) 2092 我实在无法忍受让这些相机躺在相机店的二手货橱窗里,或是转入陌生人之手(I just couldn't bear to think of)

(147) 1688 我们都丢掉了自己,创造出了另一样东西,这东西只能作为我俩的交织而存在(something that exists only as an interlacing of the two of us)

(148) 862 罗伯特·金凯指着上面说:"我把这叫做'反射'……"(I call that)

(149) 523 可是弗朗西丝卡·约翰逊身上确实有足以吸引他东西(did interest him)

最后一例在基本过程成分 interest(使人产生兴趣)前有一个锐化成分,加强叙事者对过程发展的认可,带有强烈的主观情绪。这里全是直接引语。下面一句是间接引语,但"她"不是弗朗西丝卡,而是他的前情人女导演:

(150) 150 但是她有一次确实说了一些使他萦绕于怀的话。(did)

相关成分 did 不仅直接体现了命题的肯定程度,还限制了其他可能性,所以收缩特点明显。这也能说明跟弗朗西丝卡有关的断言命题相对偏少的原因:金凯具有十足的男人气质,在认同方面偏于应承,在断言方面相对委婉,总给人以相对较

"硬"的口吻,至少比较直接、直率;而有关弗朗西丝卡的断言直接性不同的是:那是在两人关系进入实质阶段之后产生的,无心理距离。

(151) 347 说实在的,在遇到罗伯特·金凯之前她什么时候也不会这样穿法。
(152) 1397 这股热气进入她的手,传到她的胳膊,然后散到全身任意流动,到处通行无阻,她也的确丝毫没有想加以控制
(153) 1603 简直好像他占有了她的全部,一切的一切,让人害怕的正是这一点。
(154) 1681 罗伯特,认真地说,你已经拥有了我了。
(155) 1719 更坏的是他得从当地人的闲言碎语中度过余生

这里既有直接引语,也有间接引语。还有一句是她针对自己的丈夫的:
(156) 1317 可是他绝不是绝无仅有的,而且也绝不能责怪他。

但下面几句的语气相对强烈,因为涉及她和金凯关系的实质问题:
(157) 2247 相信我,我绝不是闲在那里没事找刺激,这种想法离我远了。
(158) 2316 我要求你们把他看作我们的亲人,不论这一开始对你们有多困难。
(159) 2322 在我这方面,我当然绝不以同罗伯特·金凯在一起为耻。

两相比较,弗朗西丝卡的成分仍然多于金凯:源自金凯的、跟两人交往有关的17个,而跟弗朗西丝卡有关的这一类成分均涉及两性交往,再一次体现了两人在生活阅历和认识范围上的错位差别。

叙述者介入文本过程的断言成分有7个。例如,
(160) 25 我当时就相信这一点,现在更加坚信不疑,他们的估计是正确的。

在这里,叙述者立场明确,没有摇摆,完全赞同迈可和卡洛琳的相关看法。
(161) 37 我确信我对实际发生的事已了解得差不多了。
(162) 55 有一点有意思的是,所有的社会保险部门和退伍军人机构寄给他的信都有他的笔迹写的"退回寄信人",给退了回去。
(163) 56 准备和写作这本书的过程改变了我的世界观,使我的思想方法发生变化,最重要的是,减少了我对人际可能达到的境界所抱有的愤世观。
(164) 1594 他就是一只动物,是一只优美,坚强、雄性的动物,表面上没有任何主宰她的行为,而事实上完完全全的主宰了她,此时此刻她所要的正是这样。
(165) 1814 说实在的,如果她见到他就很难管住自己。

跟金凯父母、朋友卡明斯和医生有关的还有9个,例如,
(166) 感谢你们对他的关心,我要再次努力鼓励他在学校表现好些(金凯父母)
(167) 2433 可是,说真格的! 罗伯特·金凯讲她的时候真是个诗人(朋友卡明斯)
(168) 2442 我一定要把那力量、那段爱情演奏出来(朋友卡明斯)

(169) 2467 那是在水边的一间旧屋子，说实在的就是个棚子(朋友卡明斯)
(170) 2180 事实上我们有点不明白(医生对弗朗西丝卡去世的疑惑)

"说真格的"原文是 man，这个口语性成分全文一共出现 4 次，都是卡明斯说的，其作用在于突出所述命题的主观性，协助体现自己对金凯及其生活方式的感慨与同情。

相比较而言，断言的出现往往有明确的元话语成分；认同具有同一特点，但不及断言突出；否定的元话语特点最弱；对立其次，但其经验逻辑性更明显。

收缩范畴的最后一个次类是'引证'，这在《廊桥遗梦》中较少，但也不是没有。例如，

(171) 2222 正如你们已经发现的，他名叫罗伯特·金凯。
(172) 64 不过，如果你在读下去的时候能如诗人柯尔律治所说，暂时收起你的不信，那么我敢肯定你会感受到与我同样的体验。
(173) 2119 罗伯特·潘·华伦用过一句话："一个似乎为上帝所遗弃的世界。"2120 说得好，很接近我有时的感觉。
(174) 1173 这相当枯燥，至少其他人一般都这样认为。
(175) 1571 托马斯·沃尔夫曾提到"古老的渴望的鬼魂"。1572 现在这鬼魂在弗朗西丝卡身体里，在他们俩的身体里蠢蠢欲动。

说话人用相关引述的部分说出自己的感受，抒发情绪，既可以获得同感效应，还能更准确地传递心声，或者说拿别人的话来阐发自己的想法，以此丰富相关内容，具有'构成性'功能(见前一章)。

至此，行文讨论了《廊桥遗梦》中收缩性介入现象的类别及其同男女主人公地位与性格的关系。显然，它们在理论上有一个共同特点，即通过否定、对立、认同、申明或/和引证诸方式，控制其他声音进入话语过程，突显说话人或写作者的立场，尽可能排除对立声音，从而获得命题或提议的确定性和明确性，限制或引导读者的价值选取方向和范围，体现人物的个体心理和角色地位。

13.3 '扩展'成分

下面讨论跟收缩相对的扩展成分，这些成分的作用在于让对话性话语过程对其他声音采取容忍态度，或者更直白地说是在相关陈述中隐含和包容别的可能性，进而使相关话语在总体上显得委婉、间接、相对不确定，由此明确体现互动话语的博弈特点。扩展有接纳、宣称和疏离三个子范畴；在《廊桥遗梦》中，疏离现象很少，不便多论；接纳现象数量大、涉及面广、也有特色，将给予更多笔墨。但为了全面说明相关问题，讨论将结合相关权势性和情态级差意义展开。

13.3.1 接纳成分与级差意义

接纳性措辞方式容许别的声音,这就是常言说的"说话是否留有余地"这一语用现象的理论归纳和范畴化。自然,此类现象有一个程度问题:有些话语允许别的声音可能性大,而有的相对较小。这就涉及相关成分的级差意义问题,下面将结合起来讨论(下一章将不再专设议题讨论这里将予论及的意态和相关聚焦现象)。例如,

(176) 91 但是他<u>经常</u>外出,多数是到国外,这对狗来说<u>太</u>不公平。

(177) 210 好好的新衣服给扔了,或者急急忙忙按照欧洲时装独裁者们的指令重新改过,这<u>在</u>他<u>看来太</u>傻了,他觉得拍摄了这些贬低了自己。

原文 But he was frequently away, overseas much of the time, and it would not be fair to the animal 比译文更明确,尤其是后面一个小句:would not(可能不)应该是一个中值偏低的可能性成分,而前一小句 frequently(经常)则是高值现象。210 使用了一个动词 seemed(似乎是),程度应该跟 would not 相当或更低。可见,在肯定和否定之间,有很长一个可以游移的区间。这个变化幅度既跟客观现象本身有关,但往往出于说话人的主观臆断:涉及说话人的性格、场合、话题、对象、动机等因素,从而给文本带来不同的审美效果。

这里涉及的三个成分,均体现了说话人介入话语的方式:说话是否绝对,给其他可能性预留的空间大小,而这样的话语过程还会间接体现人物性格:通常,男性选择两极的接纳成分几率多一些,女性向中间走的可能性大,从而体现角色的社会属性和心理因素,并在实际交往过程中产生不同的语用效果。

跟前面涉及的各类介入现象相仿,《廊桥遗梦》的接纳成分仍然是与弗朗西丝卡相关的多于跟金凯相关的,这一点不仅是绝对数量,也包括跟两人情爱相关的强弱程度。具体而言,《廊桥遗梦》全文的接纳成分共计 726 个,跟金凯和弗朗西丝卡相关的分别是 271 和 325 个,其中和情爱相关的又分别是 87 个(近 1/3)和 191 个(近 2/3)。跟金凯有关的接纳成分虽然绝对数量少,但涉及范围广;跟弗朗西丝卡相关的则以情爱或两人交往居多,范围相对窄得多。这一分布现象与前文诸多现象相类。先看跟金凯有关的情爱成分。这里当然排除金凯跟其他异性的交往内容,如他跟女导演的交往(如原文 143—160 句)。先看一例。

(178) 241 那里<u>看起来</u>很清凉,她正在喝着什么<u>看起来</u>更加清凉的东西。

"看起来"(looked)是直观印象,是他看到弗朗西丝卡的第一眼。此时两人还没有开始交往,但处于酷暑中的他无疑被她清凉闲逸的处境和状态吸引住了。且不说这里有什么暗示(见前文),但直观印象可以引导他,为情节的进一步发展提供了空间。从整个文本看,241 可以纳入金凯跟弗朗西丝卡的情爱交往范围,但边缘性突出。

(179) 311 <u>我想</u>是暂时迷路了。

(180) 400 我想您现在可以挤进来了

"我想"(I think)确立了作为陌生人的金凯寻求他人帮助时的扩展性介入方式；事实上，弗朗西丝卡的回答是："你已经很近了，那桥离这里只有两英里地。"所以，并没有迷路，至少方向是对的；可见，说话使用的元话语成分 I think 是如何礼貌地为对方的不同声音提供接纳空间和容忍性的。311 是金凯问路时说的话，400 是弗朗西丝卡主动提出带路时他为她整理副驾驶座位后说的。两句都还没有涉及性爱问题，却是两人交往的开始："我想"和"可以"都在级差连续体上的居中位置，语气委婉。

(181) 496 理查德是你的丈夫吧？

这是试探性询问：既寻求信息，也维系对话。这是一种修辞手段，不唐突，通过声调的方式来体现。显然，这比前面几种情况揭示的关系更近了一步，显得相对随意；否则，后面会使用"对吗？"(isn't it?)之类的附加问，更为客气。

(182) 501 如果没有什么不方便，我就要。

(183) 598 如果不太麻烦的话，我愿意。

前一句的原文是 If it's all right, I sure would，后面的小句中有两个接纳成分 sure 和 would，但 would 可以和 if 作为一个单一成分看待，这是类似结构关系的特点。sure 是口语成分，在较为正式的场合当用副词 surely；该成分表达的情态意义接近肯定极。注意条件关系，它是带有居中性质的一种接纳成分，因为条件可能不成立；不过，在这里的具体语境中，既然对方邀请，可能性显然比较大。但这个成分的作用可以把这种比较大的可能性拉回到中间状态，体现金凯说话的试探斟酌心理，为对方提供更多选择，即使已经发出了邀请。后一句语气相当，仍然谦和有度。

(184) 524 她善解人意，这他看得出来，她也有激情，不过他还说不上这激情究竟导向何方，或者是否有任何方向。

他们进了厨房，她为他准备茶水，他则开始观察她。原文用了两个 could 和一个 if...at all，都是居间性的，但后一个成分在否定成分的协作下，似乎有向否定极方向移动的不定口吻。此时金凯还拿不定眼前这个女人究竟好在哪里，从而引发他的好奇心。

(185) 592 我想我能理解你的感觉

这里再一次出现"我想"；如果换成"我敢肯定"，必然引起对方莫名其妙的唐突感；说话太满，棱角突出，缺乏修养，与她的文学心性相左。事实上，592 的上文，金凯还说了好几句话，是有关自己先前描述类似情景（即弗朗西丝卡对现状和环境的不满情绪）的诗句，能为"我想"垫底，使他的见解更为婉转、更能达到安慰她的目的。同样，如果他直接把那几句诗抬出来，就有显摆张扬之嫌，缺乏持重力度，压不住弗朗西丝卡一向清高自我的倨傲心理。因此，使用这种微妙的中性级差成分，可以从一个方面给弗朗西丝卡留下好印象。

(186) 675 我能做些什么？

五、《廊桥遗梦》文本分析

(187) 773 我还<u>能</u>做什么吗？

675 原文是 Can I do something? 金凯主动提出帮忙，措辞的礼貌程度高，很能显示他的低位态势，为对方的高势位感觉创造了条件。结合后文他在摄影过程中表现出来的高度灵活性、专业性、机敏性，两相对照，这种措辞方式可以为他赢得足够权重。773 跟 675 相当。

以上各例均发生在两人情爱交往的初始阶段，带有边缘性质，所以基本上是情态居中而偏弱的口吻。再看下面的例子。

(188) 1089 我接受邀请，不过<u>可能</u>要晚点

(189) 1093 完事<u>可能</u>要九点，然后还<u>要</u>洗一洗，到这儿<u>可能</u>要九点半到十点

(190) 1097 <u>如果</u>你愿意来看我拍照也很好，不<u>会</u>妨碍我的，我<u>可以</u>在大约五点半接你

认识后第二天早上，在完成罗斯曼桥和猪背桥的拍摄任务后，他才看到她邀请自己吃晚饭的纸条。他回到镇上之后给她去了两次电话：第一次是礼节性回话，并邀请她出来陪他去杉树桥拍照。三个例子中的六个成分都显示出他话语中的礼节性。

之后他在酒馆里听到周围的人议论他的长头发，领教了当地人的小市民习性，意识到自己邀请弗朗西丝卡一同外出可能带来的风险，所以他琢磨开了：

(191) 1129 <u>也许</u>他请弗朗西丝卡出来是犯了一个错误

于是，他给她打了第二个电话：

(192) 1139 <u>如果</u>你今晚跟我一块出来有问题，那就别勉强

(193) 1140 我晚些时候<u>会</u>到你这儿来的

(194) 1141 我<u>可能</u>不该请你出来，你无论如何<u>不必</u>勉强来，尽管我很<u>愿意</u>你跟我一起去

(195) 1148 我只是<u>想</u>我<u>应该</u>再核实一下

以上十多个成分表明他们之间仍有距离，彼此客气，所以说话的级差因素总是居中。

再看下面一组成分及相关命题，可谓截然相对。它们之间除了其他不相关的成分及命题，都跟金凯有关，是连续出现的（注意序号）。这是两人热恋之时分手前的谈话，情形与上面的大不相同。

(196) 1671 我就径直跟你丈夫谈，我<u>会</u>做到的

(197) 1678 <u>是不是</u>我们就让这一切付诸东流？

(198) 1684 我不<u>能</u>肯定你是在我体内

(199) 1686 我<u>想</u>我们两个都进入了另一个生命的体内

(200) 1689 天上人间爱<u>能</u>有多深就爱多深

(201) 1692 我们<u>可以</u>在大漠的沙堆里做爱

(202) 1693 我<u>要</u>带你去狮之国

(203) 1694 <u>如果</u>你不喜欢大路上的生活，那么我就<u>要</u>找个地方

411

跟前两组成分相比,这里的讲话方式就直接多了,虽然也有1678、1684和1686三个语气居中的成分,但总体上说来彼此之间不再有距离感,尤其是1671、1689、1693和1694。1671、1692、1693和1694的"就"在原文中都是will,表意愿,没有拐弯抹角。对比例子(186—195):各例中出现的接纳成分都是委婉间接的。

再看1678、1684、1686三句。1678是征询口吻,看是否有回旋余地;原文Are we going to let all of this go, then? 有潜在的质问或责备意味,但相对较弱。1684和1686是带有理性的哲学思索,语气委婉属于正常现象。

可见,跟处理两人关系问题的句子1671、1678、1689、1692、1693、1694都显得直接。这体现了两人越过道德底线以后的关系,彼此已经没有任何心理距离;而1686所说的第三个生命体,远远高出了常言说的、把对方当成自己的一部分这一类命题关涉的境界。

之后,他对她的语气基本上就是按照这个基调推进的。这在随后的行文中有更多体现。

(204) 2089 不知道你何时能收到此信,总是在我去世后

(205) 2091 我把宝押在这个包裹不会扰乱你的生活上

(206) 2092 我实在无法忍受让这些相机躺在相机店的二手货橱窗里,或是转入陌生人之手。

(207) 2093 等它们到你手里时将是相当破旧了

(208) 2099 我只知道在那个炎热的星期五从你的小巷开车出来是我一生中做过的最艰难的事,以后也绝不会再有。

(209) 2116 我常试图想象你可能在哪,可能在做什么

(210) 2121 我不能总是这样生活

(211) 2125 大多数时候我不是这种感觉

(212) 2127 我们本来也可能像一闪而过的两粒宇宙尘埃一样失之交臂

(213) 2132 我头脑深处是那永不可能与你相聚的时间

(214) 2133 我会永远爱你

(215) 2146 虽然我一直是,而且似乎永远是乘着这些风卷曲的脊梁而行

这些是金凯写给弗朗西丝卡的遗书中的句子及相关接纳成分,口吻与(196—203)相当,均体现出直接性和亲密性。

总之,金凯毕竟始终处于受弗朗西丝卡支配的地位,所有源自金凯的接纳成分以及由此体现的命题或提议,都有尊重、商量特点,除了从2121到2133一类表达其自我决策、生活态度和意愿的句子。这里体现出一种权势性,这在下面的分析中更为明确。

现在来对比源自弗朗西丝卡的接纳成分。与跟金凯相关的接纳现象不同,跟弗朗西丝卡有关的接纳现象,从总体上看,自始至终体现出更多的主动性。下面拟从三个方面来加以说明。先看一个跟两人情爱有关的成分。

五、《廊桥遗梦》文本分析

(216) 390 她唯一能解释的是,只见了几秒之后,金凯就有某种吸引她的地方

该句中的两个成分关乎两个方面:前者 could 是意愿、分析、裁定性质的;后者(Robert Kincaid had drawn her in *somehow*)是推测性的:根据已知来测度未知;前者直接,后者含糊不定。这里把目标锁定在相识之初这两个方面的接纳成分上。

(217) 386 如果你愿意的话,我可以领你去

原文是 I'll be glad to show it to you, if you want,其中有礼貌客气的条件成分,这一点跟金凯在同一阶段的口吻一致;但情态动词 will('ll)表达一种相对强烈的意愿,属于中值范围。这里没有用 can 甚至 may 之类的低值情态成分①,可见其主动性。再者,原文的条件句放在句末(对比例 182—183),是补充性质的,既突出了主句表达的态度,也礼貌有加(否则多少会带上过分因素)。

(218) 369 她可以看见他脖子里银项链下面紧绷绷的胸肌。

(219) 492 她自己能感觉到(血涌上她的脸颊)

(220) 432 她心想这手镯需要用擦银粉好好上上光了

前二例中的相关成分都是 could,跟 390(前文例 216)相当,可表能力,虽是低值,却有裁定作用。432 的相关成分是 needed,跟 could 程度相当。

(221) 427 从传统标准说,他不算漂亮,也不难看

原文相关部分是 in any conventional sense,前面有修饰成分 any,说明涉及一定范围和非单一尺度。上面几个例子基本上属于例(216)前一成分关涉的程度。

(222) 394 她可以看得出来他有点慌乱,对整个这件事有点不好意思(他的车里很乱)

(223) 457 她可以看到他左边裤袋中钱包的轮廓和右边裤袋中的大手帕。她也注意到他在地上的行动,没有一个行动是浪费的

(224) 451 他这一动作已做过上千次了,她从那流畅劲可以看出来

这里三个"可以"(could)虽然也是低值接纳成分,但在相关语境中都是推测性的;此外,457 后一小句 how he seemed to move over the ground with unwasted motion 中有 seemed,跟下面各例中带下划线的成分一样,都不确定。

(225) 388 也许是在这么多年后少女的心镜像水泡一样浮到水面上,终于爆开了。

(226) 493 她什么也没做,什么也没说,但是自己觉得好像是做了,说了。

(227) 425 他的嘴唇很好看,不知怎么,她一开始就注意到了

(228)(接前面 427)428 这种字眼好像对他不适用

(229) 454 他好像除了水果、干果和蔬菜外什么都不吃

它们在原文中分别是 maybe, as if, for some reason, seem 以及 looked as if,这跟金凯与弗朗西丝卡认识当初、由叙述者采用的接纳成分相近。不过,跟金凯有

---
① 见韩礼德:《功能语法导论》(第 2 版),彭宣维等译,北京:外语教学与研究出版社,2010 年,第 84 页。

关的接纳成分客气程度高;而这里的成分并非出于礼貌,而是意愿、判断和推测性的。直言之,他对她更多的是接受服务,处于低位;而她对他主要是就他这个人的定位。两类接纳成分的语用性质完全不同。这个不同点,在接下去的300来个句子叙述的空间里(这一阶段属于交往的初期阶段)得到延续。这是两人交往的第二阶段。

(230) 632 穿太正式了似乎不大合适

(231) 624 我这点总可以为他做的

(232) 693 不过餐厅一定会让你失望,特别是对你这种吃饭习惯的人。

(233) 735 你的工作看来很有意思

第一句是对自己穿着的斟酌,第二句是她的殷勤意识;但随后两句都是针对金凯的:第三句相关部分的原文是 will be a disappointment,在这里不是推测,更多的是在她了解现实的基础上引导金凯的判定性动机,目的在于暗示自己为他做的饭菜才是好的,这里同时具有不言自明的类推意义①;最后一句跟前一句相当,但态度相反,是对金凯工作价值的某种肯定,她还不熟悉,所以用了"看来"(sounds),其实是希望通过这种方式获得某种认同,至少是相近的价值立场。这里她产生了某种愿望:

(234) 736 她感到有需要让这种中性的谈话继续下去.

但不久之后出现了别的情况:

(235) 821 她提了理查德的名字,心里有点内疚,她什么也没做,什么也没有。
    822 她还是能感到内疚是从一种遥远的可能性而来的内疚

两个句子暗示着一种对立关系:什么也没做与某种可能性带来的内疚;821 的相关成分(anything at all)接近完全否定,但毕竟还有些余地;822 两个方面都涉及了:断定与推测。基于这一背景,她的心理出现了假定性居中情态:

(236) 823 如果她陷入了她无法处理的局面,今晚结束时该怎么办

可是,弗朗西丝卡抑制不住情感上的需要:

(237) 827 希望他不要走得太早

所以,她犹豫不定,想留住金凯多待些时间,也为了营造某种柔和温馨氛围。

(238) 923 厨房的顶灯太亮了,不适宜喝咖啡和白兰地。924 弗朗西丝卡·约翰逊,理查德·约翰逊之妻,要让它打开。925 弗朗西丝卡·约翰逊,一个走过晚饭后的草地重温少女时代的旧梦的女人,要把它熄灭。

(239) 939 不过是他该走的时候了,她想。

例(238)的前两句有象征意义:既指打开或关上实际的灯,也意味着两人交往的延续或终止(would leave it on; would turn it off),两者对应着她的矛盾心理。

---

① 中国古人有言:"食色,性也。"《诗经·郑风·狡童》云:"彼狡童兮,不与我食兮。维子之故,使我不能息兮。"《诗经·陈风·株林》云:"驾我乘马,说于株野。乘我乘驹,朝食于株!"皆系于性。

五、《廊桥遗梦》文本分析

这跟金凯后来出现的类似矛盾心理相仿，但金凯的这一心理是两人相识后第二天晚上即将跨越理性藩篱之前出现的（句 1464—1467）；而 939 点明弗朗西丝卡的理智仍在。

上面这一组跟意愿和判定有关的接纳成分涉及两个方面：她的判定、她的犹豫；现在看下面一组表推测动机的实例，属于同一阶段。

(240) 620 如果<u>需要</u>可以用房子里的蓬蓬头洗澡，又觉得这样<u>似乎</u>超过了熟悉的程度

情态值居中偏低，这是她再一次出现的犹豫心理，她在琢磨怎样才恰当。

(241) 682 你要在这里待多久？

这个问句是索取信息，但也体现了她的某种愿望：他能否多待些时间？

(242) 824 <u>也许</u>罗伯特·金凯就此走了，他<u>看起来</u>挺安静

她变着法子想继续挽留他：

(243) 889 我还有点白兰地，<u>或者</u>你宁愿要咖啡？

下面的例子涉及她的自我意识：

(244) 662 <u>不知</u>他<u>是不是</u>一直看着她穿过游廊

(245) 914 她<u>几乎</u>可以听到他在脑涨中形成的诗句

(246) 926 不过这样<u>会</u>太过分了，他<u>会</u>误解的

但更多的是她对他的观察、琢磨：

(247) 680 她<u>想</u>着他行动多<u>像</u>游魂

(248) 714 他当然有权结婚，但是<u>不知怎么</u>，这<u>似乎</u>跟他不相称

(249) 865 草场和牧场的区别<u>似乎</u>对他那么重要，天空的颜色<u>会</u>引得他兴奋不已

(250) 913 <u>也许</u>是悲哀(他内心的某种空虚)

(251) 936 <u>即使</u>好<u>像</u>在注视着窗外，他视野的边缘<u>也会</u>扫到她

我们无法从文本中了解到同一时段内金凯的心理活动，但聚焦选择让读者看到了女主人公典型的女性心理以及她对男主人公的过多关注。

现在我们来看第三个阶段，即两人在情感达到顶点时刻讨论去留问题所用的接纳成分。

(252) 1699 从某种意义上说你本人就是大路

(253) 1703 <u>假定</u>如你所说，你的物种进化的分支是一条死胡同，那我也要你以全速冲向那终点。

(254) 1708 罗伯特，我还没说完，<u>假如</u>你把我抱起来放进你的卡车，强迫我跟你走，我不会有半句怨言。

(255) 1709 你光是用语言也能达到这个目的

(256) 1723 <u>假如</u>你强迫我跟你走，不论用体力或是用精神力量，我说过的，我都无力抗拒。

(257) 1725 尽管我说了那么多关于不该剥夺你以大路为家的自由的话,我还
是会跟你走

第一句是提醒金凯、让他回到自己的本性上去,但弗朗西丝卡采用了接纳策略：in a way,这是一个主位成分,确立了消息推进的起点,显得委婉；这也正是金凯一向自我标榜的标签,显然他不便反驳。随后其他句子全是在假设前提下、按照金凯的意愿说的,充分体现了金凯对她的吸引力,为金凯留足了自尊空间,但弗朗西丝卡采用了绵里藏针的策略,让金凯反而没有别的选择余地①：

(258) 1704 同我在一起你就不一定能这样做

(259) 1705 我不忍看你有一时一刻受到约束(cannot think of)

(260) 1706 这样做等于把你这个野性的、无比漂亮的动物杀死,而你的力量也就随之而消亡(would be to kill; would)

(261) 1710 但是我想你不会这样做

这几个句子存在一个顺序问题：接前面的1699,让金凯清醒(例252),以便引入弗朗西丝卡的劝说动机：我们此时在一起是一回事,但真正生活在一起之后你就会失去自我(1704)、受到约束(1705)就会扼杀你的本性(1706)。基于以上原因,她为他得出了1710的结论,让金凯无话可说。同时,弗朗西丝卡还阐明了自己不能随他行走四方的理由：

(262) 1718 单单是我的出走,我的身体离开了这里就会使理查德受不了,单是这一件事就会毁了他。1719 他得从当地人的闲言碎语中度过余生。1720 理查德必须忍受这种痛苦,而孩子们就要听整个温特塞特在背后叽叽喳喳,他们在这里住多久就得听多久。1721 他们也会感到痛苦,他们会为此而恨我。1722 同样的我也不能使自己摆脱我的责任。

(263) 1727 我不能因此而毕生为这件事所缠绕。1728 如果现在我这样做了,这思想负担会使我变成另外一个人。

从例(252)到(263),除了1699,余者全是假设性的,但跟前面的条件关系相比,这里所有接纳成分显得更为直接,彼此之间在心理上没有距离。此外,弗朗西丝卡说话的口吻暗示了她的主动性、确定性,没有前面那些揣测性成分,在理性范围内有无可辩驳的权势性,况且他正深深地爱着她,何以使用过硬的言辞！而实现这一点的是她确立的各种可能性,看似给足了对方选择自由,但在这些条件之下金凯能做出选择的余地很小。也许这是叙述者断言的一句话"至少她有一部分是可以保持超越于罗伯特·金凯之上的"(句1604)。

上面分别比较了情感发展不同阶段、男女主人公介入话语的接纳特点；它们之间具有一定的对称性,但通过调用不同情态级差值的接纳成分,更多地体现了一种语言权势；或者说是彼此的角色关系确立的一种话语方式。不过,话语毕竟发生在

---

① 对比 G. Leech, 1983a. *Principles of Pragmatics*. London: Longman.

两个相爱的中年男女之间,成熟、稳重、热切,因此这些成分总是带有委婉特点。

最后,我们特地来看看作为母亲的弗朗西丝卡跟儿女说话的口吻。对孩子们的要求,语气是确定无疑的,接纳以高值级差成分为主,更多的是靠近肯定或否定两个极端,读起来多少接近断言式:

(264) 2214 有一件非常重要的事你们<u>应该</u>知道

(265) 2219 要给我的孩子们写信讲这件事对我极为艰难的事,但是我<u>必须</u>这样做

(266) 2220 <u>如果</u>你们想要全面了解你们的母亲,那么你们就<u>必须</u>知道这件事

(267) 2234 要你们完全了解他是<u>不可能</u>的

(268) 2236 你们<u>非得</u>跟他在一起待过,看他动作,听他谈关于物种演变的一个分支的尽头那些话<u>才行</u>。

(269) 2286 我<u>相信</u>你们一定认为我对葬法的遗嘱不可理解,<u>以为</u>那是一个糊涂老太婆的主意。

注意最后一句2286,"相信"和"以为"似乎是断言性的,其实原文是I'm *sure* you found my burial request incomprehensible, thinking *perhaps* it was the prod-uct of a confused old woman,都是典型的接纳成分:前者接近肯定极,后者为中值(见下一章)①。

这里暗示了母亲对孩子的权势地位。这比她对金凯的口吻更为明确、更为确定、更难辩驳或更改。这是母亲对孩子们的请求、对他们生活质量的推测,所以这些接纳成分会更具权势性,更多的偏向于中高值一端:

(270) 2217 <u>如果可能的话</u>,请坐在厨房的餐桌旁读这封信。

(271) 2218 你们不久就<u>会</u>理解这一请求

(272) 2269 只希望有一天你们各自也能体验到我有过的经历,不过我想这不大<u>可能</u>。

(273) 2270 <u>我想</u>说这话不大合乎时宜,但我认为一个女人不可能拥有像金凯这种特殊的力量(I don't think it's possible)。

(274) 2272 至于卡洛琳,<u>恐怕</u>坏消息是天底下这样的男人只有他一个,没有第二人。

(275) 2287 你们读了一九八二年西雅图的律师来信和我的笔记本之后就<u>会</u>理解我为什么提出这一要求。

(276) 2329 <u>如果</u>你们是爱我的,那么也<u>该</u>爱我做过的事

(277) 2330 这种经历很少有女人,<u>可能</u>没有任何一个女人体验过

(278) 2331 他<u>肯定</u>值得你们尊敬,<u>也许</u>也值得你们爱

(279) 2332 我希望你们两者都<u>能</u>给他

---

① 当然,如果前者原文是believe,后面也没有perhaps,两个成分无疑都是断言性的。

上面重点讨论了金凯和弗朗西丝卡直接或间接介入文本过程的方式。分析集中在两人的情爱交往上，从起初试探性的接纳成分，到后来分手时相对确定、亲切的口吻，体现了随着两人交往的深入、彼此心理距离缩短甚至融为一体时接纳成分的使用特点；这一过程揭示了两人交往的互动性，再现了类似理智情景下女性所具有的权势地位；最后我们通过母亲对儿女的用语方式，说明了家庭成员之间的权势关系。

不过，分别围绕金凯和弗朗西丝卡的接纳成分还有不少跟两人的情爱交流无关。前文引例（114—115）中的"可以"（could）和"至少"（at least）及相关陈述就是。下面的例子是有关弗朗西丝卡的：

(280) 580 当地人<u>在某种意义上</u>是很善良（And the people are nice, *in certain ways*）

(281) 853 平时，<u>总是</u>五点钟开饭，晚饭过后就是电视新闻，然后是晚间节目，理查德看，<u>有时</u>孩子们做完功课也看。（always; sometimes）

还有一些接纳成分是围绕其他角色展开的：

(282) 65 在你冷漠的心房里，你<u>也许</u>竟然会像弗朗西卡一样，发现又有了<u>能跳舞的天地</u>（In the indifferent spaces of your heart, you *may* even find, as Francesca Johnson *did*, room to dance again；叙述者）

(283) 2382 <u>我有一个想法</u>：既然他爱好音乐，本人又是个艺术家，那么在皮吉特的音乐文艺圈中<u>也许</u>会有人认识他。（I had an idea; might；叙述者）

(284) 2341 迈可，我们想到这<u>简直没法处之泰然</u>（Michael, I can *hardly* deal with the thought of it；卡洛琳）

(285) 2478 <u>不知怎么回事儿，我吹的时候总是</u>瞅着他送给我的那张照片（And *for some reason* I *always* look at that picture he gave me while I play it；卡明斯）

这些成分与两人的情爱关系相去甚远，但不可或缺：它们协同相关命题或提议，或使故事丰满，或为情节搭桥，或为人物引入作背景铺垫。

13.3.2 宣称介入——小成分之大视野

余下'宣称'和'疏离'两个次范畴。宣称是整体行文的基本组织手段，但疏离在整个文本中少见，其中弗朗西丝卡针对金凯关于自己素食行为的表白做出的评述，可以作疏离现象看待，即跟说话人基本观点有距离：605"此地这个观点可不受欢迎"（原文是 Around here that point of view would *not* be popular），而弗朗西丝卡也喜欢素食，不大能接受当地的生活方式。还有一些也是从弗朗西丝卡角度陈述的，包括当地人不喜欢诗人、生活缺乏情趣、婚姻生活没有性爱等观点，都可以看作疏离现象。不过，鉴于该类现象在本文中较少，我们将讨论的重点放到宣称介入上面。

宣称指介入话语的声音本身没有揭示跟说话人立场的关系，至少缺乏明确指示;常用相关成分有:说、陈述、报告、宣告、相信、认为等等。这些过程的参与者都是第三人称;如果是第一人称,它们在局部语境中就是断言性的。

(286) 45 然而他把自己看成是一种在一个日益醉心于组织化的世界中正在被淘汰的稀有雄性动物。

这就是介入范畴中的'宣称'意义,即引入叙述者之外的声音,而这一声音并不直接跟叙述者的立场发生关联;但是否一致,则是另一回事①。

在《廊桥遗梦》中,'宣称'成分普遍存在,是文本推进的一种基本叙事策略。其中一个重要来源是故事的男主人公罗伯特·金凯。这一点体现在行文组织的好几个主要地方。一是他离开衣阿华麦迪逊县回到西雅图后写给她的信,引入的内容在文本中安排在故事前后两处:前面部分涉及 289 到 321;后面部分单列一章,题为"从零度空间落下":范围是从 2144 到 2168。二是他给她的遗书,从 2087 到 2135;旁及代理律师给她的信:从 2146 到 2070。三是散见于从第二章"罗伯特·金凯"到第七章"大路和远游客"、第十二章"'夜莺'卡明斯谈话录"的直接或间接引语中,包括两人交往期间、在周一和周二晚上他抒发的对世事的看法。只是前面两处和有关各章节中的大部分内容都没有"金凯说"或"金凯写道"之类的标记成分。但阅读时,读者会自动加以调整。

金凯的宣称介入分两类,一类是意识形态的,二类不具备这一特点。先看前者。对于例(286)的观点,弗朗西丝卡是否赞同,她一时不知所云,尽管后来她逐渐明白其真正含义。这是金凯本人的心理活动,是他曾经告诉她的,这里是间接引语,转述了他与众不同、不入时潮的性格、思维方式和生活立场,包括他与生俱来的孤僻性格、后来职业带给他离群索居的生活方式(故自称最后的牛仔)、他对时事的针砭与诟病:

(287) 2244 他把自己看作是最后的牛仔,称自己为"老古董"。

(288) 2243 他觉得他在一个充满电脑、机器人和普遍组织化的世界上是不合时宜的。

(289) 2284 罗伯特认为这世界已变得太理性化了

因为生不逢时,所以他自己有时也感到悲哀(46),并对自己有一个有趣的定位(1663):

(290) 46 他有一次谈到他头脑中时光的"残酷的哀号"。

(291) 1663 有一次他谈到他所谓的"最后的事物"时悄声说道:"'永不再来',高原沙漠之王曾经这样喊道,永不再来。"

类似观点也有缺乏明确引入成分、直接以引号形式进入话语的,这就是直接引

---

① 所幸,随后叙述者直接站出来给予了评价:25"我当时就相信这一点,现在更加坚信不疑,他们的估计是正确的",这是断言性质的。

语的作用,在行文中常见①:大量涉及人物角色的观点都是通过**直接引语**或**间接引语**的方式介入话语过程的,而这正是巴赫金指出的、叙事文本多声部产生的基本途径。有时,读者无法判定隐含作者通过这种方式引入文本的基本观点是他自己的还是故事人物的,所以就会从总体上做出彼此不同甚至相反相对的解释②;但这可能正是作者的高妙之处。

《廊桥遗梦》中还有两句源自金凯的看法,也涉及世界观:

(292) 210 <u>这在他看来太傻了</u>,<u>他觉得拍摄了这些贬低了自己</u>。

(293) 211"<u>作品如其人</u>"这是他离开这一工作时说的话。

这是指人们处理时装的方式:用完就丢,太浪费;而为此做摄影工作不值。再看下面两例。

(294) (2415 你吹一个调子已经吹了几千次了,忽然有一套新的思想直接从你的号里吹出来,从来没有经过你头脑里的意识。) 2416 <u>他说</u>照相、还有整个人生都是这样的。

(295) 197 后来,<u>他开始发现</u>他摄影是拍摄光,而不是物件。

前者说的是职业领域的高境界,包括人生。这些当然是作者的见解了,只是附会了人物之口说出来。后者是带有知识性的陈述,离思想观念就遥远了。

(296) 87 或者拍下一些他称之为"记忆快相"的照片

这是非观念形态的见解。下面引述一些具有类似作用的其他文句。

(297) 123 那光秃秃的平原<u>对他来说</u>像群山、大海一样引人入胜。

(298) 134 <u>他对别人说</u>,她(指前妻)留给我的比我留给她的要多

(299) 1062 这是最后的旧式老兮了,<u>金凯想着</u>,笑了

(300) 1132 <u>他已经体会到</u>千万不能低估小镇传递小消息的电传效应。

(301) 160 <u>他记得年轻时曾想过</u>语言可以产生肉体和感觉,不仅是说明一个意思而已。

有三句是针对弗朗西丝卡,一句是针对罗斯曼桥周围环境的鉴赏性(反应)描述:

(302) 337 <u>他当时对她微笑着说</u>她在晨曦中脸色真好,真滋润,要她靠着篱笆桩

(303) 341 一边工作一边轻声跟她谈话,<u>总是告诉她</u>他觉得她多么好看,他多么爱她。

---

① 关于直接引语和间接引语的作用,可参阅申丹、王丽亚:《西方叙事学:经典与后经典》,北京:北京大学出版社,2010年,第156—167页。

② 例如,托尔斯泰的《克莱采奏鸣曲》:见塔玛·雅克比:《作者的修辞、叙述者的(不)可靠性,相异的解读:托尔斯泰的《克莱采奏鸣曲》,马海良译,载詹姆斯·费伦与彼特·拉比诺维茨主编:《当代叙事理论指南》,申丹等译,北京:北京大学出版社,2007年,第102—121页。此外,做出相反相对解释的当然有其他因素。

(304) 350 光线最理想不过了,他说是"多么透亮"——这是他给起的名称

(305) 474"真好,这里真美,"他说,他的声音在这座廊桥里面回荡。

看来,任何引人相关见解和内容的叙述方式,包括言、视、思、触、嗅、尝、闻,只要是出自人物的,都可以看作宣称意义的范围;当然,我们通常认定的是言说方式。

还有宣称中套宣称的叙述方式。其实,这一现象在《廊桥遗梦》中涉及的范围很广,这里且看两例,后文还将涉及。

(306) 2155 欧几里得不一定全对。2156 他假定平行线一直到头都是平行的

后一句是金凯转述的欧几里得的观点,他的言说行为中套入了欧几里得的言说行为。下面一句177是别人转述金凯的言语行为的:

(307) 177 有一位中学老师在他的鉴定上这样写道:"他认为'智商测验不是判断人的能力的好办法,因为这些测验都没有说明魔法的作用,而魔法就其本身和作为逻辑的补充都有自己的重要性'。我建议找他家长谈谈。"

此外,作为主要人物的弗朗西丝卡,其宣称介入在文本中也有几个地方值得提及。一是第二章"弗朗西丝卡"、第三章"古老的夜晚,远方的音乐"、第四章"星期二的桥"、第五章"又有了能跳舞的天地"和第六章"灰烬"中有关回忆、感知和言说的部分;二是第十章"弗朗西丝卡的信",即她留给孩子们的遗书,这里应该包括她写的笔记,只是笔记的内容已经分散到前面第二到六章去了,但仍有引导性语句提示相关信息的时空位置,例如,1556"多少年来,她常常思考他说的这段话",是周二晚上他发表的对时事的看法时她突然插入的,与第二章和第八章的"当下"发展脉络连在一起。这是整体布局;行文中有明确标志成分的宣称介入 47 个,跟金凯有关的 39 个(但在金凯部分,只有 3 个和弗朗西丝卡有关;见前文)——这也是一种美学现象。下面看一些实例,都跟两人交往有关,虽然间接性突出。

(308) 457 她注意到他裹在紧身牛仔裤里的臀部是那样窄小——她可以看到他左边裤袋中钱包的轮廓和右边裤袋中的大手帕。她也注意到他在地上的行动,没有一个行动是浪费的。

(309) 788 她抖落出一支来,摸索着用打火机,觉得自己笨手笨脚的,就是点不着

(310) 1360 她想,我已是尽力而为了,然后又高兴地说出声,"不过还是挺不错的。"

(311) 1964 她知道他理解她的感情,也理解他可能给她带来的生活中的麻烦

(312) 2285 我常想,我在作出决定时是否太理性了

(313) 1950 不过她也要求把那张旧桌子留下来放到机器棚里.

(314) 2182 她在一九八二年的一封给律师的信中要求死后把遗体火化,骨灰撒在罗斯曼桥

(315) 46 弗朗西丝卡形容他生活在"一个奇异的,鬼魂出没的,远在达尔文进

化论中物种起源之前的世界里"。

再看源自孩子们的宣称介入情况。

(316) 23 <u>迈可和卡洛琳承认</u>,把故事讲出来很可能引起一些粗俗的闲言碎语,并且使理查德与弗朗西丝卡·约翰逊夫妇在人们心目中留下的印象遭到无情的贬低。24 但是在方今这个千金之诺随意打破,爱情只不过是逢场作戏的世界上,<u>他们认为</u>这个不寻常的故事还是值得讲出来的。

这两个句子的观点是迈可和卡洛琳的,尽管两处都是间接引语。下面是有关二人的其他宣称内容,有的采用了直接引语,有的是间接引语。

(317) 7 现在他住在佛罗里达,说是衣阿华的一个朋友送过他一本我写过的书,他看了,他妹妹卡洛琳也看了这本书,他们现在有一个故事,想必我会感兴趣。

(318) 2186 虽然这座桥离家很近,但与约翰逊一家从来没有什么特殊关联。他们两人一再感到奇怪,为什么他们平时很通情达理的母亲会出此莫名其妙的行动,为什么她不依惯例要求葬在他们父亲的墓旁。

(319) 2196 卡洛琳眼里含着泪,声音有点发抖。2197"母亲爱上了一个叫罗伯特·金凯的人,他是一名摄影师。2198……2199……2200……2201……"

(320) 2202 迈可坐在她对面,领带解开,敞开领子。2203"再说一遍,说慢一点儿,我没法相信我听对了。"

(321) 2208"这信的内容我不敢肯定我能读得下去。"2209 <u>迈可说</u>,"你如果能够的话,念给我听吧。"

这些基本上就是搭建故事内容的框架之一,还有一些是他们对母亲和金凯二人情感生活的直接评论:从 2339 到 2373。例如,

(322) 2339 <u>当她开口说话时</u>,她的声音轻的几乎像耳语,"哦,迈可,想想他们两人这么多年来这样要死要活地互相渴望。2340 她为了我们和爸爸放弃了他,而他为了尊重她对我们的感情而远远离去。……"

故事中还有其他人物的宣称介入,包括源自弗朗西丝卡的丈夫理查德的、金凯的朋友卡明斯的、麦迪逊县当地人的等等。尽管属于边缘现象,但这些话语成分毕竟具有引导相关内容或者提供背景信息的作用。

现在我们转向叙事者本人的直接或间接宣称介入。从整体上看,《廊桥遗梦》跟其他叙事文本一样,也是多声部的。这是一个全知叙述文本,故事由叙事者以第一人称的方式引出(第一章),中间转入第三人称叙事(第二至十章),然后回到叙事者第一人称叙事(第十一章),最后以人物第一人称叙事的口吻结束(第十二章)。这种总体叙事模式是有其内在原因的。

第一章是故事缘起,由故事叙事者以第一人称的方式直接介入话语过程,但并不进入故事本身。从文本的整体性看,这是介入中的断言现象,明确陈述自己的观

点,在故事开篇第一句话中就有主题句性质的观点①:

(323) 1 从开满蝴蝶花的草丛中,从千百条乡间道路的尘埃中,常有关不住的歌声飞出来。2 本故事就是其中之一。

这里有类推:故事＝歌声。这个关系模式表明,第一句的"歌声"不再是通常意义上的歌声,而是令人称颂的故事——歌声是一个语场,故事是另一个语场,叙述者将歌声的美妙特征叠加到这个特定的爱情故事上,耐人寻味。这一直接介入文本过程的命题,既表明了叙述者(隐含作者)的立场,也确立了整个故事的基调:积极褒扬而非消极贬抑,这是由语境确立的:"开满蝴蝶花的草丛"和"千百条乡间道路"这样的美好背景奠定了从中飞出来的"歌声"的美好品质。这个调子与随后两个次要人物出场的积极动机合拍:本故事的主人公之一弗朗西丝卡的儿女迈可与卡洛琳的态度非常关键:他们决定把这个故事献给叙事者,让母亲的故事能够得到更多人的认可甚至褒扬,并以此警励读者。他们不惜从千里之外的佛罗里达和新英格兰返回衣阿华,这个举动本身就暗示了故事的价值,从而引发叙事者的好奇心;不仅如此,他们还对叙事者提出了不同寻常的要求:

(324) 12 他们让我做出承诺:假如我决定不写这故事,那就绝对不把一九六五年在麦迪逊县发生的事以及以后二十四年中发生的与此有关的任何情节透露出去。

故事从迈可与卡洛琳的引介而进入叙述者的视野;但仅仅依靠他们的讲述是远远不够的,更详细的了解、调查与想象还涉及多种信息途径,包括——

(325) 29 弗朗西丝卡·约翰逊的日记

(326) 30 在美国西北地区,特别是华盛顿州的西雅图和贝灵汉作的调查

(327) 31 在衣阿华州麦迪逊县悄悄进行的寻访

(328) 32 从罗伯特·金凯的摄影文章中收集到的情况

(329) 33 各杂志编辑提供的帮助

(330) 34 摄影胶卷和器材制造商提供的细节

(331) 35 还有同金凯的故乡俄亥俄州巴恩斯维尔的老人们意味隽永的长谈,他们还记得金凯的童年。

(332) 36 尽管做了大量调查,还是有许多空白点,在这种情况下,我用了一些想象力,不过只是在我做出合理的判断时才这样做。这判断力来自我通过调查研究对金凯与弗朗西丝卡的深刻了解。

(333) 40 以这些材料为线索,我沿着我认为是金凯一九六五年八月从贝灵汉到麦迪逊县的路线作了一次旅行,在行程终了时,我觉得自己在很多方面变成了罗伯特·金凯。

---

① 这是批判现实主义叙事文本的特点之一,在《双城记》《爱玛》《安娜·卡列尼娜》、中国的章回小说中都有体现,如开篇第一句/段话或标题;但在转型时期的托马斯·哈代的作品中就逐渐少见了。

这些间接和直接信息来源便构成故事建构的"依据",至少按照叙述者煞有介事的展示方式如此。叙事者虽然不是故事中的人物,但故事的引入需要这么一个角色,采取第一人称叙事可以增加阅读故事的"真实性"。

同时,由于上引"多种""潜在"声音,故事从第二章开始转入第三人称叙事,这样可以避免继续使用第一人称叙事可能带给故事的"虚拟性",也可降低相关局限,因为第三人称全知叙事毕竟灵活自由。而第十一章回到第一人称叙事者上来,是表明故事到此告一段落;第十二章是叙述者让故事的一个边缘角色——金凯的朋友卡明斯以第一人称的方式直接讲述的,这仍然是宣称性介入,可以由此印证并增强第二至十章所述故事的"真实性",尤其是金凯对爱情的执着精神。

不过,叙述者不等于隐含作者;虽然在《廊桥遗梦》中叙述者的基本观点可以推定为隐含作者的观点,但并不是全部,因为金凯和卡明斯等人物的不少观点也应该看作是隐含作者的。

现在,我们回忆一下故事开篇的一句话。这里没有叙述者直接宣称这句话是他(她)说的,但随后一句出现了"我",表明 3—4 两句话是叙述者说的。接下来涉及宣称中套宣称的叙述模式,文本也是按这种方式组织起来的。可见,《廊桥遗梦》的宣称介入是一个非常复杂的组织现象,读者阅读中在试图拼接故事内容和情节时,往往容易忽略其中蕴含的多重层次关系:大的宣称框架套着中小宣称框架,但作者的叙述技巧对故事情节的安排的确发挥了关键作用,这正是该篇成功的要素之一。

13.4 总结

本章以态度、尤其是金凯和弗朗西丝卡的情感发展为依托,通过分布的数量对比、前后对比、强弱对比等方式,考察了《廊桥遗梦》各类介入成分的分布特点。

《廊桥遗梦》体现了介入意义的各主要方面——尤其是否定、对立、认同、申明、接纳和宣称,揭示了金凯和弗朗西丝卡各自不同的角色地位以及介入成分的分布特点。概而言之,金凯在整个交往过程中相对被动,弗朗西丝卡则相对主动;这种主被动关系在一定程度上确立了相对的角色地位,使两人的情爱交往从开始、到发展、到终止都以弗朗西丝卡为主导,从而体现出一种权势关系。同时,源自金凯的介入成分往往分散,源自弗朗西丝卡的则相对集中,暗示了各自的生活视野和主要关注对象;前者在数量上总是偏少,后者居多,显示了弗朗西丝卡在两人交往中的主动性;前者口吻总是偏弱,后者偏强——有相反情况者是由别的原因带来的。这些都是由各自的角色地位带来的,再现了彼此的权势地位。可见,权势性在介入表征上起着相对重要的作用,但它是隐性的,折射出对话交往各方自身的地位与话语权重。此外,介入的互动特点决定了命题和提议的再现方式,或收缩或扩展,蕴含着微妙的博弈过程,从而排除了话语过程的单一性,确保了介入意义的互动平衡,体现了宽泛意义上的对话特点,由此使语言系统获得了丰富的交流资源,便于表征复杂的人物心理和交际动机。可见,评价意义与权势性、互动性意义相互依存。

　　最后,《廊桥遗梦》介入成分在分布上的美学特点是在相关态度和级差意义的基础上确立的。事实上,离开对两人情感主旨的参照,本章梳理的各类文体特点则很难成形。同时,以人物和情感为支柱的扩展成分是构成整个话语的组织手段,但这并非说扩展就缺乏微观操作范围;相反,它们从宏观、到中观、到微观各个级阶上都存在;收缩性介入成分以微观为主,集中在一些语言成分、尤其是语词上面,但它们管辖和统摄的范围往往跨越单一命题、走向由多个命题构成的命题群,个别成分甚至可能关乎一些基本的价值取舍和话语的根本走向。至少,这是《廊桥遗梦》的一个特点。

14 叙事口吻：强耶？弱耶？
——针对态度和介入的级差意义

> 看来她是一次接连一次地出血。他们没法子止血。我走进房去,陪着凯瑟琳,直到她死去。她始终昏迷不醒,没拖多久就死了。
>
> ——海明威《永别了,武器》[①]

14.1 引言

前面四章分别讨论了《廊桥遗梦》的情感、判断、鉴赏和介入成分在分布上的文体特点;本章拟继续结合其基本主题选择分析其中的三类级差成分。其实,上一章在论及接纳现象时已经大量涉及相关成分的级差值;而在讨论其他成分时也曾引用到多种级差因素;本章对这一现象的文学价值做系统的语言学分析。

级差关注的是等级程度现象,既可能涉及所有的态度范畴,也可能是介入意义,或同时作用于两者。级差分两个主要类别:语力(Force)与聚焦(Focus)。语力涉及可自然分级的现象,如"好人"与"坏人"中的"好"与"坏",趋于两个对立的极端,其间可能存在中间状态,这是由现象本身决定的,但也跟范畴的特点有关。聚焦主要作用于那些无法分级或者具有原型特点的范畴,如"他算一个男人"中的"算":"男人"是和"女人"相对的,如果用"算"来修饰,就意味着说话人的所指不再是"男女"性别的分别问题,而是作为男人应该具有的品质特点,因此"算"是对典型"男人"的相关属性的弱化处理。语力由提升(raise)或弱降(lower)两个相反方向的语言操作手段实现命题或提议向高、中、低值方向移动,分量化与强化两个次类,强化包括对属性的强度、对过程的效力、对提议的意态化加工。聚焦则通过锐化(sharpen)与柔化(soften)方式进行明晰化和现实化处理。下图是胡德博士的相关模式(略有修改)。

[①] 海明威著,林凝今译,上海:上海译文出版社,2006年,第342页。

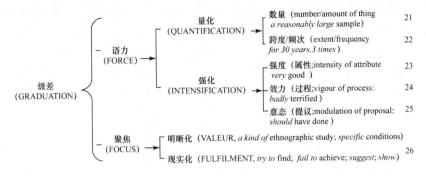

图 14-1　评价范畴的级差模式

综观《廊桥遗梦》整个文本中出现的级差成分,它们在分布与相互关系上有以下特点。从语力的角度看,大多数数量级差和所有的强度成分,均与态度义有关;这一现象和跨度/频次或基于过程的强化成分不同:跨度成分一般都是针对事物本身的,对态度或介入的修饰很少;频次针对介入义,对态度义修饰不多;过程成分本身与情态和意态成分之间、过程成分与环境成分之间,是被加工与加工的关系,所以与过程有关的强化成分自然与介入的关系密切。从聚焦的角度看,明晰化成分跟态度意义的关系紧密,而现实化成分则跟介入联系更多——尽管也可能隐含态度特征。

本章将根据上述模式、从数量、强度和聚焦三个方面,探讨它们的文体价值,立足点仍然是围绕男女主人公情爱发展的中心－边缘分布模式。从分析结果看,效力、意态、跨度/频度现象的分布方式跟前三者相当,不再细究。本章论及的现象对语言成分的内涵敏感,所以拟引用大量的英文原文。

14.2　数量级差成分的文体特征

数量这个翻译术语代表英文中可数的"数"(number)和不可数的"量"(amount)两个方面;所以,这个概念涉及任何跟数量有关的升、降意义及相关词汇语法成分。例如,

(1) 2279 但是这从来没有丝毫减少我对你们或你们父亲的感情(But it never took away from *anything* I felt for the *two* of you or your father)

(2) 1604 不管他俩做什么,至少她有一部分是可以保持超越于罗伯特·金凯之上的(*one part* of her could remain aloof from *whatever* she and Robert Kincaid did)

(3) 489 再多了解一些罗伯特·金凯,这位摄影家—作家,这就是她想要的(*More* of Robert Kincaid, writer-photographer, that's what she wanted)

第一句中的有定数字 two(你们兄妹两人)和不定代词 anything(任何东西)、

第二句中的不定指称 one part(一部分)和 whatever(人事)、第三句的称代性 more(更多情况)均系数量成分。它们分别包含高、中、低不同级差值：anything 与前面的 never 以及 whatever 分别系极端值；more 系中值或偏上；two 和 one part 为低值。489 的 what 跟 1604 的 whatever 不同：它虽然也是一个级差成分，却不是数量性质的；whatever 强调的是不受限制的数量或事物类别。这样的数量成分能够说明什么样的美学特征呢？先看极端和高值成分，包括肯定和否定两极，涉及弗朗西丝卡视角下她本人的有关言行。

14.2.1 弗朗西丝卡对自己做出评价时的级差特征

源自弗朗西丝卡的数量级差成分，大都跟她和金凯的情爱发展有关，并且涉及高、中、低值各个等级。当然，有直接相关和间接相关，其间存在一个度的问题；但具体描述中不便细分，只能概而论之。先看下面这个例子，级差成分是由"谁/人人(都)"(everybody)体现的。

(4) 411 弗朗西丝卡点了点头，心想谁不熟悉这杂志(Francesca nodded, thinking, Isn't *everybody*?)

背景是：金凯做自我介绍，交流中问她是否熟悉《地理》杂志，这是他的工作单位；紧接其后的叙述方式是：弗朗西丝卡先回答"熟悉"(Yes)，接着是 411 这一心理活动。叙述者采用反诘问的方式描述弗朗西丝卡的心理活动，比"谁都熟悉"(Everybody is familiar with it)这一正面陈述的肯定程度更高：从介入角度说，这是认同性收缩，排除其他可能性，只有说话人唯一的声音；从级差角度看，程度值得到了最大化，潜在地回应金凯没话找话、似乎缺乏技巧的交流方式，其实体现了弗朗西丝卡对金凯的兴趣和好感；就情感而论，这还仅仅是两人交往的开始，离强烈的性爱水平还相当遥远，顶多属于边缘情况。

(5) 每年她都在脑海中把所有的影像过一遍——细细地回味<u>一切</u>，刻骨铭心，永志不忘，就像部落民族的口述历史，代代相传直至永久。

译文有一点出入，原文相关部分是 remembering *everything*, forgetting *nothing*。其中，"一切"(everything)是肯定级，没有遗漏。句子说到了记忆的作用，从而使有关过去的经验能随时进入长时甚至短时工作记忆，变成弗朗西丝卡当下生活的一部分。该句跟两人性爱中心主旨有明确距离，或者说精神的成分占据主要位置。

除了上述表达方式，还有 all。

(6) 1576 单是那感情的冲力就会使她精神崩溃

原文是 her mind somehow would have disintegrated at the sheer emotional bludgeoning of it *all*。句末的 all 属于收缩介入的范围，情形与例(4)相仿；但从级差义看，all 表达的是一种极端情况，是一种语法隐喻——通过全称指代成分 all(某一集合中的全部成员)来限定"感情"的作用力("冲力")，排斥其他可能性。显然，这个成分同时蕴涵了"感情的冲力"之外的其他可能性。句中还有一个 sheer,具有类似功能,不过它是一个强度而非数量成分(见后文);但 all 和 sheer 配合使用来表达极限意义。从两人情爱表述的直接性看,1576 的相关度虽高,但毕竟带有一定程度的间接性,它刻画的毕竟不是情爱本身,而是其"冲力"影响;这跟(5)相似。

(7) 1941 二十二年前一切的一切她都还看得见
(8) 2320 这件事不传我们约翰逊家之外

前一句:弗朗西丝卡晚年完全靠回忆度日,周围的人或物对她毫无吸引力,所以她不跟任何人接触;后一句是她写给孩子们的遗书中的一句话。此二例与(5—6)同,也属于极端情况,但情爱相关度渐远。(7)不及(5—6),它虽然说到了回忆视野里跟金凯交往和相处的"一切的一切"(all)细节,但只字未及情爱事,尽管那"一切"都离不开性爱情感。注意整个1941,说的是 22 年前的一切,针对的是当下女主人公的心理:过去寓于现在之中,构成现在,并对现在产生影响。这在前一句 1576 中有更为明确的体现(见第 4 章有关理论阐述)。(8)就更远了:"这件事"(all of this)在原文中指的是她与金凯的婚外韵事,但毕竟概括度高,直接性低。

(9) 2032 她完全退出了社交

这是她给孩子们的遗书内容,交代他们如何处理她和金凯的事。强化成分"完全"(completely)与"全部"(all)一样,也预设了集合中的所有成员,所以也应该作为数量成分看待,也是极端情形。但整个命题离两性交往已经没有任何关系。虽然我们可以说"她"是因为把精神完全寄托在对往事、对自己与金凯的情爱的回忆上而脱离了跟社区的交往,但 2032 所说的毕竟没有给予直接陈述(对比前面各例)。

例(4)给人毋庸置疑、不可辩驳的排他性,程度最高;(5—9)也属于极端情况,唯口吻稍逊。彼此之间的相关度和直接性以下面的序列递减:(5—6)→(7)→(8)→(4)→(9)。这里出现了程度值与相关性、直接性的错位。

下面转向相反方向,即跟否定相关的数量级差意义。第 13 章说过,否定并非一定消极,它可能包含肯定和积极因素。例如,

(10) 1947 她什么都愿意做,除了毁掉她的家庭,或者连同把他也毁掉(She would have done *anything*)

该例与例(5—6)强调方式一致,把提升范围限制在特定界域内,以此体现两者在她心目中的分量;但"什么都/一切"(anything)与例(5—6)正好相对:例(10)的全称意义排除了相关预设范围之外的一切;而(5—6)并不排除,还有潜在的关涉之意,只是相关命题选取了界域内的成员。这应该是两类代词的不同用法。以下二例跟(10)属于一类。

(11) 1978 比她一生中对任何事物都仔细,比对自己的身体还仔细(She had studied that body more closely than *anything else* in her life, more closely than her own body)
(12) 1911 但是,她还是端坐不动,她的责任把她冻结在那里,眼睛死死地盯着

那扇后窗,她一生中从来没有这样死盯着任何东西看过。(But she sat frozen by her responsibilities, staring at that back window harder than she had ever looked at *anything* in her life.)

前一句是弗朗西丝卡在回忆中通过杂志上的照片研究金凯的身体,对比的是对自己身体进行研究的详细程度:一者详细,一者偏略。后一句与此相当,是她面临去留抉择时的情景,表明留下的决心。这是《廊桥遗梦》的核心环节句,是整个故事情节的转折点所在的语境。这些陈述通过对比,都涉及一定的肯定因素。

下面的情况则相对,它们均涉及否定性。其中一些陈述中的否定成分与全称指代成分分离,但有四例是融在一起的,变成了 nothing,(5)就是一例。这些级差成分在内容上涉及好几个方面。一是弗朗西丝卡的心理活动,有当下的,也有记忆的;(5)属于这种情况。再看下面两例。

(13) 821 她什么也没做,什么也没说,但是自己觉得好像是做了,说了(*anything, anything* at all)

(14) 493 她提了理查德的名字,心里有点内疚,她什么也没做,什么也没说(*anything*)

二是对家人给予牲畜过分关爱之后又送进屠宰场的异常行为大为不解,但又不便明说,以免引起冲突:

(15) 819 不过我什么也没敢说(I don't dare say *anything* about it)

三是对金凯提出要跟理查德摊牌、"干净利落"解决问题的沉默应对策略:

(16) 1763 弗朗西丝卡无言(said *nothing*)

还存在其他情况,如在理查德购买新餐桌后,她坚持要把那张旧餐桌保留下来,这也是一种沉默策略,反正没法说,也不必说:

(17) 1953 他只是用发问的眼光看着她,她没吭声(She'd said *nothing*)

丈夫去世后她开始寻找金凯的下落,屡屡失望:

(18) 1993 她每一期都找遍了,可是找不到(found *nothing*)

金凯去世后遗物通过代理律师邮寄给她,她看到邮车驶进小巷时大惑不解:

(19) 2036 她并没有邮购什么东西(she had*n't* ordered *anything*)

以上命题中这些极端否定表述是弗朗西丝卡面对和处理有关问题的心理、策略、结果或现状。这些内容在女主人公激烈的内心世界与冷静的外表之间形成一种反差。

除了(16)和(19)外,其他陈述均与两人情感发展有关,只是与情爱这一核心思想的直接相关度偏低:(10—14)的直接性强于其他几例,但顶多居中;其他的属于边缘情况。因此,这一组与否定特征联系在一起的陈述和命题,虽然强化程度跟(5—9)相当,但相关度要低得多,直接性也在中值以下的水平上。

上面讨论的都是极端情况;接下来分析跟弗朗西丝卡有关的中高值成分。前面提到了"一切"(everything);其实,跟弗朗西丝卡有关的同一成分在后文还出现过两次,但均受聚焦成分"几乎"修饰(almost *everything*),程度自然有所降低,属于中高值的范围。而从原作第六章中间开始到第十章弗朗西丝卡的遗书内容,先后出现了一系列这样的成分,程度稍不及前面各例。它们指向同一对象弗朗西丝卡,且关涉的都是她对金凯、对爱的强烈需要。不妨从行文中抽取出来做一比较(原文核心成分附于各句末)。

(20) 1559 正是使她迷茫而又倾心之处(both...and)

(21) 1576 这感情太强烈(strong *enough*)

(22) 1646 她还想再要他(even *more* of him)

(23) 1908 不管她自以为多爱他,她还是大大低估了自己感情(how *much*)

(24) 1946 那时她爱他超过她原以为可能的程度,现在她更加爱他了(Loved him then, *more* than she thought possible, loved him now even *more*)

(25) 1979 他逐渐变老反而使她更强烈地渴望要他(even *more*)

(26) 1705 我多么爱你(love you so *much*)

(27) 2294 我只要你们知道我多爱金凯(how *much* I loved)

(28) 2248 我看了他不到五秒钟就知道我要他,不过没有我后来真的达到的那个程度(not as *much* as)

(29) 2297(我们关系紧密)我找不出言词来充分表达这一点(*adequately*)

除了 2297 是间接表述,余者均直抒胸臆。再者,这些数量成分在相关语境中都是类推性的,把弗朗西丝卡对金凯的爱的强烈程度,用量化方式加以刻画,出现了语场之间的叠加现象:将一个语场内的事物累加到另一个语场(情感),使抽象范畴得到一定程度的具体化。同时,一些成分不但用了比较级(much→more),不少成分前面还使用了进一步的强度成分,诸如"更加"(even)、"这么"(so)、"多么"(how),从而使强化程度再度提升。

注意,1559 的强调性突出;1576、2248 和 2297 的表达方式,数量特征包含在相关成分之中,均有比较义。这些成分及相关陈述跨越了 700 多句,体现了作者的叙述技巧以及读者记忆的功用。它们表达的强烈程度跟主题密切相关。

对比 489(例 3)的 more 和这里出现的 more,虽然都是比较级,但由于 489 的 more 是弗朗西丝卡刚认识金凯之初,相关命题只是提供了她进一步了解金凯的愿望;如果把 1576 前半句中的"强烈"(strong)换成别的成分,就可能是另一回事,甚至可能是某种中间程度。例如,弗朗西丝卡晚年寻找和怀念金凯的转述涉及下面的句子,都用了 enough,类推用法,把神智恢复与开车能力数量化:

(30) 2002 弗朗西丝卡心沉下去了,不过还能恢复得过来问那女秘书她拨的号码对不对(recovered *enough*)

(31) 2025 她还能开车(still able to drive well *enough*)

两个相关命题涉及的都只是一个基本状态,远谈不上情感的强烈与否,与 489 和 1576 显然不同。

相比之下，引例(20—29)的效果就要强烈得多；它们是间歇性地连续出现的，从这个侧面再现了两人情感的高强度，让读者明白了两人情感发展的巅峰状态，并维系在这一状态上：不管是情感发展的当时，如1705，还是二十多年后她给孩子们留遗书、交代后事之时，如2248、2294、2297。

以下例子中的级差成分跟(20—29)相当，也是中高值。

(32) 1577 近年来，细节越来越经常地回到脑海中来(more and more often)

(33) 2024 她越来越多地想罗伯特·金凯(more and more)

(34) 1978 她曾经仔细研究过他的身体……比对自己的身体还仔细(more closely)

(35) 2258 在想他时我总是用"强有力"这个字眼(a lot)

(36) 1816 现在再见他要冒的风险太大了(too much)

(37) 2023 她主要是害怕可能发现的情况(mostly)

(38) 2330 很少有女人，甚至没有任何一个女人体验过(few women, maybe none, will ever experience)

(39) 2251 对于已发生的事我和他有同样的责任，事实上我这方面更多(much, more)

句1577和2024的间接性体现在她对金凯的思念频度上，这是数量成分对频度的修饰。1978修饰的是空间跨度；它和2258分别涉及行为和行为对象：前者关涉行为的可靠性，后者描述金凯的能力。1816和2023关乎安全性，但1816是担心：在家人回来后再见金凯可能带来负面影响；2023"害怕"金凯已经离世。2330指弗朗西丝卡本人之外的女人，很难像她碰上金凯这样优秀的男人，以此说明自己体验的情感几乎超越所有其他女性；这里是从跟别的女性进行对比和否定的角度来传递这一交际动机的。最后一句的间接性更为突出，在孩子面前陈述自己应该承担的道德责任。但这些中高值成分及命题没有一个是直接表述弗朗西丝卡爱金凯的强烈程度的。

下面两例是否定性的中高值，也属于间接相关：

(40) 947 她又深深地失望(sank in disappointment)

(41) 2247 我绝不是闲在那里没事找刺激(for any)

前一句中没有直接的数量特征，汉译"深深"是从原文过程成分sank体现出来的：深度和高度均意味着抽象的量变，类推性突出。后一句因为否定性的缘故而使肯定成分some在这里变成了any。

以下四句也涉及中高值，但已和两人情爱无关：

(42) 609 我已放弃尝试了。

(43) 1482 现在只到新年时候跳得多些

(44) 977 应该更经常剃剃汗毛(more often)

(45) 2284 这世界已经不像应该的那样相信魔力了(as much as)

这里有两个原级、一个原级对比、一个比较级对比。第一句 609 是说,她曾经试着做一两顿没有肉食的饭菜,结果遭到家里人一致反对(注意原文 So I've pretty much given up trying)。1482 相关部分的原文是 just pretty much,级差值仍然比较高。后两句说的情况相反:前者指以前"相信魔力"更多,现在情况不同了,揭示世事变迁;后者指以前很少做某事,现在明白生活应该更美好,应该注重自我修饰,由此可见心态的变化。不过,977 仍有某种程度的相关性,但修饰的是时间跨度,只是太过间接罢了。2284 用否定手段将级差意义从接近肯定的一端转向另一端,通过对比来批判当下社会(判断)、表达不满情绪(情感)。

下面一组成分的级差值比上面的情况稍微低一些,是通过收缩的介入方式实现的。

(46) 1581 是她值得活下去的唯一的现实(*only* one)

(47) 1576 多年来,她只敢每年详细回忆一次(*only* once a year)

(48) 2323 我只有过一次设法同他联系(*only* once)

(49) 2269 我只希望(*only* hope)有一天你们各自也能体验到我有过的经历

(50) 2294 我只要你们知道我多爱金凯(*only* want)

(51) 950 再留下来喝杯白兰地(*some more* brandy)

最后一例虽然有 more,但 some 使整个表达式的强化程度值打了折扣,大致跟前面出现 only 的情况相当。从情爱情感看,这一组成分的直接性大致居中。

而下面的成分都是否定性的,前者是及物性的环境成分,后者是属性,属于中高值范围,但与两人情感都无关:

(52) 630 现在节省地用了一些(*sparingly*)

(53) 707 这种小小的歪念头 having *little* slanting feeling

(54) 2307 我对他的家庭背景知之甚少(*very little*)

最后来看跟弗朗西丝卡有关的低值级差成分。

(55) 975 她的臀部因生过孩子稍微涨大一点,乳房还很结实好看,不太大不太小,肚子有点圆(*a little*)

(56) 1087 好像有一根东西从胸部插到腹部(*a little* stab of something)

(57) 1198(对他那些昂贵的器材)特别小心翼翼(*a little* overcautious)

(58) 1205 她脸微微红了一下(She flushed *a little*)

(59) 1586 打开一盏小小的床头灯(拉起他走进卧室)

(60) 1738 她就披衣起床(*some* clothes)

(61) 2072 她知道那软信封里是什么(the *small* padded envelope)

(62) 2305 小小的,傻傻的纪念(*small* and foolish memory)

(63) 1360 她想,我已是尽力而为了,然后又高兴地说出声,"不过还是挺不错的。"(And then, pleased, said *half* out loud)

这里的相关度从高到中到低都有:(1087)是直接的生理反应,相关度最高,只是表达的直接性得到了一定程度的屏蔽,读者只有通过上下文才能读出来。

有两个环境成分,338和877,属于中值范围:

(64) 338 <u>有点</u>于心不安(*slightly*)

(65) 877 她之所以选了叶芝,<u>部分原因</u>正是刚才金凯说的(*partly* because)

像something这样的不定代词仍然含有数量特征,只是已经不明显,其中some已经转而指向某个不明确的东西。看下面两例。

(66) 818 这是我永远没法习惯的<u>事</u>

(67) 1087 好像<u>有一根东西</u>从胸部插到腹部

前一句从译文看是绝对否定值,原文是 Something I've never been able to adapt to,否定的不是 something,而是说话人自己的理解力。后一例(a little stab of *something*)是对弗朗西丝卡性爱激情反应的隐晦描述;注意其中的 a little,与(55—57)相当;不过,从另一角度看,它又是一个典型的聚焦成分(见后文)。

还有一组表达式,虽然用了 much,但前面有否定成分 not,从而使整个表达式变成了中值,即通过 not 这一否定成分将程度值从高端拉向中端,从整体上看与上述各例程度大致相当。例如,

(68) 341 她<u>并不怎么</u>在乎邻居(*not* too *much*)

(69) 1480 我也<u>不大</u>会跳舞(*not much* of)

(70) 1404 我<u>没</u>注意(嬉皮)(I did*n't* pay *much* attention)

(71) 476 我们<u>很少</u>去想它(罗斯曼桥)(*don't* think *much*)

(72) 607 我也<u>不大</u>吃肉(I *don't* eat *much* meat myself)

除了341,其他的跟两人交往都没有直接关系,属于前面讨论的诸多现象之外的边缘情况。这样的成分在《廊桥遗梦》中还有10来个。此外,跟女主人公的情爱无关的共有20来个,由此可见一种从高度相关到毫无关系的原型扩散模式。这一点与源自金凯对自己的级差评价现象进行比较时,就显得特别有意义。

14.2.2　金凯对自己做出评价时的级差特征

这里的分布特点与前面的有相似之处,但也有不同。相似之处在于,它们也基本上以两人情爱为导向,从直接相关到间接相关到毫不相关,且各种情况均按极端、高值、中低值分布;不同之处有两个方面:一是跟情爱直接相关的中低值成分相对偏少,二是存在一系列与金凯的职业有关、跟两人性爱无关的高、中、低值成分。先看有关中高值成分的相似之处。

(73) 1364 <u>所有</u>的感觉,<u>所有</u>的寻觅和苦思冥想,一生的感觉,寻觅和苦思冥想此时此刻都到眼前来(*All* of the feelings, *all* of the searching and reflecting)

(74) 2133 我爱你,<u>深深</u>地,<u>全身心</u>地爱你,直到永远(I love you, *profoundly* and *completely*)

(75) 292 我坐在这里,在我的脑海中搜索我们在一起度过的时光的每一个细节,每时每刻(I sit here trolling the gray areas of my mind for *every* detail, *every* moment, of our time together)

(76) 2118 我样样都记得(*everything*:有关你的一切)

(77) 2132 所有我能记起的一切哲学推理都不能阻止我要你(And *all* the philosophic rationalizations I can conjure up do not keep me from wanting you)

(78) 301 现在这一切都改变了(*All* of that has changed)

这些都是直接描写两人情爱感受的极端高值成分;不过,其间的直接性仍然存在细微差别:1364 和 2133 最为直接;292、2118、2132 有一定的间接性,但行文表面则明确关注时间、哲学问题以及对方的一切;301 的间接性更明显:我的一切改变只关乎我的现状,而非他爱她的直接表白。

跟 all 相对的 both 也应该归到这里,只是 all 的所指之数随语境而定,而 both 总是"俩/两";类似情况下,没有例外则意味着高值性。例如,

(79) 1688 我们都丢掉了自己,这东西只能作为我俩的交织而存在

前者原文用的是 both;注意还有一个"我俩"(the *two* of us)中的"俩"(two),在这里没有例外,所以也是,汉译均带"都"字,表明完全性。

不过,与上面的极端情况相比,下面这个命题的间接性更为突出,虽然仍然是表达他对她的强烈情感的:

(80) 2095 我接受所有我谋求得到的(所有)海外派遣(*all* of the overseas assignments)

这是为了逃避自己对弗朗西丝卡的思念以免难于自拔,可命题本身是陈述他接受海外派遣这一意愿和行为的。

(81) 956 谢谢今晚、晚饭、散步,都好极了(They were *all* nice)

这是金凯对弗朗西丝卡的感激表白,但离情爱相去甚远,即便此时金凯也动过某种程度的"歪心思"。

(82) 2128 上帝,或是宇宙,或是不管叫它什么,总之那平衡与秩序的大系统是不承认地球上的时间的(*whatever* one chooses to label)

这种相关度低的高值成分在行文中还有几处。

另有一种表达极端情况的成分,在不定性命题中常见(对比前文):

(83) 1448 随便说点什么都行,就为拖延时间抵制那感觉(Saying *anything*, *anything*)

(84) 313 你无论有何需要,或者只是想见见我时,就给我打电话(Call me if you ever need *anything* or simply want to see me)

即是说,anything 通常出现在否定性命题中;这里有明确的肯定口吻,系假设或条件环境(同时带接纳性)。1448 表面上不是条件性的,却有条件特征。

(85) 2100 事实上我怀疑有多少男人曾做过这样艰难的事(anything more difficult than that)

　　这里通过委婉成分"怀疑"所表达的否定意义来衬托说话人自己的极端创举，否定之否定，高值肯定范围，虽然相关度高，但间接性突出。

　　上面讨论的是高值肯定级差现象；也存在跟金凯有关的否定高值级差成分，例如，

(86) 2299 我们两人都不是独立于那个生命之外的(neither of us)

(87) 2110 在你之前有过几个女人，在你之后一个也没有(none)

(88) 1735 我以后再也不会对任何人说(anyone)

(89) 903 就是别想现在她是什么样(Anything but how she looked just now)

　　第一句相关度高；随后两句间接性相对明显；最后一句是心理活动，相关性和直接性都明确，但不是放，而是收，是克制。四个成分都是完全否定。注意最后一句中的 anything but(什么 X 都可以就是不要 Y)确立的是一种对立关系。这跟以下情况相似：

(90) 1647 还有那双凉鞋，不要别的(nothing else)

　　与上一小节相比，有关弗朗西丝卡的中高值成分相对较多，但针对金凯本人的就少多了，下面是典型情况。

(91) 1639 比我已经度过的生命还要多许多年(many more years)

(92) 393 尽是乱七八糟的东西(lots of gear 'n' stuff in here)

(93) 548 相当多的时间在那一带工作(quite a bit)

(94) 2101 我就(主要)致力于拍摄我自己挑选的对象(mostly)

(95) 1231 我立刻就来(你先去，然后我立刻就来)

(96) 1750 我想至少给你寄一两张照片

(97) 2126 我至少找到了你

(98) 301 也许内心深处并不快活，也许有些寂寞，但是至少是满足的

(99) 1928 这样明确的事只出现一次

(100) 2115 这一比喻太浅露了(a little too obvious)

　　其中 1639 具有高相关度；1928、2115 和 2126 是间接相关；其他成分的相关度很低，甚至无关，但都是在两人交往中发生的。393 汉译跟原文有点出入，是由英汉语各自的特点带来的，可原文是一个高值成分，汉译体现的是极端值；548 是典型口语，汉译具有一定的正式性。

　　至此我们讨论了中高值级差成分及其跟情爱的相关性；还有一组低值成分。例如，

(101) 210 也许内心深处并不快活，也许有些寂寞，但是至少是满足的(a little)

(102) 1148 我只是想我应该核实一下(just)

(103) 598 如果不太麻烦的话，我愿意 not too much bother

五、《廊桥遗梦》文本分析

(104) 1750 我想给你寄<u>一两</u>张照片(*a photo or two*)

(105) 2120 很接近我<u>有时</u>的感觉(pretty close to how I feel *some* of the time)

(106) 1688 创造出了<u>另一样东西</u>(created *something else*)

这样的成分在全文中有10来个,在数量上跟弗朗西丝卡的相当,但相关度低。而不相关的成分也有近20个。例如,

(107) 726 我到过<u>两次</u>意大利

(108) 547 时不时地也写写小说(*a little* fiction)

(109) 1168(性格)只是<u>稍有点</u>怪(if *a little* bizarre)

(110) 1760 我会再待<u>几天</u>(*a few more* days)

(111) 他已经体会到千万不能低估小镇传递小消息的电传效应(*little* town)

文本中还有一组成分是跟金凯的从业、职业、工作联系在一起的,跟弗朗西丝卡相关的成分中则缺乏这一类成分。虽然都是中高值成分,但跟两人的情爱相关度低,很多甚至无关,略举数例如下。

(112) 2102 我的<u>许多</u>作品都是围绕着皮吉特海湾(*Much* of my work)

(113) 745 我照相<u>不只</u>是按原样拍摄(*only*)

(114) 754 我<u>至少</u>有我自己喜欢的私人收藏(*at least*)

(115) 755 插图的照片可以比《地理杂志》喜欢的更野一些(*a little more* daring)

(116) 1012 太阳<u>百分之四十</u>在地平线上面

(117) 552 经过<u>一些</u>地方作些侦察(through *some* places)

(118) 1045 在那里拍<u>几张</u>照(*some* shots)

(119) 1296 把那些家伙拿进来擦擦干净(for *a little* cleaning)

中高值成分不多,以低值成分为主,暗示了金凯的性格:说话以中性居多,很少走极端,至少在口头表达中如此。

与上述两方面相比,男女双方之间的相互评价在数量成分上出现了不对称现象:弗朗西斯卡(叙述者)对金凯的数量评价有90个左右,而金凯(叙述者)对弗朗西<u>丝</u>卡的不足10个。其中,对金凯的情感、身体、性格、行为举止的数量特征50多个;而他随车带的东西,包括器械、啤酒、香烟等,有近30个;其他的是"眼下那些牛仔们都已濒临灭绝"(句1958)一类的成分。它们在相关度、直接性方面的分布方式跟弗朗西<u>丝</u>卡对自己的评价大致相当。下面就各方面分别举例如下。

(120) 1605 他<u>全部</u>拿走了(*all*)

(121) 2315 罗伯特<u>没有</u>家(had *no* family)

(122) 1599(力气很大)然而还<u>不仅如此</u>(*more than that*)

(123) 454 他好像除了水果、干果和蔬菜之外<u>什么都不</u>吃(*nothing but*)

(124) 1506 他的<u>某一部分</u>又像是土著人(*some* part)

(125) 1977 双肩<u>微微</u>前俯(*slight droop*),脸颊<u>逐渐</u>陷进去

(126) 627 他个子<u>并不大</u>,大约六英尺<u>多一点</u>,<u>略偏</u>瘦(*little, little*)

(127) 824 他看起来挺安静,挺和善,甚至有点腼腆(enough, little)
(128) 637 三架相机和五个镜头,还有一包新的骆驼牌香烟
(129) 644 他拿出两瓶百威啤酒
(130) 865 他写点儿诗,可是小说写得不多
(131) 1967 他照的那一群马拉车

这些是按照高中低值、从肯定到否定两个方面排列的,基本上能反映弗朗西丝卡对金凯的评价中数量成分的强化特点。而在弗朗西丝卡看来,与罗伯特·金凯有关的一切都使她觉得性感(1304),由此可见跟金凯有关的东西(包括照片)在她心目中的情感地位。

金凯(叙述者)对弗朗西丝卡的评价中包含的数量特征如下:

(132) 1088 收到你的字条了,W. B. 叶芝做信使,以及种种一切(我接受你的邀请)
(133) 2117 没什么复杂的事(Nothing complicated)
(134) 1758 你如果想见我,或者只是想聊聊天,千万别犹豫。(just)
(135) 518 她大约五英尺六英寸高,四十岁上下,或者出头一些(a little older)
(136) 804 请你给我讲一点你在意大利的生活
(137) 1135 铃响三次时她接电话,稍稍有点气喘(slightly breathless)
(138) 1790(他开车远去,弗朗西丝卡站在原地)人因距离而变小了

虽然这只是有关数量的,但前文关于判断和鉴赏成分的分布特点已经表明,罗伯特虽然对弗朗西丝卡感兴趣,但叙述者的聚焦重点不在金凯身上,由此揭示的是整个文本在前景化评价成分方面的数量分布差异。

上面围绕弗朗西丝卡和金凯的情爱相关度,以两人为着眼点,分别考察了行文中数量特征成分的级差值,以及由此体现的美学特点。与弗朗西丝卡有关的数量成分虽然有20来个与情爱无关,但不像聚焦于金凯的那些成分不少是关涉他的摄影生涯及职业行为的,这仍然是由各自的生活方式决定的——一个四季待在农场里,另一个常年奔走在大路上,眼界、兴趣自然迥异。再者,人们常说女人生来就是为了爱的,这是物种繁衍的使命成就的,所以在烦人而单调的家务与农活之外撞上真爱,就成了她眼里的一切,并固守一生,所以中高级数量成分几乎是金凯相关成分的两倍。可见,这种量和质的分布特点,源自男女主人公各自的生活空间和兴趣范围,由此决定了他们在读者心目中的不同形象和角色地位。当然,数量级差成分只是《廊桥遗梦》中诸多级差成分中的一种;接下来讨论另一个类别的分布模式:强度级差成分。

14.3 强度级差成分的文体特点

强度(Intensity)范畴主要是针对属性意义所做的升降加工;《廊桥遗梦》中的

强度成分在分布上也有两个相互交叉的特点：(一)修饰程度的强、中、弱；(二)以情爱为中心，从直接相关逐渐过渡到间接相关、到毫无关系。有趣的是，其中的中高值强度成分集中在男女主人公对彼此的情感需要上，毕竟文本的基本主旨是意愿性和愉悦性，强烈的相互吸引和分离后的渴望思念自然会涉及大量高强度成分，而中高级强度成分与其他相当程度的级差成分所表达的口吻，让人们反思自己的爱情婚姻无疑具有现实意义。

统计分析显示，《廊桥遗梦》的强度成分基本上是针对态度意义做升降加工的；这一特点在数量成分中也有体现，但数量成分中还有一些例子是针对介入意义的。下面拟以不同态度类别为着眼点，从弗朗西丝卡和金凯(叙述者)针对自身以及针对对方做出评价的角度，逐类加以对比分析。

14.3.1 针对两人情感意义的强度特征

先看跟意愿有关的强度成分，全文一共 13 个。而聚焦于弗朗西丝卡的意愿强度成分基本上都是中高级，很少低值或极端消极情况。事实上，行文中只有 1 个带极端值的强度成分：

(139) 1303 几分钟以前他刚在这儿躺过，她现在躺的地方热水曾流过他的身体，她觉得<u>十分</u>性感(<u>intensely</u> erotic)

其余的都是中高值成分。先看下面一句，包含 3 个成分。

(140) 1576 这感情<u>太强烈</u>，<u>单是</u>那感情的<u>冲力</u>就会使她精神崩溃。

这是她二十二年后回念他的情形，与前一句的行文间距 103 句，彼此呼应。1576 的"感情"是对金凯的需要，但在相当程度上是精神上的；"强烈"(strong)在此受数量成分 enough(足够)修饰(见前文)，指某种程度的加强；"单是"(sheer)是排他性的，"冲力"(bludgeoning)以-ING 形式出现，体现一种现时状态。

(141) 1979 他逐渐变老反而使她<u>更加强烈</u>地渴望要他，假如可能的话，她猜想——不，她确知——他是单身。

(142) 1646 她有点把握不住自己，还想<u>再</u>要他，永无止境。

前一句 1979 的"强烈"由数量成分 more 修饰(见前文)；对比后一句 1646：成分相似，结构相同——都是强度成分 even 对数量成分 more 的加工，但意义有别。1646 后面的搭配是 of：wanting *even* more of him。这是两人情感的巅峰时刻，因此 *even* more 指做爱次数的增加；但 1979 所有不同：And his aging made her long *even* more for him，这是质的提升：如果先前爱他 9 分，随着岁月的增加现在可能逐渐达到 10 分了，大有愈久愈浓的意味。可见，非极端强度成分表达的意愿情感是随着事件本身变化的。如果将上述二例同 489 相比，这一点就会更加明确：

(143) 489 这就是<u>她想要的</u>

这一命题的背景是她想对金凯"再多了解一些"，原文 that's *what* she wanted 中的 what 指代的是 *More of* Robert Kincaid，这个结构跟 1646 相同，意思一样，但强度大不如 1646,因为 489 所在话语系两人初识,只是出于好感而产生好奇心,还没有达到后来那样的强烈程度。

(144) 995 我头脑里有一团火

这是弗朗西丝卡引述的叶芝的诗句①。原诗带有一种起兴的修辞方式,或有叔本华外在泛化表征内在情感之意;这里可从性心理角度来理解②;或者在《廊桥遗梦》的上下文中引为欲望之火,通过引证介入的方式表达她的意愿。

(145) 1561 弗朗西丝卡紧紧贴在他的胸前,心想不知他隔着她的衣服和自己的衬衣能否感觉到她的乳房,又觉得一定能的。1562 她觉得他真好,希望这一刻永远延续下去。

原文是 Francesca was pressed close against his chest, and she wondered if he could feel her breasts through the dress and his shirt and was certain he could. He felt *so* good to her. She wanted this to run forever. 显然,这不是判断性评价,因为不涉及金凯品质或行为好坏问题;而是冲破心理和行为防线之前的几分钟,所以这种"好"是对方吸引她的感觉,隐含积极意愿。

下面三例属于低值强度:

(146) 916 她希望指甲长得长一点,保养得好一点

(147) 1601 她至少是一种可能性——享受某种快感摆脱日常千篇一律的方式

(148) 2288 我把活的生命给了我的家庭,我把剩下的遗体给罗伯特·金凯

现实中的指甲可能不(够)长,保养得也不(够)好,毕竟生活在农场,所以 916 "好一点"出于她的愿望(原文 she... wished they were longer and *better* cared for)。1601 的"可能性"在破折号后面得到解释,而"某种快感"(something pleasurable)从不定代词获得不确定性,也是低级的。2288"剩下的"(I gave Kincaid *what was left of me*)也是一种不定指代,译文根据遗嘱补全了相关信息,处理得恰到好处。916 是妇为悦己者容的心态;1601 之后一句是"但是她没有预料到他这种奇妙的力气"(She hadn't counted on his curious power),这是事前期待与事后体验的对比,衬托她对情爱强度的感受;2288 包含两个命题,也是对比关系:这句话在整个故事中有点睛之妙,道出了弗朗西丝卡处理家庭与情爱关系采取的平衡原则,或者说是一种有关家庭和社区生态文明的平衡方案,从而维系了家庭稳定,牺牲自己

---

① 出自《漫游的安格斯之歌》(The Song of Wandering Aengus, 1893)。原诗一共三节("§"为分节分段符):"脑中燃着一团火,/我游荡到榛树林;/截一段榛条,削去树皮/在线端 挂一粒小莓果;/白蛾扑闪着翅膀,飞去飞来/星星若飞蛾一般,忽隐忽现/我把小莓果,抛入淙淙溪流/钓到一尾银色的小鳟鱼。§把它放到地上/我去吹起火苗/是什么 在地上簌簌作响/是谁 呼唤着我的名字;/它化作一个少女 熠熠闪光/发丝上飘着苹果花/她喊着我的名字 跑啊跑/融入渐渐明亮的空气里。§穿越崎旷野 走过崎岖山路/四处漂泊 我已日渐苍老/但我一定会找到她的芳踪/亲吻她的香唇 紧握她的纤手;/在斑驳的深草丛中漫步/任时光流逝 一同摘取/月亮上的银苹果/太阳上的金苹果。"(云天译)引自 http://bbs.yzs.com/thread-162438-1-1.html)

② 有人指出:"叶芝诗歌中不止一次提到的苹果花,是'永恒女性'的隐喻,同样也是性的晶体。"(见 http://apple1997.blog.sohu.com/77304174.html)

而把情爱心愿以骨灰方式从精神上献给金凯。可见,这些弱强度成分可以恰到好处地体现她不同时期的意愿心境。对比 489 与 2288,what 的强弱程度同样由语境确定:它有收缩读者期待范围的作用。

对比金凯对自己的评价级差,所有跟两人情爱有关的级差成分均相对较强。这里不存在弗朗西丝卡那样的前后对比、家里家外多重顾虑;金凯的意愿相对单一,程度更强。

(149) 525 后来,他告诉她他自己也莫名其妙,那天看着她脱靴子的时候是他记忆中最肉感的时刻。

(150) 1636 我在此时来到这个星球上,就是为了这个。

(151) 2122 当这些感觉太强烈时,我就给哈里装车,与大路共处几天。

525 的相关英文表达是 one of the *most* sensual moments,使用了最高级,再现了金凯遇见弗朗西丝卡当晚到她家里吃晚饭前的体验感受。作为一个没有家室、长年漂泊在外的男性,意外看到异性身体的某个部位,即便不是敏感部位,也足以使这个游子产生回家的感觉。1636 原文的相关部分是 This is *why* I'm here on this planet,即与弗朗西丝卡灵与肉的融合:这是他事后的某种顿悟,他因为职业原因终年行踪不定,到处飘荡,没有爱,没有家,自然没有真正的安宁与归属感,有的只是处理光和影的分分秒秒,从而使身心需要悬置;遇到弗朗西丝卡使他找回了自己的本真,找到了归宿,认识到了深层次的自我。这是在满足状态下对先前意愿的反思性认识。这里没有任何级差成分,却体现出明确的级差意义,是特定语境赋予的。2122 表达的是他对弗朗西丝卡的思念之情(feelings *too* strong),也是对自身意愿状态的描述。可见,三个成分均属于高级甚至极端强度。试比较:

(152) 903 就是别想现在她是什么样

(153) 1141 我要说的是我可能不该请你出来

903 原文是 Anything but *how* she looked just now,他在试图克制自己的欲望,间接体现了他的积极意愿;1141 用到了主位等值结构:*what* I'm trying to say is,动词 is 前是信息的出发点,是说话人选择的具有凸显价值的消息成分,is 后面的部分是述位,明确由 what 限制的内容。这是一种标记主位,目的是造成某种悬念,让听话人有足够的心理准备,否则容易误解,如说话人是否推诿搪塞之类。如果说 903 暗示了金凯的强烈意愿,那么 1141 则通过其特定句法结构,违背话语的数量准则表达相应的语用含义,只是这个含义在这里的述位部分得到了明确,由此体现的意愿显然缺乏 903 那样的强度。

文本中还有两处也是从金凯角度叙述的,均属于中高级成分,但跟两人的情感无关。

(154) 1003 他换上他最喜欢的 105 毫米镜头

(155) 1012 现在太阳百分之四十在地平线上面,桥上的旧漆变成一种暖红色,这正是他所要的。

1003 的级差成分是 favorite，为同类之最，极端值；1012 又是一个主位等价结构（just what he wanted），但前面另有一个增强性的强度成分，使整个命题的强度值提升到中高值。

对比针对男女主人公的意愿性强度级差成分，它们均涉及事前和事后的意愿性，但跟金凯相关的成分强度更高，体现了男女在心理和生理反应上的差别。第一，男性的理性往往比女性强，所以有 903；女性相对阴柔，所以有 525、489 和 995。第二，男性爆发力强，1636 和 2122 能说明这一点；女性的韧性比男性好，在 1646 和 1979 中得到反映。第三，跟前面看到的诸多情况一致，作为女性的弗朗西丝卡，相关强度成分及命题集中在两性交往上；但金凯还有事业上的兴趣，而且是很浓厚的兴趣。

再看对愉悦意义的强度加工。源自弗朗西丝卡的愉悦强度特征 29 个，几乎仍然是高级甚至极端值，大都跟人交往有关；源自金凯的只有 4 个，相关度低。

先看两人分手前的 9 个有关特征。

(156) 1682 但是事已如此

(157) 1705 我多么爱你

前一句在此出现了主位等值结构 that's *what* has happened，仅此一句无从了解其情感价值，但前文说明的是金凯拥有她的现实，what 指代的是两人沉浸在极度幸福之中不能自拔的情感状况。后一句 I love you *so* much 中的强度成分 so 指极端情况，修饰数量成分 much，两者一起描述 love 的程度。与此相仿，行文还有一个带口语特征的强度成分，但其描述对象是一个过程成分：

(158) 1908 自从罗伯特·金凯上星期五从她身边离去后，她才意识到，不管她原来自以为对他<u>多么</u>一往情深，她还是<u>大大</u>低估了自己的感情。

原文是 Since Robert Kincaid had driven away from her last Friday, she realized, in spite of *how* much she thought she'd cared for him then, she had nonetheless *badly* **underestimated** her feelings. 后一小句中的 badly 在《新牛津英语大词典》中的解释是"非愉悦事件或行为的严重程度"，跟 very much 或 intensely 相当（对后者的解释见前文 1303），可见也是一个极端强度成分；badly 直接针对的不是"评估"（estimate），而是其前缀 under，后者与上一句 1705 的 much 在功能上接近，只是 much 是提升强度，under 是弱降性的空间特征。注意 1908 中还有一个 how，跟 so much 中的 so 程度相当。

还有一个句子，包含 5 个强度特征：

(159) 1767 她已失魂落魄，脑子一片空白

从表面看，原文 Her mind was *gone*, *empty*, *turning* 没有明确的强度成分，却蕴含在整个陈述包含的三个小句中：gone 指脑子不再起作用；empty 跟汉语"一片空白"对应；turning 接近汉语里的"天旋地转"。三个成分均表现了女性在极端情况下的心理反应，包括极度消极和积极愉悦状态；仅从行文看，这里有 3 个超强

度成分,由语境确定。但这三个显性成分是以排比方式呈现的;按照相关原则,后面两个成分需做重复计分,即增加2个分值。这样这个陈述就包含5个强度特征。注意,三个词节奏独特:gone一个音节,包含后低元音[O],以齿龈鼻音[n]结尾;empty和turning均以前高短元音[I]结尾,但turning后有另一个软腭舌根鼻音[N],回到gone的鼻音效果上;empty结尾没有鼻音,但前面有一个[m]音,与[N]相近,因为其后有一个爆破辅音[p],所不同的是[m]是闭口音,[N]是开口音;而由[m]之闭到[N]之开,很接近人哽咽时口鼻腔张开的情形。再者,三个词都是短元音,时间短,节奏快,次第出现,描述方式跟她看见金凯起身准备离开那一瞬间的反映合拍。这种美学效果很难说明作者一定具有这方面的专业知识,但作为一个本族语作家,潜意识的音韵节奏感自不待言。

两人分离后的部分出现了11个跟弗朗西丝卡有关的中高值强度成分。

(160) 1574 内心汹涌澎湃,不能自已

这是一个关系过程 The feelings inside of her were *overwhelming*,属性成分 overwhelming 的前缀 over-有完全之意;whelm 现在不用了,在中古英语中(写作 hwelfan)表示打翻器物的行为,在 overwhelming 中则由外在生理行为叠加到内在心理反应,完全被情感征服控制。可见,这仍然是一个具有极端价值的成分,比前文引述的1576温和(见例140),跟1979一致(见例141)。下面是其他成分9个,随后夹注原文,便于对照比较。

(161) 2294 我只要你们知道我多爱罗伯特·金凯(*how much I loved Robert Kincaid*)

(162) 2327 我是怎样的心情(you can imagine *how* I felt when...)

(163) 2059 可是那力量,那……的豹子,那个……沙曼人,还有那个……逝去的人,他在哪里呢?

(164) 1946 现在她更加爱他了(loved him now *even* more)

(165) 2270 在当今这个比较开明的时代说这话不大合乎时宜(to say *such* things in these more enlightened times)

(166) 2072 她知道那软信封里是什么(*what* was in there)

(167) 2269 有一天你们各自也能体验到我有过的经历(*what* I experienced)

注意2059中有排比,第一个成分"那力量"不计,后面出现3次,按3个分值计算;这样的修辞方式可以增加弗朗西丝卡因金凯死亡而带来的绝望程度。2270 修饰 things 的 such 系弗朗西丝卡在遗书中对金凯的积极评述,认定自己的儿女不大可能体验到自己的情感。such 在这里既有指别作用,也有弗朗西丝卡跟金凯的积极愉悦的情感强度,这在前一句2269中(见随后引例)已有体现。2072 她读了金凯通过代理律师邮寄给她的遗书后,明白信封里面是让人触景生情、伴随着爱意的伤心之物。

有趣的是,以金凯为叙述对象的4个评价成分中,有三句是愉悦性的,都带消

(168) 301 也许内心深处并不快活,也许有些寂寞,但是至少是满足的。

(169) 1366 他的声音有些发抖,有些嘶哑(a little shaky, a little rough)

(170) 2125 大多数时候我不是这种感觉(I don't feel that way)

301是他在信中对她的倾诉,是认识她之前的情感状况;相关强度成分是profoundly,大致相当于"真正"之意,在译文中处理成"(内心)深处",符合汉语习惯;301衬托了两人分离后金凯的痛苦心理。1366是弗朗西丝卡沐浴后被惊为天人时的自然反应;"发抖""嘶哑"在大多数语境中都跟消极安全心理有关,但在这里的搭配中再现的是金凯的兴奋情绪,这种积极愉悦心理是通过他对弗朗西丝卡的欣赏获得的。2125是金凯的自我反思,即自己不是那种"自爱自怜"之人;原文中that是通过指别成分而引发性地说明自己的感受的。

与弗朗西丝卡和金凯有关的安全和满意强度特征一共16个,其中跟女主人公有关的3个,跟男主人公有关的13个。安全类的强度成分大都是消极性的;在分布上虽不及满意类突出(见后文),但也是有关弗朗西丝卡的偏多,11个;跟金凯相关的成分仅1个。

(171) 1198 特别小心翼翼(a little **over** cautious)

(172) 1603 让人害怕的正是这一点。(That's *what* was frightening.)

(173) 1816 现在再见他要冒的风险太大了(too much)

(174) 1962 事情就在这一发之际。(That's *how* close it was.)

这些都是对消极安全意义的增强或减弱。1198是她对待金凯使用的贵重照相器材的方式:本来,overcautious是过分小心的意思,前缀over使积极成分"小心"变成了一个消极成分,但前面的数量限制表达式a little让程度大大降低。1603中what的具体内容由"害怕"(frightening)明确;在这里,如果说成that was frightening,就不再是安全情感(对象是人的心理),而是反应鉴赏(对象是事物)。1816是丈夫回家后她想再见金凯的心境。1962的背景是:1960-1"如果她再跟他谈一次话,自己就会去找他。如果她给他写信,他就会来找她。"是与否在一念之间。

下面是有关安全意义的低值强度成分,其中只有1个强度成分是修饰积极安全心理的。

(175) 341 她并不怎么在乎邻居(not too much)

(176) 1099 但是有人看见怎么办,假如理查德知道了,她怎么跟他说?(What if someone saw her? *What* could she say to Richard if he found out?)

(177) 1142 她一直在想这个问题(*just* that)

三句都是弗朗西丝卡对小镇人可能说闲话的态度,她显然处于一种矛盾心理。其中涉及的四个成分均可作中值看。

(178) 1224 她觉得自己有点不好意思地笑了笑(in *mild* embarrassment)

(179) 2023 主要是害怕可能发现的情况(what she might discover)

它们在强度上两相对立：1244 是缩降，跟 355 用法相当；但 2023 系超强度，虽然语词上没有直接表明这一点，但整个语境赋予了高度非安全特征，她担心的是自己打听折腾了一大圈之后，如果发现金凯已经不在人世，她担心没法接受。

(180) 596 不过我总可以弄点来(but I can figure out *something*)

这里针对弗朗西丝卡的自信心，"一点东西"(something)是低值成分，使整个陈述的语气显得和缓，也使自己处理饭菜容易些，以免让金凯失望。这是一种微妙的心理博弈，显示了女性常有的用语策略。

这个部分跟金凯有关的成分只有一个，而且与两人情爱或交往无关：

(181) 1044 紧张的二十分钟

这是金凯周二早上在罗斯曼桥拍照的过程，因为 1043"桥上的光线一秒钟一变"，所以他得争分夺秒；行文随后还有一句解释性的话，可以看作金凯的内心独白，也可看作叙述者介入话语的评述："这种紧张只有军人、外科医生和摄影师才能体会"，这也体现了任何一项职业的特点——轻松、愉悦只是局外人的错觉。

跟意愿、愉悦、安全类的强度特征数量相反，满意类是弗朗西丝卡少，金凯多，分别是 3 个和 13 个。

(182) 725 她感觉好了<u>一些</u>

(183) 1457 她对自己的外表和感觉都<u>很</u>满意

这些是与弗朗西丝卡的满意有关的级差成分。725 上文是：当得知金凯结过婚后，弗朗西丝卡醋意大发；但对方说已经离婚多年，也不再有任何联系，她的情绪便有所好转(felt *better*)；better 是比较级，跟前期状态有关，也许她仍然有些不舒服，只是不痛快的程度比先前有所改观。注意译文把强度成分处理成了数量成分，系英汉语表达方式所致。1457 的 *how* she looked and *how* she felt 中，前一个"好"(how)是间接满意，直接相关特征应该是积极反应意义；后一个是直接满意。

(184) 597 确实对杂货铺、饭馆已经<u>(很)</u>厌倦了。

(185) 601 素材<u>就</u>好。

(186) 603 <u>就</u>是觉得那样更舒服

(187) 765 不过我成就并不多

(188) 1156 那风扇的响声，阵阵啤酒味，电唱机的高音喇叭，还有酒吧前一张张半含敌意盯着他看的脸，使他感觉这儿比实际更热。

(189) 1172 这相当枯燥

这些是有关金凯的。597 的汉译漏掉了强度成分"很"(*pretty* tired of)。601 英汉语不对应，由各自的特点决定：英文的"仅仅/就"(*Just* the vegetables would be fine for me)是就蔬菜说的，汉语把这个强度成分挪到了评价部分"好"之前。603 原文 I *just* feel *better* that way 中也有一个 just，但是针对心理过程"感觉"(feel)的；注意其中的 better，跟前面的 725 所有不同，毕竟比较的起点有别。765

系误译,原文的过程成分是 complaining(抱怨),后接环境成分"太多"(too much);其实也只有抱怨才跟前文接得上:此前是金凯对过度商业化的社会现状的不满表白;这里说他并不总是抱怨,符合他的性格,至少外表如此,应该是"不过我并不爱抱怨"之类的措辞。1156 含四个排比成分,均有引发性的消极满意特征,即让金凯烦躁的外在因素;同时,后面三个成分使这种烦躁感得到逐步加强提升,从而增加了 3 个强度特征,使整个陈述带上了 7 个分值。1172 的语境是:弗朗西丝卡要看金凯实地拍照,金凯却认为自己的工作观赏性不强,甚至"相当枯燥"(pretty boring),"相当"系中高值。

总之,从文体特点看,修饰意愿、愉悦、安全的强度成分在分布上以弗朗西丝卡多,金凯少;与之相对,跟满意有关的强度成分在分布上则是以弗朗西丝卡偏少,金凯偏多。这样的分布格局意义何在?这一点拟在后面一起讨论。

14.3.2 针对两人判断和鉴赏意义的强度特征

强度级差成分除了和情感意义联系在一起,还对判断意义发挥作用。跟判断意义有关的级差成分全文 31 个,跟弗朗西丝卡有关的 14 个,跟金凯有关的 9 个。其中,对态势意义加工的 9 个,但跟两人情感无关,不予考虑。

首先,涉及能力的例子 7 个,跟弗朗西丝卡有关的 4 个。例如,

(190) 2261 他对我做爱时我完全不由自主,不是软弱,这不是我的感觉,而是纯粹被他强大的感情和肉体的力量所征服。(I *simply* was helpless when be made love to me. Not weak; that's not *what* I felt. *Just*, well, overwhelmed by his *sheer* emotional and physical power.)

女主人公向儿女描述自己在金凯面前显得"不由自主",还申辩了两句——不是 X,而是 Y;其实,均涉及能力问题,只是不同方面:不是我弱,而是对方太强。四个强度成分 simply,what,just,sheer 中,第一、三、四个成分用法和意义相当(sheer 见前文 1576),what 即 just 所引之句表达的内容。四者均系中高值,口气偏强,毕竟是她跟自己的儿女讲话(对比第 13 章有关接纳成分的分布特点)。

(191) 702 我切菜很在行

(192) 1031 把相机竖起来,再拍,也许比这还快(probably *quicker* than that)

(193) 2099 在那个炎热的星期五从你的小巷开车出来是我一生中做过的最艰难的事以后(the *hardest* thing)

前两个陈述是肯定的,强调能力方面不同;2099 是消极的,与 2261 相比,似乎又折回来了:现在遇上金凯无能为力了,当然各自涉及的侧面不同。有趣的是,就在 2099 之后有一句,说的是同样强度的事,但角度有别,而且是有关量化强度的,无妨做一比较:

(194) 2100 事实上我怀疑有多少男人曾做过这样艰难的事(if *few* men have ever done anything more difficult than that)

该句实际上涉及 5 个语力特征值,但都与属性强度意义无关:3 个数量成分(few,anything,more)、1 个跨度(ever),还有 1 个是有关过程的强度成分,由 if 引导。前三个属于中高值;ever 不定,在这里的语境中可跟前三者同值看待;if 为低值,有弱化作用。

跟二人可靠性有关的特征一共 10 个,其中涉及弗朗西丝卡的 6 个。

(195) 632 穿*太*正式了不大合适

(196) 2306 *所以*我从来没有再穿过,也拒绝给你穿

(197) 2300 那场*激烈*争吵

(198) 1964 她知道他理解她的感情(*how* she felt)

四句中 5 个成分均涉及二人的情感,不过都是间接的:第一句可以看作弗朗西丝卡的心理活动;后两句 3 个特征是遗书中的内容,对象是女儿卡洛琳;2306 的原文是 That's *why* I never wore it again and *why* I refused to let you wear it,其中说到的原因(why)在句中作属性,这里把它们作为事物看待,尽管同时是过程成分"穿"和"拒绝"的环境。两个理由成分跟前面出现的 what 句一样,强度不定,由相关语境提供:语气坚决,均系否定,对卡洛琳来说为消极可靠行为,所以有 2300 一句。1964 的前一句说的是金凯离开后除了给她寄过一包照片和一封信,再没有联系过;随后出现 1964,说明彼此了解。

跟金凯有关的、修饰可靠性的成分 5 个,但跟两人交往的有 2 个:

(199) 1131 也许比这还*快*

(200) 1132 *千万*不能低估小镇传递小消息的电传效应

(201) 545 不过我觉得那种工作*太*舒服人

(202) 919 她准备咖啡时,他打开瓶子在两只杯子里斟上酒,倒得倒*恰到好处*(the *right* amount)

前两句是间接相关,表推测,金凯担心的是他俩如果被镇上的熟人看见,消息会很快传开。最后一句不相关,所用强度成分的口语特征突出(*awfully* confining),与 very 相当。最后一句是弗朗西丝卡对金凯倒酒的观察;这个句子跟两人的情爱关系很弱,不过属于两人的交往范围。

然后是对恰当性意义的强度加工,全文相关成分仅 6 例,弗朗西丝卡占 4 例。

(203) 1911 她还是端坐不动(sat *frozen*)

(204) 2285 我常想,我在作出决定时是否*太*理性了(*too* rational)

(205) 2251 对于已发生的事我和他有同样的责任(*what*)

(206) 1725 那么多关于不该剥夺你以大路为家的自由(*what* I said about not)

句 1911 的背景是金凯开车离开时弗朗西丝卡看到的情形;她本来还有机会随他而去,但"端坐不动",责任使然,所以她的举动是积极恰当的;而 frozen 是一个注入型成分,强度特征融入了"坐"的状态中,高值。2285 属于孤立型,即强度成分与所加工的对象分离,too 系高值甚至极端值。2251 原文 I had as much to do with *what* happened as he did 包含一个主位等价结构 what，其强度由 much 决定，中高值；这是弗朗西丝卡的自我反省，也符合行文所述的有关现象。1725 与 2251 同；但"我"的言语行为是恰当的，所以 what 引导的命题是积极的，原文用了一个否定成分 not，因此与 what 相关的强度值属于极端情况。

跟金凯有关的恰当性修饰成分 2 个：

(207) 901 文明人的<u>严格的</u>规矩

(208) 1555 然后在我变得完全过时，或是造成<u>严重</u>损害之前退出生命

"规矩"指社会历来普遍认可的两性伦理，所以"严格"是对恰当性意义的强化；后一句的"损害"系非恰当性行为，"严重"跟"严格"一样，均系高值。

以二人为出发点的鉴赏类态度级差意义集中在反应范畴上。在整个文本中，与弗朗西丝卡相关的特征 33 个，与金凯相关的 22 个。在前一类强度成分中，中高值成分达 21 个之多。以下各例中的强度成分也是中高值。

(209) 1579 形象<u>十分</u>清晰、<u>真实而且就在眼前</u>

句中含排比，原文 The images were clear, and real, and present 有三个并行的属性成分，故有 5 个强度特征。译文的第一个属性成分前平添一个"十分"，没有必要，也破坏了节奏；后面的"而且"也多余：and 是英语语法结构上的需要；把 present 处理为"历历在目"似乎更佳。

(210) 356 在此之前和在此之后我都从来没有<u>这么</u>好看过

(211) 2304 我一辈子都没有像那天<u>那么</u>漂亮过

(212) 1358 裙子下面露出两条修长的腿，<u>十分</u>好看

前两句是弗朗西丝卡二十二年后看照片时的自我欣赏心理。356 原文是 I never looked *that* good before or after，特指成分 that 在这里的语境中获得了强度意义，强度与前一句的"我当时是挺好看的"等同。2304 是给孩子们的遗言中的一句，原文 I've never looked *as* good in my entire life *as* I did that night 有一个原级比较成分 as...as，强度值跟第二个 as 之后的小句表达的强度有关。1358 的相关部分原文是 *just* fine，由 just 发挥提升作用。

(213) 1559 这正是使她迷茫而又倾心之处，<u>惊人的激烈，激烈得像一支箭</u>。

原文有 4 个高值强度成分，what（had both confused and...），incredible（intensity），arrowlike 和一个<u>重复</u> incredible intensity...（arrowlike）intensity。

(214) 1305 像洗澡时喝一杯冷啤酒<u>这样</u>简单的事，她都觉得<u>多么</u>风雅。

原文是 Something *as* simple *as* a cold glass of beer at bath time felt *so* elegant，so 强调了"风雅"（elegant）的程度。这里还有一个成分 as（simple）as；只是中间的 simple 不是反应，而是构成，与弗朗西丝卡有关。

(215) 1580 然而又是<u>那样</u>久远，二十二年之久

(216) 2219 这里面有着<u>这么</u>强烈，<u>这么</u>美的东西，我不能让它们随我逝去

(217) 2257 那是一种<u>不可思议的</u>，<u>强有力的</u>，<u>使人升华的</u>做爱

三句的相关英文是 *so* far back，*too* strong，*too* beautiful 和 *incredible*，*powerful*，*transcending* lovemaking；而 2257 中有排比，故增加 2 个分值。这里一共有 8 个特征，都倾向于极端性。

还有一些中值或中偏低的强度特征。

(218) 938 她正享受着<u>美好</u>的情怀，<u>旧时</u>情怀，<u>诗和音乐</u>的情怀

原文是 Francesca was feeling *good* feelings，*old* feelings，*poetry* and *music* feelings，4 个斜体成分，外加后两个排比带来的特征，使 938 带上了 6 个低值特征。其中，"旧时"(old)在这里的语境中被赋予了美好意义，所以与 good 等同看；最后一个 feelings 统摄 poetry 和 music，仅算一次；但后者毕竟各有各的美学价值，故作 2 次计算。

(219) 1189 她昨天就注意<u>到了这一点</u>。他把她吸引住，<u>部分也是因为这个</u>
(220) 1356 那粉红色比她的衣服还要淡(*even* lighter)
(221) 1360 不过还是<u>挺</u>不错的(*pretty* good)

注意，1189 有两个成分，都是主位等价性的 what 结构：*what* she had noticed and part of *what* drew her toward him；1356 也有两个成分，even 和比较级 -er。

以金凯为出发点的反应类强度成分，22 个，跟二人情爱交往有关的只有 10 个，偏弱。

(222) 1035 抓出已经装好<u>感光速度更快</u>的胶卷的相机

其强度成分落在比较级中(faster film)的 -er 上；行文中还有一句：1040"换感光速度更快的胶卷"，特征成分相同。

(223) 1052 <u>美好</u>的夜晚，<u>美好</u>的晚餐，<u>美好</u>的女人

这是一个匀称的排比结构，含 5 个低值特征(*Nice* evening，*nice* supper，*nice* woman)。

(224) 1451 今天一天过得真好，真丰富。(It was a long，*good* day.)

此句中的 long 作数量成分看待，所以这里只有 good 一个成分。

(225) 2116 在<u>雾蒙蒙</u>的早晨，或是<u>午后太阳在西北方水面上跳动</u>时我常试图想象你在哪里，在做什么

原文是 In my imagination，on *foggy* mornings or afternoons with the sun *bouncing off* northwest water，I try to think of where you might be in your life and *what* you might be doing as I'm thinking of you. 前面的 where 指空间，这里有 3 个成分，包括其中的 what 结构，均为低值；bouncing off 是注入型引发性表达式，程度比 reflecting 强。

(226) 2127 我们本来也可能像一闪而过的两粒宇宙尘埃一样失之交臂(flashed by *one another*)

斜体部分就是传统语法说的相互代词，具有低值强度意义。

(227) 1090 天气<u>很</u>好(*pretty* good)

(228) 1693 一个*奇妙*的屋顶饭店(a *wonderful* rooftop restaurant)
(229) 2152 身体精瘦像冰一般坚硬,浑身肌肉,狡黠莫测。
(230) 2262 我是大路,是远游客,是所有下海的船

注意 2152,两个成分分别是 thin and hard *as the ice itself* 和 *implacable cunning*;2262 也是排比,但原初的三个属性成分本身不带强度意义,故该句只有两个特征。

还有一组成分是关于估值的强度成分,但只和金凯有关:
(231) 2120 很接近我有时的感觉
(232) 310 我的说法*更*好:从我们两个人身上创造出了第三个人
(233) 1519 有一种人是过时的产品,或者差不多如此(*very* nearly so)

第一句跟两人的情感有关,原文是 *pretty* close to how I feel some of the time,即诗人兼文论家伯特·潘·华伦(Robert Penn Warren)所说的"一个似乎为上帝所遗弃的世界"①;2120 是接引文后的一句,有两个低值强度成分;310 前面部分的原文是 I put it *better*,强度特征在 better 中,与前文所引 603、725、916 中的 better 一样。

总之,在弗朗西丝卡与金凯彼此的描述中,强度成分的分布特点突出。在分布数量上,基于弗朗西丝卡而围绕态度意义的强度成分远远多于基于金凯的情况。这是由叙述者将聚焦重点放到弗朗西丝卡身上、由她在两人交往中的积极主动性决定的。概言之,弗朗西丝卡在上述过程中追求自身的情爱感受,集中体现在相关级差成分作用的意愿、愉悦和安全性上,且大多为中高值。与此相对,金凯言行中的视界远远大于弗朗西丝卡,但相对分散。因此,《廊桥遗梦》的强度成分在分布上的确和主题有关,并在男女主人公身上体现出明确的差异;同时,这些强度成分是为两人情感发展服务的,它们的选择虽然在行文中带有一定程度的随机性,但在总体分布上受潜在的故事主题支配,这也体现在有关聚焦成分的分布上。

14.4 聚焦成分的文体价值:现象举偶

聚焦范畴关注的是那些本身无所谓等级梯度而人为做出区分的级差手段。先

---

① 原诗题为《佛蒙特歌谣》(Vermont Ballad: Change of Season),收入约翰·伯特(John Burt)主编的《罗伯特·潘·华伦诗集》(*Collected Poems of Robert Penn Warren*),1998 年,第 467 页。该诗作于 1980 年,此处所引系其中第二节末一句。全文 38 行,兹引前三节如下:All day the fitful rain / Had wrought new traceries, / New quirks, new love-knots, down the pane. // And what do I see beyond / That fluctuating gray / But a world that seems to be God-abandoned- // Last leaf, rain-soaked, from my high / Birch falling, the spruce wrapped in thought, / And the mountain dissolving rain-gray to gray sky. (终日,雨水断断续续/飘打着新安的窗格/新装的门楞,新编的同心结,滴流而下。// 而我所看见的/在飘摇的阴霾之外/似乎只是一个被上帝抛弃的世界—— // 最后一片枯叶,浸满了雨水,从我那高高的/白桦树梢飘落,云杉裹在思绪里,/远山破开灰蒙蒙的雨雾,直指灰蒙蒙的天空。)

看两例。

(234) 330 她头发是黑的,身材丰满而有活力,套在牛仔裤里正合适。

原文是 Her hair was black, and her body was full and warm, filling out the jeans *just* about right,注意加下划线的部分,"合适"(about right)是对"套在牛仔裤里"(fill out the jeans)的合适程度的描述,因此"合适"是"套"的强化成分,属于语力的范围:强调"套"的合适程度,因为套进去不一定合适,所以"合适"是一种典型情况。"合适"(right)是一个封闭范畴,是一个点,不是一个幅度范围。但前面加上了一个带程度的"正"(just),使这个有关位置(一个"点")的范畴变成了幅度范畴,并且是极端情况,潜在的含义是在这个范围内,但还有其他可能性。这就好比拍照时调节聚焦的清晰度一样,在框定实物的同时,尽可能根据实物(女主人公的现实情感状态)使照相机中再现的图像清晰("套"这一范畴)。这一加工过程就是聚焦的明晰化——让对象在意义表达中变得或清晰、或模糊、或概括、或具体。330 是使"合适"这一意义变得清晰的锐化调节过程。

(235) 2130 我努力记住这一点。

英语表达 I *try* to keep that in mind 中的"努力"(try)是另一种聚焦方式:被投射的部分"记住这一点"表达主体产生某种心理行为;前面加上"努力",通过这种具有元话语特点的成分让比较确定的口吻变得和缓一些,以此说明对前一句 2129 "对宇宙来说,四天与四兆光年没有什么区别"所述内容进行的履行意向。这一聚焦过程就是现实化,即意愿、承诺、预测、义务或角色等所要体现的实施、实现、践行或具体化的方式。与 332 相对,这里有柔化特点,暗示"努力记住"与"记住"之间可能存在的现实化距离。

注意,这里的成分是通过动词词组来体现的,例如动词词组"努力"(try to)投射"记住这一点"(keep that in mind)这个肯定命题,从而使后者的程度减弱。与语力的强化或量化作用相比,聚焦则是在原型性与精确性方面的加工。可见,语力与聚焦虽然在许多情况下关涉的对象相同,但加工对象的性质有别:前者是本身可以分级的梯度现象,后者是在没有等级特点的范畴上给予人为加工的。这样就使一些修饰成分同时具有语力和聚焦特点。数量成分"一点"(a little)可以修饰属性,如"有点疑惑"(*a little* perplexed),从而成为强度意义;也可以修饰数量本身,如在"微微咧嘴一笑"(*a little* grin)中,它就是一个聚焦成分:grin 本是张嘴露齿而笑,与 smile(微笑)相对;前面加上这个带数量特点的修饰成分后,使 grin 这个本身无分级特点的范畴,变成了一个似乎可以分级的概念,从而模糊了 grin 的典型性。

下面将首先分析《廊桥遗梦》中一些典型的聚焦意义,然后就个别聚焦成分在文本中的美学特点做具体说明。

14.4.1 针对于男女主人公的一些典型聚焦成分

先看清晰化聚焦方式。下面是一个有关 just 的实例。

(236) 919 他打开瓶子在两只杯子里斟上酒,倒得倒恰到好处。

后一个小句的原文是 poured *just* the right amount,其中"刚好"(right)修饰"量"(amount),是一个强度成分;两者搭配 right amount 是一种极端情况,但 just 发挥了聚焦作用,使被修饰者聚焦到更为"清晰"的程度。换言之,right amount 从程度上说是不可再分等级的,但 just 使这个典型特征具有等级梯度并校准于其中的极端情况。330 和 919 一样,都是锐化型聚焦。但两者在态度意义上各有不同:330 侧重于弗朗西丝卡,更确切地说是穿着上的适宜性,这是一种构成性的鉴赏意义,具有协调性平衡特点;919 的重点落在金凯倒酒的行为上,体现了他的能力,系判断范畴。正如前文所说,330 和 919 正好代表了人们通常对待女性和男性的态度:看重女性的是外貌;看重男性的是能力或可靠性。

(237) 1708 罗伯特,我还没说完

呼语之外的部分 I'm not *quite* finished 是一种典型的口语表达方式。"说完"(finish)表达一种过程的结束状态;quite 则使"说完"这一结束状态回缩到之前的阶段,从而使"说完"范畴的边界模糊。

(238) 2283 如果在他与我面对面要求我跟他走时我已真正了解这一点,我也许会跟他去了。

原文是 Had I *truly* understood that, when he was face to face with me and asking me to go, I probably would have left with him. "了解"(understand)指一种心理状态,一个有界范畴:它意味着对"了解"程度的级差化;但"真正"的限制作用意味着"了解"还有程度因素。当然,在这里的现实中,弗朗西丝卡的意思是说,她当时并没有真正了解自己对金凯的感情的强烈程度,暗示了一种后悔心理。

(239) 1725 只是为了我自私的需要,我要你

汉译没法完全体现原文的聚焦意义:my *own* selfish wanting of you。其实,"我的"(my)已经表明:"自私"这一特征的归属不是别人,"我自己(的)"(own)在这里不是重复,而是锐化"自私"的归属度,强调弗朗西丝卡的情感需求,从对比角度为随后的理性选择确立一种具有说服力的合理性。因此,"我自己(的)"(own)的强调作用不是针对"你自己(的)",而是为了确立说话人自己的理性与情感的对立关系。类似之处可在"我"与"自私"之间添加"本人/身"之类的成分。

(240) 563 于是我就辞了工作,从此成为专职农家妇。

后面部分的英文是:So I stopped and became a farm wife full-time. 有趣的是,"农家妇"(a farm wife)这个表达式本身就包含了"专职"而非"兼职"之类的特征,但这里突出了"专职"(full-time),大有前景化动机,即将局部突出放大,而这一点还通过所在尾重位置得到进一步凸显。其实,上面提到的所有聚焦成分均具有这一特点。

以金凯为聚焦对象的表述也有类似成分,例如,

(241) 1012 这正是他所要的(*just* what he wanted)

(242) 754 我自己喜欢的私人收藏(my *own* private files of stuff I like)

(243) 474 真好,这里真美(*real* nice, *real* pretty here)

(244) 2152 身体精瘦像冰一般坚硬(thin and hard as the ice *itself*)

注意 474 中的"真"(real),分别对"好"(nice)和"美"(pretty)做出锐化加工:"真"本来和"假"对立,但在这样的语境中这一潜在对立性被屏蔽了,即不再有对立因素,而是对 nice 和 pretty 的限制性描述。这为后文描述弗朗西丝卡人好做出了应有的铺垫。2152 是金凯写给弗朗西丝卡的一篇文章中的一句话,说明自己穿越时空回到原始状态的情形之一;这是一个比喻,说话人把身体的坚硬程度比作冰块,薄而坚硬的冰叠加到金凯的身体上,增加了意象,能够吸引阅读者,所以具有反应性鉴赏功能;这种情况下使用 itself,是为了说明自身的硬度与人的原始本性。

上面讨论的都是锐化成分;下面来看一些柔化表达式。先看中高值情况。

(245) 2257 那是一种不可思议的,强有力的,使人升华的做爱,它连续几天,<u>几乎不停顿</u>。

这是弗朗西丝卡在遗书中留给孩子们的话。"不停顿"为否定极,没有例外;但前面加上"几乎"(*almost* without stopping)后,则迈出了"不停顿"的范围,出现了例外情况,但它作用的对象从否定的极端,走向介于肯定与否定之间的一个模糊段,因为 almost 的解释 very nearly(非常接近)是一个数量性类推,从而使极端情况得到柔化,获得了某种现实的可能性。当然,即便如此,这仍然是一种夸大描述,与自己跟丈夫的情感交流相比,金凯具有超常性。

(246) 2257 几乎你们可以想到的任何地方

行文中出现了"几乎"(*just* about anywhere)一词,让能够设想到的可能情况从百分之百有所下降,使命题的肯定性得到柔化与缓和,于是聚焦得到一定程度的模糊化。

再看聚焦于金凯的一些表述。

(247) 299 我几乎想不起来中间经过的路程

(248) 2094 从 1965 年到 1973 年我几乎常年是在大路上

(249) 300 几星期之前,我感觉自己很有自制能力,也还很满足。

(250) 2115 可这大致就是我的感受。

(251) 1519 有一种人是过时的产品,或者差不多如此

前两句的"几乎"用了两个不同但意义接近的成分,barely(I *barely* remember the miles going by)和 almost(I was on the road *almost* constantly from 1965 to 1975),但两者的作用正好相反:barely 的相关解释是 only just 或 almost not,即和否定极联系在一起;almost 则肯定与否定都可能,这里靠近肯定一极;前者作用的对象是过程"记得/想起",后者是环境成分"总是/常年"(constantly)。两句的柔化成分都是为了说明金凯的失落状态的:前者指离开弗朗西丝卡后失魂落魄的境况;后者点明金凯为了逃避情感带来的痛苦而采取逃避办法。300 相关部分的原

文是 *reasonably* content，如果只有 content，则是十分情况；有了 *reasonably* 这个成分则使 content 降到了五六分的程度，属于中值或中偏上的范围；2115 的"大致"(*pretty much* the way I feel)具有类似效用。最后一句"差不多"(*nearly* so)是一种空间性类推，但前面的 very 起锐化作用；翻译没能反映原意。

上面两种情况总的说来相对较少，而向中间聚焦的柔化成分在《廊桥遗梦》中较多。下面是聚焦于弗朗西丝卡的一些实例（必要时核心部分的原文夹注于句尾）。例如：

(252) 355 我当时是挺好看的，她心里想，为自己的自我欣赏不禁莞尔。

译文没法体现原文的修饰成分 *mild*（self-admiration），这是缩减性限制，说明女主人公并非百人之百满意，而是带有趋中特点的，大致相当于"有些"之类的意思。

(253) 1188 这是某种表演(a performance of *sorts*)

(254) 1210 我在他面前有点迟钝(*sort of* slow)

(255) 1360 我已尽力而为了(*about* as good as I can do)

(256) 1576 单是那感情的冲力就会使她精神崩溃(*somehow* would)

(257) 1810 外面挺舒服(It's *kind of* nice out here)

第一、二句使用的是同一手段，只是位置不同，不过跟柔化对象有关：前者是一个事物——拍摄工作，后者是一个属性成分——反应速度。这种柔化手段能让一个典型范畴变成一个边缘性范畴，从而使它失去应有的特点。随后两句通过模糊成分 about 和 somehow 分别作用于一个属性成分（自己打扮的水准）和一个过程成分（回忆带来的心理震撼）。最后一句是针对属性成分的，作用跟第一、二句的 sort of (某种)相当。这些成分使相关意义带上和缓口吻；除了最后一句，其余的都跟她和金凯的交往有关。

下面是聚焦于金凯的明晰化实例，跟前面谈到的情况大致相当。

(258) 123 一种特别朴实无华的美(*a kind of* austere beauty)

(259) 592 我想我能理解你的感觉(I think I *kind of* know how you feel)

(260) 1097 大约五点半接你(*about* five-thirty)

(261) 1542 我的职业给了我某种自由驰骋的天地(free range of *some sort*)

(262) 1731 他多少知道她是对的(He knew she was right, *in a way*)

第一、二例所用成分与 1810 同，却是修饰事物和过程的，分别为反应意义和另一种柔化成分（即现实化；见后文），均具有典型的口语特点。其中 123 指"北达科他州"的地貌："那光秃秃的平原对他来说像群山"，一种反应意义；592 是对不满于小镇生活的弗朗西丝卡的宽慰之词。第三句 1097 与前面的 1360 同，是相识第二天上午他在电话里跟她说的话：他打算下午去接她出来看自己拍照。1542 与前面的第一、二句相同，只是 sort 前还有一个数量成分 some，两者一同作为柔化成分发挥作用。最后一句"多少"(in a way)是针对过程"知道"的。在这些实例中，123 和

1542 跟故事的情感主旨无关。

先看一个例子及其相关行文中出现的几个其他聚焦成分。

(263) 569 <u>标准的</u>答话应该是……

原文相应部分是 the standard reply。其实,"答话"本身无所谓标准与不标准;"标准"的作用在于使"答话"这个范畴变成等级梯度,从而把 569 聚焦于典型范围内。这是一种极化方式,是弗朗西丝卡应该回答的内容;因此,569 的含义是:她可能不按这一常规方式回答金凯的问话;事实上,她在依据上述"标准"方式回答对方之后(576"我应该说"——这里出现了另一个带柔化特点的成分"我应该说"I'm <u>supposed</u> to say),可又打了折扣:578"这些<u>大部分</u>都是真的"(量化)、580"当地人<u>在某种意义上</u>是很善良"(带下划线者系又一个现实化柔化成分),并进一步点明了自己的感受:584"这不是我少女时梦想的地方"。可见,类似成分在前文已经普遍涉及了。

下面两例中的相关成分也起锐化作用:

(264) 2251 对于已发生的事我和他有同样的责任,<u>事实上</u>我这方面更多

(265) 2316 <u>我要求</u>你们把他看作亲人,不论这一开始对你们有多困难

"事实上"是对前一命题的详述,即换一个角度作重述,修正前一命题的内容而主动承担责任。对于 2316,"我要求"符合母亲对孩子们讲话的口吻。下面的 1705 也是锐化方式,但采用的是一个修辞性的反问句:

(266) 1705 <u>你难道看不到</u>,我是多么爱你(<u>Don't you see</u> I love you so much)

还有一些有关柔化特点的实例;其中加下划线的部分均系现实化聚焦成分。

(267) 1979 他逐渐变老反而使她更强烈地渴望要他,<u>假如可能的话</u>

(268) 1814 <u>说实在的</u>,如果她见到他会很难管住自己

(269) 2315 <u>据我所知</u>罗伯特没有家

(270) 876 她曾<u>想方设法</u>向学生解释叶芝,但是没能让大多数人理解

(271) 2268 我是在<u>试图</u>表达很难用语言表达的东西

这些都是从某一角度说的,有接纳特点,所以使相关命题得到柔化加工。还有其他一些表达式,但与上述诸例有别。

(272) 1369 这一瞬间这句问话是真诚的,<u>她心里明白</u>(<u>She knew</u> it)

(273) 503 她引导他把卡车停到屋后面——<u>她希望</u>自己做得很随便(<u>she hoped</u>)

(274) 1768 <u>她听见</u>自己身体里某个部位这样叫道(<u>she could hear</u> herself crying out)

(275) 2272 <u>恐怕</u>坏消息是(<u>I'm afraid</u>)

(276) 1909 这看来<u>似乎</u>不可能(That didn't <u>seem</u> possible)

这是按现实化程度从高到低排列的;而跟 1768 相类的表达方式还有 could see/visualize/tell/ sense 等等。

下面是聚集于金凯的一些相关实例,除了第一例,其余的均有所不同。

(277) 1730 他<u>知道</u>她说的关于大路、责任以及那负疚感会转变她是什么意思

(278) 2100 <u>事实上</u>我怀疑有多少男人曾做过这样艰难的事(*I doubt*)

(279) 304 谁也不知道对方存在,<u>保证</u>我们一定会走到一起(*ensured*)

(280) 651 <u>或者更恰当地说</u>(*better yet*)

(281) 748 <u>我猜</u>他们了解他们的读者(*I guess*)

第一句跟前文同,但第二句内容相反,两相对立;第三句"保证"是现实化的前期途径,与"试图"(try)等情况相似。651 跟 2251"事实上"功能相当,只是 651 口语特征明显。748"我猜"跟前面的"恐怕"和"看来"等功能基本一致。

总之,无论是明晰化聚焦还是现实化聚焦,均可使本不具有分级意义的范畴出现典型与非典型意义,从而达到评价目的。两类聚焦成分在《廊桥遗梦》中分布数量不如其他级差成分,但它们对围绕男女主人公情感发展出现的相关态度和介入范畴发挥了应有的加工作用,明确或模糊了有关现象,再现了说话人介入话语过程的特点。

14.4.2 从几个代表性聚焦成分看文体价值

上面的实例分析说明了《廊桥遗梦》中常见的聚焦成分类别及其协助体现其中非聚焦意义的文体价值;现在来看几个成分在全文中的使用情况,包括"自己"(himself 和 herself)、"认为/想/觉得"(think/ thought)和"相信/肯定/觉得/知道"(sure)及其相关语境;附带论及几个意义相近的语言点。我们且从弗朗西丝卡开始(必要时引英文全句)。全文有关她"自己"(herself)的句子 19 个,有关金凯的 22 个,彼此相当。但从与两人情感发展与交流的角度看,它们之间则存在美学上的差别。就弗朗西丝卡而言,在 19 个"自己"(herself)成分中,只有一句跟两人交往没有关系。笔者把这 19 个成分按相关语境的情爱相关度和直接性从高到低做降序排列;其中,前 5 句的直接性最强:

(282) 1618 她只知道他拉来一条不知什么绳索,把他们两个紧紧绑在一起,绑得这么紧,如果不是由于她从<u>自己</u>身上挣脱出来的那种冲天的自由感,是会窒息的。(She would have suffocated had it not been for the vaulting freedom from *herself* she felt)

(283) 1626 在她弓身向他贴近时,一种声音,细微的,含意不清的声音从她口里发出。(as she arched *herself* toward him)

(284) 1768"别走,罗伯特·金凯。"她听见<u>自己</u>身体里某个部位这样叫道。(She could hear *herself* crying out from somewhere inside.)

(285) 1814 说实在的,如果她见到他就很难管住<u>自己</u>。

(286) 2024 她听其自然,允许<u>自己</u>越来越多地想罗伯特·金凯。

以上 5 句在相关度和直接性方面程度最高;下面的情况则有所降低。

(287) 385"如果你愿意的话,我可以领你去。"这连她自己都感到吃惊。

(288) 434 在五分钟内,她第二次使自己意外,竟然接受了。

(289) 624"一条毛巾,"她自责地说,"至少一条毛巾,我这点总可以为他做的。"

(290) 799(清净)她想着这句话,自己问自己。(asking *herself*)

(291) 823 她也不知道如果她陷入了她无法处理的局面,今晚结束时该怎么办。(if she had gotten *herself* into something she couldn't handle)

(292) (走吧,留下吧,)948 她心里来回翻腾。(She turned around inside of *herself*.)

(293) 981 但是她身上还有另外一个人的骚动,这个人想要淋浴,洒香水。(But rustling yet within her was another person who wanted to bathe and perfume *herself*.)

(294) 1224 她觉得自己有点不好意思地笑了笑。

(295) 1302 于是放了一大盆热水泡了进去,把啤酒杯放在澡盆旁边的地上,开始擦肥皂,剃汗毛。(and then ran a high, warm bath for *herself*)

(296) 322 弗朗西丝卡·约翰逊把白兰地杯子放在宽阔的橡木窗台上,凝视着一张自己的 18×18 照片。

(297) 355 我当时是挺好看的,她心里想,为自己的自我欣赏不禁莞尔。

(298) 1359 她在镜台前转过来又转过去打量自己。

(299) 432 她心想这手镯需要用擦银粉好好上上光了,立刻又责备自己这种注意鸡毛蒜皮的小镇习气,多年来她一直在默默反抗这种习气。

(300) 359 现在她有一个星期完全属于自己。

注意最后一句。虽然它跟两人的情爱交往无关,容易忽略,却很重要。这是弗朗西丝卡遇到金凯前的一种状况。这是一种潜在机会,是故事开场的条件信息。

下面是跟金凯有关的"自己"(himself)成分及相关语境。我们仍然以两人的情爱交往为中心作为相关度和直接性为准,从高到低加以排列。下面 8 例系相关性最高者。

(301) 1590 她记得他如何趴在她的身上,将胸部贴着她的肚皮缓缓移动,然后移过她的乳房。(She remembered how he held *himself* just above her)

(302) 1619 夜正浓,那漫长的盘旋上升的舞蹈连续着。罗伯特·金凯摒弃了一切线条感,回到他自己只同轮廓、声音和影子打交道的那部分。

(303) 1635 到天亮时他稍稍抬起身子来正视着她的眼睛说:"我在此时来到这个星球上,就是为了这个,弗朗西丝卡。"(he raised *himself* slightly and said)

(304) 1732 他望着窗外,内心进行着激烈斗争,拼命去理解她的感情(within *himself*)

(305) 1979 他逐渐变老反而使她更加强烈地渴望要他,假如可能的话,她猜想——不,她确知——他是单身。(he was by *himself*)

(306) 1506 这是一个文明人的基本的好闻的气味,可他的某一部分又像是土著人。(a civilized man who seemed, in some part of *himself*, aboriginal)

(307) 394 他边做边叽咕着,主要是自言自语,她可以看得出来他有点慌乱,对整个这件事有点不好意思。(He mumbled mostly to *himself* as he worked.)

(308) 619 他的衣箱打开着,他正在用那旧的手压水泵洗身(he was washing *himself*)

最后一例是弗朗西丝卡视野里金凯的举止,是让她怦然心动的一刻,也是让她自责的一刻:她想她至少应该为他提供一条毛巾。

不相关的一共14个,几乎涉及金凯生活的各个时期和各个方面。

(309) 45 然而他把自己看成是一种在一个日益醉心于组织化的世界中正在被淘汰的稀有雄性动物。

(310) 50 我们猜想——而这是与他对自己在这个世界上的地位的看法一致的——他在临死前都给销毁了。

(311) 132 他会弹唱这支歌,他离开这到处挖着巨大红土坑的地方时哼着这首歌词。(hummed the words to *himself*)

(312) 133 玛丽安教给他几种弦的弹奏一些基本的琶音来为自己伴奏(to accompany *himself*)

(313) 155 但是他自己也抓不住。

(314) 183 但是他还是我行我素,读遍了当地图书馆有关探险和旅游的书籍,感到心满意足,除此之外就关在自己的小天地里

(315) 185"那边有巫师,"他常自言自语说,"如果你保持安静,侧耳倾听,他们是在那儿的。"

(316) 189 他十八岁时父亲去世了,当时大萧条正无情袭来。他报名参军以糊口和养活母亲。(supporting his mother and *himself*)

(317) 193 不出一个月,他不但为两个摄影师做暗房洗印工作,而且也被允许自己拍摄一些简单的照片。

(318) 222 他在他们脸上看到了恐怖,感同身受他看到他们被机枪射成两半(felt it *himself*)

(319) 358 罗伯特·金凯可以称得上是一个魔术师,他活在自己的内部世界里,那些地方稀奇古怪,几乎有点吓人。

(320) 1516 在他们一起度过的时光,他有一次提到自己是最后的牛仔之一。

(321) 2244 他把自己看作是最后的牛仔,称自己为"老古董"。

(322) 2440 能对一个女人这么钟情的人自己也是值得让人爱的。

总之,从相关性的角度看,"自己"的分布同样跟男女主人公各自的视野有直接关系:弗朗西丝卡眼里基本上只有爱,金凯则视野广阔。俗话说,男人靠征服世界征服女人,女人靠征服男人征服世界。《廊桥遗梦》没有直接为后一点提供描述性证据,倒是出现了相左的情况:金凯的后半生因为女人而失去了积极生活的动力和勇气。

再看另一个成分"以为/认为/觉得/想"(think)。围绕弗朗西丝卡的有14个,围绕金凯的9个;仅从数量看不出什么差别,但从相关度看仍然很有意思。就弗朗西丝卡而言,有8个在直接性和相关度方面都是比较高的:

(323) 1908 自从罗伯特·金凯上星期五从她身边离去后,她才意识到,不管她原来自以为对他多么一往情深,她还是大大低估了自己的感情。

(324) 1946 那时她爱他,超过她原以为可能的程度,现在她更加爱他了。(thought)

(325) 1814 说实在的,如果她见到他就很难管住自己。(didn't think)

(326) 2282 我想我只是随着时间的推移才逐步理解这意义的。

(327) 355 我当时是挺好看的,她心里想,为自己的自我欣赏不禁莞尔。(thought)

(328) 1307 不过我认为几乎对其他一切都已了解——也就是在那几天中值得注意的一切。

(329) 1710 但是我想你不会这样做。

(330) 2270 但我的确认为一个女人不可能拥有像罗伯特·金凯这种特殊的力量。

有两个是间接相关的:

(331) 2213 虽然我现在还感觉良好,但是我觉得这是我安排后事的时候了(如人们常说的那样)。

(332) 2313 他的前妻是搞音乐的,好像记得他说是个民歌手之类的,他外出摄影长期不在家的生活使婚姻难以维持。(I think he said)

有3个几乎无关:

(333) 2289 我想理查德知道我内心有他达不到的地方。

(334) 2320 由于理查德的缘故,也由于人们爱讲闲话的习惯,我宁愿(至少我自以为是这样)这件事不传我们约翰逊家之外。

(335) 1810 外面挺舒服,所以我想再坐一会儿。

还有1个毫无关系:

(336) 1270 她一向认为新潮服装怪里怪气的,那是人们乖乖地听命于欧洲设计师。

与金凯有关的9个成分中,似乎都跟两人交往有关,但相关度和直接性相对说来就差多了:

(337) 310 不过我觉得我们分手那一天我的说法更好：从我们两个人身上创造出了第三个人。

(338) 963 "看在耶稣的份上,理查德·约翰逊,你真是像我认定的那样,是一个大傻瓜吗?"

(339) 1148 我只是想再核实一下,待会儿见。

(340) 1227 我想我先到旅店去冲个澡再出来。

(341) 592 所以我想我能理解你的感觉。

(342) 371 我是在找此地附近一座廊桥,可是找不着,我想是暂时迷路了。

(343) 400 行了,我想您现在可以挤进来了。

(344) 969 我想这车需要调音了。

(345) 741 是的,至少我是这样想。（制作而非拍摄照片）

而这后面4句的相关度最低：仅仅是两人交往中说出来的,跟两人情感无涉。

还有两个动词意思接近,值得一提,这就是"想知道/迷惑不解"(wonder)和"肯定"(sure),二者围绕两个主人公的分布方式也相近。两个成分的现实化程度正好相对：前者起柔化作用,可以揭示当事人游移不定的心理；后者则是锐化性的,但如果和否定成分搭配使用,其价值就会跟前者大致相当。先看前者。围绕女主人公的wonder有11个,大都具有很高的相关性,但间接用法较多。

(346) 1616 她对他这个人和他的耐力感到惑然不解,他告诉她,他能在思想上和肉体上一样达到那些地方,而思想上的亢奋有它自己的特性。(She wondered about him and his endurance)

(347) 1561 弗朗西丝卡紧紧贴在他的胸前,心想不知他隔着她的衣服和自己的衬衣能否感觉到她的乳房,又觉得一定能的。

(348) 662 她摇摇头,从他身边走过,感觉到他的目光在她的胯上,不知他是不是一直看着她穿过游廊,心里猜想是的。

(349) 725 她再次奇怪自己为什么要在乎他结过还是没结过婚。

(350) 921 她心想他不知道在多少人家的厨房,在多少好饭馆里,多少灯光暗淡的客厅里实践过这一小手艺。

(351) 865 弗朗西丝卡没说话,心里捉摸这是怎样一个人,草场和牧场的区别似乎对他那么重要,天空的颜色会引得他兴奋不已,他写点儿诗,可是不大写小说。

(352) 823 她也不知道如果她陷入了她无法处理的局面,今晚结束时该怎么办。

(353) 2081 她寻思,这些年来在远离中央河边的丘陵地带的地方,他不知拿出来读过多少次。

(354) 2285 我常想,我在作出决定时是否太理性了。(often wondered)

(355) 2289 有时我怀疑他是否发现了我放在梳妆台抽屉里的牛皮纸信封。

但围绕金凯的只有3例,不过都具有很高的相关度和直接性：

(356) 666 他注意着她的身体，想着他已知道她是多么善解人意，心里捉摸着他从她身上感到的其他东西是什么。

(357) 900 他寻思她头发在他抚摸之下会有什么感觉，她的后背曲线是否同他的手合拍，她在他下面会有什么感觉。

(358) 904 但是他失败了，但是还是在想触摸她的皮肤会是什么感觉，两个肚皮碰在一起会是什么感觉。

值得注意的是，金凯"想知道"这种游移不定的心理，是在两人认识之初起的"歪念头"，彼此出现在行文中的距离很短；随后再也没有出现过。

就"肯定"(sure)而言，与弗朗西丝卡有关的 13 个，但其中 7 个都跟否定成分 not 搭配，2 个是要"试图确定"(make sure)，只有 4 个是肯定的，这再一次说明作为女性的弗朗西丝卡总显出犹豫不定的心理和个性，贯穿全文。

(359) 465 她张望了一下确定没有邻居的车向这里开来，就向桥边走去。(make sure)

(360) 607 我也不大吃肉，不知为什么，就是不喜欢。(not sure why)

(361) 895 她知道他生活中用惯了带缺口的杯子(was sure)

(362) 952 法伦·扬并不关心她的感觉，洗涤池上的扑灯蛾也不关心，她不知道罗伯特·金凯怎么样。(didn't know for sure)

(363) 1349 罗伯特·金凯的头脑中有某种东西对这一切心领神会。1350 这点她能肯定(sure of that)

(364) 1704 可是同我在一起你就不一定能这样做。(I'm not sure you can do that...)

(365) 2216 我可以肯定，你们翻看了保险匣，发现了那个一九六五年寄给我的牛皮纸信封后最终一定会找到这封信。

(366) 2275 事情就是这样矛盾：如果没有罗伯特.金凯，我可能不一定能在农场待这么多年。(not sure)

(367) 2280 在只想到我自己一个人时，我不敢肯定我做出了正确的决定，但是把全家考虑在内时，我肯定我做对了。(not sure; pretty sure)

(368) 2286 我相信你们一定认为我对自己葬法的遗嘱不可理解

(369) 2309 我连他上过大学没有，甚至上过中学没有也不清楚。(I'm not even sure)

(370) 2072 她知道那软信封里是什么，她确知无疑(knew it as surely as)

(371) 1413 我不太知道嬉皮士是什么样儿的。(not sure)

注意这些成分及相关语境，尤其是其中的肯定和否定成分发挥的作用(对比前一章的接纳成分及相关分析)。

跟金凯有关的 5 个，其中 3 个相关，1 个直接。

(372) 1684 我不能肯定你是在我体内,或者我是在你体内,或者我拥有你。(not *sure*)

(373) 298 我简直不清楚我从衣阿华是怎么回到这里来的。(not even *sure*)

(374) 501 他回头看看她说:"如果没有什么不方便,我就要。"(I *sure* would)

(375) 591 我说不上来这是什么意思,但是我准备用到什么地方(not *sure*)

(376) 1657 只要有可能,他总是把第一批底片先寄出,这样编辑就可以知道他的工作意向,技术员也可以先检查一下,看看他相机的快门是否运行正常。(to make *sure*)

这里虽然有 3 个 sure 跟 not 搭配,但情况有所不同:(373)是为此句后文提出的命题做准备的:"我们也不是在那个生命里面,我们就是那个生命。"这一命题点出了两人情感发展的最高境界,道出了真爱的本质。

跟 sure 意思和作用相近的还有一个成分,即 certain(ly)。跟弗朗西丝卡有关的有 6 个,但跟金凯有关的一个也没有。

(377) 1699 我不知道我能不能说清楚,从某种意义上说你本人就是大路。(not *certain*)

(378) 580 当地人在某种意义上是很善良。(in *certain* ways)

(379) 1558 他有一种一往无前的进攻性,但是他好像能够控制它,能够随自己的意愿加以发动或释放掉。(a *certain* plunging aggressiveness to him)

(380) 1561 弗朗西丝卡紧紧贴在他的胸前,心想不知他隔着她的衣服和自己的衬衣能否感觉到她的乳房,又觉得一定能的。(was *certain* he could)

(381) 2322 在我这方面我当然决不以同罗伯特·金凯在一起为耻。(*certainly not*)

(382) 2331 他美好,热情,他肯定值得你们尊敬,也许也值得你们爱。(*certainly*)

不过,另有一个成分只跟金凯有关;围绕弗朗西丝卡则没有,这就是"认为"(*believe*):

(383) 2284 罗伯特认为这世界已变得太理性化了,已经不像应该的那样相信魔力了。

可见,无论是总体分布还是个体成分,聚焦意义仍然是围绕男女主人公情感发展而组织起来的,或者说它们的美学价值是在着眼于故事主旋律的前提下获得的。这显然是一种双向互动关系——相关成分自身的分布数量和分析者的兴趣选择。这也是整个文本分析所采用的基本原则。

14.5 总结

本章从《廊桥遗梦》的级差成分中选取了数量、强度和聚焦三个代表性的成分群,结合相应语境,进行了相应的文体分析。从整体上看,级差成分基本上都是针对局部现象进行加工的;但在分布上它们同样是围绕两人的情感发展组织起来的,从而构成自身的美学特点。

而就整个《廊桥遗梦》的评价成分看,它们都是围绕情感主旋律发展组织起来的,从而形成一个以意愿和愉悦意义为核心,满意和安全意义次之,判断、鉴赏、介入和级差再次之的总体分布特点。即是说,《廊桥遗梦》的评价成分以情感意义为中心,从而分布成为一种文体模式,而这些图案因为级差成分的强、中、弱而呈现出自身的特点来。

可见,前景化手段仍然是行之有效的切入途径,它能有效揭示话语中前景化评价成分对整个作品的故事情节、基本主旨、人物性格、情节发展和故事的文本组织发挥明确的作用;但其局限也是明显的——无法通过自身完全揭示上述各种议题,其价值必须借助文本的话语语境(包括上下文和背后的历史文化语境)才能得到充分体现。当然,这和分析者的兴趣动机是有一定关系的。

最后,比较第 10—14 章的详细分析,笔者发现经由评价范畴直接分析文本、与经由其他范畴来间接分析文本中的评价意义,各有优势。通过及物性、时间关系、权势关系、语用原则和策略等非评价范畴进行的美学研究,在进行评价美学意义的归纳时往往带有不确定因素,获得的通常不止一种评价解读。就是说,类似分析的评价指向在诠释中带有开放性,而且有更多激活读者关于故事世界的相关经验、建构相关评价意义的机会。而单纯从评价范畴入手的探讨则可能受前景化评价成分的制约。与此相对,从非评价范畴入手也有它的局限:不能把阅读过程中的评价感受系统地落实到具体的语言成分上——事实上话语中的一些相关要素,诸如人物性格、故事情节、叙述者甚至隐含作者的态度立场等等,都是由具体语言成分体现或揭示的;而这正是直接采用评价范畴进行文本分析的优势。但必须明确的是,二者并非两种不同的分析途径,而是以评价动机为出发点的不同侧面的解读。

尾 声

One must speak very much before one keeps silent.
人往往需要说很多话，然后才能归入缄默。
　　　　　　　——冯友兰《中国哲学简史》

15　结束语

致知在格物，物格而后知至。

——《礼记·大学》

本书根据现在主义的一维过程性、轨迹在线性与层次结构性三个基本原则，以系统功能语言学的评价范畴及其相关子范畴为着眼点，从先前各类文学研究的评价取向入手，尝试阐述一种综合性的文学文本分析进路——评价文体学。研究表明，文学和文学研究的基本主旨在于评价：文学实践与研究是以评价为特点、手段和目的的互动性艺术话语行为；文学性就是评价性。首先，针对结构—解构主义在观念上与评价范畴基本观点相冲突的极端立场，作者引入了一个有关文学研究的新范式，包括基于广义记忆概念的现在主义基础、系统功能语言学的基本思想、'作者—文本—读者'一体化解读模型及其相关原则和框架。进而，作者确立了评价文体学的分析模型：以叙事学的叙事交流模式以及前景化的角度考察了文学文本中的评价成分系统、前景化评价成分基础上的多层次评价动机、以波动平衡模式构拟评价文体学的批评与审美观。最后，行文以《廊桥遗梦》为例，按范畴类别逐一分析了评价成分在分布上的文体价值及其潜在的分布依据，为剖析故事人物提供了一个全景式的分析方案。

这一尝试涉及文学文本分析所有可能的关注对象，具有诗学特点；但它坚持文学文体学的前景化分析途径，所以仍然属于文体学的范围。尤为重要的是，它从整体高度，以记忆在线和范畴推进的时间流程为着眼点，观察相关文体成分的主体间性，为前景化手段提供了一个动态的组织描述路径；它没有放弃传统文本分析的社会历史方法，而是在当代心理科学相关认识的基础上，确立了前景化显性文体成分背后多层次、不同抽象程度的评价动机模式。直言之，它以同类特征的复现概率为依据，关注文学文本中相关评价意义的累积效应，从而达到构拟文体价值的目的。评价文体学不仅能充分处理经典文学作品的故事、情节和人物要素，还能提取现当代文学话语通过隐含作者有意无意体现的批判意识、甚至不关心任何人事的无理性行为——无理性本身是一种怠惰情绪，也是批判性立场；它还说明了文学话语及其批评与审美的评价意图、文学性就是评价性、虚构性指向意识形态和价值观念的基本思想。

评价文体学也持多中心主张，但不是后现代思潮中结构—解构主义因人而异的流变性多中心主义，而是基于写作动机、文本组织线索和符号的规约性所指、历史化读者的多个整体中心配置多个局部中心的现在主义复合观；整体中心可能直接由离散的评价成分体现，也可能是部分评价成分、甚至其他语言学范畴间接引发的;围绕整体中心和局部中心存在大量边缘性评价成分。这是全然依据评价范畴和前景化评价成分、经由不厌其烦甚至大量近乎琐碎的具体分析过程充分展示出来的——这些分析既是对传统分析的总结性继承,更是在评价范畴及相关框架内的开拓性尝试。因此,评价文体学在理论上超越了二元对立思想,主张文本分析的一体多元互动性:相关意义成分之间不仅存在褒贬对立特点,有中和特例,更有大量向两个方向移动的居间现象。这是一种辩证思维,一种整体的、动态过程的以及在线性质的当代视角,为建设性后现代文学理念提供支持。

这一尝试至少具有以下五个方面的启示。

首先,评价文体学与此前的文学研究有着直接的渊源关系。评价文体学的建构是基于对语言学理论的反思,但其来源范围甚广,不仅有情感心理学、经典伦理学和美学、经典哲学的情态理论、经典修辞学,还有巴赫金的话语理论、当代批评话语分析、现代阐释学、主体间性理论、原型理论、模糊话语理论、前景化理论等等。因此,它试图复原社会历史语境的应有价值,支持由意识形态和价值观念主导的文学批评—审美方法。

其次,经典文体学各分支学科广泛采用前景化的分析手段,成绩斐然;但也有局限——它主要是在客观主义原则指导下产生的,能恰当处理那些"看得见"的文体成分;为此,笔者通过实例分析说明了以下问题,即文本通过间接方式体现的整体评价意义,尤其是那些在小句或复句范围内无法合理解释的评价现象,而正是后者引导着文本过程中次第出现的前景化评价成分;从表面上看,这些成分是离散的,缺乏整合基础;但在关注叙事学相关思想、结合故事和情节概念的前提下,评价文体学引入整体性和评价动机概念,可以有效地使离散的前景化评价成分组织成为有机的、相对独立的篇章维度。

第三,评价文体学是在对现代和后现代文学批评进行反思的基础上提出来的。后现代文学以一种异化的、支离破碎的、甚至怪异和捉摸不定的眼光看待世事人情;这与高度组织化的理性管理模式一脉相承;正是这种缺乏人性的现代和后现代思维方式,抹杀了人以身体为立足点、途径和归宿的本质,剥离了人正常的主体性和主体间性。因此,抛开身体而一味提倡绝对理性和绝对非理性都是有违人类作为社会成员的人伦本性的,这也是选择《廊桥遗梦》作为主要分析对象的原因之一。

第四,评价范畴发端于对系统功能语言学的人际意义的完善,但其应用价值已超出了一个语言学范畴的原初意义。事实上,它关注的是文学的精髓——文学性,或称评价性,是文学和文学批评的特点、手段和目的;即便是后现代的消极生命立场也无法跳出评价批评的初元本能;相反,它极大地张扬了这一基本思想:或者是情感的、或者是判断的、或者是鉴赏的,说话人直接或间接介入文学话语过程、或强或弱地建构自己的评价立场;那些缺乏任何构思的文艺作品,其产出行为本身同样揭示了所谓的理性驱遣,显然属于消极满意情感的范围。在这里,各类修辞性叙事方式在评价意义上找到了存在的符号学意义与功能价值。

最后,先前的文学研究大都以类似于其中一个或数个层次甚至一个或几个范畴为立论依据;评价文体学能够统摄在前文体学、叙事学和文艺批评—审美关注的核心内容,关键在于它所依据的系统功能语言学整体模型,从包含意识形态和价值观念的文化语境、到高度抽象的三元(多元)语义、到识解性的词汇—语法、再到语音和书写表达。评价文体学以系统功能语言学的综合框架为着眼点,兼及上述体现或代码化过程可能涉及的用语原则、组织策略与交际动机,不仅为我们提供了一个全景式的文学行为观察视角——既有形式依据,也有内容关照,还让我们在一个更高的层次上对系统功能语言学的理论本身做反思,为丰富和完善相关的范式内容提供了方法论契机。

接下去,我们需要系统考察评价范畴之外、由其他语言学和非语言学范畴及相关意义揭示的引发性评价文体价值;事实上,这是此前各类文体学的基本操作方式。而在评价范畴和本书基本立场的视野里,这些现象的评价文体研究显然需要重新思考,并在一个更为广阔的范围里来进行实例演示。此外,本书的具体分析集中在以意愿和愉悦情感为整体中心的个案上;那些以其他态度范畴为整体中心的文学文本分析,同样需要大量而持久的具体化工作。

参考文献

Abbott, H. Porter. 2008. Story, plot, and narration. In David Herman (ed.), pp. 39—51.

Abbott, H. Porter. 2008. *The Cambridge Introduction to Narrative* (2nd edition). Cambridge: Cambridge University Press.

Abrams, Meyer H. 1999. *A Glossary of Literary Terms*. Boston: Heinle. 吴松江等译,《文学术语词典》(中英对照)。北京：北京大学出版社,2009 年。

Adams, Hazard and Leroy Searle (eds.) 2006. *Critical Theory Since Plato* (3rd edition). Singapore: Thomson Wadsworth; 北京：北京大学出版社。

Alexander, Gillian. 1982. Politics of the pronoun in the literature of the English Revolution. In Ronald Carter (ed.), pp. 217—235.

Attardo, Salvatore. 2002. Cognitive stylistics of humorous texts. In Elena Semino and Jonathan Culpeper (eds.) *Cognitive Stylistics: Language and Cognition in Text Analysis*. Amsterdam: Benjamins, pp. 231—250.

Austin, John L. 1962/1975. *How to Do Things with Words*. Oxford: Oxford University Press.

Baddeley, Alan D. 1986. *Working Memory*. Oxford: Clarendon.

Baddeley, Alan. 1999. Memory. In Robert A. Wilson and Frank C. Keil (eds.) *The MIT Encyclopedia of the Cognitive Sciences*. Cambridge, Mass.: MIT. 上海：上海外语教育出版社影印版,2000 年,第 514—517 页。

Baddeley, Alan D. and Graham J. Hitch. 1974. Working memory. In Gordon H. Bower (ed.) *The Psychology of Learning and Motivation: Advances in Research and Theory* (Vol. 8). New York: Academic, pp. 47—89.

Bal, Mieke. 1985/2009. *Narratology: Introduction to the Theory of Narrative*. Christine van Boheemen (trans.). Toronto: University of Toronto Press.

Bally, Charles. 1951. *Traité de Stylistique Française* (3ème edition). Paris: Librairie Geoge.

Barbour, Julian. 1999. *The End of Time: The Next Revolution in Physics*. London: Oxford University Press.

Barthes, Roland. 1968/2006. The death of the author. In Hazard Adams and Leroy Searle (eds.), pp. 1256—1258.

Barthes, Roland. 1996. Introduction to the structural analysis of narratives. In

Suzana Onega and Jose A. G. Landa (eds.) *Narratology: An Introduction*. London and New York: Longman, pp. 45—60.

Beardsley, Monroe C. 1958. *Aesthetics: Problems in the Philosophy of Criticism*. New York, Chicago, San Francisco, Atlanta: Harcourt, Brace, and World.

Beardsley, Monroe C. 1970. *The Possibility of Criticism*. Detroit: Wayne State University Press.

Beardsley, Monroe C. 1982. *The Aesthetic Point of View: Selected Essays of Monroe C. Beardsley*. Michael J. Wreen and Donald M. Callen (eds.). Ithaca and London: Cornell University Press.

Beaver, Joseph C. 1968. A grammar of prosody. *College English*, 29(4): 310—321

Bednarek, Monika. 2006. *Evaluation in Media Discourse: Analysis of a Newspaper Corpus*. London: Continuum.

Benjamin, Walter. 1969/1999. Theses on the philosophy of history. In Hazard Adams and Leroy Searle (eds.), pp. 996—1000.

Benveniste, Émile. 1966. *Problème de Linguistique Générale*. Paris: Gallimard. Mary E. Meek (trans.). *Problems in General Linguistics*. Coral Gables: University of Miami Press, 1971.

Bermstein, Mashey. 1994. "What a Parrot Talks": the Janus nature of Anglo-Irish writing. In Cynthia G. Bernstein (ed.) pp. 264—277.

Bernstein, Cynthia G. (ed.) 1994. *The Text and Beyond: Essays in Literary Linguistics*. Tuscaloosa: University of Alabama Press.

Birch, David. 1996. "Working Effects with Words"—Whose words?: stylistics and reader intertextuality. In Jean J. Weber (ed.) *The Stylistics Reader*. London, New York, Sydney, and Auckland: Arnold, pp. 206—221.

Birch, David and Michael O'Toole (eds.) 1988. *Functions of Style*. London and New York: Pinter Publishers.

Black, Elizabeth. 2006. *Pragmatic Stylistics*. Edinburgh: Edinburgh University Press.

Blake, Norman F. 1990. *An Introduction to the Language of Literature*. London: Macmillan.

Booth, Wayne C. 1961/1983. *The Rhetoric of Fiction* (2nd edition). Chicago: University of Chicago Press.

Borges, Jorge L. 1998. *Collected Fictions*. Andrew Hurley (trans.). New York: Penguin Books.

Bousfield, Derek. 2007. "Never a Truer Word Said in Jest": a pragmastylistic analysis of impoliteness as Banter in *Henry IV, Part I*. In Marina Lambrou and Peter Stockwell (eds.), pp. 209—220.

Bray, Joe. 2007. The effects of free indirect discourse: empathy revisited. In Marina Lambrou and Peter Stockwell (eds.), pp. 56—67.

Bremond, Claude. 1966. The logic of narrative possibilities. *Communications* (8): 60-76. Elaine D. Cancalon (trans.). Reprinted in Susana Onega and Jose A. G. Landa (eds.) *Narratology: An Introduction*. London and New York: Longman, pp. 61—75.

Bridgeman, Teresa. 2008. Time and space. In David Herman (ed.), pp. 52—65.

Brooks, Peter. 1984/1992. *Reading for the Plot: Design and Intention in Narrative*. Cambridge, Mass.: Harvard University Press.

Brown, Gillian and George Yule. 1983. *Discourse Analysis*. Cambridge: Cambridge University Press.

Brown, Roger and Albert Gilman. 1960. The pronoun of power and solidarity. In Thomas A. Sebeok (ed.) *Style in Language*. Cambridge, Mass.: MIT, pp. 253—276.

Bühler, Karl. 1934/1990. *Theory of Language*. Donald F. Goodwin (trans.). Amsterdam: Benjamins.

Burton, Deirdre. 1982. Through glass Darkly: through dark glasses—on stylistics and political commitment via a study of a passage from Sylvia Plath's *The Bell Jar*. In Ronald Carter (ed.), pp. 195—214.

Busse, Beatrix. 2007. The stylistics of drama: the reign of King Edward III. In Marina Lambrou and Peter Stockwell (eds.), pp. 233—243.

Butt, David G. and Annabelle Lukin. 2009. Stylistic analysis: construing aesthetic organization. In Michael Halliday and Jonathan J. Webster (eds.) *Continuum Companion to Systemic Functional Linguistics*. London: Continuum, pp. 190—215.

Campbell, Ewing. 1994. Appropriated voices in Gordon Weaver's *Eight Corners of the World*. In Cynthia G. Bernstein (ed.) *The Text Beyond: Essays in Literary Linguistics*. Tuscaloosa: University of Alabama Press, pp. 87—96.

Carter, Ronald. 1982. Style and interpretation in Heminway's "Cat in the Rain". In Ronald Carter (ed.), pp. 65—80.

Carter, Ronald (ed.) 1982. *Language and Literature: An Introductory Reader in Stylistics*. London: George Allen and Unwin.

Carter, Ronald and Peter Stockwell (eds.) 2008. *The Language and Literature*

Reader. London and New York: Routledge.

Cassirer, Ernst. 1944/2006. An essay on man. In Hazard Adams and Leroy Searle (eds.), pp. 1018—1025.

Cerulo, Karen A. 2002. *Culture in Mind: Toward a Sociology of Culture and Cognition*. New York and London: Routledge.

Chapman, Raymond. 1973. *Linguistics and Literature: An Introduction to Literary Stylistics*. London: Edward Arnold.

Chapman, Siobhan. 1993. The pragmatics of detection: Paul Auster's *City of Glass*. *Language and Literature* (3): 241—253. 收入申丹主编《西方文体学的新发展》,上海: 上海外语教育出版社,2008 年,第373—388页。

Chatman, Seymour. 1970. The components of English neter. In Donald C. Freeman (ed.) *Linguistics and Literary Style*. New York: Holt, Rinehart, and Winston, Inc, pp. 309—335.

Chatman,Seymour(ed.) 1971. *Literary Style: A Symposium*. London and New York: Oxford University Press.

Chatman, Seymour. 1978. *Story and Discourse: Narrative Structure in Fiction and Film*. Ithaca: Aornell University Press.

Chatman, Seymour. 1990. *Coming to Terms: The Rhetoric of Narrative in Fiction and Film*. Ithaca, New York: Cornell University Press.

Clark, Herbert H. and Richard J. Gerrig. 2007. On the pretense theory of irony. InRaymond W. Gibbs, Jr. and Herbert L. Colston (eds.), pp. 25—33.

Colman, Andrew M. 2006. *Oxford Dictionary of Psychology* (2nd edition). Oxford: Oxford University Press.

Colston, Herbert L. 2007. "On necessary conditions for verbal irony comprehension". In Raymond W. Gibbs, Jr. and Herbert L. Colston (eds.) *Irony in Language and Thought: A Cognitive Science Reader*. New York and London: Lawrence Erlbaum Associates, pp. 97—134.

Cuddon, John A. (ed.). 1999. *The Penguin Dictionary of Literary Terms and Literary Theory*. Revised by Claire Preston. London: Penguin Books.

Culler, Jonathan. 1996. Fabula and sjuzhet in the analysis of narrative: some American discussions. In Susana Onega and Jose A. G. Landa (eds.) *Narratology: An Introduction*. London and New York: Longman, pp. 93—102.

Culler,Jonathan. 1997. *Literary Theory: A Very Short Introduction*. Oxford: Oxford University Press.

Culpeper, Jonathan. 2002. A cognitive stylistic approach to characterisation. In Elena Semino and Jonathan Culpeper (eds.), pp. 251—277.

Curry, Mary J. C. 1994. Anaphoric and cataphoric reference in Dickens's *Our Mutual Friend* and James's *The Golden Bowl*. In Cynthia G. Bernstein (ed.) *The Text and Beyond: Essays in Literary Linguistics*. Tuscalo: University of Alabama Press, pp. 30—55.

Dancygier, Barbara. 2005. Blending and narrative viewpoint: Jonathan Raban's travels through mental spaces. *Language and Literature* (2): 347—362. 收入申丹主编《西方文体学的新发展》，上海：上海外语教育出版社，2008 年，第 45—81 页。

Dannenberg, Hilary P. 2008. *Coincidence and Counterfactuality: Plotting Time and Space in Narrative Fiction*. Lincoln, Nebraska: University of Nebraska Press.

De Beaugrande, Robert-Alain and Wolfgang U. Dressler. 1980. *Introduction to Text Linguistics*. London and New York: Longman.

De Lauretis, Teresa. 1984. *Alice Doesn't: Feminism Semiotics Cinema*. Bloomington: Indiana University Press.

De Man, Paul. 1967/2006. Criticism and crisis. In Hazard Adams and Leroy Searle (eds.), pp. 1310—1317.

De Man, Paul. 1982. The resistance to theory. In Hazard Adams and Leroy Searle (eds.), pp. 1317—1327.

Derrida, Jacques. 1976. *Of Grammatology*. Gayatri C. Spivak (trans.). Baltimore, Maryland: Johns Hopkins University Press. 汪堂家译，《论文字学》，上海：上海译文出版社，1999 年。

De Saussure, Ferdinand. 1916/1983. *Course in General Linguistics*. Roy Harris (trans.). London: Gerald Duckworth and Co. Ltd.

Drury, John. 1995. *The Poetry Dictionary*. Cincinnati, Ohio: Story Press.

Durey, Jill. 1988. Middlemarch: the role of the functional triad in the portrayal of hero and heroine. In David Birch and Michael O'Toole (eds.), pp. 234—248.

Ebrlich, Susan. 1990. *Point of View: A Linguistic Analysis of Literary Style*. London and New York: Routledge.

Eliot, Thomas S. 1917/2006. Tradition and the individual talent. In Hazard Adams and Leroy Searle (eds.), pp. 807—810.

Emmott, Catherine. 2002. "Split Selves" in fiction and in medical "Life Stories": cognitive linguistic theory and narrative practice. In Elena Semino and Jonathan Culpeper (eds.), pp. 153—181.

Empson, William. 1949. *Seven Types of Ambiguity*. London: Chatto and Windus.

Enkvist, Nils Erik. 1985. Text and discourse linguistics, rhetoric and stylistics. In Teun A. van Dijk (ed.) *Discourse and Literature: New Approaches to the Analysis of Literary Genres*. Amsterdam: Benjamins, pp. 11—38.

Ericsson, K. Anders and Walter Kintsch. 1995. Long-term working memory. *Psychological Review* 102(2): 211—245.

Evans, Vyvyan. 2007. *A Glossary of Cognitive Linguistics*. Salt Lake City: University of Utah Press.

Fabb, Nigel. 1997. *Linguistics and Literature: Language in the Verbal Arts of the World*. Oxford: Blackwell Publishers.

Fairclough, Norman. 1988. Register, power and socio-semantic change. In David Birth and Michael O'Toole (eds.), pp. 111—125.

Fairclough, Norman. 2001. *Language and Power*. London: Longman.

Fauconnier, Gilles and Mark Turner. 2002. *The Way We Think: Conceptual Blending and the Mind's Hidden Complexities*. New York: Basic Books.

Faulkner, William. 1956. *Intruder in the Dust*. New York: New American Library.

Fennell, B. A. 1994. Literary data and linguistic analysis: the example of modern German immigrant worker literature. In Cynthia G. Bernstein (ed.), pp. 241—263.

Ferré, Frederick. 1996. *Being and Value: Toward a Constructive Postmodern Metaphysics*. Albany: State University of New York Press.

Firth, John R. 1968. A synopsis of linguistic theory, 1930—55. In Frank R. Palmer (ed.) *Selected Papers of J. R. Firth: 1952—59*. London: Longman, pp. 108—205.

Fish, Stanley E. 1973. What is stylistics and why are they saying such terrible things about it? In Seymour Chatman (ed.) *Approaches to Poetics*. New York: Columbia University Press, pp. 109—152. Reprinted in Donald C. Freeman (ed.) *Essays in Modern Stylistics*. London and New York: Methuen, 1981, pp. 53—82.

Fish, Stanley E. 1980. *Is There a Text in this Class?: The Authority of Interpretative Communities*. Cambridge, Mass.: Harvard University Press.

Fleischman, Suzanne. 1990. *Tense and Narrativity: From Medieval Performance to Modern Fiction*. Austin: University of Texas Press.

Fludernik, Monika. 1993. *The Fictions of Language and the Language of Fiction*. London and New York: Routledge.

Foucault, Michel. 1972. *The Archaeology of Knowledge and the Discourse on Language*. A. M. Sheridan Smith (trans.). New York: Pantheon Books.

Fowler, Roger. 1971. *The Language of Literature: Some Linguistic Contributions to Criticism*. London and Henley: Routledge and Kegan Paul.

Fowler, Roger. 1977. *Linguistics and the Novel*. London and New York: Routledge.

Fowler, Roger. 1981. *Literature as Social Discourse: The Practice of Linguistic Criticism*. London: Batsford Academic and Educational LTD.

Fowler, Roger. 1986. *Linguistic Criticism*. Oxford: Oxford University Press.

Francis-Noel and Mark Turner. 1994. *Clear and Simple as the Truth: Writing Classic Prose*. Princeton, New Jersey: Princeton University Press.

Frazer, June M. and Timothy C. Frazer. 1994. "Policeman", male dominance, and the cooperative principle. In Cynthia G. Bernstein (ed.), pp. 206—214.

Freeman, Donald. 1970. *Linguistics and Literary Style*. New York: Holt Rinehart & Winston.

Freeman, Donald. 1996. 'According to My Bond': King Lear and re-cognition. In Jean J. Weber (ed.) *The Stylistic Reader: From Roman Jakobson to the Present*. London, New York, Sydney, Auckland: Arnold, pp. 280—297.

Freeman, Margaret. 2002. The body in the word: A cognitive approach to the shape of a poetic text. In Elena Semino and Jonathan Culpeper (eds.), pp. 23—47.

Freeman, Margaret H. 2005. The poem as complex blend: Conceptual mappings of metaphor. In Sylvia Plath's 'The Applicant'. *Language and Literature* (1): 25—44. 收入申丹主编《西方文体学的新发展》,上海：上海外语教育出版社,2008年,第21—44页。

Freud, Sigmund. 1998. Affects in Dreams. In *The Interpretation of Dreams*. New York: Avon Books, pp. 497—525.

Gaitet, Pacale. 1992. *Political Stylistics: Popular Language as Literary Artifact*. London and New York: Routledge.

Gardiner, Michael. 1992. *The Dialogics of Critique: M. M. Bakhtin and the Theory of Ideology*. London and New York: Routledge.

Gavins, Joanna and Gerard Steen (eds.). 2003. *Cognitive Poetics in Practice*. London and New York: Routledge.

Genette, Gérard. 1980. *Narrative Discourse: An Essay in Method*. Jane E. Lewin (trans.). Ithaca, New York: Cornell University Press.

Genette, Gérard. 1988. *Narrative Discourse Revisited*. Jane E. Lewin (trans.).

Ithaca, New York: Cornell University Press.

Gibbs, Raymond W. Jr. and Herbert L. Colston (eds.). 2007. *Irony in Language and Thought: A Cognitive Science Reader*. New York: Lawrence Erlbaum Associates.

Goldberg, Adele. 1995. *Construction: A Construction Approach to Argument Structure*. Chicago: University of Chicago Press.

Gonzalez-Marquez, Monica, Irene Mittelberg, Seana Coulson, and Michael J. Spivey (eds.). 2006. *Methods in Cognitive Linguistics*. Amsterdam: Benjamins.

Gorgias. 2010. Encomium of Helen. Extract cited in V. B. Leitch (ed.) *The Norton Anthology of Theory and Criticism* (2nd edition), New York and London: Norton and Company, pp. 38—41.

Green, Keith. 1992. Deixis and the poetic persona. *Language and Literature* (2): 121-134.

Gregory, Michael. 1974. A theory of stylistics—exemplified: Donne's "Holy Sonnet XIV". *Language and Style* 7(2): 108—118.

Gregory, Michael. 1978. Marvell's '*To His Coy Mistress*'. *Poetics* (4): 101—112.

Gregory, Michael and Susanne Carroll. 1978. *Language and Situation: Language Varieties and their Social Contexts*. London, Henley and Boston: Routledge and Kegan Paul.

Grice, H. Paul. 1975. Logic and conversation. In Peter Cole and Jerry L. Morgan (eds.) *Syntax and Semantics* 3: *Speech Act*. New York: Academic, pp. 41—58.

Guerin, Wilfred L., Earle Labor, Lee Morgan, Jeanne C. Reesman, and John R. Willingham. 1999/2009. *A Handbook of Critical Approaches to Literature* (4th edition). Oxford: Oxford University Press. 北京：外语教学与研究出版社。

Habermas, Jürgen. 2006. Excursus on leveling the genre distinction between philosophy and literature. In Hazard Adams and Leroy Searle (eds.), pp. 1430—1441.

Halbwachs, Maurice. 1992. *On Collective Memory: The Heritage of Sociology*. Lewis A. Coser (trans.). Chicago and London: University of Chicago Press.

Hall, Robert A. Jr. 1987. Deconstructing Derrida on language. In Jr. Robert A. Hall (ed.) *Linguistics and Pseudo-linguistics: Selected Essays* (1965-1985). Amsterdam: Benjamins, pp. 166—122.

Halle, Morris and Samuel J. Keyser. 1966. Chaucer and the Study of Prosody. *College English* 28: 187—219.

Halle, Morris and Samuel J. Keyser. 1971. The iambic pentameter. In *English Stress: Its Forms, Its Growth, and Its Role in Verse*. New York: New York University Press, pp. 217—237.

Halliday, Michael A. K. 1961. Categories of the theory of grammar. *Word* (17): 241—292.

Halliday, Michael. 1962 and 1964. The linguistic study of literary text. In Jonathan Webster (ed.) *Text and Discourse, Volume 2 in the Collected Works of M. A. K. Halliday*. London: Continuum, 2002, pp. 5—22.

Halliday, Michael A. K. 1971. Linguistic function and literary style: an inquiry into the language of William Golding' *The Inheritors*. In Seymour Chatman (ed.), pp. 330—368. Reprinted in Jonathan J. Webster (ed.) *Linguistic Studies of Text and Discourse, Volume 2 in the Collected Works of M. A. K. Halliday*. London and New York: Continuum, 2002, pp. 88—125.

Halliday, Michael A. K. 1973. *Explorations in the Functions of Language*. London: Arnold.

Halliday, Michael. 1977. Text as Semantic Choice in Social Contexts. In Teun A. van Dijk and Janos S. Petfi (eds.) *Grammar and Description*. Berlin: Walter de Gruyter, pp. 176—226. Reprinted in Jonathan Webster (ed.) *Text and Discourse, Volume 2 in the Collected Works of M. A. K. Halliday*. London: Continuum, 2002, pp. 23—81.

Halliday, Michael A. K. 1978. *Language as Social Semiotic: the Social Interpretation of Language and Meaning*. London: Arnold.

Halliday, Michael A. K. 1982. The de-automatization of grammar: from Priestley's *An Inspector Calls*. In John M. Anderson (ed.) *Language Form and Linguistic Variation: Papers Dedicated to Angus McIntosh*. Amsterdam: Benjamins, pp. 129—159. Reprinted in Jonathan Webster (ed.) *Linguistic Studies of Text and Discourse, Volume 2 in the Collected Works of M. A. K. Halliday*. London: Continuum, 2002, pp. 126—148.

Halliday, Michael A. K. 1994. *An Introduction to Functional Grammar* (2nd edition). London: Arnold. 彭宣维等译,《功能语法导论》(第二版),北京:外语教学与研究出版社,2010年。

Halliday, Michael A. K. 1995/2006. Computing meanings: some reflections on past experience and present prospects. In Jonathan Webster (ed.) *Computational and Quantitative Studies, Volume 6 in the Collected Works of M. A. K.*

Halliday. London: Continuum, pp. 239—267.

Halliday, Michael A. K. 1997. Linguistics as metaphor. In A.-M. Simon-Vandenbergen, K. Davidse and D. Noel (eds.) *Reconnecting Language: Morphology and Syntax in Functional Perspectives*. Amsterdam: Benjamins, pp. 3—27.

Halliday, Michael A. K. 1998. Things and relations: regrammaticalizing experience as technical knowledge. In James R. Martin and Robert Veel (eds.) *Reading Science: Critical and Functional Perspectives on Discourse of Science*. London: Routledge, pp. 185—237. Reprinted in Jonathan Webster (ed.) *The Language of Science, Volume 5 in the Collected Works of M. A. K. Halliday*. London: Continuum, 2004, pp. 49—101.

Halliday, Michael A. K. 2007. The notion of "context" in language education. In Jonathan Webster (ed.) *Language and Education, Volume 9 in the Collected Works of M. A. K. Halliday*. London: Continuum, pp. 269—290.

Halliday, Michael. 2007. Toward a sociological semantics. In Jonathan Webster (ed.) *On Language and Linguistics, Volume 3 in the Collected Works of M. A. K. Halliday*. London: Continuum, pp. 238—239.

Halliday, A. K. Michael. 2008. *Complementaries in Language*. Beijing: The Commercial Press.

Halliday, Michael A. K. and Ruqaiya Hasan. 1976. *Cohesion in English*. London: Longman. 张德禄、王珏纯、韩玉萍、柴秀娟译,《英语的衔接》,北京：外语教学与研究出版社,2007年。

Hamilton, Craig. 2002. Conceptual integration in Christine de Pizan's *City of Lady*. In Elena Semino and Jonathan Culpeper (eds.) *Cognitive Stylistics: Language and Cognition in Text Analysis*. Amsterdam: Benjamins, pp. 1—22.

Hampe, Beate and Joseph E. Grady (eds.). 2005. *From Perception to Meaning: Image Schemas in Cognitive Linguistics*. Berlin: Mouton de Gruyter.

Hart, James D. (ed.). 1983. *The Oxford Companion to American Literature* (5th edition). Oxford: Oxford University Press.

Hasan, Ruqaiya. 1967. Linguistics and the study of literary texts. *Edudes de Linguistique Appliquee* (5): 106—115.

Hasan, Ruqaiya. 1971. Rime and reason in literature. In Seymour Chatman (ed.), pp. 299-323.

Hasan, Ruqaiya. 1984. Coherence and cohesive harmony. In J. Flood (ed.) *Understanding Reading Comprehension: Cognition, Language and the Structure of Prose*. Newark, Delaware: International Reading Association, pp. 181—219.

Hasan, Ruqaiya. 1985. *Linguistics, Language and Verbal Art*. Australia: Deakin University.

Hasan, Ruqaiya. 1988. The analysis of one poem: theoretical issues in practice. In David Birch and Michael O'Toole (eds.), pp. 45—73.

Hasan, Ruqaiya. 2007. Private pleasure, public discourse: reflections on engaging with literature. In Donna R. Miller and Monica Turci (eds.) *Language and Verbal Art Revisited: Linguistic Approaches to the Study of Literature*. London: Equinox, pp. 13—40.

Haynes, John. 1989. *Introducing Stylistics*. London, Boston, Sydney, Wellington: Unwin Hyman.

Herman, David. 2001. Style-Shifting in Edith Wharton's *The House of Mirth*. *Language and Literature* (1): 61—77. 收入申丹主编《西方文体学的新发展》，上海：上海外语教育出版社，2008 年，158—179 页。

Herman, David. 2008. Introduction. In David Herman (ed.), pp. 3—21.

Herman, David. 2008. Cognition, emotion, and consciousness. In David Herman (ed.), pp. 245—259.

Herman, David (ed.) 2008. *The Cambridge Companion to Narrative*. Cambridge: Cambridge University Press.

Hermogenes. 1987. *On Types of Style*. Cecil W. Wooten (trans.). Chael Hill and London: University of North Carolina Press.

Hillman, James. 1998. The practice of beauty. In Bill Beckley and David Shapiro (eds.) *Uncontrollable Beauty: Toward a New Aesthetics*. New York: Allworth Press, pp. 261—274.

Hirsch, Eric D. 1967. *Validity in Interpretation*. New Haven, CT: Yale University Press.

Hirsch, Eric D. 1976. *The Aims of Interpretation*. Chicago: University of Chicago Press.

Hjelmslev, Louis. 1943/1961. *Prolegomena to a Theory of Language*. Francis J. Whitfield (trans.). Madison: University of Wisconsin Press.

Hoey, Michael. 1991. *Patterns of Lexis in Text*. Oxford: Oxford University Press.

Hohne, Karen A. 1994. Dialects of power: the two-faced narrative. In Cynthia G. Bernstein (ed.) *The Text and Beyond: Essays in Literary Linguistics*. Tuscaloosa: University of Alabama Press, pp. 227—238.

Hollander, John. 2001. *Rhyme's Reason: A Guide to English Verse* (3rd edition). New Haven, CT: Yale University Press.

Hood, Sue. 2008. Voice and stance as appraisal: persuading and positioning in research fields across intellectual fields. In Ken Hyland and Carmen S. Guinda (eds.) *Stance and Voice in Academic Genres*. London: Palgrave Macmillan. pp. 216—233.

Hood, Susan. 2010. *Appraising Research: Taking a Stance in Academic Writing*. New York: Palgrave Macmillan.

Hurst, Mary J. 1987. Speech Acts in Ivy Compton-Burnett's 'A Family and Fortune'. *Language and Style* (2): 342—358.

Hymes, Dell H. 1967. Phonological aspects of style: some English sonnets. In Seymour Chatman and Samuel Levin (eds.) *Essays on the Language of Literature*. Boston: Honghton Mifflin, pp. 33—53.

Iser, Wolfgang. 1976/1978. *The Act of Reading: A Theory of Aesthetic Response*. London and Henley: Routledge and Kegan Paul.

Jakobson, Roman. 1960. Closing statement: linguistics and poetics. In Thomas A. Sebeok (ed.) *Style in Language*. Cambridge, Mass.: MIT, pp. 350—377.

James, Henry. 1948. The art of fiction. *Longman's Magazine* 4 (September 1884). Reprinted in *The Art of Fiction*. Oxford: Oxford University Press, 1948, pp. 3—23.

Ji, Yinglin and Shen Dan. 2004. Transitivity and mental transformation in Shella Watson's The Double Hook. *Language and Literature* (4): 335—348. 收入申丹主编《西方文体学的新发展》,上海：上海外语教育出版社,2008年,第273—290页。

Johnson, Mark. 1987. *The Body in the Mind: The Bodily Basis of Meaning, Imagination, and Reason*. Chicago and London: University of Chicago Press.

Johnson, Mark. 1997. *Moral Imagination: Implications of Cognitive Science for Ethics*. Chicago and London: University of Chicago Press.

Johnson, Mark. 2007. *The Meaning of the Body: Aesthetics of Human Understanding*. Chicago and London: University of Chicago Press.

Johnstone, Barbara. 1994. "You Gone Have to Learn to Talk Right": linguistic deference and regional dialect in Harry Crews's *Body*. In Cynthia G. Bernstein (ed.) *The Text and Beyond: Essays in Literary Linguistics*. Tuscaloosa: University of Alabama Press, pp. 278—295.

Joos, Martin. 1967. *The Five Clocks: A Linguistic Excursion into the Five*

Styles of English Usage. With introduction by Albert H. Marckwardt. New York: Harcourt, Brace, and World.

Keen, Suzanne. 2007. *Empathy and the Novel*. Oxford: Oxford University Press.

Kennedy, Chris. 1982. Systemic grammar and its use in literary analysis. In Ronald Carter (ed.), pp. 83—99.

Kintsch, Walter. 1988. The role of knowledge in discourse comprehension: A construction-integration model. *Psychological Review* 95(2): 163—182.

Kintsch, Walter, Vimla L. Patel, and K. Anders Ericsson. 1999. The role of long-term working memory in text comprehension. *Psychologia* 42(4): 186—198.

Kiparsky, Paul. 1975. Stress, syntax and meter. *Language* (51): 576—616.

Körner, Henrike. 2000. *Negotiating Authority: The Logogenesis of Dialogue in Common Law Judgments*. Unpublished Ph. D. dissertation, Linguistics Department, University of Sydney, Sydney. http://www.grammatics.com/appraisal/AppraisalKeyReferences.html.

Kotthoff, Helga. 2007. Responding to irony in different contexts: on cognition in conversation. In Raymond W. Gibbs, Jr. and Herbert L. Colston (eds.), pp. 381—406.

Kumon-Nakamura, Sachi, Sam Glucksberg, and Mary Brown. 2007. How about another piece of pie: The allusional pretense theory of discourse irony. In Raymond W. Gibbs, Jr. and Herbert L. Colston (eds.), pp. 57—95.

Labov, William. 1972. The transformation of experience in narrative syntax. In William Labov (ed.) *Language in the Inner City: Studies in the Black English Vernacular*. Philadelphia, Pennsylvania: University of Pennsylvania press, pp. 354—384.

Lakoff, George. 1987. *Women, Fire, and Dangerous Things*. Chicago: University of Chicago Press.

Lakoff, George. 1996. *Moral Politics: How Liberals and Conservatives Think*. Chicago: University of Chicago Press.

Lakoff, George and Mark Johnson. 1980/2003. *Metaphors We Live By*. Chicago: University of Chicago Press.

Lakoff, George and Mark Johnson. 1999. *Philosophy in the Flesh: the Embodied Mind and its Challenge to Western Thought*. New York: Basic Books.

Lakoff, George and Mark Turner. 1989. *More Than Cool Reason: A Field Guide to Poetic Metaphor*. Chicago: University Of Chicago Press.

Lamb, Sidney M. 1966. *Outline of Stratificational Grammar*. Washington, D. C.: Georgetown University Press.

Lambrou, Marina and Peter Stockwell (eds.) 2007. *Contemporary Stylistics*. London: Continuum.

Langacker, Ronald W. 2008. *Cognitive Grammar: A Basic Introduction*. Oxford: Oxford University Press.

Le Goff, Jacques. 1992. *History and Memory*. Steven Rendall and Elizabeth Claman (trans.). New York: Columbia University Press.

Leech, Geoffrey. 1965. "This bread I break": language and interpretation. *Review of English Literature* (6): 66—75.

Leech, Geoffrey. 1983. *Principles of Pragmatics*. London: Longman.

Leech, Geoffrey. 1992. Pragmatic principles in Shaw's *You Never Can Tell*. In Michael Toolan (ed.) *Language, Text and Context: Essays in Stylistics*. London and New York: Routledge, pp. 259—280.

Leech, Geoffrey N. and Michael H. Short. 1981. *Style in Fiction: A Linguistic Introduction to English Fictional Prose*. London and New York: Longman.

Levelt, Willem J. M. 1989. *Speaking: From Intention to Articulation*. Cambridge, MASS.: MIT Press.

Levin, Samuel R. 1971. The conventions of poetry. In Seymour Chatman (ed.), pp. 177—193.

Levinson, Stephen C. 1983. *Pragmatics*. Cambridge: Cambridge University Press.

Li, Zhanzi（李战子）. 2002. Appraisal resources as knowledge in cross-cultural autobiographies. In C. Barron and N. Bruce (eds.) *Knowledge and Discourse: Speculating on Disciplinary Futures*. http://ec.hku.hk/kd2proc.

Lowe, Valerie. 1994. "Unsafe Convictions": "unhappy" confessions in *The Crucible*. *Language and Literature* (3): 175—195.

Lubbock, Percy. 1921. *The Craft of Fiction*. London: Cape.

Lyons, John. 1977. *Semantics*. Cambridge: Cambridge University Press.

Lytton, Edward B. 1938. On art in fiction (II). In Edwin M. Eigner and George J. Worth (eds.) *Victorian Criticism of the Novel*. Cambridge: Cambridge University Press, 1985, pp. 22—38.

Macken-Horarik, Mary. 2003. Appraisal and the special instructiveness of narrative. *Text* 23 (2): 285—312.

Mahlberg, Michaela. 2007. A corpus stylistic perspective on Dickens' *Great Expectations*. In Marina Lambrou and Peter Stockwell (eds.), pp. 19—31.

Malinowski, Bronislaw K. 1923. The problem of meaning in primitive languages. Supplement I to *The Meaning of Meaning* by Charles K. Ogden and Ivor A. Richards. New York: Harcourt Brace and World, pp. 296—336;

Mallarmé, Stéphane. 1896. Mystery in literature. In Hazard Adams and Leroy Searle (eds.), pp. 731—733.

Maniam, K. S. 1994. *In A Far Country*. London: Skoob Books Publications.

Margolin, Uri. 2008. Character. In David Herman (ed.), pp. 66—79.

Martin, James R. 1992. *English Text: System and Structure*. Amsterdam: Benjamins.

Martin, James. 2006. Genre, ideology and intertextuality: a systemic functional perspective. *Linguistics and Human Sciences* (2): 275—298.

Martin, James. 2008. Tenderness: Realisation and instantiation in a Botswanan Town. In Nina Nørgaard (ed.) *Systemic Functional Linguistics in Use. Odense Working Papers in Language and Communication* (29): 30—62.

Martin, James R. and Sue Hood. 2010. Invoking attitude: the play of graduation in appraising discourse. 载王振华主编《马丁文集(2)》，上海：上海交通大学出版社，第 376—400 页。

Martin, James R. 著，王振华编，2010，《系统功能语言学理论》(马丁文集(1))。上海：上海交通大学出版社。

Martin, James R. and Peter White. 2005. *The Language of Evaluation: Appraisal in English*. Hampshire and New York: Palgrave Macmillan.

McIntyre, Dan. 2004. Point of view in drama: a socio-pragmatic analysis of dennis potter's brimstone and treacle. *Language and Literature* (2): 139—160. Extracted in Ronald Carter and Peter Stockwell (eds.), 2008, pp. 219—229.

Mckeon, Richard. (ed.) 1941. *The Basic Works of Aristotle*. New York: Random House.

Merriam-Webster's Rhyming Dictionary (2nd edition). 2006. Springfield, Mass.: Merriam-Webster, Incorporated.

Miller, J. Hillis. 2001. *Speech Act in Literature*. Stanford, CA: Stanford University Press.

Miller, J. Hillis. 2005. *Literature as Conduct: Speech Acts in Henry James*. New York: Fordham University Press.

Monk, Samuel H. 1960. *The Sublime: A Study of Critical Theories in XVIII-Century England*. Michigan: University of Michigan Press.

Montoro, Rocio. 2007. The stylistics of Cappuccino fiction: a socio-cognitive perspective. In Marina Lambrou and Peter Stockwell (eds.), pp. 69—80.

Mukařovský, Jan. 1970. Standard language and poetic language. In Donald C. Freeman (ed.) *Linguistics and Literary Style*. New York: Holt, Rinehart, and Winston, pp. 40—56.

Nagy, Gabor T. 2005. *A Cognitive Theory of Style*. Frankfurt: Peter Lang.

Nash, Walter. 1989. Changing the guard at Elsinore. In Ronald Carter and Peter Simpson (eds.) *Language, Discourse and Literature*. London: Unwin Hyman, pp. 23—41.

Niculescu, Alexandru. 1971. Lyric attitude and pronominal structure in the poetry of Eminescu. In Seymour Chatman (ed.), pp. 369—380.

Niederhoff, Burkhard. Perspective-point of view. In Peter Hühn et al. (eds.) *The Living Handbook of Narratology*. Hamburg: Hamburg University Press. hup. sub. uni-hamburg. de/ lhn/index. php?? title = Perspective-Point of View? &oldid=1515.

Ohmann, Richard. 1971. Speech, action, and style. In Seymour Chatman (ed.), pp. 241-254.

Ohmann, Richard. 1981. Speech, literature and the space between. In Donald C. Freeman (ed.) *Essays in Modern Stylistics*. London and New York: Methuen, pp. 361—376.

Onega, Susana and Jose A. G. Landa (eds.). 1996. *Narratology: An Introduction*. London and New York: Longman.

Onega, Susana and Jose A. G. Landa. 1996. Introduction. In Susana Onega and Jose A. G. Landa (eds.), pp. 1—41.

Page, Ruth E. 2003. An analysis of APPRAISAL in childbirth narratives with special consideration of gender and story telling style. *Text* 23 (2): 211—237.

Page, Ruth E. 2007. Bridget Jones's *Diary and Feminist Narratology*. In Marina Lambrou and Peter Stockwell (eds.), pp. 93—117.

Palmer, Alan. 2008. Attribution theory: action and emotion in Dickens and Pynchon. In Ronald Carter and Peter Stockwell (eds.), pp. 81—92.

Palmer, Frank R. 1977. *Modality and the English modals*. London: Longman.

Pater, Walter. 1873. Preface to *Studies in the History of the Renaissance*. In Vincent B. Leith (ed.) *The Norton Anthology of Theory and Criticism* (2nd edition). New York and London: Norton and Company, 2010, pp. 724—727.

Pearsall, Judy. (ed.) 1998. *The New oxford Dictionary of English*. Oxford: Clarendon Press.

Pendlebury, Bevis J. 1971. *The Art of the Rhyme*. New York: Charles Scribner's Sons.

Perloff, Marjorie and Craig Dworkin (eds.). 2009. *The Sound of Poetry / The Poetry of Sound*. Chicago: University of Chicago Press.

Petrey, Sandy. 1990. *Speech Acts and Literary Theory*. London: Routledge.

Phelan, James. 1989. *Reading People, Reading Plots*. Chicago: Chicago University Press.

Phelan, James. 1996. *Narrative as Rhetoric*. Columbia: Ohio State University Press.

Phelan, James. 2005. *Living to Talk about It: A Rhetoric and Ethics of Character Narration*. Ithaca, New York and London: Cornell University Press.

Poe, Edgar Allan. 1850/2009. The poetic principle. *Home Journal*, 238(36): 1—6. Reprinted in Stuart Levine and Susan Levine (eds.) *Edgar Allan Poe: Critical Theory*. Chicago: University of Illinois Press, 2009, pp. 175—211. http://www.eapoe.org/works/essays/poetprnb.htm.

Popova, Yanna. 2002. The figure in the carpet: discovery or re-cognition. In Elena Semino and Jonathan Culpeper (eds.), pp. 49—71.

Popper, Karl. 1972. *Objective Knowledge: An Evolutionary Approach*. London: Routledge and Kegan Paul.

Porter, Joseph A. 1979. *The Drama of Speech Acts: Shakespeare's Lancastrian Tetralogy*. Berkeley: University of California Press.

Poyton, Cate M. 1990. *Address and the Semiotics of Social Relations: A Systemic-Functional Account of Address Forms and Practices in Australian English*. Unpublished Ph.D. Dissertation, Department of Linguistics, University of Sydney.

Pratt, Mary L. 1977. *Toward a Speech Act Theory of Literary Discourse*. Bloomington: Indiana University Press.

Pratt, Mary L. 1981. Literary cooperation and implicature. In Donald C. Freeman (ed.) *Essays in Modern Stylistics*. London and New York: Methuen, pp. 376—412.

Pratt, Mary L. 1986/1996. Ideology and speech-act theory. *Poetics Today* (7): 59-72. Reprinted in Jean J. Weber (ed.) *The Stylistic Reader*. London, New York, Sydney, and Auckland: Arnold, 1996, pp. 181—193.

Prince, Gerald. 1973. *A Grammar of Stories: An Introduction*. De Proprietatibus Litterarum, Series Minor, 13. The Hague: Mouton de Gruyter.

Prince, Gerald. 1982. *Narratology: The Form and Functioning of Narrative*. Janua Linguarum Series Maior. Berlin: Mouton De Gruyter.

Prince, Gerald. 1989. *A Dictionary of Narratology*. Lincoln and London: University of Nebraska Press.

Reddy, Michael J. 1993. The conduit metaphor: a case of frame conflict in our language about language. In Andrew Ortory (ed.) *Metaphor and Thought*. Cambridge: Cambridge University Press, pp. 164—201.

Ricoeur, Paul. 1983. *Time and Narrative* (*vol.* 1). Kathleen McLaughlin and David Pellauer (trans.). Chicago: University of Chicago Press.

Ricoeur, Paul. 1985. *Time and Narrative* (*vol.* 2). Kathleen McLaughlin and David Pellauer (trans.). Chicago: University of Chicago Press.

Rimmon-Kenan, Shlomith. 1983/2002. *Narrative Fiction: Contemporary Poetics*. London: Methuen.

Rosch, Eleanor. 1975. Cognitive representation of semantic categories. *Journal of Experiential Psychology: General* (105): 192—233.

Rothery, Joan and Mary Stenglin. 2000. Interpreting literature: the role of APPRAISAL. In Len Unsworth (ed.) *Researching Language in Schools and Communities: Functional Linguistic Perspectives*. London: Cassell, pp. 222—244.

Rudanko, Martti J. 2001. "You Curs": types and functions of unpleasant verbal behavior in Shakespeare. In *Case Studies in Linguistic Pragmatics: Essays on Speech Acts in Shakespeare, on the Bill of Rights and Matthew Lyon, and on Collocations and Null Objects*. Lanham, MD: University Press of America, pp. 5-24. http://books.google.com.hk/books?id=gYAtmDxy3CkC&pg=PA5&hl=zh-CN&source=gbs_toc_r&cad=4#v=onepage&q&f=false.

Ryder, Mary E. 1999. Smoke and mirrors: Event patterns in the discourse structure of a Roman novel. *Journal of Pragmatics* (8): 1067—1080. 收入申丹主编《西方文体学的新发展》，上海：上海外语教育出版社，2008年，第256—272页。

Ryan, Marie-Laure. 1991. Possible worlds, artificial intelligence and narrative theory. Bloomington: University of Indiana Press.

Ryan, Marie-Laure. 2003a. Cyberspace, cybertexts, cybermaps. dichtung digital. http://www.dichtung-digital.org/2004/1-Ryan.htm.

Ryan, Marie-Laure. 2003b. Cognitive maps and the construction of narrative space. In David Herman (ed.) *Narrative Theory and the Cognitive Sciences*. Stanford: CLSI, pp. 214—242.

Ryan, Marie-Laure. 2006. From parallel universes to possible worlds: ontological pluralism in physics, narratology and narrative. *Poetics Today* (4): 633—674.

Ryan, Marie-Laure. 2008. Toward a definition of narrative. In David Herman (ed.), pp. 22—35.

Ryan, Marie-Laure. 2011. Space. In Peter Hühn et al (eds.) *The Living Handbook of Narratology*. Hamburg: Hamburg University Press. URL= hup. sub. uni-hamburg. de/lhn[view date: 9 Mar 2012].

Sayce, R. A. 1971. The style of Montaigne: word-pairs and word-groups. In Seymour Chatman (ed.) *Literary Style: A Symposium*. London and New York: Oxford University Press, pp. 383—402.

Scherer, Klaus R., Angela Schorr, and Tom Johnstone (eds.). 2001. *Appraisal Process in Emotion: Theory, Methods, Research*. Oxford: Oxford University Press.

Scott, Charles T. 1974. Toward a Formal Poetics: Metrical Patterning in 'The Windhover'. *Language and Style* 7: 91—107.

Searle, John R. 1969. *Speech Acts: An Essay in the Philosophy of Language*. Cambridge: Cambridge University Press.

Sebeok, Thomas A. (ed.). 1960. *Style in Language*. Cambridge. Mass.: MIT.

Semino, Elena and Jonathan Culpeper (eds.) *Cognitive Stylistics: Language and Cognition in Text Analysis*. Amsterdam: Benjamins, 2002.

Shelley, Percy B. A Defense of Poetry. In Hazard Adams and Leroy Searle (eds.), pp. 538—551.

Shen, Yeshayahu. 2002. Cognitive constraints on verbal creativity. In Elena Semino and Jonathan Culpeper (eds.), pp. 211—230.

Shore, Bradd. 1996. *Culture in Mind: Cognition, Culture, and the Problem of Meaning*. New York and Oxford: Oxford University Press.

Short, Mick. 1980. Discourse analysis and drama. *Applied Linguistics* (2): 180—202.

Short, Mick. 2007. How to make a drama out of a speech act: the speech act of apology in the film *A Fish Called Wanda*. In David L. Hoover and Sharon Latig (eds.) *Stylistics: Prospect and Retrospect*. Amsterdam and New York: Rodopi, pp. 169—189.

Simino, Elena. 2002. A cognitive stylistic approach to mind style in narrative fiction. In Elena Semino and Jonathan Culpeper (eds.), pp. 95—122.

Sinclair, John. 1966. Taking a poem to pieces. In Roger Fowler (ed.) *Essays on Style and Language*. London: Routledge, pp. 68—81. Reprinted in Ronald Carter and Peter Stockwell (eds.), pp. 3—13.

Sotirova, Violeta. 2007. Woolf's experiments with consciousness in fiction. In Marina Lambrou and Peter Stockwell (eds.), pp. 7—18.

Sotirova, Violeta. 2009. A comparative analysis of indices of narrative point of view in Bulgarian and English. In Peter Hühn, Wolf Schmid, and Jörg Schönert (eds.) *Point of View, Perspective, and Focalization Modeling Mediation in Narrative*. Berlin: Walter de Gruyter, pp. 163—181.

Sperber, Dan and Deirdre Wilson. 1995. *Relevance, Communication and Cognition* (2nd edition). Cambridge, Mass.: Harvard University Press. 蒋严译,《关联:交际与认知》,北京:中国社会科学出版社,2008年。

Spitzer, Leo. 1948. *Linguistics and Literary History: Essays in Stylistics*. Princeton, New Jersey: Princeton University Press.

Stanzel, Franz K. 1979/1984. *A Theory of Narrative*. Charlotte Goedsche (trans.). Cambridge: Cambridge University Press.

Sternberg, Meir. 1978. *Expositional Modes and Temporal Ordering in Fiction*. Baltimore, Maryland: Johns Hopkins University Press.

Sternberg, Meir. 2003. Universals of narrative and their cognitivist fortunes (I). *Poetics Today* (2): 297—395. http://www.ualberta.ca/~dkuiken/Summer%20Institute/Sternberg_Cognitivist Fortunes1.pdf.

Stillings, Justine T. 1981. A generative metrical analysis of 'Sir Gawain and the Green Knight'". In Donald C. Freeman (ed.) *Essays in Modern Stylistics*. London and New York: Methuen, pp. 206—320.

Stockwell, Peter. 2000. (Sur) real stylistics: from text to contextualizing. In Tony Bex, Michael Burk and Peter Stockwell (eds.) *Contextualized Stylistics*. Amsterdam: Rodopi, pp. 15—38.

Stockwell, Peter. 2002a. *Cognitive Poetics: An Introduction*. London and New York: Routledge.

Stockwell, Peter. 2002b. Miltonic texture and the feeling of reading. In Elena Semino and Jonathan Culpeper (eds.), pp. 73—94.

Strauss, Claudia and Naomi Quinn. 1997. *A Cognitive Theory of Cultural Meaning*. Cambridge: Cambridge University Press.

Stubbs, Michael. 1996. Towards a modal grammar of English: a matter of prolonged fieldwork. In Michael Stubbs, *Text and Corpus Analysis*. Oxford: Blackwell, pp. 196—229.

Subramaniam, Ganakumaran. 2008. *Ideological Stylistics and Fictional Discourse*. Newcastle upon Tyne: Cambridge Scholars Pulishing.

Talmy, Leonard. 2001. *Toward a Cognitive Semantics* (Volumes 1 and 2).

Cambridge, Mass.: MIT Press.

Tate, Alison. 1994. Bakhtin, addressivity, and the poetics of objectivity. In Roger Sell and Peter Verdonk (eds.) *Literature and the New Interdisciplinarity*. Amsterdam: Rodopi, pp. 135—150.

Taylor, Talbot J. 1980. *Linguistic Theory and Structural Stylistics*. Oxford: Pergamon Press.

Thibault, Paul. 1988. Knowing what you're told by he agony aunts: language function, gender difference and the structure of knowledge and belief in the personal columns. In David Birch and Michael O'Toole (eds.), pp. 205—233.

Thompson, John. 1970. Linguistic structure and the poetic line. In Donald C. Freeman (ed.) *Linguistics and Literary Style*. New York: Holt, Rinehart, and Winston, pp. 336—346.

Threadgold, Terry. 1988. Stories of race and gender: an unbounded discourse. In David Birch and Michael O'Toole (eds.), pp. 169—204.

Todorov, Tzvetan. 1967. *Littérature et Signification*. Paris: Larousse.

Tolliver, Joyce. 1994. Script Theory, perspective, and message in narrative: the case of 'Mi Suicidio'. In Cynthia G. Bernstein (ed.) *The Text Beyond: Essays in Literary Linguistics*. Tuscaloosa: University of Alabama Press, pp. 97—119.

Tolstoy, Leo. 1930. *What Is Art? And Essays on Art*. Aylmer Maude (trans.). Oxford: Oxford University Press.

Tomasello, Michael. 1999. *The Cultural Origins of Human Cognition*. Cambridge, Mass.: Harvard University Press.

Toolan, Michael. 1986. Poem, reader, response: making sense with *Skunk Hour*. In Colin E. Nicholson and Ranjit Chaterjee (eds.) *Tropic Crucible*. Singapore: Singapore University Press, pp. 84—97.

Toolan, Michael. 1990. *The Stylistics of Fiction: A Literary-Linguistic Approach*. London and New York: Routledge.

Toolan, Michael. 1996. Stylistics and its discontents; or getting off the fish 'hook'. In Jean J. Weber (ed.) *The Stylistics Reader: From Roman Jakobson to the Present*. London, New York, Sydney, Auckland: Arnold, pp. 117—135.

Toolan, Michael. 1996/2008. *Language in Literature: An Introduction to Stylistics*. London: Hodder Arnold. 北京:外语教学与研究出版社影印版。

Toolan, Michael J. 2001. *Narrative: A Critical Linguistic Introduction* (2nd edition). London and New York: Routkedge.

Traugott, Elizabeth C. 1982. From propositional to textual and expressive meanings: Some semantic-pragmatic aspects of grammaticalization. In Winfred P. Lehmann and Yakov Malkiel (eds.) *Perspectives on Historical Linguistics*. Amsterdam: Benjamins, pp. 245—271.

Traugott, Elizabeth C. and Mary L. Pratt. 1977. *Linguistics for Students of Literature*. New York: Harcourt, Brace, and Jovanovich.

Tsur, Reuven. 1983. *What is Cognitive Poetics?*. Tel Aviv: The Katz Research Institute for Hebrew Literature.

Tsur, Reuven. 1987. *On Metaphoring*. Jerusalem: Israel Science Publishers.

Tsur, Reuven. 1992. *Toward a Theory of Cognitive Poetics?*. Amsterdam: Elsevier. Second, expanded and updated edition published by Sussex Academic Press, 2008.

Tsur, Reuven. 1998. *Poetic Rhythm: Structure and Performance—An Empirical Study in Cognitive Poetics*. Berlin: Peter Lang.

Tsur, Reuven. 2002. Aspects of cognitive poetics. In Elena Semino and Jonathan Culpeper (eds.) *Cognitive Stylistics: Language and Cognition in Text Analysis*. Amsterdam: Benjamins, pp. 279—318.

Tsur, Reuven. 2003. *On the Shore of Nothingness: A Study in Cognitive Poetics*. Exeter: Academic.

Tsur, Reuven. 2006. *"Kubla Khan"-Poetic Structure, Hypnotic Quality, and Cognitive Style*. Amsterdam: Benjamins.

Tulving, Endel. 1999. Episodic *vs.* semantic memory. In Robert A. Wilson and Frank C. Keil (eds.) *The MIT Encyclopedia of the Cognitive Sciences*. Cambridge, Mass.: MIT. 上海: 上海外语教育出版社影印版, 2000 年, 第 278—280 页.

Turner, Mark. 1987. *Death is the Mother of Beauty: Mind, Metaphor, Criticism*. Chicago: University of Chicago Press.

Turner, Mark. 1991. *Reading Minds: The Study of English in the Age of Cognitive Science*. Princeton, New Jersey: Princeton University Press.

Turner, Mark. 1996. *The Literary Mind: The Origins of Thought and Language*. New York and Oxford: Oxford University Press.

Ullmann, Stephen. 1957/1964. *Style in the French Novel*. Oxford: Blackwell.

Urban, Wilbur M. 1939. *Language and Reality*. London: Allen and Unwin.

Van Dijk, Teun A. and Walter Kintsch. 1983. *Strategies of Discourse Comprehension*. New York: Academic Press.

Van Peer, Willie and Eva Graf. 2002. Between the lines: spatial language and its developmental representation in Stephen King's *IT*. In Elena Semino and Jonathan Culpeper (eds.), pp. 123—152.

Volosinov, Valentin N. 1995. *Marxism and the Philosophy of Language, Bakhtinan Thought—An Introductory Reader*. S. Sentith, L. Matejka and I. R. Titunik (trans.). London: Routledge.

Wales, Katie. 2001. *A Dictionary of Stylistics* (2nd edition). Dorling Kindersley, India: Pearson ESL.

Ward, Thomas B. 1995. What's old about new ideas. In Steven M. Smith and Thomas B. Ward (eds.) *The Creative Cognition Approach*. Cambridge, Mass.: MIT Press, pp. 157—178.

Warren, Robert Penn. 1998. Vermont ballad: change of season. In John Burt (ed.) *Collected Poems of Robert Penn Warren*. Michigan: Edwards Brothers, p. 467.

Weinrich, Harald. 1971. The textual function of the French article. In Seymour Chatman (ed.), pp. 221—234.

Weiskei, Thomas and Neil Hertz. 1976. *The Romantic Sublime: Studies in the Structure and Psychology of Transcendence*. Baltimore: Johns Hopkins University Press.

Weiskei, Thomas and Neil Hertz. 1985. *The End of the Lines: Essays on Psychoanalysis and the Sublime*. New York: Columbia University Press.

Wellek, René. 1960. Closing statement (retrospects and prospects from the viewpoint of literary criticism). In Thomas A. Sebeok (ed.) *Style in Language*. Cambridge, Mass.: MIT Press, pp. 417—418.

Werth, Paul. 1995. 'World Enough, and Time': deictic space and the interpretation of prose. In Peter Verdonk and Jean Jacques Weber (eds.) *Twentieth-century Fiction: From Text to Context*. London: Routledge, pp. 181—205.

White, Peter. 2006. Evaluative semantics and ideological positioning in journalistic discourse. In Inger Lassen (ed.) *Image and Ideology in the Mass Media*. Amsterdam: Benjamins, pp. 45—73.

Widowson, Henry G. 1972. On the deviance of literary discourse. *Style* (6): 194-306. Extracted and reprinted in Ronald Carter and Peter Stockwell (eds.), pp. 29—38.

Widdowson, Henry G. 1982. Othello in person. In Ronald Carter (ed.), pp. 41—52.

Wilhelmi, Nancy O. 1994. The language of power and powerless: verbal combat in the plays of Tennessee Williams. In Cynthia G. Bernstein (ed.) *The Text* and Beyond: Essays in Literary Linguistics. Tuscaloosa: University of Alabama Press, pp. 217—226.

Williams, Miller. 1986. *Patterns of Poetry: An Encyclopedia of Forms*. Baton Rouge and London: Louisiana State University Press.

Wimsatt, William and Monroe Beardsley. 1946. The intentional fallacy. *Sewanee Review* (54): 468-488. Revised and republished in William K. Wimsatt (ed.) *The Verbal Icon: Studies in the Meaning of Poetry*. Lexington: University Press of Kentucky, 1954, pp. 3—18.

Wimsatt, William. 1971. The rule and the norm: Halle and Keyser on Chaucer's meter. In Seymour Chatman (ed.), pp. 197—215.

Wittgenstein, Ludwig. 1953. *Philosophical Investigation*. Gertride E. M. Anscombe (trans.). London: Macmillan, 1964. Beijing: China Social Sciences Publishing House, 1999.

Wright, Laura and Jonathan Hope. 1996. *Stylistics: A Practical Coursebook*. London and New York: Routledge.

Zerubavel, Eviatar. 1997. *Social Mindscapes: An Invitation to Cognitive Sociology*. Cambridge, Mass.: Harvard University Press.

Zerubavel, Eviatar. 2004. *Time Maps: Collective Memory and the Social Shape of the Past*. Chicago: University of Chicago Press.

阿尔多诺著,张峰译,1993[1973],《否定的辩证法》,重庆:重庆出版社。

奥古斯丁著,周士良译,1996,《忏悔录》,北京:商务印书馆。

奥斯丁著,罗文华译,1995,《理智与情感》,天津:天津人民出版社。

巴赫金著,晓河译,言语题材问题,《巴赫金全集》(第四卷),石家庄:河北教育出版社,140—187页。

巴赫金著,白春仁、顾亚铃译,1998,《巴赫金全集》(第五卷),石家庄:河北教育出版社。

巴赫金著,白春仁等译,1998,《巴赫金全集》(第四卷),石家庄:河北教育出版社。

巴赫金著,白春仁译,1998,长篇小说的话语,载白春仁、晓河译《巴赫金全集》(第三卷),石家庄:河北教育出版社,第37—214页。

巴赫金著,黄玫、凌建侯、史铁强译,1998,《言语体裁问题》相关笔记存稿,载白春仁等译《巴赫金全集》(第四卷),石家庄:河北教育出版社,第188—272页。

巴赫金著,李兆林、夏忠宪等译,1998,《巴赫金全集》(第六卷),石家庄:河北教育出版社。

巴赫金著,苗澍译,1998,伤感主义问题,载白春仁等译《巴赫金全集》(第四卷),石家庄:河北教育出版社,第297—299页。

巴赫金著,晓河译,1998,审美活动中的作者与主人公,载晓河等译《巴赫金全集》

（第一卷），石家庄：河北教育出版社，第 76—305 页。

巴赫金著，晓河译，1998，文本问题，载白春仁等译《巴赫金全集》（第四卷），石家庄：河北教育出版社，第 300—325 页。

巴赫金著，晓河译，1998，文学作品的内容、材料与形式问题，载晓河等译《巴赫金全集》（第一卷），石家庄：河北教育出版社，第 305—373 页。

巴赫金著，白春仁译，1998，小说的时间形式和时空体形式，载《巴赫金全集》（第三卷），石家庄：河北教育出版社，第 274—460 页。

巴门尼德著，1981，《巴门尼德残篇》，载北京大学哲学系外国哲学史教研室编译《西方哲学原著选读》（上卷），北京：商务印书馆，第 32 页。

鲍桑葵著，张今译，2010，《美学史》，北京：中国人民大学出版社。

北京大学哲学系编，《西方经典哲学名著选读》（上），北京：商务印书馆。

柏棣主编，2007，《西方女性主义文学理论》，桂林：广西师范大学出版社。

柏格森著，李醒民译，范岱年校，2004 [1889]，《时间与自由意志》，北京：商务印书馆。

柏拉图著，王晓朝译，2003，《蒂迈欧篇》，载《柏拉图全集》（第 3 卷），北京：人民出版社。

柏拉图著，王晓朝译，2003，《柏拉图全集》（第 1—4 卷），北京：人民出版社。

波普尔著，傅季重等译，1986，《猜想与反驳——科学知识的增长》，上海：上海译文出版社。

波德莱尔著，郭宏安译，2008，《波德莱尔美学论文选》，北京：人民文学出版社。

布洛著，牛耕译，1982，作为艺术因素与审美原则的'心理距离'说，《美学译文》（2），北京：中国社会科学出版社。

布斯著，付礼军译，1987，《小说修辞学》，南宁：广西人民出版社；华明等译，1987，《小说修辞学》，北京：北京大学出版社。

布瓦洛著，范希衡译，2010，《诗的艺术》（增补本），北京：人民文学出版社。

陈文，2004，佩特唯美主义文艺观及其在中国的研究综述，《外国文学研究》，第 3 期，第 156—160 页。

程雨民，2004，《英语语体学》（修订版），上海：上海外语教育出版社。

从莱庭、徐鲁亚，2007，《西方修辞学》，上海：上海外语教育出版社。

笛卡尔，1958，《哲学原理》，北京：商务印书馆，第 22 页。

董学文，2005，《西方文学理论史》，北京：北京大学出版社。

法伊尔阿本德著，周昌忠译，1975，《反对方法：无政府主义知识论纲要》，上海：上海译文出版社。

樊美筠，2012，建设性后现代美学艺术的新取向，《北京师范大学学报》（哲学社会科学版），第 5 期，第 109—115 页。

房龙著，何兆武等译，2010，《宽容》，北京：北京大学出版社。

费伦著，申丹译，2007，叙事判断与修辞性叙事理论：伊恩麦克尤万的《赎罪》，载詹姆斯·费伦与彼特·拉比诺维茨主编《当代叙事理论指南》,第 369—385 页。

费伦(James Phelan)与拉比诺维兹(Peter J. Rabinowitz)主编,申丹等译,2007,《当代叙事理论指南》,北京:北京大学出版社。

封宗信,2000,论生成文体学的功能主义思想,《外语教学与研究》,第 1 期,第 15—18、49 页。

封宗信,2002,《文学语篇的语用文体学研究》(英文),北京:清华大学出版社。

弗莱著,陈慧、袁宪军、吴伟仁译,2008,《批评的解剖》,天津:百花文艺出版社。

弗里德曼著,宁一中译,2007,空间诗学与阿兰达蒂·罗伊的《微物之神》,载詹姆斯·费伦与彼特·拉比诺维茨主编《当代叙事理论指南》,第 204—221 页。

弗卢德尼克著,马海良译,2007,叙事理论的历史(下):从结构主义到现在,载詹姆斯·费伦与彼特·拉比诺维茨主编《当代叙事理论指南》,第 22—47 页。

弗洛伊德著,张唤民、陈伟奇译,裘小龙校,1987,论升华,载《弗洛伊德论美文选》,上海:知识出版社,第 170—172 页。

弗洛伊德著,张唤民、陈伟奇译,裘小龙校,1987,精神分析在美学上的应用,载《弗洛伊德论美文选》,上海:知识出版社,第 139—140 页。

弗洛伊德著,钱华梁译,2004,《少女杜拉的故事》,北京:九州出版社。

伏尔泰著,蔡鸿滨译,2007,《论宽容》,广州:花城出版社。

福柯著,莫伟民译,2001,《词与物:人类科学的考古学》,上海:三联书店。

福斯特著,苏炳文译,1984,《小说面面观》,广州:花城出版社。

伽德默尔著,洪汉鼎译,2010 [1960],《诠释学:真理与方法》,北京:商务印书馆。

高宣扬,2008,马克斯·舍勒:不遗余力地探究人的奥秘,上海《社会科学报》,http://www.shzgh.org/ shtekebao/rw/rw/u1a1285.html。

格雷马斯著,蒋梓骅译,2001,《结构语义学》,天津:百花文艺出版社。

古德曼著,姬志闯译,2008 [1978],《构造世界的多种方式》,上海:上海译文出版社。

郭春贵,2012,《走向语境论的世界观:当代科学哲学研究范式得反思与重构》,北京:北京师范大学出版社。

海德格尔著,陈嘉映、王庆节译,2006[1929],《存在与时间》(修订译文),北京:三联书店。

海德格尔著,赵卫国译,2008,《论真理的本质》,北京:华夏出版社;孙周兴译,2010,"论真理的本质",载《路标》,北京:商务印书馆,第 205—233 页。

海德格尔著,欧东明译,2009,《时间概念史导论》,北京:商务印书馆。

海德格尔著,孙周兴译,2010 [1959],《在通往语言的途中》,北京:商务印书馆。

海明威著,林凝今译,2006,《永别了,武器》,上海:上海译文出版社。

何自然主编,谢朝群、陈新仁编著,2007,《语用三论:关联论·顺应论·模因论》,上海:上海教育出版社。

黑格尔著,梁志学等译,1980,《自然哲学》,北京:商务印书馆。

黑格尔著,贺麟译,1996,《小逻辑》,北京:商务印书馆。
黑格尔著,朱光潜译,2010,《美学》,北京:商务印书馆。
胡辉华,2001,马克思的意识形态概念,《暨南学报》(哲社版),第6期,第18—25页。
胡家峦编注,2006,《英国名诗详注》,北京:外语教学与研究出版社。
胡塞尔著,倪梁康、张延国译,2002,《生活世界现象学》,上海:上海译文出版社。
胡塞尔著,倪梁康译,2010,《内时间意识现象学》,北京:商务印书馆。
胡曙中,2006,《美国新修辞学研究》,上海:上海外语教育出版社。
胡壮麟,1994,《语篇的衔接与连贯》,上海:上海外语教育出版社。
胡壮麟,1994,巴赫金与社会符号学,《北京大学学报》(哲社版),第2期,第49—57页。
胡壮麟,1994,英汉疑问语气系统的多层次和多功能解释,《外国语》,第1期,第1—7页;收入胡壮麟著《功能主义纵横谈》,北京:外语教学与研究出版社,2000年,第260—270页。
胡壮麟,2000,《理论文体学》,北京:外语教学与研究出版社。
胡壮麟、刘世生主编,2004,《西方文体学辞典》,北京:清华大学出版社。
胡壮麟、于晖,2010,我国系统功能语言学研究的一位先驱者——胡壮麟教授访谈录,载黄国文、常晨光、廖海青主编《系统功能语言学群言集》,北京:高等教育出版社,第69—78页。
怀特海著,李步楼译,2011[1929],《过程与实在》,北京:商务印书馆。
惠特曼,2001,《草叶集》,英语阅读文库,海口:海南出版社。
霍金著,许明贤、吴中超译,2003[1996],《时间简史》,长沙:湖南科学技术出版社。
姜宇辉著,2007,《德勒兹身体美学研究》,上海:华东师范大学出版社。
蒋元翔编,2008,《中国历代图形诗》。http://ishare.iask.sina.com.cn/f/5669374.html?from=like。
卡法莱诺斯著,乔国强译,2007,坡的《椭圆形画像》中顺序、嵌入以及文字成像的效果,载詹姆斯·费伦与彼特·拉比诺维茨主编《当代叙事理论指南》,第286—303页。
凯南著,陈永国译,2007,两个叙述声音,或:究竟是谁的生死故事,载詹姆斯·费伦与彼特·拉比诺维茨主编《当代叙事理论指南》,第460—473页。
康德著,邓晓芒译,2002,《判断力批判》,北京:人民出版社。
康德著,邓晓芒译,2003,《自然科学的形而上学基础》,上海:上海人民出版社。
克罗齐著,朱光潜译,2007,《美学原理》,上海:上海人民出版社。
库恩著,金吾伦、胡新和译,2012,《科学结构的革命》(第4版),北京:北京大学出版社。
拉比诺维茨著,宁一中译,2007,他们猎虎,不是吗:《漫长的告别》中的路径与对位法,载詹姆斯·费伦与彼特·拉比诺维茨主编《当代叙事理论指南》,第190—203页。

兰色姆著,王腊宝、张哲译,2006［1941］,《新批评》,南京:江苏教育出版社。
兰瑟著,黄必康译,2002,《虚构的权威:女性作家与叙述声音》,北京:北京大学出版社。
兰瑟著,宁一中译,2007,观察者眼中的"我":模棱两可的依附现象与结构主义叙事学的局限,载詹姆斯·费伦与彼特·拉比诺维茨主编《当代叙事理论指南》,第222—240页。
里格比著,张琼、张冲译,2009,"生态批评",载朱利安·沃尔弗雷斯编著,《21世纪批评述介》,南京:南京大学出版社,第201—241页。
里克尔著,公车译,2005,《恶的象征》,上海:上海人民出版社。
理查森著,宁一中译,2007,超越情节诗学:叙事进程的其他形式及《尤利西斯》中的多轨迹进展探索,载詹姆斯·费伦与彼特·拉比诺维茨主编《当代叙事理论指南》,第173—189页。
利科著,莫伟民译,2008［1974］,《解释的冲突:解释学文集》,北京:商务印书馆。
刘和平,1994,分形时间、空间,《河北师范大学学报》(社科版),第26—34页。
刘世生,1998,《西方文体学论纲》,济南:山东教育出版社。
刘世生、朱瑞青,2006,《文体学概论》,北京:北京大学出版社。
刘亚猛,2008,《西方修辞学史》,北京:外语教学与研究出版社。
卢普,2009,《心理的动机原理》,北京:北京出版集团公司、北京出版社。
马丁著,2006,《当代叙事学》(英文),北京:北京大学出版社影印版。
马尔茨贝格著,郭国良、陈才宇译编,2001,地狱,《读点科幻》(英汉对照),上海:上海科技教育出版社。
弥尔顿著,韩昱译,2000,《失乐园》,北京:九州出版社。
米德著,李猛译,2003［1932］,《现在的哲学》,上海:上海人民出版社。
米勒著,申丹译,2007,亨利·詹姆斯与"视角",或为何詹姆斯喜欢吉普,载詹姆斯·费伦与彼特·拉比诺维茨主编《当代叙事理论指南》,第122—136页。
穆卡洛夫斯基著,庄继禹译,1995,现代艺术中的辩证矛盾,载《布拉格学派及其他》,中国社科院外文所《世界文学》编委会编,第10—24页。
尼采著,刘崎译,1986,《悲剧的诞生》,北京:作家出版社;张念东、凌素心译,2005,《悲剧的诞生》,北京:中央编译出版社。
尼采著,孙周兴译,2007［1906］,《权力意志》,北京:商务印书馆。
尼采著,周国平译,1995,《人性的,太人性》,载《尼采文集·悲剧的诞生卷》,第130—177页。
尼采著,周国平等译,王岳川编,1995,《尼采文集》,西宁:青海人民出版社。
倪梁康,2007,《胡塞尔现象学概念通释》,北京:三联书店。
纽宁著,马海良译,2007,重构"不可靠叙述"概念:认知方法与修辞方法的综合,载詹姆斯·费伦与彼特·拉比诺维兹主编《当代叙事理论指南》,第81—101页。

彭刚,2009,《叙事的转向:当代西方史学理论的考察》,北京:北京大学出版社。
彭富春,2012,《论海德格尔》,北京:人民出版社。
彭加勒著,李醒民译,范岱年校,2005[1913],《最后的沉思》,北京:商务印书馆。
彭立勋,2006,笛卡尔美学思想新论,《哲学研究》,第12期,第93—99页。
彭宣维,2005,代词的语篇语法属性、范围及其语义功能分类,《语言教学与研究》,第1期,第56—65页。
彭宣维,2011,《语言与语言学概论——汉语系统功能语法》,北京:北京大学出版社。
皮亚杰著,王宪钿等译,1981,《发生认识论原理》,北京:商务印书馆。
皮亚杰著,熊哲宏译,李其维审校,2005,《可能性与必然性》,上海:华东师范大学出版社。
普罗提诺著,张映伟译,2006,《九章集·论美》,上海:华东师范大学出版社。
钱军,1998,《结构功能语言学——布拉格学派》,吉林:吉林教育出版社。
钱冠连,2002,《汉语文化语用学》(第2版),北京:清华大学出版社。
钱中文,1998,理论是可以常青的——论巴赫金的意义,《巴赫金全集》序(第一卷),石家庄:河北教育出版社,第1—67页。
热奈特著,王文融译,1990,《叙事话语;新叙事话语》,北京:中国社会科学出版社。
萨特著,陈宣良等译,杜小真校,2007,《存在与虚无》,北京:三联书店。
塞万提斯,张广森译,2012,《堂吉诃德》,北京:中国对外翻译出版公司。
申丹,1998,《叙述学与小说文体学研究》,北京:北京大学出版社。
申丹,2007,叙述学和文体学能相互做什么?,载詹姆斯·费伦与彼特·拉比诺维茨主编《当代叙事理论指南》,第137—153页。
申丹主编,2008,《西方文体学的新发展》,上海:上海外语教育出版社。
申丹,2009,休斯《在路上》的及物性系统与深层意义,载申丹著《叙事、文本、潜文本——重读英美经典短篇小说》,北京:北京大学出版社,第267—285页。
申丹、王丽亚,2010,《西方叙事学:经典与后经典》,北京:北京大学出版社。
叔本华著,石冲白译,杨一之校,1982,《作为意志和表象的世界》,北京:商务印书馆。
斯蒂文森著,姚新中、秦志华译,1991,《伦理学与语言》,北京:中国社会科学出版社。
斯滕伯格著,宁一中译,2007,作为叙事特征和叙事动力的自我意识:在文类设计中讲述这与信息提供者的关系,载詹姆斯·费伦与彼特·拉比诺维茨主编《当代叙事理论指南》,第257—285页。
孙云宽,2010,《黑格尔悲剧理论研究》,上海:三联书店。
托尔斯泰著,汝龙译,2003,《复活》,北京:人民文学出版社。
王炎,2007,《小说的时间性与现代性》,北京:外语教学与研究出版社。
王一川,2009,《修辞论美学——文化语境中的20世纪中国文艺》,北京:中国人民大学出版社。
王振华,2004,"硬新闻"的态度研究,《外语教学》,第5期,第31—36页。

韦勒克与沃伦著,刘象愚、邢培明、陈圣生、李哲明译,2006,《文学理论》,南京:江苏教育出版社、凤凰出版传媒集团。
维特根斯坦著,李步楼译,2008,《哲学研究》,北京:商务印书馆。
沃尔弗雷斯著,张琼、张冲译,2009,《21世纪批判述介》,南京:南京大学出版社。
沃尔施著,马海良译,2007,叙述虚构性的语用研究,载詹姆斯·费伦与彼特·拉比诺维茨主编《当代叙事理论指南》,第154—169页。
吴国盛,2006,《时间的观念》,北京:北京大学出版社。
雅克比著,马海良译,2007,作者的修辞、叙述者的(不)可靠性、相异的解读:托尔斯泰的《克莱采奏鸣曲》,载詹姆斯·费伦与彼特·拉比诺维茨主编《当代叙事理论指南》,第102—121页。
亚里士多德著,罗念生译,1991,《修辞学》,北京:三联书店。
亚里士多德著,苗力田主编、翻译,1997,《亚里士多德全集》汉译本(Ⅰ—Ⅹ卷),北京:中国人民大学出版社。
亚里士多德著,徐开来译,1997,《物理学》,载《亚里士多德全集》(第Ⅱ卷),北京:中国人民大学出版社,第116页。
姚斯著,朱立元译,1992,《审美经验论》,北京:作家出版社。
叶芝著,云天译,《漫游的安格斯之歌》,见 http://bbs.yzs.com/thread-162438-1-1.html。
佚名著,罗念生译,2004,醇酒·妇人·诗歌——春神,载《古希腊抒情诗选》,上海:世纪出版集团、上海人民出版社,第13—82页。
雨果著,李丹、方于译,1992,《悲惨世界》,北京:人民文学出版社。
岳友熙,2004,后现代与实践美学的崇高理论,《华中师范大学学报》(人文社科版),第1期,第38—43页。
詹姆士著,吴棠译,2002[1909],《多元的宇宙》,北京:商务印书馆。
张冰,2006,《白银时代:俄国文学思潮与流派》,北京:人民文学出版社。
张德禄,1998,《功能文体学》,济南:山东教育出版社。
郑敏著,章燕编,2012,《郑敏文集》(文论卷),北京师范大学出版社。
朱光潜,2010,《西方美学史》,北京:人民文学出版社。
朱汉国等,2012,《当代中国社会思潮研究》,北京:北京师范大学出版社。
朱立元主编,2010,《美学大词典》,上海:上海辞书出版社。